KB151799

중국현대문학사

이화학술총서

중국현대문학사

개정판

홍석표 지음

이화여자대학교출판부

| 개정판을 펴내며 |

초판이 출간된 후 책에 대한 독자들의 반응이 좋아 이번에 개정판으로 다시 낼 수 있게 되어 무척 기쁘다. 무엇보다 내용을 수정 · 보완해 완성도를 높일 수 있게 되어 더없이 다행이라 생각한다. 처음 책이 나왔을 때 문학사적 사실에 대한 착오도 몇 군데 눈에 띄었고, 중국 인명과 지명의 한글 표기에도 일부 잘못이 있었으며, 기존의 작품 번역본을 참조한 경우 매끄럽지 못한 번역도 발견되었다. 이번 기회에 모두 바로잡았다. 또한 누락된 인용의 출처를 보충하고 새로 인용문을 더하기도 했다. 문학사 서술의 기본 관점에는 변화가 없지만 필요에 따라 일부 내용을 수정하고 또 추가하기도 했다. 또한 문학사의 흐름을 좀 더 유기적으로 설명함으로써 중국 현대문학사를 체계적으로 이해하는 데 도움이 되고자 했다.

초판이 출간된 후 독자들로부터 책의 목차를 어떻게 구성하게 되었는지에 대해 종종 질문을 받곤 했다. 목차는 문학사 서술의 기본 이념을 담아내기에 그에 대해 약간의 설명이 필요할 듯하다. 필자가 처음 목차를 구성할 때 고민했던 것은, 중국 현대문학의 전체 지형도를 어떻게 그릴 것인가 하는 것이었다. 만일 중국 현대문학 작가들을 평면도에 배치한다면 어떤 모양이 될까? 중국 현대문학을 파악하는 데 중요한 개념적 범주로서 쌍을 이루며 대척적인 위치에 놓이는, 문학의 계몽성－비(非)계몽성, 정치성－탈정치성, 순수성－통속성 등을 고려하면서 개별 작가를 어떻게 배치할 수 있을까? 당시 필자는 각 개념적 범주의 쌍을 하나의 선분으로 하여 삼각형을 그릴 수 있다고 보았고, 개별 작가의 이론적 주장과 문학적 경향 등을 종합하면서 상대적인 관점에서 바라볼 때 루쉰(魯迅), 선충원(沈從文), 장아이링(張愛玲)이 이 삼각형의 각 꼭짓점을 차지할 수 있다고 판단했다. 말하자면 계몽성과 정치성이 만나는 지점에는 루쉰이, 탈정치성과 순수성이 만나는 지점에는 선충원이, 비계몽성과 통속성이 만나는 지점에는 장아이링이 위치한다고 보았다. 그렇다면 중국 현대문학의 지형도는 루쉰, 선충원, 장아이링을 세 꼭짓점으로 하는 삼각형 구조를 이루며, 개별 작가들은 대체로 이 삼각형 구조 내의 어느 한 지점을 차지하게 된다. 이 책의 목차는 바로 이러한 중국 현대문학의 삼각형 구조에서 개별 작가들이 차지하는 위치와 무게를 고려해 구성한 것이었다. 물론 루쉰의 경우는 계몽성과 정치성으로 한정할 수 없는, 그것을 뛰어넘는 훨씬 높은 차원의 깊이를 가지고 있음을 생각해야 할 것이다. 또 어떤 작가는 삼각형의 빗변을 연장한 어느 한 지점에 배속시킬 수도 있을 것이다. 그렇지만 작가의 문학성을 중시한다면, 중국 현대문학 작가는 삼각형 평면도 내에 각기 제자리를 잡을 수 있을 것이다. 이러한 설명이 중국 현대문학사의 전체 구조를 파악하는 데 도움이 되기를 바란다.

끝으로 한 가지 덧붙이고자 한다. 이 책이 비록 '중국현대문학사'라는 이름을 달고 있지만, 우리는 '중국 현대문학'이라는 말에 너무 매몰될 필요는 없을 것 같다. '중국 현대문학'을 그냥 현대의 '중국 문학'이라고 말하는 편이 나을지도 모르겠다. 필자는 중국 "현대문학을 중국 문학이라고 부르고 고전문학은 따로 중국고전문학이라고 불러야 한다"(전형준, 『언어 너머의 문학』, 서문)라는 견해에 동의한다. 실제로 마오둔(茅盾)도 1941년에 중국 신문학이 걸어온 길을 '현실주의'의 길로 규정하면서 그것을 '중국 문학'이라고 표현한 바 있다(「現實主義的道路: 雜談二十年來的中國文學」). 우리도 한국 현대문학을 그냥 한국 문학이라고 말하지 않는가! 지난 19세기 말 이후 현재까지 '현대성(근대성)'의 가치 개념을 구현해온 중국 문학을 강조하기 위해 중국 '현대문학'이라는 말을 사용할 수 있지만, 오늘날 '현대성'이라는 개념도 매우 유동적이기 때문에 이제는 현대의 중국 문학을 가리켜 '중국 문학'이라고 불러도 무방할 것이다. 더욱이 가오싱젠(高行健), 모옌(莫言)과 같은 노벨문학상을 수상한 작가들이 배출된 지금의 중국 문단을 생각하면 현재의 중국 문학이 더욱 중요한 의미를 갖는다.

이제 고마운 분들을 기억할 차례이다. 무엇보다 이 책을 애독해준 독자들에게 감사드린다. 독자들의 관심과 사랑이 없었다면 이 책의 개정판은 당장에 나오기 어려웠을 것이다. 또한 '국립국어원 외래어(중국어) 표기법'에 따라 중국의 인명과 지명을 새로 고쳐주고 출처의 신빙성을 더하기 위해 일부 원문을 확인해준 최민경 선생에게도 고마운 마음을 전한다. 아울러 품위 있는 책이 나올 수 있도록 애써주신 이화여자대학교출판부 선생님들에게도 깊이 감사드린다.

개정판을 준비하면서 내용을 수정 · 보완하는 데 많은 애를 썼지만, 예기치 못한 문제가 불쑥 나타날지도 모르겠다. 독자 제현의 질정을 바란다.

2015년 4월

홍석표

| 초판 서문 |

우리가 통상적으로 중국 문학이라 하면 중국 대륙의 문학을 가리킨다. 최근에는 그 범위가 더욱 확대되어 중국 대륙을 넘어 타이완의 문학, 홍콩의 문학, 마카오의 문학 등을 포함하기도 한다. 더욱이 중국어로 씌어진 문학, 이른바 세계의 '화어(華語) 문학'도 중국 문학의 범주 속에서 이해하고 해석하려는 움직임까지 일고 있다. 그만큼 오늘날 중국 문학의 외연은 과거에 비해 크게 넓어지고 있는 것이다. 그렇지만 우리의 시각에서 보면 우선 중국 대륙의 문학을 중국 문학으로 간주해야 할 것이다.

그동안 중국에서는 20세기 이후의 중국 문학을 '신문학(新文學)', '현대문학(現代文學)', '당대문학(當代文學)' 등의 명칭을 사용해서 표현해왔다. 그 의미의 차이가 있으므로 역사적인 연원을 살펴볼 필요가 있다. 1950년대 이전까지는 '5・4문학혁명' 이래의 신문학의 문학사 저술과 작품 선집은 대부분 '신문학'이라는 명칭을 사용했다. 예컨대, 저우쭤런(周作人)의 『중국신문학의 원류(中國新文學的源流)』(1932), 왕저푸(王哲甫)의 『중국신문학운동사(中國新文學運動史)』(1933), 자오자비(趙家壁) 주편의 『중국신문학대계(中國新文學大系)』(1935) 등이 그것이다. 1950년 5월 중국교육부에서 전국고등교육회의를 소집해 고등교육기관에서 교육할 교과과정의 내용과 교재 제작에 대해 토론했는데, 이때 '중국 현대문학사'도 교과과정에 포함될 것이 결정되었고 그 후 점차 '현대문학'이라는 명칭이 사용되기 시작했다. 물론 1950년대에도 여전히 '신문학'이라는 명칭을 즐겨 사용했으니, 딩이

(丁易)의 『중국현대문학사고(中國現代文學史稿)』(1955)를 제외하고 왕야오(王瑤)의 『중국신문학사고(中國新文學史稿)』(상권 1951, 하권 1953), 차이이(蔡儀)의 『중국신문학강화(中國新文學講話)』(1952), 류서우쑹(劉綬松)의 『중국신문학사초고(中國新文學史初稿)』(상 · 하권 1956) 등은 모두 '신문학'이라는 명칭을 사용했다. 어쨌든 1950년대 중 · 후기부터 '신문학'이라는 명칭은 점차 '현대문학'이라는 명칭으로 대체되어 '현대문학사'라는 이름의 저술이 속속 등장하게 된다. 이와 더불어 '당대문학사' 또는 '신중국문학(新中國文學)'이라는 명칭을 사용해 1949년 이후의 중국 대륙 문학을 서술한 문학사적 저술이 나오게 된다. 그렇다면 신문학이라는 명칭은 전통문학과 구별되는 새로운 문학이라는 의미로 사용되고, 현대문학은 1949년 이전까지의 신문학을, 당대문학은 그 이후의 문학을 지칭하는 것이다. 하지만 우리의 시각으로 보면 전통문학과 구별되는 근대적인 문학으로서 20세기 이후의 신문학 전체를 현대문학이라는 명칭으로 포괄할 수 있을 것이다. 물론 '현대문학'이라는 명칭은 중국의 용법을 존중해 5 · 4문학혁명 이후 1949년 이전까지의 신문학만을 가리키는 것으로 축소해 사용할 수도 있다.

국내에서 중국 현대문학을 본격적으로 연구하기 시작한 것은 1980년대 초반부터이다. 중국 고전문학 연구와 비교할 때 중국 현대문학 연구는 상당히 뒤늦게 시작되었다. 그렇지만 짧은 기간에도 불구하고 그동안 중국 현대문학 연구는 괄목할 정도로 많은 성과를 이룩했다. 1990년대 이후 중국 현대문학 연구자들이 급증해 10여 년을 경과하는 사이에 풍성한 연구 성과를 거두었고 연구 관점도 풍부해졌다. 석 · 박사학위 논문이 쏟아지고 수많은 연구 논문이 발표되어 중국 현대문학의 이해의 폭과 깊이를 더해 주었다. 작품의 번역은 말할 것도 없고 문학사적 저술도 많이 출판되었다.

개인 저술로서 김시준의 『중국현대문학사』가 1992년에 나왔고, 허세욱의 『중국현대문학사』가 1999년에 나왔다. 특히 김시준의 저술은 국내에서 불모지에 가까운 중국 현대문학사 서술 부문에서 개척적인 작업에 속한다. 여러 연구자들이 함께 참여해 구성한 『중국 현대문학과의 만남』(2006)도 완전하다 할 수 없지만 문학사 저술의 범주에 속한다. 중국인의 저술을 번역한 중국 현대문학사도 여러 종이 나왔다. 황슈지(黃修己)의 『중국현대문학발전사』와 원루민(溫儒敏)의 『현대 중국의 현실주의 문학사』가 1991년에 출판되었고, 천쓰허(陳思和)의 『20세기 중국현대문학의 이해』가 1995년에 출판되었다.

이들은 각기 장단점을 가지고 있다. 문학 논쟁과 사건, 작가와 작품에 대한 설명은 풍부하지만 문학사 흐름에 대한 이론적 접근이나 개별 작가 · 작품에 대한 비평적 분석이 미흡한 경우도 있다. 문학사의 전체 규모를 이해하는 데 도움이 되고자 작가 · 작품을 많이 나열하고 있으나, 오히려 문학사의 흐름을 체계적으로 파악하는 데 방해가 되거나 중국 대륙의 관점을 부정하려는 의도 때문에 오히려 또 다른 편향을 드러낸 경우도 있다. 각 분야의 전문 연구자들이 공동으로 집필해 부문별로 심도 있는 서술을 꾀하고 있으나 관점의 일관성이 흐려 있는 경우도 있다.

번역서로는 기존의 정치 이데올로기적 관점을 배제하고 '세계문학 속의 중국 문학'이라는 관점에서 서술한 황슈지의 『중국현대문학발전사』가 두드러진다. 이 책은 많은 자료를 활용해 탈정치적인 관점에서 서술한 온전한 문학사 저술로서 상당히 균형 잡힌 시각을 제공해준다. 문학운동과 작가 · 작품 등을 풍부하게 소개하고 있을 뿐만 아니라 구체적인 작품의 비평도 중시하고 있어 문학사의 흐름을 이해하는 데 크게 도움이 된다. 다만 이 책은 1988년에 씌어졌기 때문에 1990년대 이후 최근의 연구 성과를 반영하고 있는 것은 아니다. 이를테면, 오늘날 새롭게 조명받고 있는 원앙호접파(鴛鴦蝴蝶派)의 통속소설이나 장헌수이(張恨水)의 장회소설(章回小說), 장아이링(張愛玲)과 첸중수(錢鍾書)의 소설 등에 대한 설명과 비평이 상대적으로 미흡하다.

그동안 중국에서든 국내에서든 중국 현대문학의 연구 성과가 괄목할 정도로 많이 축적되어왔고 연구 관점도 풍부해졌는데, 이를 반영해 중국 현대문학사를 새롭게 서술하는 것은 나름대로 큰 의미를 갖는다. 국내에서 초기 저술이 나온 이후 일정한 시간이 경과했으므로 기존 저술이 안고 있는 문제점을 고려하면서 축적된 연구 성과를 적극적으로 반영할 필요가 있다. 이 책은 바로 이러한 목적을 달성하려는 취지를 가지고 나름의 서술 관점과 비평적 시각을 유지하며 기술했다. 특히 다음의 몇 가지 사항에 중점을 두었다.

중국 현대문학사의 흐름은 중국 현대사의 역동적인 변화와 떼어서 생각하기는 어렵기에 중국 현대문학의 이해는 문학과 현실 또는 문학과 정치의 관계를 중시하지 않을 수 없다. 하지만 중국 현대문학은 문학의 독자성을 포기한 적은 없으며, 오히려 다양한 작가와 작품을 낳았다. 이는 중국 현대문학을 단일한 이념으로 체계화할 수 없음을 뜻한다. 따라서 이 책은 중국 문학의 근대적 변화로서 신문학의 탄생 및 그것의 분화와 발전을 서술하면서, 근대적이냐 아니냐, 현실주의적이냐 아니냐, 혁명을 위한 것이냐 아니냐와 같은 이원대립적 인식의 틀에 매몰되지 않고 다원적 양상을 드러내는 데 주안점을 두었다. 그동안 소홀히 취급되었거나 제대로 평가받지 못했던 문학 현상이나 작가·작품을 적극적으로 포함하고자 했다.

중국 현대문학사는 현대 중국의 문학 현상과 작가·작품의 객관적 사실만을 드러내는 학문 영역으로 그치지 않는다. 그것은 현대 중국을 심층적으로 이해할 수 있는 분과 학문의 성격을 가진다. 중국 현대문학사 서술은 중국 현대문학의 사적 흐름을 체계적으로 정리하는 것일 뿐만 아니라 정신사 또는 문화사의 맥락에서 현대 중국을 형상화하는 것이기도 하다. 그래서 전통문학에서 현대문학으로 변화·발전한 현대 중국의 문학 현상과 그것의 사적 전개에 주목해야 할 뿐만 아니라 현대 중국인의 정신적 유동과 그 궤적을 살피는 데도 유념해야 하는 것이다. 단적인 예로, 전통문학이 현대문학으로 변화·발전해온 경과를 중시해 19세기 후반부터 진행된 근대 시기의 문학 개혁을 적극적으로 서술하고자 한 것은 바로 이와 관련이 있다. 중국 현대문학은 전통문학과의 대결을 통해 성립되었던 만큼 근대 시기의 문학 개혁은 그 과정으로서 중요한 의미를 갖는다.

중국 현대문학이 전통문학과의 대결을 통해 성립되었다고 하더라도 은연중에 전통이 내재화되어 있음을 인식하고 그것을 드러내려는 노력도 게을리하지 말아야 한다. 물론 전통문학의 근대적 변화를 중시할 때 근대적 문학 의식이 어떻게 개별 작가와 작품 속에 구현되고 있는지를 밝히는 것이 가장 중요한 과제이다. 하지만 전통의 내재화에 관심을 가짐으로써 과거의 문학 전통이 현대문학 작품 속에 어떻게 변용되어 나타나는지 그 양상을 살피는 데도 주의를 기울여야 하는 것이다.

끝으로 이 책은 필요에 따라 개별 작가의 대표적인 작품을 인용해 구체적인 작품을 감상하고 이해할 수 있도록 구성했다. 작품에 대한 느낌이 뚜렷해야 이론적인 설명이 친밀하게 다가오고 문학사의 흐름을 실감나게 느낄 수 있기 때문이다. '조선'을 형상화하고 있는 일부 작품도 소개했는데, 타이징눙(臺靜農)의 단편소설 「나의 이웃(我的隣居)」, 양한성(陽翰笙)의 극작품 『무궁화의 노래(槿花之歌)』, 톈한(田漢)의 극작품 『조선풍운(朝鮮風雲)』 등이 그것이다. 이들은 당시 중국인들의 조선 인식을 확인하는 데 도움이 된다.

넓은 범주의 중국 현대문학이라는 명칭을 생각할 때, 중국 현대문학사는 지난 20세기 전체를 포함하면서 현재에도 여전히 진행 중인 중국 문학의 변화와 발전을 다루어야 한다. 하지만 이 책은 19세기 말부터 1949년 사회주의 중국이 성립되기 직전까지의 중국 문학만을 서술 대상으로 삼았다. 중국 문학이 사회주의 이념의 구현이라는 단일한 방향으로 수렴되기 직전까지, 중국 신문학의 탄생 및 그것의 분화와 발전에 초점을 맞추었기 때문이다. 1949년 이후의 중국 문학의 흐름을 이해하기 위해서는 다른 문학사 책을 참고해야 한다. 사회주의 중국이 성립된 이후 최근까지의 중국 문학을 서술한, 이른바 '중국 당대문학사'는 김시준의 『중국당대문학사』(소명출판사, 2005), 홍쯔청(洪子誠)의 『중국당대문학사』(비봉출판사, 2000), 천쓰허(陳思和)의 『중국당대문학사』(문학동네, 2008) 등을 읽으면 좋을 것이다.

어쨌든 이 책을 통해 중국 현대문학의 탄생과 그것의 사적(史的) 전개의 전체 면모를 체계적으로 이해할 수 있기를 바란다. 오늘날에는 영화 등 영상 매체가 크게 주목받고 있지만 인간의 정신과 사유의 깊이를 담아내는 데는 문자 텍스트만 한 것이 없는 것 같다. 문자 텍스트의 정화(精華)인 문학을 사적으로 다루는 문학사 서술이 여전히 중요한 이유가 바로 여기에 있다. 현재 우리는 중국 · 일본 · 구미 등지의 중국 현대문학 연구와 구별되는 독자적인 자기정체성을 확립해야 할 과제를 안고 있는데, 앞으로 더 많은 연구를 통해 훨씬 수준 높은 중국 현대문학사 저술이 나오길 기대한다.

이 책을 완성하기까지 오랜 시간이 걸렸다. 작가를 이해하고 작품을 읽고 자료를 정리하는 데 많은 시간이 소요되었기 때문이다. 문학사를 쓰는 것은 어느 한 주제에 맞추어 집중적으로 기술하는 일반적인 학술서보다 훨씬 품이 많이 드는 작업이라는 사실을 새삼 깨달았다. 그런 만큼 여러 가지 문제점을 안고 있을 것이다. 독자들의 질정을 바란다.

그동안 여러 사람들로부터 많은 도움을 받았다. 박혜진 선생님은 일반 독자의 입장에서 이 책의 원고를 꼼꼼히 읽고 소중한 조언을 해주셨다. 김선영 양은 번거로움을 마다하지 않고 필요한 자료를 찾아오고 인명과 지명의 중국식 발음 표기 등을 도와주었다. 특히 이화여대출판부는 이 책의 집필로부터 출판에 이르기까지 많은 지원을 아끼지 않았다. 최민숙 출판부장님의 독려와 배려가 없었더라면 이 책의 완성은 상당히 늦어졌을 것이다. 이 자리를 빌려 깊은 감사를 드린다. 또한 멋진 책으로 꾸며주신 이화여대출판부 선생님들에게도 고마운 마음을 전한다.

2009년 6월 3일

저자 삼가 씀

| 차례 |

제1장

중국 현대문학사의 범주와 근대적 문학 의식

제1절 현대문학사의 범주와 전개 양상

문자로 기록된 것이거나 문자로 기록되지 않았다 하더라도 그에 상당한 것이라면 문학적 텍스트가 될 수 있다. 여기서 '그에 상당한 것'이란, 말로 전해져오고 있는 것 또는 말로 통용되고 있는 것도 의미하며, 심지어 기억 속에 존재하는 것까지도 포함할 수 있다. 다만 문자로 기록된 것 또는 그에 상당한 것이 문학적 텍스트가 될 수 있지만, 그것이 곧바로 문학이 되는 것은 아니다. 무엇을 문학이라고 규정하기 위해서는 어떤 판단이 선행되어야 하는데, 그런 판단을 하기 위한 대상을 잠정적으로 문학적 텍스트라 부를 뿐이다. 그래서 어떤 문학적 텍스트를 문학으로 확정하기 위해서는 그것을 판단하기 위한 방법이 매우 중요하다. 이 방법이야말로 진정으로 문학적 텍스트를 문학이게끔 만들어주는 근거가 된다.

어떤 텍스트도 다양한 방법으로 다룰 수 있다. 동일한 텍스트를 문학에서, 심리학에서, 역사학에서, 사회학에서 다룰 수 있다. 어떤 텍스트가 문학적 방법으로 접근이 가능하다면 그것은 문학으로 자리 잡을 수 있으며, 문학적 방법으로 접근해 만족스러운 결과를 얻을 수 없다면 그것은 문학이 되지 못할 것이다. 그렇지만 현재 우리는 통상적으로 문학의 범주를 설정해놓고 있다. 예컨대, 시 · 소설 · 산문 · 희곡은 문학이다 하는 식이다. 이는 문학이란 무엇인가를 명시적으로 보여주는 것이기는 하나 문학에 대한 본질적인 해명은 아니다. 그것은 창작하고, 감상하고, 연구하기에 용이하도록 설정된 편의상의 범주로 이해할 수 있다. 따라서 문학이란 무엇인가라는 물음에 대한 답은 문학이라고 판단할 수 있는 근거를 찾는 데서 시작해야 한다. 이는 텍스트에 접근하는 문학적 방법이 매우 중요함을 시사한다. 우리가 문학에 대한 정의를 쉽게 내릴 수 없는 것도, 문학에 대한 정의가 다양한 것도 문학이라고 판단하는 근거, 즉 텍스트를 다루는 문학적 방법이 다양하기 때문이다. 그래서 동일한 문학적 텍스트를 다루더라도 어떠한 방법에 의거하고 있느냐에 따라 문학으로 확정되기도 하고 그렇지 않기도 하며, 문학으로 확정되더라도 그 가치의 우열이 달라진다. 중국 현대문학사를 이해할 때도 문학에 대한 근본적인 물음을 항상 염두에 두면서 문학 텍스트를 대하는 문학적 방법을 고려해야 하는 이유가 바로 여기에 있다.

우리는 문학 작품을 읽으면 감동을 받는다. 문학 작품을 읽으면서 받게 되는 이러한 감동을 보통 미적 감동이라 부른다. 미적 감동이라 했으니 이는 미학과 깊은 연관이 있다. 아름다움에 관한 학(學)으로서 미학은 '감성적 인식의 학'으로 정의되는데, 이는 이성 중심의 철학과 달리 감성(감각)이 하나의 학으로서 성립함을 보여준다. 문학 작품을 읽으면서 감성 영역에서 어떤 울림이 일어나고 그 울림의 의미가 일상적으로 접하게 되는 의미와 다른 것으로 다가올 때 우리는 진한 미적 감동을 받는다. 문학의 힘은 바로 여기에 있다.

'감성적 인식의 학'과 관련된 문학은 다른 무엇보다 그 사회를 비춰주는 거울이다. 문학만큼 그 사회의 내면 풍경을 형상적으로 보여주는 것도 드물 것이다. 또한 문학은 '감성'과 관련된 만큼이나 현실에 대해 매우 민감하게 반응하므로 현실의 흐름을 적극적으로 반영하지 않을 수 없다. 중국 현대문학 역시 예외일 수 없다. 오히려 중국 현대문학은 시대의 산물로서 현실의 변화에 적응해야 했고, 현실의 방향을 적극적으로 열어놓기도 했다. 그래서 중국 현대문학은 중국 현대사의 역동적인 흐름과 떼어서 이해하기는 어렵다.

중국 현대문학을 이해하기 위해서는 먼저 문학사를 들여다보아야 한다. 어떤 문학운동이 일어났고 어떤 문학사조가 있었으며, 어떤 작가·작품이 등장했고, 그것의 변화·발전은 어떻게 진행되어왔는지 그 지형도를 살펴야 하기 때문이다. 중국은 세계사에 편입되기 시작한 1840년 아편전쟁(阿片戰爭) 이후 지금까지의 문학을 대체로 '근대문학(近代文學)', '현대문학(現代文學)', '당대문학(當代文學)'이라는 이름으로 삼분해왔다. '근대문학'은 아편전쟁 이후부터 1917년 문학혁명(文學革命)이 제창되기까지의 문학을 가리키고, '현대문학'은 문학혁명 이후 1919년의 5·4운동을 거쳐 1949년 중화인민공화국이 수립되기까지의 문학을 가리키며, '당대문학'은 1949년 이후부터 지금까지의 문학을 가리킨다. 그리고 문학혁명부터 사회주의 중국의 성립까지 대략 30년 남짓의 시간적 범위를 가지고 있는 '현대문학'은 문학적 지형도의 변화에 따라 10년 단위로 나누어 세 시기로 구분한다. 1917년부터 1927년까지의 첫 번째 10년 시기는 문학혁명이 완성되고 전통문학과 다른 근대적 신문학이 수립되어 본격적으로 발전하던 때이다. 1928년 혁명문학 논쟁 이후부터 1937년 중일전쟁(中日戰爭)이 발발하기까지의 두 번째 10년 시기는 다양한 문학 유파가 형성되고 좌익 문단이 성립되었으며 창작 면에서 풍성한 수확을 거둔 때이다. 중일전쟁과 국공내전(國共內戰)을 거쳐 1949년 중화인민공화국이 수립되기까지의 세 번째 10년 시기는 전쟁의 소용돌이 속에서 항일문학(抗日文學)이 주류를 이루고 사회주의 문학이 태동한 때이다.

그동안 중국에서는 '근대문학', '현대문학', '당대문학'이라는 삼분법이 아편전쟁 이후의 중국 문학을 지나치게 단절적으로 파악해 상호 간의 연관을 무시하고 있다는 비판이 일어났다. 그래서 최근에는 19세기 말 이후의 20세기 전체를 현대문학사의 시간적 범주로 설정해 문학사를 기술하기도 한다. 또한 그다지 길지도 않은 '현대문학' 30년을 10년 단위로 구분해 기술하는 것도 별로 흥미롭지 않다고 보아 그러한 방식을 지양하고 시간적 경과를 중시하면서도 주제와 장르를 중심으로 통합적으로 기술하는 경향을 보이고 있다.

중국 현대문학은 전통문학과의 대결을 통해 그 봉건성을 극복하면서 탄생했으므로 전통문학과 다른 근대적 신문학의 탄생을 의미 있게 기술하는 것이 중국 현대문학사 기술의 중요한 과제 중의 하나이다. 이는 전통문학으로부터 근본적인 변화가 일어난 '현대문학' 영역이 중국 현대문학사 기술의 중심이 될 수밖에 없음을 뜻한다. 그렇지만 전통문학의 근대적 변화가 시작된 과도기의 '근대문학' 영역 역시 현대문학사 기술에 포함되어야 한다. '현대문학' 시기에 문학의 근본적인 변화가 완성되었다고 하더라도 '근대문학' 시기의 과도적 문학 개혁이 그 기초가 되었기 때문이다. 또한 중국 현대문학은 현실 정치와 밀접하게 관련되어 성장해왔으므로 현대 중국의 정치 정세 변화를 고려하지 않을 수 없다. 문학혁명과 5·4운동을 통해 탄생한 중국 신문학은 변화와 발전을 거듭하면서 풍성한 수확을 거두었으나 항일전쟁과 국공내전을 거치는 과정에서 침체와 굴곡을 겪었고 정치적 변화가 일단락 지어지는 1949년 사회주의 중국의 수립으로 말미암아 사회주의 문학으로 단일화되었다. 따라서 중국 현대문학사 기술의 시간적 범주를 문학 개혁이 처음 시작된 19세기 말부터 문학혁명이 진행·완성되는 5·4시기를 거쳐 1949년 중화인민공화국 수립까지로 설정하는 것은 나름대로 의미를 갖는다. 전통문학의 근대적 변화와 신문학의 탄생, 신문학의 성장과 분화, 항일문학의 대두, 사회주의 문학으로의 단일화 등 현대 중국 문학의 역사적 연원과 그 연속성을 체계적으로 살필 수 있기 때문이다.

더욱이 신문학의 탄생과 그것의 변화 발전에 주목할 때, 개별 장르를 10년 단위로 나누어 기술하기보다 시간적 경과를 놓치지 않으면서도 문학운동, 문학사조, 작가·작품 등을 주제나 장르 중심으로 통합적으로 기술하는 것이 현대문학사를 체계적으로 이해하는 데 도움이 된다. 또한 중국 현대문학사 기술은 현대 중국의 문학 현상과 작가·작품의 객관적 사실만을 다루는 것으로 그치지 않는다. '감성적 인식의 학'과 관련된 문학은 그 사회를 비춰주는 거울이므로 중국 현대문학사 기술은 현대문학의 사적 흐름을 체계적으로 정리하는 것일 뿐만 아니라 정신사적 맥락에서 현대 중국을 형상화하는 작업이기도 하다. 따라서 현대 중국인의 정신적 유동과 그 궤적을 살피기 위해서도 그리 길지 않은 시간적 범위를 가진 현대문학사는 주제나 장르 중심의 통합적인 기술이 더욱 효과적일 것이다.

아편전쟁 이후 중국은 이중의 과제를 해결해야 했다. 하나는 반제(反帝)였고 다른 하나는 반봉건(反封建)이었다. 이것은 정치·경제사적으로 부여된 과제였지만, 현실 정치와 밀접하게 관련되어 성장해온 현대문학 역시 이러한 과제를 스스로 떠맡아야 했다. 오히려 현대문학이 앞장서서 이러한 과제를 먼저 제시하고 그 과제의 해결에 선도적인 역할을 담당했다. 반제와 반봉건의 과제는 문화사적 맥락에서 '구망(救亡)'과 '계몽(啓蒙)'의 과제로 표현되기도 하는데, 반제와 반봉건 또는 '구망'과 '계몽'의 과제는 중국 현대문학사를 이해하는 데 매우 중요한 이념적 틀을 제공해준다. 그런데 중국 현대문학사에서 반제·구망과 반봉건·계몽의 이 두 과제는 서로 중첩되어 상승 작용을 하기도 했지만 상호 대립해 갈등을 빚기도 했다. 즉, 신문학이 탄생해 성장하기까지는 서로 상승 작용으로 기능했지만 중국혁명과 항일전쟁이라는 절박한 정치 상황으로 말미암아 상호 대립의 양상이 두드러졌다. 신문화운동 초기에 상대적으로 우위에 놓여 있었던 반봉건 · 계몽의 과제는 점차 약화되고 정치혁명이 본격화되던 1920년대 후반부터 반제 · 구망의 과제가 급선무로 떠올랐다. 그 과정에서 두 과제는 대립의 양상이 뚜렷해져 갈등을 빚지 않을 수 없었다.

이러한 상황을 염두에 둘 때, 다음 두 가지 인식 틀은 중국 현대문학사의 전개 양상을 논리적으로 파악하는 데 매우 중요한 관점을 제공해준다. 첫째, 문학과 정치의 관계이다. 중국 현대문학사는 문학의 예술성 추구와 문학의 정치성 추구가 팽팽한 긴장 속에서 서로 갈등을 빚으면서 전개되었다. 더욱이 문학의 근대적 예술성을 확립하기 위한 진지한 노력에도 불구하고 점차 문학의 정치성을 강화하는 방향으로 흘러갔다. 말하자면 문학의 정치성이 문학의 예술성을 압도하는 현상이 두드러졌다. 둘째, 문학의 대중화이다. 중국 현대문학사의 전개는 문학 생산자와 향유층의 지속적인 확대를 가져왔다. 문학 언어가 언문일치의 백화문(白話文)으로 전면 개편된 이후 문학을 생산하든 문학을 향유하든 그 담당 계층이 지속적으로 확대되어 '노동자 · 농민 · 병사'의 인민으로까지 확장되었다.

중국 현대문학은 전통문학의 봉건성을 극복하면서 근대화를 추구해 문학의 예술성을 더욱 강화했지만 서양 열강의 이권 침탈과 일본의 침략, 그리고 중국혁명이라는 절박한 정치 상황으로 말미암아 문학의 정치성을 우위에 두지 않을 수 없었다. 국가 · 민족적 위기 앞에서 정체성 확립이 가장 시급히 요구되던 시기에 현대문학은 정치적 주체를 강력히 요청하게 되었고, 그것은 지식인으로부터 '노동자 · 농민 · 병사'의 인민으로까지 확대되었다. 이는 중국혁명이 중국 현대문학의 사적 전개에 직접적으로 영향을 미친 결과이며, 중국혁명의 관점에서 보면 역사적 정당성을 가진다. 그렇지만 문학의 관점에서 보면 문학의 예술성을 소홀히 취급하거나 배척하는 부정적인 결과를 초래하기도 했다.

문학의 예술성에 대한 부정적인 결과는 바로 국가 · 민족의 정체성을 확립하기 위해 요구된 문학의 정치적 주체가 과잉되면서 '타자'를 배제하는 논리가 점점 강화되어 발생했다. 원래 정체성은 타자와 차이를 드러내어 구분을 짓는 데서 확립된다. 그러나 그 구분은 배타적인 구분이 아니며, 구분의 접경에서 서로 만남이 가능하도록 이끌어야 한다. 진정한 의미의 정체성 확립은, 구분을 지으면서도 구분 이후 그 경계에서 서로 만날 수 있는 열린 자세를 갖는 데서 완성된다. 그렇지만 중국 현대문학사는, 차이를 드러내는 구분을 지나치게 강조하는 주체의 정체성 과잉으로 말미암아 구분의 경계에서 타자끼리 서로 만날 수 있는 가능성을 점점 축소하는 방향으로 전개되었다. '노동자 · 농민 · 병사'를 위한 문학은 인민의 정체성 확립에 크게 기여했지만, 그것이 과잉됨으로써 그 밖의 타자와 대화할 수 있는 여유를 가지지 못했다. 이는 배제의 논리로 작용해 포용이나 관용의 열린 태도를 잃어버리고 단일화를 강요했다. 그리하여 문학의 예술성 추구가 설 자리를 잃었고 다양한 문학 유파의 탄생이 가로막혔다. 문학의 사회성과 계급성이 중시되어 순문학의 성장이 억압되었으며, 문학의 진정성이 강조되면서 도시 통속문학이 상업주의라는 이름으로 일괄 부정되기도 했다.

이렇게 본다면, 중국 현대문학사 기술은 전통문학의 봉건성을 극복하면서 근대화를 추구한 신문학의 탄생과 그 예술성을 드러내어야 할 뿐만 아니라 문학의 정치성이 강화되는 맥락과 과정 및 그로 인해 파생된 주체의 정체성 과잉도 함께 담아야 한다. 또한 정치적 주체의 과잉으로 인해 주변으로 밀려나 정당한 평가를 받지 못했던 다양한 문학 유파와 작가 · 작품을 복원함으로써 중국 현대문학의 다원적 양상을 입체적으로 그려야 한다. 그래야만 중국 현대문학사를 온전하게 구성할 수 있으며, 이를 통해 현대 중국인의 정신적 유동과 그 궤적을 풍부하게 되살릴 수 있을 것이다.

제2절 전통적 문학 의식의 근대적 변화

고대 중국에서는 열국(列國)들이 외교적 교섭에 들어가기 전에 『시경(詩經)』의 시를 한 수 읊어서 뜻을 암시했다고 한다. 또 『논어(論語)』에는 공자와 그의 제자들이 대화하면서 『시경』의 시를 인용해 자기가 말하고자 하는 뜻을 비유적으로 전달하는 장면이 종종 나온다.

> 자공이 여쭈었다. "가난해도 아첨하지 않고 부유해도 교만하지 않는다면 어떻겠습니까?" 공자께서 말씀하셨다. "괜찮기는 하나 가난하면서도 마음이 즐겁고, 부유하면서도 예를 좋아하는 것만 못하다." 자공이 아뢰었다. "『시경』에 이르기를 '깎고 다듬은 듯하고, 쪼고 갈은 듯하다'고 한 것은 바로 이것을 뜻하는 것입니까?" 공자께서 말씀하셨다. "사(賜)야, 비로소 너와 『시경』을 말할 수 있겠구나."[1]

> 자하가 여쭈었다. "'곱게 웃으면 볼우물 일고, 아름다운 눈 초롱초롱한데, 흰 바탕에 고운 무늬 이루었네'라 한 것은 무엇을 뜻합니까?" 공자께서 말씀하셨다. "그림 그리는 일은 흰 바탕이 있은 뒤에 된다는 것이지." 자하가 여쭈었다. "예는 이차적이라는 뜻입니까?" 공자께서 말씀하셨다. "나를 계발시켜주는 사람은 상(商)이로다. 비로소 함께 『시경』을 말할 수 있겠구나."[2]

원래 공자는 교화(教化)의 측면에서 『시경』의 시를 대단히 중시했는데, 가르침을 전달하기 위한 활용의 측면에서도 시를 매우 중시했다. 즉 공자

---

1 "子貢曰, 貧而無諂, 富而無驕, 何如. 子曰, 可也, 未若貧而樂, 富而好禮者也. 子貢曰, 詩云如切如磋如琢如磨, 其斯之謂與. 子曰, 賜也, 始可與言詩已矣."(『論語 · 學而』)

2 "子夏問曰, 巧笑倩兮, 美目盼兮, 素以爲絢兮, 何謂也. 子曰, 繪事後素. 曰, 禮後乎. 子曰, 起予者商也. 始可與言詩已矣."(『論語 · 八佾』)

는 가르침의 뜻을 전달하는 데 시가 탁월한 효과를 발휘한다는 사실에 주목하고 있었다. 송대(宋代)에 이르러 주희(朱熹)도 '시'로써 "세상을 교화한다"[3]라고 하여 『시경』의 교화 내용을 추인했고, "열국의 시는 천자가 순수(巡守)할 때 반드시 진상해 그것을 보여주었는데, 관직의 강등과 승진의 자료로 사용되었다"[4]라고 하여 시의 활용 효과도 재확인했다. 고대 중국인들은 시의 교화 내용뿐만 아니라 시의 활용 효과도 매우 중시했음을 알 수 있다.

열국이 외교적 교섭에서 시를 이용해 뜻을 암시적으로 전달하거나 공자가 제자들을 가르칠 때 직설적으로 설명하기보다 시를 이용해 비유적으로 설명한 것은 뜻의 전달 면에서 시가 탁월한 효과를 발휘하기 때문이었다. 『시경』은 오늘날 문학 텍스트로 인정되고 있는데, 문학적 표현이 뜻을 훨씬 강렬하게 전달해준다는 사실을 고대 중국인들은 일찍부터 인식하고 있었다. 그들은 오늘날 통용되는 문학이라는 이름을 사용하지는 않았지만 고대로부터 문학적 표현을 중시해 그것을 즐겨 활용해왔던 것이다.

고대 중국에서 매우 중시되어온 『시경』에 관한 본격적인 연구는 서한(西漢) 때부터 시작되었다. 시경학(詩經學)의 대표적인 저술인 『모시(毛詩)』와 『삼가시(三家詩)』는 이때 나온 것이다. 이 중에서 『삼가시』는 이미 위진(魏晋)대에 이르러 거의 전해지지 않게 되었으나 『모시』만은 동한(東漢) 때 정현(鄭玄)의 『모시전(毛詩箋)』이 나오고 당대(唐代) 공영달(孔穎達)의 『모시정의(毛詩正義)』가 나오면서 『시경』의 전통적인 해설서로서 자리 잡았다. 전통적으로 『시경』 해석의 원칙적인 규범을 제시하고 있는 「모시서(毛詩序)」에는 '시'를 이렇게 설명하고 있다.

---

3 "化天下."(「詩集傳序」)

4 "至於列國之詩, 則天子巡守, 亦必陳而觀之, 以行黜陟之典."(「詩集傳序」)

> 시는 뜻이 움직이는 그 무엇이다. 마음에 있을 때는 뜻이지만 말로 나오면 시가 된다. 감정은 가슴에서 일어나서 말로 표현되는데, 말로 표현해 부족하면 감탄의 소리를 내고, 감탄의 소리로 부족하면 가락으로 노래 부르고, 가락으로 노래 불러 부족하면 자기도 모르는 사이에 손과 발을 움직여 춤을 춘다.[5]

이 대목은 감정의 자연스러운 발로로서 시가 생성되는 원리를 매우 집약적으로 설명해주고 있는데, 고대 중국인들의 시에 대한 인식을 엿볼 수 있는 부분이다. 여기서 우리는 시의 생성 원리, 즉 시의 본질적 가치에 대한 중국인들의 인식을 접하게 된다. 시는 마음속 뜻의 자연스러운 표현으로 이해되고 있는 것이다.

그런데 「모시서」에서는 위 인용문에 이어 "선왕은 이로써 부부를 다스리고, 효경을 완성하고, 인륜을 두텁게 하고, 교화를 아름답게 하고, 풍속을 변화시켰다"[6]라고 하여 시의 교화 작용을 크게 강조했다. 이는 시의 본질적 가치로부터 시의 도덕적 당위로 단숨에 넘어가고 있음을 보여준다. "감정에서 출발함은 백성의 본성이며, 예의에서 그침은 선왕의 은택이다"[7]라는 부연 설명은 시의 본질적 가치와 시의 도덕적 당위를 병치하고 있는 듯하지만, 실제로는 시의 도덕적 당위를 더욱 강조하기 위한 것이다. 시의 본질적 가치가 아무런 매개도 없이 곧바로 비약해 시의 도덕적 당위로 수렴되고 있으니, 시의 본질적 가치는 시의 도덕적 당위의 정당성을 설명하기 위한 전제로만 제시되고 있을 뿐이다.

「모시서」의 관점을 그대로 이은 주희도 「시집전서(詩集傳序)」에서 "시

---

5 "詩者, 志之所之也, 在心爲志, 發言爲詩. 情動於中而形於言, 言之不足故嗟嘆之, 嗟嘆之不足故永歌之, 永歌之不足, 不知手之舞之, 足之蹈之也."(「毛詩序」)

6 "先王以是經夫婦, 成孝敬, 厚人倫, 美教化, 移風俗."(「毛詩序」)

7 "發乎情, 民之性也; 止乎禮義, 先王之澤也."(「毛詩序」)

는 어째서 지어지는가"[8]라는 물음을 제기하고 시가 지어지는 과정, 즉 시의 생성 원리를 이렇게 설명했다.

> 사람이 태어나면서 고요한 것은 하늘의 본성이며, 사물에 감응해 움직이는 것은 본성의 욕망이다. 무릇 욕망이 있으면 생각이 없을 수 없고, 생각이 있으면 말이 없을 수 없으며, 말이 있으면 말로써 다 할 수 없어 감탄하고 노래하고, 그러고도 남음이 있으면 반드시 자연스러운 음향과 리듬을 갖추게 되며, 더욱이 그것으로도 끝나지 않는다. 이것이 시가 지어지는 까닭이다.[9]

이러한 시의 본질적 가치에 대한 설명에 이어 「시집전서」에서 주희 역시 「모시서」에서 언급한 교화의 관점을 그대로 본받아 시의 교화 작용을 길게 서술하고 있다. 따라서 주희 역시 시의 본질적 가치로부터 곧바로 시의 도덕적 당위로 넘어가고 있는 것이다.

과거 중국에서 시는 대표적인 문학 장르로 자리 잡았는데, 시에 대한 설명은 오늘날의 관점에서 보아 문학에 대한 설명으로 이해해도 좋을 것이다. 그렇다면 고대 중국인들은 감정의 자연스러운 표현으로서의 문학의 본질적 가치에 주목했지만, 그것을 도덕적 당위 내에 가두어 해석함으로써 문학의 도덕적 가치에 집착하도록 이끌었다. 즉 문학의 본질적 가치보다 그것의 도덕적 가치에 치중해 교화의 기능을 전면에 내세웠다고 할 수 있다. 이른바 "문장은 도를 담아야 한다"라는 '문이재도(文以載道)'의 유가적(儒家的) 문학관도 바로 이러한 배경에서 나타날 수 있었다. 근대 시기에 중국의 전통 학문에 정통해 많은 새로운 견해를 제시했던 장빙린(章炳麟)

8 "詩何爲而作也."(「詩集傳序」)

9 "人生而靜, 天之性也; 感於物而動, 性之欲也. 夫旣有欲矣, 則不能無思; 旣有思矣, 則不能無言; 旣有言矣, 則言之所不能盡而發於咨嗟詠歎之餘者, 必有自然之音響節奏, 而不能已焉. 此詩之所以作也."(「詩集傳序」)

조차도 1922년에 행한 '국학 강연'에서 "문학은 어떻게 진보를 추구할 수 있는가? 나는 '감정을 드러내며 예의에서 멈추어야 한다(發情止義)'고 생각한다"[10]라고 말했는데, 이는 그 역시 여전히 전통적인 문학 관념에 젖어 있었음을 보여준다. 따라서 전통 중국에서 문학의 본질적 가치가 분명하게 인식되었다고 하더라도 그것이 문학의 도덕적 당위에 정당성을 부여하기 위한 전제로만 제시됨으로써 인성과 개성의 자연스러운 표현으로서의 문학은 늘 억압되어왔다.

그런데 현대문학 시기에 이르면, 문학의 도덕적 당위에 집착하는 전통적인 문학 의식을 부정하고 인성이나 개성의 자연스러운 표현으로서 문학의 본질적 가치에 주목하고 인생의 반영을 중시하는 새로운 문학 의식이 형성된다. 이러한 문학 의식을 우리는 중국 현대문학을 처음 개척한 루쉰(魯迅)을 통해 확인할 수 있다. 루쉰은 청년 시절에 "인간의 정신과 마음(神思)을 함양하는 것이 바로 문학의 직분이요 쓰임이다"라고 전제하고, "문학은 비록 판단이나 분석 면에서 학술처럼 논리적으로 엄밀하지 못하지만 인생의 진리가 문학의 언어 속에 포함되어 있어 그 소리를 듣는 사람은 마음이 트이고 인생과 직접 만나게 된다"라고 했다.[11] 루쉰은 도덕과 마주치는 문학이 아닌 정신과 마음을 함양하고 인생과 마주치는 문학을 내세웠던 것이다.

루쉰은 "사람은 적막하다고 느낄 때 창작을 하게 된다. 깨끗하다고 느끼게 되면 곧 창작은 없어지는데, 그에겐 이미 사랑할 만한 것이 하나도 없기 때문이다. 창작은 언제나 사랑에 뿌리를 두고 있다"[12]라고 이해했다.

---

10 章炳麟,『國學概述』(北京大學出版社, 2009), 169쪽.

11 魯迅,「摩羅詩力說」,『墳』,『魯迅全集(1)』(人民文學出版社, 1981), 71-72쪽. "涵養人之神思, 卽文章之職與用也." "惟文章亦然, 雖縷判條分, 理密不如學術, 而人生誠理, 直籠其辭句中, 使聞其聲者, 靈府朗然, 與人生卽會."

12 魯迅,「小雜感」,『而已集』,『魯迅全集(3)』, 532쪽. "人感到寂寞時, 會創作; 一感到干淨時, 卽無創作, 他已經一無所愛. 創作總根于愛."

창작은 문학과 등치 시킬 수 있는바, 루쉰에게 문학은 바로 '적막'과 '사랑'에서 비롯된다. 여기서 적막은 내면적 결여의 심리 상태이며, 사랑이란 결여를 메우려는 정서적 반응이라 할 수 있다. 적막을 느끼는 순간 그 결여를 메우려는 내면적 감정이 자연스럽게 발동하고 그 결과 창작이 가능해진다. 그래서 그는 "좋은 문예 작품은 여태껏 다른 사람의 명령을 받지 않았고, 이해(利害)를 고려하지 않았고, 자연스레 마음에서 흘러나온 것이다"[13]라고 강조했다. 그렇다면 "시는 뜻이 움직이는 그 무엇이다"라고 한 「모시서」의 설명처럼 루쉰에게도 문학은 마음속 뜻의 자연스러운 표현으로 이해된다. 그런데 루쉰은 '적막' 속에서 느껴지는 자신의 창작 욕구를 스스로 억제해버린다.

> 나는 돌난간에 기대어 멀리 바라보면서 내 마음의 소리를 듣는다. 아득한 사방에서 헤아릴 수 없는 비애와 고뇌와 영락과 사멸이 이 정적 속으로 뒤섞여 들어와 그것을 약주로 바꾸어 빛깔과 맛과 향기를 더해준다. 그럴 때면 나는 무엇인가 쓰고 싶었지만 그러나 쓸 수 없고 쓸 길이 없다. 이것도 내가 말하는 "침묵하고 있을 때 나는 충실을 느낀다. 입을 열려 하면 갑자기 공허를 느낀다"의 예이다.[14]

문학의 생성 원리 면에서 보면 루쉰의 관점은 「모시서」의 그것과 크게 다르지 않다. 문제는 다음에 있다. 루쉰은 스스로 창작 욕구를 느끼지만, "그러나 쓸 수 없고 쓸 길이 없다"고 말한다. 침묵하고 있을 때 가슴 가득 창작 욕구를 느끼지만, 입을 열려고 하면 그것이 부질없어 공허해지고 만다. 왜 그런가? "처음부터 '선전'이라 대서특필하고, 그 위에서 주장을 전

13 魯迅, 「革命時代的文學」, 『而已集』, 『魯迅全集(3)』, 418쪽.
14 魯迅, 「怎麽寫」, 『三閑集』, 『魯迅全集(4)』, 18-19쪽.

개하고 있는 문예 작품은 어쩐지 낯설고 순순히 받아들여지지 않는 것이 교훈문학을 낭독할 때와 마찬가지이기"[15] 때문이다. 루쉰이 선불리 창작에 임할 수 없었던 것은 자신의 창작이 자칫 「모시서」에서 언급한 것처럼 도덕적 당위로 떨어질 수 있기 때문이었다. 루쉰은 문학의 본질적 가치를 매우 중시해 자칫 도덕적 당위로 떨어지지나 않을까 경계를 늦추지 않았다. 문학은 도덕적 당위로 분식(粉飾)되면 그 가치를 잃게 된다. 도덕이라는 이념적 구속에서 벗어나서 "자신의 진심에서 우러나는 말을 발표할"[16] 수 있을 때 진정 작가는 인생의 진실을 드러낼 수 있을 것이다.

우리는 루쉰의 문학 의식을 통해 전통과 다른 새로운 문학 의식을 경험하게 된다. 이것이 바로 중국 현대문학이 탄생하게 되는 이념적 기반이다. '현대문학' 시기에 이르러 언문일치의 백화문이 새로운 문학 언어로 확정되는 것도 백화문이 '자신의 진심에서 우러나는 말을 발표하기'에 편리한 언어 도구이기 때문이었다. 자아의 표현을 추구하고 인생의 반영을 중시하는 새로운 문학 경향이 형성된 것도 당연한 일이다. 이제 전통적인 '문이재도'의 이념적 구속에서 벗어나서 인성과 개성의 자연스러운 표현을 중시하고 인생과 사회의 진실을 반영하려는 새로운 문학 의식이 보편적으로 자리 잡게 된 것이다.

중국의 이러한 새로운 문학 의식의 형성은 서양 근대문학으로부터 많은 영향을 받았다. 이른바 중국 신문학은 대부분 서양 근대문학에 익숙한 해외 유학 경험을 가진 사람들의 노력에 의해 탄생된 것인 만큼, 서양 근대문학은 중국의 새로운 문학 의식의 형성에 지대한 공헌을 했다. 그렇다고 그것을 절대화해 중국의 새로운 문학 의식의 형성을 전통과의 완전한 단절의 의미로 받아들일 필요는 없다. 고대 중국인들도 문학의 가치를 매

15 魯迅, 「怎麽寫」, 『三閑集』, 『魯迅全集(4)』, 20쪽.

16 魯迅, 「無聲的中國」, 『三閑集』, 『魯迅全集(4)』, 15쪽. "將自己的眞心的話發表出來."

우 중시해왔고 시의 생성 원리에 대한 인식에서 드러나듯이 문학의 본질적 가치를 분명하게 의식하고 있었다. 다만 후대로 넘어오면서 문학의 도덕적 당위를 지나치게 강조하는 방향으로 흘러 문학의 본질적 가치가 상대적으로 소홀히 취급되었을 뿐이다. 그렇다면 중국의 새로운 문학 의식의 형성은 서양 근대문학의 영향과 불가분의 관계에 놓여 있었지만 이전의 전통을 일부 복원하는 의미도 함께 지니고 있었던 것이다.

다만 지적할 것은, 전통의 부활이 항상 긍정적인 것만은 아니라는 점이다. 예컨대, 급박한 정치 상황으로 말미암아 중국 현대문학은 점차 문학의 정치성을 강화하는 방향으로 흘러갔는데, 이것은 문학의 사회성을 적극적으로 반영한 것이라 하더라도 문학의 도덕적 당위에 집착하는 전통의 부정적인 일면과 맥락이 닿아 있는 것이다. 문학의 정치성 추구의 이면을 들여다보면, 무의식적으로 정치적 기준을 도덕적 기준으로 전이해 이해하는 중국인의 전통적인 문화 심리 구조가 작용하고 있음을 발견할 수 있을 것이다.

제2장

전통의 붕괴와 문학 개혁의 움직임

중국은 1840년에 일어난 아편전쟁에서 영국에 패함으로써 처음으로 서양 열강과 불평등조약을 맺고 서양에 문호를 개방했다. 이때부터 중국은 세계사에 편입되어 중서문화(中西文化) 충돌을 경험하게 된다. 아편전쟁 이후 서양 열강의 침략이 노골화되면서 중국 사회는 심각한 위기에 빠졌다. 아편의 수입으로 중국의 은이 대량으로 외국으로 유출되자 청 정부는 재정적 위기에 봉착했다. 더욱이 은은 비싸고 지폐의 가치는 하락하면서 가장 먼저 손해를 본 이들은 일반 백성이었다. 정부에서 곡식을 사들일 때는 지폐를 지급하고 세금을 거두어들일 때는 은값을 기준으로 했기 때문에 백성들의 부담이 날로 무거워졌다. 그리하여 농민들의 봉기가 곳곳에서 일어났고, 서양 종교를 반대하는 투쟁도 끊임없이 발생했다. 청 정부는 외세와의 전쟁에서는 패배를 거듭하는 무능함을 보였지만 백성에 대해서는 오히려 가혹한 탄압으로 일관했다. 청 정부는 제2차 아편전쟁과 청불전쟁에서 잇달아 패배해 불평등조약을 체결하게 됨으로써 점점 주권을 상실해갔다. 이러한 위기 상황에서 청 정부는 먼저 양무운동(洋務運動)을 전개해 서양의 과학 기술과 군사 기술을 배워 부국강병을 도모하고자 했다. 하지만 1894년에 일어난 청일전쟁(갑오전쟁)에서 청국이 일본에 패함으로써 양무운동의 한계가 분명해졌다. 이 청일전쟁의 패배는 중국 지식인들에게 심한 충격을 안겨주었다. 량치차오(梁啓超)는 "중국이 4천 년의 오랜 꿈에서 깨어나게 된 것은 실로 갑오전쟁부터이다"[1]라고 말할 정도였다. 이에 중국 지식인들은 개혁의 필요성을 더욱 절감해 우국적 열정을 가지고 유신변법운동(維新變法運動)을 전개하면서 서양 학술을 적극적으로 수용하는 한편 정치제도 개혁에 뛰어들었다.

아편전쟁의 패배는 중국 봉건 사회의 구질서를 흔들어놓기에 충분했고, 위기에 직면한 중국 지식인들은 기존의 정치·사상·문화를 비판하고 검토, 반성하기 시작했다. 아편전쟁 이전에는 주로 '한학(漢學, 古文經學의 고증학)과 '송학(宋學)'을 중심으로 하는 학술이 홍성해 문학 영역에서는 동성파(桐城派)와 송시파(宋詩派)가 득세하고 있었다. 그러나 아편전쟁의 패배로 위기의식이 팽배해지면서 경세치용(經世致用) 사상이 대두했다. 경세치용을 강조하던 사람들은 명 말 청 초의 구옌우(顧炎武), 황쭝시(黃宗羲), 왕푸즈(王夫之)의 '경세(經世)'와 '무실(務實)'의 학풍을 계승해 실천을 중시하고 사회 정치의 개혁에 관심을 가졌다. 이에 따라 문학가들은 이전의 '신운(神韻)'·'격조(格調)'·'성령(性靈)'의 관점에서 벗어나서 문학가들의 사회적 책임을 중시하고 시문(詩文)이 사회를 반영해야 한다고 강조했다. 기존의 동성파의 산문, 송시파의 시, 재자가인소설(才子佳人小說), 협사공

---

1 梁啓超, 「附錄一 改革起原」, 『戊戌政變記』(江蘇廣陵古籍刻印社, 1990), 113쪽. "喚起吾國四千年之大夢, 實自甲午一役始也." 탄쓰퉁(譚嗣同)은 청일전쟁 패배의 경험을 이렇게 표현한 바 있다. "이 경험으로 상처가 크고 고통이 깊어 마침내 모든 것을 내버려두고 오로지 깊은 생각에 빠졌다. 먹을 것을 들여와도 먹기를 잊고 잠자리에 들어도 자주 깨어나 집 주위를 방황하며 나갈 바를 몰랐다(經此創巨痛深, 乃始屛棄一切, 專精致思. 當饋而忘食, 旣寢而累興, 繞屋彷徨, 未知所出)."

안소설(俠邪公案小說) 등은 새로운 사회 개혁의 수요에 부응할 수 없었기 때문이다. 문학에 대한 사회적 요구가 확대되면서 19세기 말에 이르러 문학 개혁의 움직임이 더욱 가속화되었다.

19세기 말부터 일어난 문학 개혁은 사회 개혁의 일환으로 진행되었고, 캉유웨이(康有爲), 량치차오, 탄쓰퉁(譚嗣同), 샤쩡유(夏曾佑), 황쭌셴(黃遵憲) 등 유신변법파 지식인들이 그 중심 역할을 담당했다. 물론 문학 개혁의 움직임은 일찍부터 구문학(舊文學)을 개혁해야 한다고 생각했던 궁쯔전(龔自珍), 웨이위안(魏源)까지 거슬러 올라간다. 그러나 본격적인 문학 개혁의 움직임이 일어난 것은 아무래도 청일전쟁이 끝난 1895년 이후의 일이다. 1895년 량치차오, 샤쩡유, 탄쓰퉁 등은 '신학시(新學詩)'를 제창했을 뿐 아니라 소설의 사회적 작용에 크게 관심을 기울였다. 특히 1898년 무술정변(戊戌政變)이 실패한 이후 량치차오 등은 정치 개혁에 필요한 여론을 형성하기 위해 문학 개혁의 필요성을 더욱 절감했다. 구체적으로는 전통시의 개혁(詩界革命), 산문 문체의 개혁(文界革命), 소설의 개혁(小說界革命) 등이 제창되었다. 량치차오의 문학 개혁 주장은 이론과 실천 면에서 가장 큰 영향을 끼쳤는데, 이에 힘입어 20세기 초에는 창작소설이 크게 흥성했고 서양의 소설이 대량으로 번역·소개되었다.

제1절 서학 수용과 진화론의 충격

명대(明代)의 쉬광치(徐光啓), 이즈짜오(李之藻) 등이 서양의 산학(算學)·천문(天文)·수리(水利)에 관한 서적들을 번역하면서부터 서양의 서적들이 중국에 유입되기 시작했고, 이를 서학(西學)이라 불렀다. 그 후 서학이라는 명칭은 서양의 학술 문화를 지칭하는 것으로 널리 사용되었다. 1896년 량치차오가 펴낸 『서학서목표(西學書目表)』에는 서학이 '학술(學)'·'정치

(政)'·'종교(敎)'의 세 항목(目) 아래에 산학(算學)·중학(重學)·전학(電學)·화학(化學)·성학(聲學)·광학(光學)·천학(天學)·지학(地學)·의학(意學)·사지(史志)·법률(法律)·광정(礦政)·병정(兵政) 등 27문(門)으로 분류되어 있다. 또 서학과 동학(東學, 일본의 학술을 가리킴)의 서목을 기록한 쉬웨이쩌(徐維則)의 『동서학서록(東西學書錄)』에는 더욱 확대되어 서학이 31문으로 분류되어 있다. 이와 같이 서학이라는 개념은 그 범위가 상당히 포괄적이었다.

서학은 명 말 청 초(16-17세기)부터 유입되기 시작했으나 청대를 거쳐 오면서 제한적으로 소개되었을 뿐이다. 주로 기독교 선교사들에 의해 소개되었던 서학은 기독교가 금교되면서 중국에 소개될 기반마저 잃게 되었다. 그 결과 중국인들의 서양에 대한 인식은 상당히 제한적일 수밖에 없었다. 그러나 1840년 아편전쟁 이후 상황은 크게 달라졌다. 중국인들은 아편전쟁에서 영국에 패하고, 태평천국의 난 때 서양의 힘을 빌려 국내의 반란을 진압하면서 서양의 막강한 군사력에 크게 놀랐다. 그 결과 상하이(上海)에 제조국(製造局)이 설치되고 광방언관(廣方言館)이 부설되고 베이징(北京)에 동문관(同文館)이 설립되어 서양에 관한 서적이 번역되기 시작했다. 유학생을 유럽에 파견하기 시작한 것도 이 무렵의 일이었다. 처음 유학생을 파견한 것은 통역을 맡을 인재를 양성하기 위한 것이었고, 학생들의 기량도 그것을 크게 벗어나지 못했다. 그러나 1894년 청일전쟁에서 중국이 패하자 서양의 문물을 받아들이는 데 먼저 성공한 일본에 패했다는 심각한 자각이 생기면서 더 적극적으로 서양에 관심을 가지게 되었다. 이때까지만 해도 중국인들은 서양인에게 제조, 측량, 운전, 군사 훈련의 능력 이외에 또 다른 학문이 있다는 것을 전혀 인정하지 않았다.[2] 그러나 청일전쟁 이후 중국인들은 서양에는 그러한 기술 외에 정신적인 영역의 또 다른

---

2 梁啓超, 『淸代學術概論』(東方出版社, 1996), 88쪽 참조.

학문이 있다는 것을 알게 되었으며, 그것을 중국에 수용하고자 노력했다.

1916년 천두슈(陳獨秀)는 「우리들 최후의 각오(吾人最後之覺悟)」라는 글에서 명 말 이후 서학이 중국에 소개된 과정을 간략하게 설명했다. 그는 청 말까지의 서학의 소개 과정을 네 시기로 나누어 설명했다. 첫째, 명대 중엽 이후 서양 종교와 서양 기물(器物)이 유입된 시기, 둘째, 서양의 화기(火器)와 역법(曆法)이 소개된 청(淸) 초기, 셋째, 아편전쟁 이후 서양의 제조술과 군사 훈련 기술이 제창된 시기, 넷째, 청일전쟁 이후 서양의 신사상과 행정제도가 소개된 시기로 나누었다. 여기서 천두슈는 서학이 중국에 소개되는 과정에서 서양 문화에 대한 중국인들의 인식이 점차 심화되는 것으로 보았다.[3] 서양 문화에 대한 인식이 점차 심화되면서 중국인들은 서양의 실용적인 기술 이외에 정치제도, 나아가 학술 사상에 관심을 가지게 되었다.

서양 문물을 수용하기 위해서는 번역이 필수적이었으므로 번역 사업이 19세기 말부터 크게 발달했다. 후스(胡適)의 설명에 따르면, 번역물의 첫째 부류는 종교적인 책으로 신구약 전서의 번역이 가장 중요한 것이었고, 둘째 부류는 과학과 응용과학 관련 책으로 당시 '격치(格致)'라고 불리던 것이었고, 셋째 부류는 역사 · 정치 · 법제의 책으로 『태서신사요람(泰西新史要覽)』 · 『만국공법(萬國公法)』 등의 책이었다. 후스는 다음과 같이 부연 설명을 덧붙였다.

> 이것은 아주 자연스러운 일이다. 종교서는 선교사들이 스스로 한 사업이었고, 격치(格致)의 책은 당시 창포(槍砲) · 병선(兵船)의 기초라고 생각되었고, 역사 · 법제의 책은 중국의 지식인들이 서양의 나라 사정을 이해하는 데 필요했기 때문이다. 이 외의 서적은 예를 들면, 문학의 책이나 철학의 책은 당시에 주

3 陳獨秀, 『陳獨秀著作選』 第一卷(上海人民出版社, 1993), 175-176쪽 참조.

의하는 사람이 아직 없었다. 이것도 아주 자연스러운 일이다. 당시의 중국 학자들은 서양의 창포는 대단하지만, 문예 · 철학은 당연히 중국의 5천 년의 문명고국에는 훨씬 미치지 못한다고 생각했던 것이다.[4]

그러나 1898년의 무술정변, 1900년의 의화단 사건 이후 청조의 위신은 땅에 떨어지고 애국지사, 지식인의 실망이 극에 달하자 혁명 풍조가 일었으며 일본 유학 열풍이 갑자기 불어닥치면서 서학을 소개하는 내용이나 방식이 크게 변했다. 이전에는 주로 영어 · 프랑스어 · 독일어로 된 서양 서적이 번역되었지만, 1900년 이후부터 대부분 일본으로부터 서학이 들어오게 되었다. 1902년부터 1904년까지 번역된 서양 서적 533종 중에서 영어 서적이 89종, 독일어 서적이 24종, 프랑스어 서적이 17종, 일본어 서적이 321종이었으니, 일본어 서적이 전체 번역서 중에서 60%를 차지하는 것이었다. 그리고 1900년부터 1911년까지 번역된 서양 서적은 총 1,599종이었는데 이는 청 말 100년 동안의 역서 총수의 약 70%에 해당하는 분량이었다. 이 시기에 번역된 서양 서적은 무엇보다 사회과학에 치중되어 있었다. 1902년부터 1904년까지 3년 동안 번역된 문학 · 역사 · 철학 · 경제 · 법학 등 사회과학 서적이 327종이나 되며, 이는 전체 번역서 중에서 61%에 해당한다. 같은 시기에 번역된 자연과학 서적은 112종, 응용과학 서적은 56종이었다. 역서를 많은 순으로 나열하면 사회과학, 자연과학, 응용과학 순으로 나타난다.[5] 이것은 중국에서 서학의 수입이 기물(器物)이나 기예(技藝) 등 물질문화에서 사상이나 학술 등 정신문화로 중심이 바뀌었다는 것을 의미한다. 다만 이 시기 번역을 통한 서학의 소개는 체계적이지 못한 한계도 지니고 있었다. 량치차오는 그 폐단을 이렇게 지적했다.

---

4 胡適,『五十年來中國之文學』,『胡適文集(3)』(北京大學出版社, 1998), 211쪽.

5 熊月之,『西學東漸與晩淸社會』(上海人民出版社, 1994), 14쪽 참조.

> 청 말의 서양 사상운동 중에서 가장 불행한 일은 서양 유학생 전체가 이 운동에 참가한 것은 아니라는 점이다. 운동의 원동력 및 그 중견 인물은 서양의 언어와 문자에 능통하지 못한 사람들이었다. 이것이 능력의 한계가 되어, 저속하고 잡다하고 두루뭉술하고 천박하고 잘못이 많은 갖갖이 폐단을 피할 수 없었다.[6]

서학의 소개가 처음부터 순조롭게 진행된 것은 아니었으니, 서학에 정통하지 못한 사람들에 의해 소개된 서학은 청 말 20여 년 동안의 많은 노력에도 불구하고 결국 견실한 기초를 다지지는 못했던 것이다.

청 말에 서양의 학술 사상을 소개한 사람 중에 가장 중요한 인물은 옌푸(嚴復)이다. 량치차오가 루소의 『사회계약론』, 몽테스키외의 삼권분립설, 다윈의 생물진화론 등 서양의 철학, 사회 정치 학설, 문화 학술 사상을 부분적으로 소개하기는 했지만, 서양의 사상과 학설을 전문적으로 소개한 사람은 옌푸였다. 옌푸는 헉슬리의 『진화와 윤리』, 아담 스미스의 『국부론』, 제임스 밀의 『논리학 체계』와 『자유론』, 몽테스키외의 『법의 정신』, 스펜서의 『사회학연구』 등 많은 명저를 번역 · 소개했다.

옌푸가 번역 · 소개한 서양 사상 중에서 당시 가장 큰 영향을 끼친 것은 진화론이었다. 진화론은 1898년 4월 옌푸에 의해 번역 · 출판된 『천연론(天演論)』을 통해서 소개되었다. 『천연론』은 영국의 실증주의 철학자이며 다윈학설 옹호자인 토마스 헉슬리의 『진화와 윤리*Evolution and Ethics*』(1894)를 번역한 것이다. '천연(天演)'이란 진화(Evolution)의 번역어로 옌푸가 창안한 것이었다. 옌푸는 헉슬리의 원서를 그대로 옮기지 않고 필요에 따라 가감하면서 비평을 삽입하거나 해설을 덧붙여 자신의 견해를 적극적으로 피력했는데, 특히 종족 보존이나 구국에 관한 자신의 관점을 적극적으로 개진했다. 『천연론』에서 옌푸는 세상의 모든 생물은 '진화(天演)'에

---

6 梁啓超, 『清代學術概論』, 89쪽.

놓여 있어 '생존경쟁(物競)'과 '자연선택(天擇)'의 지배를 받으며, "한 생물은 다른 생물과의 생존경쟁을 통해 혹은 살아남고 혹은 죽게 되는바, 그 결과는 오로지 자연선택에 달려 있다"(「導言一察變」, 『天演論』)고 설명했다. 그는 자신의 해설을 덧붙여 "생존경쟁이 치열해지면 패한 자는 날로 소거될 것이니, 인구가 많다고 어찌 안심할 수 있겠는가!"(「導言四人爲」, 『天演論』)라고 위기의식을 고조시켰다. 헉슬리의 책은 진화론을 사회과학에 적용한 것이었지만, 이러한 진화론적 관점은 당시 중국인들에게 서양 열강의 침략을 받고 있던 중국의 현실을 분석하는 이론적인 틀을 제공해주기에 충분했다. 진화론은 다윈의 생물진화론으로부터 헉슬리의 사회진화론을 거치고 다시 옌푸의 『천연론』을 통해 중국에 소개됨으로써 중국인들에게 우승열패의 관념을 심어주었던 것이다.

이 책은 출판되자마자 지식계에 커다란 충격을 주었다. 량치차오는 옌푸의 『천연론』의 번역 원고를 가장 먼저 읽었고, 『천연론』이 출판되기 전에 그 책을 선전하기도 했다. 그는 또 "대개 생존경쟁은 천하만물의 마땅한 도리(公理)이다. 경쟁하게 되면 우수자가 반드시 승리하고 열등자는 반드시 패배하니, 이는 생명이 탄생한 이래로 피할 수 없는 일반적 규칙이다"[7]라고 하여 진화론을 적극적으로 받아들였다. 왕궈웨이(王國維)는 『천연론』이 출판된 뒤 그 영향을 언급하면서 "그 이후로 다윈, 스펜서의 이름이 뭇사람들의 입에 오르내렸고, 생존경쟁(物競)과 자연선택(天擇)이라는 말이 통속적인 글에서도 나타났다"라고 말하기도 했다. 당시 소학교의 교사들도 종종 이 책을 교재로 삼았으며, 중학 교사들은 '물경천택(物競天擇), 적자생존(適者生存)'을 작문의 제목으로 삼았고 청년들은 어른들의 반대에

7 梁啓超, 「自由書 · 豪杰之公腦」(『淸議報』, 1899. 12. 3), 『飮冰室文集』 第四集(雲南教育出版社, 2001), 2271쪽. "蓋生存競爭, 天下萬物之公理也. 旣競爭則優者必勝, 劣者必敗, 此又有生以來不可避之公例也."

도 불구하고 몰래 『천연론』을 읽었다고 한다.[8] 루쉰(魯迅)은 처음 『천연론』을 접하게 되었을 때의 감회를 이렇게 표현했다.

> 그래서 새로운 책을 읽는 풍조가 널리 퍼지기 시작했고, 나도 중국에 『천연론』이라는 책이 있다는 것을 알게 되었다. …… 아아! 보아하니 세계에는 헉슬리라는 사람도 있어 서재에서 이런 것을, 더구나 이다지도 신선하게 생각하고 있었단 말인가? 단숨에 읽어나가니 물경(物競)과 천택(天擇)도 있었고 소크라테스와 플라톤도 있었고 스토익도 있었다. …… 그래도 스스로는 '잘못'이라고 생각하지 않고 틈만 있으면 여전히 과자나 땅콩이나 고추를 먹으면서 『천연론』을 읽었다.[9]

『천연론』이 출판된 이후 중국 청년들의 반응이 어떠했는지 짐작할 수 있는 대목이다.

당시 중국인들에게 커다란 충격을 준 진화론은 사상사적인 맥락에서 어떤 의미를 갖는가? 일반적으로 중국인들은 "도의 대원칙은 하늘에서 나오고 하늘은 변하지 않으니 도 역시 변하지 않는다(道之大原出於天, 天不變, 道亦不變)"(董仲舒)라고 생각해 천(天)의 불변성과 그 원리인 도(道)의 불변성을 믿으며 복고적인 경향을 강하게 띠고 있었다. 이는 "기술할 뿐 새롭게 짓지 않고, 옛것을 믿고 좋아한다(述而不作, 信而好古)"(『논어』)라고 한 공자의 신념을 존중하는 것이기도 했다. 진화론은 바로 이러한 중국인들의 전통적인 사유 구조를 붕괴시켜버렸다. 진화론은 '불변(不變)'을 믿는 중국인들의 세계관을 '변(變)'을 믿는 세계관으로 바꾸어놓은 것이다. 중국인들은 점차 옛날보다 오늘날의 것이 더 낫고, 또 스스로 끊임없이 변화해야

8 李澤厚, 『論嚴復與嚴譯名著』(商務印書館, 1982), 6-7쪽 참조.

9 魯迅, 「瑣記」, 『朝花夕拾』, 『魯迅全集(2)』(人民文學出版社, 1981), 296쪽.

한다는 새로운 관념을 가지게 되었다.[10] 더욱이 진화론은 중국인들에게 위기의식과 구국의 열망을 불어넣기에 충분했다. '생존경쟁' · '자연선택'의 진화론적 관점은 밀려오는 서양 세력의 침략을 이해하는 이론적인 근거가 되었으며, 위기 상황에서 벗어나기 위해서는 자구책을 강구하지 않으면 안 된다는 절박감을 심어주었다.

청 말의 유신변법운동도 옌푸가 소개한 진화론에 기초하고 있었다. 유신변법을 주도하며 문학 개혁을 전개했던 지식인들의 새로운 문학관의 형성도 진화론으로부터 많은 영향을 받았다. 옌푸와 샤쩡유가 공동으로 발표한 「국문보 부인 설부 연기(國聞報附印說部緣起)」는 진화론적 관점에 의거해 소설의 기능, 특징, 사회적 영향을 강조하는 등 새로운 문학관을 제시하고 있다. 그 후 청 말 문학 개혁을 주도한 사람들은 대부분 진화론적 관점에 따라 자신의 견해를 표명했다. 량치차오는 "고어(古語)의 문학에서 속어(俗語)의 문학으로 바뀐다는 사실은 문학 진화에 있어 중요한 법칙이다. 각국 문학사의 전개는 이러한 법칙을 따르지 않는 것이 없다"[11]라고 하여 문학의 진화관을 적극적으로 표명했다. 『인간사화(人間詞話)』와 『홍루몽평론(紅樓夢評論)』의 저작으로 잘 알려진 왕궈웨이 역시 "한 시대

10 원래 헉슬리의 저서는 진화론의 복합적인 의미가 담겨 있었지만, 당시 중국 독자들은 『천연론』을 읽을 때 진화론적 생존경쟁과 직선적인 발전에만 주목했다. 물론 일부 지식인들은 이와 다른 견해를 제기하기도 했다. 예컨대 장타이옌(章太炎)은 '구분진화론(具份進化論)'을 제기해 진화와 퇴화가 동시적으로 존재한다고 했고, 리스쩡(李石曾)은 크로포트킨의 『상호부조론』을 소개해 상호부조와 경쟁은 동일한 진화의 다른 측면이라고 했다. 그러나 5 · 4시기에 이르면 전통을 전면 부정하던 신문화운동의 전개로 말미암아 직선적인 진화관이 절대적인 영향력을 행사하게 되었고, 5 · 4시기 이후에는 '진화'라는 말이 점차 '창조', '혁명'이라는 말과 동일시되다시피 하여 신(新)과 구(舊), 고(古)와 금(今) 사이의 단절과 대립이 더욱 두드러졌다.

11 梁啓超, 「小說叢話」, 『飮冰室合集』(集外文) 上册, 梁啓超 著 · 夏曉虹 輯(北京大學出版社, 2005), 148쪽. "文學之進化有一大關鍵, 卽由古語之文學變爲俗語之文學是也. 各國文學史之開展, 靡不循此軌道."

에는 그 시대 나름의 문학이 있다"[12]라고 하여 문학의 진화를 승인했고, 쇼펜하우어의 영향을 받아 인간의 내재적 '의지(意志)'를 중시하면서 학술의 독립과 인간의 독립을 강조했다.

제2절 전통시의 개혁과 신문체의 창안

신운(神韻)·격조(格調)·성령(性靈)을 말하던 청대의 시는 아편전쟁을 계기로 변화의 조짐을 보였다. 장웨이핑(張維屏, 1780-1859)은 아편전쟁이 일어난 후 중국의 사회상을 「삼원리(三元里)」라는 시에서 이렇게 담았다.

> 삼원리(三元里) 앞에 우레 같은 소리 나니, 수많은 사람들이 동시에 몰려온다. 정의 때문에 분노가 생기고 분노는 용기를 낳아, 마을 사람 힘 합쳐 그들을 몰아내려 하네. 집이며 논밭을 지켜야지, 북소리 나기 전에 모두들 힘을 내세. 마음 다진 아낙네들 더욱 씩씩하니, 손에 든 호미와 쟁기는 모두가 병기로다. 마을 곳곳에 깃발은 휘날리고, 열 명씩 백 명씩 무리 지어 시내와 산을 따라간다. 오랑캐들은 서로 마주 보며 갑자기 낯빛이 달라지고, 검은 깃발 휘두르며 죽기로 싸우는데 살아 돌아가기 어려워라.[13]

외세의 침략에 맞서 이제 시도 사회 현실의 반영을 중시하기 시작했다. 1895년 량치차오와 샤쩡유, 탄쓰퉁은 베이징에 모여 전통시의 개혁에 관해 토론을 벌였다. 그 결과 샤쩡유와 탄쓰퉁은 '새로운 명사(新名詞)'를 사용해 특이한 느낌을 전달하는 시를 창작하기 시작했는데, 이를 '신학시(新

---

12 王國維,「自序」,『宋元戲曲史』(東方出版社, 1996), 1쪽. "凡一代有一代之文學."

13 錢仲聯 編著,『近代詩鈔(壹)』(江蘇古籍出版社, 1993), 17쪽.

學詩)'라고 한다. 신학시는 곧이어 황쭌셴의 신파시(新派詩) 창작으로 이어진다. 신파시의 창작은 청일전쟁 이후의 일로서 내용은 주로 해외의 풍토(風土)와 민정(民情), 자연 풍광을 묘사한 것이었다.[14] 과학적 성취를 빌려 나그네가 부인을 그리워하는 전통적인 이별의 주제를 담고 있는 황쭌셴의 「금별리(今別離)」는 신파시의 특징을 잘 보여준다.

> 그대 떠나보내고 돌아오기도 전에, 그대는 저 멀리 하늘가에 이르겠지. 바라보던 뒷모습 홀연히 사라지고, 물안개만 아득히 자욱하네. 이렇게 순식간에 떠나갔으니, 돌아올 때도 머뭇거리지 않겠지요. 바라건대 돌아올 때는, 기구(氣球) 타고 얼른 오소서.[15]

시인은 증기선을 타고 순식간에 떠나버린 님을 그리워하며 기구 타고 얼른 돌아오기를 간절히 바라는 심정을 읊고 있다.

황쭌셴(黃遵憲, 1848-1905)은 자가 궁두(公度)이며 광둥(廣東) 자잉저우(嘉應州, 지금의 메이셴 시梅縣市) 사람으로 부유한 관료 집안에서 태어났다. 10세 때부터 시를 배우기 시작해 뛰어난 재주를 보였다. 여러 번 향시(鄕試)에서 낙방했으나 29세 때인 1876년에 비로소 거인(擧人)이 되었다. 거인이 된 이듬해에 허루장(何如璋)을 따라 일본 참사관으로 가게 되면서 외교관 생활을 시작하게 된다. 그 후 미국 · 영국 · 프랑스 · 이탈리아 · 벨기에 등 서양의 여러 나라를 돌아다니며 10여 년간 외교관 생활을 했다. 이러한 경험으로 이국의 자연 풍경, 서양의 역사와 문화, 자연과학 지식 등을 시에 담을 수 있었다. 황쭌셴은 이미 21세 때 쓴 「잡감(雜感)」이라는 시에

---

14 郭延禮, 『近代西學與中國文學』(百花洲文藝出版社, 2000), 264쪽.

15 錢仲聯 編著, 『近代詩鈔(貳)』(江蘇古籍出版社, 1993), 750쪽. "送者未及返, 君在天盡頭. 望影倏不見, 烟波杳悠悠. 去矣一何速? 歸定留滯不. 所願君歸時, 快乘輕氣球."(「今別離」 4수 중 첫 수의 마지막 여덟 구)

서 '말하는 대로 쓴다(我手寫我口)'[16]라고 주장해 통속적인 언어를 시에 사용하고 맹목적으로 옛것을 모방하는 것을 반대했다. 황쭌셴의 신파시 작품 중에는 서양의 자연과학의 성과를 이용해 쓴 서정적이고 감상적인 시가 있는가 하면, 이국의 풍경과 민속을 묘사한 시도 있으며, 시대적 사건을 형상화한 시도 있다.

시계혁명(詩界革命)을 정식으로 제창한 사람은 량치차오(梁啓超, 1873-1929, 자가 줘루卓如, 호가 런궁任公, 광둥 신후이新會 출신)였다. 량치차오는 1899년 「하와이 기행문(夏威夷游記)」에서 공개적으로 시계혁명을 제창했다. 그는 중국의 전통 시가는 19세기 말에 이르러 운명을 다해 "시의 경계(境界)가 천여 년 동안 앵무새와 같은 명사(名士)들에게 다 점령되었다"고 진단했다. 이어 량치차오는 "오늘날 이를 고치려면 유럽에서 방법을 구해오지 않을 수 없는데, 유럽의 의경(意境)·어구(語句)는 심히 풍부하고 진귀해 그것을 얻으면 천고(千古)를 업신여길 수 있고 일체를 포괄할 수 있으나, 지금은 아직 그런 사람이 없다"[17]라고 했다. 시계혁명의 필요성을 제기한 량치차오는 그 표준으로 다음을 제시했다.

> 첫째, 의경을 새롭게 해야 하고, 둘째, 어구를 새롭게 해야 하며, 그리고 반드시 옛사람의 풍격으로써 그것을 담아야 한다.[18]

량치차오는 새로운 의경, 새로운 어구의 창조를 시계혁명의 주요한 표준으로 내세우면서도 여전히 옛사람의 풍격에서 벗어날 수 없음을 강조

---

16 錢仲聯 編著, 『近代詩鈔(貳)』, 726쪽. "我手寫我口, 古豈能拘牽. 卽今流俗語, 我若登簡編. 五千年後人, 驚爲古爛斑."

17 梁啓超, 「夏威夷游記」, 『飮冰室文集』 第三集, 1826-1827쪽.

18 梁啓超, 「夏威夷游記」, 『飮冰室文集』 第三集, 1826쪽. "第一要新意境, 第二要新語句, 而又須以古人之風格入之."

했다. "옛 풍격에 새로운 의경을 담는다(以舊風格含新意境)"라는 구호가 시계혁명의 핵심적 내용이었다. 량치차오는 "근대 시인 중에서 새로운 이상을 옛 풍격에 넣어 주조할 수 있었던 사람은 당연히 황궁두(黃公度)이다"라고 했는데, 실제 창작 면에서 '시계혁명'의 가장 큰 성과를 거둔 시인은 황쭌셴이었다. 그렇지만 시계혁명의 한계도 분명했다. 주쯔칭(朱自淸)은, 시계혁명을 제창해 중국 시의 새로운 출로를 처음 모색하기 시작한 량치차오, 샤쩡유 등을 두고 "그들은 시에 그들의 정치 철학을 담았을 뿐 아니라 시에 서양 서적에 나오는 전고(典故)를 인용해 새로운 풍격을 창조했다. 그러나 시는 철학의 도구가 아니며 새로운 전고는 옛 전고보다 더욱 이해하기 어려웠다. 그리하여 그들은 곧 실패했다"[19]라고 평가했다.

1894년 청일전쟁에서 청조가 일본에 패하자 중국 지식인들은 아편전쟁에서 패배했을 때보다 더 큰 모욕감을 느끼면서 새로운 각오로 직접적인 행동에 뛰어들기 시작했다. 개혁에 대한 지식인들의 요구는 유신변법운동의 일환으로 추진된 1898년의 무술개혁(戊戌改革)에 이르러 절정에 달했다. 그러나 무술개혁은 100일 천하로 끝이 나고 위로부터의 개혁에 대한 지식인들의 환상은 깨어지고 말았다. 이러한 환상이 깨어지면서 지식인들은 새로운 방법을 찾지 않을 수 없었다. 그들은 '여론'의 중요성을 발견했으며, 여론을 통해 중앙 정부에 압력을 가하고자 했다. 그리고 당시 많은 지식인들은 여론을 형성하는 데 신문잡지(報刊)가 더없이 좋은 수단이라는 것을 깨달았다.

19세기 후반기에 이미 민간 주도의 신문잡지가 출현했으며, 이들 신문잡지는 급속하게 확대되어갔다. 이는 개혁에 뜻을 둔 중국 지식인들의 노력의 결과였다. 량치차오가 주간한 『강학보(强學報)』(1895년 창간)와 『시무보(時務報)』(1896년 창간)는 캉유웨이를 중심으로 하는 유신파의 기관지였

---

19 朱自淸, 「論中國詩的出路」, 『朱自淸全集』 第四卷(江蘇教育出版社, 1996), 287쪽.

다. 1898년 변법운동이 실패하자 일본으로 망명한 량치차오는 『청의보(清議報)』(1898)와 『신민총보(新民叢報)』(1901)를 창간했다. 옌푸는 량치차오를 모범으로 삼아 『국문보(國聞報)』(1897)를 창간했고, 디추칭(狄楚靑)은 『시보(時報)』(1904)를 창간했다. 장빙린(章炳麟)도 『소보(蘇報)』(1897)와 『국민일일보(國民日日報)』(1903)를 창간했다. 1906년에 이르러 상하이만 해도 이미 66종의 신문잡지가 발행되고 있었으며, 이 기간 동안 발행된 신문잡지의 총수는 239종에 달했다.[20]

이들 신문잡지는 기본적으로 참여자들의 정치적 선전을 목적으로 창간되었지만 국민을 계몽하고 여론을 형성한다는 점에서는 모두 일치했다. 국민을 계몽하고 여론을 형성해 자신의 정치적 기반을 넓히기 위한 것이었던 만큼 호소력 있는 문장이 필수적이었다. 특히 량치차오는 '신문체(新文體)'라는 독특한 문체를 창안해 많은 사람들로부터 환영을 받았다. 량치차오의 문장을 읽었던 후스는 당시의 느낌을 이렇게 술회했다.

> 나는 징충학당(澄衷學堂)에서의 1년 반 동안 정규 과목 이외에 약간의 책을 읽었다. 옌푸가 번역한 『군기권계론(群己權界論)』은 이 시절에 읽었던 것 같다. 옌 선생의 글은 너무 고아(古雅)했기 때문에 젊은 사람들이 그에게서 받은 영향은 량치차오의 영향만 못했다. 량치차오의 문장은 명료하고 유창한 가운데 짙은 열정이 담겨 있어서 읽는 사람은 그를 따라가지 않을 수 없었고, 그를 따라 생각하지 않을 수 없었다.[21]

---

20 李歐梵, 「文學的趨勢 1: 對現代性的追求 1895-1927年」, 『劍橋中華民國史 1912-1949年』 上卷, 費正淸[美] 編(中國社會科學出版社, 1994), 508쪽 참조.

21 胡適, 『四十自述』, 『胡適自傳』, 曹伯言 選編(黃山書社, 1986), 47쪽. "我在澄衷一年半, 看了一些課外的書籍. 嚴復譯的『群己權界論』, 象是在這時代讀的. 嚴先生的文字太古雅, 所以少年人受他的影響沒有梁啓超的影響大. 梁先生的文章, 明白曉暢之中, 帶着濃摯的熱情, 使讀的人不能不跟着他走, 不能不跟着他想."

량치차오의 문체가 청년들에게 깊은 감명을 주고 큰 영향력을 행사하고 있었음을 확인할 수 있는 대목이다.

량치차오는 유신변법운동 시기에 캉유웨이의 제자이자 유능한 조수로서 그 운동에 적극적으로 참여했는데, 그의 활동은 주로 선전에 치중되어 있었다.[22] 당시 상하이의 『시무보(時務報)』에 연재되어 크게 환영받았던 「변법통의(變法通議)」의 역할도 선전 작용에 있었다. 선전가로서의 량치차오에게는 자신의 사상을 쉬운 언어로 표현해 많은 사람들이 이해할 수 있도록 하는 것이 필수적이었다. 문체 개혁은 바로 이러한 필요에 의해 제창되었으며, 그 결과 이른바 량치차오의 신문체가 탄생하게 되었다. 량치차오는 『시무보』의 창간호에 「변법통의」를 발표해 사회 개혁의 필요성을 강조하고 이를 위해서는 신사상의 도입이 절실하다고 역설했다. 그런데 사회의 일부 지배층만이 아니라 모든 일반 대중이 이 신사상을 수용할 수 있을 때 사회 개혁이 성공할 수 있다고 보고 이를 위해서는 더 많은 사람들이 글을 읽고 이해할 수 있어야 한다고 생각했다. 그리하여 그는 평이하고 뜻이 잘 전달되는 문체로 글을 지어야 한다고 보았으니, 문체 개혁의 필요성을 다음과 같이 주장했다.

> 옛사람들의 문자와 언어는 합치되었으나 오늘날 사람들의 문자와 언어는 분리되어 있는데, 그 이로움과 병폐에 대해서는 이미 여러 차례 언급했다. 오늘날 사람들은 말할 때는 모두 오늘날의 언어를 사용하지만 붓을 들면 반드시 옛말을 본떠서 쓴다. 그러므로 부녀자, 어린이, 농민들이 글을 읽는다는 것은 매우 어려운 일이 아닐 수 없다. 그런데 『수호전』·『삼국지연의』·『홍루몽』 등을 읽는 사람이 6경(六經)을 읽는 사람보다 도리어 많다. …… 오늘날의 속어(俗語) 중에서 음도 있고 글자도 있는 것으로 책을 쓴다면 이해하는 사람이

22 李澤厚, 『中國近代思想史論』(安徽文藝出版社, 1994), 405쪽 참조.

틀림없이 많을 것이고 읽으려고 하는 사람도 더욱 많을 것이다.[23]

량치차오는 일상적인 언어 생활에서 사용하지 않는 난해한 글자로 글을 쓸 것이 아니라 발음과 글자가 함께 존재하는 일상적인 언어로 글을 쓸 것을 주장한 것이다. 물론 량치차오는 일상적인 언어의 사용을 주장하고 있지만 그것은 어디까지나 쉬운 글자를 사용하자는 것으로 여전히 문언의 범주에 머물러 있었다.

량치차오는 『청대학술개론(清代學術概論)』에서 자신의 신문체의 특징을 다음과 같이 서술했다.

> 치차오(啓超)는 일찍이 동성파(桐城派) 고문을 좋아하지 않았다. 어려서 글을 지을 때는 만한(晩漢)·위(魏)·진(晋)의 글을 배웠는데, 자못 숭상하고 단련에 힘썼다. 이 시기에 이르러 스스로 거기에서 벗어나서 평이하고 유창한 글이 되도록 힘썼으며 때로는 이어(俚語)와 운어(韻語) 및 외국의 어법을 섞어서 글을 썼으므로 어디에도 얽매이지 않게 되었다. 배우는 자들은 다투어 그것을 모방해 신문체라 했다. 나이 먹은 사람들은 통탄하며 법도에 없는 것이라고 꾸짖었다. 그렇지만 그 글은 조리가 명확하고 붓끝에 언제나 감정을 담고 있어 독자들에게 일종의 마력을 지니고 있었다.[24]

---

23 梁啓超, 「論幼學」, 『變法通議』, 『飮冰室文集』 第一集, 53쪽. "古人文字與語言合, 今人文字與語言離, 其利病旣縷言之矣. 今人出話, 皆用今語, 而下筆必效古言. 故婦孺農甿, 靡不以讀書爲難事. 而水滸三國紅樓之類, 讀者反多於六經. …… 但使專用今之俗語, 有音有字者以著一書, 則解者必多, 而讀者當亦愈夥."

24 梁啓超, 『淸代學術概論』, 『梁啓超文選(下)』(中國廣播電視出版社, 1992), 252쪽. "啓超夙不喜桐城派古文; 幼年爲文, 學晩漢魏晋, 頗尙矜煉. 至是自解放, 務爲平易暢達, 時雜以俚語, 韻語, 及外國語法; 縱筆所至不檢束. 學者競效之, 號新文體. 老輩則痛恨, 詆爲野狐. 然其文條理明晰, 筆鋒常帶情感, 對於讀者別有一種魔力焉."

옌푸의 『천연론』이 중국인들에게 진화론적인 세계관을 심어주어 세계사에서 중국의 위치를 점검하고 그로부터 '구국자강'의 열망을 촉발시켰다고 한다면, 량치차오는 이러한 세계관에 따라 구체적인 사상을 선전하고 계몽하는 데 힘썼다. 당시 량치차오에 의해 소개된 서양의 사상과 학설은 중국의 위기 상황과 결합되어 그 특유의 '평이하고 유창한', '붓끝에 언제나 감정을 담고 있는' '신문체'로 표현됨으로써 옌푸의 근엄한 번역에 비해 훨씬 쉽게 사람들에게 이해되고 사랑을 받았다. 청조의 엄금에도 불구하고 량치차오의 신문체로 씌어진 『신민총보』가 국내에서 비밀리에 판매되어 판매 부수가 1만 수천 부에 이르렀다는[25] 사실에서도 알 수 있는 일이다.

그런데 신문체로 요약되는 량치차오의 문체 개혁은 사실 정치사상을 선전하기 위한 수단의 하나였다는 점에 주의할 필요가 있다. 량치차오는 '고문(古文)의 의법(義法)'과는 전혀 다른 새로운 고문의 문체에 주목했는데, 량치차오의 신문체는 더 많은 독자를 확보하기 위한 어떤 전략적인 의미를 갖는다. 그것은 언어의 본질적인 문제에 대한 사유에서 촉발된 것이 아니라 정치사상의 선전이라는 실용적인 측면을 강하게 염두에 둔 발상이었다. 다시 말하면 그것은 언어와 사유의 관계에 대한 인식에서 출발한 것이 아니라 계몽의 수단이라는 실용적인 측면에서 착안한 것이다. 이는 량치차오의 변법운동이 위로부터의 개혁이었다는 점과 관련이 있으며, 그가 소설의 사회적 효용을 자각함으로써 소설계혁명(小說界革命)을 제창한 것과 궤를 같이한다. 소설계혁명이 소설의 사회적 기능만을 강조하고 소설의 문학적 가치를 등한히 했던 것과 같이 량치차오의 신문체도 구어와 문언의 차이 및 언어의 사유 규정이라는 문제에까지 나아가지 못했다. 량치차오는 문체 개혁의 의미를 일반 대중들이 쉽게 이해할 수 있는가 없는

25 李澤厚, 『中國近代思想史論』, 410쪽 참조.

가의 문제로 이해했다. 그는 "고어의 문학에서 속어의 문학으로 바뀐다는 사실은 문학 진화에 있어 중요한 법칙이다"라고 말하고, "만약 사상을 보급하려 한다면 이러한 문체를 소설 분야에만 적용할 것이 아니라, 모든 문장에 그렇게 하지 않으면 안 된다"라고 했는데,[26] 문학과 사상의 측면에서 '속어'의 필요성을 제기했지만 여전히 '사상의 보급' 차원에서 '속어'를 생각하고 있었던 것이다.

그렇지만 량치차오의 신문체는 당시 지식인들에게 커다란 영향을 끼쳐 문체 또는 언어의 문제에 관심을 갖도록 이끌었다는 점에서 중요한 의의를 가진다. 『중국속문학사(中國俗文學史)』의 저술로 잘 알려져 있는 정전둬(鄭振鐸)는 1929년 2월에 쓴 「량런궁 선생(梁任公先生)」이라는 장문의 글에서 량치차오의 신문체의 가치를 다음과 같이 평가했다.

> 최대의 가치는, 그의 "평이하고 유창하며 때로는 이어(俚語, 속어) · 운어(韻語, 운율에 맞는 어휘) 및 외국의 어법을 섞어 쓴" 작풍(作風)에 의해 이른바 나약하고 생기 없는 동성파 고문과 육조체(六朝體)의 고문을 타도해 일반 젊은이들로 하여금 자유자재로 글을 쓰고 말하고 싶은 대로 펼칠 수 있도록 하여, 더 이상 말라죽은 산문의 격식과 격조의 구속을 받지 않게 한 데 있다.[27]

정전둬는 량치차오가 끼친 영향과 그의 역할을 매우 집약적으로 설명해주고 있는데, 일반 젊은이들이 상투적이고 장식적인 전통 산문의 격식에서 벗어나 평이하고 생기발랄한 문체로 글을 쓸 수 있도록 한 것이 량치차오의 가장 큰 공로로 보았다.

---

26 梁啓超, 「小說叢話」, 『飮冰室合集』(集外文) 上册, 148-149쪽. "文學之進化有一大關鍵, 卽由古語之文學變爲俗語之文學是也." "苟欲思想之普及, 則此體非徒小說界當採用而已, 凡百文章, 莫不有然."

27 鄭振鐸, 「梁任公先生」, 『中國文學論集』 上册(港青出版社, 1979), 167-168쪽.

제3절 소설계혁명의 제창

1894년 청일전쟁 이후 미증유의 민족적 위기를 맞이한 중국 지식인들은 변법운동을 통해 중국의 개혁을 시도했고, 특히 문학 개혁을 통해 변법운동을 위한 여론을 형성하고자 했다. 량치차오는 "우리들 손에는 권력이 없기 때문에 국민에게 보답하려는 사람이라면 오직 이 세 치의 혀와 일곱 치의 기관에 의지할 수밖에 없다"[28]라고 했다. 그들은 "정치를 새롭게 하는 데 백성을 새롭게 하지 못하고, 법제를 새롭게 하는 데 학술을 새롭게 하지 못하면(新其政不新其民, 新其法不新其學)" 유신변법의 실효를 거둘 수 없다고 생각했다. 그리고 "백성을 새롭게 하려면 반드시 학술을 새롭게 해야 하고, 학술을 새롭게 하려면 반드시 마음을 새롭게 해야 한다(欲新民必新學, 欲新學必新心)"고 보고, '마음을 새롭게 하려면(新心)' 국민의 '심지각오(心智覺悟)'를 제고해야 하는데, 그렇게 하기 위해서는 문학을 개혁하는 것이 중요한 과정의 하나라고 여겼다. 그들이 보기에 문학은 '사람의 마음이 짜여 있는 역사(人心所構之史)'이기 때문에 문학을 유신하면 사람의 마음을 유신할 수 있고, 그리하여 변법유신의 실효를 거둘 수 있다고 생각했던 것이다.[29] 결국 정치적인 변법운동이 문학 영역에 반영되어 문학 개혁이 일어나게 된 것이다.

문학 개혁은 소설계혁명(小說界革命)을 통해 본격화되었다고 할 수 있는데, 그것은 량치차오에 의해 먼저 제창되었다. 량치차오는 1898년 유신변법이 실패한 후 1912년 민국(民國)이 성립될 때까지 일본에서 망명 생활을 했다. 망명하기 전에는 황쭌셴의 영향을 받아 『시무보』의 주편으로 있으면서, "일본의 변법은 이가(俚歌)와 소설의 힘에 의존해 아이들을 즐겁게

---

28 梁啓超, 「敬告我同業諸君」(『新民叢報』 第十七期, 1902. 10. 2), 『飮冰室文集』 第四集, 2217쪽. "吾儕手無斧柯, 所以報答國民者, 惟恃此三寸之舌, 七寸之管."

29 任訪秋 主編, 『中國近代文學史』(河南大學出版社, 1988), 175-176쪽 참조.

하고 우매한 백성을 지도했으니 이보다 더 좋은 것은 없다"[30]라고 생각했다. 일본으로 망명한 후 량치차오는 곧바로 『청의보』의 창간에 착수했고, 1902년에는 『신민총보』와 『신소설』을 주관했다. 이때 량치차오는 『신소설』 창간호에 「소설과 대중 정치의 관계를 논함(論小說與群治之關係)」이라는 글을 발표해 소설계혁명을 정식으로 표방했다.

량치차오는 여론 형성의 일환으로 문체 개혁의 필요성을 강조할 때 중국 전통소설의 가치에 주목해 그것의 사회적 효용성을 크게 깨달았다. 옌푸와 샤쩡유는 「국문보 부인 설부 연기(國聞報附印說部緣起)」(1897)에서 "설부(說部, 전통소설을 가리킴-인용자)가 흥성하면 그것이 사람의 마음에 파고드는 깊이나 세상에 전파되는 범위가 경서(經書)와 사서(史書)보다 나을 것이다. 그리고 세상의 인심이나 풍속은 마침내 설부에 의해 장악될 것이다"[31]라고 하여 소설(說部)의 사회적 효용성을 앞서 강조했다. 량치차오는 이로부터 영향을 받은 데다 소설을 통해 정치적인 주장을 전개했던 구미와 일본의 정치소설을 참조하면서[32] 소설의 사회적 효용성을 크게 깨달았던 것이다. 그리하여 그는 소설의 효용성을 이렇게 주장했다.

---

30 梁啓超, 「『蒙學報』·『演義報』合敍」, 『飮冰室文集』 第一集, 161쪽. "日本之變法, 賴俚歌與小說之力, 蓋以悅童子, 以導愚氓, 未有善于是者也."

31 嚴復·夏曾佑, 「國聞報館附印說部緣起」, 『二十世紀中國小說理論資料』 第一卷, 陳平原·夏曉虹 編(北京大學出版社, 1989), 12쪽. "夫說部之興, 其入人之深, 行世之遠, 幾幾出於經史之上, 而天下之人心風俗, 遂不免爲說部之所持."

32 梁啓超, 「譯印政治小說序」, 『二十世紀中國小說理論資料』 第一卷, 21-22쪽. "옛날 유럽의 각 나라가 변혁을 하던 초기에는 뛰어난 선비와 학자, 뜻있는 애국지사들이 종종 자신의 경험, 마음속에 품은 정치적인 의론을 모두 소설에 기탁했다. …… 종종 책이 하나 나올 때마다 전국의 의론은 이 때문에 일변했다. …… 저 미국·영국·독일·프랑스·오스트리아·이탈리아·일본 각 나라 정계에서 계속된 진보에는 정치소설의 공로가 대단히 컸다(在昔歐洲變革之時, 其魁儒碩學, 仁人志士, 往往以其身之經歷, 及胸中所懷政治之議論, 一寄于小說. …… 往往每一書出, 而全國之議論爲之一變. …… 彼美, 英, 德, 法, 奧, 意, 日本各國政界之日進, 則政治小說爲功甚高焉)."

한 국가의 백성을 새롭게 하려면 한 국가의 소설을 새롭게 하지 않으면 안 된다. 때문에 도덕을 새롭게 하려면 반드시 소설을 새롭게 해야 하고, 종교를 새롭게 하려면 반드시 소설을 새롭게 해야 하고, 정치를 새롭게 하려면 반드시 소설을 새롭게 해야 한다. 풍속을 새롭게 하려면 반드시 소설을 새롭게 해야 하고, 학예를 새롭게 하려면 반드시 소설을 새롭게 해야 한다. 심지어 사람의 마음을 새롭게 하고 인격을 새롭게 하려면 반드시 소설을 새롭게 해야 한다.[33]

량치차오가 이러한 주장을 펼칠 수 있었던 것은, "소설은 불가사의한 힘이 있어 인도(人道)를 지배한다"고 보았기 때문이다. 량치차오는 인도를 지배하는 소설의 불가사의한 힘을 '훈(熏)'·'침(浸)'·'자(刺)'·'제(提)' 등 네 가지 개념을 들어 설명했다. '훈'은 소설의 효과가 공간적으로 확대되는 것을 가리키고, '침'은 소설의 효과가 시간적으로 확대되는 것을 가리킨다. '자'는 소설을 읽으면 순간적으로 감정이 격발해 감동을 받는 것을 가리키고, '제'는 독자가 소설 속의 주인공에게 동화되는 것을 가리킨다. 량치차오는 소설이 이러한 네 가지 불가사의한 힘을 가지고 있다고 전제한 뒤 소설의 효용성을 극도로 높였다.

이제 언급한 네 가지의 힘은 일세(一世)를 다스릴 수 있고 온갖 사람들을 안정시킬 수 있으니 교주라면 새로운 종파를 세울 수 있고 정치가라면 정당을 조직할 수 있어 이에 의지하지 않을 수 없다. 문장가가 그 하나를 얻을 수 있으면 문호(文豪)가 되고 네 개를 얻을 수 있으면 문성(文聖)이 되는 것이다. 네 가지의 힘을 가지고 선한 데 사용하면 억조인(億兆人)을 복되게 할 수 있고, 네 가지의 힘을 가지고 악한 데 사용하면 천만세 동안 해를 입힐 것이다. 그리고 이 네

---

33 梁啓超, 「論小說與群治之關係」, 『飮冰室文集』 第二集, 758쪽. "欲新一國之民, 不可不先新一國之小說. 故欲新道德, 必新小說; 欲新宗教, 必新小說; 欲新政治, 必新小說; 欲新風俗, 必新小說; 欲新學藝, 必新小說; 乃至欲新人心, 欲新人格, 必新小說."

가지 힘을 가장 쉽게 기탁할 수 있는 것은 오직 소설이다.[34]

이렇게 량치차오에 의해 극단적인 소설의 효용론이 제기됨으로써 이제 중국에서 소설은 가장 중요한 문학 장르로 인식되었다. 소설이 '문학의 최고 경지(文學之最上乘)'의 지위에 오른 것이다. 량치차오가 소설계혁명을 제창한 이후 그 논점을 이어받은 수많은 글들이 쏟아져 나온[35] 것은 바로 이 때문이다. 다만 량치차오가 소설의 중요성을 강조한 것은 정치소설의 효용에 주목했기 때문이라는 사실에 주의할 필요가 있다. 량치차오가 「소설과 대중 정치의 관계를 논함」에서 "오늘날 대중 정치를 개량하고자 하면 반드시 소설계혁명부터 시작해야 하며, 국민을 혁신시키고자 하면 반드시 소설을 혁신시키는 데서부터 시작해야 한다"라는 말로 끝을 맺고 있는 것으로 보아, 소설의 중요성도 그것이 정치 개혁에 가장 효과적인 수단이 될 때만이 의미를 가지는 것이다.

중국에서 문학의 중요성은 청 말에 이르러 비로소 강조된 것은 아니다. 위진(魏晋) 시대의 조비(曹丕)는 「전론 · 논문(典論 · 論文)」에서 "문장은 나라를 다스리는 대업이요 영원히 썩지 않는 훌륭한 일이다(文章經國之大業, 不朽之盛事)"라고 주장했고, 당대(唐代)의 한유(韓愈)는 '문장은 도를 담아야 한다'라는 '문이재도(文以載道)'의 문학관을 천명했다. 이처럼 전통적으로 중국인들은 문학의 중요성을 받아들였다. 그렇기에 량치차오가 제창한 소설계혁명의 가치는 '문장' 혹은 '문'의 개념을 시문(詩文)에 한정하지 않

---

34 陳平原 · 夏曉虹 編, 『二十世紀中國小說理論資料』 第一卷, 35쪽. "此四力者, 可以盧牟一世, 亭毒群倫, 教主之所以能立教門, 政治家所以能組織政黨, 莫不賴是. 文家能得其一, 則爲文豪; 能兼其四, 則爲文聖. 有此四力而用之于善, 則可以福億兆人; 有此四力而用之于惡, 則可以毒萬千載. 而此四力所最易寄者惟小說."

35 예를 들면 다음과 같다. 「論文學上小說之位置」(楚卿, 『新小說』), 「論寫情小說與新社會之關係」(宋岑, 『新小說』), 「小說原理」(夏曾佑, 『繡像小說』), 「論小說與改良社會之關係」(天僇生, 『月月小說』), 「中國歷代小說史論」(天僇生, 『月月小說』), 「余之小說觀」(覺我, 『小說林』)

고 그것을 확장해 소설(小說)에까지 밀고 나갔다는 데 있다고 하겠다. 전통 중국에서 소설은 다른 문학 장르에 비해 그 지위가 낮았다. 소설이라는 말은 장자(莊子)가 "소설을 지어 이록(利祿)을 구한다(飾小說以干縣令)"(『장자 · 외물(莊子 · 外物)』)라고 한 데서 처음 보인다. 그러나 이때의 소설은 이른바 자질구레한 이야기를 가리키는 것으로 도술(道術)과 관계없는 말이었다.[36] 환담(桓譚)은 "소설가는 토막토막의 이야기나 짤막한 이야기를 모아 가까이 비유를 들어 짧은 책을 지었는데, 치신(治身)이나 이가(理家)에 도움이 될 만한 말들이 있다"[37]라고 했다. 반고(班固)는 『한서 · 예문지(漢書 · 藝文志)』에서 '소설가의 부류(小說家者流)'에 대해 이렇게 설명했다.

> 소설가의 부류는 패관(稗官)에서 나왔으며, 항간에서 사람들이 주고받는 이야기나 길거리에서 들은 이야기로 만들어진 것이다. 공자가 말하기를 "소설이 비록 보잘것없는 것이지만 거기에는 반드시 볼 만한 것이 있다. 그러나 원대한 일(정치나 군자의 수양 등－인용자)에 미친다면 아마도 혼란을 면치 못할 것이다"라고 했으니, 이 때문에 군자들은 소설을 짓지 않았다. 그러나 그것을 없애지는 않았는데, 향리의 소현(小賢)들이 그것을 묶어놓아 잃어버리지 않았다. 혹 취할 만한 것이 있으니 그것은 나무꾼이나 광부(狂夫, 시비를 가리지 못하는 사람을 가리킴－인용자)들의 의론이다.[38]

이렇게 볼 때 중국에서 소설은 문학의 반열에 들 수 없는 것으로 인식되었다. 대도(大道)에 상대되는 소도(小道)로서 소설은 그만큼 사대부들로

---

36 魯迅, 『中國小說史略』, 『魯迅全集(9)』, 5쪽 참조.

37 "小說家合殘叢小語, 近取譬喩, 以作短書, 治身理家, 有可觀之辭."(李善 注『文選』)

38 "小說家者流, 蓋出于稗官, 街談巷語, 道聽塗說者之所造也. 孔子曰, '雖小道, 必有可觀者焉, 致遠恐泥.' 是以君子弗爲也, 然亦弗滅也, 閭里小知者之所及, 亦使綴而不忘, 如或一言可采, 此亦芻蕘狂夫之議也."

부터 중시 받지 못했다. 그러나 량치차오의 소설계혁명에 힘입어 드디어 소설은 시문에 필적하는 문학 장르로 인식되었고, 오히려 다른 문학 장르보다 더욱 중시되었다. 말하자면 소설은 '문학의 최고 경지'의 지위에 오른 것이다. 그렇지만 량치차오의 소설계혁명은 문학 자체의 변화에 역점을 둔 것이 아니라 정치 개혁을 위한 계몽의 수단으로서 소설의 효용성을 강조한 것이었기 때문에 전반적인 문학 의식의 변화를 수반하는 근본적인 변화를 가져오지는 못했다.

제4절 창작소설과 번역소설의 유행

량치차오가 소설계혁명을 제창한 이후 중국에서는 창작소설과 번역소설이 크게 유행하게 되었다. 소설계혁명은 소설의 창작과 번역에 이론적인 근거를 제공하기에 충분했다. '견책소설(譴責小說)'이라 불리는 사회 비판적인 소설이 크게 홍성할 수 있었던 것도, 린수(林紓)가 수많은 서양 소설을 번역해 출판할 수 있었던 것도 소설에 대한 사회적 인식과 관심이 크게 고조되었기 때문이다.

아잉(阿英)은 『만청소설사(晚淸小說史)』에서 청 말에 소설이 유행하게 된 사회적 배경을 다음과 같이 정리했다. 첫째, 인쇄 사업의 발달로(광서光緒 연간에 서양에서 들여온 석인石印 기술이 중국 목판인쇄의 여러 가지 어려움을 해소해주었음) 예전처럼 책을 판각하는 어려움이 없어졌다. 또 신문 사업의 발달로 이를 이용한 대량 생산이 필요해졌다. 둘째, 당시의 지식계급은 서양 문화의 영향을 받아서 소설의 사회적 의의가 중요함을 인식하고 있었다. 셋째, 청나라 왕실의 여러 차례 겪은 외적으로부터의 모욕과 극도의 정치적 부패로 말미암아 사람들은 불만스러워 무언가 해야 한다는 것을 알고 드디어 소설로써 사건을 맹렬히 공격하고 동시에 유신과 혁명을 제창하게 되었다.[39] 신문잡지의 발달로 지면이 확대되어 소설의 수요가 급증했고, 소설의 사회적 효용이 중시되어 국난과 사회 혼란의 원인을 규명하고 사회 문제를 비판, 폭로하는 데 소설을 적극적으로 이용함으로써 창작소설이 크게 유행하게 되었던 것이다.

소설에 대한 사회적 관심이 확대되면서 소설을 전문적으로 다루는 잡지들이 속속 창간되었고 거기에 다양한 창작소설이 게재되었다. 량치차오가 창간한 『신소설(新小說)』(1902)에는 량치차오 자신의 『신중국 미래기(新中國未來記)』, 우젠런(吳趼人)의 『통사(通史)』·『이십년목도지괴현상(二十年目覩之怪現狀)』·『구명기원(九命奇寃)』·『전술기담(電術奇談)』 등이 실렸다. 이어 리보위안(李伯元)이 책임 편집한 『수상소설(繡像小說)』(1903)이 반월간으로 모두 72기까지 간행되었는데 리보위안의 『문명소사(文明小史)』와 『활지옥(活地獄)』, 류어(劉鶚)의 『라오찬 여행기(老殘游記)』 등이 실렸다. 리보위안이 사망한 뒤 우젠런에 의해 『월월소설(月月小說)』(1906)이 창간되고 24기까지 간행되었으며 『양진연의(兩晋演義)』·『겁여회(劫餘灰)』 등이 실렸다. 『소설림(小說林)』(1907)은 가장 늦게 나와 12기까지 간행되었는데 쩡푸(曾樸)의 『얼해화(孽海花)』가 실렸다. 이 밖에 소설을 전문적으로 게재하던 잡지로는 『신신소설(新新小說)』(1904)·『소설월보(小說月報)』(1910)·『소설시보(小說時報)』(1909)·『소설세계(小說世界』(1905)·『소설도화보(小說圖畵報)』·『신세계소설사보(新世界小說社報)』(1906) 등이 있었으며, 여기에도 창작소설이 많이 게재되었다.

청 말의 창작소설은 수백 종에 이르는데, 그중에서 우선 주목할 것은 루쉰이 『중국소설사략(中國小說史略)』에서 명명한 '견책소설'이다. 견책소설은 당시의 정치·사회 상황을 충분히 반영해 각 방면에 걸쳐 광범하게 사회의 구석구석을 그려냈으며, 작가들은 의식적으로 이러한 소설을 무기로

39 阿英, 『晩清小說史』(東方出版社, 1996), 1-2쪽 참조.

삼아 끊임없이 정부와 일체의 사회악적인 현상을 규탄하고 공격했다. 루쉰은 『중국소설사략』에서 견책소설에 대해 이렇게 설명했다.

가경(嘉慶) 이래 비록 여러 차례에 걸친 내란(백련교白蓮教·태평천국太平天國·염비捻匪·회교回教)을 평정했으나, 또 외적(영국·프랑스·일본)으로부터 여러 번 좌절을 당했다. 일반 백성들은 우매해 차나 마시면서 역도들을 평정하는 무공담이나 듣기를 즐겼다. 그러나 지식인들은 이미 달리 개혁을 생각하고 적개심을 빌려 유신과 애국을 부르짖고 '부강(富强)'에 대해 특히 주의를 기울였다. 무술정변이 실패한 지 2년이 지난 경자(庚子)년에 의화단의 변란이 일어나니 군중들은 이에 정부는 더불어 다스림을 도모할 수 없다는 것을 알게 되어 갑자기 배격하려는 뜻을 가지게 되었다. 그것이 소설에 반영되어 숨겨진 것을 밝혀내고 폐악을 들추어내어 당시의 정치를 엄중하게 규탄했고, 혹은 더욱 확대해 풍속에까지 미쳤다.[40]

견책소설은 바로 사회 개혁을 목적으로 시정(時政)의 폐단을 폭로하고 풍자적으로 묘사했는데, 리보위안의 『관장현형기(官場現形記)』와 『문명소사』, 우젠런의 『이십년목도지괴현상』, 류어의 『라오찬 여행기』, 쩡푸의 『얼해화』가 가장 대표적인 작품이다. 리보위안과 우젠런, 류어, 쩡푸는 4대 견책소설가로 불린다.

리보위안(李伯元, 1867-1906)은 이름이 바오자(寶嘉)이며, 청 말의 국난과 사회 혼란의 원인을 관리 사회의 부패로 돌리고 그 부패상을 폭로한 장회소설(章回小說) 『관장현형기』를 창작했다. 전체 5편 60회로 구성된 『관장현형기』는 30여 가지 독립적인 관계(官界)의 이야기가 연결되어 있으며, 위로는 황제와 태후로부터 아래로는 하급 관리에 이르기까지 100여 명에

40 魯迅, 『中國小說史略』, 『魯迅全集(9)』, 282쪽.

달하는 형형색색의 관리들의 각종 추태와 부패를 폭로, 규탄하고 있다. 작품의 구성은, 일정한 주인공이나 줄거리가 없이 다양한 인물들의 짧은 이야기를 연결하여 당대 사회를 날카롭게 해부한 『유림외사(儒林外史)』와 유사하며, 매관매직 · 뇌물 · 아첨 · 포학 · 횡령 등 관리들의 죄행을 과장적이고 만화적인 풍자 수법으로 생동감 있게 묘사해 당시 큰 사회적 반향을 불러일으켰다. 리보위안은 60회의 『문명소사』도 창작했는데, 이 소설은 아잉으로부터 『관장현형기』보다 낫다는 평가를 받기도 했다.[41] 유신당(維新黨)으로부터 수구당(守舊黨)에 이르기까지, 관헌으로부터 백성에 이르기까지, 내정(內政)으로부터 외정(外政)에 이르기까지 서술 대상이 광범하고 묘사 지역 역시 중국 전역에 해당하며, 유신운동 시기의 사건을 서술하고 있다. 그 외 리보위안의 작품으로는 『활지옥(活地獄)』 · 『경자국난탄사(庚子國難彈詞)』 등이 있다.

우젠런(吳趼人, 1866-1910)은 이름이 워야오(沃堯)이고 워포산런(我佛山人)이라는 호로 잘 알려져 있으며, 자전적인 색채를 띠고 있는 『이십년목도지괴현상』 108회를 창작했다. 『이십년목도지괴현상』에서는 '구사일생(九死一生)'이라는 주인공이 청불전쟁 이후 20세기 초까지 20년 동안 보고 들은 만청 사회의 여러 가지 괴현상을 서술하고 있다. 이 작품에는 거의 200여 가지 작은 이야기가 등장하는데, 점차 식민지화되어가고 있던 중국의 정치 상황, 도덕관념, 사회 현상 등을 폭로하고 있으며 『관장현형기』보다 묘사 대상이 더 광범하다는 평가를 듣는다. 특히 이 소설은 애국 사상이 두드러지고 만청 사회 전체를 전면적으로 폭로 · 비판하고 있어 사료적 가치가 있다고 평가되기도 한다.[42] 그 외 우젠런의 작품으로는 『통사(痛史)』 · 『구명기원(九命奇寃)』 · 『한해(恨海)』 등이 있다.

---

41 阿英, 『晚清小說史』, 10쪽 참조.

42 裘效維 主編, 『近代文學硏究』(北京出版社, 2003), 458-459쪽 참조.

류어(劉鶚, 1857-1909)는 자가 톄윈(鐵雲)이며, 서학에도 흥미가 있었고 갑골문에 관한 최초의 책을 펴내기도 했다. 그는 라오찬(老殘)이라는 주인공이 중국 북방을 여행하면서 보고 듣고 경험한 이야기를 서술한 『라오찬 여행기』 20회를 창작했다. 『라오찬 여행기』는 청 정부의 부패상, 관리들의 포악함, 백성들의 가난과 시달림 등을 폭로하고 있으며, 청조의 운명을 걱정하고 구국의 방책을 찾으려는 의도가 담겨 있다. 특히 이 작품은 청렴하다는 '청관(淸官)'이 오히려 부패해 백성들을 학대하는 잔혹한 행위를 일삼고 있음을 풍자함으로써 관계의 어두운 일면을 더욱 심각하게 폭로하고 있다. 후스는 『오십 년 동안의 중국 문학(五十年來中國之文學)』에서 『라오찬 여행기』를 훌륭한 소설로 평가해 "대개 그(작자-인용자)는 관리 사회의 경험이 풍부해 리보위안, 우워야오(吳沃堯) 등이 오로지 전해 들은 이야기에 의존한 것과는 크게 다르다"라고 했고, 또 "『라오찬 여행기』의 최대 장점은 묘사의 기술에 있다"라고 했다.[43] 『라오찬 여행기』는 묘사의 측면에서, 『관장현형기』·『이십년목도지괴현상』 등 다른 견책소설보다 뛰어나서 높이 평가되어왔다. 최근까지 『라오찬 여행기』의 판본이 157종에 이르고 류어를 연구한 단편 논문도 274편에 달하는 것을 볼 때,[44] 류어는 4대 견책소설가 중에서 으뜸으로 꼽힐 수 있다.

쩡푸(曾樸, 1872-1935)는 자가 멍푸(孟樸)이며, 1891년에 거인(擧人)이 되었고 내각중서(內閣中書)를 역임하기도 했다. 그는 청 말의 정치 부패를 풍자한 『얼해화』 35회를 창작했다. 『얼해화』는 진원칭(金雯青)과 푸차이윈(傅彩雲)의 이야기를 중심으로 해서 동치(同治) 연간에서 광서(光緒) 연간에 이르는 30여 년간 만청의 정치·사회적 변화를 생동적으로 묘사하고 있다. 작품은 궁정 내의 혼란, 관리의 뇌물수수, 외국인에 대한 두려움과 굴복,

43 胡適, 『五十年來中國之文學』, 『胡適文集(3)』, 248-249쪽.

44 裵效維 主編, 『近代文學硏究』, 474쪽 참조.

봉건 지식인의 취생몽사, 혁명운동의 흥기 등 만청 사회의 각 방면에 대해 서술하고 있다.[45] 특히 이 소설은 만청의 정계(政界) 이야기를 제재로 하고 있으며 천첸추(陳千秋), 쑨중산(孫中山), 스젠루(史堅如)와 같은 혁명당의 실재 인물을 주인공의 모델로 삼았다고 한다. 루쉰은 이 소설을 "구조가 정교하고 문채(文采)가 아름다운 것이 그 장점이다"[46]라고 평한 바 있다.

이 밖에도 견책소설은 상당히 많이 창작되었지만, 이들은 대개 이전의 몇몇 작품을 흉내 낸 것이라 작품 수준이 훨씬 뒤떨어진다. 루쉰은 이에 대해 "공연히 꾸짖는 글을 지어서 도리어 사람을 감동시키는 힘이 없어졌으며 갑자기 나타났다가 갑자기 사라졌으니 대부분 완전하지 못한 것이었다"[47]라고 평가했다.

중국에서 최초로 서양 소설이 번역된 것은 건륭(乾隆) 때로 서기 1740년 경이었다. 이때에는 성경과 서양 소설의 내용을 근거로 해서 개작한 작품을 창작으로 여겼는데, 어빙의 「잡기(雜記)」와 같은 것이 그것이다. 그 뒤 장편이 생겨나기는 했지만, 대규모로 서양 소설이 번역 · 소개되기 시작한 것은 청일전쟁 이후의 일이다.[48] 번역소설 면에서 특히 주목할 사람은 린수(林紓)이다. 린수는 고문 · 시사(詩詞) · 회화 · 희곡에 모두 뛰어났지만, 그의 이름을 가장 크게 떨친 분야는 소설 번역이었다. 린수는 1852년에 태어나서 1924년 73세의 나이로 세상을 떠나기까지 『차화녀유사(茶花女遺事)』(프랑스 뒤마의 *La Traviata*)의 번역을 시작으로 『흑인 노예의 호소(黑奴吁天錄)』(미국 스토 부인의 *Uncle Tom's Cabin*), 『존 소전(迦茵小傳)』(영국 라이더 해거드의 *Joan Haste*) 등 외국 소설 183종을 번역했다. 그는 고문(古文)으로 소설 번역을 시도해 큰 성취를 이루었으니 중국에서 서양 소설을 고

45 阿英, 『晚淸小說史』, 28쪽 참조.
46 魯迅, 『中國小說史略』, 『魯迅全集(9)』, 291쪽.
47 魯迅, 『中國小說史略』, 『魯迅全集(9)』, 292쪽.
48 阿英, 『晚淸小說史』, 210쪽 참조.

문의 필법으로 번역한 제일인자였다. 후스는 린수가 고문으로 '장편의 서사사정(敍事寫情)의 문장'을 지은 데 대해 이렇게 평가했다.

> 고문으로는 장편의 소설을 지을 수 없었는데, 린수는 확실히 고문으로 수백 종의 장편소설을 번역했으며 그를 따라 배운 많은 사람들도 고문으로 많은 장편소설을 번역했다. 고문에는 익살(滑稽)의 맛이 매우 적은데, 린수는 확실히 고문으로 오웬과 디킨스의 작품을 번역했다. 고문은 애정 이야기(寫情)에 적합하지 않은데, 린수는 확실히 고문으로 『차화녀유사』와 『존 소전』을 번역했다. 고문의 응용은 사마천(司馬遷) 이래로 이렇게 큰 성공을 거둔 적이 없었다.[49]

『차화녀유사(춘희)』, 『흑인 노예의 호소』, 『존 소전』 등은 당시 중국인들에게 큰 반향을 불러일으켜 문학 관념이나 사상 관념에 지대한 영향을 끼쳤다. 그런데 린수는 영어를 몰라 대본의 선택이나 이야기의 구술을 모두 다른 사람에게 의존했는데, 구술자가 문학적 혜안이 부족하고 선택이 엄정하지 않아 이삼류의 작품이 대부분이었다. 린수가 번역한 작품 중에서 세계 명작이라 할 만한 것은 30여 종에 지나지 않는다고 하니 전체 번역의 20%에도 미치지 못한다. 더욱이 노르웨이 작가 입센을 독일인이라고 설명하거나 셰익스피어의 극본을 소설로 번역하는 등 오류가 적지 않았고, 오역 · 누락 · 삭제 · 첨가 등에 의해 원작과 크게 달라진 부분도 많았다. 그렇지만 린수의 번역 작품이 당시 작가들과 독자들에게 지대한 영향을 끼쳤던 것만은 분명한 사실이다. 그의 서양 소설 번역 덕분에 중국인들은 비로소 외국 문학을 접하게 되었고, 서양의 유명 작가들의 작품에 자극받아 외국 문학에 크게 관심을 가지게 되었다.

린수의 번역소설이 "오직 중국에만 문학이 있다"라는 중국인들의 환상

---

49 胡適, 『五十年來中國之文學』, 『胡適文集(3)』, 215쪽.

을 깨뜨린 것은 큰 수확이었다. 또한 린수의 번역소설은 소설가의 지위를 크게 격상시키는 역할도 했다. 이전에 중국에서는 소설가로 자처하는 사람이 드물었지만, 린수가 나타나 '고문가(古文家)'의 신분으로 직접 외국 소설을 번역했으므로 이러한 대담성이 이후 많은 사람들에게 영향을 끼쳐 사람들은 스스로 소설가로 자처하게 되었다. 량치차오가 이론 면에서 소설을 경시하던 전통적인 편견을 바로잡았다고 한다면, 린수는 수많은 서양소설을 번역함으로써 소설의 지위를 크게 높였다. 더욱이 린수의 번역소설이 보여준 새로운 창작 방법과 기교는 당시의 창작소설에 영향을 끼쳤을 뿐만 아니라 5·4시기 신문학의 창작에도 자극을 주었다. 5·4시기의 유명한 작가들은 대부분 린수의 번역소설을 탐독하던 시기를 거쳤는데, 청년 시절 루쉰, 궈모뤄(郭沫若), 저우쭤런(周作人) 등은 모두 린수의 번역소설로부터 많은 영향을 받았고 문학관의 형성에도 도움을 받았다. 저우쭤런의 회고에 따르면, 루쉰은 학생 시절 난징(南京)에서 린수가 번역한 뒤마의 『차화녀유사』와 셜록 홈즈가 주인공으로 나오는 탐정소설 『포탐안(包探案)』을 사서 읽었을 뿐만 아니라, 일본 유학 시기에 "린수의 번역소설에 열중해 린수의 소설이 출판되어 도쿄로 오면 얼른 칸다(神田)의 중국 서점에 달려가서 책을 사왔고, 읽은 다음 그것을 제본점에 가져가 딱딱한 판지로 표지를 다시 만들고 배지로 청회색 양포(洋布)를 사용했다"[50]고 한다.

청 말의 서양 소설 번역은 상당한 결함도 가지고 있었다. 그것은 유럽의 이삼류 작가의 작품이 많았다는 점뿐만 아니라 시간이 지날수록 점차 서양의 탐정소설에 집중되었다는 점이다. 이는 서양의 탐정소설이 중국의 공안소설(公安小說)·무협소설(武俠小說)과 여러 면에서 상통하는 점이 많았기 때문이기도 하지만,[51] 사회 개혁을 위한 초기 정치소설에 대한 관

50 周作人(周啓明),「魯迅與清末文壇」,『魯迅的青年時代』,『關于魯迅』, 周作人 著·止庵 編(新疆人民出版社, 1998), 457쪽.

51 阿英,『晚清小說史』, 217쪽 참조.

심이나 서양 소설 이해의 심화라는 긍정적인 측면이 약화되고 후기로 가면서 점차 오락을 중시하는 경향으로 흘렀기 때문이다.

제5절 문학 개혁의 한계

청 말에 이르러 서양 세력이 밀려오고 청일전쟁에서 패배함으로써 전통 관념이 무너지고 구국의 열망이 크게 일어나 중국 지식인들은 '유신'을 부르짖었다. "구국하려면 오로지 유신해야 하고, 유신하려면 오로지 외국을 배워야 한다"라는 인식이 팽배해지면서 서양의 학술 사상이 대대적으로 소개되었다. '물경천택(物競天擇)'·'적자생존(適者生存)'의 진화론이 소개된 것도 바로 이즈음의 일이다. 진화론은 복고적인 경향에 침윤되어 있던 중국인들의 전통적인 사유 구조를 바꾸어놓기에 충분했다. 유신운동을 전개하던 개혁가들은 운동을 이끌어갈 주체로서 '신민(新民)'을 요청했으며, '신민'을 형성하는 데에는 소설이 더없이 중요한 역할을 할 수 있다고 판단했다. 왜냐하면 소설은 사람의 마음을 좌우하는 '불가사의한 힘'이 있어서 '신민구국(新民救國)'의 가장 훌륭한 방법이라고 여겨졌기 때문이다. 진화론의 관점에 따라 속어문학이 주목받고 '유신'의 구체적인 방법의 하나로서 소설이 크게 중시되면서 드디어 문체 개혁과 소설계혁명이 제창되었다. 견책소설과 같은 새로운 창작소설이 홍성하고 서양 소설이 대량으로 번역·소개된 것도 이러한 분위기에서 가능했다. 이 시기의 문학 개혁은 전통과 다른 새로운 문학의 형식과 내용이 과도적으로 실험되고 새로운 가능성이 탐색되는 과정이었다.

그런데 청 말의 문학 개혁은 '중체서용(中體西用)'의 관념을 사상적 기반으로 하고 있어서 일정한 한계를 드러내지 않을 수 없었다. 청 말의 국가적 위기에 직면한 중국 지식인들은 개혁을 위한 반성을 시도했지만, 그것은 대체로 전통적인 중화주의 관념과 '이하변이(以夏變夷)'의 사상적 토대 위에서 진행된 것이었다. 그들은 과거 봉건제국의 힘과 이적(夷敵)과의 전쟁 경험을 맹신해 개혁에 대한 낙관적인 정서를 가지고 있었다. 그 결과 자구(自救)의 방식으로 기존의 정체(政體)와 사상 문화 기제의 자기조절을 통해 구질서의 붕괴를 바로잡아 정상적인 궤도에 올려놓으려고 했다. 이렇게 청 말의 개혁은 근본적인 변혁을 구상하지 못한 상태에서 진행되었던 만큼 개혁운동의 하위 부문 운동의 하나인 문학 개혁도 제한적인 성과를 거둘 수밖에 없었다.

량치차오의 문체 개혁도 '신문체'라는 이름을 달고 쉬운 문체를 지향했으나, 그것은 여전히 문언문인 고문(古文)의 형식에서 크게 벗어나는 것은 아니었다. 또 그의 문학관은 정치적 목적과 뗄 수 없는 관계에 놓여 있었으니, 그 실질은 문학을 통해 정치 개혁운동에 직접 기여하는 것이었다. 예컨대, "일체의 문학, 즉 시가 · 희극 · 소설은 격앙시키고 분발시키는 바가 있으니 국민의 용기를 북돋우어 국혼(國魂)을 길러주기 위해 노력해야 한다"라는 량치차오의 언설은 순수한 문학가의 입장에서 나온 것이라기보다 사회 개혁에 치중하는 정치가의 입장에서 나온 것이다. 량치차오는 소설계혁명을 제창해 소설의 사회적 효용을 중시하고 문학에서 소설의 지위를 크게 높였지만, 그가 강조한 소설의 사회적 효용은 주로 정치소설의 범주에 머물러 있었으므로 문학의 근본적인 변화를 가져오기에는 역부족이었다. 초기의 창작소설과 번역소설의 유행이 후기로 가면서 점차 탐정소설의 유행으로 바뀌게 된 것은 청 말의 문학 개혁이 일정한 한계를 가지고 있었음을 여실히 보여주는 좋은 예이다. 결국 중국 문학의 근본적인 변화는 5 · 4신문화운동 시기에 이르러 '문학혁명(文學革命)'이 제창되고 신문학(新文學)이 수립되는 때를 기다려야만 했다.

제3장

5·4문학혁명과 신문학의 탄생

제1절 『신청년』의 창간과 신문화운동

1911년 중국은 봉건 왕조 체제를 무너뜨리고 공화정을 탄생시켰다. 이른바 신해혁명(辛亥革命)이 일어나 중화민국이 들어선 것이다. 그러나 봉건 군벌인 위안스카이(袁世凱)가 총통이 된 뒤 그의 개인적 야심이 발동해 봉건 왕조 체제로의 복귀로 치달았다. 위안스카이는 유교를 국교로 정하고 경서 읽기를 강조해 봉건사상을 부활시켰다. 이렇게 역사가 퇴보하고 신해혁명이 실질적으로 좌절된 상황이 눈앞에 닥치자 중국의 많은 지식인들은 그 원인과 혐의를 국민들의 구태의연한 사상에 두었다. 국민들의 사상이 변하지 않으면 어떠한 개혁도 불가능하며, 그에 따라 민주적 정치체제도 성공할 수 없다고 생각했다. 중국이 민주공화국을 수립하기 위해서는 먼저 국민들의 사상을 진작시켜 민주주의의 신사상·신도덕·신문화를 수립해야 한다는 것이었다. 이에 천두슈(陳獨秀, 1879-1942)는 종합

계몽지 『신청년(新青年)』을 창간해 신사상 · 신문화를 보급하기 위한 사상 문화운동을 전개하고자 했다. 그는 이렇게 역설했다.

> 서양식의 새로운 국가를 건설하고 서양식의 새로운 사회를 조직함으로써 오늘날 세상에 생존 적응하려면, 근본 문제로서 우선 서양식 사회와 국가의 기초인 이른바 평등 · 인권의 새로운 신앙을 수입하지 않을 수 없다. 따라서 새로운 사회 · 국가의 새로운 신앙과는 융합될 수 없는 공자의 유교에 대해 철저한 각오와 맹렬한 결심을 하지 않을 수 없다.[1]

천두슈는 정치 개혁을 위해서는 그 전제 조건으로서 사상 문화의 개혁운동을 먼저 추진해야 한다고 생각했다. 그는 진정한 혁명이란 대다수 국민들이 역사와 혁명에 대해 각성하고 스스로 역사의 주체임을 자각할 때 이루어질 수 있다고 보고 중국인들의 각성을 촉구하는 계몽운동이 무엇보다 시급하다고 판단했던 것이다.

『신청년』은 천두슈의 주도로 1915년 9월 상하이(上海)에서 창간되었다. 『신청년』은 처음에 『청년잡지(青年雜誌)』라는 이름으로 나왔으나 1916년 9월부터 『신청년』이라는 이름으로 바꾸었다. 이 잡지는 1926년 종간(終刊)되기까지 당시 중국 지식인들에게 많은 영향을 끼쳤고, 특히 1915년 창간 이후부터 1919년 5 · 4운동을 전후한 시기까지 진보적인 잡지의 대명사로서 수많은 지식인들에게 중요한 역할을 담당했다. 일반적으로 5 · 4운동은 1919년 5월 4일 베이징(北京)의 대학생들이 전개한 반제(反帝) 애국주의 시위운동에서 촉발되어 중국 사회 전체로 파급된 정치운동을 가리킨다. 그런데 5 · 4운동이 발발하기 이전인 1915년부터 『신청년』을 중심으로 중국 지식인들은 신문화운동을 전개해 유가 사상과 봉건

1 陳獨秀, 「憲法與孔教」, 『陳獨秀著作選』 第一卷(上海人民出版社, 1993), 229쪽.

예교를 철저하게 비판하고 서양의 '과학'과 '민주'를 기치로 내걸었다. 이러한 신문화운동의 영향 속에서 정치운동으로서의 5 · 4운동이 일어날 수 있었고, 또 5 · 4운동이 전국적으로 파급되면서 신문화운동은 실질적인 성공을 거두게 되었다. 그래서 보통 신문화운동과 5 · 4운동을 아울러 5 · 4신문화운동이라고 부른다. 다만 5 · 4신문화운동이라는 말은 정치적인 의미보다 사상문화운동의 의미에 더 무게를 두고 있다.

『신청년』은 청춘과 젊음을 뜻하는 프랑스어 '라 죄네스(LA JEUNESSE)'를 제호(題號)로 병기했는데, 제호가 암시하듯이 계몽과 각성의 주요 대상을 청년들로 상정했다. 청년들은 계몽과 각성에 있어 가능성이 가장 큰 계층으로 차후의 정치운동을 담당할 주체 세력이기 때문이었다. 천두슈는 『신청년』 창간호에 발표한 「삼가 청년들에게 고함(敬告青年)」이라는 글에서 청년들에 대한 기대를 이렇게 표현했다.

> 청년은 이른 봄과도 같고, 아침 해와도 같고, 온갖 풀들이 싹트는 것과 같고, 예리한 칼날이 이제 막 숫돌에서 갈려 나온 것과 같아서, 인생에서 가장 소중한 시기에 있다. …… 병을 고치자면, 탄식이나 개탄으로 해결할 수 있는 것이 아니다. 이는 자각에 민감하고 분투에 용맹한 청년들이 인간의 고유한 지혜와 능력을 발휘하고 인간의 여러 가지 사상을 선택하는 데 달려 있다.[2]

이렇게 청년들에 대한 기대를 표한 다음 천두슈는 청년들이 지켜야 할 원칙으로 여섯 가지를 제시했다. '자주적일 것', '진보적일 것', '진취적일 것', '세계적일 것', '실리적일 것', '과학적일 것'이 그것이다. 이 여섯 가지 원칙을 구체적으로 제시하면 다음과 같다. 첫째, 자주적이어야지 노예적

---

2 陳獨秀, 「敬告青年」, 『陳獨秀著作選』 第一卷, 129-130쪽. "青年如初春, 如朝日, 如百卉之萌動, 如利刃之新發於硎, 人生最可寶貴之時期也. …… 欲救此病, 非太息咨嗟之所能濟, 是在一二敏於自覺勇於奮鬪之青年, 發揮人間固有之智能, 決擇人間種種之思想."

이어서는 안 된다(自主的而非奴隸的). 둘째, 진보적이어야지 보수적이어서는 안 된다(進步的而非保守的). 셋째, 진취적이어야지 퇴영적이어서는 안 된다(進取的而非退隱的). 넷째, 세계적이어야지 쇄국적이어서는 안 된다(世界的而非鎖國的). 다섯째, 실리적이어야지 허식적이어서는 안 된다(實利的而非虛文的). 여섯째, 과학적이어야지 공상적이어서는 안 된다(科學的而非想象的). 선언적이고 웅변적으로 제시된 이 여섯 가지 원칙은 당시 침체된 분위기 속에서 청년들에게 강한 메시지를 던져주기에 충분했다.

청년들에게 개혁의 주체로서 자아각성을 강력하게 촉구했던 『신청년』의 계몽운동은 구체적으로 신사상운동으로 전개되었다. 신사상운동의 내용은 전통문화를 비판하고 서양 문화를 소개 · 수입하는 것이었다. 특히 유교로 대표되는 전통 사상과 그에 의해 형성된 중국의 정치제도, 사회제도에 대한 회의와 비판을 진행하는 것이었다. 천두슈가 "윤리의 각오는 우리들 최후의 각오 중에서 최후의 각오이다"[3]라고 하여 '윤리의 각오'를 제기한 것은 바로 그러한 목적을 위한 것이었다. 중국에서 '윤리'란 단순한 도덕의 범주를 넘어서 사람들의 의식을 지배하는 정신 또는 사상의 문제라고 할 수 있는데, 천두슈는 '윤리의 각오'를 제기함으로써 사상혁명의 필요성을 역설한 것이다. 이러한 『신청년』의 유교비판운동은 신사상운동의 하나로 전개되었지만 당시 위안스카이의 지원 아래 진행되던, 캉유웨이(康有爲)와 공교회(孔敎會)의 공자존숭운동에 대한 우회적인 공격이기도 했다. 천두슈는 「공자의 도와 현대생활(孔子之道與現代生活)」 · 「구사상과 국체문제(舊思想與國體問題)」 등을 발표하고, 우위(吳虞)는 「가족제도는 전제주의의 근거(家族制度爲專制主義之根據論)」 · 「왜 유가는 예를 중시하는가(儒家重禮之作用)」 · 「식인과 예교(吃人與禮敎)」 등을 발표해 유가 사상이 더 이상 중국의 현실을 규정하는 윤리 체계가 될 수 없음을 논증했다. 더욱이

---

3 陳獨秀, 「吾人最後之覺悟」, 『陳獨秀著作選』 第一卷, 179쪽.

그들은 비단 유가 사상에만 한정하지 않고 중국의 전통 사상과 제도 전반으로 그 비판의 영역을 확대했다.

천두슈를 비롯한 『신청년』 진영이 중국의 유가 사상을 통렬히 비판한 것은 공화혁명의 좌절을 목도하면서 공화 체제의 내실을 기하기 위해 공화 체제의 이념적 기반인 자유와 평등, 민주와 과학 등 서양의 근대정신을 도입하기 위한 것이었다.

> 저 데모크라시(德先生)를 옹호하면 공교(孔教)·예법·정절·구윤리·구정치를 반대하지 않을 수 없고, 저 사이언스(賽先生)를 옹호하면 구예술·구종교를 반대하지 않을 수 없다. 데모크라시를 옹호하고 또 사이언스를 옹호하면 국수(國粹)와 구문학(舊文學)을 반대하지 않을 수 없다.[4]

그래서 『신청년』은 '민주'와 '과학'을 구호로 제기하고, 서양의 자유 평등의 학설, 개성 해방 사상, 사회진화론 등을 소개하는 데 주력했다.

결국 『신청년』의 창간은 신해혁명으로부터 위안스카이의 봉건 왕조 체제로의 복귀에 이르는 일련의 정치적 과정 속에서 중국 지식인들이 정치운동으로부터 사상문화운동으로 방향을 전환하게 되었음을 의미한다. 대중적인 지지 기반이 없는 정치운동의 허구성을 깨닫고 총체적인 개혁은 신사상문화운동으로부터 시작해야 한다는 자각에서 비롯된 것이다. 그 결과 사상문화운동의 구체적인 매체이자 기초라 할 대중의 언어와 대중의 문학 의식을 새로 확립하지 않고는 사상문화운동이 대중 속에 확산될 수 없다는 인식이 팽배해지고, 그에 따라 문학 개혁의 필요성이 대두되어 '문학혁명(文學革命)'에 대한 논의가 구체화되었다. 문언문을 반대하고 백

---

4 陳獨秀, 「『新青年』罪案之答辯書」(『新青年』 第6卷 第1號), 『陳獨秀著作選』 第一卷, 442-443쪽.

화문을 제창하며 구문학을 배격하고 신문학을 창조하려는 문학혁명운동이 싹트기 시작한 것이다.

제2절 문학혁명의 제창

문학혁명의 도화선이 된 것은 1917년 1월 『신청년』에 발표된 후스(胡適, 1891-1962)의 「문학개량추의(文學改良芻議)」와 한 달 뒤에 발표된 천두슈의 「문학혁명론(文學革命論)」이라는 글이다. 이 두 편의 글이 바로 『신청년』 진영의 문화운동이 '윤리혁명'에서 문학혁명으로 발전하는 촉발제가 되었다.

'문학혁명'이라는 용어는 후스가 미국의 코넬대학에서 유학하던 시기에 쓴 시에 처음으로 등장한다. 이때 사용한 '문학혁명'이라는 용어는 후스가 그의 친구들과 중국의 언어에 대해 토론하면서 사용한 것으로 학술적인 성격을 띠었다. 후스는 이때 구어(口語)인 백화(白話)가 생명력 있는 문학 도구가 될 수 있다고 논쟁을 벌이고 이를 증명하기에 힘썼다. 후스 이전에도 백화의 중요성을 인식한 사람들이 적지 않았다. 청 말의 사상가와 신문잡지를 발행하던 사람들은 백화를 계몽의 수단으로서 선전하고 사용했다. 그러나 청 말에 백화를 제창한 사람들은 비록 백화가 정치 교육을 보급하는 매개 역할을 할 수 있다고 보았지만 그것을 문학 표현의 주요 형식으로 인정하지는 않았다. 차이위안페이(蔡元培)의 지적처럼 "그때 백화문을 지은 까닭은 오로지 통속적이고 이해하기 쉽게 하기 위한 것으로서 상식을 보급할 수 있었을 뿐 결코 문언을 대체하지는 못했던"[5] 것이다.

---

5 蔡元培, 「總序」, 『中國新文學大系 · 建設理論集』, 胡適 編選(良友圖書公司, 1935), 10쪽.

그런데 후스는 과거 천여 년 동안 중국 문학의 주류는 결코 고전문체(古典文體)의 시문(詩文)이 아니라 백화문학(白話文學)이라고 강조했다. 그가 보기에 문언은 이미 '반은 죽은 언어(半死之文)'로서 문학의 내용을 경직화시키고 형식의 지나친 조탁을 초래했다. 특히 고전 시가는 그러한 경향을 조장하는 데 중요한 역할을 담당했다. 그에 비해 백화는 문학 진화의 자연스러운 결과이며 살아 있는 언어의 생명력을 지니고 있었다. 그래서 후스는 살아 있는 언어를 확립하는 것이 신사상운동의 선결 조건이라고 판단하고 문학혁명의 가장 중요한 임무는 백화문으로써 문언문을 대체하는 것이라고 생각했다.

> 죽은 문자는 결코 살아 있는 문학(活文學)을 생산할 수 없다. 만약 어떤 살아 있는 문학을 만들어내려면 반드시 살아 있는 도구가 있어야 한다. …… 우리는 반드시 먼저 이러한 도구를 높이 들어 그것으로 공인된 중국 문학의 도구로 삼아야 하고, 그것으로 이미 반은 죽었거나 완전히 죽은 낡은 도구를 대체해야 한다. 새로운 도구가 있어야 비로소 우리는 신사상과 신정신 등등 그 밖의 문제를 논의할 수 있다.[6]

후스는 '죽은 문자'로는 '살아 있는 문학'을 생산할 수 없다고 보아 '살아 있는 도구'로서 백화문을 제창하고 그것이 신사상과 신정신을 논의하는 주요한 수단이 된다고 인식했다. 이러한 인식에서 출발해 후스는 백화문의 확립을 위해서 문학혁명을 제기하기에 이른 것이다.

후스는 「문학개량추의」에서 먼저 문학 개량에 대한 논의가 현재적으로

6 胡適, 「逼上梁山(文學革命的開始)」, 『胡適文集(1)』(北京大學出版社, 1998), 156쪽. "死文字決不能産生活文學. 若要造一種活的文學, 必須有活的工具 …… 我們必須先把這個工具擡高起來, 使他成爲公認的中國文學工具, 使他完全替代那半死的或全死的老工具. 有了新工具, 我們方才談得新思想和新精神等等其他方面."

진행되고 있음을 인지하고 그에 따라 토론의 목적으로 여덟 항목의 명제를 제시했다. 그 여덟 항목이란 다음과 같다. "첫째, 반드시 내용이 있는 글을 써야 한다", "둘째, 옛사람을 모방하지 않는다", "셋째, 문법을 강구해야 한다", "넷째, 무병신음(無病呻吟)하지 않는다", "다섯째, 진부한 상투어를 힘써 버려야 한다", "여섯째, 전고(典故)를 쓰지 않는다", "일곱째, 대구(對句)를 따지지 않는다", "여덟째, 속자속어를 피하지 않는다."[7] 이 여덟 가지 항목이 바로 '오늘날 문학이 극도로 부패한' 현상에 대해 제안한 문학혁명의 강령이다.

후스가 원래 의도한 바는 문학 언어의 개혁을 통해 '살아 있는 문학'을 확립하는 것이었다. 후스는 백화문을 사용해 언문일치가 이루어지면 곧 '살아 있는 문학'을 확립할 수 있다고 여겼다. 그러나 『신청년』 동인들은 신사상운동의 한 축으로서 문학혁명을 염두에 두고 있었으므로 사상 내용의 개혁을 더욱 중시했다. 천두슈는 "서양의 대문호는 대철학자로 분류되는데, 현대에만 그런 것이 아니라 예부터 그러했다. 예를 들어 영국의 셰익스피어, 독일의 괴테는 모두 그 시대의 문호이면서 대사상가로 세상에 이름이 널리 알려져 있는 사람이다"[8]라고 하여 문학과 사상을 동일한 맥락에서 파악했다. 그래서 후스는 사상 내용을 중시해달라는 『신청년』의 요구를 받아들여 문체(언어 형식)의 문제보다 내용의 문제를 먼저 제기했다. 후스가 문학혁명의 강령으로 제시한 여덟 항목 중에서 "반드시 내용이 있는 글을 써야 한다"라는 강령을 첫 번째로 제시하고 그 조항에 상

---

7 胡適, 「文學改良芻議」, 『胡適文存』, 『胡適文集(2)』, 6쪽. "一曰, 須言之有物. 二曰, 不摹仿古人. 三曰, 須講求文法. 四曰, 不作無病之呻吟. 五曰, 務去爛調套語. 六曰, 不用典. 七曰, 不講對仗. 八曰, 不避俗字俗語."

8 陳獨秀, 「現代歐洲文藝史譚(續)」, 『陳獨秀著作選』 第一卷, 159쪽. "西洋所謂大文豪, 所謂代表作家, 非獨以其文章卓越時流, 及以其思想左右一世也. …… 西洋大文豪, 類爲大哲人, 非獨現代如斯. 自古爾也. 若英之沙士皮亞(Shakespeare), 若獨之桂特(Goethe), 皆以蓋代文豪而爲大思想家著稱于世者也."

세한 부연 설명을 덧붙이고 있는 것은 바로 이 때문이다.

후스는 먼저 '내용'에 대해 부연하면서 그것은 옛사람들이 말한 "글은 도를 담아야 한다(文以載道)"라는 뜻이 아니라 '감정'과 '사상'이라고 풀이했다. 나아가 "감정이란 바로 문학의 영혼이다. 감정이 없는 문학은 영혼이 없는 사람과 같아서 허수아비요, 움직이는 시체요, 걸어다니는 고깃덩이일 뿐이다"[9]라고 했다. 그리고 자신이 언급한 '사상'이란 '식견(見地)', '식력(識力)', '이상(理想)' 이 세 가지를 가리키는데, "사상은 반드시 문학을 통해 전달되는 것은 아니지만 문학은 사상이 있어야 더욱 값지게 되며 사상도 문학적인 가치가 있음으로써 더욱 값지게 된다"[10]라고 설명했다. "진부한 상투어를 힘써 버려야 한다"는 항목에서 후스는 당시 미국에서 함께 유학하고 있던 후셴쑤(胡先驌)의 사(詞)를 한 수 인용해 진부한 상투어를 힘써 버려야 할 필요성을 제기했다. 후셴쑤가 지은 사에는 "밤 등불이 콩알처럼 희미하게 깜빡이네(熒熒夜燈如豆)"라는 표현과 "된서리 춤추듯 날리네(繁霜飛舞)"라는 표현이 나오는데, 후스는 후셴쑤가 있던 그곳의 밤 등불이 절대로 "콩알처럼 희미하게 깜빡일" 수 없다고 했고, 또 "된서리 춤추듯 날리네"라는 것은 있을 수 없는 일이니 누가 '춤추듯 날리는' 된서리를 본 적이 있는가 하고 반문했다. 그래서 후스는 "모든 사람들이 그 자신의 귀로 친히 듣고 눈으로 직접 보고 자신이 실제로 경험한 것들을 하나하나 자신의 표현으로 형용하고 묘사하면 되는 것이지" 낡아빠진 상투어를 모방해서는 안 된다고 강조했다.[11]

이처럼 후스가 보기에 중국 문학이 몰락한 것은 실제적이고 구체적인

---

9 胡適, 「文學改良芻議」, 『胡適文存』, 『胡適文集(2)』, 6쪽. "情感者, 文學之靈魂. 文學而無情感, 如人之無魂, 木偶而已, 行尸走肉而已."

10 胡適, 「文學改良芻議」, 『胡適文存』, 『胡適文集(2)』, 6쪽. "思想不必皆賴文學而傳, 而文學以有思想而益貴; 思想亦以有文學的價値而益貴也."

11 胡適, 「文學改良芻議」, 『胡適文存』, 『胡適文集(2)』, 9쪽.

내용을 무시하고 상투어를 모방한 형식에만 집착했기 때문이다.

> 근세 문인들은 성조와 글귀에만 힘을 기울여 높은 사상도 없거니와 진지한 감정도 없다. 문학의 몰락은 그 큰 원인이 여기에 있다. 이러한 형식이 압도하는 병폐는 바로 글에 내용이 없는 까닭이다. 이러한 폐단을 없애자면 마땅히 그 내용부터 고쳐야 한다. 그 내용이란 바로 감정(情)과 사상(思)의 두 가지이다.[12]

그렇다면 후스가 생각하는 '살아 있는 문학'이란 개인의 '감정'과 '사상'의 표현이 가능한 문학이 된다. 그런데 후스는 감정과 사상의 구체적 내용이 무엇인지 명확하게 제시하지는 않았다. 이것은 후스가 구상하는 문학혁명이란 언문일치의 문학을 창출하려는 백화문의 확립이 가장 중요한 과제였기 때문이다. 여덟째 항목에서 "속자속어를 피하지 않는다"라는 말로 표현된 백화문의 확립은 후스의 문학혁명론의 핵심적 과제였다. 그러나 "속자속어를 피하지 않는다"라는 주장도 그를 통해 개인의 '진지한 감정'과 '높은 사상'의 표현이 가능할 때 의미를 가진다. 그러므로 후스가 언급한 '감정'과 '사상'은 주관성 원리에 입각한 근대적 주체의 확립과 그것의 문학적 표현을 가리키는 것으로 보인다. 이렇게 되면 비로소 "속자속어를 피하지 않는다"라는 주장과 후스가 '내용'으로 제시한 '감정'과 '사상'이 자연스럽게 연결된다.

후스의 「문학개량추의」에 이어 천두슈는 1917년 2월 『신청년』에 「문학혁명론」을 발표해 언어 형식뿐만 아니라 사상 내용의 측면에서 좀 더 적극적으로 문학혁명의 기치를 들어 올렸다. 후스의 근엄한 어조와 학자

12 胡適, 「文學改良芻議」, 『胡適文存』, 『胡適文集(2)』, 7쪽. "近世文人沾沾於聲調字句之間, 既無高遠之思想, 又無眞摯之情感, 文學之衰微, 此其大因矣. 此文勝之害, 所謂言之無物者是也. 欲救此弊, 宜以質救之. 質者何? 情與思二者而已."

적 태도는 『신청년』 편집자들의 급진적인 정서에 비하면 실제로 매우 온화한 것이었다. 천두슈의 입장에서 보면, 백화문으로 문언문을 대체해야 한다는 것은 자명한 사실이었다. 그는 학술적인 토론을 거칠 겨를이 없었다. 천두슈는 후스의 온화한 개혁 주장으로부터 전진해 문학혁명이 이미 시작되었음을 선포하면서 문학 '혁명군(革命軍)의 3대 주의'를 내걸고 국민문학 · 사실문학 · 사회문학의 수립을 제창했다.

> 수사적이고 아첨하는 귀족문학을 타파하고, 평이하고 서정적인 국민문학을 수립하자. 진부하고 허식적인 고전문학을 타도하고, 참신하고 진실한 사실문학을 수립하자. 모호하고 난해한 산림문학을 타도하고, 명료하고 통속적인 사회문학을 수립하자.[13]

천두슈의 주장은 여전히 추상적인 구호에 가깝지만 언어 형식의 개혁에만 한정하지 않고 사상 내용의 개혁을 좀 더 적극적으로 제시하고 있어 문학혁명에 대한 진전된 논의라고 할 수 있다.

천두슈가 귀족문학 · 고전문학 · 산림문학의 구문학을 타도하고 국민문학 · 사실문학 · 사회문학의 신문학을 수립하고자 한 것은 다음과 같은 이유 때문이다.

> 귀족문학은 장식적이고 의타적이어서 독립과 자존의 기상을 상실했다. 고전문학은 늘어놓고 군더더기 말이 많아서 서정과 사실(寫實)의 취지를 상실했다. 산림문학은 난해해 스스로 명산에 보관할 만한 저술이라 여기지만 대다수 군중에게는 도움되는 바가 없다. 그 형체는 진부해 살아 있지만 뼈가 없고, 형체는 있지만 정신이 없으며, 장식품일 뿐 실용품이 아니다. 그 내용은 제왕과

13 陳獨秀,「文學革命論」,『中國新文學大系 · 建設理論集』, 44쪽.

귀족, 귀신과 신선 그리고 개인의 부귀영달에 국한되어 있다. 이른바 우주와 인생과 사회는 모두 그들의 사유 대상이 아니었다.[14]

천두슈의 주장은, 주로 문학 언어의 개혁을 통해 언어의 근대적 개혁을 추진하려 했던 후스의 주장과 그 방향을 약간 달리한다. 후스의 관심이 문학의 표현 도구인 언어 자체의 근대화에 집중되어 있었다면 천두슈의 관심은 문학이 담아낼 근대적 이념을 확립하는 것, 그리고 그것을 통해 신사상운동에 기여하는 것에 있었다.

그렇다면 문학혁명은 처음부터 언어 형식적 혁명과 사상 내용적 혁명을 함께 포함하는 것이었다. 언어 형식적 혁명이란 과거 정통의 지위를 차지하며 군림하던 문언문을 폐기하고 그것을 백화문으로 대체함으로써 언문일치의 문체를 창출해 근대적 문학 언어를 확립하려는 것이었다. 사상 내용적 혁명이란 전통적인 유가와 도가 등 봉건적 사상 문화를 비판하고 서양의 근대정신을 수용함으로써 그것을 새로운 문학 내용으로 확정하려는 것이었다. 후스의 「문학개량추의」에서 촉발된 문학혁명에 대한 논의는 천두슈의 「문학혁명론」을 거치면서 더욱 사람들의 주목을 끌었고 마침내 본격적인 궤도에 오르게 되었다.

다만 주의할 것은 「문학개량추의」와 「문학혁명론」은 각각 문학의 언어 형식과 사상 내용의 혁명을 전면적으로 요구한 것이지만, 초기의 문학혁명에 대한 논의는 주로 언어 형식의 개혁에 초점이 맞추어져 있었다는 점이다. 첸쉬안퉁(錢玄同)은 문자학의 측면에서 백화가 문언을 대체해야 하는 역사적 필연성을 논증했다. 류반눙(劉半農)은 운문과 산문을 개혁하고 구두점(표점 부호)을 사용할 것을 제안했다. 더욱이 후스는 「건설적인 문학혁명론(建設的文學革命論)」을 발표해 '국어의 문학, 문학의 국어'를 제

14 陳獨秀, 「文學革命論」, 『中國新文學大系 · 建設理論集』, 46쪽.

기함으로써 문학을 통한 표준 국어의 확립과 표준 국어로 된 문학의 확립을 역설했다. "우리들이 제창하는 문학혁명은 다만 중국에 일종의 국어의 문학을 창조하려는 것이다. 국어의 문학이 있음으로써 비로소 문학의 국어가 있게 된다. 문학의 국어가 있음으로써 우리들의 국어는 비로소 참다운 국어라 할 수 있다."[15] 따라서 후스가 제기한 문학혁명은 일차적으로 문체 개혁의 성격을 띠고 있었고, 또 문체 개혁은 중국에 표준 국어를 확립하기 위한 것이었다는 결론을 자연스럽게 도출할 수 있다. 이러한 일련의 과정 속에서 『신청년』이 1918년 5월 제4권 제5호부터 백화문으로 전면 개편되었으며, 같은 호에 루쉰의 단편소설 「광인일기(狂人日記)」가 발표되고, 1919년 5·4운동이 일어나면서 문학혁명은 실질적인 성공을 거두게 된다.

제3절 서양 문학의 영향과 '인간의 문학'

문학혁명은 서양 근대문학(Modern Literature)의 영향을 많이 받았다는 사실도 간과할 수 없다. 문학혁명이 일어난 원인을 따져볼 때, 내부적으로는 퇴락한 정치적 상황 속에서 사회 개혁의 필요성이 대두되었기 때문이지만 외부적으로는 서양 근대문학이 번역·소개되면서 그로부터 많은 자극을 받았기 때문이었다. 루쉰이 문학혁명운동이 일어난 것은 "한편으로는 사회적 요구가 있었기 때문이며, 한편으로는 서양 문학의 영향을 받았기 때문이다"[16]라고 말한 것은 그 점을 지적한 것이다.

20세기 초부터 중국에서는 해외 유학 붐이 크게 일어났고, 일부 해외

---

15 胡適, 「建設的文學革命論」, 『胡適文存』, 『胡適文集(2)』, 45쪽.

16 魯迅, 「『草鞋脚』小引」, 『且介亭雜文』, 『魯迅全集(6)』(人民文學出版社, 1981), 20쪽.

유학생들은 문학에 관심을 가지고 서양 근대문학의 번역 · 소개에 치중했다. 특히 일본 유학생들은 서양 근대문학의 영향을 받아 탄생한 일본 문학에 크게 주목했다. 그들은 일본이 서양으로부터 무엇을 배웠으며 어떻게 배웠는가에 관심을 가지고 성공한 일본의 경험을 따라가는 것이 서양 근대문학을 배우는 첩경이라 여겼다. 이러한 이유로 서양의 문학 작품 및 문학 이론과 관련된 책들이 일본을 거쳐 중국에 많이 번역 · 소개되었다.

초기 문학혁명에 참여한 대부분의 사람들은 서양 근대문학으로부터 영향을 받았으니, 천두슈는 찬란한 유럽 문학을 모범으로 삼자고 제안했고, 후스는 서양의 근대문학을 모범으로 삼자고 주장했다. 저우쭤런(周作人)도 서양의 인도주의 문학을 모범으로 제시하고, "지금 절실한 방법을 찾는다면, 그것은 외국의 저작을 번역하고 연구할 것을 제창하는 일이다"라고 했다. 『신청년』이 창간호부터 투르게네프, 오스카 와일드, 체홉, 입센 등 러시아 · 영국 · 프랑스 · 북유럽 작가의 작품을 번역해 게재한 것은 서양 근대문학으로부터 자극을 받기 위한 것이었다.

천두슈는 「현대 유럽 문예사담(現代歐洲文藝史譚)」이라는 글에서 현재 유럽에서는 자연주의가 유행하고 있지만 중국에서는 찾아볼 수 없다고 전제하고, 현재 중국이 받아들여야 할 문예사조는 자연주의 이전의 것이어야 한다고 했다. 그래서 중국이 현재 거쳐야 할 문예사조는 유럽 문예사조의 흐름에서 자연주의 이전 단계에 해당하는 사실주의라고 주장했다. 후스는 소설 창작의 방법과 기교 면에서 중국은 서양에 비해 훨씬 낙후되어 있다고 생각해 중국의 소설 창작을 제고시키고 풍부하게 하기 위해서 서양의 유명한 작가의 작품을 번역할 것을 제안했다. 후스는 미국 유학 시기에 1912년부터 틈틈이 서양의 유명 작가의 단편소설 17편을 번역했는데, 이 소설들은 프랑스 · 영국 · 러시아 · 미국 · 스웨덴 · 이탈리아 작가의 작품이었다. 후스가 서양 소설을 번역해 소개한 목적은 '신선한 혈액'

을 수입해 '낡은' 중국의 전통문학을 새롭게 하기 위한 것이었다.[17]

서양 근대문학에 대한 이해가 깊어짐에 따라 중국 지식인들은 이전과는 다른 새로운 문학 관념을 가지게 되었다. 중국의 전통문학에서는 인성(人性)의 자연스러운 표현이 항상 억제되어왔다. 전통문학은 "문장은 도를 담아야 한다"라는 말에서 알 수 있듯이 대체로 우주 만물의 근원 또는 본체를 가리키는 '도'를 표현할 수 있을 때 진정한 의미를 가지는 것이었다. 그러나 이제 문학은 더 이상 '문이재도'의 관점에서 이해되지 않고 개성의 자연스러운 표현으로 이해되었다. 마오둔(茅盾)은 5·4시기 신문학을 평가해 "인간의 발견, 즉 개성의 발전 그리고 개인주의는 5·4시기 문학운동의 주요한 목표가 되었다"라고 했고, 루쉰은 5·4신문학운동을 회고할 때 "최초 문학 혁명자들의 요구는 인성의 해방이었다"라고 했다. 서양 근대문학의 영향으로 인해 중국인들은 문학의 내재적 가치에 주목하고, 인성의 자연스러운 표현으로서의 문학이라는 관념을 가지게 되었다.

이러한 서양 근대문학의 영향을 받아 문학혁명운동 과정에서 신문학의 실질적인 내용을 구체적으로 제시한 사람은 저우쭤런이다. 저우쭤런은 「인간의 문학(人的文學)」·「사상혁명(思想革命)」·「평민문학(平民文學)」·「신문학의 요구(新文學的要求)」 등 일련의 평론적인 글을 발표해 후스의 언어 형식적 혁명과 천두슈의 추상적인 사상 내용의 혁명으로부터 전진해 신문학에 실질적인 내용을 구체적으로 부여했다.

1918년 12월 『신청년』에 게재된 「인간의 문학」은 최초로 문학의 이념 문제를 다룬 비평이었다. 저우쭤런은 이 글에서 '인간의 문학'을 제안함으로써 어떤 구문학을 제거하고 어떤 문예 사상을 기본으로 삼아 신문학을 수립해야 하는가라는 문제에 대한 답을 시도했다. 그는 "인간의 문제는 여태껏 해결되지 아니하여…… 생겨난 지 4천 년이 되었지만 지금도 인

---

17 홍석표, 『중국의 근대적 문학의식 탄생』(선학사, 2007), 72-73쪽 참조.

간의 의미를 논하고 있으며, 다시금 '인간'을 발견하고 '인간의 황무지를 일구어야'만 한다"라고 강조했다. 그래서 저우쭤런은 "인도주의를 바탕으로 하여 인생의 제반 문제를 기록 · 연구한 사람의 글을 인간의 문학이라고 한다"라고 하여 구체적인 신문학의 이념으로서 인도주의를 제창했다.[18] 그는 '영육(靈肉)의 일치'가 인간의 정상적인 생활이라고 주장하면서 "인간의 본성에 반하는 부자연스러운 습관과 제도를 부정하고" 개인주의적 인간 본위주의를 내세웠다. 그래서 그는 신문학은 인도주의를 이념으로 삼아 유교와 도교를 선전하는 '비인간적인 문학'을 철저히 배격하고, 대다수 억압받고 착취당하는 사람들의 생활을 반영하며 새로운 '이상적인 생활'을 표현하는 참된 문학을 창조해야 한다고 했다. 이러한 주장은 전통적인 유교적 가족주의 폐해로부터의 해방을 의미하며 근대적 휴머니즘 정신과 상통하는 것이었다.

또한 저우쭤런은 「평민문학」에서 '인생을 위한 문학'이라는 구호를 제창하고 영웅호걸의 업적이나 재자가인(才子佳人)의 생활을 묘사할 것이 아니라 세상의 평범한 인간들의 삶의 진실과 진지한 사상을 묘사해야 한다고 강조했다. 그래서 통속적인 백화 언어와 대다수가 좋아하는 문학 장르로 보통 사람의 진실한 생활을 묘사하고 "세상의 보통 남녀의 희비(喜悲)와 이합(離合)"을 반영해야 한다고 했다. 게다가 '우둔한 충효'와 '충신과 절개' 등 봉건 도덕의 표현에 반대할 것을 주장하면서 대다수 사람들이 실행할 수 있는 '평등한 인간의 도덕'을 요구했다. 더욱이 「신문학의 요구」라는 글에서 신문학의 방향을 '인생의 문학'이라 규정하고 그것을 다음의 두 가지로 요약했다.

첫째, 이 문학은 인성(人性)적인 것이며 수성(獸性)적인 것도 신성(神性)적인

18 周作人, 「人的文學」, 『中國新文學大系 · 建設理論集』, 194쪽, 196쪽.

것도 아니다. 둘째, 이 문학은 인류적인 것이요 개인적인 것이며, 종족적, 국가적, 향토적, 가족적인 것은 아니다.[19]

저우쭤런은 '인간의 문학'을 구체적으로 '인생의 문학'으로 심화시킴으로써 신문학의 방향을 명확하게 제시했다. 그러므로 중국 신문학은 '비(非)인간의 문학'에 대한 저항으로부터 싹텄다고 할 수 있다.

일본 문단의 백화파(白樺派)가 주장한 인도주의 문학론으로부터 영향을 받은 저우쭤런의 '인간의 문학'은 이후 중국 최초의 전문적 문학 단체인 문학연구회(文學硏究會)가 표방한 '인생을 위한 문학'으로 이어져 신문학 초기에 지대한 영향을 끼쳤다. 저우쭤런이 제시한 신문학의 이념은 신문학의 주요 정신, 서술의 대상과 방법 등의 측면에서 기본 골격을 확립해주었으며, 신문학에 실질적인 내용을 구체적으로 부여함으로써 마침내 신문학의 창작을 가능케 했다.

제4절 신문학의 탄생

『신청년』 동인들은 문학혁명을 열렬하게 주장했지만 1918년 이전까지 정작 『신청년』은 그대로 문언으로 발간했다. 이러한 사실은 문학혁명이 아직 이론적인 주장에 머물고 구체적인 실천으로 나아가지 못하고 있었음을 뜻한다. 이론과 실천의 괴리는 1918년 『신청년』이 백화문으로 전면 개편되면서 극복되기 시작했다. 극복의 움직임은 문학혁명의 이론에 걸맞는 신문학 작품을 창작하려는 노력으로 구체화되었다.

---

19 周作人, 「新文學的要求」, 『周作人散文』 第二集, 張明高 · 范橋 編(中國廣播電視出版社, 1992), 137쪽.

신문학의 창작은 먼저 시 분야에서 시작되었다. 후스는 자신의 문학혁명의 주장에 맞추어 백화시(白話詩)를 실험적으로 창작해 1917년 『신청년』에 최초로 백화 시사(詩詞)를 발표했다. 1918년에는 백화시 창작이 점차 확대되어 『신청년』 제4권 제1호에 백화시 9수가 발표되었다. 예를 들면, 후스의 「일념(一念)」·「비둘기(鴿子)」·「인력거꾼(人力車夫)」, 선인모(沈尹默)의 「달밤(月夜)」, 류반눙(劉半農)의 「종이 한 장 차이(相隔一層紙)」 등이 그것이다. 엄격한 전통시의 형식미에 익숙해 있던 당시 독자들에게 이러한 출발 단계의 백화시는 훌륭한 것으로 받아들여지지는 않았지만 신문학을 뿌리내리려는 최초의 시도로서 그 의의는 자못 컸다.

신문학을 창작하려는 노력은 시 분야를 넘어서 다른 분야로 확대되었다. 1918년 『신청년』 제4권 제4호에 리다자오(李大釗)의 근대적 산문 「지금(今)」이 발표되었다. 이 작품은 본격적인 문학 작품으로 보기는 어렵지만 초기의 현대 산문으로서, 1920년대에 뛰어난 예술적 산문을 많이 창작한 저우쭤런에 앞서 산문문학이 신문학에서 비중 있는 장르로 자리 잡을 수 있는 길을 터놓았다. 그러나 이 시기의 문학혁명은 아직 이론적 검토 수준에 머물러 있었으므로 운동의 규모나 형세가 그다지 광범위하게 형성되지는 못했다. 더구나 진정으로 신문학을 대표할 만한 문학 작품이 아직 출현하지 않았다.

문학혁명의 성과를 가장 잘 드러내고 문학혁명의 발전 단계에서 새로운 이정표를 세운 것은 루쉰의 백화소설이었다. 1918년 5월 『신청년』에 루쉰의 단편소설 「광인일기」가 발표되면서 신문학은 이론뿐만 아니라 구체적인 창작 면에서 그 성과를 입증하게 되었기 때문이다. 루쉰은 「광인일기」에 이어 「쿵이지(孔乙己)」·「약(藥)」·「풍파(風波)」·「고향(故鄉)」 등의 단편소설을 계속 발표해 창작 실천 면에서 신문학의 기초를 다져놓았다. 루쉰은 자신의 소설 창작을 두고 "'문학혁명'을 드러내준 실적이라 할 수 있으며, 또 당시에 '표현이 절실하고 격식이 특별하다'고 여겨져서 일부 청년 독자들의 마음을 자못 격동시켰다"[20]라고 평가했다. 「광인일기」는 한 정신병자가 쓴 일기의 형식을 빌려 '사람을 잡아먹는' 봉건 예교의 심각한 폐해를 고발해 봉건사상에 대한 강렬한 비판 의식을 형상화했다. 이 소설은 전통문학과 구별되는 신문학의 새로운 사상 내용을 모범적으로 제시했을 뿐 아니라 형식 면에서도 종래의 장회체소설(章回體小說)의 양식과 기법에서 완전히 탈피한 새로운 성격의 근대적 작품이었다. 루쉰의 뛰어난 창작 성과 덕분에 소설 장르는 신문학을 이끌어가는 중심 장르로 자리 잡게 되었다. 루쉰의 백화소설 가운데 당시 가장 큰 반향을 불러일으킨 작품은 중편소설 「아Q정전(阿Q正傳)」이었다. 이 작품은 자기기만과 굴종으로 가득 찬 '아Q'라는 인물을 통해 그가 가진 노예근성을 '정신 승리법'이라는 말로 풍자하면서 중국 민족의 나약한 국민성을 통렬하게 비판했다. 루쉰의 백화소설은 사상 내용과 언어 형식 면에서 전통소설과 전혀 다른 새로운 면모를 보여주어 진정한 신문학의 걸작으로서 구문학과 확연히 구분되는 것이었다.

희곡 분야에서도 신문학 정신에 입각한 이론과 창작의 모색이 뒤따랐다. 1918년 6월 『신청년』은 노르웨이의 희곡 작가 입센의 특집호로 꾸며졌다. 후스의 「입센주의(易卜生主義)」라는 글이 실리고 입센의 희곡 세 편이 번역 · 소개되었다. 이어 10월호 『신청년』은 희극 특집호를 마련해 후스의 「문학진화 관념과 희극개량(文學進化觀念與戲劇改良)」, 푸쓰넨(傅斯年)의 「희극개량의 여러 가지 측면(戲劇改良各面觀)」, 어우양위첸(歐陽予倩)의 「나의 희극개량관(予之戲劇改良觀)」 등의 희곡 평론이 게재되었다. 이들의 주장은 "사회의 진화에 따라 희극도 시대의 추세에 부응해 구극(舊劇)에서 탈피해야 한다"는 것이었다. 이러한 희극 개량에 관한 활발한 논의에 힘입어 1919년 『신청년』 제6권 제3호에 최초의 근대적 극본인 후스의 「종신대사(終身大事)」가 발표되었다. 입센의 작품 『인형의 집』에서 착상을 얻

20 魯迅, 「『中國新文學大系』小說二集序」, 『且介亭雜文二集』, 『魯迅全集(6)』, 238쪽.

어 봉건 사회의 혼인 풍습을 비판하고 자유 연애를 주장한 이 작품은 여자 주인공 배역을 맡을 배우를 구하지 못해 상연에는 실패했지만 중국 현대 희극운동의 진전에 기초를 다져놓았다.

다만 주의할 것은, 루쉰의 소설 이외에 초기의 신문학 작품은 대체로 문학적 깊이가 부족한 한계를 노출하고 있었다는 점이다. "일체의 작품이 모두 유리구슬과 같아 몹시 밝고 투명해서 몽롱한 점이라고는 조금도 없으니, 이 때문에 여향(餘香)과 음미의 뒷맛이 부족한 것 같다"[21]라는 저우쭤런의 언급은 시에 대한 평가이지만 초기 신문학의 특징을 적절하게 설명해준다.

어쨌든 문학혁명은 문학 관념, 내용과 형식, 언어 문체 등 각 방면에 전면적인 혁신과 해방을 가져왔다. '문이재도'나 소일거리의 문학 관념에서 탈피해 인생을 개량하고 사회적 책임을 중시하고 개성을 표현할 수 있는 새로운 인도주의 문학 관념이 형성되었다. 경직된 문언이 폐기되고 백화가 문학 창작의 중심 도구가 되었으며 백화문학이 문학의 주류로 떠올랐다. 아울러 서양의 다양한 문학 양식과 창작 기법이 도입되어 신문학의 창작에 적용됨으로써 백화 신시(新詩)가 실험되고, 소설이 혁신되고, 연극이 도입되었으며, 아름다운 산문이 지어졌다. 중국 문학은 문학혁명을 통해 마침내 전통과 전혀 다른 새로운 근대적인 문학으로 거듭나게 되었다.

제5절 문학혁명의 반대

문학혁명 진영이 백화문운동을 전개하고 있을 무렵 전통을 고수하며

21 周作人, 「揚鞭集 · 序」, 『語絲』 第八十二期(中國現代文學史資料叢書(乙種), 上海文藝出版社, 1982).

문학혁명을 반대하던 반대파의 입장도 만만치 않았다. 반대파의 입장은 중서문화(中西文化) 논쟁과 연결되어 있었는데, 중서문화 논쟁은 중국 문화와 서양 문화 중에서 무엇을 우위에 둘 것인가, 중국 문화의 방향을 어떻게 설정할 것인가 하는 문제에서 촉발되었다. 중서문화 논쟁에서 중국 문화의 비교우위를 주장하던 문학혁명 반대파는 1919년 5·4운동을 기점으로 그 이전과 이후로 나누어 살펴볼 수 있다. 처음에는 공교파(孔教派)로 불리던 린수(林紓)와 옌푸(嚴復)가 문학혁명을 반대했고, 그 다음은 1922년 잡지 『학형(學衡)』의 창간으로 모인 메이광디(梅光迪), 후셴쑤(胡先驌), 우미(吳宓) 등 학형파(學衡派)의 성원들이 문학혁명을 반대했다.

1917년 첸쉬안퉁(錢玄同)은 문학혁명을 지지하면서, 고문으로 수많은 서양 소설을 번역한 린수를 겨냥해 "오로지 『요재지이(聊齋志異)』의 문체를 사용하고, 한유(韓愈)와 유종원(柳宗元)을 끌어들여 스스로 무게를 더하고자 했지만 그 가치는 오히려 동성파(桐城派)보다 못하다"[22]라고 평가했다. 린수는 당시 온건한 태도로 고문은 폐기되어서는 안 되며 서양의 라틴어처럼 보존되어야 한다는 입장을 간단히 밝혔다.[23] 이처럼 초기의 문학혁명에 대한 반대는 미미한 것이었다. 그러자 『신청년』 편집자들이 논쟁을 통해 관심을 불러일으키고자 했다. 1918년 3월 편집자 중의 한 사람이었던 첸쉬안퉁이 왕징간(王敬幹)이라는 가명으로 「문학혁명의 반향(文學革命之反響)」이라는 고문 투의 글을 투고해 문학혁명의 부당성을 지적했고, 『신청년』의 또 다른 편집자였던 류반눙이 이에 맞서 문학혁명의 필요성에 대해 길게 답변했다. 점차 문학혁명을 반대하는 사람들의 목소리가 커지고, 마침내 린수는 문학혁명의 반대를 격화시켰다. 1919년 2, 3월에 그

---

22 錢玄同, 「通信」, 『新青年』 第3卷 第1期, 81쪽. "專用『聊齋志異』文筆. 一面又欲引韓柳以自重, 此其價値, 又在桐城派之下."

23 林紓, 「通信」, 『新青年』 第3卷 第3期, 308쪽 참조. "知臘丁之不可廢, 則馬班韓柳亦自有其不宜廢者. 吾識其理, 乃不能道其所以然. 此則嗜古者之痼也."

는 상하이의 주요 신문인 『신신보(新申報)』에 문언으로 쓴 「형생(荊生)」·「요몽(妖夢)」이라는 두 편의 단편소설을 발표해 문학혁명을 이끌던 차이위안페이, 천두슈, 후스, 첸쉬안퉁을 각각 위안쉬(元緖), 천헝(陳恒), 디모(狄莫), 진신이(金心異)라는 이름으로 등장시켜 그들을 조소하고 비난했다. 린수는 또 1919년 3월 18일 『공언보(公言報)』에 당시 베이징대학(北京大學) 총장인 차이위안페이에게 보내는 공개서한(「차이허칭 태사에게 보내는 서한(致蔡鶴卿太史書)」)을 발표했다. 여기서 그는 문학혁명 진영이 중국의 전통사상인 공맹 사상(孔孟思想)을 전복하고 윤상(倫常)을 깎아 없앤다고 비난했다. 또한 과학 발전에 고문이 장애가 된다면 과학에는 고문을 사용하지 않으면 될 것이고, 고서(古書)를 전폐하고 토어(土語)로 된 글만을 사용한다면 길거리에서 장사하는 사람의 말로 학문을 가르치려는 것인가라고 하며 백화문운동의 부당성을 지적했다.

> 만약 죽은 문자가 학술에 방해가 된다면 과학에는 고문을 사용하지 않으면 될 것이므로 고문이 과학에 방해가 되지 않을 것이다. …… 또한 천하에 오직 진정한 학술과 진정한 도덕만이 생존해 사람들로부터 존중을 받을 것이다. 만약 고서(古書)를 전폐하고 토어(土語)를 문자로 통용한다면 수레 끄는 사람이나 장사꾼이 사용하는 말은 모두 문법에 맞고 푸젠(福建)이나 광둥(廣東) 사람들의 문법에 맞지 않은 시끄러운 소리와 달라서, 베이징이나 톈진(天津)의 장사치들은 한결같이 교수로 채용될 수 있을 것이다. …… 결론적으로 말하면, 만 권의 책을 독파하지 않으면 고문을 지을 수도 없고 또 백화문을 지을 수도 없다. …… 그러므로 고문은 전폐할 수 없는 것이다.[24]

---

24 林紓, 「致蔡鶴卿書」, 『文學運動史料選』 第一册, 北京大學·北京師范大學·北京師范學院 中文系中國現代文學硏究室 主編(上海敎育出版社, 1979), 140-141쪽. "若云死文字有碍生學術, 則科學不用古文, 古文亦無碍科學. …… 且天下唯有眞學術, 眞道德, 始足獨樹一幟, 使人景從. 若盡廢古書, 行用土語爲文字, 則都下引車賣漿之徒, 所操之語, 按之皆有文

린수의 논리에 따르면, '진정한 학술(眞學術)'과 '진정한 도덕(眞道德)'은 문언문인 고문으로만 표현이 가능하다. 린수는 문언문의 신성한 가치를 확신하고 있었기 때문에 '토어'라고 간주한 백화문으로 학문을 가르친다는 것은 있을 수 없는 일이었다. 린수가 말한 '진정한 도덕'은 공맹 사상과 그것의 윤리적 표현인 오상(五常), 즉 인(仁)·의(義)·예(禮)·지(智)·신(信)을 가리키는데, 린수가 보기에 고문을 폐기한다는 것은 '진정한 도덕'을 폐기하는 것과 다름없었다. 따라서 린수가 문학혁명에 반대한 것은 우선 '진정한 도덕'으로서의 공맹 사상이 폐기되어서는 안 된다고 보았기 때문이다. 사상혁명을 추진하고 있던 문학혁명 진영은 중국의 국가적 위기의 근원을 오히려 공맹 사상에 두어 공맹 사상을 공격하고 있었으므로 린수의 백화문 반대는 사상사적 맥락에서 나온 자연스러운 반응이었다. 또한 린수는 근대적 표준어의 가치를 제대로 이해하지 못하고 백화문을 '토어'로 간주하고 있었으므로 문학혁명을 반대하지 않을 수 없었다. 더욱이 린수의 반대는 개인적인 위기의식과도 관련되어 있었다. 린수는 청 말에 이미 183종이나 되는 서양 소설을 번역했으며 그 당시 지식인이나 학생치고 그의 번역소설을 읽고 감화를 받지 않은 사람이 없을 정도였는데, 그가 번역한 서양 소설은 모두 고문으로 되어 있었으므로 백화문의 전용은 자신의 입지를 위협할 수도 있었다.

청 말에 린수와 함께 고문 번역으로 이름을 날렸던 옌푸도 문학혁명에 대한 반대 입장을 표명했다.

> 언어 문자가 우수한 까닭은 명사(名辭)가 풍부해 글로 쓰거나 말로 했을 때 오묘하고 깊고 정밀한 이상(理想)을 전달할 수 있고, 기이하고 아름다운 사물의

法, 不類閩廣人爲無文法之啁啾, 據此則凡京津之稗販, 均可用爲敎授矣. …… 總之, 非讀破萬卷, 不能爲古文, 亦幷不能爲白話. …… 則又不能全廢古文矣."

모습을 묘사할 수 있기 때문이다. …… 따라서 백화로써 교육한다면 보급하기에는 쉽지만 주정(周鼎)을 내버리고 하찮은 부스러기 표주박을 귀하게 여기는 것이니 퇴화와 무엇이 다르겠는가? 이런 일은 전부 진화의 법칙에 속한다는 것을 알아야 할 것이다.[25]

옌푸의 논리에 따르면, 언어 문자는 오묘하고 깊고 정밀한 이상(理想)을 전달할 수 있고, 기이하고 아름다운 사물의 모습을 묘사할 수 있다. 여기서 '오묘하고 깊고 정밀한 이상'은 개인의 감정이나 사상의 차원을 넘어서 형이상학적이고 신성한 가치를 지니며, '기이하고 아름다운 사물의 모습'은 단순한 외재적 자연의 아름다움을 넘어서 우주의 조화로운 질서가 구현된 자연의 아름다운 모습이다. 옌푸가 보기에 언어 문자는 형이상학적이고 신성한 이상 또는 조화로운 우주 질서가 드러난 자연의 아름다움을 표현할 수 있는 도구이다. 이러한 신성한 가치를 가지는 언어 문자는 특성상 상징성이 뛰어나야 하므로 문언이 되지 않으면 안 된다. 따라서 옌푸는 언어 문자의 신성한 가치에 주목하고 그것을 구현하기 위해서는 상징성이 뛰어난 문언을 사용해야 한다고 보았기에 백화문을 반대하지 않을 수 없었다. 옌푸가 진화의 법칙이 적용되면 문언과 백화의 경쟁에서 문언이 승리할 것으로 확신한 것은 바로 문언의 신성한 가치를 굳게 믿고 있었기 때문이다. 그런데 백화문운동은 언어 문자의 형이상학적이고 신성한 가치 자체를 해체하는 것이었으니 옌푸의 기대는 실현되기 어려웠다.

옌푸가 문학혁명을 반대한 것은 그의 문학관과도 관련되어 있었다. 옌푸는 문학을 통해 자신의 번뇌를 드러내고 불평의 기분을 해소하려 했으

25 嚴復, 「書札六十四」, 『中國新文學大系 · 文學論爭集』, 鄭振鐸 編選(良友圖書公司, 1935), 96쪽. "今夫文字語言之所以爲優美者, 以其名辭富有, 著之手口, 有以導達奧妙精深之理想, 狀寫奇異美麗之物態耳. …… 就令以此教育, 易于普及, 而遺棄周鼎, 寶此康匏(瓠), 正無如退化何耳. 須知此事全屬天演."

며, 정신 면에서는 옛사람과 결탁해 현실을 벗어나 초현실적인 환상의 세계에 도취되어 있었다.[26] 옌푸에게 문학은 '예술을 위한 예술'의 한 형식으로 존재했다.

> 대체로 학(學)의 분야에는 수만 가지의 길이 있는데, 크게 보면 술(術)과 곡(鵠)으로 나눌 수 있다. 곡이란 무엇인가? 그것을 얻는 것을 지극한 즐거움으로 생각하고 다른 것에 연연해할 겨를이 없는 것이다. 그 자체를 위한 것이며 즐거움이 무궁한 것이다. 술이란 무엇인가? 그 방법을 빌려 무언가 구하는 바가 있는 것이다. 구하고 나면 곧 버리는 것이다. 이것은 사람을 위해 존재하는 것이며 본래 귀하게 여기는 바가 아니다.[27]

'학'을 '술'과 '곡'의 범주로 구분한 옌푸는 문학을 '곡'의 범주로 이해했다. 그런데 문학혁명 진영은 오히려 '술'의 범주에서 문학에 대한 논의를 전개하고 있었으므로 옌푸는 그것을 반대하지 않을 수 없었다.

문학혁명이 진행 중이던 1919년 후셴쑤가 「중국문학개량론(中國文學改良論)」이라는 글을 발표하고 뤄자룬(羅家倫)이 「후셴쑤 군의 '중국문학개량론'에 대한 반박(駁胡先驌君'中國文學改良論')」이라는 글을 발표하자 문학혁명을 둘러싸고 학형파와 문학혁명 진영 사이에 대립이 시작되었다. 특히 학형파는 1922년 잡지 『학형(學衡)』을 창간하면서 문학혁명에 대한 반대를 본격화했다. 학형파의 동인들은 주로 난징(南京)의 둥난대학(東南大學)에 모여 있었고, 잡지 『학형』은 1922년 1월 상하이의 중화서국(中華書

26 周振甫, 「嚴復的詩和文藝觀」, 『嚴復硏究資料』, 牛仰山 · 孫鴻霓 編(海峽文藝出版社, 1990), 391쪽 참조.

27 周振甫, 「嚴復的詩和文藝觀」, 『嚴復硏究資料』, 389쪽 재인용. "蓋學之事萬途, 而大異存乎術鵠. 鵠者何? 以得之爲至娛, 而無暇外慕, 是爲己者也, 相欣無窮者也. 術者何? 假其途以有求, 求得則輒棄, 是爲人者也, 本非所貴者也."(「古今文鈔 · 序」)

局)에서 발행되어 1933년 7월까지 거의 12년 동안 79기가 나왔다.

문학혁명 진영이 언문일치의 백화문을 주장한 것은 문언문이 신사상을 보급하기에 불리하고 근대적 주체의 자아각성에 부합하지 않는다고 보았기 때문이다. 그러나 학형파는 말(言)과 글(文)의 분리를 주장하고 문언의 '약정성(約定性)'을 내세워 문언의 우위를 주장했다. 후셴쑤는 「중국문학개량론」에서 구어인 "백화는 시대에 따라 항상 변하니 송·원(宋元)대의 백화는 이미 읽을 수 없으며, 진(秦)·한(漢)·위(魏)·진(晋)대의 백화는 더 말할 필요가 있겠는가"[28]라고 하고 시대에 따라 변하지 않는 고문을 사용하면 영원히 전해지고 읽을 수 있을 것이라고 주장했다. 논쟁은 점차 '시의 문자'와 '산문의 문자', '시의 정의'와 문학의 '형식과 내용' 등 일련의 문학의 본질에 관한 문제에까지 확대되었다.

문학혁명 진영은 "한 시대에는 그 시대 나름의 문학이 있으며", "옛사람은 옛사람의 문학을 창조했고 오늘날 사람은 오늘날 사람의 문학을 마땅히 창조해야 한다"[29]라는 문학진화론에 이론적 근거를 두고 있었다. 학형파는 이러한 문학진화론을 받아들이지 않았다. 후셴쑤는 원래 생물학을 전공해 진화론을 잘 알고 있었으므로 생물진화론을 문학에 적용하는 것은 진화론의 남용으로 여겼다. 그래서 그는 정신문화의 변화에 억지로 진화의 이름을 씌우는 것은 "과학을 오해하고 과학을 오용한 폐해"라고 지적했다.[30] 우팡지(吳芳吉)는 문학진화론의 주장은 "단지 역사적 관념만 알고 예술의 법칙을 모르는" 소치라고 지적하고, "문학은 진화하는 것도 아니요 퇴화하는 것도 아니다. 문학은 바로 옛날이나 지금이나 서로 같은 줄기에서 젖을 먹고 자란 것이다. 옛날이나 지금이나 같은 줄기에서 젖을 먹고 자란 것이란 옛날의 작가와 지금의 작가가 서로 조화를 이루고 있다

---

28 胡先驌, 「中國文學改良論」, 『中國新文學大系·文學論爭集』, 106쪽.

29 胡適, 「歷史的文學觀念論」, 『胡適文存』, 『胡適文集(2)』, 27쪽.

30 胡先驌, 「文學之標準」, 『學衡』 31期(1924.8). "皆誤解科學誤用科學之害也."

는 것을 가리킨다"[31]라고 역설했다. 이쥔(易峻)은 문학 본질의 입장에서 "문학은 정감과 예술의 산물이다. 그것은 본질적으로 역사 진화에 따를 필요가 없다. 다만 시대에 따라 발전의 가능성만 있을 뿐이다"[32]라고 하여 문학진화론을 강하게 비판했다. 이렇게 학형파는 문학의 내용과 정신적 가치의 불변성을 근거로 문학 발전에는 진화와 퇴화가 없다고 주장했다. 또한 문학진화론을 부정함으로써 백화문이 문언보다 더 진화한 것으로 보는 문학혁명을 받아들일 수 없으며, 오히려 시대에 따라 변하지 않는 문언이 더 보편적인 가치가 있다고 주장했다. 그런데 문학혁명 진영은 문학사에서 문체 형식의 끊임없는 변화에 주목하고, 그것을 문학 진화의 객관적인 법칙으로 받아들였다.

이렇게 볼 때, 문학혁명 진영과 학형파의 논쟁은 문학 이념의 대립, 그리고 문학의 내용과 형식에 대한 인식의 차이에서 촉발되었다고 할 수 있다. 사실 학형파의 문학혁명 반대는 나름대로 의의를 가진다. 학형파의 반대로 촉발된 논쟁을 통해 문학혁명은 오히려 광범한 호응을 얻어 백화문이 새로운 문학 용어로 채택되는 실질적인 성공을 거두었기 때문이다. 더욱이 문학의 본질 문제에 주목했던 학형파의 주장은 문학혁명 진영이 치우쳤던 일정한 편향, 즉 생물진화론을 단선적으로 문학에 적용한 편향을 바로잡는 역할도 수행했기 때문이다.

31 吳芳吉, 「再論吾人眼中之新舊文學觀」, 『學衡』 21期(1923.9).

32 易峻, 「評文學革命與文學專制」, 『學衡』 79期(1933.7).

제4장

전문적인 문학 단체의 결성과 창작 방법의 표방

제1절 전문적인 문학 단체의 결성

1918년 천두슈(陳獨秀)는 『신청년』만으로는 신문화운동을 적극적으로 전개할 수 없다고 생각해 정치 · 사회 면에 치중하는 『매주평론(每週評論)』을 창간했다. 1919년 1월에는 베이징대학(北京大學) 재학생인 푸쓰녠(傅斯年), 뤄자룬(羅家倫) 등이 신문화운동에 적극적으로 동조하기 위해 잡지 『신조(新潮)』를 창간하고 그들의 모임을 신조사(新潮社)라고 했다. 또 1919년 7월에는 쩡치(曾琦), 리다자오(李大釗), 왕광치(王光祈) 등이 청년들의 애국운동 단체인 소년중국학회(少年中國學會)를 결성하고 잡지 『소년중국(少年中國)』을 발간했다. 이들 잡지는 신문화운동에 크게 기여했지만 종합 잡지의 성격을 띠고 있어 문학을 전문적으로 다루지는 않았다. 얼마 후 마침내 문학만을 전문적으로 다루는 문예 잡지를 발간하는 문학 단체가 결성되었으니, 최초로 1921년에 문학연구회(文學研究會)가 결성되고 곧이어

1922년에 창조사(創造社)가 결성되었다.

문학혁명은 5·4운동을 거치면서 백화문이 표준어로 확정되는 성공을 거두었지만 얼마 후 퇴조기를 맞이한다. 문학혁명의 주도 세력이었던 『신청년』 진영은 마침내 분화되어 천두슈와 리다자오는 중국공산당 성립을 위해 활동했고, 류반눙(劉半農)과 첸쉬안퉁(錢玄同)은 학술 연구에 주력했으며, 후스(胡適)는 국고정리(國故整理)를 제창해 고전문학 연구에 몰두했다. 이렇게 신문학운동의 열기가 식어가자 신문학을 흉내 낸 '원앙호접파(鴛鴦蝴蝶派)' 소설이 문언을 백화로 고치고 부녀자와 가정 문제를 소재로 삼아 소시민의 취미에 영합하며 대단한 위세로 신문학을 위협했다. 이때 문학혁명을 통해 각성되었던 지식인들은 구문학의 잔재를 일소하고 문학혁명에서 시작된 신문학을 키워나갈 필요성을 절실히 느꼈고, 이를 구체적으로 실천하기 위해 여러 문학 단체를 결성하게 되었다.

마오둔(茅盾, 선옌빙沈雁冰)은 초기 신문학의 활동 상황을 정리하면서, 1921년부터 보편적이고 전국적인 문학 활동이 시작되어 청년 문학 단체와 소형의 문예 정기 간행물이 왕성하게 생겨났으며, 특히 1921-1925년에 성립된 문학 단체 및 간행물이 백여 개에 달한다고 했다.[1] 마오둔이 보편적이고 전국적인 문학 활동의 시작을 1921년부터 잡고 있는 것은 문학연구회와 창조사의 성립을 고려했기 때문인데, 이 시기 가장 대표적인 문학 단체가 바로 문학연구회와 창조사이다. 문학혁명의 성공에도 불구하고 백화문의 확립과 루쉰(魯迅)의 단편소설 이외에 이렇다 할 커다란 성과를 거두지 못한 상황에서 문학연구회는 자기성찰과 냉정한 현실 관찰을 토대로 번역, 문학 이론, 창작, 비평 등 문학 전반에 걸쳐 체계적이고 착실하게 역량을 축적해 문학혁명의 정신을 구현하고자 했다. 창조사는 먼저 결성된 문학연구회에 대응해 낭만주의·유미주의 경향의 문학 이론과 창

---

1 茅盾, 「導言」, 『中國新文學大系·小說一集』, 茅盾 編選(良友圖書公司, 1935), 5쪽 참조.

작을 내세우며 신문학의 방향을 나름대로 제시하고자 했다.

문학연구회와 창조사가 결성된 이후 여러 문학 단체와 간행물들이 속속 생겨났다. 쉬즈모(徐志摩), 후스, 천위안(陳源, 천시잉陳西瀅) 등 구미 유학생이 중심이 되어 1923년에 베이징에서 신월사(新月社)를 결성했고, 1925년에 원이둬(聞一多)가 시(詩) 전문지의 필요성을 느끼고 『신보(晨報)』 부간의 편집 책임을 맡고 있던 신월사의 쉬즈모를 찾아가 건의해 시 전문지 『시전(詩鐫)』을 창간했다. 구미 유미주의의 영향을 받은 쉬즈모, 원이둬 등은 『시전』을 중심으로 신격률시운동을 전개해 당시 시단에 큰 영향을 끼쳤다. 신월사는 1928년 3월에 이르러 상하이에서 월간지 『신월(新月)』을 발간하기도 했다. 후스와 쉬즈모, 천위안 등은 1924년 12월에 현대평론사(現代評論社)를 조직하고 월간지 『현대평론(現代評論)』을 창간했다.

루쉰(본명 저우수런周樹人), 저우쭤런(周作人) 형제는 1924년 11월 베이징에서 어사사(語絲社)를 결성하고 주간지 『어사(語絲)』를 간행했다. 린위탕(林語堂), 쑨푸위안(孫伏園), 위핑보(兪平伯) 등이 함께 참가한 『어사』는 소품문(小品文)의 전문지로 정착되면서 산문과 수필을 주로 게재해 중국 현대 산문 창작의 요람이 되었다. 1925년에 루쉰과 차오징화(曹靖華), 웨이쑤위안(韋素園), 리지예(李霽野), 타이징눙(臺靜農) 등은 미명사(未名社)를 설립하고 주로 문학 작품과 문예 비평의 번역 원고를 출판했으며, 그해에 루쉰, 가오창훙(高長虹), 샹페이량(向培良), 장이핑(章衣萍) 등은 사회 비평과 문명 비평에 초점을 맞추어 망원사(莽原社)를 조직하고 주간지 『망원(莽原)』을 발간했다.

그 밖에 1922년 항저우(杭州)에서 잉슈런(應修人), 판모화(潘漠華), 펑쉐펑(馮雪峰), 왕징즈(汪靜之)에 의해 설립된 호반시사(湖畔詩社), 1925년 여름 베이징에서 양후이(楊晦), 천웨이모(陳煒謨), 천상허(陳翔鶴), 펑즈(馮至)가 설립한 침종사(沈鐘社)도 주목할 만하다. 호반시사는 중국 현대문학사에서 가장 이른 시기에 나온 신시(新詩) 전문 단체이며, 시인들은 주로 애정시를 지었다. 침종사는 주간지 『침종(沈鐘)』을 발행하고 소설 · 신시 · 극작품 · 번역물 등을 실었다. 이처럼 이 시기에 많은 전문적인 문학 단체와 간행물이 생겨나서 신문학의 발전에 크게 기여했다. 물론 생겨나자마자 곧 사라지는 문학 단체와 간행물도 많았지만, 신문학 발전에 대한 그들의 기여는 과소평가할 수 없을 것이다.

이들 문학 단체와 간행물의 주체는 대부분 청년 학생 및 직업적인 청년 지식인이었다.[2] 청년 지식인을 중심으로 전문적인 작가군이 형성되었다는 것은 중국에서 신문학 진영이 확실히 구축되었음을 뜻한다. 전통 중국에서 문인이라 하면 문학만을 전문적으로 하지 않았으며, 그들은 정치 활동이나 학술 활동을 겸해서 문학 활동을 펼쳤다. 그러나 이제 전문적인 작가군이 형성되어 과거와 달리 직업적인 작가가 출현했고 문학이 독립적인 영역으로 자리 잡게 되었다. 이는 중국 문학의 사적 전개에서 전통과 다른 중대한 근대적 변화의 하나이다.

제2절 문학연구회와 사실주의

문학연구회(文學硏究會)는 1921년 1월 4일, 오랫동안 상무인서관(商務印書館)에서 발행되던 잡지 『소설월보(小說月報)』를 기관지로 삼고 저우쭤런, 정전둬(鄭振鐸), 선옌빙(沈雁冰, 필명 마오둔茅盾) 등 12인[3]이 발기인이 되어 출발했다. 원래 『소설월보』는 1910년 상하이에서 창간되어 주로 통속소설을 게재하던 문언소설 잡지로 이미 십여 년의 역사를 가지고 있었다. 상무인서관에 근무하고 있던 마오둔은 상무인서관의 간판 잡지로 전국에 널

2 茅盾, 「導言」, 『中國新文學大系 · 小說一集』, 8쪽 참조.

3 12인을 구체적으로 들면 周作人, 朱希祖, 蔣百里, 鄭振鐸, 耿濟之, 瞿世英, 郭紹虞, 孫伏園, 沈雁冰(茅盾), 葉紹鈞, 許地山, 王統照 등이다.

리 알려져 있던 기존의 『소설월보』를 전면 개편해 신문학을 위한 문학 잡지로 변모시켰다. 문학연구회는 결성될 당시 회원이 21명에 불과했으나 1928년에는 정식으로 등록한 회원만 172명이었으며, 베이징, 상하이뿐만 아니라 광저우(廣州) 등지에도 분회를 갖게 되었다. 문학연구회는 『소설월보』 이외에 1921년 5월 『시사신보(時事新報)』의 후원으로 정전둬가 편집 책임을 맡은 『문학순간(文學旬刊)』을 기관지로 창간했다. 『소설월보』는 소설을 위주로 창작물과 번역물을 실었고, 『문학순간』은 산문 · 시 · 문학 비평을 주로 실었다. 1922년 주쯔칭(朱自清)이 중화서국(中華書局)에서 월간 『시(詩)』의 편집을 맡음으로써 이 또한 문학연구회의 발표지가 되었다.

문학연구회는 규모가 큰 단체이기는 했으나 엄격한 조직이 아니어서 석 달에 한 번 회의를 개최했을 뿐, 활동은 주로 총서나 간행물의 편집 출판에 의해 전개되었다. 문학연구회의 존속 기간은 문학연구회의 기관지인 『소설월보』 제23권 제1호가 1932년 1 · 28상하이사변으로 인해 불타버린 때까지로 잡는다. 그 후에도 상무인서관에서 여러 종류의 '문학연구회총서'가 출간되었지만 동인들의 이전 작품들을 모은 것이거나 재판에 불과했다. 문학연구회는 대체로 11년간 활동하면서 중국 현대문학사에서 수명이 가장 긴 문학 단체로 기록되고 있다.

문학연구회의 성격은 저우쭤런이 기초한 '문학연구회 선언'에 잘 나타나 있다. 그 내용은 '감정을 교류하고(聯絡感情)', '지식을 증진시키고(增進知識)', '저작공회의 기초를 세운다(建立著作工會的基礎)'는 세 항목으로 요약될 수 있다. 첫째, 감정 교류 항목에서 "우리는 본회를 발기해 모두가 늘 모여서 의견을 교환하여 서로 이해할 수 있는 하나의 문학 중심 단체를 결성할 수 있기를 희망한다"라고 했다. 둘째, 지식 증진 항목에서 "우리는 본회를 발기해 점차 공공의 도서관과 연구실 및 출판부를 만들어 개인과 국민문학의 진보를 이루기를 희망한다"라고 했다. 셋째, 저작공회의 기초 확립 항목에서 "문예를 기쁠 때의 유희(游戲)나 실의(失意)할 때의 소일거리로 여기는 때는 이미 지나갔다. 우리는 문학이 하나의 사업이며 또한 인생에 매우 절실히 필요한 작업이라고 믿는다. 문학을 하는 사람도 마땅히 이 일을 평생의 사업으로 여겨야 할 것이니 노동이나 농사일과 꼭 같은 것이다. 그래서 우리는 본회를 발기해 보통의 문학회를 이루는 것뿐만 아니라 저작 동업(著作同業) 연합의 기본이 되어 문학 작업의 발달과 공고한 단결을 도모하고자 희망한다"라고 했다.[4] 따라서 문학연구회의 성립은 우선 문인들이 개별 활동보다 집단적인 활동을 통해 그 힘을 결집하고, 상호 교류를 통해 정보를 교환하고, 활동의 공간을 확보하기 위한 것이었다. 더욱이 문학연구회의 최종적인 목적은 유희와 소일거리를 추구하던 구문학의 잔재를 일소해 신문학의 발전을 도모하려는 것이었다.

이에 따라 문학연구회는 평론, 창작, 서양 문학의 연구와 새로운 이론의 소개, 서양 명작의 번역 등을 중시했다. 이 점은 마오둔이 작성한 「『소설월보』 개혁 선언(小說月報改革宣言)」에 잘 나타나 있다. 마오둔은 "『소설월보』가 세상에 나온 지 이미 11년이 되었으며, 지금 12년째가 시작되는 이때에 새롭게 고치고 확충해 서양의 유명한 소설을 번역하는 이외에 세계문학계 조류의 경향을 소개하고 중국 문학 혁신의 방법을 토론한다"라고 전제한 다음, 이 잡지가 앞으로 담을 구체적인 내용을 평론·연구·역총(譯叢)·창작·특재(特載)·잡재(雜載) 등 여섯 분야로 나누었다. 각 분야를 좀 더 구체적으로 설명하자면 첫째, 동인이 관찰할 수 있는 범위 내에서 중국인과 서로 토론하고 싶은 것을 '평론'란에 싣는다. 둘째, 동인이 서양 문학의 변천 과정 중에 급히 중국인에게 소개할 필요가 있는 것과 중국 문학의 변천 과정 중에서 급히 정리할 필요가 있는 것을 '연구'란에 싣는다. 셋째, 어느 한 나라나 어느 한 파에 한정하지 않고 소설·극

4 「文學硏究會宣言」, 『中國新文學大系·史料索引』, 阿英 編選(良友圖書公司, 1936), 71-72쪽.

본 · 시 등 서양의 유명한 작가의 작품을 번역해 '역총'란에 싣는다. 넷째, 동인은 중국인의 신문학 창작이 아직 시험 시기에 놓여 있다고 여기지만, 나무 수레는 화려한 수레의 출발이듯이 동인은 국민들과 함께 힘쓰기를 원하므로 특별히 '창작'란을 마련해 훌륭한 작품을 기다린다. 다섯째, 동인은 문예의 진보가 전적으로 전통 사상에 얽매이지 않는 창조적인 정신에 의거한다고 굳게 믿고 있다. 창조의 초기에는 저속한 자들의 이목을 놀라게 하지만 학파가 확립되면 민중이 그 진리를 우러러보게 된다. 서양의 전문 문예 잡지에는 항상 모던 폼(modern form)과 같은 것이 있어 그러한 경향의 작품을 싣는다. 동인은 그 의도를 본떠 '특재'란을 마련하고 중국인의 독창적인 견해를 기다리고 아울러 서양의 새 이론을 소개해 관찰하고 사색하는 데에 도움이 되고자 한다. 여섯째, 문예 총담(叢談, 소품小品을 포함), 문학가 전기, 해외 문단 소식, 서평 등을 '잡재'란에 싣는다.[5] 이렇게 포괄적인 내용을 담고 있는 『소설월보』의 개혁은 문학연구회의 활동 방향과 성격을 매우 집약적으로 보여준다.

문학연구회는 처음부터 일정한 문학 경향을 가지고 있었다고 할 수는 없지만 구체적인 활동을 통해 공통의 문학 경향을 드러냈다. 마오둔은 문학연구회의 문학 경향을 이렇게 술회한 바 있다.

> 문학연구회는 매우 산만한 문학 집단이었다. 문예에 관한 의견에 있어서는 모두가 일치하지 않았으며 일치를 구하지도 않았다. 만약 일치된 것이 있었다면 그것은 "문예를 기쁠 때의 유희나 실의할 때의 소일거리로 여기는 시대는 이미 지나갔다"라는 이 기본적인 태도였다.[6]

여기서 '기쁠 때의 유희나 실의할 때의 소일거리' 문예란 전통 구문학의

5 「小說月報改革宣言」, 『中國新文學大系 · 史料索引』, 76-77쪽 참조.
6 茅盾, 「關于"文學研究會"」(1933. 5. 1), 『現代』 第3卷 第1期.

잔재로서 당시의 원앙호접파 계열의 소설을 지칭하는 것이었다. 그렇기에 문학연구회는 오락성을 추구하던 구문학과 반대되는 '인생을 위한(爲人生)' 문학에 대해 암묵적으로 동의하고 있었던 셈이다. 마오둔은 '인생을 위한' 문학의 지향을 분명히 밝혔다.

> 문학의 목적은 인생을 종합적으로 표현하는 것이며, 사실의 방법을 사용하든 상징 비유의 방법을 사용하든 그 목적은 인생을 표현하는 것으로서 인류의 기쁨과 동정을 확대하고 시대 특색을 배경으로 삼아야 한다.[7]

이렇게 문학연구회는 문학이 사회 현상을 반영하고 인생과 관련한 제반 문제를 표현하고 토론해야 한다고 보았으며, 현실을 직시하고 사회 문제에 관심을 가지고 인생의 의의를 적극적으로 탐구하고자 했다.

문학연구회가 지향하던 '인생을 위한' 문학은 원래 인도주의를 기본 이념으로 제시한 저우쭤런의 「인간의 문학(人的文學)」에서 유래한다. 저우쭤런은 '인간의 문학'을 주장해 문학을 통해서 인생의 제반 문제를 탐구하는 인도주의를 고취하고자 했다. 저우쭤런의 '인간의 문학'은 문학연구회의 문학 이념 형성에 중요한 역할을 담당했다. 물론 19세기 말의 러시아 문학의 영향도 무시할 수 없다. 문학연구회가 성립되던 1921년을 전후해 중국 문단에서는 러시아 문학 이론에 대한 번역 · 소개가 급증했다. 장원톈(張聞天)의 「톨스토이의 예술관(托爾斯泰的藝術觀)」, 겅지즈(耿濟之)가 번역한 톨스토이의 「예술론(藝術論)」, 저우쭤런의 「문학에 있어서의 러시아와 중국(文學上的俄國與中國)」, 정전둬의 「러시아 문학 약사(俄國文學史略)」, 궈사오위(郭紹虞)의 「러시아의 미학과 그 문예(俄國美論及其文藝)」 등이 이 시

---

7 沈雁冰(茅盾), 「文學與人及中國古來對于文學者身份的認識」(1921. 1. 10), 『小說月報』 第2卷 第1號.

기에 나왔다.[8] 러시아 문학은 사회 · 인생과 밀접한 관계를 가지고 있어 당시 중국 지식인들에게 모범으로 받아들여졌으며, 문학연구회 동인들에게도 큰 영향을 끼쳤다.

'인생을 위한 문학(예술)'을 주장한 문학연구회는 창작 방법 면에서 사실주의를 표방했다. '인생을 위한 예술'로서 "참된 문학은 시대를 반영하는 문학이다"[9]라는 관점에 서 있었기 때문에 문학연구회가 사실주의에 주목하게 된 것은 자연스러운 일이다. 마오둔은 "신문학의 사실주의는 재료면에서는 정밀함과 엄숙함을 가장 중시하고, 묘사 면에서는 반드시 충실을 기해야 하는 것이다"[10]라고 하여 사실주의를 강조했다. 정전둬는 문학연구회의 주요 간행물인 『소설월보』와 『문학순간』의 사실주의적 경향성을 이렇게 설명했다.

> 이 두 간행물은 모두 인생을 위한 예술을 고취하고 사실주의 문학을 표방했다. 무병신음(無病呻吟)하는 구문학에 반항하고, 문학을 유희로 여기는 원앙호접파의 '해파(海派)' 문인들에 반항했다. 또한 『신청년』파에 비해 한 걸음 전진해 사실주의의 문학혁명 기치를 높이 치켜들었다.[11]

정전둬의 언급에서 드러나듯 창작 방법 면에서 문학연구회의 예술적 지향은 사실주의에 놓여 있었다. 마오둔은 중국 문단에 사실주의가 절실히 요청됨을 이렇게 주장했다.

> 사실주의 문학은 최근 들어 이미 쇠퇴하는 현상을 보이고 있으니 세계적인

8 溫儒敏, 『新文學現實主義的流變』(北京大學出版社, 1988), 25쪽 참조.

9 沈雁冰, 「社會背景與創作」(1921. 7. 10), 『小說月報』 第12卷 第7號.

10 沈雁冰, 「什麽是文學」, 『中國新文學大系 · 文學論爭集』, 鄭振鐸 編選(良友圖書公司, 1935), 156쪽.

11 鄭振鐸, 「導言」, 『中國新文學大系 · 文學論爭集』, 8쪽.

입장에서 말한다면 많이 소개할 필요가 없다. 그러나 중국 문학계의 상황으로 말한다면 사실주의의 진정한 정신과 진정한 걸작은 하나도 없으니, 동인들은 사실주의가 오늘날 무엇보다도 절실히 소개될 필요가 있다고 생각한다.[12]

세계문학에서 이미 쇠퇴하고 있던 사실주의(리얼리즘) 문학이 중국에서는 아직 시작되지 않았으니 사실주의를 배워야 한다는 견해는, 문학혁명 초기에 진화론에 의거해 중국 문학은 아직 고전주의 · 낭만주의 단계에 머물러 있으므로 사실주의로 진입해야 한다고 말한 천두슈 등의 입장을 그대로 잇는 것이었다. 이는 일본 유학생들로 구성된 창조사가 일본에서 자연주의가 이미 쇠퇴했음을 목도하고 낭만주의를 제창했던 것과는 큰 대조를 이룬다. 문학연구회가 사실주의에 관심을 보인 것은 창조사 성원들만큼 자연주의의 쇠퇴를 체감하지 못한 원인도 있었지만 유희와 소일거리로서의 구문학이 위세를 떨치고 있던 당시의 문단 상황에서 현실을 반영하는 데에는 낭만주의보다는 사실주의가 더 적합하다고 판단했기 때문이다. 마오둔은 사실주의의 역사적 배경과 그 특징을 다음과 같이 좀 더 구체적으로 제시했다.

근대 서양 문학이 사실적인 까닭은 근대의 시대정신이 과학적이기 때문이다. 과학적 정신은 진실 추구를 중시하므로 문예는 진실 추구를 유일한 목적으로 삼는다. 과학자의 태도는 객관적인 관찰을 중시하므로 문학도 객관적인 묘사를 중시한다. 진실을 추구하고 객관적 묘사를 중시하므로 눈에 보이는 것이 어떤 모양이면 그 모양대로 써낸다. 개성을 중시하기 때문에 사람마다 사물을 느끼는 것이 다르며, 혹 좋지 않은 것이라 하더라도 사람들이 이해하지 못할까 두려워해 말하지 않으려 해서는 안 된다. 마음속에 어떤 생각이 들면 입으로

12 「小說月報改革宣言」, 『中國新文學大系 · 史料索引』, 77쪽.

그렇게 말해 사실 그대로를 표현해야 하고 남을 속이면 안 된다. 이는 근세의 시대정신이 문예 면에 표현된 예이다.[13]

사실주의는 근대 시대정신의 산물이며 과학이 객관적인 관찰을 중시하듯이 문학도 '진실 추구'를 위해 '객관적인 묘사'를 중시해야 한다는 것이다. 이렇게 진실 추구라는 궁극적인 목적을 달성하기 위해 객관적인 묘사를 중시하는 것이 바로 사실주의 문학의 속성이다.

그런데 마오둔은 사실주의의 본질인 '객관적인 묘사'만을 강조한 것이 아니라 사물을 인식하는 데 있어 작가가 개성에 따라 사물을 다르게 파악할 수 있다고 전제해 작가의 주관 개입을 적극적으로 허용했다. 서구에서 출발한 사실주의는 개성과 감정의 과다한 노출을 특징으로 하는 낭만주의를 반대하면서 나온 문예사조로서 주관을 배제하고 사회 현상을 객관적으로 관찰하고 묘사하려는 것이었다. 또한 그것은 사회의 진실된 면모가 드러나면 공리성(功利性)이라는 궁극적인 목표에 도달되는 것으로 이해되었다. 서구 사실주의는 객관적인 묘사를 통해 공리성에 도달하려는 것이었는데, 마오둔은 작가의 개성이라는 주관적인 요소를 적극적으로 허용하고 있어 서구 사실주의의 본래 모습과는 다른 일면을 가지고 있었다. 당시 중국 지식인들은 사회와 인생을 개조하는 문제에 관심을 집중했고 사실주의의 표방도 인생을 개조하려는 데 목적이 있었다. 따라서 '객관적인 묘사'를 추구하는 서구 사실주의의 본질이 아무런 굴절 없이 그대로 중국 토양에 수용될 수는 없었다. 중국 지식인들은 사회를 각성시키고 개혁해야 한다는 강한 사명감을 가지고 그러한 사명감을 가장 잘 구현할 수 있는 것이 사실주의라고 인식해 이를 통해 사회의 어두운 면을 들추어내고자 했으므로 주관의 적극적인 개입은 피할 수 없었다.

---

13 沈雁冰, 「文學與人生」, 『中國新文學大系 · 文學論爭集』, 152쪽.

문학연구회는 문학 비평 분야에서도 지대한 공헌을 했다. 서양 문학이 처음 중국에 수입되기 시작한 청 말의 문학 개혁 시기는 말할 것도 없고 구문학을 전면 부정하고 신문학을 수립하고자 했던 문학혁명 기간에도 지식인들은 문학 비평에 큰 관심을 두지 않았다. 문학혁명은 사상혁명의 일환으로 전개되어 구문학・구사상을 타도하는 데에 주력했으므로 순수 문학적 입장에서 문학 활동을 펼칠 겨를이 없었고, 그에 따라 상대적으로 문학 비평에 관심을 쏟을 수 없었다. 그러나 문학연구회는 서양 문예가 문학비평주의(Literary Criticism)와 더불어 진보해왔음을 인식하는 한편 중국에 비평주의가 부재함을 자각하게 되었다. 비평주의는 한 시대의 문예 사상을 좌우하므로 "반드시 비평가가 있어야만 진정한 문학가가 있다"라는 말을 강조하고 서양의 비평주의를 소개할 것을 천명했다.[14] 따라서 중국 현대문학에서 문학 비평은 문학연구회에서 본격적으로 시작했다고 보아도 좋을 것이다.

창작 면에서 문학연구회는 많은 신진 작가들을 배출시켜 명실상부한 중국 현대문학 작가들의 요람이었다. 마오둔, 바진(巴金), 라오서(老舍), 딩링(丁玲) 등의 저명한 작가들도 『소설월보』에 처녀작을 발표해 문학 활동을 시작했다. '소설월보 총간(叢刊)'에는 작가들의 단편집이 단행본으로 수록되어 있다. 소설로는 예사오쥔(葉紹鈞)의 『간극(隔膜)』, 빙신(冰心)의 『초인(超人)』, 루인(廬隱)의 『해변의 친구(海濱故人)』, 왕퉁자오(王統照)의 『봄비 내리는 밤(春雨之夜)』, 뤄화성(落花生)의 『그물 짜는 거미(綴網勞蛛)』, 문학연구회 편의 『소설휘간(小說彙刊)』 등이 있다. 시로는 문학연구회 편의 『설조(雪潮)』, 주쯔칭(朱自淸)의 『종적(踪迹)』, 빙신의 『뭇별(繁星)』, 리진파(李金髮)의 『행복을 위한 가정(爲幸福而家)』, 왕퉁자오의 『동심(童心)』 등이 있다. 희극으로는 숑포시(熊佛西)의 「청춘의 비애(靑春的悲哀)」 등이 있으

14 「小說月報改革宣言」,『中國新文學大系・史料索引』, 77쪽 참조.

며, 산문으로는 정전둬의 『산중잡기(山中雜記)』와 뤄화성의 『공산령우(空山靈雨)』 등이 있다.

제3절 창조사와 낭만주의

문학연구회를 이어 두 번째로 출현한 문학 단체인 창조사는 이미 문단에서 주도권을 쥐고 있던 문학연구회를 의식해 사실주의와 달리 낭만주의를 내세워 문단에서 주목을 받았다. 당시 일본 유학생이었던 궈모뤄(郭沫若)는 상하이의 태동서국(泰東書局)으로부터 순문학 잡지의 발간에 동의를 얻은 후 1921년 7월 초에 도쿄(東京)에서 위다푸(郁達夫), 청팡우(成仿吾), 장쯔핑(張資平) 등과 회합을 갖고 창조사의 결성을 결정했다. 궈모뤄는 먼저 태동서국에서 '창조총서(創造叢書)'라는 이름으로 자신의 시집 『여신(女神)』, 위다푸의 창작소설 『침윤(沈淪)』, 자신의 번역소설 『젊은 베르테르의 슬픔(少年維特的煩惱)』(독일의 괴테 작), 정보치(鄭伯奇)의 번역소설 『룩셈부르크의 하룻밤(魯森堡之一夜)』(프랑스의 구르몽 작) 등 4권의 책을 펴냈다. 곧이어 1922년 5월 1일에 동인지 『창조계간(創造季刊)』을 발간함으로써 창조사가 정식으로 결성되었다.

문학연구회가 '인생을 위한 예술'과 사실주의 문학 경향을 가지고 있었다면 창조사는 '예술을 위한 예술'을 주장하면서 낭만주의 문학을 추구했다. 궈모뤄는 "우리의 공통점은 단지 우리들의 내심의 요구에 근본을 두고 문예 활동에 종사한다는 점뿐이다"[15]라고 하여 창조사의 문학적 입장을 간단히 밝혔다. '내심의 요구'를 공통분모로 삼아 낭만주의에 기울었던

---

15 郭沫若, 「編輯餘談」(1922. 8. 25, 『創造季刊』 第1卷 第2期), 『文學運動史料選』 第一册, 北京大學·北京師范大學·北京師范學院 中文系中國現代文學硏究室 主編(上海教育出版社, 1979), 209쪽.

창조사는 좀 더 적극적으로 문학의 자아표현과 무목적성을 강조했다. 궈모뤄는 「창조과정의 일곱째 날(創造工程之第七日)」이라는 시에서 다음과 같이 노래했다.

> 하느님, 우리는 이렇게 결함이 가득한 인생을 원치 않습니다.
> 우리는 우리의 자아를 새로이 창조하렵니다.
> 우리들 자아창조의 작업은
> 바로 당신이 게으름을 피운 일곱째 날로부터 시작합니다.[16]

궈모뤄는 '자아창조', 즉 자아표현이 창조사의 사명임을 천명한 것이다. 자아표현이란 개인의 주관적인 감정의 표현을 말하는 것으로서 객관적 사실의 묘사에 치중하던 문학연구회의 입장과는 상반되는 것이었다. 궈모뤄는 또 "문예도 봄날의 화초와 같아서 예술가가 내심의 지혜를 표현한 것이다. …… 이것은 봄바람이 불어 호수의 수면에 작은 파문을 일으키는 것과 같아서 소위 목적이란 없다. …… 그러므로 예술 그 자체는 목적과는 아무런 상관이 없는 것이다"[17]라고 하여 예술의 무목적성을 내세웠다. 청팡우 역시 '내심의 요구'와 문학의 무목적성을 역설했다.

> 문학상의 창작은 본래 내심의 요구에서 나오기만 하면 되는 것이요, 어떤 예정된 목적이 꼭 있어야 되는 것은 아니다. …… 만약 내심의 요구를 일체의 문학에 있어 창조의 원동력으로 삼는다면 예술과 인생은 그 어느 것도 우리들을

---

16 郭沫若, 「創造工程之第七日」(1923. 5. 13, 『創造週報』 第1號), 『文學運動史料選』 第一冊, 210-211쪽.

17 郭沫若, 「文學之社會的使命」(1923. 5. 2), 『郭沫若全集』(文學編) 第十五卷(人民文學出版社, 1990), 200쪽.

간섭할 수 없게 되며 우리의 창작은 그 노예가 되지 않아도 된다.[18]

문학이 오로지 '내심의 요구'에만 따르고 다른 어떤 목적도 가지고 있지 않다면, 그것은 '예술을 위한 예술'의 주장으로 기울 수밖에 없다. 그리하여 창조사는 유미주의를 전면에 내세웠다. 청팡우는 유미주의에 대한 지향을 강한 어조로 이렇게 표명했다.

적어도 나는 모든 공리적 타산을 제거하고 오로지 문학의 전(全, perfection)과 미(美, beauty)를 구하는 것만이 우리가 평생토록 종사할 만한 가치가 있다고 여긴다. 미적 문학이 비록 우리에게 가르쳐줄 만한 것이 없다 할지라도 그것은 우리에게 미적 쾌감과 위안을 주기 때문이다. …… 문학적인 전(全)을 추구하고 문학적인 미(美)를 실현하자.[19]

청팡우가 제시한 '문학의 전(全)과 미(美)'라는 말은 창조사가 지향하던 유미주의적 특징을 매우 집약적으로 표현해주고 있다.

창조사의 낭만주의적이고 유미주의적인 경향은 문학연구회의 문학 경향과 상반되어 처음부터 문학연구회와 갈등을 빚게 된 근본적인 원인이었다. 그렇지만 창조사는 유미주의를 전면에 내세우면서도 시대에 대한 사명을 등한시한 것은 아니었다. 정보치는 창조사가 낭만주의에 기울게 된 배경을 이렇게 설명했다.

첫째, 그들은 모두 오랫동안 외국에 살아서 외국의 결점과 중국의 질병에 대해 비교적 명확히 알았으므로 이중의 실망과 이중의 고통을 받아 현 사회에 대

18 成仿吾, 「新文學之使命」(『創造週報』 第2號), 『中國新文學大系 · 文學論爭集』, 175쪽.
19 成仿吾, 「新文學之使命」, 『中國新文學大系 · 文學論爭集』, 180쪽.

해 혐오와 증오를 느꼈다. 그리고 국내외로부터 받은 갖가지 압박은 그들에게 반항의 심정을 굳건하게 해주었다. 둘째, 그들은 오랫동안 외국에서 살았기 때문에 조국에 대해 항상 향수병을 가지고 있었다. 하지만 귀국 후의 여러 가지 실망으로 인해 그들은 더욱 공허함을 느꼈다. 귀국하기 전에 그들은 비애와 그리움으로 가득 찼으나 이러한 감정이 귀국한 뒤에는 비분과 격분으로 변했는데, 이것은 당연한 일이다. 셋째, 그들은 외국에서 오랫동안 살았기 때문에 당시 외국에서 유행하던 사상이 자연히 그들에게 영향을 미쳤다. 철학 면에서는 이지주의(理知主義)의 파산, 문학 면에서는 자연주의의 실패가 그것인데, 이 역시 그들에게 반이지주의적 낭만주의의 길로 나아가게 했다.[20]

정보치는 창조사가 낭만주의로 기울게 된 원인을 비교적 상세하고 정확하게 지적했다. 정보치의 설명에서도 드러나듯이 창조사는 낭만주의 자체가 가지고 있던 기성 사회에 대한 반항 정신을 토대로 현실 사회에 대한 혐오와 증오를 반항의 심정으로 표출했다. 궈모뤄는 "광명 이전에 혼돈이 있으며, 창조 이전에 파괴가 있다. …… 우리들의 사업은 지금의 혼돈 속에서 먼저 파괴로부터 시작되어야 한다. 우리들의 정신은 반항의 불길이 되어 활활 타오른다"[21]라고 하여 사회에 대한 반항 의식을 강하게 표출했다. 청팡우 역시 "문학은 시대의 양심이며 문학가는 마땅히 양심의 전사가 되어야 한다. …… 시대의 허위와 그것의 죄과에 대해 우리는 아낌없이 맹렬한 포화를 가해야 한다. …… 우리들의 시대는 이미 허위와 추악으로 가득 차 있다. 생명은 이미 탁한 공기 속에서 질식되었다. 이 현상을 타파하는 것이 신문학가의 천직이다"[22]라고 하여 문학의 시대적 사명을 강하게 표현했다. 창조사의 기성 사회에 대한 반항 정신은 오히려 문

---

20 鄭伯奇, 「『中國新文學大系 · 小說三集』導論」, 『文學運動史料選』 第一册, 232쪽.

21 郭沫若, 「我們的新文學運動」(『創造週報』 第3號), 『中國新文學大系 · 文學論爭集』, 187쪽.

22 成仿吾, 「新文學之使命」, 『中國新文學大系 · 文學論爭集』, 177쪽.

학연구회보다 더 격렬했다고 할 수도 있다.

창조사가 '예술을 위한 예술'의 유미주의적 경향을 띠면서도 무엇보다 반항 정신을 강조한 것은 그들이 내세운 낭만주의의 특징 때문이기도 하지만 문학연구회와의 갈등 속에서 그 필요성을 점차 깨달았기 때문이다. 대단한 기대를 걸고 『창조계간』을 발행했으나 초판 2천 부가 3개월 동안 겨우 1,500부만 팔리는 데 그쳤고, 게다가 '창조총서'와 『창조계간』에 실린 작품들이 문학연구회로부터 혹평을 받았던 것이다. 이에 자극을 받은 창조사 동인들은 현실 사회에 대한 비판과 반항 정신을 담은 작품을 적극적으로 창작하기 시작했다. 예컨대, 궈모뤄의 「고죽군의 두 아들(孤竹之二子)」·「탁문군(卓文君)」·「왕소군(王昭君)」 등은 모두 사회에 대한 반항 정신을 구현한 작품이다. 낭만주의의 서정적이고 퇴폐적인(유미적인) 경향에서 출발한 창조사는 실패의 벽에 부딪히자 사회에 대해 강한 비판의 화살을 겨누며 낭만주의의 반항 정신으로 기울게 되었다. 반항 정신을 앞세운 창조사의 새로운 변신은 당시 암담한 사회 속에서 방황하던 청년 지식인들로부터 많은 공감을 얻었다. 이에 크게 용기를 얻은 창조사는 1923년 5월 『창조주보(創造週報)』를 발간했고, 그해 7월에는 『중화일보(中華日報)』의 부간으로 『창조일(創造日)』을 발행하게 되었다. 그러나 『창조일』은 3개월 후인 10월에 위다푸가 베이징대학(北京大學) 강사로 떠나면서 곧 정간되었고, 또한 창조사 동인들 사이에 내분이 생겨 1924년 1월에 『창조계간』이, 1924년 4월에는 『창조주보』가 정간되면서 창조사는 해산되고 말았다.

창조사의 주요 작가를 예거하면, 시인으로는 궈모뤄와 징인위(敬隱漁), 소설가로는 위다푸와 궈모뤄, 장쯔핑, 문학 비평가로는 청팡우 등이 있다. 이 중에서 궈모뤄는 낭만주의 시 창작을 대표하고 위다푸는 낭만적 서정 소설의 창작을 대표한다. 궈모뤄는 시집으로 『여신(女神)』을 출판했고 소설로는 「미앙(未央)」·「잔춘(殘春)」·「양춘별(陽春別)」·「낙엽(落葉)」·『표류삼부곡(漂流三部曲)』 등을 창작했다. 『여신』의 출현은 중국 시단에서 낭만주의 시 유파가 형성되었음을 의미하는데, 궈모뤄의 시는 주로 애국적인 격정과 개성 해방을 표현했고 광명과 낙관의 정서로 충만되어 있다. 그의 소설은 주로 시대 속에서 개인의 운명을 묘사함으로써 동요하고 고민스러워하는 시대의 정서를 재현했다. 위다푸의 소설로는 「침윤(沈淪)」·「봄바람에 흠뻑 취한 저녁(春風沈醉的晚上)」·「망망야(茫茫夜)」·「혈루(血淚)」·「조라행(蔦蘿行)」·「헤어지기 전(離散之前)」·「추류(秋柳)」·「연기 그림자(烟影)」 등이 있으며, 모두 자전적 서정소설이다. 이들 소설은 주인공이 '나(我)', 'Y', '위즈푸(于質夫)', '원푸(文朴)' 등의 이름으로 등장하지만 대부분 작가 자신의 경험이나 심경을 서술한 것이다.

좀 더 보충할 것은, 해산된 이후 창조사의 자기변신에 관한 것이다. 낭만적이고 유미적인 문학 경향을 가지고 반항 정신을 내세웠던 초기 창조사를 보통 창조사 제1기라고 부른다. 1925년에 이르러 저우취안핑(周全平), 니타이더(倪貽德), 징인위, 옌량차이(嚴良才) 등 새로운 인물들이 참가해 반월간 『홍수(洪水)』·『창조월간(創造月刊)』을 내면서 창조사가 다시 활동을 시작했는데, 이 시기를 창조사 제2기라고 부른다. 새로 출발한 창조사는 다양한 사상 경향의 작가·작품을 포용하면서 큰 사회적 반향을 불러일으키기도 했다. 그러나 외부 압력과 내분으로 인해 위다푸가 1927년 8월 창조사를 떠나자 4개월 뒤에 『홍수』가 종간되면서 창조사 제2기도 막을 내렸다. 1928년에 이르러 펑나이차오(馮乃超)와 리추리(李初梨), 주징워(朱鏡我), 펑캉(彭康) 등이 창조사에 다시 가입해 『문화비판(文化批判)』·『유사 (流沙)』·『사상(思想)』·『일출(日出)』 등의 간행물을 내면서 무산계급 혁명문학을 주창했는데, 이 시기를 창조사 제3기라고 한다. 제3기 창조사는 마르크스주의 문예 이론을 중국에 전파하는 데 크게 기여했지만, 결국 외부 압력에 의해 1929년 2월 문을 닫았다. 이렇게 창조사는 끊임없이 자기변신을 시도하면서 단속적이지만 8년간의 활동을 지속하다가 최종 마감했다.

제4절 문학 경향의 차이와 대립

1920년대 초에 결성된 문학연구회와 창조사는 문학 경향 면에서 상반된 입장을 가지고 있었기 때문에 대립이 불가피했다. 더욱이 위다푸가 『창조계간』의 발간을 예고할 때 문학연구회가 문단을 '농단(壟斷)'하고 있다고 비난함으로써 창조사는 출발부터 앞서 결성된 문학연구회와의 대립을 자초했다. 그 결과 창조사의 설립 직전에 출판된 4권의 '창조총서'와 『창조계간』에 실린 작품들이 문학연구회로부터 심한 비판을 받았다. 마오둔은 창조사 작가들을 겨냥해, 그동안 신문학운동이 사실주의에 입각해서 인생을 충실하게 반영하는 데 노력해왔지만 명사파(名士派)의 옛 망령이 양복을 입고 되살아나 퇴폐주의와 유미주의가 유행하고 있다고 지적하고 "입을 열면 예술을 말하고 자연미를 말하고 유미주의를 말하고 있지만 사실은 미가 무엇인지 예술이 무엇인지 명확하게 알지도 못한다"고 지적했다. 또한 창조사 작가들을 감상주의자(傷感主義者, sentimentalist)로 몰아붙이고 그들이 청년들을 감상주의에 물들게 하고 있다고 비난했다.[23] 창조사가 발표한 작품과 번역물은 모두 개인의 감정을 위주로 하여 서정적이고 퇴폐적인 경향마저 보이고 있어 사회와 인생을 반영하고 사실적 묘사를 추구하던 문학연구회로서는 받아들이기 어려운 것이었다.

문학연구회의 비판에 부딪치자 창조사는 오히려 반항 정신을 적극적으로 내세움으로써 많은 지식인 청년 독자들을 확보하고 의기양양하게 『창조주보』를 발간하게 된다. 드디어 청팡우는 「사실주의와 용속주의(寫實主義與庸俗主義)」라는 글을 써서 문학연구회를 공격했다. 그는 문학연구회가 사실주의를 제대로 구현하지 못하고 지루한 세부 묘사에 그치고 마는 '용속주의(庸俗主義, trivialism)'에 빠져 있다고 지적했다. 청팡우는 현실을 적

---

23 沈雁冰, 「什麽是文學」, 『中國新文學大系 · 文學論爭集』, 157-158쪽 참조.

나라하게 표현하기 위해, 관찰할 때에는 "우리의 모든 기능을 사용해 그 내부의 생명을 포착해야지 외부의 색채에 미혹되어서는 안 되며", 표현할 때에는 "모든 생명을 드러내야 하고 일부분의 묘사로써 전체를 암시해야 한다"라고 했다.[24] 그렇지 않고 관찰이 외면의 색채를 벗어나지 못하고 표현도 부분적인 형해(形骸)를 벗어나지 못할 때, 그것은 거짓 사실주의, 즉 '용속주의'가 된다고 했다. 나아가 문학연구회를 겨냥해 "현재의 문학가들은 대체로 학식이 천박해 근본적으로 용속(庸俗)에서 벗어나지 못하고 있다"고 지적했다.

문학연구회가 추구하던 사실주의를 '용속주의'로 폄하한 청팡우에 대해 문학연구회 역시 문예 이론의 측면에서 비판적으로 대응했다. 마오둔은 창조사 작가들이 서구의 진정한 유미주의를 제대로 알지 못하고 있다고 비판했다.

> 현재 각종 정기 출판물을 가득 채우고 있는 유미적인 작가는 무엇이 유미주의인지를 모르고 있다. 그들은 날마다 '상아탑' 속에 심취하고자 하지만 '상아탑'이 어떻게 생겼는지 본 적이 없다. 그들은 가련하게도 중국 문인들이 옛날에 사용하던 풍화설월(風花雪月)의 상투어를 가지고 자신들의 유미주의를 장식할 뿐이다. 그들 중에 좀 더 억지를 부리는 자들은 외래 수입품인 상투적인 비너스, 큐피드 등 서양 전고(典故)를 긁어모을 수 있을 뿐이다.[25]

마오둔은 유미주의에 대한 창조사의 이해가 매우 피상적인 데 머물러 있음을 지적한 것이다. 그는 문단에서 음풍농월(吟風弄月)에 대한, 이른바 유미주의 문학에 대한 공격은 당연한 것이라고 했다.

---

24 成仿吾, 「寫實主義與庸俗主義」(『創造週報』 第5號), 『中國新文學大系 · 文學論爭集』, 182쪽.

25 沈雁冰, 「大轉變時期何時來呢」, 『中國新文學大系 · 文學論爭集』, 165쪽.

문학연구회와 창조사의 대립은 문단의 주도권을 둘러싸고 촉발된 측면이 없지 않지만 기본적으로는 문학 경향의 차이에서 발생했다. 사회 개조와 현실의 객관적 반영을 중시하는 사실주의 정신과 개인 정서의 직접적 노출과 자아표현을 중시하는 낭만주의 · 유미주의 정신은 서로 상반된 입장에 놓일 수밖에 없었다. 다만 주의할 것은, 문학연구회와 창조사의 상호 비판이 상대가 주장하는 문예 이론을 근본적으로 부정하려는 데서 나온 것이 아니라는 점이다. 사실주의 정신과 낭만주의 정신은 5 · 4시기 시대 정신의 양 측면을 대변하는 것이었던 만큼 상대를 근본적으로 부정할 수는 없었다. 전통을 반대하면서 사회 개조를 부르짖던 시기에 냉정하게 사회를 관찰하고 그것을 객관적으로 반영하려는 사실주의는 절실한 문예사조의 하나가 될 수 있었다. 자아를 발견해 개성 해방을 부르짖던 시기에 낭만주의 역시 시대적 요청에 부합하는 것이었다.

물론 문학 경향의 차이를 부각시킬 때, '인생을 위한 예술'을 주장하며 사실주의를 표방한 문학연구회는 '계몽의 문학'에 좀 더 기울어 있었고, '예술을 위한 예술'을 주장하며 낭만주의 · 유미주의를 표방한 창조사는 '문학의 계몽'에 좀 더 기울어 있었다. 그렇지만 문학연구회가 이론적인 주장 면에서 '계몽의 문학'을 더 강조했다고 해서 '문학의 계몽'을 소홀히 한 것은 아니며, 실제 창작을 통해 그것을 적극적으로 구현했다. 유미주의를 강조한 창조사 역시 '문학의 계몽'에 기울어 있었다고 하나 파괴를 부르짖으며 반항 정신을 내세움으로써 '계몽의 문학'에 대한 소임을 다하고자 했다.

어쨌든 문학연구회와 창조사의 대립은 문예 이론을 중심으로 전개되었던 만큼 문학 자체에 대한 논의를 좀 더 진전시켜 그 후 여러 문학 단체들이 문예 이론을 깊이 있게 탐구하도록 이끌었고 신문학의 창작을 더욱 풍성하게 만들었다. 특히 그들이 표방한 '인생을 위한 예술'과 '예술을 위한 예술'은 중국 현대문학사에서 사실주의 경향과 낭만주의 경향의 두 가지 중요한 문학 흐름을 선도했다는 데 큰 의의가 있다.

제5장

루쉰의 문학

제1절 루쉰(魯迅)의 생애와 창작 활동

루쉰은 1918년 5월 중국 최초의 현대소설 「광인일기(狂人日記)」를 발표했고, 이어 중편소설 「아Q정전(阿Q正傳)」을 『신보부간(晨報副刊)』에 연재하여 소설 창작 면에서 중국 현대문학의 길을 처음 열었다. 그는 당시 중국 문단을 이끌었던 지도자였으며 그의 문하에서 많은 청년 작가들이 배출되었다. 루쉰 사후에 마오쩌둥(毛澤東)은 「신민주주의론(新民主主義論)」에서 그에게 최고의 찬사를 보냈다.

루쉰은 중국 문화혁명의 주장이며, 위대한 문학가일 뿐 아니라 위대한 사상가요 위대한 혁명가이다. 루쉰의 기질은 매우 굳세어 그에게는 추호의 노예적 모습이나 아첨하는 태도가 없었다. 이것은 식민지 혹은 반식민지 인민의 가장 고결한 성격이다. …… 루쉰의 방향은 바로 중화민족의 신문화의 방향이다.[1]

그 후 루쉰은 수많은 사람들에 의해 연구되었고 중국 현대문학의 가장 대표적인 작가로서 최고의 문학적·사상적 권위를 유지해왔다.

루쉰은 「광인일기」 발표 이후 1936년 사망할 때까지 18년간 소설집으로는 『납함(吶喊)』·『방황(彷徨)』·『고사신편(故事新編)』을 출간했고, 산문집으로는 『야초(野草)』·『조화석습(朝花夕拾)』을 내놓았으며, 잡문집으로는 『무덤(墳)』·『열풍(熱風)』·『화개집(華蓋集)』·『화개집속편(華蓋集續編)』·『이심집(二心集)』·『삼한집(三閑集)』·『이이집(而已集)』·『남강북조집(南腔北調集)』·『위자유서(僞自由書)』·『준풍월담(准風月談)』·『화변문학(花邊文學)』·『차개정잡문(且介亭雜文)』 등을 펴냈다. 또한 중국 고전문학 연구에도 탁월한 능력을 발휘해 『중국소설사략(中國小說史略)』과 『한문학사강요(漢文學史綱要)』 등의 저술을 남겼다.

한국의 문인 중에서 생전에 루쉰과 대면하고 그때의 경험을 글로 남긴 사람으로는 이육사(李陸史)가 있다. 이육사는 1933년 6월 상하이에서 국민당의 남의사원(藍衣社員)에 의해 암살된 양싱포(楊杏佛)의 빈소에서 처음 루쉰을 만났고, 루쉰이 죽은 후 나흘 만에 『조선일보』에 「루쉰 추도문(魯迅追悼文)」을 발표해 루쉰의 죽음을 애도했다. 이육사는 예의 '추도문'에서 루쉰을 처음 만났을 때의 감회를 이렇게 표현했다.

> 1932년 6월 초(1933년 6월 중순이라 해야 옳음—인용자) 어느 토요일 아침이었다. …… 그리고 그 뒤 3일이 지난 후 R씨(서국書局의 편집원—인용자)와 내가 탄 자동차는 만국빈의사(萬國殯儀社) 앞에 닿았다. 간단한 소향(燒香)의 예가 끝

---

1 毛澤東, 「新民主主義論」, 『毛澤東選集』 第二卷(人民出版社, 1991), 698쪽. "魯迅是中國文化革命的主將, 他不但是偉大的文學家, 而且是偉大的思想家和偉大的革命家. 魯迅的骨頭是最硬的, 他沒有絲毫的奴顔和媚骨, 這是植民地半植民地人民最可寶貴的性格. 魯迅是在文化戰線上, 代表全民族的大多數, 向着敵人衝鋒陷陣的最正確, 最勇敢, 最堅決, 最忠實, 最熱忱的空前的民族英雄. 魯迅的方向, 就是中華民族新文化的方向."

나고 돌아설 때, 젊은 두 여자의 수원(隨員)과 함께 들어오는 쑹칭링(宋慶齡) 여사의 일행과 같이 연회색 두루마기에 검은 '마고자(馬掛兒)'를 입은 중년 늙은 이, 생화에 싸인 관(棺)을 붙들고 통곡을 하던 그를 나는 문득 루쉰인 것을 알았으며 옆에 섰던 R씨도 그가 루쉰이란 것을 말하고 난 십 분쯤 뒤에 R씨는 나를 루쉰에게 소개하여 주었다. 그때 루쉰은 R씨로부터 내가 조선 청년이란 것과 늘 한 번 대면의 기회를 가지려고 했더란 말을 듣고, 외국의 선배 앞이며 처소가 처소인 만치 다만 근신과 공손할 뿐인 나의 손을 다시 한 번 잡아줄 때는 그는 매우 익숙하고 친절한 친구이었다.[2]

또 이육사의 「루쉰 추도문」 앞에는 '일기자(一記者)'의 이름으로 루쉰을 소개하는 짧은 글이 붙어 있다.

『아Q정전』의 작자로서 세계적 작가이며 중국 신문학의 최고봉인 루쉰이 지난 19일 오전 오시(五時)에 상하이(上海)에서 숙아(宿痾)로 영면(永眠)하였다는 부음이 전(傳)한 지 3일 되는 날에 우리는 간단한 일문(一文)을 빌어 삼가 추도(追悼)의 뜻을 표하거니와 만년(晩年)에 그의 정치적 불우(不遇)로 인하여 문학자로서의 성명(聲名)조차가 우리에게 널리 펴지지 못한 것을 더 유감(遺憾)으로 생각한다.

이육사는 독립운동에 가담했다가 체포되어 국내에서 옥고를 치르고 1932년 중국으로 건너가 그해 10월에 난징(南京) 근교의 조선혁명군사간

2 李陸史, 「魯迅追悼文」(『朝鮮日報』, 1936. 10. 23), 『韓國現代小說理論資料集』 22권(韓國學術振興院, 1985), 246쪽. 이육사는 이어 이렇게 표현했다. "아! 그가 벌써 56세를 일기로 상하이 시고탑(施高塔) 9호에서 영서(永逝)하였다는 부보(訃報)를 받을 때에 암연 한 줄기 눈물을 지우느니 어찌 조선의 한 사람 후배로서 이 붓을 잡는 나뿐이랴." 한글맞춤법에 맞게 원문을 일부 수정했음.

부학교에 입교, 이듬해 4월에 졸업했는데, 루쉰을 만난 것은 바로 졸업 후 상하이에서 잠시 체류하고 있던 때이다. 루쉰은 그날 친구들의 권고와 저지에도 불구하고 양싱포의 빈소를 찾았고, 예측하지 못한 사태에 대응하기 위해 아예 집 열쇠도 소지하지 않았다고 한다. 왜냐하면 양싱포는 당시 차이위안페이(蔡元培), 쑹칭링, 루쉰 등이 참여한 민권보장동맹의 총 간사로 일하다가 암살당했기 때문이다. 루쉰도 곧바로 블랙리스트에 올랐는데, 이육사가 양싱포의 빈소에서 루쉰을 만났을 때의 상황이 이러하기에 루쉰은 경황이 없었을 것으로 짐작된다. 어쨌든 중국 문단의 지도자인 '외국의 선배'로서 루쉰을 만나 본 문학청년 이육사의 심경은 남달랐을 것이다. 여기서 이육사는 루쉰과의 만남을 1932년 6월 초의 일로 기록하고 있지만, 실제로 양싱포가 암살된 것은 1933년 6월 18일이었고, 루쉰이 그의 빈소를 찾아간 것은 6월 20일이었다. 루쉰은 1933년 6월 20일 일기에서 "오후에 만국빈의관(萬國殯儀館)에 가서 양싱포를 납관했다"[3]라고 간략하게 기록하고 있다. 이육사는 1933년 5월 난징을 출발해 상하이를 거쳐 7월에 서울로 돌아오게 되는데, 아마 그 사이 6월에 상하이에 체류하면서 양싱포의 빈소에서 루쉰을 만났던 것으로 생각된다. 이육사는 죽는 날까지 식민지의 절망적 상황에서 민족혼이 살아 있음을 온몸으로 증명하며 시의 시다움을 실천적으로 보여준 암흑기 최대의 저항 시인이다. 이육사는 저항 정신 면에서 루쉰과 상통했기에 루쉰이 죽은 후 나흘 만에 그에 대한 추도문을 『조선일보』에 실을 수 있었을 것이다.

루쉰(魯迅, 1881-1936)은 본명이 저우수런(周樹人)이고 호가 위차이(豫才)이다. 1881년 9월 25일 중국 저장성(浙江省)의 조그마한 수향 도시인 사오싱(紹興)에서 몰락한 사대부 집안의 장남으로 태어났다. 루쉰이라는 필명은 37세 때인 1918년 5월 『신청년』에 「광인일기」를 발표할 때 처음 사용

---

3 魯迅, 『日記』, 『魯迅全集(15)』(人民文學出版社, 1981), 85쪽.

한 것이다. 루쉰의 집안은 조부 저우푸칭(周福淸)이 청조의 관리로 지낼 정도로 명망 있는 집안이었으나 조부가 과거시험 부정 사건에 연루되어 7년간 투옥되면서 몰락했다. 부친 저우펑이(周鳳儀)는 수재(秀才)였으나 병약해 현실에 적응하지 못하고 일찍 세상을 떠났다. 어린 루쉰은 전당포와 약방을 드나들며 아버지의 병을 치료하기 위해 백방으로 뛰었으나 효험을 보지 못했는데, 이때의 일은 『납함』의 「자서(自序)」에 감동적으로 서술되어 있다. 루쉰은 「자서」에서 "넉넉한 가정에서 곤궁한 데로 떨어진 사람이라면 누구나 그 과정에서 대개 세상 사람들의 진면목을 볼 수 있을 것이다"[4]라고 술회했다.

루쉰이 태어난 19세기 후반 중국은 서양 열강의 침탈을 받으면서 사회적으로 혼란스러웠고, 그에 대응하기 위한 새로운 개혁운동이 크게 일어났다. 개혁을 바라던 많은 지식인들이 서양 문화를 수용해 오랜 전통을 가진 중국 문화를 새롭게 바꾸고자 노력하던 때도 이 무렵이었다. 전통 교육을 받던 루쉰은 1898년 17세가 되던 해에 고향인 사오싱을 떠나 난징으로 가서 처음으로 신식 교육을 받는다. 난징에 도착한 루쉰은 먼저 장난수사학당(江南水師學堂)에서 한 학기를 공부했고, 곧이어 장난육사학당(江南陸師學堂) 부설의 광무철로학당(礦務鐵路學堂)에 입학했다. 이곳에서 그는 수학 · 화학 · 생물학 · 진화론 등 신학문을 접하면서 중국이라는 틀에서 벗어나 세계에 관해 눈을 뜨게 된다. 루쉰은 이때의 상황에 대해 "나는 비로소 세상에는 소위 물리라든가 수학 · 지리 · 역사 · 미술 및 체육이 있다는 것을 알았다"[5]라고 하여 새로운 지식을 접한 데 대한 신선한 충격을 전하고 있다.

1902년 1월 광무철로학당을 졸업한 루쉰은 그해 4월 관비 유학생으로

4 魯迅, 「自序」, 『吶喊』, 『魯迅全集(1)』, 415쪽.
5 魯迅, 「自序」, 『吶喊』, 『魯迅全集(1)』, 416쪽.

선발되어 일본 유학길에 오른다. 도쿄에 도착한 루쉰은 먼저 중국인 일본 유학생들에게 일본어 및 유학에 필요한 기초 지식을 교육하던 홍문학원(弘文學院)에 들어가 2년간 수학한다. 이때 루쉰은 '국민성' 문제를 처음으로 사고하기 시작해 "이상적인 인성이란 무엇인가? 중국 국민성 중에 가장 결핍된 것은 무엇인가? 그 병근(病根)은 어디에 있는가?"라는 문제를 고민했다.[6] 또한 루쉰은 변발을 자른 뒤 찍은 자신의 사진을 친구 쉬서우창(許壽裳)에게 보내면서 그 뒷면에 "나는 내 피를 조국에 바치련다"[7]라는 시구를 적어 보내기도 했다. 이 시기에 루쉰은 스파르타의 애국 정신을 형상화한 「스파르타의 혼(斯巴達之魂)」, 원소 라듐의 발견이 가져다준 사상계의 충격을 논한 「라듐에 관하여(說鈤)」, 중국의 광산 자원을 보존하고 지켜야 할 필요성을 논한 「중국지질약론(中國地質略論)」 등을 써서 도쿄에서 발행되던 중국인의 동향(同鄕) 잡지인 『절강조(浙江潮)』에 발표했다. 프랑스 소설가 쥘 베른의 과학소설 『월계여행(月界旅行)』을 번역한 것도 이때의 일이다.

1904년 홍문학원을 졸업한 루쉰은 졸업과 동시에 도쿄에서 멀리 떨어진 센다이(仙臺)로 가서 센다이의학전문학교에 입학해 의학을 전공한다. 그런데 루쉰이 의학을 공부하고 있을 무렵 러일전쟁(1904-1905)이 발발했고, 미생물학 시간에 러일전쟁에 대한 슬라이드 상영을 통해 한 중국인이 러시아군의 스파이 노릇을 했다는 죄목으로 일본군에 체포되어 중국인들이 보는 앞에서 처형되는 장면을 우연히 목도했다. 이때 그는 "무릇 어리석은 국민은 체격이 제아무리 건장하고 튼튼하다 하더라도 전혀 의미 없는 본보기의 재료나 구경꾼밖에는 될 수 없다"는 심각한 자각에 이르고, 마침내 의학을 포기하고 문학을 선택하기로 결심한다. 왜냐하면 "첫 번째

---

6 許壽裳, 『我所認識的魯迅』(人民文學出版社, 1978), 6쪽 참조.

7 魯迅, 「自題小像」, 『集外集拾遺』, 『魯迅全集(7)』, 423쪽.

로 해야 할 일은 그들의 정신을 뜯어고치는 것이었고, 정신을 뜯어고치는 데 가장 좋은 것은 당시에는 당연히 문예를 들어야 한다고 생각했기" 때문이다.[8] 이 일화가 바로 잘 알려진 '환등 사건'이다. '환등 사건'을 계기로 센다이의전을 중퇴한 루쉰은 도쿄로 돌아와 문예 잡지 『신생(新生)』의 발간을 기획하고 시사적이면서 문학적인 논문을 쓰고 동유럽의 단편소설을 번역해 출판하는 등 문예운동에 투신한다. 청년 시절 루쉰의 대표적인 글인 「인간의 역사(人之歷史)」·「마라시력설(摩羅詩力說)」(악마파 시의 힘)·「문화편지론(文化偏至論)」(문화편향론)·「과학사교편(科學史敎篇)」·「파악성론(破惡聲論)」(악성을 무너뜨리다) 등이 모두 이 시기에 씌어졌다. 이 글들은 1907-1908년에 『허난(河南)』 잡지에 실렸는데, 루쉰은 여기서 '사람을 바로 세울 것(立人)'을 주장하고 그것을 담당할 주체로서 '정신계의 전사(精神界之戰士)'를 강력히 요청했다. 또한 사람의 '마음의 소리(心聲)'와 '내면의 밝은 빛(內曜)'을 진실하게 전하고자 했으며, 스스로 그러한 역할을 떠맡는다고 생각했다. 동유럽 약소민족의 단편소설을 번역한 『역외소설집(域外小說集)』을 출판한 것도 바로 그러한 목적을 위한 것이었다. 그렇지만 독자들의 반응이 미미해 그의 문학 활동은 사실상 실패로 끝났고, 장남으로서의 책임이 가중되어 결국 1909년 8월 일본 유학을 청산하고 귀국하지 않을 수 없었다.

일본에서 귀국한 루쉰은 항저우(杭州)·사오싱 등지에서 중학교 교사로 봉직했고, 중화민국이 들어선 이후 1912년부터 교육부 직원으로 발탁되어 베이징에 상경하게 된다. 교육부 직원으로 근무하던 중 일본 유학 시기의 친구였던 첸쉬안퉁(錢玄同)의 권유로 1918년 5월 『신청년』에 단편소설 「광인일기」를 발표하면서 루쉰은 소설가로서 새롭게 중국 문단에 등장한다. 「광인일기」 발표에 이어 그는 「쿵이지(孔乙己)」·「약(藥)」·「고향(故

8 魯迅, 「自序」, 『吶喊』, 『魯迅全集(1)』, 416-417쪽 참조.

鄕)」·「아Q정전」 등 많은 소설을 발표했다. 이들은 대부분 반봉건(反封建) 사상 계몽의 주제를 담고 있으며, 내용에서 형식에 이르기까지 중국 현대 소설의 기초를 다져놓았다. 또한 그는 소설뿐만 아니라 시사적인 논평인 수많은 잡문(雜文)을 써서 암흑의 중국 현실과 첨예하게 대결했다. 1936년 10월 19일 그가 사망했을 때, 그의 유해 위에는 이른바 항일 7군자의 한 사람인 선쥔루(沈鈞儒)가 쓴 '민족혼(民族魂)'이라는 명정(銘旌)이 덮였다. 루쉰에게 그의 죽음과 동시에 '민족혼'이라는 이름이 부여된 것은, 그가 문학을 통해서 가장 심각하고도 철저하게 중국인의 영혼을 해부해 적나라하게 펼쳐 보임으로써 중국인의 각성을 촉구했기 때문이다.

루쉰의 문학 활동은 크게 세 시기로 나눌 수 있다. 첫째, 1902년부터 1909년까지의 일본 유학 시기이다. 이 시기에 루쉰은 중국인의 정신 개조의 필요성을 자각해 의학에서 문학으로 방향을 전환하고 바이런, 셸리, 푸시킨, 페퇴피 등 낭만주의 시인들의 반항 정신과 니체의 초인 사상 등을 소개해 '강건·저항·파괴·도전의 소리'를 선양하고 '사람을 바로 세울 것'을 주장했다. 또한 동유럽 약소민족의 단편소설을 번역·출판해 그 정신을 중국에 전하고자 했다. 둘째, 1918년「광인일기」를 발표한 이후 지속적으로 소설집『납함』·『방황』의 작품을 창작하고,『열풍』·『무덤』·『화개집』·『화개집 속편』의 잡문을 쓰고,『야초』·『조화석습』의 산문을 썼던 시기이다. 이 시기에 루쉰은 베이징에 거주하면서 반봉건 사상 계몽 운동에 투신해 중국인의 국민성 개조에 매진했고, 정치적으로 베이징의 군벌 정부에 저항했다. 셋째, 1927년 말부터 시작된 혁명문학 논쟁(革命文學論爭)을 거치면서 무산계급 문학 이론에 공감을 표시하고 중국좌익작가연맹(中國左翼作家聯盟)의 지도자로서 활동하던 시기이다. 이 시기에 루쉰은 상하이에 거주하면서 국민당 정부에 맞섰으며, 시대와 역사를 비평한 수많은 잡문을 썼고 옛이야기를 새로 엮은 창작소설집『고사신편』을 출판했다.

제2절 「광인일기」와 「아Q정전」

루쉰의 「광인일기(狂人日記)」는 러시아 작가 고골리의 「광인일기」의 영향을 받았다. 루쉰은 일본 유학 시기에 고골리의 작품을 즐겨 읽었으며, 인간 생활의 어두운 면을 묘사하는 데 있어 고골리의 풍자적 형식과 기술의 영향을 크게 받았다. 「광인일기」는 피해망상증 환자인 '광인'의 목소리를 통해 '인의도덕(仁義道德)'의 봉건 예교가 '사람을 잡아먹는(吃人)' 이데올로기임을 고발한 작품이다. 「광인일기」는 주제뿐만 아니라 형식 면에서도 전통소설과 전혀 다른 새로운 면모를 보여주었는데, 당시 비평가 마오둔의 언급처럼 "그 제목, 체재, 풍격, 심지어 내용의 사상 모두 대단히 신기하고 기이한 것이었으며", 당시 "이것은 청년들에게 명확히 어떤 암시를 주어 그들이 '낡은 술병'을 버리고 새로운 형식을 사용해 자신의 사상을 표현하는 데 노력하도록 이끌었다."[9]

「광인일기」는 문언(고문)으로 씌어진 서문 부분과 백화문으로 씌어진 13단락의 '광인'의 일기로 구성되어 있다. 서문에는 화자인 '내'가 옛 친구로 알고 지내던 두 형제 중 한 사람이 병을 앓고 있다는 소식을 듣고 고향으로 돌아가는 길에 에돌아 그들 형제의 집에 들렀다가 형제 중 형으로부터, 이제는 병이 나아서 어느 지방의 관리로 떠난 동생의 일기를 건네받고, 일기 중에서 맥락을 갖춘 일부를 골라 엮어 의사들의 연구 자료로 제공한다고 설명되어 있다. 그리고 13단락은 '광인'이 쓴 구체적인 일기 내용이다.

일기 내용은 30여 년 만에 처음으로 밝은 달빛을 발견하는 '광인'의 발광으로부터 시작한다. 자오구이(趙貴) 영감의 괴상한 눈빛, 만난 아이들의

9 茅盾, 「讀『吶喊』」(『文學周報』 九十一期, 1923. 10), 『茅盾論中國現代作家作品』(北京大學出版社, 1980), 145-146쪽.

두려워하는 듯한, 해치려는 듯한 눈초리, 길거리의 한 여인이 아이를 때리면서 잡아먹겠다고 한 말, 맞아죽은 사람의 내장을 꺼내 먹었다는 늑대마을(狼子村)의 이야기 등을 통해 '광인'은 "놈들은 사람을 잡아먹는다"라는 섬뜩한 자각에 이른다. 피해망상증이 점점 더 심화되자 '광인'은 드디어 사람들이 자기를 잡아먹을지도 모른다는 강박 관념에 사로잡힌다. 이때 밤늦도록 잠을 잘 수 없었던 '광인'은 근본적인 원인 규명을 위해 '역사'를 연구한다.

> 모든 일은 반드시 연구해보지 않으면 알 수 없다. 예로부터 끊임없이 사람을 잡아먹었다고 나는 알고 있지만 그다지 확실치는 않다. 나는 역사를 뒤지며 조사해보았다. 이 역사에는 연대가 없고, 페이지마다 '인의도덕'이라는 몇 개의 글자만이 삐뚤삐뚤 적혀 있었다. 나는 이왕 잠을 잘 수 없었으므로, 밤중까지 자세히 살펴보았다. 그러자 글자와 글자 사이에 겨우 글자가 보였다. 책 가득 '식인(吃人)'이라는 두 글자가 씌어 있었다.

'광인'은 결국 역사책을 통해 '인의도덕'이라는 글자를 확인하고 글자와 글자 사이에 감추어진 '식인'이라는 두 글자를 발견한 것이다. '광인'이 연구한 '역사'는 가장 추상적인 상징체이다. 역사는 과거로부터 현재까지 이어온 중국 사회의 축소판이므로 그것은 중국 그 자체이다. 이러한 역사에 페이지마다 '인의도덕'이라는 글자가 채워져 있고, 또 글자와 글자 사이에 '식인'이라는 두 글자가 가득 나타난 것이다. 요컨대, 광인이 역사 연구를 통해 발견한 것은 중국 역사를 관통하는 '인의도덕'의 봉건적 이데올로기와 그 속에 감춰져 작동하는 '식인'의 원리이다.

역사를 통해 '식인'이라는 글자를 발견한 '광인'은 자신의 강박 관념을 움직일 수 없는 사실로 확신한다. 그에 따라 '광인'의 병증이 더 심화되어 자기를 진료하러 온 허(何) 선생에 대한 의심, 나아가 자기 형에 대한 의심으로까지 확대된다. 이러한 병증의 심화는 '광인'과 주위 정상인 사이의 적대관계를 점점 더 심화시킨다. 적대관계가 극에 달하자 '광인'의 광기는 마침내 폭발하고, 그것은 "한 걸음만 방향을 바꾸면, 지금 곧 마음을 고쳐먹기만 하면 모두가 태평하게 된다"라는 '개심(改心)'의 부르짖음으로 나타난다. '광인'은 자신을 해칠지도 모른다는 공포로부터 벗어나기 위해 그 공포에 맞서는 광기를 폭발시키지 않을 수 없었다. 이때 광기의 폭발인 '개심'의 부르짖음은 가까운 내부로부터 점차 외부로 향하게 되는데, 적대감의 표출은 먼저 형에게 '개심'을 부르짖는 것으로부터 시작해 점차 바깥을 향해 확대되어나간다.

그런데 광기의 폭발이 진행되면 될수록 '광인'은 주위의 정상인으로부터 격리 수용되어 광기의 폭발이 억압된다. 그리하여 '광인'은 내면으로 침잠해 사색에 이르고, 그 결과 어렸을 때 죽은 '누이동생'의 인육을 자기도 모르는 사이에 먹었을지 모른다는 심각한 자각에 이른다. 이는 '광인' 자신도 무의식적으로 식인 행위에 동참하게 되었음을 시사한다. '광인'이 "4천 년 동안 사람을 잡아먹은 이력을 가진 나"를 의식하게 되는 것은 바로 이 때문이다. 여기서 '광인'의 철저한 자기반성과 역사에 대한 참회 의식이 드러나며, 이것은 「광인일기」가 담고 있는 반봉건 사상 계몽의 주제의식을 더욱 강화시켜준다.

특기할 것은, '광인'의 이러한 심각한 자각은 결국 '광인'과 주위 정상인의 적대관계를 해소시켜줄 소지를 제공해준다는 점이다. "4천 년 동안 사람을 잡아먹은 이력을 가진 나"를 자각한 '광인'은 이제 광인이기를 멈출 수밖에 없다. 왜냐하면 주위 정상인과의 적대관계가 '광인' 스스로의 반성에 의해 해소되어버렸기 때문이다. 이제 광기의 폭발, 즉 발광은 더 이상 진행되지 않는다. 서문에서 병이 나아 어느 지방의 관리로 떠났다는 것은 당연한 귀결이다. 따라서 '광인'은 발광의 시작과 병증의 심화, 정상인과의 적대관계로 인한 광기의 폭발, 정상인으로부터의 격리 수용, 자기반성에 의한 식인 행위의 공모관계 확인, 정상인과의 적대관계 해소, 정상인으로의 복귀라는 과정을 밟게 되는 것이다.

그런데 '광인'은 "사람을 잡아먹은 일이 없는 아이들이 혹시 있을까? 아이들을 구하자"라는 마지막 외침을 시도한다. 이는 루쉰이 스스로 "창문도 하나 없고 절대로 부술 수 없는 쇠로 된 방"[10]으로 비유한 암흑의 중국 현실 속에서 다음 세대에 대한 일말의 '희망'을 제시하고자 하는 선각자의 계몽주의적 태도 때문이다. 요컨대, 루쉰은 이 소설에서 냉철한 현실 인식에 근거해 사람을 잡아먹는 봉건 예교의 이데올로기적 폐해를 심각하게 폭로하고 사람들에게 자기반성과 참회 의식을 이끌어내고 있으며, 나아가 '아이들을 구하자'라는 계몽주의적 외침을 시도하고 있는 것이다. 루쉰의 첫 번째 소설집 『납함』의 제목을 '납함(吶喊)', 즉 '외침'이라고 한 것은 '광인'의 외침을 고려한 때문이다. 더욱이 '광인'의 일기 내용이 백화문으로 씌어진 것은 백화문이 계몽의 외침이 현실화될 수 있는 언어적 도구임을 시사하고, '광인'이 병이 나아 어느 지방의 관리로 떠났다는 사실은 문언으로 씌어 있어 문언은 계몽의 외침이 현실화될 수 없는 언어적 도구임을 시사한다.

루쉰의 유일한 중편소설인 「아Q정전(阿Q正傳)」은 1921-1922년 사이에 베이징에서 발행되던 『신보부간(晨報副刊)』에 연재되었다. 이 소설은 전체가 9장으로 되어 있으며, 제1장 머리말, 제2장 승리의 기록, 제3장 승리의 기록 속편, 제4장 연애의 비극, 제5장 생계 문제, 제6장 중흥에서 말로까지, 제7장 혁명, 제8장 혁명 불허, 제9장 대단원으로 이루어져 있다. '정전(正傳)'이라는 제목에서 알 수 있듯이 「아Q정전」은 등장인물인 아Q의 일대기를 압축해 다루고 있다. 먼저 아Q가 '아Q'라는 이름을 갖게 된 연유와 그의 내력이 서술되고, 이어 아Q와 관련된 여러 일화가 전개되면

10 魯迅, 「自序」, 『吶喊』, 『魯迅全集(1)』, 419쪽.

서 아Q의 개성이 집중적으로 드러난다. 마지막으로 혁명에 가담하려는 아Q가 강도 사건에 연루되어 체포되고, 그 결과 사형에 처해지는 것으로 대단원을 이룬다.

루쉰은 「아Q정전」의 창작과 관련해 "나는 진작부터 시험해보았으나 내가 현대의 우리나라 사람들의 영혼을 충분히 묘사해낼 수 있었는지 그렇지 않은지 스스로도 아주 확신할 수는 없다"[11]라고 말한 바 있다. 그래서 「아Q정전」을 읽을 때 먼저 고려해야 할 것은 아Q의 '영혼', 즉 그의 개성이다. 아Q는 웨이좡(未庄)이라는 어느 시골 마을에 살고 있는 날품팔이로서 거처도 없고 부모나 형제, 친척도 없다. 심지어 아Q는 성씨조차도 분명하지 않아 스스로 성이 자오(趙)라고 했다가 웨이좡 마을의 유지인 자오(趙) 나리에게 뺨을 얻어맞고 "네놈의 성이 자오라니 당치도 않아"라는 호통을 들어야 했다. 그러나 아Q는 "보리를 베라면 보리를 베고 쌀을 찧으라면 쌀을 찧고 배를 저으라면 배를 젓는" 순진한 인물이다. 다만 아Q는 '예전에는 잘살았고' 견식도 높았으며, 게다가 '일을 참 잘하므로' 원래 '완벽한 사람'이라 할 수도 있지만, 체질적으로 몇 가지 결점이 있었다. 그는 머리에 난 제법 많은 부스럼 자국(癩瘡疤)으로 인해 '라(癩)' 또는 '뢰(賴)'(라와 뢰는 중국어 발음이 같음-인용자)와 비슷한 음을 싫어했고, 나중에는 그것이 점점 확대되어 '빛나다(光)'도 꺼렸고 '밝다(亮)'도 꺼렸으며, 마침내 '등불(燈)'이나 '촛불(燭)'까지도 꺼렸다.

이러한 내막을 아는 웨이좡 마을 사람들은 그를 놀려주는 것이 일반적이었는데, 아Q는 나름대로 판단해 말이 서툰 자 같으면 욕을 해댔고, 기운이 약한 자 같으면 덤벼들었으며, 상대가 자기보다 강하다고 생각되면 곧 노려보았다. 하지만 당하는 쪽은 늘 아Q여서 "버러지를 때리는 거야, 됐어? 나는 버러지야. 그래도 놓지 않겠어?"라고 말하며 순간을 모면했다.

---

11 魯迅, 「俄文譯本『阿Q正傳』序及著者自敍傳略」, 『集外集』, 『魯迅全集(7)』, 81쪽.

그러나 아Q도 나름대로 해결법을 가지고 있었다. 그것은 다름 아닌 '정신 승리법'이었다. "10초도 되지 않아 아Q도 마음이 흡족해 승리를 거둔 듯 떠났다. 그는 자기야말로 자기경멸을 제일 잘하는 사람이라고 생각했다. '자기경멸'이라는 말을 제외하면 그 나머지는 바로 '제일'이다. 장원급제도 '제일'이 아니던가? '네까짓 놈이 다 뭐야!'" 이것이 '승리의 기록'에 담긴 아Q의 '정신 승리법'이다. 아Q의 태도는 자기도 속이고 남도 속이는 기만적인 것으로서 어떤 때는 자기멸시의 형태로, 어떤 때는 자아도취의 형태로 나타난다. 그는 실패와 굴욕을 감히 올바로 직시하지 못하고, 거짓 승리로 정신적으로나마 스스로를 위로하고 자아를 마취시키거나 잠시 망각해버린다. 아Q가 '정신 승리법'을 통해 비극적 운명을 강요하는 현실 생활에서 벗어나고자 한다는 데에 그 희극성이 드러나지만, 승리감을 가져다주는 '정신 승리법'이 오히려 수치스럽고 고통스러운 생활을 더욱 지속시킨다는 데에 그 비극성이 드러난다. 이처럼 아Q의 '정신 승리법'은 순간의 모면과 기만을 통해 삶의 불행을 지속시키는 악순환의 고리로 작용하고 있다. 이것이 루쉰이 '정신 승리법'이라는 '노예근성'을 가진 아Q의 개성을 통해 묘사하고자 한 '중국인의 영혼'이다.

「아Q정전」에서의 풍자의 절정은 아Q가 혁명에 가담했으나 처형되는 장면이다. 원래 아Q는 혁명가를 싫어해, 그들은 반란자이며, 반란은 여러 가지 일들을 곤란하게 만든다고 느꼈다. 그렇지만 그는 혁명이 다른 많은 사람들에게 마음껏 겁을 줄 수 있다고 해서 신명나는 일로 여겼으며, "원하는 것은 무엇이든 내 거야. 좋아하는 계집이면 누구든지 내 거야"라고 생각했다. 이에 아Q는 술을 두어 사발 마신 후 한 사람의 혁명가로 자처했다. 이 점에서 아Q의 혁명은 '혁신적 파괴'가 아니라 '도적과 노예 식의 파괴'로서 그 결과의 비극성이 이미 예견되어 있는 것이다. 그런데 아Q가 마음껏 겁을 줄 수 있다고 생각했던 사람들이 오히려 혁명에 가담하게 되고, 아Q는 혁명에 참가하는 것을 거부당한다. 그 결과 아Q는 강도 사건을 혁명으로 착각해 거기에 참가하는 꼴이 되어 체포되고 만다. 사실 아Q를 체포한 사람은 구관리로서의 지위 때문에 새로운 직위를 부여받은 진짜 혁명당원이었으며 혁명당으로부터 민정 협조의 직무를 부여받은 거인 나리였다. 혁명당에 의해 아Q는 웨이좡 마을의 유지인 자오 나리 댁의 강도 사건에 연루되어 체포된 것이다. 강도 사건을 혁명으로, 강도를 혁명당원으로 오인한 아Q는 심문의 내용이 무엇인지도 모른 채 서명으로 그린 동그라미를 '호박씨'처럼 잘못 그렸음을 못내 아쉬워하면서 사실을 인정하고, 마침내 사형수로서 형장에 끌려가는 운명이 된다. 이것이 아Q의 비극인 동시에 중국혁명(신해혁명)의 비극이다.

"훌륭해!" 구경꾼 무리에서 늑대가 울부짖는 듯한 목소리가 터져 나왔다. …… 이번에 그는 여태껏 본 적이 없는 무시무시한 눈길을 보았다. …… 이런 눈길들이 하나로 합쳐지는가 싶더니 어느새 거기서 그의 영혼을 물어뜯었다.

'사람 살려…….'

그렇지만 아Q는 말하지 않았다. 그는 벌써 두 눈이 캄캄해지고 귓속이 웅웅거려 온몸이 마치 먼지처럼 흩어져 달아나는 것처럼 느꼈다.

아Q의 죽음은 그의 개성이 빚어낸 필연적 결과이지만 그것이 사회적으로 형성된 것이라면 아Q의 죽음은 개인적인 죽음을 넘어섰다고 할 수 있다. 「광인일기」에서 '인의도덕'의 봉건 예교가 지배하는 중국 사회는 사람을 잡아먹는 '식인' 사회임이 폭로되었듯이, 아Q의 개성은 사회적으로 형성된 개성이며 아Q의 죽음은 구경꾼의 '무시무시한 눈길'에 의해 이미 예정되어 있는 것이다. 루쉰은 「등하만필(燈下漫筆)」에서 "크고 작은 무수한 인육의 연회가 (중국) 문명이 생긴 이래 지금까지 줄곧 베풀어져 왔고, 사람들은 이 연회장에서 남을 먹고 자신도 먹혔으며, 여인과 어린아이는 더 말할 필요도 없고 비참한 약자들의 외침을 살인자들의 어리석고 무자비한 환호로써 뒤덮어버렸다"[12]라고 했다. 아Q의 처형 장면은 '사람 살려'라는 아Q의 '비참한 약자들의 외침'이 '무시무시한 눈길', 즉 '살인자들의 어리석고 무자비한 환호' 속에 묻혀버린 바로 그 현장이다.[13]

이렇게 「아Q정전」은 아Q의 인물 형상을 통해 열등한 '중국인의 영혼'을 압축해 표현하고 있을 뿐만 아니라 당시 혁명(신해혁명)을 대하는 중국인들의 태도를 비판적으로 풍자하고 있다. 「아Q정전」이 발표된 후 얼마 지나지 않아 마오둔은 「아Q정전」을 이렇게 비평했다.

> 「아Q정전」은 신해혁명에 대한 측면적 풍자인데, 나는 이것이 작가가 비관주의를 품고 있었기 때문은 아니라고 생각한다. 이것은 지극히 충실한 형상화이며 지극히 정확하게 당시의 인상에 의거해 묘사해낸 것이다. …… 작가의 의도는 중화민족의 골수에 박혀 있는, 향상되지 못한 기질, 즉 '아Q의 모습'을 그려내는 데 있었던 것 같다.[14]

마오둔은 「아Q정전」이 중국인의 국민성과 신해혁명의 진실을 충실하게 형상화하고 사실적으로 묘사하고 있다고 보아 그 작품성을 높이 평가했는데, 정확한 비평이다.

동아일보 기자 신언준(申彦俊)은 1933년 5월 22일에 루쉰과 인터뷰를 가졌고, 그 결과를 1934년 4월호 『신동아(新東亞)』에 실었는데, 여기서 그는 루쉰이 설명해준 '아Q'에 대해 이렇게 소개했다.

> 아Q라는 인물은 자기가 살던 고향 루전(魯鎭)에 있는 사람을 모델로 한 것

---

12 魯迅, 「燈下漫筆」, 『墳』, 『魯迅全集(1)』, 217쪽.

13 홍석표, 「역자 서문: 아Q의 개성과 그의 비극성」, 『아Q정전』, 루쉰(魯迅) 저 · 홍석표 역(선학사, 2003) 참조.

14 茅盾, 「讀『吶喊』」(『文學周報』 九十一期), 『茅盾論中國現代作家作品』, 148쪽.

인데 기실 아Q는 중국인의 보통상(普通相)일뿐더러 중국인만이 아니고 어느 민족 중에서든지 흔히 볼 수 있는 보통상이라고 설명하였다.[15]

그렇다면 아Q의 인물 형상은 '중국인의 영혼'을 넘어서서 어느 민족에서나 흔히 볼 수 있는 인간 일반의 부정적인 일면을 풍자하고 있다고도 할 수 있다. 루쉰은 중국인의 저열한 국민성을 폭로하는 한편 보편적 인성의 나약함도 탐색했던 것이다.

제3절 『납함』과 『방황』

루쉰은 「광인일기」의 창작에 앞서 문언 단편소설 「그리운 옛날(懷舊)」을 창작했다. 이 소설은 1911년에 그의 고향 사오싱에서 지어졌고, 1913년에 그의 동생 저우쭤런에 의해 상하이에서 발행되던 『소설월보(小說月報)』에 실렸던 작품이다. 「그리운 옛날」은 어린 학동의 시각으로 가정교사인 대머리 선생(禿先生)과 이웃집 부자인 진야오쭝(金耀宗)으로 대표되는 전통 인물의 허위의식과 일반 민중의 마비된 의식을 그려내고 있다. 이 소설은 신해혁명 직후에 씌어졌는데, 루쉰은 당시의 혁명군을 암시하는 거짓 장발적(長髮賊)의 소동을 통해 신해혁명 전후의 구태의연한 사회상을 풍자하고 중국인의 마비된 정신과 그 낙후성을 고발하고자 했다. 「그리운 옛날」은 중국인의 국민성을 풍자하는 내용으로 되어 있어 이념적 주제 면에서 루쉰 소설의 추형을 갖추고 있다. 그렇지만 전통적인 장회체(章回體)소설에서 흔히 볼 수 있는, 청중을 가정한 '설서인(說書人)'의 입담이 그대로 노출되는 등 형식 면에서 전통소설에서 완전히

15 申彦俊, 「中國의 大文豪 魯迅訪問記」, 『新東亞』(1934. 4), 152쪽.

벗어난 것은 아니다.

내용과 형식 면에서 중국 현대소설의 진정한 시작과 성숙은 결국 루쉰의 소설집 『납함(吶喊)』·『방황(彷徨)』에 의해 이루어졌다. 루쉰의 첫 번째 소설집 『납함』은 1918년부터 1922년까지 창작한 단편소설 14편을 수록해 1923년 8월 베이징의 신조사(新潮社)에서 '문예총서(文藝叢書)'의 한 권으로 초판이 나왔다. 1926년 10월 3쇄 인쇄 시에는 베이징의 북신서국(北新書局)에서 '오합총서(烏合叢書)'의 한 권으로 출판되었으며, 1930년에는 13쇄가 나왔다. 루쉰의 두 번째 소설집인 『방황』은 1924년부터 1925년까지 창작한 단편소설 11편을 수록해 1926년 8월 역시 베이징의 북신서국에서 '오합총서'의 한 권으로 출판되었다. 『납함』에는 「광인일기」와 「아Q정전」을 비롯해 「쿵이지(孔乙己)」·「약(藥)」·「내일(明日)」·「작은 사건(一件小事)」·「머리털 이야기(頭髮的故事)」·「풍파(風波)」·「고향(故鄕)」·「단오절(端午節)」·「백광(白光)」·「토끼와 고양이(兎和猫)」·「오리의 희극(鴨的喜劇)」·「시골연극(社戱)」이 수록되어 있다. 『방황』에는 「축복(祝福)」·「술집에서(在酒樓上)」·「행복한 가정(幸福的家庭)」·「비누(肥皂)」·「장명등(長明燈)」·「조리돌림(示衆)」·「가오 선생(高老夫子)」·「고독자(孤獨者)」·「죽음을 슬퍼하며(傷逝)」·「형제(兄弟)」·「이혼(離婚)」이 수록되어 있다.

『납함』과 『방황』은 소설 형식 면에서 매우 다양하게 구성되어 있다. 구조적으로 볼 때, 「쿵이지」·「풍파」 등은 횡단면적인 소설이고, 「축복」·「고독자」 등은 종단면적인 소설이다. 서사 시점으로 볼 때, 「술집에서」 등은 1인칭 서사 시점의 소설이고, 「내일」은 3인칭 서사 시점의 소설이다. 문체 형식으로 볼 때, 「광인일기」는 일기체 소설이고, 「죽음을 슬퍼하며」는 수기체(手記體) 소설이며, 「머리털 이야기」는 대화체 소설이다. 또한 「고향」·「죽음을 슬퍼하며」 등은 서정적인 색채가 짙고, 「비누」·「가오 선생」 등은 풍자적인 색채가 짙다.

주제와 내용 면에서 볼 때, 『납함』과 『방황』은 일반 민중(농민)의 마비된 정신세계, 전통 지식인의 비극적 종말, 거짓 신지식인의 허위의식, 신지식인의 절망과 좌절 등을 묘사하고 있다. 특히 『납함』은 일반 민중의 마비된 정신세계를 그려냄으로써 5·4신문화운동 시기의 반봉건 사상 계몽의 시대정신을 형상화하는 데 치중하고 있으며, 『방황』은 5·4신문화운동 퇴조기에 신사상을 추구하는 지식인의 절망과 좌절을 형상화하고 있다. 「약」의 화라오솬(華老栓)과 화다마(華大媽), 「내일」의 산쓰 아주머니(單四嫂), 「풍파」의 치진댁(七斤嫂), 「고향」의 룬투(閏土), 「축복」의 샹린댁(祥林嫂) 등은 마비된 정신세계를 가진 일반 민중(농민)의 전형인데, 이 작품들은 봉건 사회 속에서 그들의 비극적 운명을 묘사하고 있다. 「쿵이지」의 쿵이지(孔乙己), 「백광」의 천스청(陳士成)은 봉건적 이데올로기에 침윤된 전통 지식인의 형상이며, 작품은 그들의 비극적인 종말을 그리고 있다. 「행복한 가정」의 소설가, 「비누」의 쓰밍(四銘), 「가오 선생」의 가오이추(高爾礎)는 전통 의식에 사로잡혀 있는 거짓 신지식인의 형상이며, 작품은 그들의 허위의식을 풍자하고 있다. 「약」의 샤위(夏瑜)는 혁명을 추구하다 청 정부에 체포되어 처형되며, 「술집에서」의 뤼웨이푸(呂緯甫)와 「고독자」의 웨이롄수(魏連殳)는 신사상을 추구했으나 넘을 수 없는 현실의 장벽에 부딪쳐 절망에 빠지거나 죽음에 이른다. 「죽음을 슬퍼하며」의 쥐안성(涓生)은 절망적인 현실 속에서 연인 쯔쥔(子君)의 죽음이 가져다준 충격과 슬픔을 딛고 새로운 살 길을 찾아 나선다. 이들은 모두 절망과 좌절(죽음)을 경험한 신지식인의 형상이다. 루쉰은 자신의 소설을 설명하면서 "백성들은 오히려 묵묵히 태어나 살아가면서 마치 바위 밑에 깔린 풀처럼 누렇게 떠 말라죽어 가며, 그런 지가 벌써 4천 년이 흘렀다"[16]고 말한 바 있다. 루쉰의 소설은 바로 이러한 '침묵하는 국민의 영혼'을 절실하게 그려내어

16 魯迅, 「俄文譯本『阿Q正傳』序及著者自敍傳略」, 『集外集』, 『魯迅全集(7)』, 82쪽.

폭로하고 이를 통해 중국인의 각성을 촉구하는 것이었다. 그래서 배경 묘사보다 인물 묘사에 치중하고 등장인물의 영혼을 그려내는 데 뛰어나며 대단히 절제된 방식의 언어로 표현되어 있다. 루쉰의 소설은 인물의 심리 묘사를 중시해 직접적인 묘사보다 상징과 은유를 풍부하게 사용하고 있다는 데 두드러진 특징을 보여준다.

루쉰은 1933년에 쓴 「나는 어떻게 소설을 쓰기 시작하였는가(我怎樣做起小說來)」라는 글에서 자신의 소설 창작의 목적을 이렇게 밝힌 바 있다.

> 물론 소설을 쓰기 시작하면서부터 나에게 이렇다 할 의견이 없었던 것은 아니다. 이를테면 '무엇 때문에' 소설을 쓰는가 하는 것에 대해 나는 이미 십수 년 전부터 계속 '계몽주의'를 마음에 품어왔었기 때문에 반드시 '인생을 위해서'가 아니면 안 된다, 더구나 이 인생을 개량하지 않으면 안 된다고 생각했다.[17]

루쉰에게 "문예는 국민정신에서 발한 불빛이요 동시에 국민정신의 전도(前途)를 인도하는 등불이기"[18]에 문예를 통한 정신 개조의 가능성이 열려 있었다. 루쉰은 '인생을 개량하기' 위해 "중국의 병태사회(病態社會)의 불행한 사람들에게서 제재를 찾아 그 병고(病苦)를 폭로함으로써 치료에 대한 주의를 촉구하고자 했다."[19] 왜냐하면 중국은 "창문도 하나 없고 절대로 부술 수 없는 쇠로 된 방"으로 비유되는 암흑의 현실 속에 있었기 때문이다. 따라서 『납함』과 『방황』은 루쉰의 눈에 투영된 중국인의 영혼을 그려냄으로써 암흑의 현실을 폭로해 중국인들에게 주의를 촉구하는 반봉건 사상 계몽의 성격을 띠고 있는 것이다.

주지하듯이 루쉰의 문학 활동은 신문화운동이 전개되던 계몽의 시대

---

17 魯迅, 「我怎麽做起小說來」, 『南腔北調集』, 『魯迅全集(4)』, 512쪽.
18 魯迅, 「論睜了眼看」, 『墳』, 『魯迅全集(1)』, 240쪽.
19 魯迅, 「我怎麽做起小說來」, 『南腔北調集』, 『魯迅全集(4)』, 512쪽.

에 계몽주의적 목적과 뗄 수 없는 관계에 놓여 있었다. 계몽의 시대란 새로운 질서와 사상을 부여하는 시대이다. 그런데 질서와 사상이 주어지는 것이 아니라 부여되는 것이라면 그 시대는 충돌을 피하기 어려울 것이다. 루쉰 역시 5·4신문화운동 시기에 새로운 질서와 사상을 부여하려고 부단히 노력했으므로 여러 가지 충돌을 피할 수 없었다. 기존의 질서와 사상을 보존하려는 진영과의 충돌뿐만 아니라 새로운 질서와 사상을 부여하려는 진영 내부에서 방향의 차이로 인한 충돌도 피할 수 없었다. 그런데 더욱 중요한 것은 루쉰은 새로운 질서와 사상을 부여하려고 노력하는 한편 그것에 대해 유보하려는 태도를 항상 함께 지니고 있었다는 점이다. 이는 계몽가로서 루쉰의 정체성에 항상 문학가로서의 정체성이 적극적으로 개입하기 때문이다. 루쉰은 「청년필독서(青年必讀書)」에서 "지금의 청년들에게 가장 긴요한 것은 '행(行)'이지 '언(言)'은 아니다. 살아 있는 사람이기만 하면, 글을 지을 수 없다 해도 뭐 그리 대수로운 일은 아니다"라고 했다. 여기서 '언(言)'이란 글을 지을 수 있느냐 없느냐의 문제를 가리키지만, 루쉰의 문맥에서는 일회적인 외침과 같은 순간적인 질서와 사상의 부여라는 뜻으로 해석할 수 있다. '언'의 상대적 개념으로 제시된 '행'의 의미를 따져보면 그러한 유추가 가능하기 때문이다. '살아 있는 사람'임을 보장하는 '행'이란 '실천하다'라는 뜻 이외에 '걸어가다', 즉 '지속하다'라는 뜻을 함께 지니고 있다. 그러므로 '행'이란 이중적인 의미, 실천과 그것의 지속성을 동시에 내포하고 있다. 실천이 새로운 질서와 사상의 부여에 적극적으로 개입하는 계몽의 실천을 뜻한다면, 지속성은 계몽의 실천을 통해 새로 부여하는 질서와 사상에 대해서 그 정당성을 끊임없이 되묻는 회의주의적 태도와 관련이 있다. 실천의 강조가 계몽가로서의 루쉰의 정체성에서 비롯된다면, 회의주의적 태도는 문학가로서의 루쉰의 정체성에서 비롯된다. 루쉰은 바로 '행'의 강조 속에서 계몽가와 문학가라는 두 정체성을 통합적으로 표현하고 있는 셈이다. 따라서 루쉰의 계몽주의는 항상 회의주의를 내포한 계몽의 지속성을 강조하고 있다는 점에서 일회적인 혹은 직접적인 외침의 계몽이 아니다. 오히려 지속적인 '정신적 태도'로서의 계몽이라 부를 만한 그 무엇이며, 그것은 문학적 계몽이라 불러도 좋을 것이다.[20] 『납함』과 『방황』을 읽을 때는 이 점을 꼭 염두에 두어야 한다.

제4절 『야초』와 『조화석습』

루쉰은 "확실히 남들을 종종 해부하지만, 보다 많은 경우 더욱 무자비하게 나 자신을 해부한다"[21]라고 말한 적이 있다. 자신을 해부하는 데도 철저했던 루쉰의 영혼과 철학을 이해하기 위해서는 그의 『야초(野草)』를 읽어야 한다. 『야초』의 작품은 보통 산문시로 인정되고 있는데, 여기에는 중국인의 영혼이 시적으로 형상화되어 있거니와 루쉰 자신의 영혼과 철학이 상징적으로 표현되어 있다.

『야초』에는 1927년 단행본으로 출판될 때 쓰인 머리말 「제사(題辭)」와, 1924년 9월부터 1926년 4월 사이에 씌어 잡지 『어사(語絲)』에 발표되었던 23편의 작품이 실려 있다. 작품 전체를 열거하면, 「제사」·「가을밤(秋夜)」·「그림자의 작별(影的告別)」·「구걸자(求乞者)」·「나의 실연(我的失戀)」·「복수(復仇)」·「복수 2(復仇其二)」·「희망(希望)」·「눈(雪)」·「연(風箏)」·「아름다운 이야기(好的故事)」·「나그네(過客)」·「죽은 불(死火)」·「개의 반박(狗的駁詰)」·「잃어버린 좋은 지옥(失掉的好地獄)」·「묘갈문(墓碣文)」·「퇴폐선의 전율(頹敗線的顫動)」·「입론(立論)」·「사후(死後)」·「이

20 홍석표, 『천상에서 심연을 보다: 루쉰(魯迅)의 문학과 정신』(선학사, 2005), 107-109쪽 참조.

21 魯迅, 「寫在『墳』後面」, 『墳』, 『魯迅全集(1)』, 284쪽.

러한 전사(這樣的戰士)」·「총명인과 바보와 종(聰明人和傻子和奴才)」·「납엽(臘葉)」·「담담한 핏자국(淡淡的血痕中)」·「일각(一覺)」 등이다. 루쉰은 『야초』의 작품을 두고 "대부분 문란해진 지옥의 변두리에 핀 창백한 작은 꽃"[22]이라고 비유한 적이 있는데, 『야초』는 어두운 중국 현실과 그에 대응하고자 하는 작가 내면의 팽팽한 긴장에서 나온 어떤 시적 울림으로 이해할 수 있다.

『야초』의 작품은 다의적이어서 개별 작품을 꼭 어느 하나의 주제로 귀속시키기는 쉽지 않다. 그렇지만 대체로 다음의 세 가지 범주로 나누어 살펴볼 수 있다.

첫째, 강인한 정신의 소유자와 변혁 주체로서의 전사상(戰士像)을 제시하고 있는 작품이다. 『야초』의 첫 작품인 「가을밤」에서 '대추나무'는 고독한 영혼으로 형상화되고 있는데, 이는 강인한 정신의 소유자를 상징한다. 대추나무는 분홍 꽃의 꿈을 알고 가을이 지나면 봄이 온다는 것을 알고 있으며, 잎이 모두 떨어지고 가지만 앙상한 상태이지만 묵묵히 쇠꼬챙이처럼 기괴하고도 높은 하늘을 찌르고 있는, 헐벗은 형상이다. 이러한 대추나무의 형상 속에서 억압적인 어두운 '밤하늘'인 현실에 저항하는 선각자의 강인한 정신의 이미지를 발견할 수 있다. 「이러한 전사」에 나오는 '전사(戰士)' 역시 변혁의 주체로 등장한다. 그는 "무물(無物)의 싸움터로 나서서 …… 투창을 치켜든다."[23] '전사'는 내용(알맹이) 없는 현실 세계, 즉 '무물의 싸움터'에서 결연한 의지로 투창을 치켜드는 것이다.

강인한 정신의 소유자 또는 전사의 모습은 「나그네」에서 '나그네'의 형상을 빌려 더욱 강렬하게 표현된다. '소녀'가 준 헝겊 조각조차 거부하고 오로지 자신의 피를 무기 삼아 전진하는 나그네의 형상은 강인한 정

22 魯迅, 「『野草』英文譯本序」, 『二心集』, 『魯迅全集(4)』, 356쪽.
23 魯迅, 「這樣的戰士」, 『野草』, 『魯迅全集(2)』, 215쪽.

신의 소유자의 전형이다. 나그네는 생명을 의미하는 피를 흘리며 쉬지 않고 전진해왔고, 흘린 피는 물로 보충해왔을 뿐이지만, 전진을 포기하지는 않는다.

> 저는 가는 수밖에 없습니다. 더구나 저 앞에서 늘 재촉하고 부르는 소리가 들려오니까요. 그래서 저는 쉴 수 없습니다.[24]

전진은 기존의 가치를 부정하는, 현실 변혁에 대한 강렬한 의지를 담고 있다. 이는 지쳤으니 돌아가는 것이 낫다고 한 노인의 말에 대한 나그네의 대답에서 드러난다.

> 저는 가야만 합니다. 되돌아가면 거기엔 어디에나 듣기 좋은 명색을 내걸지 않은 곳이 없고 지주가 없는 곳이 없으며 추방과 감옥이 없는 곳이 없습니다. 저는 그런 것들을 증오합니다. 저는 돌아가지 않겠습니다.[25]

나그네의 진술에서 알 수 있듯이 이제까지의 전진은 바로 전진의 과정에서 만난 일체의 기존 가치와 현실에 대한 부정을 의미한다. 이러한 전진은 피를 대가로 하는 자기희생에 의해 달성되며, 죽음을 상징하는 무덤에서 끝날 것이다. 그런데 나그네는 노인에게 "노인장, 무덤을 지난 다음은 어디입니까?"라고 물음으로써 죽음 이후에도 전진하려는 강렬한 의지를 보인다.[26] 이렇게 나그네는 불굴의 의지로 끊임없이 전진을 감행하는데, 그는 진정 강인한 정신의 소유자 또는 전사의 전형으로 묘사되고 있다.

---

24 魯迅, 「過客」, 『野草』, 『魯迅全集(2)』, 191쪽.

25 魯迅, 「過客」, 『野草』, 『魯迅全集(2)』, 191쪽.

26 홍석표, 『천상에서 심연을 보다: 루쉰(魯迅)의 문학과 정신』, 180-181쪽 참조.

둘째, '무(無)'의 부정 정신을 드러내고 있는 작품이다. '무'의 부정 정신은 「그림자의 작별」에서 분명하게 표현된다. 「그림자의 작별」에서 주인공인 '그림자'는 작가의 또 다른 자의식을 상징한다. '그림자'는 모든 것을 부정한다. "내 마음에 들지 않는 것이 천당에 있다면 나는 가지 않으려오, 내 마음에 들지 않는 것이 지옥에 있다면 나는 가지 않으려오, 내 마음에 들지 않는 것이 당신들의 미래의 황금 세계에 있다면 나는 가지 않으려오." 이어서 그림자는 다음과 같이 말한다. "그런데 내 마음에 들지 않는 것이 바로 당신이오." 여기서 '당신'은 작가 자신인바, 작가의 또 다른 자의식인 그림자는 천당, 지옥, 미래의 황금 세계를 부정한 다음 '당신'마저 부정한다.

> 친구여, 나는 그대를 따르고 싶지 않소, 나는 머물러 있고 싶지 않소.
> 나는 싫소!
> 아아, 나는 싫소. 차라리 무지(無地)에서 방황하는 것만 못하오.
>
> 한낱 그림자에 지나지 않는 나는 그대와 작별하고 암흑 속으로 잠겨버리려 하오. 그러나 암흑은 나를 삼켜버릴 것이며 광명은 나를 사라지게 할 것이오.
> 하지만 나는 암흑과 광명 사이에서 방황하기는 싫소. 차라리 암흑 속으로 잠겨버리는 것이 나을 것이오.[27]

그림자가 '암흑과 광명 사이에서 방황한다' 함은 그림자의 물리적 현상에 작가의 자의식을 투영시킨 시적 진술이다. 물리적 현상으로서 그림자는 원래 암흑과 광명 사이에 놓인 중간적 존재이기에 그에게 방황은 숙명적이다. 그래서 그림자는 일체를 부정하고 방황을 선택한다. 그렇

27 魯迅,「影的告別」,『野草』,『魯迅全集(2)』, 165-166쪽.

지만 암흑과 광명 사이에서 방황하는 그림자는 결국 그 방황마저 부정하고, "차라리 암흑 속으로 잠겨버리는 것이 나을 것이오"라는 진술에서 보듯 '암흑'을 선택하고자 한다. '암흑'이 당시의 어두운 중국 현실을 비유한다고 할 때, 그림자가 '암흑'을 선택하겠다는 것은 암흑의 현실을 떠맡아 그것과 함께 소멸하려는 강렬한 자기희생 정신 또는 자기부정 정신을 보여주는 것이다.[28] 물론 자기희생 또는 자기부정은 극심한 고통을 수반하는 행위이다. 「묘갈문(墓碣文)」에 씌어진 "심장을 도려내어 스스로 먹어, 그 참맛을 알고자 하노라. 아픔이 극심해 어찌 그 참맛을 알 수 있으리오? 아픔이 가라앉은 뒤 서서히 그것을 먹도다. 그렇지만 그 심장은 이미 진부해져 그 참맛을 또 어찌 알리오?"[29]라는 구절은 바로 자기희생 또는 자기부정이 얼마나 고통스러운 일인지를 섬뜩한 형상을 통해 보여주고 있다.

일체를 부정하고 자신마저 부정한 그림자는 결국 '아무것도 없음', 즉 '무(無)'임을 선언하게 된다. '무'란 일체의 선험적인 가치나 기존의 가치를 부정할 때 도달할 수 있는 정신적 경지이다. 루쉰은 자기를 포함하는 일체를 부정해 '무'를 획득함으로써 모든 이데올로기적 가치에서 벗어날 수 있었다. 그리하여 그는 현실을 냉철하게 비판할 수 있었고, 자기성찰과 참회의 길도 열리게 되었던 것으로 보인다. 「연」에서 어린 동생의 정신을 학살했던 과거의 잘못을 고백하게 되는 것도 '무'의 부정 정신과 연관이 있다. 「희망」에서 절망에 반항하며 헝가리의 시인 페퇴피(Petöfi Sándor)의 시를 인용해 "절망이란 희망처럼 허망한 것이어라"라고 진술하게 되는 것도, 절망과 희망을 모두 부정하는 '무'의 부정 정신에서 비롯된다. 「죽은 불」에서 형상화되고 있거니와 얼음 계곡에서 얼어붙은 '죽은 꽃'을 자신의

28 홍석표, 『천상에서 심연을 보다: 루쉰(魯迅)의 문학과 정신』, 159-162쪽 참조.

29 魯迅, 「墓碣文」, 『野草』, 『魯迅全集(2)』, 202쪽.

온기로 소생시켜 구해주고 자신은 결국 큰 돌수레(大石車)에 깔려 죽고 마는 '나'의 자기희생도 '무'의 부정 정신에서 유래한다.

셋째, '우민(愚民)'의 현존 인간이 지닌 마비된 정신과 노예근성을 풍자하고 있는 작품이다. 루쉰은 「복수 2」에서 예수를 죽음으로 몰아간 이스라엘 사람들의 마비된 정신을 이렇게 묘사했다.

> 신은 그를 버렸다. 그는 결국 '사람의 아들'에 지나지 않았다. 그러나 이스라엘 사람들은 '사람의 아들'까지도 못 박았다. '사람의 아들'을 못 박은 사람들의 몸은 '신의 아들'을 못 박은 자보다도 더 피비린내가 났고 더럽혀져 있었다.[30]

루쉰은 이스라엘 사람들의 경우처럼 '우민'의 현존 인간이 지닌 마비된 정신과 노예근성을 끊임없이 비판하고 풍자하고자 했다. 청년 시절 루쉰은 '노예'에 대해 동정과 분노를 동시에 표한 적이 있다. "노예가 눈앞에서 있으면 반드시 진심으로 슬퍼하고 질시했다. 진심으로 슬퍼한 것은 그들의 불행을 안타까워했기 때문이며, 질시한 것은 그들이 싸우지 않음을 분노했기 때문이다."[31] 루쉰은 그 불행에 대해 동정을 아끼지 않았지만 싸우지 않는 것에 대한 분노가 앞서기에 '노예'의 현존 인간을 지속적으로 형상화하지 않을 수 없었다. '우민'의 존재는 루쉰에게 문학을 통한 정신혁명을 지속적으로 수행하지 않을 수 없는 가장 중요한 내적 동인이었다.

「구걸자」·「복수」·「개의 반박」·「퇴폐선의 전율」·「입론」·「총명인과 바보와 종」 등도 '우민'의 현존 인간을 풍자적으로 형상화하고 있는 작품이다. 「구걸자」는 거짓 구걸자에 대한 질시를 보여주고, 「복수」는 의

---

30 魯迅, 「復仇其二」, 『野草』, 『魯迅全集(2)』, 175쪽.

31 魯迅, 「摩羅詩力說」, 『墳』, 『魯迅全集(1)』, 80쪽.

식이 마비된 민중에 대해 무위(無爲)의 복수 방법을 제시하고, 「개의 반박」은 개의 논리로 허위의 인간을 조롱하고 있다. 그리고 「퇴폐선의 전율」은 온갖 희생을 마다하지 않았음에도 불구하고 자식에게 저주와 비난을 받게 된 늙은 여인의 무언(無言)의 울부짖음을 서술하고, 「입론」은 허위로 가득 찬 현존 인간을 묘사하고 있으며, 「총명인과 바보와 종」은 주체적으로 개혁을 주장해야 마땅하지만 오히려 개혁을 부정하는 종의 태도를 풍자하고 있다.

『야초』는 구성과 언어의 운용 면에서도 독특하다. 『야초』는 구성이 다채롭고 특이하며 꿈을 통해 심경을 서술하는 방법과 상징주의적 표현법을 즐겨 사용하고 있다. 루쉰은 『야초』를 쓰던 시기에 일본의 문예 이론가 구리야가와 하쿠손(廚川白村)의 『고민의 상징(苦悶的象徵)』을 읽고 그로부터 많은 영향을 받았다. 루쉰은 구리야가와의 말을 빌려 "생명력이 억압을 받아 생겨난 고민과 괴로움이 바로 문예의 뿌리이며 그것의 표현법은 바로 광의의 상징주의이다"라고 했고, 또 "대체로 일체의 문예는 예로부터 지금까지 이러한 의미에서 상징주의의 표현법을 사용하지 않은 것이 없다"[32]라고 했다. 문예는 고민의 상징이라고 이해한 구리야가와의 문예 이론은 프로이트의 꿈에 관한 이론을 문예에 적용한 것인데, 『야초』의 작품이 대부분 꿈을 기록한 형식을 취하고 상징적인 이미지를 즐겨 사용하고 있는 것은 구리야가와의 문예 이론과 무관하지 않다. 꿈의 기록이라는 특이한 형식과 고도의 상징적 언어는 루쉰의 내면과 사유의 깊이를 돋보이게 할 뿐만 아니라 작품의 주제를 더욱 다층적이고 심각하게 만들어 준다.

『야초』 이외에 『조화석습(朝花夕拾)』이라는 산문집도 루쉰의 대표작이다. '조화석습'은 '아침 꽃을 저녁에 줍다'라는 뜻인데, 『조화석습』에 수록

32 魯迅, 「引言」, 『苦悶的象徵』, 『魯迅全集』 第十三卷(人民文學出版社, 1973), 18쪽.

된 작품들은 1926년 2월부터 11월 사이에 씌어졌으며, 과거를 회상한 대단히 아름다운 산문이다. 이 산문집은 「머리말(小引)」과 「후기(後記)」를 제외한 10편의 산문을 수록하고 있으며, 작가의 어린 시절, 학창 시절, 일본 유학 시절, 교사 시절 등에 관한 일을 서술하고 있다. 작품을 구체적으로 예거하면, 「개 · 고양이 · 쥐(狗 · 猫 · 鼠)」 · 「아창과 『산해경』(阿長與『山海經』)」 · 「24효도(二十四孝圖)」 · 「오창회(五猖會)」 · 「무상(無常)」 · 「백초원에서 삼미서옥까지(從百草園到三味書屋)」 · 「아버지의 병(父親的病)」 · 「자질구레한 일(瑣記)」 · 「후지노 선생(藤野先生)」 · 「판아이눙(范愛農)」 등이다. 이 작품들은 루쉰이 어두운 현실과 첨예하게 대면했던 데서 한발 물러나서 천진스럽고 따스했던 과거의 기억을 되살려 그때의 아름다움을 표현한 그의 또 다른 일면을 보여주는 창작이다. 「백초원에서 삼미서옥까지」에서 작가의 집 뒤뜰인 백초원을 묘사한 대목을 보면 루쉰의 아름다운 산문의 특징을 알 수 있다.

내 기억에는 전에는 그 안에 들풀만 자랐던 것 같다. 하지만 그때 그것은 나에게 있어서 낙원이었다.

파란 남새밭이며 반들반들한 우물틀이며 키높이 자란 주염나무며 자줏빛 오디며, 그리고 나뭇잎에 앉아서 울어대는 매미며 남새꽃에 앉아 있는 통통한 누런 벌들이며 풀숲에서 구름 속으로 불쑥불쑥 날아오르는 날랜 종다리는 더 말할 것도 없고 정원을 둘러친 나지막한 담장 근처만 해도 끝없는 정취를 자아내었다. 방울벌레들이 여기서 조용히 노래 부르고 귀뚜라미들이 여기서 거문고를 탄다. 깨진 벽돌을 들추면 가끔 지네들이 기어 나오고 때로는 가뢰들을 만나게 된다. 가뢰란 놈은 손가락으로 등을 누르기만 하면 뽕하고 방귀를 뀌면서 뒷구멍으로 연기를 폴싹 내뿜는다.[33]

33 魯迅, 「從百草園到三味書屋」, 『朝花夕拾』, 『魯迅全集(2)』, 278쪽.

제5절 『고사신편』

1930년대에 중국에서는 역사소설이 상당히 유행했고, 루쉰도 신화와 전설 및 역사에서 제재를 취한 창작소설집 『고사신편(故事新編)』을 내놓았다. 『고사신편』은 루쉰의 세 번째 소설집으로서 1922년부터 1935년까지 창작된 단편소설 8편을 수록하고 있으며, 루쉰이 사망하기 9개월 전인 1936년 1월 상하이의 문화생활출판사에서 바진(巴金)이 주관하던 '문학총서'의 한 권으로 출판되었다. 첫 작품인 「보천(補天)」은 1922년에, 「분월(奔月)」과 「주검(鑄劍)」(원명은 「미간척(眉間尺)」)은 1926-1927년에 창작되었으며, 「비공(非攻)」은 1934년에 창작되었고, 「이수(理水)」·「채미(采薇)」·「출관(出關)」·「기사(起死)」는 1935년 11월부터 12월 사이에 집중적으로 창작되었다.

루쉰은 『고사신편』을 두고 "신화와 전설의 연의(演義)"라고 했으며, 또 "역사소설에 대해 말하자면, 널리 문헌을 살피고 말에는 반드시 근거가 있어야 하므로, 가령 사람들이 교수소설(教授小說)이라고 비웃을지라도 실은 엮어서 만들어내기란 대단히 어려운 것이라고 여긴다. 단지 작은 연유에 의거해 멋대로 윤색해서 한 편의 글을 만들어내는 것은 별로 수완이랄 것도 없는 것이다"[34]라고 했다. 루쉰이 『고사신편』에 대해 "신화와 전설의 연의"라고 한 것이나 "작은 연유에 의거해 멋대로 윤색해서 한 편의 글을 만들어낸다"라고 한 것은, 『고사신편』의 작품이 역사적 진실을 드러내는 데 치중한 것이 아니라 소재를 신화와 역사에서 취한 허구의 이야기임을 강조하기 위한 것이다. 「보천」과 「분월」, 「주검」은 신화·전설에서 제재를 취했고, 「비공」과 「이수」, 「채미」, 「출관」, 「기사」는 역사적 인물·사실에서 제재를 취했는데, 이들은 고대 문헌에 근거한 사실적(史實的) 토대

34 魯迅, 「序言」, 『故事新編』, 『魯迅全集(2)』, 342쪽.

를 가지고 있으나 허구적으로 꾸민 이야기이다.

13년에 걸쳐 단속적으로 창작된 『고사신편』의 작품은 일관된 관점이나 주제로 해석하기 어려운 매우 복잡한 요소가 뒤섞여 있다. 동일한 작품 내에 작가의 개인적 심경, 현실적 인물에 대한 풍자, 역사적 인물에 대한 재평가, 작가의 내면적 정신세계 등이 착종되어 표현되어 있다. 그래서 『고사신편』에는 세 종류의 이질적인 텍스트가 공존하고 있다고 평가된다. 역사의 본질과 진실을 반영하고 있는 역사 텍스트, 당시의 현실을 비판하고 풍자한 현실 텍스트, 루쉰 자신의 심경과 처지를 담아낸 자전적 텍스트가 바로 그것이다. 그렇지만 주제의 측면에서 보면, 『고사신편』은 이상적 인성의 탐색, 중국 전통 사상에 대한 비판, 당대 현실에 대한 풍자가 묘사되어 있다.

등장인물의 이상적 인성에 대한 탐색은 『고사신편』의 가장 두드러진 주제이다. 예컨대, 「보천」은 '여왜(女媧)가 돌을 달구어 하늘을 보수했다'라는 신화를 바탕으로 지어진 것인데, 「보천」은 신화적 공간에서 여왜의 창조 정신과 희생정신이 어떻게 발현되고 있는지 묘사하고 있다. 여왜는 자신의 모든 정력을 바쳐 인간을 창조하고, 그런 인간을 구원하기 위해 자신의 생명을 바치면서까지 하늘에 난 커다란 균열을 메우는 것으로 형상화된다. 「보천」의 주인공 여왜는 창조 정신과 희생정신을 본질로 하고 있어 『납함』이나 『방황』의 등장인물과 성격이 근본적으로 다르다. 루쉰은 「보천」의 창작을 통해, 그동안 비극적인 정신세계를 가진 현실적인 인물들을 묘사하던 데서 벗어나 신화적인 인물을 묘사함으로써 이상적인 인성을 탐색하고자 했다.

루쉰의 문학 활동이 국민성 개조, 즉 인간의 정신혁명을 위한 것이었다고 할 때, 그에 대한 실천은 두 가지 과제로 나타날 수 있다. 정신혁명이 요구되는 현실을 정확하게 인식하고 그 본질을 폭로하는 일이 첫 번째 과제요, 정신혁명이 지향해야 할 이상적인 인성을 탐색하는 일이 두 번째 과제이다. 첫 번째 과제의 실천이 『납함』과 『방황』의 창작을 통해 이루어졌다면, 두 번째 과제의 실천은 암흑의 당대 현실에서는 불가능하므로 '현대'에서 제재를 취하던 데서 벗어나서 '고대'로 방향을 돌릴 수밖에 없었다. 『납함』과 『방황』의 세계처럼 당대 현실은 대부분 비극적인 인물들이 중심을 이루고 있었으므로 이상적인 인성은 아무래도 신화 · 전설 또는 지난 역사에서 찾을 수밖에 없었다. 「보천」에 이어 창작된 「분월」과 「주검」에서는 각각 이예(夷羿)와 미간척(眉間尺), 연지오자(宴之敖者)의 인물 형상을 통해 이상적인 인성이 탐색되고, 「비공」과 「이수」에서는 각각 묵자(墨子)와 우(禹)임금의 인물 형상을 통해 이상적인 인성이 탐색되고 있다. 예컨대, 「주검」에서 도공(刀工)의 아들 미간척의 왕에 대한 복수는 '시커먼 사람(黑色人)', 즉 연지오자에 의해 완성된다.

> 몸을 일으켜 금계(金階)를 내려온 왕은 뜨거움도 무릅쓰고 솥 옆에 서서 머리를 숙이고 들여다보았다. 그 머리는 거울처럼 잔잔한 물속에 반듯이 누워서 두 눈으로 왕을 쳐다보고 있었다. 왕의 눈길이 그의 얼굴에 닿자 그는 방긋이 웃었다. 그의 웃는 낯을 보자 왕은 어쩐지 낯익은 것 같기도 했으나 갑자기 누구인지 생각이 나지 않았다. 왕이 놀랍고 의아한 듯 생각에 잠겨 있는데 시커먼 사람이 등에 진 푸른 검을 빼어 번개처럼 왕의 목덜미를 내리쳤다. 첨벙 하는 소리와 함께 왕의 머리는 솥 안에 떨어졌다. …… 시커먼 사람도 다소 놀라고 당황해하는 것 같았으나 낯빛만은 변하지 않았다. 그는 보이지 않는 푸른 검을 쥔 팔을 태연히 마른 가지처럼 뻗고 목을 내밀어 솥 밑을 찬찬히 들여다보았다. 폈던 팔이 갑자기 굽혀지더니 푸른 검이 날쌔게 자신의 뒷덜미를 내리쳤다. 검이 닿자 머리가 솥 안으로 떨어졌다. 풍덩 하는 소리와 함께 물방울이 사방에 튕겼다.[35]

35 魯迅, 「鑄劍」, 『故事新編』, 『魯迅全集(2)』, 431-432쪽.

이렇게 연지오자는 자신의 목을 베어서까지 철저하게 복수를 감행하는 진정한 복수 정신의 화신으로 형상화되고 있다.

「분월」은 루쉰이 그의 제자 가오창훙(高長虹)—작품에서는 봉몽(逢蒙)으로 묘사됨—을 풍자하기 위해 지은 것으로 알려져 있지만, 이 작품에서 신화적 인물인 이예는 달을 향해 활을 쏘는 복수 정신을 보여주고, "사람들은 어르신네가 아직도 전사(戰士)라고 말하고 있습니다", "때로는 마치 예술가 같아 보입니다"라는 하인 여을(女乙)과 여신(女辛)의 말처럼 여전히 이상적인 인물로 그려진다. 「비공」은 영예와 치욕의 득실을 따지지 않고 초(楚)나라의 송(宋)나라 침공을 사전에 막은 묵자(墨子)의 인물 형상을 통해, 「이수」는 실사구시(實事求是)적인 태도로 치수 사업을 수행한 우임금의 인물 형상을 통해 이상적인 인성을 탐색하고 있다.

그런데 특기할 것은, 이상적인 인성으로 그려지는 주인공이 큰 공적을 세운 뒤 대부분 비극적인 상황을 맞이한다는 점이다. 여왜는 하늘의 균열을 메울 때 인간들로부터 멸시와 저지를 당하고 죽은 후에도 금군(禁軍)이 그녀의 배 위에 막사를 짓고 주둔하는 등 치욕을 당한다. 이예는 소인배의 계략에 말려들고 아내 항아(嫦娥)마저 떠나버리는 곤궁에 처한다. 미간척과 연지오자의 복수는 적과 함께 죽음으로써 완성된다. 묵자는 승리 후 돌아올 때 송나라 국경에서 두 번이나 수색을 당하고 도성에 이르러 '모금구국대'에 의해 봇짐을 빼앗기고 소나기를 만나 감기로 10여 일 동안 코가 막힌다. 이는 이상적인 인성을 체현한 인물들의 말로를 상징적으로 보여주며, 영웅을 배양하거나 수용하지 못하는 중국 현실에 대한 강렬한 풍자적 의미를 띠고 있다.

이상적인 인성의 탐색 이외에 전통 사상에 대한 비판과 풍자도 『고사신편』이 담고 있는 주요한 주제이다. 「출관」은 노자의 '무위(無爲)'의 사상을 풍자하고, 「기사」는 장자의 생사를 초월하려는 '제사생(齊死生)'의 사상을 풍자하며, 「채미」는 고죽군(孤竹君)의 두 아들 백이(伯夷)와 숙제(叔齊)가

지닌 유가 사상의 자가당착을 비판 · 풍자하고 있다. '고사신편(故事新編)'은 제목에서 알 수 있듯이, '옛이야기(故事)'를 '새로 엮은(新編)' 것이다. '옛이야기'란 기존의 신화적 · 역사적 내용을 가리키며 그것을 '새로 엮는다'는 것은 재구성을 의미한다. 루쉰은 기존의 이야기를 재구성해 풍자하고 조롱함으로써 그 가치를 전복하는 효과를 노린 것이다. 특히 루쉰은 이러한 신화적 · 역사적 내용을 재구성하면서 '익살(油滑)'의 방법을 적극적으로 운용함으로써 강렬한 풍자적 의미를 띠도록 했다. 「이수」에서 '대학', '셰익스피어', '모던'이라는 말이 등장하고, 「채미」에서 '양로원', '예술을 위한 예술', '문학개론'이라는 말이 등장하며, 「기사」에서는 '호루라기', '순사'가 나온다. 작가는 이러한 현실적 요소를 개입시켜 '익살'을 부림으로써 전통 사상의 운명을 풍자적으로 묘사하고 있다.

한편 루쉰은 '익살'의 방법으로 현실의 구체적인 사실과 인물에 대한 간접적인 풍자를 곳곳에 배치해놓았는데, 이것도 『고사신편』의 두드러진 특징이다. 루쉰은 1935년 3월에 쓴 「농담하기(尋開心)」라는 글에서 "이 '농담도 하고 놀리기도 하는 것', 이것이 바로 중국의 많은 괴이한 현상들의 자물쇠를 여는 열쇠인 것이다"[36]라고 했다. 루쉰은 『고사신편』을 통해 역사 텍스트 내에 현실 텍스트를 풍자적으로 삽입함으로써 중국의 괴이한 현상들을 들추어내기 위한 농담과 놀리기를 구체적으로 보여주고 있는 것이다. 여왜의 두 다리 사이에 옛 의관(衣冠)을 갖춘 작은 남자의 출현, 봉몽(逢蒙)의 형상, '문화산(文化山)' 학자들의 토론, '기굉국(奇肱國)'의 나는 수레(飛車)의 등장, '소품 문학가(小品文學家)'의 언설 등이 그러한 예에 해당한다.

요컨대, 『고사신편』은 '옛이야기를 새로 엮는' 방식으로 중국의 역사(신화) 인물과 전통 사상에 대한 새로운 사고를 제공해줄 뿐만 아니라 현실에

36 魯迅, 「尋開心」, 『且介亭雜文二集』, 『魯迅全集(6)』, 272쪽.

대한 비판적 인식을 가능케 해준다. 그래서 『고사신편』은 '익살' 부리기에 의해 역사와 현실이 뒤섞이고 '무물(無物)과 등가'인 역사와 현실이 끊임없이 해체되고 재구성되는 공간인 셈이다.

제6장

백화 신시의 출현과 다양한 신시 유파의 등장

제1절 시 형식의 해방과 백화 신시

『시경(詩經)』, 『초사(楚辭)』로부터 시작하는 중국 전통시는 오랜 기간 동안 발전해오면서 근체시와 같은 완전한 형식을 갖추어 부동의 지위를 차지해왔다. 청 말에 이르러서야 탄쓰퉁(譚嗣同), 샤쩡유(夏曾佑), 량치차오(梁啓超), 황쭌셴(黃遵憲) 등이 제창한 '시계혁명(詩界革命)'에 의해 그 변화가 시작되었다. 시계혁명은 일정한 한계를 지닐 수밖에 없었으니, 그것은 형식 면에서 전통시의 구격률을 완전히 타파하지 못하고 구시체(舊詩體)의 틀 내에서 '신사상(新思想)', '신의경(新意境)', '신명사(新名詞)'를 집어넣는 데 그쳤기 때문이다. 청 말의 '시계혁명'은 혁명이라는 이름을 달고 있었지만 그 실질은 전통시의 범위 내에 제한되어 있었다. 결국 문학혁명 이후 백화(白話) 신시(新詩)가 등장하면서 중국 시는 완전히 새로운 국면을 맞이하게 된다.

문학혁명이 제기된 이후 창작 면에서 가장 먼저 주목을 받은 분야는 시였다. 백화문을 문학의 언어 도구로 확정하려는 문학혁명은 백화시의 창작을 가장 중요한 문학적 실천으로 간주했다. 왜냐하면 산문은 백화로 지을 수 있지만 운문 또한 백화로 지을 수 있는가 하는 것은 대단히 중요한 실험이었기 때문이다. 후스(胡適)가 만년에 "신문학은 신시로부터 시작되었다. 최초 신문학의 문제는 바로 신시의 문제였고 시의 문자의 문제였다"[1]라고 언급한 것은 이를 증명한다. 당시 신문학은 대체로 희극 · 소설 · 시 장르가 중심이었는데, 희극과 소설을 백화로 짓는 문제는 상대적으로 큰 도전을 받지 않았다. 사회적으로 널리 환영받고 있던 '피황(皮黃)', '진강(秦腔)'과 같은 전통 희극도 백화를 사용했고, 사람들이 즐겨 보던 『홍루몽』, 『수호전』과 같은 소설도 백화를 사용했기 때문이다. 더욱이 중국인들은 희극과 소설은 '천박하고 소일거리에 지나지 않는다'고 여겨 '인력거꾼이나 장사치들'이 사용하는 백화로 지어도 무방하다고 생각했다. 그렇지만 시에 대해서는 전혀 다른 심리를 가지고 있었다.[2] 수천 년 동안 발전해오면서 이미 완전무결하게 정제된 격률을 갖추고 있던 문언의 전통시를 버리고 전혀 새로운 백화시를 완성한다는 것은 그만큼 어려운 일이었다.

백화 신시의 완성을 위해서는 먼저 사상적으로 시란 격률이 있어야 한다는 속박에서 벗어나야만 했다. 후스는 「신시를 말함(談新詩)」이라는 글에서 시 형식의 해방을 이렇게 강조했다.

> 신문학의 언어는 백화이고, 신문학의 문체는 자유롭고 격률에 구속되지 않

1 胡適, 「新文學 · 新詩 · 新文字」, 『胡適學術文集 · 新文學運動』, 姜義華 主編(中華書局, 1993), 280쪽.

2 俞平伯, 「社會上對于新詩的各種心理觀」(『新潮』 第3卷 第1號, 1919. 10), 『中國現代詩論』 上編, 楊匡漢 · 劉福春 編(花城出版社, 1991), 18쪽 참조.

는 것이다. …… 형식상의 속박은 정신을 자유롭게 발전시킬 수 없고 훌륭한 내용을 충분히 표현할 수 없게 만든다. 만약 어떤 새로운 내용과 새로운 정신을 가지게 하려면 먼저 정신을 속박하는 족쇄와 수갑을 타파하지 않을 수 없다. 이 때문에 중국의 최근 신시운동은 일종의 '시 형식의 대해방'이라 부를 수 있다. 이 같은 시 형식의 해방이 있어야만 풍부한 재료, 정밀한 관찰, 높고 깊은 이상, 복잡한 감정이 비로소 시 작품 안에서 내달릴 수 있다. 5·7언 8구의 율시는 결코 풍부한 재료를 수용할 수 없고, 28자의 절구는 결코 정밀한 관찰을 써낼 수 없으며, 길이가 일정한 7언·5언은 결코 높고 깊은 이상과 복잡한 감정을 구성지게 표현해낼 수 없다.[3]

그래서 후스는 5언·7언의 시 형식을 타파할 것과 전통적인 사곡(詞曲) 격률의 속박에서 벗어날 것을 주문했다. 격률, 평측(平仄), 장단에 구애받지 말고, 쓰고 싶은 대로 자유롭게 시를 창작해야 한다고 역설했다. 후스가 시 형식의 해방을 먼저 주장한 것은 진화론적 관점에서 『시경』 이래 중국 시의 변천 과정을 '시 형식의 해방(詩體解放)'의 역사로 간주하고 전통적인 격률을 타파한 백화 신시가 역사 진화의 필연적 추세라고 보았기 때문이다.

후스는 「신시를 말함」에서 '시 형식의 해방'의 의미를 강조한 다음 백화 신시의 창작 방법을 구체적으로 제시했다. 그는 소극적으로는 무병신음(無病呻吟)하지 않고 적극적으로는 낙관주의를 시 속에 담아야 한다고 주

3 胡適, 「談新詩」, 『胡適文存』, 『胡適文集(2)』(北京大學出版社, 1998), 134쪽. "新文學的語言是白話的, 新文學的文體是自由的, 是不拘格律的 …… 形式上的束縛, 使精神不能自由發展, 使良好的內容不能充分表現. 若想有一種新內容和新精神, 不能不先打破那些束縛精神的枷鎖鐐銬. 因此, 中國近年的新詩運動可算得是一種'詩體的大解放'. 因爲有了這一層詩體的解放, 所以豊富的材料, 精密的觀察, 高深的理想, 複雜的感情, 方才能跑到詩裏去. 五七言八句的律詩決不能容豊富的材料, 二十八字的絶句決不能寫精密的觀察, 長短一定的七言五言決不能委婉達出高深的理想與複雜的感情."

장했다. 음절(音節)에 대해서는, 오로지 어기(語氣)의 자연스러운 리듬에 의지하고, 매 구 내에서 사용 글자의 자연스러운 화해(和諧)를 추구하며 평측은 중요하지 않다고 했다. 용운(用韻)에 대해서는 세 가지 자유를 제시했는데, 현대적인 운을 사용하고, 평측을 상호 압운하고, 물론 운자가 있으면 좋지만 운자가 없어도 무방하다고 했다. 방법(方法)에 대해서는, 반드시 구체적인 작법(做法)을 사용해야 하며 추상적인 설법(說法)을 사용해서는 안 된다고 했다. 전통적인 시 형식을 타파하고 사실적인 묘사를 중시할 것을 주장한 후스의 백화 신시의 창작 방법은 당시 '시 창작과 비평의 금과옥조'[4]로 여겨졌다.

1918년 1월 『신청년』에 후스, 선인모(沈尹默), 류반눙(劉半農) 세 사람의 백화 신시가 최초로 발표되었다. 이들이 발표한 시는 도합 9편이며, 형식이나 내용 면에서 혁신적인 것이었다. 후스가 발표한 작품은 「일념(一念)」·「비둘기(鴿子)」·「인력거꾼(人力車夫)」·「옮겨가지 않는 그림자(景不徙)」이고, 선인모가 발표한 작품은 「비둘기」·「인력거꾼」·「달밤(月夜)」이고, 류반눙이 발표한 작품은 「종이 한 장 차이(相隔一層紙)」·「샤오후이의 돌날 조각상을 만들고 나서(題小蕙周歲日造像)」 등이다. 이 중에서 후스의 「일념」을 예로 들어보자.

나는 태양 둘레를 도는 지구를 비웃는다, 하루 밤낮을 한 바퀴 회전할 뿐이므로;

나는 지구 둘레를 도는 달을 비웃는다, 아무래도 영원히 화합할 수 없으니;

나는 수천수만의 크고 작은 별들을 비웃는다,

아무래도 자기 궤도를 벗어날 수 없으니;

나는 일 초에 오십만 리를 달리는 무선 전신을 비웃는다,

4 朱自淸,「導言」,『中國新文學大系 · 詩集』, 朱自淸 編選(良友圖書公司, 1935), 2쪽.

아무래도 내 자그마한 마음속 일념(一念)에 비길 바 아니므로!
내 마음속 일념은
죽간항(竹竿巷) 마을로부터 순간 죽간첨(竹竿尖) 산에 이르고;
순간 허드슨 강 위에 있고, 순간 카야 호숫가에 있다;
내가 만약 진정 사무치는 그리움에 빠져 있다면,
일 분에 삼천만 번 지구를 두루 돌리라!

我笑你繞太陽的地球, 一日夜只打得一個回旋;
我笑你繞地球的月亮, 總不會永遠團圓;
我笑你千千萬萬大大小小的星球,
總跳不出自己的軌道線;
我笑你一秒鐘走五十萬里的無線電,
總比不上我區區的心頭一念!
我這心頭一念:
才從竹竿巷, 忽到竹竿尖;
忽在赫貞江上, 忽在凱約湖邊;
我若眞個害刻苦的相思,
便一分鐘繞遍地球三千萬轉!

후스는 이 시를 처음 발표할 때 '후기'를 덧붙여 "올해 베이징의 죽간항(竹竿巷)에서 살게 되었는데, 어느 날 갑자기 죽간항 때문에 죽간첨(竹竿尖)이 떠올랐다. 죽간첨은 고향 집 뒤에 있던 가장 높은 산 이름이다. 이 때문에 이 시를 지었다"라고 했다. '죽간항' 마을에 살게 되면서 이름이 비슷한 고향 집 뒷산 '죽간첨'이 연상되어 이 시를 짓게 되었다는 설명이다. 후스는 이 시에서 '마음속 일념'의 무한한 속도와 자유자재의 연상이 가능함을 묘사함으로써 인간의 상상의 위력을 노래하고 있다. 이 시는 전통적인 시

형식을 완전히 타파한 파격적인 백화시라는 점에서 대담하고 실험적인 창작이었다. 그렇지만 이 시는 초기의 시험적인 백화시였던 만큼 함축미가 약하고 산문화 경향이 뚜렷하다고 할 수 있다.

1918년 8월 『신청년』 제5권 제2호에 발표된 선인모의 「삼현금(三弦)」은 좀 더 발전된 면모를 보여준다.

> 한낮에, 불길 같은 태양이, 거침없이, 긴 거리를 내리쬔다.
> 고요한 거리엔 인적도 끊긴 채, 산들바람만, 길가의 버들을 쓰다듬는다.
>
> 뉘 집 부서진 대문 틈새로, 뜰에 자란 파란 잔디가, 금빛으로 반짝인다.
> 가장자리엔 낮은 토담이 둘러쳐지고, 삼현금 타는 사람을 가리고 있지만, 삼현금의 일렁이는 음파를 막지는 못한다.
>
> 문 밖엔 해진 옷자락의 노인이 앉아서, 머리를 부여잡은 채, 숨소리 죽이고 있다.
>
> 中午時候, 火一樣的太陽, 沒法遮攔, 讓他直曬着長街上.
> 靜悄悄少行人路, 只有悠悠風來, 吹動路旁楊樹.
>
> 誰家破大門裏, 半院子綠茸茸的細草, 都浮着閃閃的金光.
> 旁邊有一段低低的土牆, 擋住了個彈三弦的人, 却不能隔斷那三弦鼓蕩的聲浪.
>
> 門外坐着一個穿破衣裳的老年人, 雙手抱着頭, 他不聲不響.

후스는 당시 이 시를 두고 "견해(見解)와 의경(意境) 면에서 그리고 음절(音節) 면에서 신시 중 가장 완전한 시라 할 수 있다"라고 평가한 바 있다.[5] 후스의 분석에 근거해 이 시 제2연의 '旁邊……'으로 시작하는 구의 운율을 보자. '旁邊'은 쌍성(雙聲)이고, '有一'도 쌍성이고, '段'·'低'·'低'·'的'·'土'·'擋'·'彈'·'的'·'斷'·'蕩'·'的' 등 11개 글자도 모두 쌍성인데, 이들은 삼현금의 울림을 모사하고 있다. 그리고 '擋'·'彈'·'斷'·'蕩' 4개의 양성(陽聲)의 글자와 7개의 음성(陰聲)의 쌍성자(雙聲字, 즉 '段'·'低'·'低'·'的'·'土'·'的'·'的')를 엇섞어 사용함으로써 삼현금의 풍부한 음악적 미감을 살리고 있다.[6] 「삼현금」은 후스가 말한 '자연스러운 리듬' 또는 '자연스러운 화해(和諧)'를 잘 구현하고 있는 작품이라 할 수 있다. 이 시는 주로 경치를 묘사하고 마지막에 특정한 경치를 배경으로 해서 가난하고 고독한 한 노인을 형상화하고 있는데, 백화시도 함축미가 풍부해 '의경'을 창조해낼 수 있음을 증명해준 작품이다. 원경에서 근경으로 이어지고 대비를 통해 빈부와 허실을 부각시키고 있어 비교적 성공적인 시적 구성을 보여준다. 삼현금을 타는 사람과 악곡의 구체적 내용이 무엇인지 밝혀지지 않았지만, 대비 속에서 음악에 도취된 고독하고 가난한 노인의 형상이 선명하게 다가온다.

초기 백화시는 대체로 사실주의 경향이 두드러졌다. 「삼현금」의 예에서도 알 수 있듯이, 제재 면에서 주로 사회 현상과 인생 문제를 서술한 것이 초기 백화시의 특징이다. 후스가 제시한 이른바 "반드시 구체적인 작법(做法)을 사용해야 하며 추상적인 설법(說法)을 사용해서는 안 된다"는 방법을 따르는 것이기도 했다.[7] 초기 백화시는 사회 현상을 묘사한 사실주의 경향의 작품이 많은데, 후스의 「인력거꾼」, 캉바이칭(康白情)의 「여공

5 胡適, 「談新詩」, 『胡適文存』, 『胡適文集(2)』, 141쪽 참조.

6 중국어에서 쌍성(雙聲)은 글자의 첫소리가 같은 것을 가리키는데, 예컨대 '方法'[fāng fǎ], '公告'[gōng gào]가 이에 해당한다. 양성(陽聲)은 [n]·[m]·[ng]의 콧소리로 끝나는 글자를 가리키며, 음성(陰聲)은 그 밖의 모음으로 끝나는 글자를 가리킨다.

7 茅盾, 「論初期白話詩」, 『中國現代詩論』 上編, 310쪽 참조.

의 노래(女工之歌)」, 류반눙의 「무 파는 사람(賣蘿卜人)」과 「종이 한 장 차이」 등이 그에 속한다. 이 중에서 류반눙의 「종이 한 장 차이」를 보자.

방 안엔 화로를 피워놓고,
주인 나리가 창문 열라 과일 사와라 분부한다.
"날씨도 춥지 않은데 불을 너무 지폈어,
사람 쪄 죽이는군" 중얼거리는데,

집 밖엔 거지 하나 누워서,
부들부들 이를 떨며 북풍을 마주하고 "사람 죽이누나!" 외친다.
가련히도 집 밖과 방 안 사이엔,
얇은 종이 한 장 가로놓여 있을 뿐이다!

屋子裏擺着爐火,
老爺吩咐開窗買水果,
說"天氣不冷火太熱,
別任他烤壞了我,"

屋子外躺着一個叫化子,
咬緊了牙齒, 對着北風呼"要死!"
可憐屋外與屋裏
相隔只有一層薄紙!

이 시는 부자와 거지의 현실을 대비적으로 묘사해 사회의 어두운 면과 불합리한 측면을 형상화한 작품이다. 빈부의 차이를 '얇은 종이 한 장'으로 표현함으로써 시인의 인도주의적 관점을 적절히 드러내고 있다. 하지만 묘사가 너무 직접적이어서 시적 기교에 성공한 작품으로 보기는 어렵다. 사실 사회 현상을 묘사한 초기 백화시 중에서 시적 기교에 성공한 작품은 그리 많지 않다. 사회 문제를 너무 직설적으로 표현함으로써 여운이 적은 폐단을 가지고 있었기 때문이다. 마오둔(茅盾)의 말을 빌리면, "너무 명쾌해 깊이가 부족한"[8] 것이었다.

중국 최초의 신시 시선집이라 할 수 있는 『신시년선(新詩年選)』이 1919년에 출판되었는데, 그 속에는 시인 41명의 시 90수가 수록되었다. 이 시선집에 수록되지 않은 신시까지 포함하면 1917년부터 1919년까지 발표된 작품이 대략 500여 편에 이른다고 한다. 이들 백화 신시는 전통시의 속박에서 벗어나서 자유롭게 시인의 사상과 감정을 표현하려는 시 형식의 해방을 구체적으로 실천한 것이었다. 1920년 1월에는 신시사(新詩社)의 『신시집(新詩集)』 제1편이 출판되었는데, 여기에는 시인 15인의 신시 105수가 실렸다. 곧이어 1920년 3월에는 최초의 개인 시집인 후스의 『상시집(嘗試集)』이 출판되어 수많은 독자들을 확보하게 되었다. 량치차오마저 출판된 지 얼마 되지 않은 『상시집』을 읽고 대단히 흥분해 후스에게 보낸 편지에서 "『상시집』을 읽고 나서 좋아하고 감탄해 마지않으니 나는 그대의 성공을 축하하네"라고 했을 정도이다.[9] 후스의 『상시집』은 당시 신시 보급에 가장 크게 기여한 시집이었다.

초기 신시 창작의 주요 작가는 후스, 선인모, 류반눙 이외에도 위핑보(俞平伯), 캉바이칭(康白情), 류다바이(劉大白), 저우쭤런(周作人), 주쯔칭(朱自淸) 등이 있다. 초기 백화시는 실감(實感)을 중시하고 상상(想象)을 중시하지 않는 예술적 특징을 보이며 사실주의적 경향이 두드러졌다. 어떤 작품은 실생활을 사실처럼 형상화했는데, 구체적인 생활 정경을 백묘(白描) 방

---

8 茅盾, 「論初期白話詩」, 『中國現代詩論』 上編, 311쪽 참조. "明快有餘而深刻不足."

9 胡明 編注, 「前言」, 『胡適詩存』(人民文學出版社, 1989), 5쪽 참조.

식으로 묘사해 사회 인생을 표현했다. 어떤 작품은 생활 느낌을 소박하게 묘사했는데, '사물에 감흥을 기탁하는(托物寄興)' 방식으로 사회 인생에 대한 시인의 사색을 표현했다. 전자의 대표작으로는 류반눙의 「종이 한 장 차이」·「견습생의 어려움(學徒苦)」·「대장장이(鐵匠)」, 류다바이의 「천 파는 노래(賣布謠)」·「논 주인이 오다(田主來)」·「뻐꾸기 (布谷)」, 후스의 「인력거꾼」, 주쯔칭의 「작은 배 안의 현대(小船裏的現代)」, 캉바이칭의 「풀(草兒)」 등을 들 수 있다. 후자의 대표작으로는 후스의 「비둘기(鴿子)」·「나비(蝴蝶)」·「까마귀(老鴉)」, 선인모의 「달밤」, 저우줘런의 「작은 강(小河)」 등을 들 수 있다.

초기 백화시의 또 다른 공통점은 설리(說理)에 치우쳤다는 점이다. 5·4 시기는 사상 해방의 시대였던 만큼 '설리'에 치우친 것은 시대정신의 산물이라 할 수 있다. 더욱이 시인들은 사회 인생을 표현할 때 대체로 인상적으로, 방관자적 입장에서, 동정적으로 표현했으며 '자아'를 작품 속에 융합시키는 경우는 드물었다. 그래서 일반적으로 초기 백화시는 강렬하고 격렬한 감정이 부족하고 의경(意境)이 소박하고 평담하다는 평가를 받는다. 또한 시 형식 면에서 초기 백화시는 산문화의 경향이 뚜렷했다. 시의 내재적 자연 리듬을 중시하고 운(韻)을 사용하지 않았으며 감정의 기복에 따라 장단의 구식(句式)을 바꾸어나가는 특징을 가지고 있었다.

시 장르는 중국 문학사에서 수천 년간 가장 중요한 지위를 차지하며 수많은 시인들에 의해 창작되었다. 문언의 전통시는 모두 구법(句法)이 정제되어 있고 운각(韻脚)이 엄격한 작품이었다. 그런데 갑자기 그동안 '벼슬아치 선생들이 말하기 꺼려했던(搢紳先生難言之)' 백화를 사용해 '대대로 계승되어온(師師相承)' 정통의 문언을 대체하려 했으니 사람들이 '황당무계하다'거나 '터무니없다'고 한 것은 당연한 일이었다. 게다가 '시 형식의 대해방'을 부르짖으며 운이 없는 산문시를 지으려 했고, 전통적인 시의 소재를 바꾸어 사회의 여러 가지 생활 상태와 군중 운동—파업과 시위 등—을 묘사했으므로 사람들은 쉽게 받아들이기 어려웠다.[10] 실제로 초기 백화 신시는 『상시집』의 시집 제목에서도 알 수 있듯이 실험적인 측면이 강해 시적으로 크게 성공한 것은 아니었다. 그렇지만 그것은 전통 형식과 내용으로부터 완전히 탈피하여 새로운 형식과 내용을 제시해 중국 현대 신시 발전의 기초를 다져놓았다는 점에서 높이 평가해야 한다.

제2절 궈모뤄(郭沫若)의 『여신』

초기 백화시 시인들은 대단한 열정을 가지고 창작에 임했으나 곧바로 훌륭한 작품을 생산한 것은 아니었다. 초기 백화시를 지은 후스와 류반눙, 선인모, 위핑보 등은 '시 형식의 해방'을 부르짖었으나 구문학의 영향으로부터 완전히 자유롭지는 못했다. 볜즈린(卞之琳)이 이 "선각자들은 사실상 서양 시를 어떻게 쓰는지 이해하지 못했고, 백화시를 쓰는 것조차도 기본적으로는 시(詩)·사(詞)·곡(曲)의 기존 격식을 벗어나지 못했다"[11]라고 했듯이 초기 백화시 시인들은 일정한 한계를 지니고 있었다. 그렇지만 위핑보는 초기 백화시의 결함을 일시적인 현상으로 판단하고 "신시는 현재 비록 유치하지만 성장할 수 있는 가능성이 크다. 비록 완미(完美)하지는 않지만 진보하려고 노력한다면 완미하게 할 수 있다"[12]고 했다. 그리고 마침내 신시의 결함을 보완해 완미한 신시 작품을 처음으로 완성한 시인이 나타났으니, 그가 바로 궈모뤄(郭沫若, 1892-1978)이다.

---

10 兪平伯, 「社會上對于新詩的各種心理觀」(『新潮』 第3卷 第1號, 1919. 10), 『中國現代詩論』 上編, 18-19쪽.

11 卞之琳, 「新詩與西方詩」, 『詩探索』 第4期(1981).

12 兪平伯, 「社會上對于新詩的各種心理觀」(『新潮』 第3卷 第1號), 『中國現代詩論』 上編, 22쪽.

1921년에 들어서면서 중국 시단은 크게 활기를 띠었다. 1921년 8월에 궈모뤄라는 시인이 나와 시집 『여신(女神)』을 내면서 신시의 가능성을 구체적으로 증명해 보였기 때문이다. 궈모뤄는 『여신』에서 광명과 힘을 노래했으며, 미래에 대한 낙관, 상승과 진보의 정신을 노래했다. 보통 『여신』은 초기 백화시의 실험 시기를 끝내고 중국 신시 발전에서 새로운 자유시 시대를 개척한 것으로 평가된다. 침종사(沈鐘社)의 시인 펑즈(馮至)는 "『여신』이 있었기에 나는 시를 어떻게 써야 하는지⋯⋯ 마땅히 어느 방향으로 노력해야 하는지 분명히 알게 되었다"[13]라고 하여 『여신』이 그의 시 창작의 모범이 되었음을 밝힌 바 있다.

5·4시기는 새로운 탄생을 노래하고 이상이 충만한 시대였다. 소박해 상상력이 부족하고, 평담해 감정의 깊이가 부족한 초기 백화시는 5·4시대정신을 충분하게 반영할 수 없었다. 신시의 발전을 위해서는 새로운 사상 내용과 표현 수법뿐만 아니라 좀 더 철저한 시 형식의 해방이 필요했다. 창조사(創造社)의 이론가인 청팡우(成仿吾)는 문학과 시가(詩歌)의 서정적인 본질을 강조해 "문학은 언제나 정감을 생명으로 하며, 정감은 바로 그것의 처음과 끝이다. 적어도 시가에 대해서 우리는 이렇게 말할 수 있다. 시의 전체는 시가 전달하는 정서의 깊이가 우열을 결정하며, 또한 한 구절 한 글자 역시 반드시 정감의 빈부를 선택의 표준으로 삼아야 한다"[14]라고 했다. 궈모뤄는 '순수한 내재율'을 지니는 자유시를 지향하면서 서정(抒情)과 상상을 강조했다. 그는 "시의 본분은 오로지 서정에 있다", "시라는 것은 바로 정서 자체의 표현이다"라고 하고 '시의 예술'을 수학적인 공

13 馮至,「我讀『女神』的時候」,『郭沫若專集』, 郭沫若 著(四川人民出版社, 1984), 471쪽.

14 成仿吾,「詩的防御戰」(『創造週報』 第1號, 1923.5.13),『中國現代詩論』上編, 69쪽. "文學始終是以情感爲生命的, 情感便是他的終始. 至少對于詩歌我們可以這樣說. 不僅詩的全體要以他所傳達的情緒之深淺決定他的優劣, 而且一句一字亦必以情感的貧富爲選擇的標準."

식으로 표현해 "시 = (직각 + 정조 + 상상) + (적당한 문자)"라고 했다.[15] 청팡우와 궈모뤄가 '서정'을 중시하고 '상상'을 시의 기본적인 예술 특징으로 삼은 것은 신시 창작의 큰 진전이라 할 수 있다.

궈모뤄가 보기에 시의 본분은 오로지 서정과 자아표현에 있었다. 그는 시인의 순수한 직관을 중시해 "시는 '지어내는(做)' 것이 아니라 '써내는(寫)' 것이다"라고 강조했다. 더욱이 시 창작의 원리를 이렇게 주장했다.

> 우리의 시는 우리 마음속의 시의(詩意)·시경(詩境)적인 순수한 표현, 생명의 샘에서 흘러나오는 Strain, 심금에서 울려 나오는 Melody, 생의 떨림, 영혼의 부르짖음이라야만, 바로 진정한 시요 좋은 시이며, 바로 우리 인류의 기쁨의 원천이요 도취의 미주(美酒)요 위안의 천국이다.[16]

이러한 궈모뤄의 시 창작 이론을 가장 잘 구현하고 있는 시집이 그의 『여신』이다. 『여신』은 서시를 제외하면 모두 56수로 되어 있다. 이 중에서 시기적으로 가장 빠른 것은 1918년 초여름에 씌어진 것이고, 1921년 일본에서 귀국한 후에 씌어진 작품도 있지만 대부분 시인이 일본에서 유학하던 1919년부터 1920년까지 2년 동안 쓴 것이다. 그래서 『여신』은 5·4운동의 시대적 산물이라 할 수 있다. 원이둬(聞一多)는 궈모뤄의 시를 이렇게 평가했다.

> 신시를 논한다면 궈모뤄 군의 시가 신시에 어울린다. 예술 면에서 그의 작품은 구시사(舊詩詞)와의 거리가 가장 멀며, 가장 중요한 것은 그의 정신이 완

15 郭沫若, 「論詩三札」, 『郭沫若選集』 第四卷(人民文學出版社, 1997), 383-384쪽 참조. "詩的本職專在抒情." "詩的文字便是情緒自身的表現." "詩 = (直覺 + 情調 + 想象) + (適當的文字)."

16 郭沫若, 「論詩三札」, 『郭沫若選集』 第四卷, 382쪽.

전히 시대정신, 즉 20세기의 시대정신이었다는 점이다. 어떤 사람은 문예 작품은 시대의 산물이라고 하는데, 『여신』은 진정 시대의 초상이라고 해도 부끄럽지 않다.[17]

또한 원이둬는 20세기를 '동적인 세기(動的世紀)', '반항의 세기(反抗的世紀)'로 규정하고 『여신』에는 바로 이러한 정신이 가장 잘 구현되어 있다고 평가했다.[18] 주쯔칭은 중국의 전통시에 없는 궈모뤄 시의 두 가지 특징을 '범신론'과 '20세기의 동적이고 반항적인 정신'으로 요약한 바 있는데,[19] 자연을 신(神)이자 친구로 삼은 것은 궈모뤄의 시가 처음이며, 동적이고 반항적인 낭만주의 정신을 구현한 것도 궈모뤄의 시가 처음이다. 궈모뤄가 그의 친구이자 시인인 쭝바이화(宗白華)에게 보낸 다음의 편지를 보면, 산문적 진술을 통해 표명된 시인의 범신론적 경향과 낭만주의 정신을 일별할 수 있다.

기차가 새파란 들녘을 질주하는데, 마치 용맹스럽고 침착하고 굳센 소년이 희망으로 가득 찬 미래를 향해 애써 내달리는 것과 같다. 날아라! 날아라! 일체의 새파란 생명, 찬란한 광파(光波)가 우리의 눈앞을 춤추며 날고 있다. 날아라! 날아라! 나 자신은 이 광대하고 웅혼한 리듬(rhythm) 속으로 융화된다! 나는 기차 전체와, 대자연 전체와 완전히 합쳐져서 하나가 된다! 차창에 기대어 휘돌며 춤추는 자연을 바라보며 쿵쾅쿵쾅 기차 바퀴의 내달리는 소리를 듣고 있노라니, 통쾌하고 통쾌하다!"[20]

---

17 聞一多, 「『女神』之時代精神」(『創造週報』 第四號, 1923. 6. 3), 『中國現代詩論』 上編, 82쪽.

18 聞一多, 「『女神』之時代精神」(『創造週報』 第四號, 1923. 6. 3), 『中國現代詩論』 上編, 82-83쪽 참조.

19 朱自淸, 「導言」, 『中國新文學大系 · 詩集』, 5쪽.

먼저 「천구(天狗)」를 예로 들어 궈모뤄의 시의 특징을 살펴보자.

나는 한 마리 천구(天狗)! 나는 달을 삼켰고, 나는 해를 삼켰고, 나는 모든 별들을 삼켰고, 나는 온 우주를 삼켰다. 나는 곧 나다!

나는 달의 빛, 나는 해의 빛, 나는 모든 별들의 빛, 나는 X 광선의 빛, 나는 온 우주의 Energy의 총량이다!

나는 쏜살같이 달린다, 나는 미친 듯이 부르짖는다, 나는 불타오른다. 나는 사나운 불길처럼 타오른다! 나는 대해(大海)처럼 미친 듯이 부르짖는다! 나는 전기처럼 쏜살같이 달린다! 나는 쏜살같이 달린다, 달린다, 달린다, 나는 내 피부를 벗긴다, 나는 내 살덩이를 먹는다, 나는 내 피를 씹는다, 나는 내 심장과 간을 갉아먹는다, 나는 내 신경 위를 쏜살같이 달린다, 나는 내 척수 위를 쏜살같이 달린다, 나는 내 뇌 위를 쏜살같이 달린다.

나는 곧 나다! 나의 나는 폭발한다!

我是一條天狗呀! 我把月來呑了, 我把日來呑了, 我把一切的星球來呑了, 我把全宇宙來呑了. 我便是我了!

我是月底光, 我是日底光, 我是一切星球底光, 我是X光線底光, 我是全宇宙底Energy底總量!

我飛奔, 我狂叫, 我燃燒. 我如烈火一樣地燃燒! 我如大海一樣地狂叫! 我如電

---

20 郭沫若, 「與宗白華書」, 『三葉集』, 田漢 · 宗白華 · 郭沫若 著(上海書店出版社, 1982), 138쪽.

氣一樣地飛跑! 我飛跑, 我飛跑, 我飛跑, 我剝我的皮, 我食我的肉, 我嚼我的血, 我嚙我的心肝, 我在我神經上飛跑, 我在我脊髓上飛跑, 我在我腦筋上飛跑.

我便是我呀! 我的我要爆了!

천구라는 상상의 동물이 해와 달을 삼켜버림으로써 일식과 월식이 일어난다고 생각한 중국의 고대 전설에 착안해, 빛을 발하는 우주의 모든 것들을 삼켜버려 거대해진 한 마리 천구로서의 자아를 형상화하고 있다. 궈모뤄의 범신론 속에서 '나'는 곧 '신'이자 우주 만물을 생성시키는 창조자이다. 이 시에서 궈모뤄는 '나(我)'를 서른아홉 번이나 쓰고 있다. 궈모뤄의 '자아긍정'은 그가 열렬히 좋아했던 미국 시인 월트 휘트먼의 영향을 받았다. 또한 괴테의 영향도 무시할 수 없는데, 괴테의 『파우스트』는 자아발전과 자아확장의 역사를 담고 있어 궈모뤄에게 큰 영향을 끼쳤다. 게다가 궈모뤄는 중국의 전통적인 유가와 도가 사상을 자아확장론으로 해석하기도 했는데, "일체의 사업은 자아완성으로부터 출발한다"[21]라고 보았다. 궈모뤄는 자신의 시각을 외부로부터 내부로, 사회 전체로부터 개인의 자아로 돌렸다는 데 특징이 있다. 궈모뤄의 「죽음(死)」이라는 시를 보자.

아아!
　진정한 해탈을 얻으려면,
　죽음만 한 것이 있으랴!
죽음!
　내 언제나 그대를 볼 수 있을런가?
　그대는 나의 연인,

21 郭沫若, 「中國文化之傳統精神」, 『創造週報』 第2號.

나는 젊은 아가씨.

내 마음 그대가 몹시도 보고 싶고,

내 마음 그대가 약간 두렵기도 하다오.

나의 사랑하는 죽음이여!

내 도대체 언제나 그대를 볼 수 있을런가?

噯!

要得眞正的解脫嚇,

還是除非死!

死!

我要幾時才能見你?

你譬比是我的情郎,

我譬比是個年靑的妻子.

我心兒很想見你,

我心兒又有些怕你.

我心愛的死!

我到底要幾時才能見你?

궈모뤄에게 죽음을 위시한 파괴의 정서는 서구 낭만주의 시에서 보이는 그 특징과는 다르다. 다시 말하면 죽음을 동경하는 궈모뤄의 낭만주의적 특징은, 자아와 개성 그리고 절대적인 생명의 희구(希求)가 속악(俗惡)한 세계에 대한 절망, 낭만적 이상향을 찾으려는 희망의 실패를 거쳐 결국 죽음의 동경으로 귀착하는 일반적인 낭만주의적 특징과는 다르다고 할 수 있다. 궈모뤄는 오히려 죽음을 통해 진정한 해탈을 구하고자 했으며, 나아가 죽음을 진정한 재생을 위한 전제로 승화시키고 있다. 「천구」에서 '천구(天狗)'가 빛을 삼키고 자기 육신을 해체한다든지, 「봉황열반(鳳凰涅

槃)」에서 '봉황(鳳凰)'이 스스로 불을 지펴 죽음에 이르고 그 재 속에서 재생한다든지 하는 것은 바로 죽음이 철저한 자기부정의 방법 내지 자기혁명의 기제로 작용하고 있음을 보여준다. 다음으로 「화로 속 석탄: 조국을 그리워하는 마음(爐中煤: 眷念祖國的情緒)」을 살펴보자.

아, 나의 젊은 여인이여!
나 그대의 정성스러운 마음을 저버리지 않으리니,
그대도 나의 그리움을 저버리지 마오.
나는 내 진정 사랑하는 사람을 위해
이렇게 타오르고 있다오!

아, 나의 젊은 여인이여!
그대는 틀림없이 나의 전신(前身)을 알고 있겠지요?
그대는 내가 검은 노예처럼 거칠다고 해서 싫어하진 않겠지요?
내 이 검은 노예의 가슴속에는,
불처럼 타오르는 심장이 있다오.

아, 나의 젊은 여인이여!
내 생각건대 나의 전신은
원래 쓸모 있는 대들보였어요.
내가 땅 밑에 산 채로 묻힌 지 여러 해,
오늘 아침에야 결국 하늘의 빛을 다시 볼 수 있게 되었지요.

아, 나의 젊은 여인이여!
나는 하늘의 빛을 다시 본 때로부터,
나는 항상 나의 고향을 그리워하며,

나는 내 진정 사랑하는 이를 위해
이렇게 타오르고 있다오!

啊, 我年青的女郎!
我不辜負你的殷勤,
你也不要辜負了我的思量.
我爲我心愛的人兒
燃到了這般模樣!

啊, 我年青的女郎!
你該知道了我的前身?
你該不嫌我黑奴鹵莽?
要我這黑奴的胸中,
才有火一樣的心腸.

啊, 我年青的女郎!
我想我的前身
原本是有用的棟梁,
我活埋在地底多年,
到今朝總得重見天光.

啊, 我年青的女郎!
我自從重見天光,
我常常思念我的故鄉,
我爲我心愛的人兒
燃到了這般模樣!

불이 가진 상상력 가운데 가장 보편적인 것은 그것이 생명이나 생의 의지를 나타낸다는 점이다. 궈모뤄의 시에서 '불'은 '불' · '빛' · '열' 등의 형태로 등장하며, 불이 가진 의미는 '파괴' · '창조' · '힘' · '생명' · '투쟁' · '미소' 등 매우 다양하다. 궈모뤄의 시 속에 등장하는 불은 생명의 원천이자 창조력의 상징이다. 대들보로 쓸 재목이었던 자신은 여러 해 동안 땅 밑에 산 채로 묻혀 있다가 이제야 비로소 햇빛을 보게 된 몸이다. 게다가 검고 거칠기까지 한 자신은 관심을 끌 만한 존재도 아니다. 그러나 자신의 불같은 심장은 늘 사랑하는 그녀(조국)를 위해 기꺼이 재가 될 각오로 충만해 있다. 이렇게 본다면 이 시에서 불은 애국 열정을 상징하는 것으로 표현되고 있는 것이다.

『여신』이 나옴으로써 중국 신시는 진정한 자아서정의 주인공 형상을 갖추게 되어 시의 서정성과 시의 개성화가 더욱 뚜렷해졌다. 게다가 기이하고 대담한 상상력이 발휘되고 시 형식이 더욱 철저하게 해방되었다. 궈모뤄의 『여신』은 5 · 4시기 시대정신을 가장 잘 구현했을 뿐만 아니라 신시의 실질적인 성공을 증명하는 것이었던 만큼 중국 신시의 진정한 출발이라 할 수 있다.

제3절 신월파의 신격률시

시 형식의 해방만으로는 독자들을 만족시킬 수는 없었다. 신시를 반대하는 사람들은 "시에서 음운(音韻)과 음절(音節)을 무시한다면 그것은 시로서의 가치를 상실하는 것"이라고 생각했다. 후스는 「신시를 말함(談新詩)」에서 '어기(語氣)의 자연스러운 리듬'이나 '사용 글자의 자연스러운 화해(和諧)'를 강조했으나 그 이론에 부합하는 작품을 창작하지는 못했다. 그리하여 캉바이칭은 "문학에 있어 정서적이고 상상적인 의경(意境)을 음악적으로 묘사해 써내는 이러한 작품을 시라고 부른다"[22]라고 하여 시 형식의 해방이나 격률에 구속되지 않는 것에만 머무를 수 없다는 주장을 폈다. 1923년부터 중국 시단이 다시 적막해진 것도 따지고 보면 자연스러운 '리듬'이나 '화해'라는 이론적인 주장에 부합하는 작품을 생산하지 못했기 때문이다.

창작이 부진하던 1920년대 중반에 중국 시단에서는 형식미와 음악미를 배제함으로써 초래된 신시운동의 침체에서 벗어나려는 노력이 두 갈래로 진행되었다. 하나는 신월파(新月派)를 중심으로 하는 신격률시운동이었고, 다른 하나는 상징파(象徵派)를 중심으로 하는 상징시운동이었다. 신월파는 주로 시의 격률 면에서 시적인 미감을 추구했고, 상징파는 시의 의경(意境) 면에서 시적인 미감을 추구했다. 신월파의 활동이 상징파의 활동보다 시기적으로 앞서므로 신월파의 신격률시운동을 먼저 살펴보자.

주쯔칭은 "최초로 의식적으로 여러 가지 체제(體製)를 실험하며 신격률을 창조하려고 한 사람은 루즈웨이(陸志韋)이다"라고 지적하고 루즈웨이가 그의 시집 『도하(渡河)』에서 외국의 시 형식을 실험해 상당한 성공을 거두었다고 평가했다.[23] 루즈웨이는 영미 시(英美詩)의 특징을 중국 시에 적용시키는 방법을 모색해 신격률시 연구에 기초를 다져놓았다. 그러나 신격률시가 탄생하게 된 것은 아무래도 1926년 4월 베이징의 『신보(晨報)』 부간으로 『시전(詩鐫)』이 창간되면서부터라고 해야 옳을 것이다.

『시전』이 창간됨으로써 시단은 오랜 침체에서 벗어났다. 『시전』에 참가한 시인들은 대체로 1923년에 결성된 문학 단체인 신월사의 성원이었으니, 쉬즈모, 원이둬, 주샹(朱湘)을 중심으로 천멍자(陳夢家), 팡웨이더(方瑋德), 류멍웨이(劉夢葦) 등의 신진 시인들이 주축이었다. 이들 신진 시인은

22 康白情, 「新詩底我見」(『少年中國』 1卷 9期), 『中國現代詩論』 上編, 33쪽.

23 朱自淸, 「導言」, 『中國新文學大系 · 詩集』, 6쪽 참조.

시 창작뿐만 아니라 시 연구를 병행했다. 이들은 중국 신시가 한계에 이른 것은 '시 형식의 해방'만을 추구하고 '음률'을 무시한 데에 그 원인이 있다고 보았다. 쉬즈모는 「시전 변언(詩鐫弁言)」에서 신시의 새로운 창조를 위해 열심히 노력할 것을 선언하고, 어떤 흥취가 일어날 때 붓 가는 대로 써 내려가는 것을 시라 할 수는 없다고 지적했다.

> 우리의 책임은 사상과 영혼을 위해 적당한 형체를 만들어주는 것이며, 이것이 바로 시문과 각종 미술의 새로운 격식과 새로운 음절의 발견이다. 우리는 완미한 형체는 완미한 정신의 유일한 표현임을 믿는다.[24]

이 글은 신월사 시인들이 제창한 신격률시의 선언에 해당하는 것이었다. 신월사 시인들은 신시의 격률을 만들어내고자 했는데, 그들 대부분이 미국이나 유럽에서 유학한 경험이 있어 서양 시의 격률을 중국 신시에 도입하려는 의도를 가지고 있었다. 그래서 그들은 시의 형식미를 중시해 그것을 '화해(和諧)'와 '균제(均齊)'로 정의하고, 고전시의 엄격하고 고정된 격률은 배제하되 좀 더 자유롭고 다양한 격률을 만들려고 노력했다. 이때부터 중국 신시는 새로운 단계로 접어들었다. 원이둬의 「죽은 물(死水)」을 보자.

> 이는 절망의 웅덩이 죽은 물,
> 맑은 바람 불어도 잔물결 전혀 일지 않는다.
> 부서진 구리와 썩은 고철을 더 던져버리고,
> 아예 너의 먹다 남은 반찬과 국을 뿌리는 것이 낫겠다.

---

24 徐志摩, 「詩鐫弁言」(『晨報副刊 · 詩鐫』 第1號), 『中國現代詩論』 上編, 120쪽.

아마 구리는 파랗게 비취가 될 것이고,
쇠 깡통에는 녹이 슬어 복사꽃이 피어날 것이다.
더욱이 기름때는 한 겹 비단 수를 이루고,
곰팡이는 거기서 구름 노을로 피어난다.

썩은 물이 웅덩이 녹색 술로 빚어지니,
진주 같은 하얀 거품이 몽실몽실 솟아오른다.
작은 진주들은 웃으며 큰 진주로 변하고,
다시 술 훔치는 모기에게 물려 터진다.
……

這是一溝絶望的死水,
淸風吹不起半點漪淪.
不如多扔些破銅爛鐵,
爽性潑你的剩菜殘羹.

也許銅的要綠成翡翠,
鐵罐上銹出幾瓣桃花;
再讓油膩織一層羅綺,
霉菌給他蒸出些雲霞.

讓死水酵成一溝綠酒,
飄滿了珍珠似的白沫;
小珠笑一聲變成大珠,
又被偸酒的花蚊咬破.
……

이 시는 '죽은 물(死水)'의 형상을 빌려 당시 중국 현실에 대한 시인의 절망과 격분의 감정을 표현해내고 있다. 시인은 '죽은 물'의 형상을 '비취', '복사꽃', '비단', '구름 노을', '녹색 술', '진주' 등과 같은 아름다운 시어로 표현함으로써 대비 효과를 통해 '죽은 물'의 추악한 진면목을 드러내고 있다. 또한 시인은 현실에 대한 절망의 정서를 직접 쏟아내지 않고 절제해 '죽은 물'의 이미지를 통해서 상징적으로 표현하고 있다. 이 시는 신격률 형식의 전형적인 특징을 잘 보여주고 있는 작품으로 평가된다. 우선 이 시는 아름다운 시어를 사용해 시각적으로 선명한 색채감을 불러일으킨다. 예를 들어 '비취(翡翠)', '복사꽃(桃花)', '비단 수(羅綺)', '구름 노을(雲霞)', '녹색 술(綠酒)', '하얀 거품(白沫)' 등은 선명한 색채감을 드러내는 시어들이다. 또 제1연 1 · 2구 "這是/一溝/絶望的/死水, 淸風/吹不起/半點/漪淪"을 보면, 9개 글자로 이루어진 각 구는 2자 단위 세 개, 3자 단위 한 개로 구성되어 있다. 또 각 구는 4음보(音步, 음척音尺이라고도 함)로 구성되어서 청각적인 조화와 통일감을 주어 리듬감을 살리고 있다. 「죽은 물」은 원이둬가 추구하는 시의 '화해'와 '균제'를 가장 잘 구현하고 있는 본보기로 보아 손색이 없다. 허치팡(何其芳)은 격률시와 자유시의 구별은 압운(押韻)을 하는가 그렇지 않은가에 달려 있지 않다고 하면서 "격률시의 리듬은 규칙적인 음절 단위로써 만들어지고 자유시는 그렇지 않다"[25]고 설명했다. 신격률시는 규칙적인 음절 단위로써 리듬을 만들어내는 데 그 특징이 있는 것이다. 원이둬는 시집으로 『홍촉(紅燭)』과 『죽은 물(死水)』을 출판했으며, 격률시의 이론과 창작 면에서 신월파 시인들에게 많은 영향을 끼쳤다. 또한 그는 5 · 4시기의 '유일한 애국 시인'이라 불릴 만큼 애국주의를 표현한 시를 많이 창작한 것으로도 유명하다.

쉬즈모도 주요 신월파 시인 중 하나였다. 쉬즈모(徐志摩, 1897-1931)는

25 何其芳, 「關于現代格率詩」(『關於寫詩和讀詩』, 1956), 『中國現代詩論』 下編, 54쪽.

저장성(浙江省) 하이닝(海寧) 출신이며, 1915년 항저우일중(杭州一中)을 졸업하고, 상하이 후장대학(滬江大學), 톈진의 베이양대학(北洋大學) 및 베이징대학에서 공부했다. 1918년에는 미국으로 가서 금융을 공부하기도 했고, 1921년에 영국으로 유학해 케임브리지대학에 들어가 정치경제학을 연구했다. 케임브리지대학에서 2년간 수학하는 동안 구미의 낭만주의와 유미주의 시인들의 영향을 받아 신시를 창작하기 시작했다. 1922년에 귀국한 이후 그는 많은 시문을 발표했고, 1923년에 신월사의 창립에 가담했다. 1924년에는 후스, 천시잉(陳西瀅)과 더불어 『현대평론(現代評論)』을 창간하기도 했으며, 1926년 『시전』을 중심으로 원이둬, 주샹 등과 신격률시 운동을 전개하면서 신시의 예술 발전에 많은 영향을 끼쳤다. 쉬즈모는 1921년 신시를 짓기 시작한 이후 10년간 네 권의 시집을 출판했다. 시인이 생전에 스스로 엮은 시집으로는 『즈모의 시(志摩的詩)』(1925) · 『피렌체의 하룻밤(翡冷翠的一夜)』(1927) · 『맹호집(猛虎集)』(1931)이 있고, 시인이 죽은 이후 천멍자(陳夢家)에 의해 편집 · 출판된 시집으로는 『운유(雲游)』(1932)가 있다. 이 중에서 비교적 영향력이 컸던 것은 『즈모의 시』에 실려 있는 작품들이고, 그 다음으로는 『맹호집』에 실려 있는 시이다.

쉬즈모는 매 작품마다 특유의 '시감(詩感)'과 '원동적인 시의(原動的詩意)'를 표현할 수 있는 시율(詩律)을 찾으려고 애썼다. 쉬즈모는 '체제의 수입과 실험'에 노력했는데, 주쯔칭은 쉬즈모를 이렇게 평가했다.

> 그는 원이둬와 같은 정밀함은 없지만 원이둬와 같은 냉정함도 없다. 그는 밤낮을 가리지 않고 한줄기 생명수를 튕기고 뿌려준다. 그는 체제를 가장 많이 시험했고, 시도 번역했다. 그는 비유의 사용에 가장 많은 애를 썼으며, 우리에게 세상의 모든 것들이 다 활기차고 선명한 것이라고 느끼도록 해준다.[26]

---

26 朱自淸, 「導言」, 『中國新文學大系 · 詩集』, 6-7쪽.

쉬즈모는 언제나 하나의 격식에 구애받지 않고 부단히 시의 형식을 시험하고 창조하는 가운데 미적 내용과 미적 형식의 통일을 추구했다. 그는 주제 면에서 주로 사랑 · 자유 · 미에 집착했다. 「눈꽃의 즐거움(雪花的快樂)」이라는 시를 보자.

가령 내가 한 송이 눈꽃이라면,
훨훨 공중에서 자유로이 휘날리며,
　나는 나의 방향을 확실히 알고 있다—
　날아서, 날아서, 날아서—
여기 땅 위에 나의 방향이 있다.

저 냉랭한 깊은 골짜기를 가지 않으며
저 쓸쓸한 산기슭을 가지 않으며,
　황량한 길거리로 가서 낙담하지도 않으리—
　날아서, 날아서, 날아서—
보라, 내게는 나의 방향이 있다!

공중에서 어여쁘게 춤을 추며,
저 맑고 그윽한 거처를 똑똑히 알고 있으니,
　그녀가 화원에 나와 구경하기를 기다린다—
　날아서, 날아서, 날아서—
아, 그녀의 몸에는 붉은 매화 맑은 향기 묻어 있구나!

그 순간 나는 가벼운 내 몸에 의지하여,
사뿐사뿐 그녀의 옷깃에 닿아서,
　그녀의 부드러운 물결 같은 가슴에 달라붙는다—

녹아서, 녹아서, 녹아서－
그녀의 부드러운 물결 같은 가슴에 녹아든다!

假如我是一朵雪花,
翩翩的在半空裏瀟洒,
我一定認淸我的方向－
飛揚, 飛揚, 飛揚－
這地面上有我的方向.

不去那冷寞的幽谷,
不去那凄淸的山麓,
也不上荒街去惆悵－
飛揚, 飛揚, 飛揚－
你看, 我有我的方向！

在半空裏娟娟的飛舞,
認明了那淸幽的住處,
等着她來花園裏探望－
飛揚, 飛揚, 飛揚－
啊, 她身上有朱砂梅的淸香!

那時我凭借我的身輕,
盈盈的, 沾住了她的衣襟,
貼近她柔波似的心胸－
消溶, 消溶, 消溶－
溶入了她柔波似的心胸!

이 시는 1925년 1월 『현대평론』 제1권 제6기에 발표되었고, 그해 12월에 출판된 시집 『즈모의 시(志摩的詩)』에 수록되었다. 이 시는 기묘한 상상, 정교한 구성, 청신하고 활달한 언어를 사용해 이상적인 '그녀'에 대한 시인의 지극히 사모하는 정을 노래하고 있다. 시 속 주인공 '나'는 한 송이 눈꽃이 되어 '맑고 그윽한 거처'를 향해 춤추며 날아가서 '그녀'가 나오기를 기다렸다가 '그녀'의 부드러운 물결 같은 가슴에 녹아든다. '눈꽃(雪花)'의 비유는 마치 손 가는 대로 쓴 것 같지만 시인의 소탈하고 경쾌한 개성을 잘 표현해준다. 이 시는 가뿐하고 소탈하고 경쾌한 쉬즈모의 시풍을 전형적으로 보여주는 작품이다. 시인은 정제되고 밀도 있는 구성을 사용해 내재적 리듬감과 음악적인 아름다움을 살리고 있어 신격률시의 특징을 잘 구현하고 있다. 쉬즈모의 시는 시어가 청신하고 운율이 조화롭고 비유가 신기하고 상상력이 풍부하며 의경이 아름답고 자유로운 특징을 지니고 있다.

서구 유미주의의 영향을 받은 신월파 시인들은 원이둬가 언급한 것처럼 "자연적인 것이 모두 아름다운 것도 아니며 미라는 것은 이미 만들어져 있는 것도 아니어서 선택이 없으면 예술도 없다"라고 인식했다. '시는 지어내는(做) 것이 아니라 써내는(寫) 것'이며 '마음속에서 흘러나오는 것'이라고 인식한 궈모뤄와는 대조적이다. 궈모뤄가 『여신』을 통해서 시 형식의 해방과 자아서정 형상의 창조라는 새로운 길을 개척해 신시 발전에 크게 기여했다면, 시 형식과 내용의 엄격한 결합과 통일이 절박하게 요구되던 시점에 신월파 시인들은 새로운 예술 형식과 미학 원칙을 확립해 신시의 규범화를 시도했다는 점에서 큰 의의가 있다. 신월사는 1931년 11월에 쉬즈모가 비행기 추락 사고로 사망하자 얼마 후 해산되고 말았다.

제4절 상징시의 등장

상징주의는 원래 프랑스에서 탄생했다. 프랑스에서는 1800년대 말 보불전쟁(프로이센-프랑스의 전쟁으로, 프로이센의 승리 후 독일제국이 탄생함) 이후 기존의 가치 체계가 붕괴하면서 정신적 방황을 겪게 되었고, 이를 일신할 수 있는 새로운 사상이 요구되었다. 이때 나타난 것이 바로 상징주의이다. 상징주의는, 모든 현상을 가상이나 허상으로 인식할 때 본질이 배제된 존재의 피상적인 면만을 인식하게 되지만 존재의 피상적인 면만을 인식하게 된다 할지라도 그것은 여전히 인식의 주체 앞에 존재하므로 피상적인 면을 넘어서서 그 존재 구조 안에 있는 의미를 파악하고자 한다. 존재 구조 안의 의미는 바로 상징의 방법을 통해 드러낼 수 있는데, 상징이란 그것의 형식으로서의 기호, 기표, 구체적인 것, 피상적인 것, 즉 상징하는 것이 어떤 필연적인 유추관계나 상호 교합관계의 힘을 빌려서 그것의 내용으로서의 의미, 기의, 추상적인 것, 본질적인 것, 즉 상징되는 것을 환기시키고 표현해내는 문학적 · 수사학적 비교법이라 할 수 있다.[27] 1920년대에 이르러 중국 시인들도 프랑스에서 유행한 상징주의의 시 창작 방법을 받아들이기 시작했다.

리진파(李金髮, 1900-1976)는 1920년에 서구 상징주의 문학의 발생지였던 프랑스로 유학을 떠나 그곳에서 보들레르와 베를렌느의 영향을 받아 상징시를 습작하기 시작했다. 그는 1920년부터 1923년까지 열정적으로 상징시를 창작해 1923년 봄 독일의 베를린에서 시집 『보슬비(微雨)』와 『식객과 흉년(食客與凶年)』을 완성했다. 이 중에서 『보슬비』는 1925년 11월 베이징의 북신서국(北新書局)에서 출판되었다. 이 시집이 출판됨으로써

---

27 오생근 · 이성원 · 홍정선 편, 『문예사조의 새로운 이해』(문학과지성사, 1996), 129쪽 참조.

당시 사실주의와 낭만주의 계열의 작품이 주류를 이루고 있던 문단에 새로운 예술 풍격의 상징시가 소개된 것이다. 리진파의 시는 당시 기이함으로 인해 사람들에게 크게 주목을 받았다. 리진파를 뒤이어 무무톈(穆木天), 왕두칭(王獨淸)이 낭만주의에서 전향해 상징시를 썼고, 펑나이차오(馮乃超)도 창작 기간이 짧았지만 상징시를 지었다.

상징시가 중국 시단에 등장할 수 있었던 원인은 두 가지로 요약할 수 있다. 첫째, 초기 백화시가 보여준 산문화 경향 때문이다. 초기 신시 작가들은 중국 구시사(舊詩詞)의 평측과 운율을 깨뜨려 '시 형식의 해방'을 달성하려 했기 때문에 고전시의 음악미를 무시하면서 사상 해방과 개성 해방에 대한 자신들의 생각을 거침없이 써내려갔다. 이 같은 감정의 직접적이고 무절제한 노출로 인해 음악미가 결여되면서 신시는 산문화 경향이 뚜렷해졌다. 무무톈은 "나는 중국의 신시운동에 있어 후스가 가장 큰 죄인이라고 생각한다. 후스는 시 짓기(作詩)를 산문 짓듯이(作文) 해야 한다고 말했는데, 이것은 그의 큰 잘못이다"[28]라고 하여 신시의 산문화 경향을 비판했다. 궈모뤄는 개성의 절대적 자유를 지나치게 강조해 『여신』에서처럼 화산이 폭발하듯 자신의 감정을 극도로 노출시켜 시의 함축미를 잃게 만듦으로써 신시의 산문화 경향을 초래했다. 이 때문에 많은 사람들은 무절제한 감정의 직접적인 노출보다는 감정의 억제를 요구하게 되었고 시인이 표현하려는 의경(意境)의 함축미와 음악미를 요구하게 되었다. 이러한 요구는 내용의 함축, 감정의 절제, 암시를 강조하는 상징시의 특징과 부합되어 마침내 상징시의 창작을 가능케 했다. 둘째, 5·4운동 이후 중국 사회에 만연하기 시작한 청년 지식인들의 상실감 때문이다. 5·4운동의 열기가 가라앉기 시작한 1920년대에 접어들면서 중국은 군벌들 간의

28 穆木天, 「譚詩」(『創造月刊』 1卷1期, 1926.3), 『中國現代詩論』 上編, 99쪽. "中國的新詩的運動, 我以爲胡適是最大的罪人. 胡適說: 作詩須得如作文, 那是他的大錯."

갈등이 심화되어 혼란한 정국으로 빠져들었고, 5·4운동에 적극적으로 참가했던 청년 지식인들은 5·4운동 퇴조기를 맞이하면서 커다란 좌절감을 맛보게 되었다. 이러한 상실감과 좌절감이 프랑스 상징시가 가지는 비관적이고 퇴폐적인 정서와 공명을 이루게 되었던 것이다. 그렇지만 리진파나 초기 상징시 작가들은 독자들로부터 크게 환영을 받지 못했는데, 이는 이들의 시가 지나치게 난해해 독자들이 이해할 수 없었기 때문이다.

상징주의는 예사로운 방법, 요컨대 지시적인 기능에만 머물러 있는 언어 체계만 가지고는 대상의 본질이나 관념의 세계를 올바르게 드러낼 수 없다고 본다. 그래서 상징주의는 함축적인 기능을 수행하는 상징 형식을 빌려 암시적으로 표현함으로써 항상 애매하고 모호한 특징을 지닌다. 리진파의 「버림받은 여인(棄婦)」은 이러한 특징을 잘 보여준다.

긴 머리카락 내 두 눈앞에 풀어헤쳐,
모든 추악한 질시와, 선혈의 흐름과,
백골의 깊은 잠을 단절한다.
어두운 밤과 모기가 나란히 다가와,
여기 낮은 담 모퉁이를 넘어,
내 가냘픈 귓전에 미친 듯이 울부짖는다,
황야를 휘몰아치는 광풍의 노호처럼,
무수한 유목민을 전율케 하듯이.

풀 한 포기에 기대어, 하나님의 신령과 함께 텅 빈 골짜기를 오간다.
내 슬픔은 오직 날아다니는 벌의 뇌리에 깊이 새겨질 수 있다.
아니면 샘물과 함께 벼랑으로 쏟아지다가,
붉은 낙엽을 따라 사라져 간다.

버림받은 여인의 시름은 행동에 누적되어,
석양의 불꽃이 시간의 번민을
재로 태우지 못한 채, 굴뚝에서 날아가,
날아다니는 까마귀의 깃털에 오랫동안 물들고,
파도치는 바위 위에 함께 깃들어,
조용히 사공의 노래를 듣는다.

노쇠한 치맛자락은 흐느껴 울며,
무덤가를 배회하는데,
풀밭에 방울방울 떨어져,
세계를 장식해줄
뜨거운 눈물조차 영영 없다.

長髮披遍我兩眼之前,
遂隔斷了一切醜惡之疾視,
與鮮血之急流, 枯骨之沈睡.
黑夜與蚊蟲聯步徐來,
越此短牆之角,
狂呼在我淸白之耳後,
如荒野狂風怒號,
戰慄了無數遊牧.

靠一根草兒, 與上帝之靈往返在空谷裏.
我的哀戚惟游蜂之腦能深印着,
或與山泉長瀉在懸崖,
然後隨紅葉而俱去.

棄婦之隱憂堆積在動作上,
夕陽之火不能把時間之煩悶
化成灰燼, 從烟突裏飛去,
長染在游鴉之羽,
將同棲止于海嘯之石上,
靜聽舟子之歌.

衰老的裙裾發出哀吟,
徜徉在丘墓之側,
永無熱淚,
點滴在草地
爲世界之裝飾.

「버림받은 여인」은 리진파의 최초 시집인 『보슬비』에 실린 첫 번째 시이다. 이 시의 표면적인 이미지는 버림받은 여인의 슬픔과 번민의 정서를 드러내는 것이다. 1인칭으로 시작되는 제1연과 제2연에서는 버림받은 여인이 비참한 운명과 사회의 질시에 처해 있지만, 스스로 근심을 해소할 방법이 없음을 호소하고 있다. 그녀는 눈앞을 가리고 있는 긴 머리카락으로 모든 추악한 질시, 생명의 환락과 고통을 단절시키지만, 사회의 질시와 비방은 어두운 밤과 모기가 나란히 다가오듯이 그녀의 가냘픈 귓전에 미친 듯이 울부짖는다. 그녀는 풀 한 포기에 기대어 하나님의 신령과 생각을 교류하지만, 당연히 하늘에까지 전달되기는 어렵다. 그녀의 슬픔은 오직 날아다니는 벌의 뇌리 속에 새겨지거나, 아니면 샘물을 따라 벼랑에 쏟아지다가 붉은 낙엽을 따라 사라져 간다. 제3연과 제4연에서는 서술의 주체가 3인칭으로 전환된다. 버림받은 여인의 시름은 겹겹이 쌓여 그녀는 거기에서 벗어날 수 없다. 그녀는 번민을 재로 태우려 하지만 그렇게 하지 못한 채, 번민은 굴뚝에서 날아가, 날아다니는 까마귀의 깃털에 물들고 파도치는 바위 위에 함께 깃들어 조용히 사공의 노래를 듣는다. 그래서 노쇠한 버림받은 여인은 다만 무덤가를 배회하며 지나는 사람을 향해 흐느껴 울거나, 아니면 자신이 돌아갈 곳을 찾는다. 그러나 오랜 기간의 슬픔으로 그녀에게는 이 세상을 장식해줄 한 방울 뜨거운 눈물조차 없다. 상징시의 이미지는 다양한 함의를 가지는데, 표면적인 의미 이외에 또 다른 의미를 상징한다. 「버림받은 여인」도 버림받은 여인의 슬픈 정서에 대한 묘사를 통해 시인의 내면의 번민을 드러내며 인생의 쓴맛을 탐문하고 있는 것이다.[29] 대체로 리진파의 시는 정서적으로 침울하지만 예술적으로 신선하고 상상력이 풍부하고 비유가 특이해 시적 미감을 불러일으켰다.

상징파 시인들은 진실 묘사의 수법을 사용하지 않고, 또 직접적으로 자신의 감정을 서술하지도 않는다. 그들은 이상하고 기괴한 연상 · 은유 · 암시 등을 사용해 자신들이 표현하고자 하는 사상과 생활을 상징한다. 그래서 시적 분위기는 몽롱하면서도 모호하고 신비한 색채를 만들어낸다. 상징 방법이 괴이하고 시구가 난해하고 모호해, 독자들은 자신의 연상을 활용해서 추측하거나 깨달아야 하므로 시를 읽는 것은 마치 수수께끼를 맞추는 것과 같다. 그래서 주쯔칭은 상징시파의 특징을 이렇게 설명했다.

> 상징시파가 표현하려는 것은 다소 미묘한 상황으로, 비유는 그들의 생명이다. 그러나 '멀리서 비유를 취하지' 가까이서 비유를 취하지 않는다. 이른바 여기서 멀고 가깝다는 것은 비유의 제재를 가리키는 것이 아니라 비유의 방법을 말하는 것이다. 그들은 보통 사람들이 서로 다르다고 여기는 사물 속에서 유사성을 볼 수 있었다. 그들은 사물의 새로운 관계를 발견하고, 아울러 가장 경제적인 방법

29 吳中杰, 『中國現代文藝思潮史』(復旦大學出版社, 1996), 112-113쪽 참조.

으로 이 연계를 조직해 시를 만들었다. 이른바 '가장 경제적'이라는 것은 연결되는 자구를 생략해, 독자가 자신의 상상력을 동원해서 짜 맞추는 것을 말한다.[30]

이와 같이 상징파 시인들은 무엇보다 사람의 내면 감각의 표현과 암시를 중시했으며, 독자들이 감상 과정에서 능동적으로 참여할 것을 기대했다.

주쯔칭은 1920년대의 중국 시단을 정리하면서 그 결미에서 "만약 억지로 이름을 붙인다면 이 10년 동안의 시단은 세 파, 즉 자유시파, 격률시파, 상징시파로 나누어도 무방할 것이다"[31]라고 했다. 그는 1918년부터 1920년대 말까지의 중국 시단을 후스, 선인모, 류반눙, 위핑보, 캉바이칭, 궈모뤄 등을 중심으로 초기의 실험적인 백화시를 지었던 자유시파, 원이둬, 쉬즈모 등을 중심으로 시의 격률을 중시했던 격률시파, 리진파, 무무톈, 왕두칭, 펑나이차오 등을 중심으로 프랑스 상징주의의 영향을 받아 상징 수법으로 시를 쓴 상징시파로 나누었다. 나아가 주쯔칭은 자유시파, 격률시파, 상징시파의 순서로 "이 세 유파는 한 파가 다른 파보다 강해 진보하고 있다"[32]라고 인식해 신시의 발전 과정으로 파악했다. 중국 신시는 자유시에서 출발해서 격률시, 상징시를 거치면서 발전을 거듭해 더욱 풍성해졌다. 그리고 중국 신시는 외래 시의 영향을 받으며 성장해 중국적 토양에 뿌리를 내림으로써 전통적인 고전 시사(詩詞)에서 완전히 탈피하여 중국 현대문학의 주요 갈래로 자리 잡았다. 더욱이 신격률시와 상징시는 1930년대의 현대파의 시로 계승되거나 흡수되고, 현대파의 시는 다시 1940년대의 구엽파(九葉派)의 시로 이어진다.

---

30 朱自清,「新詩的進步」(『新詩雜話』, 作家書屋, 1947),『朱自清全集』第二卷(江蘇教育出版社, 1996), 320쪽.

31 朱自清,「導言」,『中國新文學大系 · 詩集』, 8쪽.

32 朱自清,「新詩的進步」(『新詩雜話』, 作家書屋, 1947),『朱自清全集』第二卷, 319쪽.

제5절 현대파의 현대주의 시

상징시는 1930년 말에 이르러 점차 세력이 약화되더니 새로 일어난 현대주의(모더니즘) 시 창작으로 흡수되었다. 신월파가 해산되고 얼마 후 1932년 5월 스저춘(施蟄存)은 문예 월간지 『현대(現代)』를 창간했고, 이 잡지를 중심으로 서양 현대주의의 영향을 받은 시인들이 모여들었다. 스저춘은 『현대』 속의 시를 진정한 '현대시'라고 말하고 "그것은 현대인이 현대생활 중에서 느끼는 현대적인 정서이며, 현대적인 어휘를 사용하고 배열해 이룬 현대적인 시형이다"라고 하여 '현대'를 표방했다(「又關于本刊中的詩」). 1935년 쑨쭤윈(孫作雲)은 그때까지의 중국 신시의 발전 단계를 "① 궈모뤄(郭沫若) 시대, ② 원이둬(聞一多) 시대, ③ 다이왕수(戴望舒) 시대"로 나누고, 다이왕수를 대표로 하는 세 번째 시파에 대해 이렇게 설명했다.

> 이 시파의 시는 현재 국내 시단에서 가장 유행하는 시 형식을 갖추고 있으며, 특히 1932년 이후 신시 시인들은 대다수 이 파에 속해 일시를 풍미하고 있다. 이 일파의 시는 아직 성장하고 있어 공통된 경향만 있을 뿐 분명한 기치가 없기 때문에 '현대파 시'라고 명명할 수밖에 없다. 왜냐하면 이 유파의 시는 대부분 『현대』 잡지에 발표되고 있기 때문이다.[33]

또 푸펑(蒲風)에 따르면, 1920년대 말부터 쇠퇴하기 시작한 중국 시단은 1931년부터 1934년 사이에 다시 부흥기를 맞이해 신월파 · 현대파 · 신시가파(新詩歌派)의 3대 유파가 중심을 이루고 있다고 설명했다.[34] 신시가파는 1932년 9월에 성립된 '중국시가회(中國詩歌會)'의 간행물 『신시가(新詩

---

33 孫作雲, 「論"現代派"詩」, 『中國現代詩論』 上編, 226쪽.

34 蒲風, 「五四到現在的中國詩壇鳥瞰」(『詩歌系刊』 第1卷 第1 · 2期, 1934.12 · 1935.3), 『中國現代詩論』 上編, 213쪽 참조.

歌)』(1933년 2월 창간)에서 유래한다. 이들에게 시는 사회의 반영이자 사회의 추진물(推進物)로서 반드시 시대적 의의가 있어야 한다. 그래서 '중국시가회' 시인들은 시의 시대적 반영을 강조하는 한편 대중화된 시를 창조하려고 노력했다. 시의 정제된 격률을 추구한 신월파와 시대의 반영과 시의 대중화를 추구한 '중국시가회'와 달리 '현대'를 표방한 현대파 시인들은 상징주의와 신감각주의(新感覺主義)와 같은 서양의 현대주의 영향을 받아서 '시의 문자의 아름다움'이나 음률과 운각(韻脚)보다는 '시의 이미지의 아름다움'을 추구하는 데 주력했다. 볜즈린(卞之琳)은 중국 구시(舊詩)에 대해 비교적 많이 알고 있던 5·4시기의 제1세대나 외국 시에 대해 비교적 많이 알고 있던 상징파·신월파의 제2세대와 구분해 현대파 시인을 두 가지 모두에 대해 조금씩 알고 있는 제3세대라고 했다(『雕蟲紀歷·序』). 현대파 시인은 대체로 시의 이미지와 상징성을 추구하면서 서양의 상징주의와 중국 전통시의 정조를 결합해 중국적인 특색을 형성했으니, 상징파와 신월파를 발전적으로 계승한 것으로 볼 수 있다.

현대파의 대표적인 시인으로는 먼저 다이왕수를 들 수 있으며, 볜즈린과 허치팡(何其芳)도 독립적인 풍격을 갖춘 뛰어난 시인이다. 1920년대 중기에 상징파 시인 계열에 속했던 다이왕수는 1930년대에 이르러 초기의 상징파와 신월파 시가의 영향으로부터 벗어나서 새로운 예술적 탐색을 시도했다. 그는 상징파의 시가 예술에 심취한 뒤 서양의 여러 현대파 시풍을 받아들였다. 그의 독특한 개성과 동양적 색채를 담고 있는 시편들은 한 시기 중국 시단 전체의 창작 경향에 영향을 끼쳤으니, 그는 새롭게 등장한 현대주의 시 창작 조류의 지도적 인물이었다.[35] 볜즈린과 허치팡은 각각 당시 베이징대학 영문과와 철학과 학생으로서 리광톈(李廣田)과 함께 『한원집(漢園集)』(1936)을 출판함으로써 '한원 3시인'으로 불리게 되었다. 『한

35 孫玉石, 『中國現代主義詩潮史論』(北京大學出版社, 1999), 123쪽 참조.

원집』은 현대파 시풍에 큰 영향을 끼쳤는데, 이 시집의 주요 내용은 청춘의 애상과 열정, 삶에 대한 사색과 철리(哲理), 도시 환경 속의 고독과 외로움, 꿈과 이상의 추구 등으로 구성되어 있다. 이들은 가을 · 황혼의 시간성에 민감했고, 거리 · 도시 · 성 등의 공간에서 배회하며 1930년대 베이징의 황량한 시대적 우울감과 자신들의 고독과 좌절의 심경을 '도시풍경선(都市風景線)'으로 표현했다.[36]

1934년 볜즈린은 베이징에서 『수성(水星)』을 편집했고, 1935년에 다이왕수는 『현대시풍(現代詩風)』을 편집했다. 1936년에는 다이왕수, 볜즈린, 량쭝다이(梁宗岱), 펑즈(馮至) 등이 월간지인 『신시(新詩)』를 편집했는데, 이 잡지들 역시 현대주의 시 창작의 발표 공간이었다. 현대파는 대체로 1930년부터 1937년 중일전쟁이 발발하기 이전 시기에 새롭게 등장해 현대주의를 지향한 비슷한 창작 경향을 가진 젊은 시인들을 망라한다. 이들은 상하이 · 베이징 · 난징 · 우한(武漢) · 톈진(天津) 등 여러 대도시에 모여 있었으며, 다이왕수, 볜즈린, 허치팡을 위시해 스저춘, 리광톈, 린겅(林庚), 쉬츠(徐遲), 페이밍(廢名) 등이 대표적인 시인이다.

다이왕수(戴望舒, 1905-1950)는 저장성 항저우(杭州) 사람이다. 그는 1923년 상하이대학(上海大學) 중국문학과에 입학했다가 다퉁대학(大同大學)으로 옮겨 영어를 공부했고, 또 전단대학(震旦大學) 특별반에서 프랑스어를 배우기도 했다. 1927년부터 프랑스 상징파에 깊은 흥미를 느꼈으며, 1928년 여름 상하이에서 스저춘, 류나어우(劉吶鷗) 등과 함께 수말사(水沫社)와 제일선서점(第一線書店)을 설립하고 잡지 『무궤열차(無軌列車)』를 발간하기도 했다. 1928년 8월 「비 내리는 골목(雨巷)」을 『소설월보』 제19권 제8호에 발표해 이름을 알렸으며, 1929년 4월에는 시집 『나의 기억(我的

36 鄭聖恩, 「중국 30년대 『漢園集』의 傳統意識과 現代性」, 『中國現代文學』 第20號, 125쪽 참조.

記憶)』을 출판했다. 1932년에는 자비로 프랑스로 유학을 떠나기도 했다. 1933년에 시집 『왕수 초(望舒草)』를 현대서국(現代書局)에서 출판했고, 1948년에는 『재난의 세월(災難的歲月)』을 출판했다.

다이왕수는 「비 내리는 골목」을 발표해 이름을 크게 떨친 후 '우항시인(雨巷詩人)'이라는 별명을 얻었다. 시 「비 내리는 골목」을 보자.

……

꿈속에서 하늘거리는
라일락 가지처럼,
여인은 내 곁을 살포시 지나더니,
그녀는 묵묵히 멀어져, 멀어져 간다.
무너진 담을 따라,
비 내리는 골목 저쪽으로 사라진다.

슬픈 빗소리를 뚫고,
그녀의 빛깔도 사라지고,
그녀의 향기도 흩어지고,
그녀의 한숨 같은 눈빛,
라일락 같은 우수마저
모두 사라졌다.

종이우산을 받쳐 들고, 혼자서
길고 긴, 적막한
비 내리는 골목을 서성이면서,
라일락처럼 하늘거리며 지나간
우수에 젖은 소녀를

나는 희망한다.

……

象夢中飄過
一枝丁香地,
我身旁飄過這女郎;
她靜默地遠了, 遠了,
到了頹圮的籬墻,
走盡這雨巷.

在雨的哀曲裏,
消了她的顔色,
散了她的芬芳,
消散了, 甚至她的
太息般的眼光,
丁香般的惆悵.

撑着油紙傘, 獨自
彷徨在悠長, 悠長
又寂寥的雨巷,
我希望飄過
一個丁香一樣地
結着愁怨的姑娘.
……

다이왕수는 이 시에서 실연의 아픔 속에서 자신의 이상 추구와 환멸의 감정 세계를 상징적인 형상을 통해 표현하고 있다. 또한 아름다운 리듬과 시구의 반복을 통해 음악성을 크게 강화시키고 있다. 그래서 예성타오(葉聖陶)는 이 시를 두고 "신시의 음절에 신기원을 열었다"고 평가하기도 했다. 더욱이 이 시는 언어나 의경(意境) 면에서 중국화된 상징시로 이해되는데, 다이왕수의 시는 뜻이 잘 통해 명쾌할 뿐만 아니라 고전 시사(詩詞)의 의경도 상당히 흡수했으니 「비 내리는 골목」은 바로 동서양을 잘 조화시킨 성공적인 작품으로 평가된다.[37] 리진파가 주로 서양의 상징시를 모방한 데 비해 다이왕수는 중국화된 상징시의 특징을 보여주었다.

다이왕수는 「비 내리는 골목」 이외에도 「나의 기억」이라는 시로 크게 주목을 받았다. 다이왕수의 친구인 비평가 두헝(杜衡)은 『왕수 초』의 서문에서 "다이왕수는 「나의 기억」으로부터 시작해 무수한 갈림길 가운데 드넓은 대로를 찾았다고 할 수 있으며, '자기 발에 가장 잘 맞는 신발을 만드는' 작업을 완성했다"고 말한 바 있다. 「나의 기억」은 '이미지성'을 추구한 데서 그 예술적 특징을 찾아볼 수 있는데, '이미지성' 추구는 1930년대 현대파 시인들의 가장 두드러진 미학적 특징의 하나였다. 「나의 기억」을 보자.

> 나의 기억은 나에게 충실하다,
> 나의 가장 친한 친구보다 더 충실하다.
>
> 그것은 타고 있는 내 궐련에 존재하고,
> 그것은 백합꽃을 그리는 붓대에 존재한다.
> 그것은 낡은 분합에 존재하고,
> 그것은 무너진 담의 파란 이끼에 존재하고,

---

37 吳中杰, 『中國現代文藝思潮史』, 114쪽 참조.

그것은 절반을 마신 술병에 존재하고,

찢어버린 지난날 시 원고지에, 책갈피에 꽂아둔 꽃잎에,

어둠침침한 등불에, 고요한 물 위에,

영혼이 있든 없든 모든 것들에,

그것은 도처에 생존하고 있다, 내가 이 세상에 존재하고 있듯이.

……

我底記憶是忠實于我的,

忠實甚于我最好的友人.

它生存在燃着的烟卷上,

它生存在繪着百合花的筆杆上.

它生存在破舊的粉盒上,

它生存在頹垣的木莓上,

它生存在喝了一半的酒瓶上,

在撕碎的往日的詩稿上, 在壓乾的花片上,

在凄暗的燈上, 在平靜的水上,

在一切有靈魂沒有靈魂的東西上,

它在到處生存着, 像我在這世界一樣.

……

이 시는 '기억', 즉 "그것은 도처에 생존하고 있다, 내가 이 세상에 존재하고 있듯이"라는 의미를 전달하기 위해 상당히 많은 시구를 사용해 그와 관련된 이미지를 나열하고 있다. 일상적인 언어를 사용해 '기억'을 불러일으키는 다양한 이미지를 나열함으로써 시적 효과를 낳고 있는데, 이것이 바로 '이미지성'을 추구한 현대파 시의 한 특징이다. 「나의 기억」이 '이미

지성' 추구의 전범으로 일컬어지는 것은 우연이 아니다.

볜즈린(卞之琳, 1910-1990)은 장쑤성(江蘇省) 하이먼현(海門縣) 사람이며, 젊어서부터 고전 시사와 신시를 좋아했다. 그는 1931년 쉬즈모에 의해 발탁되어 처녀작을 발표하면서 시를 짓기 시작했다. 시집으로는 『삼추초(三秋草)』(1933)·『어목집(魚目集)』(1935)·『위문편지집(慰勞信集)』(1940)·『파도를 넘어(翻一個浪頭)』(1951) 등이 있고, 공동 시집으로는 『한원집(漢園集)』(1936)이 있다. 볜즈린은 신시의 기교와 형식의 실험에 매진한 시인으로서 동서양 시가의 예술적 기법을 광범위하게 흡수했다. 그는 중국 전통 시인 이상은(李商隱), 강백석(姜白石), 온정균(溫庭筠) 및 신월파 시인의 영향을 받고, 1920-1930년대 영국의 현대주의와 프랑스 상징주의의 창작 기교를 흡수해 자신의 풍격을 형성했다. 1943년 리광톈은 볜즈린을 이렇게 평가했다.

> 시인으로서 작자는 그 사유 방식 면에서, 감각 방식 면에서 중국의 것을 계승했을 뿐만 아니라 외국의 것을 계승했다. 오늘날의 것뿐만 아니라 어제의 것도 있다. 그래서 작품 내용 면에서 고금중외(古今中外)가 융합관통하고 있다고 말할 수 있다. (『詩的藝術』)[38]

이러한 시적 개성을 가진 볜즈린은 주로 '사변미(思辨美)'를 추구해 철리적인 시를 지었다. 그는 특히 원근, 유무, 시간과 공간, 환상과 현실, 실체와 표상에 대한 상대적 감각을 표현하는 데 뛰어났다. 「끊어진 시편(斷章)」·「둥근 보석함(圓寶盒)」·「항해(航海)」·「거리의 조직(距離的組織)」 등은 볜즈린 시의 예술적 특징을 전형적으로 보여주는 작품이다.

1935년에 지어진 「끊어진 시편」은 시행이 4행에 불과하지만, 당시 많

---

38 譚楚良, 『中國現代派文學史論』(學林出版社, 1997), 139쪽 참조.

은 비평을 낳은 볜즈린의 대표작 중 하나이다.

> 그대는 다리 위에 서서 풍경을 보고,
> 풍경을 보는 사람은 누각 위에서 그댈 본다.
>
> 밝은 달은 그대의 창을 장식하고,
> 그대는 타인의 꿈을 장식한다.
>
> 你站在橋上看風景,
> 看風景人在樓上看你.
>
> 明月裝飾了你的窗子,
> 你裝飾了別人的夢.

이 시는 이해되지 않는 시어나 시구가 없고 의경(意境) 역시 아주 구체적이다. 그렇지만 읽고 난 후 곰곰이 생각해보면 완전히 이해했다고 말하기 어렵다. 좀 더 음미하면 깊은 함축미와 철리적인 내용이 담겨 있음을 느낄 수 있다. 볜즈린은 이 시가 그대가 풍경을 보고 있을 때 그대 또한 풍경을 보고 있는 사람의 시야 속에서 풍경이 되는, 사물 간의 상대적인 관계를 그렸다고 설명한 적이 있다.[39] 그는 이 시에서 '그대'와 '풍경을 보는 사람'은 모두 자족적인 것이 아니라 양자가 '보고' '보여지는' 관계 속에서 전체를 이루는 상대성을 강조하고 있다. '그대'는 풍경을 보는 주체이면서 동시에 풍경을 이루는 객체가 되고 달을 감상하는 주체이면서 타인의 꿈속에 객체로 등장한다. 볜즈린은 현대적이면서도 전통적인 형상적 이미

39 卞之琳,「關于「圓寶盒」」,『卞之琳文集』上卷(安徽教育出版社, 2002), 121쪽 참조.

지를 결합해 주체가 동시에 객체가 되는 상대성의 철리적 관념을 표현하고 있는 것이다.

또한 벤즈린은 「둥근 보석함」에서 상상력을 동원해 시간과 공간, 대소의 상대성을 표현했다.

나의 환상은 어딘가에서(은하수에서?)
둥근 보석함을 건져 올린다,
진주가 몇 알 담긴;
한 알 영롱한 수은은
전 세계의 색상을 간직하고,
한 점 황금빛 등불은
화려한 연회석 전체를 뒤덮고,
한 방울 신선한 빗방울은
그대 어젯밤의 탄식을 머금는다……
……

我幻想在哪兒(天河裏?)
撈到了一只圓寶盒,
裝的是幾顆珍珠;
一顆晶瑩的水銀
掩有全世界的色相,
一顆黃金的燈火
籠罩有一場華宴,
一顆新鮮的雨點
含有你昨夜的嘆息……
……

시인은 은하수(天河)에서 진주가 담긴 둥근 보석함을 건져 올린다. 은하수는 영원한 시간의 흐름을 상징하며, 이 시간의 흐름 속에서 시인은 지혜의 미를 상징하는 진주를 건져 올린다. 영롱한 수은 보석함은 아름다움과 신비함을 의미하는데, 수은은 전 세계의 색상을 간직하고 있어 사물 형체의 대소의 상대성을 말해준다. 멀리서 바라보면 한 점 황금빛 등불이지만 실제로는 휘황찬란한 대연회석의 모습일 수 있어, 이는 공간상 원근의 상대성을 말해준다. 빗방울은 짧지만 인생의 탄식은 끝이 없어, 이는 시간상 장단의 상대성을 말해준다. 볜즈린은 '둥근 보석함'에 관해 스스로 이렇게 풀이한 바 있다.

더 타당하게 해석하면, …… '심득(心得)'이요, '도(道)'요, '지(知)'요, '오(悟)'이다. 내가 이름 붙이는 걸 용서한다면, 'Beauty of intelligence(지성미)'이다. …… 보석함이 왜 '둥근 것(圓)'인가? '둥근 것'이 가장 완전한 형상이요 가장 기본적인 형상이기 때문이다. …… 순수한 시는 '마음으로만 이해할' 수 있을 뿐, '말로 전하'면 산문에 가깝다.[40]

이와 같이 볜즈린의 시는 격정적이지 않으며, 대체로 상대성의 철리적 관념과 우주 의식을 결합해 지성미를 추구했다.

---

40 卞之琳,「關于「圓寶盒」」,『卞之琳文集』上卷, 120-121쪽.

제7장

소설 형식의 탐색과 장편소설의 풍성한 수확

문학혁명이 성공을 거두고 있었으나 신문학 초기에는 루쉰(魯迅)의 「광인일기」 이외에 이렇다 할 수준 높은 소설 작품이 나오지는 않았다. 물론 5·4시기에 '문제소설'이 출현해 문단에 활기를 더하고 있었지만, 이는 실제 관찰이나 체험에 의거하기보다는 세계관이나 인생관이라는 명제에서 출발함으로써 이야기와 인물의 관념화가 두드러져 성숙된 작품은 아니었다. 원래 '문제소설'은 작가들이 여러 가지 현실 문제에 직면해서 문학을 이용해 이들 현실 문제의 해결 방법을 찾으려는 시도에서 나온 것이다. 당시 '문제소설'을 통해 작가들이 반영한 사회 문제는 여자 문제, 혼인 문제, 윤리 문제, 종교 문제, 노동 문제 등 다양했다. 그중에서 가정과 여자 문제 및 모성애를 다룬 빙신(冰心)의 소설이 주목할 만하다. 서로 다른 두 가정을 대비해 가족제도의 합리성을 탐색한 「두 개의 가정(兩個家庭)」, 5·4운동을 배경으로 구가정에서 부자간의 충돌을 묘사한 「이 사람 홀로 초췌하네(斯人獨憔悴)」, 사랑(모성애)을 다룬 「초인(超人)」 등은 빙신의 대표적인

'문제소설'이다.

그렇지만 본격적인 신문학의 소설 창작은 문학연구회와 창조사와 같은 문학 단체가 결성되어 전문적인 작가군이 형성되면서 이루어졌다. 창조사의 위다푸(郁達夫)가 먼저 주목을 받았고, 이어 창조사의 성원들이 낭만적 서정소설을 창작하고 문학연구회의 성원들이 '인생을 위한' 소설을 창작해 주목을 받았다. 또 루쉰의 영향을 받은 일군의 향토소설 작가들이 등장해 고향의 향촌 및 그곳의 습속을 묘사했는데, 이들 역시 주목할 만하다. 특기할 것은 1920년대 작가들은 정도의 차이는 있으나 대체로 감상(感傷)적인 분위기에 젖어 있었다는[1] 점이다. 창조사 성원들의 작품은 말할 것도 없고 빙신의 '문제소설'도 감상적인 분위기가 뚜렷했으며, 초기의 향토소설 역시 감상적인 분위기에서 자유로울 수는 없었다.

혁명문학 논쟁이 일어난 1928년부터 중일전쟁이 발발한 1937년까지 10년 동안은 중국 현대문학사에서 우수한 작품들이 가장 많이 창작된 시기이다. 문학 창작 중에서 무엇보다 소설 창작이 두드러져 중·장편소설의 생산이 급증했고 많은 소설가들이 배출되었다. 신문학 초기의 소설 창작은 서양 소설의 모방에서 크게 벗어나지 못한 데다 작가들은 자신의 경험이나 느낌에 의거하지 않고 작품 속에서 직접 사회 문제를 토론하거나 사회 이상을 탐구하려는 경향이 짙어 성숙된 단계에 이르지는 못했다. 루쉰, 예사오쥔(葉紹鈞), 위다푸 등 일부 작가들만이 개인의 독특한 풍격을 형성할 수 있었다. 그렇지만 1930년대에는 마오둔(茅盾), 바진(巴金), 라오서(老舍), 선충원(沈從文), 샤오훙(蕭紅), 딩링(丁玲) 등 많은 작가들이 등장해 모방 단계를 벗어나 자신의 경험과 느낌에서 출발함으로써 문학적 진실성을 획득하고 개성을 유감없이 발휘할 수 있었다.

1930년대에 이르러 먼저 좌익 작가들의 활동이 두드러졌다. 딩링과 러

1 錢理群·溫儒敏·吳福輝, 『中國現代文學三十年』(北京大學出版社, 2001), 26-27쪽 참조.

우스(柔石), 예쯔(葉紫), 어우양산(歐陽山), 우쭈샹(吳組緗), 장톈이(張天翼), 샤딩(沙汀), 아이우(艾蕪) 등은 계급 의식을 반영한 소설 창작으로 주목을 받았다. 베이징 중심의 '경파(京派)' 소설가, 즉 선충원과 페이밍(廢名)도 훌륭한 성취를 이룩했다. 이들은 문학의 정치성을 배제하고 순문학적 입장을 견지하면서 예술적 감화를 통해 사람들의 마음을 개선시키려 했다. 또한 상하이를 중심으로 현대주의 창작 방법을 사용해 글을 쓴 신감각파(新感覺派) 소설가들도 등장했는데, 류나어우(劉吶鷗)와 스저춘(施蟄存), 무스잉(穆時英) 등은 의식류, 심리 분석의 방법으로 도시 생활을 재현해 독특한 풍격을 형성했다. 무엇보다 1930년대에 중국 현대소설이 성숙 단계에 들어설 수 있었던 것은 마오둔, 바진, 라오서 등의 대가들이 등장해 장편소설 창작에서 괄목할 만한 성과를 이룩했기 때문이다. 마오둔의 『무지개(虹)』·『한밤중(子夜)』, 바진의 '애정삼부곡(愛情三部曲)'·『가(家)』, 라오서의 『이혼(離婚)』·『낙타 샹쯔(駱駝祥子)』 등이 그 대표적인 작품들이다.

제1절 낭만적 서정소설

위다푸(郁達夫, 1896-1945)는 본명이 위원(郁文)이고, 저장성(浙江省) 푸양(富陽) 사람이다. 몰락한 전통 가정에서 태어났으며, 부친을 일찍 여의었다. 어려서부터 몸이 허약했던 위다푸는 가정 형편으로 인해 내향적이고 우울한 성격과 약자를 동정하는 마음을 갖게 되었다고 한다. 항저우부중학(杭州府中學)을 다닐 때 쉬즈모(徐志摩)와 같은 반이었으며, 고전문학에 대한 소양이 깊었고 고전 시사(詩詞)도 곧잘 지었다. 1913년 만형을 따라 일본으로 건너가 1922년 일본의 도쿄제국대학(東京帝國大學) 경제학부를 졸업하고 1923년에 귀국했다. 귀국 후 창조사에 가입했으나 1926년 창조사 동인과 의견이 갈라져 탈퇴하고 1928년에는 루쉰과 함께 잡지 『분류

(奔流)』를 편집하기도 했다. 1930년 중국좌익작가연맹(좌련)에 가입했으나 얼마 후 좌련을 탈퇴해 항저우(杭州)에 옮겨와 살았다. 1937년 중일전쟁이 발발한 후 남양(南洋)을 전전하며 적극적으로 구국운동에 가담했다. 그러나 안타깝게도 1945년 종전을 눈앞에 두고 수마트라(蘇門答臘)에서 일본 헌병에 의해 비밀리에 살해되었다.

위다푸는 1921년 10월 창조사의 '창조총서'의 하나로 『침윤(沈淪)』을 출판했으며, 이것이 그의 대표작이다. 『침윤』에는 「은회색의 죽음(銀灰色的死)」·「침윤」·「남천(南遷)」 등 세 편의 단편소설이 실려 있는데, 작품은 대체로 비슷한 서사 속에 일종의 '잉여자'의 병태적인 인격과 번민의 심리를 표현했다.[2] 특히 「침윤」은 작가 본인의 말처럼 "청년들의 우울증(Hypochondria)을 해부한 것으로 현대인의 고민, 즉 성적(性的) 요구와 영육(靈肉)의 충돌도 함께 묘사하고 있다."[3] 이 작품은 일본에서 유학하던 중국인이 중국인이라는 열등감에 빠져 고민하고 방황하는 내용을 서술하고 있으며, 당시로서는 성적 묘사가 지나치다고 해서 사회적으로 문제가 되었던 작품이다. 세 작품의 결말은 모두 비극적이다. 「남천」의 주인공 '이런(伊人)'은 고독 속에서 병으로 쓰러지고, 「은회색의 죽음」의 주인공 'Y'는 무일푼에 만취 상태에서 몽환과 같이 죽어가고, 「침윤」의 주인공은 정신적 붕괴 속에 '조국이여, 부강해져라'라고 외치며 바다에 뛰어들어 자살한다. 이렇게 위다푸 소설의 주인공들은 모두 심한 우울증을 앓고 있는 '잉여자'이며, 이 때문에 작품은 감상적이고 퇴폐적인 분위기로 가득 차 있다. 위다푸의 또 다른 단편소설 「봄바람에 흠뻑 취한 저녁(春風沈醉的晩上)」도 잘 알려진 성공적인 작품이다. 이 소설은 출로가 막힌 작

2 程光煒·吳曉東·孔慶東·郜元寶·劉勇 主編, 『中國現代文學史』(中國人民大學出版社, 2001), 81쪽 참조.

3 郁達夫, 「『沉淪』自序」, 『郁達夫散文(下)』, 盧今·范橋 編(中國廣播電視出版社, 1992), 221쪽.

가 지망생이 같은 다락방에 살고 있는 한 여공과 나누는 절제된 애정을 서술하고 여공의 비참한 처지를 통해 당시 하층민의 생활상을 묘사하고 있다.

주관 서정과 자아 폭로를 위주로 하고 있는 위다푸의 소설은 보통 자전적 서정소설이라 불린다. 전통소설은 대부분 이야기 전개가 소설의 중심을 이루는 데 비해 위다푸는 전통 형식과 다른 주정주의(主情主義)적 미학 의식을 소설에 도입했다. 그는 "일종의 '정조(情調)'를 빚어내어 독자로 하여금 '정조'의 감화를 받도록 하고 작품의 분위기를 절실하게 느낄 수 있도록 했다."[4] 위다푸의 자전적 서정소설 형식은 당시 상당히 많은 청년 작가들에게 영향을 끼쳤다. "『침윤』이 세상에 나옴으로써 전통(Tradition)과 관습(Convention)이 타파되었으니 문단에서뿐만 아니라 오늘날 중국에서 사회적으로, 도덕적으로 큰 변동이 일어난 것은 그것이 원동력이 되었다고 말할 수 있다"[5]라는 당시의 비평처럼 위다푸의 소설은 도덕관념 면에서 전통 의식을 해체했을 뿐만 아니라 전통과 완전히 다른 서술 방식을 신문학의 소설 창작 속으로 끌어들였다는 데 큰 의의가 있다. 위다푸의 소설집으로는 『침윤』 이외에 『조라집(蔦蘿集)』·『그녀는 약한 여자(她是一個弱女子)』·『봄바람에 흠뻑 취한 저녁』·『한회집(寒灰集)』·『계륵집(鷄肋集)』 등이 있다.

신문학 초기에 낭만주의 시는 대체로 감정이 격앙되어 표현되었고 낙관적인 정서를 노래했지만, 반면에 낭만적 서정소설은 우울과 감상으로 가득 차 있다. 궈모뤄의 창작으로 대표되는 낭만주의 시는 천재·정감·창조력·영웅주의적 기개로 충만되어 있지만 낭만적 서정소설은 '잉여자'의 자아 형상을 표현하고 있다. 낭만적 서정소설의 주인공들은 대체로 세

4 郁達夫,「我承認是"失敗"了」,『晨報副鐫』(1924. 12. 26).

5 錦明,「達夫的三時期:『沉淪』－『寒灰集』－『過去』」,『二十世紀中國小說理論資料』 第二卷(1917-1927), 嚴家炎 編(北京大學出版社, 1997), 491쪽.

속의 편견을 무시하고 대담하게 개성의 자유를 부르짖음으로써 오히려 이러한 행동이 고립과 고독을 초래해 결국 우울로 귀결된다. 궈모뤄 소설의 주인공은 바로 작가의 자아 형상으로서 낭만적 서정소설의 특징을 잘 보여준다. 궈모뤄의 소설집 『표류삼부곡(漂流三部曲)』은 「기로(岐路)」·「연옥(煉獄)」·「십자가(十字架)」 등 세 작품으로 구성되어 있으며, 일본에서 의학을 배우고 고국으로 돌아온 청년 지식인 아이머우(愛牟)의 궁핍하고 타락한 생활과 근심으로 가득한 내면을 서술하고 있다. 이 외에도 궈모뤄의 작품으로는 「잔춘(殘春)」·「낙엽(落葉)」·「예뤄티의 무덤(葉羅提之墓)」·「카르멜라 아가씨(喀爾美羅姑娘)」 등이 있다.

루인(廬隱, 1898-1934)도 전형적인 낭만적 서정소설 창작으로 두각을 나타냈다. 루인은 본명이 황잉(黃英)이고 푸젠성(福建省) 민허우(閩侯) 출신이다. 1922년 베이징여자고등사범학교(北京女子高等師范學校)를 졸업했으나 불우한 일생을 보냈다. 낭만적 서정소설의 성취 면에서 그녀는 위다푸의 뒤를 잇는 것으로 평가된다. 루인은 원래 문학연구회에 속해 있었지만 창작은 오히려 낭만적 서정소설의 경향으로 기울어 있었다. 위다푸의 소설이 주로 인물의 '형이하(形而下)'적 생리 욕망의 표현을 통해 5·4시기 청년들의 정신적 고민을 표현했다고 한다면, 루인의 소설은 인물의 '형이상(形而上)'적 인생의 궁극적 문제에 대한 질문을 통해 5·4시기 청년들의 고민을 표현했다.

「해변의 친구(海濱故人)」는 루인의 대표작이다. 소설의 주인공 루샤(露沙)는 베이징의 어느 여자대학 학생으로서 타고난 성격이 매우 활달했으나 겉으로는 매우 차갑고, 독서와 사색을 좋아했다. 루샤와 같은 반인 다른 네 명의 여학생들은 스스로 고상하다고 여겨 높은 담을 치고 세속에 물들지 않겠다고 다짐하지만, 얼마 후 대부분 차례로 결혼을 하고 가정 문제에 있어 타협하거나 전통과 세속으로 되돌아갔다. 루샤는 비록 자기 방식대로 유부남인 즈칭(梓青)을 사랑하며 자신의 이상에 집착하지만, 오히려 이러한 연애의 '부도덕'과 답할 수 없는 '인생의 결말'에 대해 괴로워한다. 또한 즈칭은 결국 사업 때문에 완곡하게 루샤와의 정을 끊어버린다. 루샤의 이야기는 기본적으로 작가 자신의 애정 생활을 묘사한 것인데, 루샤의 내면의 모순과 고독은 작가가 깊이 체험한 감정이었다. 루샤는 당시 역사적 전환기인 5 · 4시기 청년 지식인을 대변하는데, 그들은 한편으로는 개성의 자유를 갈망하지만 다른 한편으로는 인습적인 도덕관념의 속박에서 벗어나지 못한다. 루샤는 과감하게 전통 도덕을 멸시하고 즈칭과 혼외의 사랑을 하지만 세속의 비난에 민감했으며 정신적으로 전통과 세속 예법의 구속을 받아들이지 않을 수 없었다.[6]

그 밖에 루인의 단편소설로는 「어떤 이의 비애(或人的悲哀)」 · 「리스의 일기(麗石的日記)」 등이 있고, 중편소설로는 「돌아가는 기러기(歸雁)」가 있으며, 장편소설로는 『상아 반지(象牙戒指)』가 있다. 대체로 루인의 작품은 지식인 여성이 주인공으로 등장하는데, 그들의 애정 추구, 혼인이 가져다준 고통, 이상과 현실, 이지와 감정의 충돌로 인한 고민 등을 묘사하고 있다.

낭만적 서정소설을 창작한 또 다른 여류 작가로는 펑위안쥔(馮沅君, 1900-1974)을 들 수 있다. 펑위안쥔은 본명이 펑수란(馮淑蘭)이며, 유명한 중국 철학 연구자인 펑유란(馮友蘭)의 여동생이다. 그녀의 소설집 『권시(卷施)』(1926)에는 「시행(施行)」 · 「격절(隔絶)」 · 「격절 이후(隔絶之後)」 · 「자애로운 어머니(慈母)」 등 네 편의 작품이 실려 있으며, 여주인공의 이름은 각기 다르나 동일한 한 사람의 인생과 그 영혼을 서술하고 있다. 펑위안쥔의 소설은 인물에 초점을 맞춘 것은 드물고 주로 소박한 필치로 인물의 신변 이야기를 서술하고 내면을 표현했다.

---

6 程光煒 · 吳曉東 · 孔慶東 · 郜元寶 · 劉勇 主編, 『中國現代文學史』, 88-89쪽 참조.

제2절 향토소설

1920년대 초 · 중기에 향토소설이라 불리는 작품을 창작한 일군의 작가들이 등장했다. 향토소설은 향촌을 제재로 한 「고향」과 같은 루쉰 소설의 영향을 많이 받았으며, '향토소설'이라는 명칭도 루쉰이 1935년에 쓴 『중국신문학대계(中國新文學大系)』 소설 2집의 「이끄는 말(導言)」에서 처음 사용되었다. 그 후 향토소설은 신문학 초기의 향촌을 제재로 한 소설을 지칭하는 것으로 널리 사용되었다.

5 · 4시기 초기의 백화소설은 '문제소설'처럼 지나치게 관념화되거나 낭만적 서정소설처럼 지나치게 서양화되어 있었다. 이러한 폐단을 극복하기 위해 일부 신문학 작가들은, 문학은 '땅에서 자라난 개성'이 있어야 하고 작가들은 "반드시 땅으로 뛰어 내려가서 흙 기운과 진흙 냄새를 그의 맥박에 투과해 글로 표현해야 한다"[7]라고 강조했다. 이러한 배경에서 향토소설이 등장할 수 있었다. 향토소설 작가들은 1920년대 초 · 중기에 베이징과 상하이에서 살면서 자신들이 익숙한 고향의 풍토 인정을 제재로 해서 향촌의 우매함과 낙후성을 드러내고 이를 빌려 자신의 향수를 표현해냈다. 이들은 향촌의 목가적인 분위기를 묘사하거나 전원 생활을 미화하지 않고, 오히려 향촌 사람들의 질곡이나 비애를 표현하는 데 치중했다. 주요 작가로는 왕루옌(王魯彦), 타이징눙(臺靜農), 쉬친원(許欽文), 펑자황(彭家煌), 쉬제(許杰), 젠셴아이(蹇先艾), 리진밍(黎錦明) 등이 있다.

왕루옌(王魯彦, 1901-1944)은 단편소설집으로 『유자(柚子)』 · 『황금(黃金)』 등을 출판했다. 영혼결혼식을 제재로 한 「쥐잉의 출가(菊英的出嫁)」와 고향의 인정 세태를 그린 「황금」이 대표작이다. 「쥐잉의 출가」에서 '어머

7 周作人, 「地方與文藝」(『談龍集』), 『周作人散文』 第二集, 張明高 · 范橋 編(中國廣播電視出版社, 1992), 214쪽 참조.

니'는 사후에도 생존한다는 원시 신앙을 믿고 8세 때 디프테리아를 앓다 죽은 딸 쥐잉(菊英)을 위해 18세 되던 해에 영혼결혼식을 올려준다. 쥐잉의 영혼결혼식은 엄숙하고 치밀하게 치러지는데, 작품에서는 이렇게 묘사된다.

> 가장 먼저 간 사람은 두 명의 신부 들러리였다. 등에 각기 붉은 능(綾)을 걸치고서 대략 반 리(里)쯤 가니 대열이 곧 도착했다. 선두는 홍자(紅字)를 새긴 두 등롱이었다. 등롱 뒤에는 8명의 고취수(鼓吹手)가 따라갔다. 뒤이어 각종 종이로 정교하고 그럴 듯하게 만든 동자, 노비, 말, 가마, 탁자, 의자, 상자, 집 및 수많은 기구가 길게 늘어서서 따랐다. …… 뒤에는 비로소 쥐잉의 가마가 따랐다. 이 가마는 평상시의 꽃가마와는 달리 홍색이 아니라 청색이었고 사방을 온통 아름답게 꾸며놓았다. 가마 뒤에는 10여 명이 무거운 관을 맸는데, 이것이 바로 쥐잉의 영구이다.[8]

쥐잉의 어머니는 이러한 의식을 통해 죽은 딸의 영혼을 편안한 곳으로 인도하려 하는데, 이 작품에는 모성애가 진하게 표현되어 있다. 또한 이 작품은 작가의 고향인 저장성 닝보(寧波) 일대에 유행하던 영혼결혼식을 묘사함으로써 현실과 환상이 뒤섞이는 그곳의 미신적 습속을 그려내고 있는 것이다.

젠셴아이(蹇先艾, 1906-1994)의 소설은 애수를 강하게 띠고 있으며, 「수장(水葬)」이 대표작이다. 「수장」은 뤄마오(駱毛)라는 한 농촌 청년이 물건을 훔쳤다는 죄목으로 마을 사람들로부터 수장을 당하는 구이저우(貴州) 지방의 낙후하고 폐쇄된 야만적 습속을 그리고 있다. 뤄마오는 강직하고 고집 센 소작농이었으나, 지주 저우더가오(周德高)가 이유 없이 뤄마오의

---

8 魯彦, 「菊英的出嫁」, 『文學研究會小說選(下)』(人民文學出版社, 1991), 369쪽.

소작지를 회수하자 반항과 보복의 심정으로 저우더가오의 물건을 훔치고 그 결과 수장에 처해진다. 그런데 생활고에 시달려 등이 굽고 머리가 반백인 데다 얼굴이 주름투성이인 뤄마오의 어머니는 그 사실도 모르는 채 아들이 돌아오기만을 하염없이 기다린다. 루쉰은 이 작품을 평가해 "'머나먼 구이저우'의 향촌 습속의 냉혹함과 이러한 냉혹함 속에서 나온 모성애의 위대함을 보여주고 있다. 구이저우는 매우 멀지만 사람들의 처지는 마찬가지이다"[9]라고 했다. 작가는 모성애를 묘사함으로써 야만적인 습속이 존재하는 농촌이라 하더라도 그런 고향에 대한 작가의 그리움을 은연중에 드러내고 있는 것이다.

쉬제(許杰, 1901-1993)는 두 마을 사이에 벌어진 잔인한 싸움을 묘사한 「참무(慘霧)」를 발표했다. 이 소설은 위후좡(玉湖庄)과 환시춘(環溪村)이라는 두 마을 사이에 모래섬 개간 문제로 벌어진 무력 투쟁을 다룬 것이다. 주인공 샹구이(香桂)는 위후좡에서 환시춘으로 시집온 신부인데, 싸움을 저지할 힘도 없고 어느 편도 들 수 없는 처지여서 그저 관망할 수밖에 없었다. 이 싸움에서 결국 남편은 죽고 자신도 중상을 입는다. 이 작품은 저장성(浙江省) 타이저우(台州) 지방 마을 간의 야만적인 무력 투쟁을 한 여인의 비판적 시각을 통해 표현함으로써 농촌 사회의 우매한 습속을 그려내고 있다.

타이징눙(臺靜農, 1903-1990)은 1925년 루쉰이 설립한 미명사(未名社)의 회원으로 활동하면서 소설을 쓰고 시와 산문도 창작했다. 그의 글은 문체가 간결하고 소박하며 구성이 복잡하지 않고 지방색이 짙다. 루쉰은 그를 평가해 사람들이 "다투어 연애의 비환(悲歡)과 도시의 명암(明暗)을 쓰고 있을 때, 향촌의 삶과 죽음, 흙의 숨결을 종이에 옮긴 사람 중에서 이 작가보다 더 자주 그리고 부지런히 했던 사람은 없었다"[10]라고 평했다. 타이징

9 魯迅,「導言」,『中國新文學大系 · 小說二集』, 魯迅 編選(良友圖書公司, 1935), 8쪽.
10 魯迅,「導言」,『中國新文學大系 · 小說二集』, 16쪽.

눙은 루쉰의 풍격에 가장 근접했다는 평가를 받았으며, 단편소설집으로는 『땅의 아들(地之子)』(1928)과 『탑을 세우는 사람(建塔者)』(1930)을 출판했다. 『땅의 아들』은 향토소설의 걸작으로 불리는데, 여기에는 시동생 왕얼(汪二)이 형이 죽은 지 1년도 채 되지 않아 형수와 사통해 임신케 하고 그녀와 결혼한다는 내용의 「맞절(拜堂)」과, 집안에 중병을 앓는 사람이 있으면 결혼식 따위의 기쁜 일로 액막이를 하는 미신적 습속인 '충희(沖喜)'를 서술한 「촉염(燭焰)」이 실려 있다.

타이징눙의 작품 중에서 '조선인'을 형상화한 「나의 이웃(我的隣居)」이라는 단편소설도 음미해볼 만하다. 이 소설은 작품집 『땅의 아들』의 첫 작품으로 수록되어 있으며, '내' 옆방에 세든 조선인의 기이한 생활 모습을 서술하고 있다. '내'가 아침에 배달된 신문에서 일본에 관한 기사를 읽다가 "조선인이 황궁을 폭파하려다 경찰에 체포되었고, 어느 날에 처형된다"라는 내용을 발견하고 작년에 옆방에 살던 어느 조선인을 떠올리며 그때의 일을 기록하고 있다. 햇빛도 들지 않는 음침한 분위기의 옆방에 살고 있는 수수께끼 같은 인물은 '나'와의 대화에서 조선인임이 밝혀지고, 그의 기이한 생활은 조선의 독립운동과 관련된 것으로 묘사된다. 결국 옆방의 조선인은 발각되어 경찰에 체포되어 끌려가는데, 소설의 결미에서 이렇게 서술된다. "'당신네 조선 사람들……' 멀리서 한 무리 야수들이 나의 이국 이웃을 모욕하는 소리가 들려왔다. 나는 그때 분노 때문에 몹시 초조했지만 결국 어쩔 도리가 없어서 두 눈을 부릅뜨고 나의 이 이국 이웃이 달빛에 드리운 그림자 속으로 잡혀가는 것을 바라볼 뿐이었다. (중략) 우리가 이렇게 헤어진 지가 1년이 흘렀다. 오늘 무심코 신문에서 한 기사를 보았던 것이다. 이건 그대가 아닌가? 그대의 마음 깊이 쌓인 복수를 위해 이런 위대한 희생을 했던 것이리라. 나의 불행한 친구여!"[11] 작

11 臺靜農, 『地之子 · 建塔者』(人民文學出版社, 1984), 13쪽.

가는 이 작품에서 외롭고 고독한 이국땅에서 독립운동을 위해 칩거에 가까운 비밀스러운 생활을 할 수밖에 없었던 조선인의 형상을 빌려 조선인에게 독립이 얼마나 간절한가를 호소하고 있다. 그것은 '내'가 '나의 이웃'인 조선인을 체포해간 사람들을 '야수'에 비유해 저주하고 그 조선인에 대한 연민과 동정을 아끼지 않는 데서 잘 드러난다. 이 작품에서 조선인은 일본의 지진(관동지진) 이후 '작년'에 중국에 들어온 것이라 했는데, 관동대지진이 1923년에 일어났으니 이 작품은 1924년의 작가의 경험을 서술한 것으로 볼 수 있다.

그 밖의 향토소설 작가로는 쉬친원과 평자황을 들 수 있다. 쉬친원(許欽文, 1897-1984)은 동향 사람이기도 한 루쉰의 도움으로 단편소설집 『고향(故鄕)』을 출판해 이름을 널리 알렸다. 쉬친원의 회고에 따르면, 『고향』은 루쉰에 의해 두 차례 북신서국(北新書局)에서 『납함』 인세(印稅)의 대가로 출판되었다고 한다.[12] 중편소설 「코흘리개 아이(鼻涕阿二)」도 쉬친원의 대표작이다. 평자황(彭家煌, 1898-1933)의 소설로는 종족 간의 문제를 다룬 「종용(慫慂)」과 아이를 낳기 위한 조혼과 간통의 습속을 풍자한 「산 귀신(活鬼)」 등이 유명하다.

전체적으로 볼 때, 향토소설은 주로 비판적 시각으로 고향의 습속을 묘사해 향촌의 우매함과 낙후성을 풍자하는 내용으로 되어 있다. 그렇지만 고향의 우매한 습속, 사람들의 마비된 인성, 그들의 처량한 인생을 묘사하는 가운데 고향에 대한 작가의 그리움도 함께 표현하고 있어 동정과 풍자가 교차하는 특징을 보여준다. 이는 향토소설 작가들이 향촌 사람들의 불행을 동정하지만 그들의 야만적인 습속을 들추어내지 않을 수 없는 곤혹을 반영하고 있는 것이다.

---

12 許欽文, 「魯迅先生和青年」, 『魯迅先生二三事』, 孫伏園 · 許欽文 等著(河北教育出版社, 2001), 173쪽 참조.

제3절 '인생을 위한' 소설

문학연구회 작가들은 '인생을 위한 문학'을 표방해 인생과 사회 문제에 관심을 가지고 문학을 통해서 인생과 현실을 반영하려고 했으며, 창작 방법 면에서 주로 사실주의 경향을 띠고 있었다. 문학연구회가 배출한 작가는 대단히 많으며, 초기의 작가로는 예사오쥔(葉紹鈞), 쉬디산(許地山), 왕퉁자오(王統照) 등이 두드러진다.

예사오쥔(葉紹鈞, 1894-1988)은 자가 성타오(聖陶)이며 장쑤성(江蘇省) 쑤저우(蘇州) 사람이다. 그는 고향에서 중학교를 졸업하고 소학교 교원을 지내다가 상무인서관(商務印書館)의 소학교 국어 교과서 편집을 담당했다. 1914년부터 통속 잡지에 문언소설과 고전 시사를 발표하다가 1919년부터 백화소설을 쓰기 시작했다. 예사오쥔은 항상 하층민의 고통과 불행을 묘사했으며, 특히 소시민과 소시민의 습성을 가진 지식인의 우울한 생활을 그려내는 데 뛰어났다. 1931년에 선충원은 예사오쥔을 이렇게 평가했다.

> 언제나 중등 계층 지식인의 신분과 도량으로써 자기의 이야기를 창작했다. 문자 방면에서는 분명히 감동적이고 조직 방면에서는 조금도 과장이 없다. 비록 곳곳에서 자신을 잊지 못하고 있지만 그래도 자신을 한구석으로 축소시키고 있으며, 한편으로는 차분한 풍격으로써 묘사해낼 수 있는 인물과 사건을 묘사해냈으니, 예사오쥔의 창작은 당시 다른 모든 사람들의 작품과 비교해 완전한 것이었다.[13]

그래서 예사오쥔은 신문학 초기에 창작의 수량이 가장 많고 창작의 태도도 가장 엄격한 대표적인 소설가로 평가된다. 1920년대 그의 주요 작품

---

13 沈從文, 「論中國創作小說」, 『沈從文文集』 第十一卷(花城出版社, 1992), 167쪽.

으로는 단편소설집 『간극(隔膜)』(1922) · 『화재(火災)』(1923) · 『선하(線下)』(1925) · 『성중(城中)』(1925) · 『미압집(未厭集)』(1928) 및 장편소설 『니환즈(倪煥之)』(1928)가 있다.

예사오쥔의 작품 중에서 단편소설 「서너덧 되를 더 받다(多收了三五斗)」 · 「밤(夜)」 · 「어려움에 처한 판 선생(潘先生在難中)」 등은 높은 평가를 받았다. 이들 소설은 중국의 중고등학교 어문교과서에도 여러 차례 실렸다. 무엇보다 판(潘) 선생의 형상은 주목할 만하다. 「어려움에 처한 판 선생」은 군벌 혼전 시기에 랑리현(讓里縣)의 한 소학교 교장인 판 선생이 가족을 데리고 상하이로 피난하는 과정을 그린 것이다. 상하이로 피난 간 후 판 선생은 다시 처자를 내버려두고 현으로 돌아오는데, 부득이 수업을 중지한다는 교육국장의 통지를 전달받고는 상사의 명령을 생명의 안전보다 더 중요하게 여긴다. 현으로 돌아온 후로 판 선생은 자기 집안과 재산을 보호하기 위해 수단과 방법을 가리지 않는 반면 교육에는 무관심하다. 마지막으로 그는 전쟁에 승리한 두(杜) 원수의 환영 행사에 참가해, 군벌의 죄악을 잘 알면서도 오히려 공적과 은덕을 노래하는 표어 대련을 써서 바친다.[14] 예사오쥔은 이 소설에서 판 선생의 형상을 빌려 노예근성을 가진 인물을 묘사했는데, 전형적인 인물 형상을 창조해 그를 풍자하는 한편 그런 성격을 조성한 사회 환경을 비판하고자 했다. 예사오쥔은 교육에 종사해 교육계를 제재로 한 작품을 많이 창작했으니, 「밥(飯)」 · 「교장(校長)」 · 「성중(城中)」 등도 그런 작품에 해당한다.

예사오쥔의 대표작으로서 유일한 장편소설인 『니환즈』는 신문학 초기의 가장 성숙한 장편소설로 평가된다. 암울한 소시민 지식인을 형상화한 단편소설과는 달리 이 작품은 숭고한 이상을 추구하는 지식인 형상을 창조했다. 그래서 『니환즈』는 예사오쥔의 가장 중요한 '교육 문제' 소설인

---

14 黃修己, 『中國現代文學發展史』(中國青年出版社, 1994), 115쪽 참조.

동시에 그의 소설 창작 가운데 최고봉을 이룬 작품이다. 주인공 니환즈(倪煥之)는 신해혁명 후 초등교육계에 발을 들여놓는다. 그는 두 가지 이상을 실현하는 데 뜻을 두었다. 하나는 적절한 개혁을 통해 교육 구국을 실행하는 것이고, 하나는 현대 의식을 가진 이상적인 배우자를 찾는 것이었다. 처음에는 그의 이상이 순조롭게 실현되는 듯했다. 그는 자기와 같은 포부를 가지고 교육 개혁을 결심하고 있는 소학교 교장 장빙루(蔣冰如)를 만났고, 또 자연스럽게 신식 여성 진페이장(金佩璋)을 아내로 맞이했다. 그런데 결혼 후 아이를 낳은 진페이장은 점차 격정과 예기를 잃어버리고 전통적인 여성으로 변해 가정생활에 안주했다. 작품에서 "아내를 얻었으나 애인과 동지를 잃어버렸다"라는 니환즈의 탄식은 바로 이를 풍자한 것이다. 또한 니환즈의 교육 개혁도 향촌의 여러 가지 저항에 부딪쳐 제대로 실현되지 못했다. 드디어 5·4운동이 발발하자 니환즈는 혁명가 왕러산(王樂山)의 영향을 받아 단순히 교육 개혁을 주장하던 데서 벗어나 사회 개혁을 고취하는 데 앞장섰고 5·30운동 때에는 거리에서 활약하는, 시위 군중 속의 격렬한 혁명가가 된다. 그러나 5·30운동이 잔혹하게 진압되자 그는 내면적 고통을 견디지 못하고 지나치게 술을 마시다 결국 죽음에 이른다. 그러자 아내 진페이장은 남편의 돌연한 죽음을 통해 크게 깨닫고 다시 사회로 나가 남편의 사업을 이어갈 것을 결심한다. 이처럼 『니환즈』는 5·4운동 전야부터 5·30운동에 이르는 10년 동안 이상을 추구하던 당시 진보적인 지식인의 고난을 묘사했다. 제재의 의의나 작품의 예술적 수준으로 보아, 당시의 창작 중에서 일류의 작품으로 평가된다.[15] 예사오쥔의 소설은 냉엄하고 소박하고 근엄해 전형적인 사실주의적 특징을 지니고 있는데, 실험 단계를 거치지 않고 곧바로 성숙한 면모를 보여주어 높이 평가할 만하다.

---

15 程光煒·吳曉東·孔慶東·郜元寶·劉勇 主編, 『中國現代文學史』, 96쪽 참조.

쉬디산(許地山, 1893-1941)은 필명이 뤄화성(落花生)이고, 타이완(臺灣)에서 태어나 여러 해 동안 푸젠성(福建省)과 광둥성(廣東省), 미얀마, 말레이시아 등을 유랑했다. 1917년 옌징대학(燕京大學)에 입학해 1920년에 졸업했으며, 이듬해 문학연구회에 참가했다. 1923년부터 1926년 사이에 미국 콜롬비아대학과 영국 옥스퍼드대학에서 종교사 · 철학 · 민속학 등을 연구했다. 귀국하는 도중에 잠시 인도에 머물며 불교와 산스크리트어(梵語)를 연구하기도 했다. 쉬디산은 1921년에 첫 번째 단편소설 「명명조(命命鳥)」를 발표했고, 이어 전기 창작의 대표작인 「그물 짜는 거미(綴網勞蛛)」를 발표했다. 그의 작품은 인생의 의의를 탐색하는 데 집중하고 있는데, 형이상학적이고 종교적인 색채가 짙다. 1920년대 말 이후 그의 창작은 경향이 달라져 민중에 대한 묘사가 두드러지고 어두운 사회에 대한 비판을 담았는데, 「춘타오(春桃)」와 「쇠 물고기의 아가미(鐵魚底鰓)」가 바로 그러한 경향의 작품이다. 특히 잘 알려진 「춘타오」는 스스로 인생을 개척하는 강인한 여인의 삶을 묘사하고 있다. 여주인공인 춘타오는 불구인 명목상의 남편과 서로 의지하는 동거남과 함께 살면서 선량함 · 진솔함 · 강인함을 보여준다. 삶에 대한 애착으로 치욕을 감내하며 꿋꿋이 일해나가는 여주인공의 강인성이 돋보인다. 쉬디산이 출판한 단편소설집으로는 『그물 짜는 거미』 · 『위소추간(危巢墜簡)』 등이 있다.

왕퉁자오(王統照, 1897-1957)는 산둥성(山東省) 주청(諸城) 사람이다. 그는 1918년에 베이징의 중국대학(中國大學)에 들어갔다. 1921년에 문학연구회의 발기인의 한 사람으로 참가했으며, 1924년에는 중국대학 교수로 지내다가 2년 후에 칭다오(青島)로 옮겨 살았다. 이 기간에 그는 장편소설 『일엽(一葉)』 · 『황혼(黃昏)』, 단편소설집 『봄비 내리는 밤(春雨之夜)』 · 『상흔(霜痕)』을 출판했다. 왕퉁자오는 주로 인생 문제를 탐구하는 데 집착했는데, 그의 소설은 '미'와 '사랑'의 사상을 표현하면서 청춘 남녀의 고민을 묘사했고 감상적인 색채가 짙다. 그래서 작품 속에는 작가의 인생무상에 대한 감개가 개입되고 인생의 의의를 탐색할 때 느끼는 작가의 고통이 표현되어 있다. 왕퉁자오의 후기 대표작인 장편소설 『산우(山雨)』는 이전의 창작 경향과 달리 1920~1930년대 중국의 북방 농촌의 파산과 농민의 각성을 형상화한 작품이다.

제4절 마오둔(茅盾)과 『한밤중』

마오둔(茅盾)은 1896년 7월 4일 저장성 퉁샹현(桐鄕縣) 우전(烏鎭)에서 태어났다. 본명은 선더훙(沈德鴻)이고 자는 옌빙(雁冰)이며 첫 작품 「환멸(幻滅)」을 발표할 때부터 마오둔이라는 필명을 사용했다. 선(沈)씨 집안은 일찍부터 어느 정도 경제적인 부를 축적한 신흥 상인 집안이었다. 30세에 요절한 아버지 선융시(沈永錫)는 학구적인 개화파 지식인이었으며, 어머니 천아이주(陳愛珠)는 고문(古文)에 대한 교양이 깊었고 남편의 권유로 신학(新學)도 공부해 어린 더훙(德鴻)의 스승 노릇을 했다고 한다. 더훙은 8세 때 우전에서 최초로 설립된 초급학교인 리즈소학(立志小學)에 제1기생으로 입학했으며, 이어 후저우중학(湖洲中學)에 입학했고 또 항저우(杭州)에 있는 안딩중학(安定中學)에 들어갔다. 안딩중학을 졸업한 더훙은 1914년 베이징대학 예과(豫科)에 입학했고, 1916년에 졸업한 후 가정 형편상 더 진학하지 못하고 그해 가을부터 상무인서관(商務印書館)의 편역원(編譯員)으로 근무하면서 주로 외국 문학을 번역·소개했다. 마오둔은 1921년 저우쭤런(周作人)과 정전둬(鄭振鐸), 예사오쥔 등과 더불어 문학연구회를 설립하고 자신이 편집을 맡고 있던 『소설월보(小說月報)』를 개편해 기관지로 삼아 '인생을 위한 문학'을 제창했다. 이때 마오둔은 사실주의 원칙을 견지해 문학의 사회성과 시대성을 중시했다. 마오둔은 1921년 중국공산당의 초기 당원으로 가입해 당 중앙과의 비밀 연락책을 맡기도 했으며, 상하이에서 중국공산당이 경영하는 평민여학교에서 영어를 가르치기도 했다.

5·30 사건이 발생한 이듬해인 1926년 1월에 마오둔은 광저우(廣州)로 내려가 제1차 국공합작(國共合作) 당시의 국민당 중앙선전부 비서가 되었다. 이때 중앙선전부 부장은 왕징웨이(王精衛)였으나 곧 마오쩌둥(毛澤東)으로 교체되었으니 마오둔은 잠시 마오쩌둥 밑에서 일한 셈이 된다. 1926년 3월 중산함(中山艦) 사건 후 다시 상하이로 돌아왔다가 1927년 1월 우한(武漢)으로 가서 『국민일보(國民日報)』의 주필을 맡았다. 마오둔은 1927년 4·12정변 이후 큰 충격을 받고 다시 상하이로 돌아와 창작에 전념하게 되는데, 1927년 9월부터 1928년 6월 사이에 중편소설 3부작 「환멸」·「동요(動搖)」·「추구(追求)」를 완성해 나중에 『식(蝕)』 3부작으로 묶어 출판했다. 또 1929년에는 장편소설 『무지개(虹)』를 완성했다. 마오둔은 1930년 봄 좌련에 참가했으며, 그해 가을 병이 생겨 요양하던 차에 소설 창작에 필요한 소재와 자료를 수집하는 한편 그것을 꼼꼼하게 연구했다. 이때 그는 "중국은 자본주의의 길을 걷고 있는가, 아니면 식민지화가 더욱 가속화되고 있는가"라는 문제를 소설적 형상화를 통해 드러내고자 했는데, 그 결과 『한밤중(子夜)』을 창작하게 되었다고 한다. 『한밤중』은 1931년 10월부터 1932년 12월 사이에 창작된 마오둔의 대표작이다. 이 시기에 마오둔은 그의 또 다른 대표작인 「임 씨네 가게(林家鋪子)」·「봄누에(春蠶)」도 창작했다.

1936년 좌련이 해산된 후 마오둔은 문예계의 항일운동에 참가했으며, 1937년에는 상하이에서 주간지 『봉화(烽火)』의 주필을 담당했고 상하이가 일본군에 의해 함락되자 홍콩으로 갔다. 그 후 마오둔은 창사(長沙)·우한(武漢)·광저우 등지를 넘나들면서 항일운동에 매진했다. 1942년에는 『서리맞은 단풍이 2월의 꽃처럼 붉다(霜葉紅似二月花)』의 창작에 착수해 제1부를 완성했고, 항일전쟁 승리를 앞두고 1945년 8월에는 극본 『청명·전후(清明前後)』를 썼다.

중화인민공화국이 성립되면서 1949년 7월에 열린 제1차 전국문학예술공작자대표대회(全國文學藝術工作者代表大會)에서 마오둔은 중화전국문학예술계연합회(中華全國文學藝術界聯合會, 약칭 문련) 부주석과 중화전국문학공작자협회 주석으로 당선되어 활동했다. 그 후 그는 15년간 문화부장을 역임하고, 중국작가협회 주석 등 문예계의 요직을 역임했다. 문화대혁명 때 홍위병들이 그를 비판하는 대자보를 내붙일 때에도 그는 전국정치협상회 부주석의 신분으로 공개적인 집회에 모습을 드러냈는데, 원로 문인 중에서 유일하게 비판 투쟁을 모면했다. 마오둔은 1981년 3월 27일 85세의 나이로 생을 마감했다. 1981년 3월 14일자 『인민일보(人民日報)』에는 「선옌빙 동지의 추도회가 베이징에서 융성하게 거행되다(沈雁冰同志追悼會在京隆重擧行)」라는 기사와 후야오방(胡耀邦)의 추도사가 함께 게재되었으며, 화궈펑(華國鋒), 덩샤오핑(鄧小平), 리셴녠(李先念), 후야오방, 자오쯔양(趙紫陽) 등 당시 중국의 최고 정치 권력자들이 모두 마오둔의 추도회에 참석했다고 한다.

마오둔의 소설 중에서 가장 큰 성취를 이룩한 작품은 장편소설 『한밤중(子夜)』이다. 이 소설은 1933년 취추바이(瞿秋伯)에 의해 중국에서 "성공적인 최초의 사실주의 장편소설"이라는 평가를 받기도 했다. 제목 '자야(子夜)'는 밤 11-1시 사이의 칠흑 같은 어둠, 즉 한밤중을 의미한다. 이 소설은 원래 『소설월보』 1932년 1 · 2월호에 '석양(夕陽)'이라는 제목으로 게재될 예정이었으나 1 · 28상하이사변으로 인해 상무인서관이 불에 타는 바람에 원고가 소실되었다. 다행히 작가가 따로 한 부를 더 베껴놓아서 1933년 1월 『한밤중』이라는 제목으로 개명서점(開明書店)에서 출판될 수 있었다. 이 책의 초판본에는 'The Twilight: A Romance of China in 1930'이라는 부제가 붙어 있었는데, 'Twilight'는 '황혼'을 의미하기도 하고 '새벽녘'을 의미하기도 한다. 그래서 초판이 나왔을 때 서평을 쓴 주쯔칭(朱自淸)은 "자야(子夜)의 의미는 여명 직전이다"라고 해석한 바 있다. 이 책의 내용을 보면 주인공인 우쑨푸(吳蓀甫)가 끝내 매판 자본가 자오보타오(趙伯韜)에게 패배하고 이에 따라 중국 민족 공업의 장래가 암담해지면서 제국주의 세력 및 이와 결탁한 매판 세력에 의해 중국이 지배당하게 되는데, 이러한 표면적인 내용 전개에 따른다면 중국의 전도는 '한밤중'에 처하게 된다. 그러나 작품 후반부에 집중적으로 묘사되어 있듯이 광범한 노동 대중의 역량이 점차 주체 세력을 형성, 역사의 전면에 나서고 있음을 상기할 때 '신새벽'의 도래를 감지할 수도 있다. 마오둔은 스스로 "'자야'는 한밤중(半夜)이며, 한밤중이므로 곧 날이 밝을 것이다"라고 말한 적이 있으니, '자야'의 이중적인 의미를 충분히 이해할 수 있다.

『한밤중』의 시대적 배경은 남북대전(南北大戰)이다. 남북대전은 1930년 5월부터 10월에 걸쳐, 장제스(蔣介石)를 수반으로 하는 난징의 국민정부군(중앙군)과 펑위샹(馮玉祥), 옌시산(閻錫山)의 서북군 및 바이충시(白崇禧), 리쭝런(李宗仁)의 광서파(廣西派)가 연합한 '반장연합군(反蔣聯合軍)' 사이에 벌어진 내전으로서, 비록 그 기간은 4개월 남짓에 불과했지만 규모가 큰 전쟁이었다. 국민당의 각 군벌들은 표면적으로는 화합하고 있었으나 상호 대립하고 세력 확장에 힘쓰고 있었다. 장제스는 통일을 달성했다는 명분하에 '재병(裁兵)'과 '편견(編遣)'에 착수했다. '재병'은 병력의 감축을 뜻하고 '편견'은 군대 편제의 개편을 뜻하는바, 이는 병력을 줄이고 군벌들의 무력을 축소시켜 중앙집권을 공고히 하려는 의도를 가지고 있었다. 『한밤중』은 바로 이 남북대전을 시대적 배경으로 해서, 당시 상하이를 중심으로 민족자본가 세력, 매판금융 세력, 노동 세력 사이의 대립과 갈등을 묘사하고 있다.

작품은 우쑨푸를 중심으로 하는 민족자본계급과 자오보타오를 우두머리로 하는 매판금융 세력 간의 대결을 통해 중국 민족자본계급의 현실 상황과 앞날을 그리고 있다. 우쑨푸는 민족 공업을 발전시키겠다는 야심과 모험 정신, 그리고 뛰어난 수완을 가진 민족자본계급의 대표적인 인물이다. 그러나 그는 매판금융 자본가 자오보타오의 압력과 경제 위기, 군벌 내전 등으로 인해 위기에 몰리자 공장의 노동자들에게 무력의 사용조차 망설이지 않으며, 공채 투기라는 비상적인 방법으로 자본을 확대・축적하고자 한다. 이는 민족자본가의 이중성을 말해준다. 그럼에도 불구하고 우쑨푸는 결국 위기를 극복하지 못하고 매판금융 세력 자오보타오에게 패해 파산하고 만다. 이 작품 속에는 70여 명의 인물이 등장하며, 우(吳) 나으리와 쩡창하이(曾滄海)를 중심으로 한 봉건 세력의 몰락 양상, 판보원(范博文)과 리위팅(李玉亭) 등의 소자산계급의 향락적이고 기회주의적인 행동, 투웨이위에(屠維岳)를 위시한 자본가의 주구 세력들의 행태 등이 사실적이고 전형적으로 묘사되어 있다. 「제4장 봉기하는 농민」에서는 혁명 역량이 발흥하고 있는 농촌의 변화를 표현하고자 한 복선이 깔려 있다. 다만 그것은 매우 단편적인 묘사에 그치고 구성상 전체 줄거리와 유리되어 있어 아쉬움으로 남는다. 그렇지만 『한밤중』은 1930년 당시 중국의 각 계급의 생생한 모습, 정치・경제적 상황, 도덕적 풍조, 사상적 동요, 복잡하고 첨예한 모순 속에서 상호 얽히는 인물들의 성격을 섬세하고 생동적으로 형상화해 1930년대의 사회사를 그림처럼 보여주고 있어 당시 중국 현실을 가장 전형적으로 표현한 대표적인 소설로 평가된다.

마오둔은 1941년 「『한밤중』은 어떻게 씌어졌는가(『子夜』是怎樣寫成的)」라는 글에서 『한밤중』을 쓰게 된 경위를 이렇게 설명했다.

친구 중에는 실제 활동하고 있는 혁명당도 있었고 자유주의자도 있었으며, 고향 친구 중에는 기업가, 공무원, 상인, 은행가도 있었다. 그때 나는 한가한 시간을 보내고 있었으므로 그들과 자주 왕래했으며, 그들로부터 많은 것을 들었다. 여태껏 사회 현상에 대해 대략적인 윤곽만 알고 있던 나는 이제야 좀 더 분명하게 알게 되었다. 당시 나는 이들 자료를 이용해 소설 한 편을 쓸 작정이었다. 나중에 눈병도 좀 나아서 책을 볼 수 있게 되었다. 당시 중국 사회 성질에 관한 논문을 읽고 내가 관찰해서 얻은 자료와 그들의 이론을 대조해보니 소설을 쓰려는 내 흥미가 더욱 커졌다.[16]

이처럼 마오둔은 친구로부터 들은 이야기와 현실 관찰을 토대로 해서 그것을 당시 벌어지고 있던 사회구성체 논의와 연결시켜 『한밤중』을 창작했다. 당시 중국의 사회구성체에 대한 논의는 두 가지 관점으로 갈라져 진행되었다. 하나는 중국이 여전히 제국주의와 봉건적 잔존물이 결합된 반(半)식민지 반(半)봉건 사회에 놓여 있다는 것이고, 다른 하나는 중국이 이미 자본주의의 길을 걷고 있다는 것이었다. 만일 중국을 반식민지 반봉건 사회로 규정한다면 중국혁명은 반제반봉건(反帝反封建)을 당면 과제로 설정해야 한다. 만일 중국을 자본주의 단계로 들어선 것으로 본다면 중국혁명은 자본가계급과의 투쟁을 당면 과제로 설정해 사회주의혁명을 지향해야 한다. 마오둔은 전자의 입장을 소설 창작에 적극적으로 반영하고자 했다. 또한 마오둔은 민족자본가의 몰락과 노동자의 봉기를 서술하게 된 배경을 이렇게 설명했다.

1930년대 봄 세계 경제공황은 상하이에 파급되었다. 중국 민족자본가는 외국 자본의 압박을 받고 세계 경제공황의 위협을 받아서 자신의 위기를 전가하기 위해 노동자계급에 대한 착취를 강화해서 노동 시간을 늘리고 임금을 낮추었으며 노동자를 대거 해고시켰다. 그리하여 노동자들의 강력한 반항을 불러일으켰다. 경제 투쟁은 폭발했고, 또 경제 투쟁은 빠른 속도로 정치 투쟁으로 바뀌었으니, 민중운동은 당시의 객관적인 조건에서는 타당한 것이었다.[17]

---

16 茅盾, 「『子夜』是怎樣寫成的」, 『茅盾選集 · 文論』(四川文藝出版社, 1985), 292-293쪽.
17 茅盾, 「『子夜』是怎樣寫成的)」, 『茅盾選集 · 文論』, 293쪽.

그래서 마오둔은 소설 형식을 빌려 다음의 세 가지 측면을 묘사할 작정이었다고 했다. 첫째, 민족 공업이 제국주의 경제 침략의 압박하에서, 세계 경제공황의 영향하에서, 농촌 파산의 환경하에서 스스로를 보호하기 위해 더욱 잔혹한 수단을 사용해 노동자계급에 대한 착취를 강화시킨다는 점, 둘째, 이 때문에 노동자계급의 경제적 · 정치적 투쟁을 불러일으킨다는 점, 셋째, 당시의 남북대전과 농촌 경제의 파산 및 농민 폭동이 민족 공업의 공황을 더욱 심화시킨다는 점이 그것이다.[18]

이렇듯 마오둔은 당시 중국의 정치 · 경제적 상황에 대한 객관적인 분석을 시도해 사회 현상을 사실적으로 형상화하고자 했다. 특히 민족자본가 우쑨푸의 실패를 통해 중국은 자본주의 발전의 길을 걷고 있지 않으며 제국주의의 압박하에서 식민지화가 더욱 강화되고 있음을 보여주고자 했다. 요컨대, 『한밤중』은 중국 민족 공업의 운명을 묘사하고 중국의 내외 금융자본의 본질을 폭로하고 농민운동의 전도와 노동자의 힘을 드러내고 있는바, 우쑨푸의 인물 형상은 제국주의의 압박과 봉건 군벌의 통치하에서 민족자본가계급의 파산이 필연적임을 보여준다.

제5절 바진(巴金)과 『가(家)』

바진은 1904년 11월 25일 쓰촨성(四川省) 청두(成都)의 관료 지주 집안에서 태어났다. 원명이 리야오탕(李堯棠)이고 자가 페이간(芾甘)이며, 그의 조부 및 부친은 모두 청조(淸朝)의 관리를 지냈다. 아버지는 여러 차례 지현(知縣)을 역임하다 사직했고 어머니는 선량하고 온화한 사람이었다고 한다. 바진의 나이 10여 세 때 부모가 모두 세상을 떠나는 바람에 부모의

18 茅盾, 「『子夜』是怎樣寫成的)」, 『茅盾選集 · 文論』, 293쪽.

보호를 받지 못하고 자란 바진은 봉건 대가정 내부의 냉혹함, 원한, 알력 등을 체험하게 되었다고 한다. 바진은 5·4신문화운동이 전개되던 시기에 고향에서 그의 큰형, 셋째 형과 함께 『신청년』 등 신문화 간행물들을 탐독하는 한편 친구들과 단체를 만들고 간행물을 발간해 사회제도를 비판하기도 했다. 19세 되던 1923년 5월 바진은 결국 셋째 형인 리야오린(李堯林)과 함께 봉건 가정을 뛰쳐나와 상하이에 도착했다. 얼마 후 그는 난징의 둥난대학부중학(東南大學附中學)에 들어갔고, 1925년에 졸업했다. 이 시기에 그는 『학등(學燈)』·『민종(民鐘)』·『홍수(洪水)』 등의 잡지에 무정부주의에 관한 글과 번역문을 발표했다.

바진은 1927년 1월 프랑스로 유학을 떠났다가 1928년에 귀국하게 되는데, 유학하는 동안 프랑스 파리의 한 여관 구석방에서 중편소설 「멸망(滅亡)」을 창작해 문학 활동을 시작했다. 「멸망」은 귀국 후 1929년 『소설월보』에 발표되면서 큰 반향을 불러일으켰다. 이 소설은 생명을 바쳐 암흑 사회에 대한 복수를 실행하는 혁명가 두다신(杜大心)을 형상화한 것이다. 인물 형상이 성공적인 것은 아니지만 전제 폭정에 대한 주인공의 증오와 반항 정신이 잘 표현되어 있다. 1928년 상하이로 돌아온 바진은 본격적인 창작 활동에 몰두해 1931년에 『신생(新生)』을 썼으며, 1931년 여름부터 1933년 말 사이에 『안개(霧)』(1931)·『비(雨)』(1932)·『번개(電)』(1933)를 차례로 발표해 '애정삼부곡(愛情三部曲)'을 완성했다. 이들은 당시 봉건 군벌에 대항하는 반봉건 사상을 주제로 한 작품이다. 이어 『가(家)』(1933)를 쓰고, 단속적으로 『봄(春)』(1938)·『가을(秋)』(1940)을 완성해 '격류삼부곡(激流三部曲)'을 마무리 지었다. 그리고 1929년부터 1937년 중일전쟁이 발발하기까지 많은 단편소설을 창작해 『복수(復仇)』(1931)·『광명(光明)』(1931)·『장군(將軍)』(1934)·『신·귀·인(神·鬼·人)』(1935)·『장생탑(長生塔)』(1937) 등과 같은 단편소설집도 출판했다. 바진은 자신의 창작과 관련해 "나의 글쓰기는 내 젊음의 생명을 소비하고 내 활력을 낭비한 것에 지나지 않으며 나의 글은 내 피를 빨아먹고 있다는 것을 스스로도 알고 있다. 그렇지만 사회 현상은 채찍처럼 뒤에서 나를 후려치고 있어 나는 붓을 들지 않을 수 없었다"[19]라고 했다. 바진은 당시의 사회 현상으로 말미암아 생명을 바쳐야 하는 절박감을 느끼며 창작에 임했던 것이다.

1937년 중일전쟁이 폭발하자 바진은 항일 구국운동에 적극적으로 참여하면서 1938년부터 1944년 사이에 '항전삼부곡(抗戰三部曲)'을 완성했다. 이 시기까지 바진은 변혁과 격동의 시기에 젊은이들의 고뇌와 사랑, 희망과 좌절 등을 묘사함으로써 젊은이들에게 희망을 주는 작품을 써서 독자들로부터 크게 환영을 받았다. 종전(終戰) 전후에는 회의와 우울로 가득 찬 소시민들의 삶의 애환과 민족의 고난을 묘사한 『휴식의 정원(憩園)』·『제4병실(第四病室)』·『추운 밤(寒夜)』 등을 창작했다. 이 외에도 바진은 많은 단편소설을 창작했고, 자신의 경험과 창작 생활을 회상하는 수많은 수필을 남겼다. 문화대혁명이 끝난 후 그가 겪은 고통과 수난을 고발한 회고류의 수필집 『수상록(隨想錄)』(1979)·『탐색집(探索集)』(1981)·『진화집(眞話集)』(1982)·『병중집(病中集)』(1984)·『무제집(無題集)』(1986) 등은 오늘날까지도 많은 애독자를 가지고 있다. 바진은 문화대혁명이 끝난 뒤 복권되어 1979년 중국 작가 대표단의 단장으로 프랑스를 방문했는데, 이때 통역으로 따라간 사람이 바로 나중에 중국인 최초로 노벨문학상을 수상하게 된 가오싱젠(高行健)이다. 그 뒤 바진은 중화전국문학예술계연합회 주석과 중국작가협회 주석 등 문예계의 요직을 맡기도 했다.

바진이라는 필명은 러시아 무정부주의자 바쿠닌(Bakunin)과 크로포트킨(Kropotkin)의 이름과 관련이 있듯이('Ba-'와 '-kin'을 결합해 바진이라 함) 바진은 한때 무정부주의에 경도된 적이 있었다. 이 때문에 그는 1950년대 말 문예 평론가 야오원위안(姚文元, 나중에 사인방四人幇의 한 사람이 됨)에 의

19 巴金, 「將軍·序」, 『巴金論創作』(上海文藝出版社, 1983), 33쪽.

해 무정부주의자로 내몰렸고, 문화대혁명이 시작되자 혹독한 비판을 받아야 했다. 결국 바진은 문화대혁명 기간 동안 정치적 소용돌이를 벗어나지 못하고 온갖 고초와 수모를 당했고, 아내 샤오산(蕭珊)마저 잃는 비극을 경험했다. 문화대혁명 기간 동안 겪은 그의 고통과 수난은 회고류의 수필집 『수상록』·『진화집』 등에 감동적으로 서술되어 있다. 바진은 2005년 10월 17일 101세의 나이로 파란 많은 생을 마감했다. 그는 1904년에 태어났으니 20세기 전체를 경험하고 세상을 떠난 셈이다. 그의 유골은, 1972년 병사해 33년간 자신의 침상 옆에 보관해왔던 아내 샤오산의 유골과 함께 중국 동해에 뿌려졌다고 한다.

특기할 것은, 바진이 무정부주의 사상에 경도되었을 때, 당시 중국에서 활동하고 있던 한국의 독립운동가들과 연계를 맺고 있었다는 점이다. 1926년 3월에 발표한 바진의 「한 통의 공개편지(一封公開的信)」는 그러한 사실을 입증해준다. 이 글은 바진이 'L' 군의 부탁으로 베이징의 고려청년사(高麗青年社)가 창간한 주간지 『고려청년(高麗青年)』의 발간을 지지하기 위해 쓴 것이었다. 바진은 이 글에서 "작년에 베이징에 가서 고려 친구, 'S', 'L' 두 사람을 만났는데, 그들은 고려 민중운동의 상세한 상황을 자세하게 알려주었습니다. 저는 특히 'L' 군에게 감사합니다. 어느 고요한 밤, 밝은 달이 휘영청 하늘에 걸려 있었고, 그는 고려 민중의 악전고투의 전경(全景)을 자세하고도 격분에 차서 제 눈앞에 펼쳐 보여주었습니다. 그는 고려독립군이 일본군대와 만주에서 악전고투하던 상황을 이야기해주었습니다"[20]라고 말했다. 바진이 언급한 'S'와 'L'은 바로 당시 무정부주의 사상에 경도된 한국의 독립운동가 심여추(沈茹秋)와 류수인(柳樹人)을 가리킨다. 바진은 류수인이 들려준 한국의 독립운동 이야기에 큰 감동을 받았으니, 글의 말미에서 "중국 민중들이 당신들의 이러한 정신에 감동을 받을

20 巴金, 「一封公開的信」, 『巴金全集(18)』(人民文學出版社, 1993), 78쪽.

것이며, 잠에서 깨어나 각성하게 될 것입니다"[21]라는 말도 덧붙였다.

1980년대에 활동한 문학 비평가 류짜이푸(劉再復)는 열정적이고 정직하고 진실한 작가로서 바진의 가치를 강조해 "그의 작품은 진실한 생명과 긴밀하게 연관되어 있으며, 그의 일생은 생명의 횃불을 높이 들어 추구하고 항쟁해나간 것이었다"[22]라고 말한 바 있다. 바진은 정직하고 진실한 작가로서 시대정신을 가장 순수한 열정으로 표현한 중국 현대문학의 대표적인 작가이다. 바진의 문학 시기는 세 단계로 나눌 수 있다. 첫째, 1927년 「멸망」에서 '애정삼부곡'·'격류삼부곡'을 거쳐 『휴식의 정원』, 『제4병실』, 『추운 밤』을 발표했던 시기이다. 이 시기에 바진은 반봉건 사상을 형상화하고 항일운동에 매진하는 한편 젊은이들의 희망과 좌절을 묘사했다. 바진의 창작은 주로 이 시기에 완성된다. 둘째, 사회주의 중국이 성립된 이후 이른바 노동자·농민·병사 대중과 정치에 대한 문학의 봉사를 강요받았던 시기로서 문화대혁명이 끝나는 1976년까지이다. 이 시기에 바진은 정상적인 창작 활동을 거의 하지 않았다. 셋째, 사인방(四人幇)이 숙청된 이후 문단의 요직을 맡고 창작 활동을 재개해 2005년 사망하기까지 마지막 창작 열정을 불태웠던 시기이다. 이 시기에 바진은 문화대혁명 당시의 고통과 수난을 고발한 회고류의 수필을 주로 썼다.

바진의 작품 중에서 『가(家)』는 예술적 성취도가 높고 영향력도 가장 컸던 작품이다. 『가』는 1931년 상하이의 『시보(時報)』에 '격류(激流)'라는 제목으로 처음 연재되었으며, 나중에 개명서점(開明書店)에서 단행본으로 출판되었다. 이 작품은 5·4운동 직후인 1920년부터 1921년 사이 쓰촨성 청두를 배경으로 새로운 시대 조류의 충격 속에서 봉건 대가정이 붕괴해가는 과정을 서술하고 있다. 이야기는 청두의 가오(高)씨 집안을 배경으로

---

21 巴金, 「一封公開的信」, 『巴金全集(18)』, 79쪽.

22 劉再復, 「巴金的意義」, 『生命的開花: 巴金研究集刊卷』, 陳思和·李存光 主編(文匯出版社, 2005), 93쪽.

전개되는데, 이 집안의 손자인 줴신(覺新), 줴민(覺民), 줴후이(覺慧) 등 세 청년의 삶과 행동이 서사의 중심을 이룬다. 가오씨 집안에서는 가장인 조부(高老太爺)를 중심으로 이미 죽은 장남의 가족, 셋째 아들 커밍(克明), 넷째 아들 커안(克安), 다섯째 아들 커딩(克定)의 가족들, 그리고 밍펑(鳴鳳)을 비롯한 각 가족에 딸려 있는 하인들 수십 명이 살고 있다. 죽은 장남 가족의 맏아들 줴신은 아버지가 일찍 죽은 탓에 어릴 때부터 대가정의 장손으로서의 역할을 떠맡아야 했다. 다소 유약하면서도 소극적인 성격을 가진 그는 사고하고 행동하는 데 자유롭지 못해 항상 조부와 집안 어른들의 눈치를 살피고 그들의 압력을 받아야 했다. 그에 비해 둘째인 줴민과 셋째인 줴후이는 신식 교육을 받고 자랐으며 합리적이고 진보적인 사고를 지닌 청년들이다. 이들은 신식 교육뿐만 아니라 5·4시기 신사조의 영향을 받아 봉건 가정의 비합리적이고 비인간적인 체제와 사고방식에 반기를 들고 봉건 가정에 과감하게 도전한다.

작품은 줴후이를 위시해 줴민, 수잉(淑英) 등 청년들을 열정적으로 그려냈는데, 무엇보다 줴후이의 형상이 두드러진다. 줴후이는 5·4시기 신사조의 영향을 받아 구가정의 죄악과 부패를 뚜렷하게 인식하고 있었고 그 붕괴의 필연성도 의식하고 있었다. 그는 봉건 가정을 젊은이들의 이상과 행복을 억압하는 무덤의 공간으로 여겼다. 그리고 어른들이 설정해놓은 신사(紳士)의 길을 걷지 않고 큰형처럼 인내하며 살지도 않을 것이며 오로지 스스로 주인이 되겠다고 다짐한다. 줴후이는 과감하게 조부의 지시에 대항하고, 사회개혁운동에 적극적으로 참여하고, 진보적인 간행물을 편집하고, 봉건주의를 토벌하는 격문을 쓰고, 신문화와 신사상을 선전한다. 그는 줴민과 친(琴)의 자유연애를 적극 지지했으며, 자신은 하녀 밍펑과 사랑에 빠졌다. 결국 사랑하던 여인 밍펑이 봉건제도의 벽을 뛰어넘지 못하고 펑(馮) 영감의 첩으로 가게 되는 전날 밤 연못에 뛰어들어 스스로 목숨을 끊자 줴후이는 집안에 대한 분노를 더한층 불태우게 된다. 그는 조부가 세상을 떠나자 마침내 집을 뛰쳐나와 상하이로 떠나는 배에 오른다. 작품의 결미는 이렇게 서술된다.

> 그는 차츰 기쁨인지 슬픔인지 모를 새로운 감정에 사로잡혔다. 그러나 그 자신이 집을 떠났다는 것만은 확실히 깨달을 수 있었다. 그 물결은 쉬지 않고 흘러 그를 미지의 대도시로 실어다 줄 것이다. 거기에서는 모든 새로운 것들이 자라나고 있을 것이다. 새로운 운동이 일어나고, 많은 대중이 있을 것이며, 편지 왕래만 했을 뿐 아직 만나본 적 없는 정열적인 젊은 벗들이 자신을 기다리고 있을 것이다.

요컨대, 『가』는 봉건 대가정 내의 구세대와 신세대 사이의 갈등을 묘사해 봉건 대가정이 몰락해가는 과정을 형상화하고 있다. 이는 5 · 4시기 반봉건 계몽운동의 충격을 문학적으로 반영한 것이다. 특히 주인공 줴후이는 봉건 대가정의 반역자로 형상화되고 있는데, 작가의 이상주의적 격정이 깃들어 있는 인물이라 할 수 있다. 줴후이는 인도와 인성에 위배되는 봉건적인 도덕 · 예교 · 습속을 증오해 그것을 전면 부정했으니, 작가가 그리고자 한 이상적인 인물로서 작가 자신의 화신으로 보아도 좋을 것이다. 바진의 창작은 대체로 사랑과 증오, 광명과 암흑, 반항과 헌신의 대립적 감정이 충만되어 있는데, 줴후이의 인물 형상에 잘 구현되어 있다.

제6절 라오서(老舍)와 『낙타 샹쯔』

라오서는 1899년 베이징에서 태어났으며, 본명이 수칭춘(舒慶春)이다. 그의 부모는 만주기인(滿洲旗人)이었으며, 라오서는 세 살 때 부친을 여의고 어머니 밑에서 자랐다. 청나라 황궁의 수비병이었던 부친은 1900년 의

화단 사건 당시 8국 연합군의 베이징 침입 때 사망했고, 어머니가 삯바느질, 허드렛일로 겨우 생활을 꾸려갔다. 그래서 라오서는 어려서부터 빈민들이 거주하는 곳에서 살면서 하층민들과 함께 생활했다. 이러한 생활 환경으로 말미암아 그는 사회의 어두운 면과 노동자들의 고통을 몸소 체험하게 되었고, 그것은 이후 그의 창작 기반이 되었다. 1906년 서당에 들어가 공부하기 시작한 라오서는 3년 뒤에 신식 학당으로 옮겼다. 1912년에는 소학교를 졸업했고, 보통중학을 반년간 다니다가 1913년에 시험을 보고 베이징사범학교(北京師范學校)에 입학했다. 1918년 베이징사범학교를 졸업한 라오서는 톈진(天津)의 난카이중학(南開中學)과 베이징의 제일중학(第一中學)에서 국어교사로 지냈다. 교사로 재직하던 1924년 옌징대학(燕京大學)의 한 영국인 교수의 추천으로 영국에 교육 시찰을 가게 되었고, 그때 런던대학의 중국어 강사로 초빙되어 영국에서 6년간 생활했다. 그곳에서 그는 서양의 많은 문학 작품을 탐독하는 한편, 찰스 디킨즈의 해학적이고 풍자적인 작법의 영향을 받아 장편소설 『장 씨의 철학(老張的哲學)』(1926) · 『자오쯔왈(趙子曰)』(1927) · 『얼마(二馬)』(1929) 등을 창작해 당시 영국에 유학 중이던 쉬디산(許地山)의 소개로 『소설월보』에 발표했다.

1930년에 귀국한 라오서는 치루대학(齊魯大學) 교수로 재직하면서 창작 활동을 지속해 『묘성기(猫城記)』 · 『이혼(離婚)』 · 『초승달(月牙兒)』 등을 썼다. 『이혼』은 베이징의 재정소(財政所) 직원들의 우울한 생활을 묘사했는데, 라오서 장편소설의 성숙을 의미하는 작품이다. 이 소설은 '이혼'을 둘러싸고 이야기가 전개되지만 '이혼하기 어려운' 현실을 아이러니 효과로 보여준다. 창작에 전념하기 위해 1936년에 교수직을 그만둔 라오서는 전업 작가로 활동하면서 베이징의 하층 사회에서 겪는 인력거꾼 샹쯔(祥子)의 인생 역경을 그린 대표작 『낙타 샹쯔(駱駝祥子)』를 발표했다. 곧이어 일본의 침략으로 중일전쟁이 발발하자 그는 중화전국문예계항적협회(中華全國文藝界抗敵協會)에서 요직을 맡아 활동했으며, 그 후 『사세동당(四世同

堂)』·『정홍기 아래(正紅旗下)』(正紅旗는 만주 八旗의 하나) 등의 장편소설을 지었다. 1945년 이후 미국에서 생활하던 라오서는 1950년 중화전국문학예술계연합회의 '신년다화회(新年茶話會)'에 초청되어 귀국하면서 중국에서 작가 생활을 다시 시작했고, 1951년 53세 때에는 '인민예술가'의 칭호를 받았다. 그러나 1966년 문화대혁명의 와중에 부르주아 작가로 몰려 홍위병들에게 엄청난 수모를 당했다. 그해 8월 라오서는 수백 명의 홍위병 중학생들에게 구타당하고 조롱당한 뒤 풀려났으나 그 직후 실종되었다가 연못에 빠진 시체로 발견되었다.

『낙타 샹쯔』는 라오서의 대표적인 장편소설이다. 이 소설은 1936년 여름부터 『우주풍(宇宙風)』에 단속적으로 연재되다가 1937년 10월에 연재가 완료되었다. 그 후 1941년 1월 충칭(重慶)에서 단행본으로 출판되었고, 1945년에는 미국에서 'Rickshaw Boy'라는 제목으로 번역·출판되기도 했다. 사회주의 중국이 성립된 이후 라오서는 『낙타 샹쯔』를 개정해야만 했는데, 그는 개정판 후기에서 그 이유를 이렇게 밝혔다.

> 이 소설은 나의 19년 전의 옛 작품이다. 작품에서 나는 비록 고생하는 인민을 동정하고 그들의 훌륭한 성품을 경애했지만 그들에게 이렇다 할 삶의 방향을 제시해주지 못했다. 그들은 고통스럽게 살아가면서 억울하게 죽어갔다. 그것은 내가 당시 사회의 어두운 일면만 보았을 뿐 혁명의 광명을 보지 못하고 혁명의 진리를 인식하지 못했기 때문이다.

라오서는 『낙타 샹쯔』가 혁명과 광명을 제시해주는 인물 형상을 제대로 창조하지 못했다는 이유로 그것을 고쳐 쓰지 않을 수 없었던 것이다. 이는 『낙타 샹쯔』가 원래 당시 사회의 그늘을 묘사함으로써 주인공 샹쯔의 인물 형상을 비극적으로 그려내고 있음을 시사해준다.

『낙타 샹쯔』는 군벌 간의 혼전을 배경으로 샹쯔라는 인력거꾼이 겪는 갖가지 불행을 통해 당시의 복잡한 사회 모순을 드러내고 도시 빈민의 고통스러운 생활과 비참한 운명을 그려내고 있다. 이야기는 농촌에서 베이징으로 흘러들어온 샹쯔가 돈을 벌어 인력거 한 채를 사서 자기 힘으로 생활하고자 하는 소박한 꿈을 품는 것으로 시작한다. 샹쯔는 100원만 모으면 쓸 만한 인력거를 살 수 있다는 집념으로 3년간 각고의 노력 끝에 96원을 주고 인력거 한 채를 마련한다. 그런데 어느 날 갑자기 군대에 끌려가 인력거를 빼앗기고 탈주할 때 낙타 세 마리를 주워서 35원에 팔아 잃어버린 인력거의 보상으로 간주하며 양심의 가책을 잊는다. 과거와는 달리 점차 돈을 벌기 위해 예의염치를 포기한 샹쯔는 인화거창(人和車廠)의 주인 류쓰(劉四)의 딸 후뉴(虎妞)에게 동정을 잃은 뒤, 다른 동료들처럼 즉흥적이며 타락한 자포자기의 상태로 변해버린다. 끝내 인력거에 의지한 꿈이 성취되지 못하고 비참한 말로에 접어든 샹쯔는 술과 담배, 여자를 가까이하고 강탈, 사기, 이기심, 게으름으로 가득한 나약한 노동자로 전락하고 만다. 샹쯔의 운명은 '희망－분투－환멸'의 과정을 밟게 되는데, 이는 한 선량한 사람이 온갖 고통을 참아가며 정당한 방법으로 성실하게 살아가고자 하나 오히려 사회 환경으로 말미암아 타락할 수밖에 없는 사회적 죄악을 폭로하고 있는 것이다. 샹쯔의 비참한 말로는 바로 당시 중국 도시 빈민의 공통된 운명을 상징하며, 그것은 사회에 대한 작가의 강렬한 고발 정신을 표현해주고 있다.

라오서의 소설은 대부분 베이징을 묘사하고 있다는 것이 두드러진 특징이다. 그는 스스로 "베이징(北京)은 나의 고향이며 이 두 글자를 떠올리면 즉각 수백 가지 '옛 수도(故都)의 광경'이 마음속에 펼쳐진다"[23]라고 했고, 또 "나는 베이징에서 태어나 그곳의 사람, 일, 풍경, 맛 그리고 오매탕(酸梅湯)과 행인차(杏兒茶, 즉 杏仁茶－인용자)를 파는 소리를 다 잘 알고 있

23 老舍, 「我怎樣寫『離婚』」, 『老舍全集(16)』(人民文學出版社, 1999), 189쪽.

다. 눈을 감으면 나의 베이징은 완전한 모습이 되어 천연색의 선명한 그림이 내 마음속에 떠오르는 것 같다"[24]라고 말한 적이 있다. 라오서의 소설은 대부분 베이징을 배경으로 그곳의 세태와 민속을 진실하게 묘사했는데, 베이징을 예술화했다는 평가를 듣는 것은 바로 이 때문이다. 더욱이 라오서는 순수한 베이징 지역 하층민의 언어에 정통해 그들의 언어를 사용함으로써 지식인 언어보다 훨씬 쉽고 생동적으로 베이징의 일반 시민 생활을 표현했다. 라오서는 스스로 이렇게 말하기도 했다.

> 십수 년 동안 나는 무엇을 쓰든지 모두 문자를 명료하게 하려고 애썼다. 나의 야심(아마도 일생에 단 하나뿐인 야심)은 바로 일상적인 속어로 문예 작품을 창작해내고자 하는 것이다. 고상하고 화려한 말이 나를 얽어매지 못하도록, 나는 속어 속에서 진주를 찾아내고자 했다. 그래서 문자로 말하자면 내가 이전에 썼던 몇 개의 소설은 『삼국지연의』보다도 더 읽기 쉽다.[25]

라오서의 소설은 중국 신문학이 지속적으로 해결하고자 애썼던 난제, 즉 예술성의 추구와 대중 독자와의 소통을 동시에 달성하려는 과제를 어느 정도 해결했다고 할 수 있다.

---

24 老舍, 「三年寫作自述」, 『老舍全集(16)』, 694쪽.

25 老舍, 「編寫民衆讀物的困難」(1938. 12), 『老舍全集(16)』, 608쪽.

제8장

혁명문학의 제창과 좌익 문단의 성립

제1절 혁명문학의 제창

러시아 10월혁명의 영향을 받아 중국에서도 1921년 7월 중국공산당이 창립되면서 혁명문학에 대한 관심이 일기 시작했다. 1922년 2월 중국공산당이 지도하는 사회주의 청년단의 간행물인 『선구(先驅)』는 '혁명문예'라는 칼럼을 마련해 혁명을 선동하는 시가(詩歌)를 게재했다. 1926년 궈모뤄(郭沫若)는 「혁명과 문학(革命與文學)」이라는 글에서 "문학은 혁명의 선구이다. …… 각 시대의 혁명은 반드시 각 시대의 피압박계급의 압박계급에 대한 철저한 반항이다"[1]라고 하여 문학과 혁명의 관계를 분석하기도 했다. 그러나 무산계급 문학으로서의 혁명문학이 본격적으로 중국에 소개되고 제창된 것은 1928년 초 창조사(創造社)와 태양사(太陽社), 두 문학

1 郭沫若, 「革命與文學」, 『郭沫若選集』 第四卷(人民文學出版社, 1997), 412-413쪽.

단체가 결성되면서부터이다.

베이징의 군벌 정부가 전횡을 일삼고 군벌 간의 혼전이 지속되던 정치 상황에서 1924년 제1차 국공합작(國共合作)이 이루어졌고, 1926년 7월 마침내 장제스를 총사령관으로 하는 국민혁명군이 결성되어 북벌(北伐)이 단행되었다. 10만의 국민혁명군이 국민들로부터 적극적인 호응을 얻어 연전연승하면서 1927년에 이르러 국민혁명의 성공이 가시화되었다. 1927년 1월에는 직예(直隷) 군벌을 타파하고 우한(武漢)을 장악했으며, 3월 5일에는 상하이 노동자들과 내외 연합작전으로 상하이를 탈환했다. 그러자 장제스와 국민당 내 좌파 사이에 갈등이 고조되어 그해 4월 12일 장제스는 '청당(淸黨)'이라는 명분으로 계엄령을 선포하고 정변(政變)을 일으켰다. 장제스는 공산당원과 반대파를 체포했고 우한의 국민당 정부와 결별해 난징에 따로 정부를 수립했다. 우한 정부는 처음에는 장제스의 난징 정부와 대결했으나 경제적인 어려움으로 인해 결국 난징 정부에 흡수되었고, 공산당을 몰아낸 장제스는 국민당과 정부의 권력을 완전히 장악했다. 이러한 장제스의 4 · 12정변은 국민혁명에 동조하던 많은 지식인들에게 혁명의 좌절이라는 큰 실망감을 안겨주었다. 4 · 12정변 이후 제1차 국공합작이 결렬되고 좌익에 대한 탄압이 강화되자 지식인들 사이에 거센 반발이 일어났다.

이러한 정치 정세의 변화 속에서 실제 혁명에 참가했던 작가들, 예컨대 궈모뤄, 양한성(陽翰笙), 선옌빙(沈雁冰) 등은 혁명이 실패하자 다시 문학 영역으로 되돌아왔고, 장제스의 당내 숙청으로 도피했던 작가들, 예컨대 러우스(柔石), 훙링페이(洪靈菲), 첸싱춘(錢杏邨) 등도 상하이로 모여들었다. 루쉰(魯迅)이 베이징을 떠나 샤먼(厦門)과 광저우(廣州)에 머물다가 상하이로 온 것도 이 무렵이다. 일부 외국 유학생, 예컨대 펑나이차오(馮乃超), 펑캉(彭康), 리추리(李初梨), 주징워(朱鏡我) 등은 장제스의 정변을 혁명의 배반으로 여기고 곧장 귀국해 혁명에 뛰어들었다. 이 세 부류의 작가들이 상하이로 모여들면서 혁명문학운동, 즉 무산계급 문학운동을 전개하는 공간이 되었다.

1927년 가을 이후 일본에서 귀국한 펑나이차오, 리추리, 주징워, 펑캉 등은 창조사를 새롭게 결성하고−창조사 제3기라고 함−1928년 1월에는 『문화비판(文化批判)』을 내면서 1929년 2월 창조사의 출판부가 해체될 때까지 혁명문학을 제창했다. 또 1927년 말 장광츠(蔣光慈)와 첸싱춘, 멍차오(孟超) 등은 태양사를 조직하고 1928년 1월 『태양월간(太陽月刊)』을 창간해 2권 6기로 폐간될 때까지 역시 혁명문학을 제창했다.

창조사와 태양사 성원들은 먼저 무산계급 문학이 출현하게 된 필연성과 합리성을 논증하기에 힘썼다. 그들은 이론 면에서 "인류의 사상은 생활 과정의 규정과 제약을 받는 것으로 역사상의 어떤 사상도 시공의 제한을 초월할 수 없고 생산관계의 제약을 벗어날 수 없다"[2]고 보았다. 그래서 경제 기초의 변동에 따라 인류의 생활 양식 및 모든 이데올로기도 변혁되며, 근대 중국 사회의 경제 기초의 변화로 말미암아 상부구조의 하나인 문학 역시 변화하게 마련이라고 지적했다. 이들의 이론은 존재가 의식을 결정하고 경제적 토대가 상부구조를 결정한다는 유물론에 기초하고 있었다. 이러한 이론에 근거해 그들은 중국 현대문학의 발전 과정을 세 시기로 나누어, 5·4 자산계급 문학 시기, 5·4 이후의 소자산계급 문학 시기, 그리고 현재 역사의 내재적 발전이나 연결로 보아 필연적인 무산계급 문학 시기에 이르는 것으로 논증하면서 중국에서 무산계급 문학의 출현은 필연적이라고 역설했다. 그들은 중국 혁명의 발전 과정에서 반봉건(反封建)의 임무는 이미 지나갔고, 이제 반(反)자본주의 투쟁이 진행 중이므로 이에 합당한 무산계급 문학이 중심이 될 수밖에 없다는 논리를 폈다.

---

2 馮乃超, 「藝術與社會生活」(『文化批判』 創刊號, 1928. 1), 『文學運動史料選』 第二册, 北京大學·北京師范大學·北京師范學院 中文系中國現代文學研究室 主編(上海敎育出版社, 1979), 12-13쪽.

창조사의 청팡우(成仿吾)는 당시 문학운동의 현 단계를 분석하면서, 문학운동의 주체는 '지식계급의 일부'이고, 그 내용은 '소자산계급의 의식 형태'이며, 매체는 '현실과 상당히 거리가 먼' '구어체'로 되어 있고, 형식은 "소설과 시가 대부분을 차지하는데", "이는 모두 소자산계급의 근성에서 발원한 것"이라고 지적했다. 그래서 그는 "우리들 이후의 문학운동은 한 발 전진해 문학혁명에서 혁명문학으로 나아가야 한다"고 결론을 내렸다.[3] 청팡우의 현 단계 분석에 이어 리추리는 혁명문학의 의미를 이렇게 강조했다.

> 우리는 현재의 혁명문학은 필연적으로 무산계급 문학이라는 것을 인정했는데, 그렇다면 무산계급 문학은 무엇인가? …… 무산계급 문학은 그 주체 계급의 역사적 사명을 완성하기 위한 것으로 관조적, 표현적 태도로써가 아니라 무산계급의 계급 의식으로써 생산해낸 일종의 투쟁의 문학이다. …… 그러므로 우리 작가들은 '혁명을 위하여 문학을 하는' 것이지 '문학을 위하여 혁명을 하는' 것은 아니며 우리의 작품은 '예술의 무기로부터 무기의 예술에 이르는' 것이다.[4]

리추리가 주장한 혁명문학은 혁명에 복무하는 문학으로서 무산계급의 계급 의식에 의해 생산된 무산계급 문학을 의미하는바, 그것은 주체 계급의 역사적 사명을 완수하는 데 복무해야 하므로 문학의 선전 · 선동성을

---

3 成仿吾,「從文學革命到革命文學」,『文學運動史料選』第二册, 19-21쪽 참조. "從文學革命到革命文學."

4 李初梨,「怎樣地建設革命文學」,『文學運動史料選』第二册, 39-43쪽. "我們既認定了現在的革命文學必然的是無産階級文學, 那麽這無産階級文學又是什麽? …… 無産階級文學是: 爲完成他主體階級的歷史的使命, 不是以觀照的－表現的態度, 而以無産階級的階級意識, 産生出來的一種的鬪爭的文學. …… 所以我們的作家, 是'爲革命而文學', 不是'爲文學而革命', 我們的作品, 是'由藝術的武器, 到武器的藝術'."

강조하지 않을 수 없다. 그런 만큼 작가는 '예술의 무기', 즉 문학의 예술성을 추구하는 데서 벗어나서 '무기의 예술', 즉 투쟁의 무기가 되는 문학을 창작하는 데로 나아가야 한다는 것이다.

태양사의 장광츠는 혁명문학을 "피압박 군중을 출발점으로 삼는 문학", "일체의 구세력에 반항하는 정신을 담은 문학", "반개인주의적인 문학", "현대의 생활을 인식하고 사회를 개조하는 새로운 길을 제시하는 문학"으로 정리했는데,[5] 특히 반개인주의적인 집체주의를 강하게 주장했다.

> 혁명문학은 마땅히 반개인주의 문학이며, 그 주인공은 마땅히 군중이지 개인이 아니다. 그 경향은 마땅히 집체주의이지 개인주의가 아니다. 이른바 개인은 군중의 한 부분에 지나지 않아서, 만약 이 개인의 행동이 군중을 위해 이익이 되는 것이라면 그것은 당연히 의미가 있으며 그렇지 않으면 그것은 바로 혁명의 장애이다. 혁명문학의 임무는 이 투쟁의 생활 속에서 군중의 역량을 표현해내고 사람들에게 집체주의적 경향을 암시하는 것이다.[6]

장광츠는 집체주의 입장에서 모든 구세력에 반항하고 진지한 감정으로 노동 군중의 뜨거운 비분과 용감한 행위와 승리의 환희를 묘사해야 한다고 강조했다.

창조사와 태양사 성원들의 혁명문학 제창은 당시 국제 프롤레타리아문학운동과 깊은 연관을 가지고 있었다. 우선 일본의 나프(NAPF, 일본무산자예술동맹)의 영향을 지적할 수 있는데, 나프의 이론가인 구라하라 고레히

---

5 蔣光慈, 「關于革命文學」, 『文學運動史料選』 第二册, 29쪽 참조.

6 蔣光慈, 「關于革命文學」, 『文學運動史料選』 第二册, 28쪽. "革命文學應當是反個人主義的文學, 它的主人翁應當是群衆, 而不是個人; 它的傾向應當是集體主義, 而不是個人主義, 所謂個人只是群衆的一分子, 若這個個人的行動是爲着群衆的利益的, 那麽當然是有意義的, 否則, 他便是革命的障碍. 革命文學的任務, 是要在此鬪爭的生活中, 表現出群衆的力量, 暗示人們以集體主義的傾向."

土(藏原惟人)가 제시한 '신사실주의'의 영향이 컸다. 신사실주의는 무산계급 작가가 반드시 무산계급의 '목적의식'을 획득해야 하며, '목적의식'을 작품의 모든 구석구석까지 침투시켜야 한다고 주장했다. 또한 문학이란 생활에 대한 인식이자 생활을 조직하는 역할도 함께 지니고 있다는 것이다. 생활을 조직하는 역할은 주로 선동성으로 표현되는바, 나프의 이러한 이론적 관점은 태양사에 깊은 영향을 주었다.[7] 일본의 나프는 당시 소련을 중심으로 하는 국제 프롤레타리아문학운동과 관계를 맺고 있었다. 국제 프롤레타리아문학운동은 문예 이론 면에서 대체로 두 개의 흐름으로 요약될 수 있다.[8] 하나는 '결정론'파이다. 그들은 문학은 경제적 토대에 의해 결정되고 상부구조의 핵심인 정치에 의해 결정되며 문학이 현실을 반영하지만 현실에 대한 그것의 역할은 반드시 일정한 한도가 있다고 생각했으며, 또한 현실에 대한 문학의 반영은 반드시 문학 자체의 법칙을 지켜야 한다고 했다. 다른 하나는 '자동론'파이다. 그들은 문학의 인식적 기능과 선전적 기능을 무엇보다 중시하면서 문학이 직접 현실을 좌우해 변화시킬 수 있다고 생각했다. 일본의 나프로부터 영향을 받은 혁명문학 제창자들은 주로 '자동론'파의 이론에 빚을 지고 있었던 셈이다. '자동론'파의 이론적 연원을 따져볼 때, 그들은 소련의 '프롤레트쿨트(무산계급문화파)' 및 후에 나온 '라프(RAPF, 러시아무산계급작가연합회)'의 영향을 많이 받았는데, 특히 보그다노프의 '생활조직문학론'의 영향을 가장 크게 받았다. 보그다노프는 '문예는 생활을 조직한다'라는 관점에서 문예 창작의 실질은 "생동하는 형상을 통해 사회 경험을 조직"하는 것이며, "작가가 새로 수집해 일정한 순서로 배열한 생활 경험"인바, 이는 "형상을 사용해 생활을 표현하는 과학"이고 그렇기 때문에 또한 "인간들을 조직하는 수단"이라고 생각

7 吳中杰,『中國現代文藝思潮史』(復旦大學出版社, 1996), 188쪽 참조.

8 溫儒敏,『新文學現實主義的流變』(北京大學出版社, 1988), 120쪽 참조.

했다. 이러한 이론을 수용하면서 혁명문학 제창자들은 계급성과 선전성을 지나치게 강조해 문학이 생활을 반영한다는 점을 무시하고[9] '무기의 예술'을 전면에 내세웠던 것이다. 그 결과 현실을 반영하는 문학의 특수성과 문학의 예술성을 경시해 혁명에 복무하는 문학 이외의 모든 것을 부정하는 오류를 범하게 되었다.

혁명문학파는 당시 중국의 현실 분석에 따라 반자본주의 투쟁이 진행 중이므로 무산계급혁명의 시대가 도래했다고 인식했는데, 이는 현실을 잘못 분석한 결과였다. 당시 중국은 여전히 반제·반봉건이 주요한 과제였으므로 무산계급혁명이 진행되던 역사 단계는 아니었다. 역사는 무산계급혁명의 단계에 도달해 있지만 문학은 여전히 '소자산계급'의 문학에 머물러 있다고 분석한 혁명문학파는 이전의 모든 문학의 성과를 자산계급 문학 또는 소자산계급 문학의 이름으로 간단히 부정해버리는 오류를 범했다. 이는 혁명문학파가 현실을 냉정하게 분석한 것이 아니라 현실을 이론에 맞추고자 하는 관념적인 태도를 지니고 있었음을 의미한다. 또한 그들은 사회의식의 능동적 역할을 지나치게 강조해 문학이 생활을 조직하는 능력이 있다고 보았으며, 그 결과 문학의 현실 반영과 예술성을 소홀히 취급하는 잘못을 범했다. 그렇지만 혁명문학파의 주장은 마르크스주의 문예 이론을 초보적이나마 중국에 전파하는 역할을 했고, 중국 문단의 방향을 새롭게 설정하는 데 크게 기여했다고 할 수 있다.

제2절 혁명문학 논쟁과 중국좌익작가연맹의 결성

자산계급 문학과 소자산계급 문학을 부정한 혁명문학파는 먼저 루쉰을

---

9 溫儒敏, 『新文學現實主義的流變』, 122-123쪽 참조.

공격의 목표로 삼았다. 1927년 후반에 궈모뤄는 상하이에서 옛 창조사 동인들을 주축으로 해서 루쉰을 영입하고 창조사 제1기의 마지막 간행물인 『창조주보(創造週報)』의 복간을 기획했다. 이때 루쉰도 동의해 상하이로 왔지만, 뜻하지 않게 당시 일본에 체류하고 있던 청팡우가 궈모뤄의 행위를 퇴영적이라 하면서 루쉰의 영입을 극구 반대했다. 이때부터 청팡우 등은 이미 루쉰을 공격 목표로 삼을 것을 준비하고 있었던 것이다.

혁명문학파는 루쉰을 소시민 문학가로 몰아세웠다. 청팡우는 문학혁명의 역사를 개괄한 후 전 인류 사회의 개혁은 이미 눈앞에 도달했으며 제국주의와 봉건주의의 이중의 억압 아래 놓여 있는 중국에서도 이제 절뚝거리는 다리를 이끌면서 국민혁명의 막을 열었지만 모든 혁명운동의 한 분야라고 할 수 있는 문학운동은 아직도 옛날의 미몽을 더듬고 있다고 주장하면서, 지식인은 스스로 소시민 의식을 극복하고 민중의 편이 되라고 주문했다. 리추리는 현 단계에서 자산계급과 소자산계급에 의해 추진되어 오던 문학혁명은 이미 그 사회적 기반을 상실했다고 보고, 참된 혁명문학이란 필연적으로 나타나는 무산계급 문학이 되어야 한다고 주장했다. 또한 청팡우는 루쉰이 이끌던 어사파(語絲派)를 지칭해 유한(有閑)의 자산계급 혹은 각성하지 못한 소시민계급을 대표한다고 비난했다.

> 문학혁명의 현 단계에 관해 고찰하고자 한다면 베이징(北京)의 부분적인 특수 현상을 말하지 않을 수 없다. 이것은 '어사(語絲)'를 중심으로 한 저우쭤런(周作人) 일파의 장난이다. 그들의 표어는 '취미(趣味)'이다. 나는 전에 그들이 긍지로 여기는 것은 '한가(閑暇), 한가, 세 번째도 한가'라고 말했다. 그들은 유한(有閑)의 자산계급을 대표하거나 혹은 각성하지 못한 소자산계급이다. 그들은 시대를 초월해, 이미 이렇게 여러 해를 살아왔다.[10]

10 成仿吾, 「從文學革命到革命文學」, 『文學運動史料選』 第二册, 20쪽.

『어사(語絲)』는 루쉰과 저우쭤런이 주관하던 당시 대표적인 문예 잡지의 하나였는데, 겉으로는 저우쭤런의 이름을 거론하고 있지만 청팡우가 실제로 겨냥한 것은 루쉰이었다. 펑나이차오도 루쉰을 다음과 같이 비판했다.

> 루쉰이라는 늙은 서생은—내 나름의 문학적 표현을 사용한다면—언제나 어두컴컴한 술청에 앉아 술 취한 멍청한 눈으로 창밖의 인생을 바라보고 있다. 세상 사람들은 그의 장점인 원숙한 수법만을 칭찬하고 있을 뿐이다. 그렇지만 그는 언제나 지난날을 추억하는 것이 아니라 몰락한 봉건 정서를 추도하니, 결국 그가 반영한 것은 사회 변혁기 동안의 낙오자의 비애일 뿐이요, 무료하게 그의 동생과 함께 몇 마디 인도주의의 아름다운 말이나 하고 있다.[11]

또 리추리는 "루쉰은 성실하게 우리 인민의 고통을 표현해 인민의 입장을 호소하고 있으며, 그의 문학은 눈물 속에 피가 들어 있으므로 그는 우리 시대의 작가이다"라고 우선 루쉰의 존재를 긍정한 뒤, 곧이어 "루쉰은 도대체 어느 계급의 사람인가? 그가 쓰고 있는 것은 어느 계급의 문학인가? 그가 성실하게 표현한 것은 어느 계급 인민의 고통인가?"라고 신랄하게 비판했다.[12] 첸싱춘도 「죽어버린 아Q시대(死去了的阿Q時代)」라는 글을 발표해 루쉰은 "소시민계급의 관찰자"로서 "병태적인 국민성을 표현한 작가"이지만 "지금 우리 시대의 표현자가 아니며 그의 저작이 품고 있는 사상은 앞으로 10년 동안의 중국 문예사조를 대표하기에 부족하다"[13]라고 지적해 루쉰의 문학 시대는 이제 끝이 났다고 선언했다. 이와 같이 창조사·태양사의 혁명문학파는 루쉰을 단지 사회의 암울한 면만 폭로하고 풍

---

11 馮乃超, 「藝術與社會生活」, 『文學運動史料選』 第二册, 8쪽.

12 李初梨, 「怎樣地建設革命文學」, 『文學運動史料選』 第二册, 40쪽 참조.

13 錢杏邨, 「死去了的阿Q時代」, 『文學運動史料選』 第二册, 46쪽 참조.

자하는 데 그친 소시민계급의 작가에 지나지 않는다고 비판했던 것이다.

이들의 비판에 맞서 루쉰도 「'술 취한 눈' 속의 몽롱("醉眼"中的朦朧)」이라는 글을 써서 혁명문학파의 주장에 반박하며 그들과 논전을 전개했다. 이 글에서 루쉰은 이전에 '예술의 궁전'을 지키자고 외쳤던 청팡우가 이제 '대중을 획득하고자' 하며 혁명문학에게 '최후의 승리를 보장해주려' 하고 있다고 하면서 그의 '비약'을 신랄하게 풍자했다. 나아가 "현재 창조파의 혁명문학가와 무산계급의 작가들이 부득이하여 '예술의 무기'를 가지고 놀고 있으나, '무기의 예술'을 가진 비혁명의 무학가(武學家, 국민당 정부가 주관하던 『신생명(新生命)』 등의 간행물을 가리킴-인용자)들도 이 장난감을 가지고 놀고 있다"라고 하여 '무기의 예술'이 문학의 예술성을 침해할 수 있음을 경계했다.[14] 또한 루쉰은 「문예와 혁명(文藝與革命)」이라는 글을 통해 이렇게 논박했다.

> 지금 혁명문학가로 자처하는 사람들은 투쟁을 부르짖고 시대를 초월하려 하고 있습니다. 시대를 초월한다는 것은 사실 도피입니다. 만일 자기가 현실을 바로 볼 용기가 없거나 또는 혁명이라는 간판을 걸게 되면 알게 모르게 필연적으로 그 길로 들어가게 됩니다. …… 미국의 싱클레어는 '일체의 문예는 선전이다'라고 했습니다. 우리의 혁명문학가들은 이 말을 보물로 여기고 대문자로 인쇄하고 있습니다. 엄숙한 비평가는 그를 '천박한 사회주의자'라고 합니다. …… 나는 일체의 문예가 선전이 되더라도 일체의 선전이 전부 문예가 되는 것은 아니라고 여깁니다.[15]

루쉰은 이 글을 통해 혁명문학파가 주장하는 이론이 지나치게 편향적

---

14 魯迅, 「"醉眼"中的朦朧」, 『三閑集』, 『魯迅全集(4)』(人民文學出版社, 1981), 62쪽, 66쪽 참조.

15 魯迅, 「文藝與革命」, 『三閑集』, 『魯迅全集(4)』, 83-84쪽.

이고 시대를 앞질러가고 있다고 비판했다. 그는 혁명문학파가 주장하는 것처럼 중국에서 사회주의혁명의 분위기가 고조된 것은 아니라고 여겼다. 그리고 사회주의 이념에 입각한 혁명을 일본과 소련으로부터 들여온 외래 이념에 불과한 혁명 노선으로 보았다. 그는 봉건적 사회 체제를 타파하고 새로운 중국을 건설하고자 하는 모든 양심적 세력이 연합해 매판적인 국민당 정부를 퇴진시키는 것이 바로 혁명이라고 여겼다. 그래서 루쉰은, 혁명을 무산계급혁명으로 규정하고 문학은 오로지 그 혁명에 복무해야 한다고 주장하는 혁명문학론에 동의할 수 없었던 것이다. 또한 그는 문학의 특수성과 문학의 예술성을 포기해서는 안 된다는 강한 신념을 가지고 있었으므로 '무기의 예술', '선전'의 문학을 내세운 혁명문학을 반대하지 않을 수 없었다.

마오둔(茅盾)은 1927년 가을부터 1928년 상반기 사이에 창작한 「환멸(幻滅)」·「동요(動搖)」·「추구(追求)」의 '식(蝕) 3부작'을 탈고한 후 「구링에서 도쿄까지(從牯嶺到東京)」라는 글을 써서 '식 3부작'을 쓰게 된 동기와 배경을 설명했다. 소설 '식 3부작'은 1925년 5·30 사건 이후부터 1927년 말까지 발생한 사건을 제재로 해서 지식 청년들이 혁명의 소용돌이에 휩쓸려 겪는 좌절과 실패로 인한 '환멸', 혁명의 동란 중에 삶의 방향을 잃고 방황하는 정신적 '동요', 혁명의 실패와 좌절 속에서도 다시 희망의 횃불을 드는 광명의 '추구'를 그 내용으로 하고 있다. 그런데 첸싱춘은 1928년 10월 18일 「추구」의 서평을 쓰면서 마오둔의 작품을 무산계급 문학의 입장에서 비판했다.

> 책 전체를 볼 때 도처에서 병태(病態)를 표현했는데, 병태적인 인물, 병태적인 사상, 병태적인 행동 등 일체가 다 병태적이며 일체가 다 불건전하다. 작가가 객관적으로 표현하고 있는 사상도 여전히 비애나 동요에서 벗어나지 않는다. …… 문학은 생활을 표현하지 않으면 안 되며, 더욱이 생활을 창조하는 의

의가 있어야 하고 생활을 표현하는 이외에 선전(propaganda) 작용도 있어야만 한다.[16]

이와 같이 첸싱춘은 문학의 '생활 조직'과 '선전 작용'을 강조하는 혁명 문학 이론을 앞세워 마오둔의 작품에 대해 부정적인 평가를 내렸다.

이에 마오둔은 예사오쥔(葉紹鈞)의 장편소설 『니환즈(倪煥之)』에 대한 비평문인 「『니환즈』를 읽고(讀『倪煥之』)」(1929)라는 글에서 작중 인물의 '낙오'를 작가의 '낙오'로 간주해서는 안 된다는 입장을 밝혔다. 그는 진실을 벗어난 공상적인 낙관적 묘사보다 암흑의 묘사가 사람들을 더 감동시키고 지도할 수 있다고 지적했다.[17] 그래서 마오둔은 무산계급 문학의 표어·구호화 경향을 비판하면서 오히려 소자산계급이 받고 있는 고통을 묘사하고 5·4시대정신에 의거해 도시의 고통받는 인생을 반영해야 한다고 강조했다. 더욱이 그는 "미래의 광명으로 현실의 암흑을 꾸미거나" "현실의 암흑을 감추는 것"에 반대하고, "진정 용기 있는 자는 과감하게 현실을 응시하고 추악한 현실 속에서 장래의 필연을 체득하는 것"이라고 역설했다.[18] 마오둔은 문학 창작의 구체적인 대상을 소자산계급과 같은 문자 해독 계층으로 설정할 수밖에 없는 현실을 무시하고 관념적으로 노동자·농민 계층을 대상으로 삼는 혁명문학은 비현실적인 관념적 구호에 지나지 않는다고 보았던 것이다.

혁명문학 논쟁은 펑쉐펑(馮雪峰)이 공산당의 입장을 반영해 중재에 나서면서 정리되기 시작했다. 펑쉐펑은 1928년 5월 「혁명과 지식계급(革命與知識階級)」이라는 글을 발표했다. 그는 이 글에서 "루쉰은 이성주의자이며 사회주의자는 아니다. 현재까지 루쉰은 지속적으로 봉건 세력과 투쟁

16 錢杏邨(阿英), 「『追求』: 一封信」, 『阿英全集(二)』(安徽教育出版社, 2003), 184쪽.
17 茅盾, 「讀『倪煥之』」, 『文學運動史料選』 第二册, 180-181쪽 참조.
18 茅盾, 「寫在『野薔薇』的前面」, 『茅盾論創作』(上海文藝出版社, 1980), 49쪽.

해왔고 또한 미래의 입장에 서 있었으며 동시에 언제나 인도주의를 되씹고 있다. …… 그러나 우리는 루쉰의 언행에서 전체 혁명을 방해한 흔적을 찾아볼 수는 없다"[19]라고 하여 루쉰을 부정해서는 안 된다는 입장을 밝혔다. 그는 혁명문학을 둘러싼 논쟁이 오히려 혁명문학의 확산과 혁명의 추진에 방해가 되고 있음을 지적하고, 문학계의 대동단결이 시급한 상황에서 루쉰과 같은 작가들의 문학 업적을 부정하는 것은 혁명문학의 역사 발전과 상반되는 일임을 지적했다. 펑쉐펑의 중재와 더불어 국민당 정부가 반정부적인 문학 단체의 활동을 금지하는 조치를 취함으로써 혁명문학을 둘러싼 논쟁은 마감되었다.

혁명문학파는 현실을 관념적으로 분석하고 문학의 예술성을 부정하는 오류를 범했지만 문학과 정치와의 관계를 새로운 시각에서 바라볼 수 있는 관점을 제시했다는 점은 긍정적으로 평가할 수 있다. 또한 중국 현대문학의 현상(現狀)을 객관적으로 바라볼 수 있는 기회를 제공해 이후 중국 문학의 방향을 설정하는 데 중요한 역할을 했다는 점도 평가되어야 한다. 혁명문학 논쟁을 통해 많은 작가들이 새로운 문예 이론을 학습하게 된 것은 중요한 수확이었다. 루쉰은 혁명문학파와 논전을 펼치는 과정에서 "몇 가지 과학적 문예론을 읽게 되었고 이전의 문학사가들이 많은 말을 했지만 풀리지 않던 의문을 풀게 되었다"[20]라고 말한 바 있다. 루쉰이 마르크스 문예 이론가인 루나찰스키의 『예술론(藝術論)』·『문예와 비평(文藝與批評)』을 번역·출판한 것도 이때의 일이다. 창조사와 태양사 성원들도 문예 이론면에서 일정한 변화가 생겼다. 그들의 문예 이론은 대부분 소련의 보그다

19 馮雪峰, 「革命與知識階級」, 『文學運動史料選』 第二册, 134-135쪽. "魯迅是理性主義者, 不是社會主義者. 到了現在, 魯迅做的工作是繼續與封建勢力鬪爭, 也仍立在向來的立場上, 同時他常常反顧人道主義. …… 但我們在魯迅的言行裏完全找不出詆毀整個的革命的痕迹來……"

20 魯迅, 「三閑集 · 序言」, 『魯迅全集(4)』, 6쪽.

노프의 이론으로부터 영향을 받았지만 학습을 통해 소련의 문예 논전 상황을 이해하면서 "구문학의 유산과, 예술이라는 언어의 전문가에 대해 경솔하게 능멸할 수 없다는 것을 인식하게 되었다."[21] 혁명문학파는 '혁명문학'이라는 이름으로 여타의 것을 모두 부정하던 잘못을 시정하고 루쉰에 대한 태도를 바꾸었다. 이제 새로운 단결을 위한 사상적 기초가 마련된 것이다.

1929년 국민당 정부는 혁명문학을 주도하던 창조사와 태양사에 대해 해산 명령을 내리고, 곧이어 문학 단체를 포함하는 반정부적 지식인 단체에 대해서도 탄압을 강화했다. 국민당 정부의 탄압이 점차 강경해지자 상하이에 모여든 문인들은 내부적인 갈등과 분열을 극복하고 서로 단합해 국민당에 대한 반대 운동을 전개하려는 움직임을 보였다. 당시 무장봉기의 실패와 국민당 정부의 공세로 말미암아 세력이 극도로 위축되어 존폐의 위기에 놓여 있던 공산당도 중도적인 정파와 지식인·문인들과 연합해 국민당에 대항하고자 했다. 이러한 상황에서 공산당의 지시로 일부 당원 작가들이 당시 문단의 지도자 격인 루쉰과 연계해 통일된 좌익 조직을 성립시키기 위한 준비 작업에 들어갔다. 1930년 2월 루쉰 등을 중심으로 '자유운동대동맹(自由運動大同盟)'이라는 지식인의 통합체를 결성하고 "과거를 청산한다", "현재 문학운동의 임무를 확정한다"라는 의제로 토론회를 개최했다. 이때 '중국좌익작가연맹(中國左翼作家聯盟)'을 결성하기 위한 준비위원회를 성립시켰다. 곧이어 1930년 3월 2일 상하이 중화예술대학(中華藝術大學)에서 '중국좌익작가연맹'(약칭 좌련)을 정식으로 출범시켰다. 당시 좌련의 창립 대회에 참가한 사람은 40여 명이었다. 이 대회에서 펑나이차오가 초안한 이론 강령이 통과되었고 선돤셴(沈端先, 샤옌夏衍), 펑나이차오, 첸싱춘, 루쉰, 톈한(田漢), 정보치(鄭伯奇), 훙링페이(洪靈菲) 등 7인

21 馮乃超, 「他們怎樣地把文藝底一般問題處理過來?」(『思想』 第4期), 『馮乃超文集』 下卷, 馮乃超文集編輯委員會 編(中山大學出版社, 1991), 87쪽.

이 상무위원으로, 저우취안핑(周全平)과 장광츠가 후보 상무위원으로 선출되었다. 궈모뤄와 마오둔, 위다푸(郁達夫) 등도 좌련의 결성에 참가했다.

좌련은 '국민당에 대한 반대'와 '사상의 자유를 위한 투쟁'을 공동 목표로 내걸었으며, 반봉건적이고 반자본 계급적인 무산계급 문학을 지향한다는 구체적인 강령도 채택했다. 좌련은 결성과 동시에 그 산하에 '마르크스주의문예이론연구회', '국제문화연구회', '문예대중화연구회' 등 3개의 분과를 설치했다. 그리고 『척황자(拓荒者)』·『대중문예(大衆文藝)』·『맹아(萌芽)』·『빨지산(巴爾底山)』·『세계문화(世界文化)』·『십자가두(十字街頭)』·『북두(北斗)』·『문학월보(文學月報)』 등을 기관지로 삼아서 본격적인 활동을 시작했다. 좌련은 각지에 여러 분회를 설립했고, 그 영향은 문화계의 다른 영역으로 확산되어 '극련(劇聯)'·'영련(影聯)'·'미련(美聯)'·'사련(社聯)'·'기자련(記者聯)' 등의 좌익 단체들이 설립되었다. 이로써 1930년대의 정치적 좌우 대립에도 불구하고 중국 문단은 좌련을 중심으로 단결해 풍성한 창작 성과를 거둘 수 있는 토대를 마련하게 되었다. 그 결과 루쉰을 뒤이어 우수한 작가들이 많이 배출되었다. 마오둔과 바진(巴金), 라오서(老舍), 톈한, 차오위(曹禺), 훙선(洪深), 다이왕수(戴望舒), 아이칭(艾青), 짱커자(臧克家) 등 1930년대 및 1940년대에 활동한 주요 작가들은 대부분 좌련에 소속되어 있었다. 다만 이들 작가들은 좌련에 소속되었다고 하나 개별적인 성향이 많이 달랐으니, 좌련이 표방한 이념에 모두 전적으로 동의하고 있었다고 보기는 어렵다.

제3절 문예 이론 논쟁의 심화

좌련은 1930년에 성립된 이후 1936년 봄 중국공산당의 지시에 따라 해산되기까지 혁명문학 활동을 적극적으로 전개했다. 좌련의 혁명문학 활동 과정에서 문예 이론 논쟁은 세 차례 진행되었다. 첫 번째는 자유주의 세계관을 가진 신월파 진영과의 논쟁이고, 두 번째는 국민당의 지지를 받고 있던 '민족주의' 문학 진영과의 논쟁이고, 세 번째는 '자유인'·'제3종인'을 자처한 문인들과의 논쟁이다.

『신월(新月)』은 1928년 3월 10일에 구미 유학 경험을 가진 쉬즈모(徐志摩)와 후스(胡適), 량스추(梁實秋) 등에 의해 상하이에서 창간되었다. 쉬즈모는 『신월』의 발간사인 「『신월』의 태도(『新月』的態度)」에서 먼저 『신월』이 추구하려는 두 가지 원칙을 제시했다. 그는 유미(唯美)와 퇴폐에 부화뇌동하지 않고 감상(感傷)과 열광에 찬동하지 않고 어떠한 과격도 숭배하지 않고 공리(功利)에 얽매일 수 없다고 전제한 다음 "건강과 존엄, 이 두 가지 위대한 원칙을 충분히 발휘해야 한다"[22]라고 강조했다. 이어 량스추는 「문학과 혁명(文學與革命)」에서 "일체의 문명은 모두 극소수의 천재가 창조한 것이며", "'진정한' 작품은 보편적인 인성이 개인의 여과를 거쳐 생산된 것"이라고 하여 혁명문학 진영이 주장하는 '대다수의 문학'은 성립될 수 없다고 지적했다. 나아가 그는 "위대한 문학가는 혁명운동을 촉진시킬 수 있지만 혁명운동은 극히 일부의 작가에게 영향을 미칠 수 있을 뿐"이라고 하여 '혁명의 문학'은 실제로 의미 없는 공허한 말에 지나지 않는다고 보았다.[23] 량스추는 또한 「문학은 계급성이 있는 것인가?(文學是有階級性的嗎?)」라는 글에서 "문학은 가장 기본적인 인성을 표현하는 예술인데", 무산계급 문학은 "계급적 속박을 문학 위에 덧씌우는 것"이며, "문학은 계급의 구별이 없고, '자산계급 문학'과 '무산계급 문학'은 모두 실제로 혁명가들이 만들어낸 구호 표어에 지나지 않는다"고 하여[24] 문학의 계급성을 부정했다.

---

22 徐志摩, 「『新月』的態度」(1928. 3. 10), 『文學運動史料選』 第三册, 7쪽.

23 梁實秋, 「文學與革命」(1928. 6. 10), 『文學運動史料選』 第三册, 10쪽, 15쪽, 18쪽 참조.

24 梁實秋, 「文學是有階級性的嗎?」(1929. 9. 10), 『文學運動史料選』 第三册, 49쪽, 56쪽.

신월파의 이러한 주장에 맞서 창조사의 펑캉(彭康)은 「무엇을 '건강'과 '존엄'이라 하는가?(甚麽是'健康'與'尊嚴'?)」라는 글을 써서 신월파를 '타협적인 유심론자'로 몰아세웠다.[25] 펑나이차오는 「냉정한 두뇌: 량스추의 '문학과 혁명'을 논박함(冷靜的頭腦: 評駁梁實秋的'文學與革命')」이라는 글에서 "계급 사회에서는 계급의 독점성이 생활의 모든 면에 적용되기" 때문에 "문학도 계급성을 가진다"고 하면서 혁명문학의 필연성을 강조했다.[26] 루쉰도 「신월사 비평가의 임무(新月社批評家的任務)」·「'딱딱한 번역'과 '문학의 계급성'('硬譯'與'文學的階級性')」·「'집 잃은', '자본가의 풀죽은 앞잡이'('喪家的', '資本家的乏走狗')」라는 글을 써서 "원래 있는 것은 오래 감출 수 없다"라고 하여 문학의 계급성과 혁명문학을 부정한 신월파를 공격했다. 원래 신월파 문인들 대부분이 오랫동안 구미에서 유학해 대체로 개인주의와 자유주의 사상을 신봉하고 있었다. 그들은 인간의 개성과 자유를 중시하고 외부의 정치적 권위에 반대했다. 이러한 사상에 기초해 무산계급혁명에 동의할 수 없었고 문학의 계급성을 앞세운 혁명문학도 부정하지 않을 수 없었다. 그런데 신월파 문인들이 보편적인 인성을 내세워 문학의 계급성을 부정하고 무산계급 문학이 성립할 수 없음을 입증하려고 애를 썼지만 혁명문학이 고조되고 있던 당시의 시대 분위기 속에서 그들의 주장은 지식인들로부터 크게 호응을 얻을 수 없었을 뿐만 아니라 오히려 큰 반격에 직면하게 되었다.

1930년에 좌익 문단이 형성되자 국민당 정부에서도 문예 정책의 필요성을 깨달았다. 국민당 정부는 '삼민주의'를 문예 정책의 방향으로 결정하고 1930년 6월 1일 전봉사(前鋒社)를 설립해 '민족주의 문예운동'을 전개하고자 했다. 동년 10월 10일에 주잉펑(朱應鵬)과 판정보(范爭波)가 편집을

25 彭康, 「甚麽是'健康'與'尊嚴'?」, 『文學運動史料選』 第三册, 20쪽 참조.

26 馮乃超, 「冷靜的頭腦: 評駁梁實秋的'文學與革命'」, 『文學運動史料選』 第三册, 35쪽, 38쪽.

맡은 『전봉월간(前鋒月刊)』을 창간하고 「민족주의 문예운동선언(民族主義文藝運動宣言)」을 발표해 민족주의 문학예술을 제창했다. 이 선언문에서 그들은 무산계급 문예운동을 의식해 "중국 문예단(文藝壇)의 목전의 위기는 문예에 대한 중심 의식이 결핍되어 있는 것"이라고 지적하고 "우리들의 이후 문예 활동은 마땅히 우리의 민족의식을 환기시키는 것을 중심으로 해야 한다. 동시에 우리 민족의 번영을 촉진하기 위해 민족의 발전 의지를 촉진시키고 민족의 신생명을 창조해야 한다"라고 강조했다.[27] 그런데 『전봉월간』은 좌익 작가들의 이론에 대항하고 민족주의 문예운동의 타당성을 주장하는 내용의 글들을 게재했을 뿐 문예 작품을 싣지 않아 문예지라기보다는 선전용 잡지의 성격을 띠고 있었다.[28] 실제로 민족주의 문학을 주장한 작가들의 창작은 이렇다 할 성과를 거두지 못했으니, 기껏해야 황전샤(黃震遐), 완궈안(萬國安), 탕쩡이(湯增敭) 등의 신인이 배출되어 작품을 생산했을 뿐이다. 구체적인 작품을 예로 들면, 국민당 정부군과 군벌 사이의 전투를 묘사한 황전샤의 소설 『룽하이 국경선에서(隴海線上)』, 13세기 몽고의 러시아 원정을 서술한 황전샤의 시극(詩劇) 『황인종의 피(黃人之血)』, 1929년 중국과 소련의 국경선에서 벌어진 충돌을 서술한 완궈안의 소설 『국경의 전투(國門之戰)』 등이 있다.

국민당 정부의 '민족주의 문예운동'에 대해 좌익 문예가들은 반격에 나섰다. 취추바이(瞿秋伯)는 「도살자 문학(屠夫文學)」이라는 글을 써서 '민족주의 문예'를 '살인 · 방화를 부추기는 문학'이라고 공격했고, 마오둔은 「'민족주의 문예'의 현재 모습('民族主義文藝'的現形)」이라는 글에서 민족주의 문예운동은 '프로 문예운동에 대한 국민당의 백색 공포 이외에 기만과 마비의 책략'이라고 비난했다. 루쉰은 「'민족주의 문학'의 임무와 운명('民

27 「民族主義文藝運動宣言」(『前鋒月刊』 第一卷 第一期, 1930. 10. 10), 『文學運動史料選』 第三册, 85쪽.

28 金時俊, 『中國現代文學史』(지식산업사, 1994), 227쪽 참조.

族主義文學'的任務和運命)」이라는 글에서 민족주의 문학을 주장하는 사람들은 "한편으로는 제국주의의 폭력에 의지하고 한편으로는 본국의 전통의 힘을 이용한다"라고 지적하고 "가장 중요한 노예요 유용한 앞잡이"라고 비난했다. 그리고 그들의 수준 미달의 작품을 분석한 뒤 그 결미에서 "그들은 장차 영구를 보내는 임무를 다하고 영원히 주인을 그리는 애수를 품을 뿐이며, 무산계급혁명의 풍랑이 노호하듯 일어나서 산하를 깨끗이 씻어낼 때 그제야 침체 · 비열하고 부패한 운명에서 벗어날 수 있을 것이다"라고 풍자했다.[29] 이렇게 집중 공격을 받은 데다가 창작도 부진해 '민족주의 문예운동'은 큰 진전 없이 곧 와해되고 말았다.

본격적인 이론 논쟁으로는 1931년부터 1933년까지 계속된 '문예자유논쟁'을 들 수 있다. 이 논쟁의 발단이 된 인물은 자칭 '자유인'이라 한 후추위안(胡秋原)과 자칭 '제3종인'이라 한 쑤원(蘇汶, 필명 두헝杜衡)이었다. 1931년 12월 후추위안은 상하이에서 『문화평론(文化評論)』을 창간하고 그 창간호에 「앞잡이 문예론(阿狗文藝論)」을 발표했다. 그는 이 글에서 "예술은 비록 '지상(至上)'의 것은 아니나 그렇다고 결코 '지하(至下)'의 것도 아니다. 예술이 일종의 정치의 유성기로 타락한다면 그것은 예술의 반역이다. 예술가는 비록 신성(神聖)은 아니나 그렇다고 결코 발바리도 아니다. 하찮은 이론으로 문학을 강간하는 것은 예술의 존엄성에 대해 용서할 수 없는 모독이다"[30]라고 하여 정치적 비호 속에서 문예운동을 전개하고 있던 민족주의 문학 진영과 혁명문학을 앞세운 좌련을 동시에 비판했다. 사실 후추위안은 일본의 와세다대학 유학 중에 마르크스주의 문예와 미학을 탐독해 마르크스주의 문예 이론의 정통파로 자처하는 인물이었다. 그는 문예에 종사하는 작가는 정치로부터 자유로워야 한다는 점에서 스스로를

29 魯迅, 「'民族主義文學'的任務和運命」, 『二心集』, 『魯迅全集(4)』, 311쪽, 320쪽.

30 胡秋原, 「阿狗文藝論」(『文化評論』 創刊號, 1931. 12. 25), 『文學運動史料選』 第三册, 118쪽.

'자유인'이라 불렀다. 이어 그는 「첸싱춘 이론의 청산(錢杏邨理論之淸算)」·「자유인의 문화운동(自由人的文化運動)」 등의 글을 발표해 첸싱춘 등 좌련의 이론가들을 겨냥하여 예술상의 조건과 그 기능을 말살해 사실상 예술을 부정하기에 이르렀다고 비판했다.

이에 대해 취추바이는 「'자유인'의 문화운동: 후추위안과 『문화평론』에 답함("自由人"的文化運動: 答復胡秋原和『文化評論』)」을 발표해 "대중으로부터 유리된 자유로운 '자유인'에게는 '5·4 미완의 유업'을 맡길 수 없다. 길은 오직 둘 뿐이니, 와서 대중을 위해 복무할 것인가, 아니면 가서 대중의 적을 위해 복무할 것인가이다"[31]라고 하면서 후추위안을 대중의 적으로 매도했다. 또한 펑쉐펑은 뤄양(洛揚)이라는 필명으로 『문예신문(文藝新聞)』에 「'앞잡이 문예' 논자의 추악한 얼굴('阿狗文藝'論者的醜臉譜)」이라는 글을 써서 "후추위안은 여기서 정확한 마르크스주의 비평을 위해 첸싱춘을 비판한 것이 아니라 오히려 프로문학을 반대하기 위해서 첸싱춘을 공격한 것이다"[32]라고 지적하고 후추위안과 투쟁할 것을 역설했다.

좌련이 후추위안과 논쟁을 벌이고 있을 때, 쑤원은 1932년 7월 상하이의 문예지 『현대(現代)』에 「'문예신문'과 후추위안 사이의 문예 논변에 관해(關于'文新'與胡秋原的文藝論辯)」라는 글을 발표해 논쟁에 개입했다. 그는 이 글에서 "'지식계급의 자유인'과 '부자유스럽고, 당파를 가진' 계급이 문단의 패권을 다투고 있을 때, 가장 괴로움을 당하는 사람은 오히려 이 두 종류 사람 이외의 제3종인이다. 이 제3종인이 바로 이른바 작가의 무리이다"[33]라면서 문학을 계급 투쟁의 도구로 삼고 문단을 쟁패하려는 좌련을

---

31 瞿秋白, 「"自由人"的文化運動: 答復胡秋原和『文化評論』」, 『瞿秋白文集』(文學編) 第一卷(人民文學出版社, 1985), 499쪽.

32 洛揚(馮雪峰), 「'阿狗文藝'論者的醜臉譜」(『文藝新聞』 第58號, 1932.6.6), 『文學運動史料選』 第三册, 124쪽.

33 蘇汶, 「關于'文新'與胡秋原的文藝論辯」(『現代』 第1卷 第3號, 1932.7), 『文學運動史料選』 第三册, 134쪽.

공격했다. 쑤원이 개입한 것은 실제로 후추위안과 협력해 좌련에 대항하기 위한 것이었다. 취추바이는 「문예의 자유와 문학가의 부자유(文藝的自由和文學家的不自由)」에서 쑤원의 글은 "혁명과 문학은 병존할 수 없다는 주장"이라고 지적하고 혁명문학을 반대하는 그 수단은 후추위안보다 더 교묘해졌다고 비판했다. 저우양(周揚)은 「도대체 누가 진리를 원하지 않고, 문예를 원하지 않는가?(到底是誰不要眞理, 不要文藝?)」라는 글에서 쑤원의 견해는 "마르크스레닌주의에 대해 매우 악의적으로 왜곡한 것"이며 "이데올로기 측면에서 무산계급의 무장을 배제하려는 것"이라고 지적했다. 그리고 "혁명은 문학을 방해하지 않았을 뿐만 아니라 문학을 제고시켰다"라고 주장했다. 이에 대해 쑤원은 「'제3종인'의 출로(第三種人的出路)」와 「문학상의 간섭주의를 논함(論文學上的干涉主義)」을 써서 "그물처럼 드리워져 있는 계급 사회에서 누구도 계급의 속박을 벗어날 수 없다"고 인정했지만, 좌익 문단이 "눈앞의 어떤 정치 목적에 너무 충실한 나머지 더 영구적인 문학의 임무를 완전히 소홀히 했다"고 지적했고, 또 좌익 문단이 중립을 지키지 않고 "사람을 천 리 밖으로 내치는 이러한 태도는 친구를 적으로 만들며 문예전선상에서 무산계급을 고립무원으로 만드는 것"이라고 지적했다.[34] 논쟁이 이론적인 깊이를 더해가자 좌련의 주요 이론가들은 거의 대부분 이 논쟁에 가담했다. 루쉰도 「'제3종인'을 논함(論'第三種人')」을 써서 '제3종인'이 성립할 수 없음을 분석했다.

> 계급이 있는 사회에 살면서 계급을 초월하는 작가가 되려 하고, 전투의 시대에 살면서 전투를 떠나 독립하려 하고, 현재에 살면서 장래에 보여줄 작품을 지으려 하는 이런 사람은 실로 마음이 만들어낸 일종의 환영이지 현실 세계에

34 程光煒 · 吳曉東 · 孔慶東 · 郜元寶 · 劉勇 主編, 『中國現代文學史』(中國人民大學出版社, 2001), 165-166쪽 참조.

는 없다. 이런 사람이 되려 한다면 그것은 마치 자기 손으로 머리털을 잡고 지구를 떠나려고 하는 것과 같다.[35]

이와 같이 루쉰은 계급 사회에 사는 이상 이 사회를 벗어나 '제3종인'이 된다는 것은 현실적으로 불가능하다는 점을 지적했다.

논쟁이 진행되는 와중에 좌익 문단의 오류를 지적한 이는 장원톈(張聞天, 필명 거터歌特)이었다. 그는 종파주의 및 이론의 기계적 적용을 극복하고 중간 세력을 단결시켜 문학과 정치의 관계를 재정리함으로써 혁명적 통일전선을 구축해야 한다고 보았다. 또 「문예전선상의 폐쇄주의(文藝戰線上的關門主義)」를 발표해 자산계급 문학과 무산계급 문학 외에 혁명적 소자산계급 문학이 존재함을 인정하고 "그들을 배척하고 매도해 자산계급의 주구라고 하는 것은 문예계의 통일전선을 포기하고 무산계급 문학을 고립시켜 반자산계급 투쟁의 역량을 약화시키는 행위이다"라고 했다. 뒤이어 펑쉐펑은 「결코 낭비적인 논쟁은 아니다(幷非浪費的論爭)」와 「'제3종인문학'의 경향과 이론에 관해(關于'第三種文學'的傾向與理論)」를 써서 이 논쟁을 적아(敵我)의 투쟁으로 여기는 것을 반대하는 입장을 밝혔다. 그는 소자산계급 문학과 관련해 일반 작가들을 경원시하거나 적대시하지 않으며 제휴하기를 원한다는 의견을 표명함으로써 그들을 포용하려고 했다.

'문예 자유 논쟁'은 좌련 시기에 가장 오랫동안 가장 큰 규모로 진행된 수준 높은 문예 논쟁이었다. 당시 좌익 문단의 교조주의와 폐쇄주의에 대한 후추위안과 쑤원의 비판은 정당한 것이었다. 그럼에도 불구하고 이데올로기가 첨예하게 대립되던 시기에 이 논쟁은 학술적인 범위에서 차분하게 진행되기는 어려웠다. 그렇지만 '문예 자유 논쟁'은 1920년대 후반의 혁명문학 논쟁을 통해 받아들이게 된 마르크스주의 문예 이론 및 그 후 제

---

35 魯迅, 「論'第三種人'」, 『南腔北調集』, 『魯迅全集(4)』, 311쪽, 440쪽.

기된 문예의 계급성과 당파성에 대한 인식을 심화시켰다는 점에서 긍정적으로 평가할 수 있다. 또한 혁명문학 논쟁 이후 계속 노정되어왔던 좌익 문예계 내부의 좌경 사상과 종파주의를 폭로, 시정할 수 있는 계기를 마련했으며, 나아가 동반자 문제를 새롭게 인식함으로써 문예계의 통일전선을 확립하는 데 어느 정도 도움이 되었다.

제4절 문예 대중화 토론과 좌익 문학

좌익 문예는 대중을 위해 복무한다는 내용을 포함하고 있었으므로 문예의 대중화가 긴급한 과제로 떠올랐다. "문학－일체의 예술을 포함해－은 마땅히 대중에 속하는 것이어야 하고 마땅히 생산에 종사하는 대다수 민중에 속하는 것이어야 한다"[36]라는 관점에서 문예의 대중화의 필요성이 크게 강조되었다. 좌련은 결성된 직후에 '대중문예위원회'와 '문예대중화연구회' 등의 전문 기구를 설립하고 구체적으로 문예 대중화 사업을 전개해나갔다. 좌련이 문예 대중화를 중시함에 따라 문단에서도 1930년부터 1934년까지 단속적으로 그에 관한 토론이 전개되었다. 토론은 주로 문예 대중화의 필요성과 방향, 구형식의 채용 문제, 문자 개혁을 둘러싼 대중어 문제 등에 대해 진행되었다. 루쉰과 궈모뤄, 펑나이차오, 정보치, 선돤셴, 화한(華漢), 취추바이, 펑쉐펑, 마오둔, 저우양 등이 잇따라 글을 발표하면서 토론은 비교적 자유롭게 진행되었다.

궈모뤄는 문예의 통속화에 초점을 맞추어 "내가 희망하는 새로운 대중문예는 바로 무산 문예의 통속화이다"라고 주장하고, 나아가 "통속화로

36 鄭伯奇,「關于文學大衆化的問題」(『大衆文藝』 第二卷 第三期, 1930. 3. 1),『文學運動史料選』 第二冊, 367쪽.

인해 문예가 수준 미달이 되더라도 대중을 버려서는 안 되며 무산대중을 버려서는 안 된다"라고 강조했다.[37] 궈모뤄는 예술성보다는 대중에 대한 선전과 교육 작용을 더 중시해 통속적인 작품의 생산을 문예의 대중화로 이해했다. 이와 달리 펑쉐펑은 문예의 예술성을 중시할 것을 전제하면서 "문학 대중화란 대중의 문학적 수준을 향상시키고, 대중이 이해할 필요가 없는 비(非)대중적 요소를 작품에서 제거하는 동시에 대중의 새로운 요구를 추가해 작품이 대중의 요구에 접근하게 해야 한다는 사실을 의미한다"(「論文學的大衆化」)라고 주장했다. 펑쉐펑은 문학의 통속화보다 대중의 문학적 수준을 제고시키고 대중의 요구를 문학에 반영할 것을 중시했다.

문예 대중화 토론에서 구형식의 채용 문제도 매우 중요한 논제 중의 하나였다. 당시 많은 사람들은 혁명 문예가 대중에게 받아들여지려면 대중에게 익숙한 구형식을 채용해야 한다고 생각했다. 펑쉐펑은 「혁명적 반제 대중 문예 사업에 관해(關于革命的反帝大衆文藝的工作)」라는 글에서 "문학 작품은 대중이 알아들을 수 있는 언어로 씌어져야 하며, 그들의 귀에 익숙한 언어로써 그들의 귀에 호소해야 한다"라고 말하고, 정치 선전에도 옛 가락을 활용할 수 있고 소설과 회화에도 중국의 옛 체재와 옛 화법을 사용해야 한다고 주장했다. 루쉰은 구형식의 채용은 답습이 아니라 흡수라고 주장하며 "구형식을 채용하자면 버리는 것이 있게 마련이고 버리는 것이 있으면 첨부하는 것이 있게 마련이니 결국은 새로운 형식이 나타나게 되어 이른바 변혁이 생기는 것이다"[38]라는 의견을 표명했다.

토론이 진행되는 과정에서 취추바이는 특히 문학 언어의 대중화에 관심을 집중했다. 그는 "대중 문예는 어떤 말로 써야 하는가 하는 것이, 비

37 郭沫若, 「新興大衆文藝的認識」(『大衆文藝』 第二卷 第三期, 1930. 3. 1), 『文學運動史料選』 第二册, 366쪽.

38 魯迅, 「論"舊形式的采用"」, 『且介亭雜文集』, 『魯迅全集(6)』, 24쪽.

록 가장 중요한 문제는 아니라 할지라도 모든 문제의 선결 문제이다"[39]라고 전제한 뒤, '고문(古文)의 문언', '량치차오(梁啓超)식의 문언', '5·4식의 백화(白話)', '구소설식의 백화'가 혼재해 있는 중국 언어의 문제 상황을 지적했다. 취추바이는 언어 문자에 대해 매우 급진적인 태도를 취했는데, 구문학에서 사용했던 문언뿐만 아니라 5·4시기에 사용했던 백화조차도 '신문언(新文言)'이라 하여 반대했다. 그래서 그는 "모든 것은 현대 중국의 살아 있는 사람들의 백화를 사용해 표현해야 하고, 특히 신흥계급의 말로 적어야 한다"라고 요구했다. 그는 또 "신흥계급은 대도시나 현대화된 공장 곳곳에 존재하기 때문에, 신흥계급의 언어는 사실 이미 관료들의 국어(國語)가 아닌 중국 보통화(普通話)를 탄생시켰다"라고 주장했다.[40] 그런데 마오둔은 취추바이의 관점에 동의하지 않았다. 마오둔은 즈징(止敬)이라는 필명으로 「문제 중의 대중 문예(問題中的大衆文藝)」라는 글을 써서 취추바이의 주장과 달리, 각처에서 온 사람들이 뒤섞여 살고 있는 상하이와 같은 대도시의 보통화(普通話)가 사실은 전혀 통일되지 않아 적어도 세 가지 커다란 계통을 이루고 있음을 지적했다. 상하이 토착어를 기본으로 하는 계통, 창장(長江) 북쪽의 장베이어(江北語)를 기본으로 하는 계통, 북방음(北方音)을 기본으로 하는 계통이 바로 그것인데, 마오둔은 대중 문예가 '진정한 현대 중국어'를 사용해야 한다면 이들 방언은 사용하기에 아주 곤란하다고 했다. '진정한 현대 중국어'가 아직 탄생하지 않았기 때문에 "현재에는 결국 통행되고 있는 '백화(白話)', 즉 쑹양(宋陽, 취추바이를 가리킴-인용자) 선생이 말한 이른바 신문언(新文言)을 사용하지 않을 수 없다"[41]라

39 宋陽(瞿秋伯), 「大衆文藝的問題」(『文學月報』 創刊號, 1926.6.10), 『文學運動史料選』 第二册, 394쪽.

40 宋陽(瞿秋伯), 「大衆文藝的問題」, 『文學運動史料選』 第二册, 395쪽.

41 止敬(茅盾), 「問題中的大衆文藝」(『北斗』 第2卷 3·4期 合刊, 1932.7), 『文學運動史料選』 第二册, 408쪽.

고 주장했다. 게다가 마오둔은 언어와 문자를 무엇보다 중시하는 취추바이의 관점에도 동의하지 않았다. 왜냐하면 마오둔은 문예에서 '기술(技術)이 중심이고 문자는 부수적인 것'이라고 여겼기 때문이다. 취추바이도 마오둔의 관점에 동의하지 않고 「대중 문예를 재론하면서 즈징에게 답함(再論大衆文藝答止敬)」이라는 글을 발표해 좀 더 급진적인 태도로 아예 한자를 폐기하고 로마 자모로 이루어진 병음문자(拼音文字)를 진정한 백화로 사용해야 한다고 역설했다.[42] 취추바이의 주장은 5・4시기에 확립된 백화문조차도 부정하고 있어 급진적인 편향성이 뚜렷하며, 실제로 받아들여지기는 어려웠다. 그렇지만 당시 작가들에게 대중어에 대한 인식을 심화시켜주었고 병음문자에 대한 자각을 불러일으켰다는 데 나름의 의의가 있다.

요컨대, 문예 대중화 토론은 당시의 혁명운동에 어느 정도 영향을 끼치고 작가들에게 문예의 대중화에 관심을 갖도록 이끌었지만 정치적인 요구가 크게 개입됨으로써 구체적인 창작 면에서 만족스러운 성과를 거두지는 못했다. 좌익 작가들의 노력에도 불구하고 그들의 창작은 그다지 대중화된 작품은 아니었다.

좌련은 국민당 정부의 압박을 받아 활동이 상당히 제한되었다. 국민당 정부의 반공 정책은 좌익 출판물에 대한 금압 조치를 취하고 좌익 진영의 작가들을 구속하기도 했다. 더욱이 이른바 '좌련 5열사'라고 불리는 러우스(柔石), 후예핀(胡也頻), 펑카이(馮鎧), 리웨이썬(李偉森), 인푸(殷夫) 등의 젊은 작가들이 1931년 1월 국민당 정부에 의해 처형되는 사건이 발생했다. 이 사건은 루쉰을 중심으로 하는 좌련의 작가들을 더욱 자극, 격분시켜 좌련의 단결과 투쟁을 촉진시켰다. 좌련 작가들의 단결과 더불어 1930년대 그들의 창작은 풍성한 수확을 거두었다. 루쉰, 취추바이 등의 잡문과 마오둔

42 宋陽(瞿秋伯), 「再論大衆文藝答止敬」(『文學月報』 第1卷 第三期, 1932.10.15), 『文學運動史料選』 第二册 참조.

의 소설은 좌련 시기의 가장 큰 성과에 해당한다. 이 외에도 장광츠(蔣光慈)와 장톈이(張天翼), 예쯔(葉紫), 샤오쥔(蕭軍), 샤오훙(蕭紅), 사딩(沙汀), 아이우(艾蕪) 등의 소설, 톈한과 샤옌(夏衍), 훙선(洪深), 양한성(陽翰笙), 위링(于伶) 등의 희곡, 커중핑(柯仲平)과 인푸, 아이칭, 푸펑(蒲風) 등의 시는 좌련 소속 작가들의 다양한 창작 성과를 대변해준다. 이들은 작품의 수량, 장르의 다양성, 현실 생활의 반영, 등장인물의 다양성과 성격의 전형성 등 여러 면에서 이전과 다른 새로운 영역을 개척했다. 국민당 정부가 지지한 '민족주의 문학' 진영의 작가들이나 자유주의적 세계관을 가진 신월파 작가들보다 좌련의 작가들은 중국 현실과 더 밀착해 대중적인 기초를 굳건히 하고 있었으므로 창작 면에서 더 풍성한 수확을 거둘 수 있었다. 여기서는 좌련 소속 작가들 중에서 초기의 좌익 문학을 창작한 작가들을 살펴보고자 한다.

장광츠(蔣光慈, 1901-1931)는 장광츠(蔣光赤)라고도 하며, 고향인 안후이(安徽)에서 학생운동에 참가한 적이 있고 후에 상하이로 가서 사회주의청년단에 가입했다. 1921년 중국공산당의 파견으로 소련에 유학했고, 1924년 귀국한 후 선쩌민(沈澤民) 등과 함께 혁명문학 단체인 '춘뢰사(春雷社)'를 조직했다. 장광츠는 1925년 시집 『새로운 꿈(新夢)』을 출판했는데, 그는 「모스크바 노래(莫斯科吟)」라는 시에서 "10월혁명이여, 대포와 같은, 뒤흔드는 소리에, 흉포한 이리와 호랑이도 놀라자빠지고, 소귀신 뱀귀신도 놀라 허둥대었네"[43]라고 하며 러시아 '10월혁명'을 찬양했다. 특히 장광츠는 소설로 주목을 받았는데, 1926년에 중편소설 「표류하는 젊은이(少年漂泊者)」를 발표함으로써 소설 창작을 시작했다. 「표류하는 젊은이」는 주인공 왕중(汪中)의 표류하는 인생을 통해 '5·4'부터 '5·30'에 이르는 시기의 어두운 사회에 대한 강렬한 반항을 표현했다. 그의 단편소설집 『압록강에서(鴨綠江上)』 역시 같은 주제를 담고 있는 작품집이다. 1927년 상하이 노동

43 "十月革命,/ 如大炮一般,/ 轟冬一聲,/ 嚇倒了野狼惡虎,/ 驚慌了牛鬼蛇神."

자의 무장봉기를 배경으로 하고 있는 중편소설 「단고당(短褲黨)」 역시 장광츠의 대표작 중 하나이다. 장광츠의 소설은 '혁명적 로맨틱(革命的浪漫諦克)'으로 알려진 '혁명+연애'의 서사 형식에 그 특징이 있다. 장광츠는 1927년 후반부터 「야제(野祭)」·「쥐펀(菊芬)」·「최후의 미소(最後的微笑)」·「리사의 슬픔(麗莎的哀怨)」·「구름을 뚫고 나온 달(衝出雲圍的月亮)」 등의 작품을 내놓았는데, 이들은 장광츠를 '신흥 문학'의 대가로서 베스트셀러 작가에 올려놓았다. 이들 작품은 혁명을 연애와 결합시킴으로써 일반적으로 유행하던 연애소설에 새로운 격식과 격정을 가져다주어 많은 독자를 확보할 수 있었다. 하지만 지나치게 도식적이고 낭만적인 색채가 강해 현실성이 부족하다는 평을 받았다. 이러한 예술성의 한계에도 불구하고 '혁명+연애' 형식의 좌익 소설은 당시 독자들로부터 큰 호응을 얻었다. 훙링페이의 『유랑(流亡)』 3부곡, 멍차오의 『충돌(衝突)』, 화한(양한성)의 『두 여성(兩個女性)』·『지천(地泉)』, 후예핀의 『모스크바로 가다(到莫斯科去)』·『광명은 우리 앞에(光明在我們前面)』 등도 모두 '혁명+연애'의 형식을 취하고 있는 작품이다.

'좌련 5열사' 중의 한 사람인 인푸(殷夫, 1909-1931)는 본명이 쉬쭈화(徐祖華)이며, 저장성(浙江省) 샹산(象山) 사람이다. 인푸는 짧은 생애 동안 세 번이나 체포되었다. 그의 초기 시는 쓸쓸함 가운데 강렬한 감정을 띠고 있으며, 그는 점차 무산계급의 기백을 표현한 '홍색서정시(紅色抒情詩)'의 창작에 두각을 나타냈다. 인푸는 '5·30' 사건을 기념하는 「혈자(血字)」라는 시에서 "'5·30'이여!/ 일어나라, 난징루(南京路)로 가자!/ 네 피의 빛발을 하늘 끝까지 쏟아내고,/ 네 굳센 자세를 황푸강(黃浦江) 어귀에 그림자로 드리우고,/ 네 우렁찬 종소리 같은 예언으로 우주를 진동시켜라!"[44]라고

44 "'五卅'喲!/ 立起來, 在南京路走!/ 把你血的光芒射到天的盡頭,/ 把你剛强的姿態投映到黃浦江口,/ 把你的洪鐘般的預言震動宇宙!"

노래했다. 좌익 시가는 보통 투쟁 의식을 지나치게 강조해 '예술성'이 부족하다는 한계를 지니고 있었다. 그렇지만 루쉰은 좌익 시가를 평가해 "이른바 원숙하고 정련되고 엄숙하고 심원한 그 어떤 작품도 그와 비교할 필요가 없다. 왜냐하면 이 시는 또 다른 세계에 속하기 때문이다"[45]라고 했다. 좌익 시가는 '또 다른 세계'를 반영한 시로서 당시 혁명이 고조되고 있던 시대적 상황을 고려할 때, 나름의 예술적 성취를 인정할 수 있다.

딩링(丁玲, 1904-1986)은 본명이 장웨이(蔣偉)이고 자가 빙즈(冰之)이며, 후난성(湖南省) 린리현(臨澧縣) 사람이다. 1924년 베이징에서 후예핀과 결혼 생활을 하면서 문학 창작을 시작했다. 1927년 12월에 처녀작 『멍커(夢珂)』를 발표해 고독하고 우울한 젊은 여성의 고뇌를 표현했으며, 1928년 초에는 『사페이 여사의 일기(莎菲女士的日記)』를 발표해 자신의 이름을 널리 알렸다. 『사페이 여사의 일기』는 주인공 사페이(莎菲)의 연애 심리를 대담하고 적나라하게 묘사해 개성 해방을 추구하는 여성의 방황과 고민, 그리고 비극적 운명을 형상화했다. 사페이의 심리는 전통 여성의 온순하고 현숙한 성격과는 크게 달라 링지스(凌吉士)를 만났을 때 그녀는 "매섭게 그를 몇 번이나 바라보았으며", 또한 일기에서 "나는 그를 독차지하겠어. 나는 그가 무조건 그의 마음을 내게 바치기를 원해"라고 묘사함으로써 당시 사람들을 놀라게 하기에 충분했다. 이 작품은 인물의 섬세한 심리묘사에 뛰어난 딩링의 예술적 특징을 잘 보여주는 것으로 평가된다.

딩링의 창작은 1930년 1월에 중편소설 「위호(韋護)」를 『소설월보』에 연재하면서부터 혁명 지식인을 제재로 하는 방향으로 선회했다. 같은 해에 딩링은 「1930년 봄 상하이(一九三〇年春上海)」 제1편과 제2편을 완성했다. 이들 세 편의 중편소설은 모두 혁명과 연애를 제재로 삼고 있어 초기 좌익 문학의 특징을 보여준다. 1931년에는 열여섯 성을 휩쓴 홍수를 소재

45 魯迅, 「白莽作『孩兒塔』序」, 『且介亭雜文末編』, 『魯迅全集(6)』, 494쪽.

로 한 중편소설 「물(水)」을 발표해 다시 문단의 주목을 받았다. 이 작품은 홍수로 인한 농민의 고난을 서술한 것이지만 재난을 틈탄 정부와 지주의 가혹한 수탈과 그에 맞서는 농민들의 반항을 묘사했다. 「물」은 딩링의 창작에 중대한 전환점이 되었는데, 이후 딩링은 노동자·농민의 생활과 투쟁을 묘사하는 데 주력했다. 이후에 나온 「소식(消息)」·「야회 (夜會)」·「질주(奔)」 등은 모두 그러한 작품에 해당한다. 또한 딩링은 자신의 어머니를 모델로 『어머니(母親)』를 썼는데, 이 작품은 신해혁명 전후에 현모양처인 한 여성이 각성해서 새로운 지식을 추구하는 자립·혁명의 길을 걷게 된다는 내용을 다루었다. 그러나 딩링은 제1권만 완성하고 1933년 국민당 정부에 의해 납치되는 바람에 작품을 완성하지 못했다. 딩링이 1933년에 완성한 자전적 소설인 『사페이 일기 제2부(莎菲日記第二部)』도 주목할 만하다. 이 작품은 사페이가 한 문학청년과 동거하며 아이를 낳고 애인의 신작 『광명은 우리 앞에(光明在我們面前)』를 읽을 때 애인은 비밀리에 총살을 당한다는 내용이다. 이 소설은 그녀의 애인 후예핀과의 관계를 형상화한 것으로 자전적 소설을 혁명소설로 끌어올린 작품이다. 1933년 5월 국민당 정부에 의해 비밀리에 체포되어 난징(南京)에서 감금 생활을 하던 딩링은 결국 1936년 9월 극적으로 난징을 탈출해 공산당 근거지인 옌안(延安)으로 갔다. 그녀는 그곳에서 작가 활동을 다시 시작함으로써 새로운 창작 시대를 펼치게 된다.

장톈이(張天翼, 1906-1985)는 후난성(湖南省) 샹샹(湘鄕) 사람이며, 1928년 잡지 『분류(奔流)』에 「사흘 반의 꿈(三天半的夢)」을 발표하면서 문단에 등장했다. 1931년에 「셋째 할아버지와 구이성(三太爺與桂生)」·「스물한 명(二十一個)」을 창작해 하층민의 비참한 처지를 표현했다. 장톈이는 소시민과 유약한 노동자를 풍자하는 데 있어 루쉰의 국민성 비판 정신을 계승한 작가로 평가된다. 장톈이는 인물들을 풍자하거나 비판하는 데 뛰어났으니, 「바오 씨 부자(包氏父子)」는 그의 대표작이다. 이 소설은 바오 씨 부자가 각기 환경은 다르지만 정신적으로는 동일한 노예에 지나지 않음을 묘사했다. 장톈이는 아동문학 작가로도 유명하다. 1930년대에 쓴 「다린과 샤오린(大林和小林)」·「대머리 대왕(禿禿大王)」을 비롯해 1950년대에 쓴 「뤄원잉의 이야기(羅文應的故事)」·「보배로운 조롱박의 비밀(寶葫芦的秘密)」 등은 중국 현당대(現當代) 아동문학의 경전에 해당하는 작품이다.

그 밖에 좌익 소설을 창작한 작가로는 「풍년(豊收)」(1933)으로 이름을 얻은 예쯔(葉紫, 1910-1939), 「눈 덮인 땅(雪地)」(1933)을 쓴 저우원(周文, 1907-1952) 등이 있다. 초기 좌익 작가들의 작품은 개념화·공식화의 경향이 두드러져 예술성이 부족한 한계를 가지고 있었다. 그러나 작가들은 점차 중국 사회를 냉정하게 분석하고 사실적으로 표현하는 방향으로 나아갔다. 1933년에 이르러 마오둔의 장편소설 『한밤중(子夜)』이 나옴으로써 중국 현대소설은 비로소 새로운 성숙기로 접어들게 된다.

제9장

현대 산문 양식의 발전과 분화

중국의 현대 산문 역시 문학혁명과 더불어 본격적으로 지어졌다. 저우쭤런(周作人)은 1935년 신문학의 성과를 집대성한 『중국신문학대계(中國新文學大系)』 산문 제1집의 「이끄는 말(導言)」에서 먼저 문학혁명 이후의 백화문운동과 청 말의 백화운동의 차이를 논했다. 그는 "청 말 무술(戊戌, 1898년) 시기 전후에도 백화운동이 있었지만 그것은 교육적인 것이요 비문학적인 것이었다"라고 전제한 다음, 좀 더 구체적으로 "현재의 백화문은 말하는 대로 쓰는 것이지만 그때에는 고문을 백화로 번역한 것이었다"[1]라고 설명했다. 즉 청 말 시기의 백화문은 작자가 먼저 고문으로 생각한 후에 그것을 백화로 번역해 쓴 것이었다. 또 글을 짓는 태도의 차이도 분명했다.

1 周作人, 「導言」, 『中國新文學大系 · 散文一集』, 周作人 編選(良友圖書公司, 1935), 1쪽.

> 현재 우리가 글을 짓는 태도는 일원적이어서…… 일률적으로 백화를 사용한다. 그러나 이전의 태도는 이원적이어서 모든 글을 백화로 쓴 것이 아니라 오로지 학식이 없는 평민과 노동자를 위해서만 백화를 쓴 것이다. …… 그러나 정식의 글을 쓸 때는 당연히 고문으로 지었다.[2]

청 말 시기의 백화문은 평민과 노동자를 위한 것이었던 데 반해 신문학 시기에는 누구에 대해서든 어떤 일에 대해서든 저서든 쪽지 한 장이든 모든 글을 백화문으로 쓰게 되었다는 것이 저우쭤런의 설명이다. 그래서 그는 청 말의 백화 산문은 무술정변(戊戌變法)과 같은 정치적인 목적을 위해 지어졌고, 진정으로 문학적인 백화 산문은 신문학 시기에 와서야 가능하게 되었다는 것이다. 다만 저우쭤런이 "신문학 중에서 백화 산문의 성공은 비교적 쉬웠지만 또한 비교적 늦었다는 것도 분명한 사실이다"[3]라고 했듯이 백화 산문이 신문학의 한 양식으로 자리 잡는 데는 일정한 시간이 필요했다.

현대 산문의 창작 성과도 다른 문학 양식의 성과에 못지않게 두드러졌다. 루쉰은 신문학 초기의 산문의 성공을 이렇게 정리한 바 있다.

> 5·4운동 시기에 이르러 다시 새로운 발전을 이룩해 산문 소품(小品)의 성공은 소설과 희곡 및 시를 거의 능가했다. 그 내용은 당연히 몸부림(掙扎)과 전투(戰鬪)를 담고 있었지만, 그것이 주로 영국의 수필(essay)을 본받았기 때문에 유머와 온화함도 다소 지니고 있었다. 그 필치 또한 아름다우면서도 치밀했는데, 이는 구문학에 대한 시위로서 구문학이 스스로 장점이라고 여기는 것을 백화문학도 해내지 못하란 법이 없다는 것을 보여주는 것이었다.[4]

---

2 周作人,「導言」,『中國新文學大系 · 散文一集』, 1-2쪽.

3 周作人,「導言」,『中國新文學大系 · 散文一集)』, 6쪽.

4 魯迅,「小品文的危機」,『南腔北調集』,『魯迅全集(4)』(人民文學出版社, 1981), 576쪽.

루쉰은 초기 현대 산문의 특징을 잘 요약해주고 있는데, 초기 현대 산문은 전투적인 것도 있고, 유머와 한적(閑適)을 표현한 것도 있으며, 미문(美文)을 추구한 것도 있다.

제1절 잡문 양식의 출현

리다자오(李大釗)는 1918년 4월 『신청년(新青年)』 제4권 제4호에 백화문으로 쓴 「오늘(今)」이라는 제목의 글을 발표했다.

> 무한의 '과거'는 모두 '현재'를 귀착점으로 하며, 무한의 '미래'는 모두 '현재'를 그 연원으로 한다. '과거' · '미래'의 중간에는 오로지 '현재'가 있음으로써 연속성이 이루어지고, 영원성이 이루어지고, 시작과 끝이 없는 위대한 실재가 이루어진다. 현재의 종(鐘)을 잡아당기면 무한의 과거와 미래는 모두 멀리서 서로 호응한다. 이것이 바로 과거와 미래가 모두 현재라고 할 수 있는 까닭이다. 이것이 바로 '오늘(今)'이 가장 귀중한 까닭이다.[5]

리다자오는 이 글에서 진화론적 관점에 따라 '현재'의 중요성을 강조했다. 현재의 중요성을 강조한 뒤 그는 '오늘'을 사랑할 줄 모르는 두 경우로서 '오늘'을 혐오하는 사람과 '오늘'을 즐기는 사람을 들었다. '오늘'을 혐오하는 사람은 또 두 가지 경우로 나눌 수 있는데, 하나는 '현재'의 모든 현상에 불만을 품고 오로지 '과거'를 지향하는 복고적 경향을 가진 사람이고,

---

5 李大釗, 「今」, 『李大釗全集』 第三卷(河北教育出版社, 1999), 11쪽. "無限的'過去'都以'現在'爲歸宿, 無限的'未來'都以'現在'爲淵源. '過去' · '未來'的中間全仗有'現在'以成其連續, 以成其永遠, 以成其無始無終的大實在. 一掣現在的鈴, 無限的過去未來皆遙相呼應. 這就是過去未來皆是現在的道理. 這就是'今'最可寶貴的道理."

다른 하나는 '장래'에 기대를 걸고 '현재'에 노력할 수 있는 일들을 모두 내팽개치고 오로지 허무하고 아득한 몽상에 탐닉하는 경향을 가진 사람이다. 그리고 '오늘'을 즐기는 사람은 의지와 의식이 없는 사람으로서 '현재'에 불만을 품고 안락하게 즐기기만 해서 진취와 창조가 없는 경우이다. 리다자오는 현재를 정확하게 인식하고 현실에 적극적으로 참여하면서 창조에 힘쓸 것을 호소했다. 이러한 내용을 담고 있는 「오늘」은 초기 백화 산문의 의론(議論)적 특징을 잘 보여준다. 신사상을 전파하려는 목적으로 신문화운동을 전개하고 있던 『신청년』의 입장에서 보면, 의론적 산문은 매우 유용한 문학적 수단이 될 수 있었다. 현대 산문 양식 중에서 의론적 산문이 가장 먼저 등장하게 된 것도 바로 이 때문이다. 이러한 의론적 산문은 보통 잡감(雜感) 또는 잡문(雜文)이라는 이름으로 크게 발전하게 되는데, 루쉰이 언급한 "몸부림과 전투를 담고 있는" 산문의 일종이다.

초기의 잡감은 1918년 4월 『신청년』 제4권 제4호에 '수감록(隨感錄)'이라는 고정 칼럼이 생기면서 씌어지기 시작했다. 이 '수감록' 고정 칼럼은 천두슈(陳獨秀)가 개척했는데, 량치차오(梁啓超)의 「음빙실자유서(飮冰室自由書)」의 영향을 받았고, 대개 일본의 신문에 실린 '촌철(寸鐵)'의 글이 본보기가 되었다고 한다.[6] 처음 '수감록'에 실린 글은 천두슈의 글 3편, 타오멍허(陶孟和)의 글 3편, 류반눙(劉半農)의 글 1편이었다. 이 글들은 대체로 반봉건 사상 계몽을 내용으로 하고 있었는데 백화문으로 지어진 것은 아니었다. 그 뒤 첸쉬안퉁(錢玄同), 저우쭤런의 '수감록'이 발표되면서 백화문으로 지어졌고, 1918년 9월 『신청년』 제5권 제3호부터 루쉰의 글이 발표되기 시작했다. 『신청년』의 '수감록'에 영향을 받아 몇몇 신문잡지도 유사한 고정 칼럼을 만들었다. 리다자오와 천두슈가 주관한 『매주평론(每周評論)』은 창간호(1918. 12)부터 '수감록'을 만들었고, 리신바이(李辛白)가 주관

6 許道明, 『挿圖本中國新文學史』(上海古籍出版社, 2005), 34쪽 참조.

하던 『신생활(新生活)』도 1918년 9월부터 '수감록'이라는 고정 칼럼을 만들었다. 또 취추바이(瞿秋伯), 정전둬(鄭振鐸) 등이 주관하던 『신사회(新社會)』도 제4호부터 '수감록'을 신설해 정전둬, 취추바이 등의 글을 실었다. 이 밖에도 적지 않은 신문잡지에서 '잡감(雜感)'·'평단(評壇)'·'난담(亂談)'·'수상(隨想)'·'수담(隨談)'이라는 고정 칼럼을 만들어 의론적 산문을 실었다. 초기의 이런 글은 대체로 제목이 없고 길이가 짧은 단평에 가까운 것이었으나 점차 제목이 생겨나고 길이도 길어졌다. 대표적인 기고자로는 천두슈, 리다자오, 류반능, 첸쉬안퉁 등을 들 수 있으며, 이들의 '수감록' 산문은 대체로 사회·정치·문화·사상을 비평한 것으로 이후 잡문 창작의 발전에 크게 기여했다.

잡문 창작에서 가장 두드러진 성과를 거둔 작가로는 단연 루쉰을 들어야 한다. 사실 잡문은 루쉰의 창작에 의해 중국 현대문학사에서 중요한 위치를 차지하게 되었다고 해도 과언이 아니다. 취추바이는 「루쉰 잡감선집 서언(魯迅雜感選集序言)」에서 루쉰의 잡감(잡문)을 '일종의 사회 논문' 또는 '문예성 논문'이라고 보았다. 루쉰의 잡문은 사회 비평과 문명 비평의 성격을 지니지만 그 속에는 문학적 특징을 풍부하게 담고 있는데, 이러한 잡문은 루쉰에게 사상 계몽운동을 수행하는 가장 중요한 문학적 수단이었다. 그의 잡문은 표현이 명료하고 감정이 강렬해 당시 시대적 특징을 가장 잘 대변해주는 것이었다. 그것은 "스스로 인습의 무거운 짐을 짊어지고 암흑의 수문(水門)을 어깨로 걸머지고 그들로 하여금 넓고 밝은 세상으로 나아가게 하기"[7] 위한 사상 계몽운동의 일환으로 지어졌다. 루쉰은 구사회의 병폐를 들추어내고 현실 문제를 비평하는 데 그 누구보다도 예리하고 신랄해 그의 잡문은 당시 독자들로부터 크게 환영을 받았다. 위다푸(郁達夫)는 루쉰의 잡문 문체에 대해 "비수처럼 간결하고 세련되어 촌철살인

7 魯迅, 「我們現在怎樣做父親」, 『墳』, 『魯迅全集(1)』, 130쪽.

(寸鐵殺人), 일도견혈(一刀見血)의 특징을 지니고 있다"[8]라고 비평했는데, 아주 정확한 평가라고 할 수 있다.

루쉰은 「등하만필(燈下漫筆)」이라는 글에서 중국인들은 지금까지 '사람'으로 대접받은 적이 없으며 기껏해야 노예에 지나지 않았고 지금도 여전하다고 하면서 노예보다 못한 때가 오히려 헤아릴 수 없이 많았다고 묘사했다.

> 중국의 백성들은 중립적이어서 전시(戰時)에 자신조차도 어느 편에 속하는지 몰랐다. 그러나 또 어느 편이든지 속했다. 강도가 들이닥치면 관리 편에 속하므로 당연히 죽임을 당하고 약탈을 당해야만 했다. 관군이 들어오면 틀림없이 한패이겠지만, 여전히 죽임을 당하고 약탈을 당해야 하니 이번에는 마치 강도 편에 속하는 듯하였다. 이때에 백성들은 바로 일정한 주인이 나타나서 자신들을 백성으로 삼아주기를—그것이 가당찮은 일이라면 자신들을 소나 말로 삼아주기를 희망하였다. 스스로 풀을 찾아 뜯어먹기를 진심으로 바라면서 어떻게 다녀야 할지만을 결정해 주기를 원했다."[9]

루쉰은 이처럼 노예의 규칙마저 파괴해버려 진정 노예가 되고 싶어도 될 수 없었던 중국 사회의 어두운 일면을 예리하게 들추어냄으로써 이를 통렬하게 비판했다. 루쉰의 또 다른 글 「여백 메우기(補白)」를 보자.

> 우리는 화살을 우리 스스로 만들 수 있었지만 금(金)나라에 패했고, 원(元)나라에 패했고, 청(淸)나라에 패했다. 기억컨대, 송(宋)나라 사람의 어느 잡기(雜記)에는 금나라 사람과 송나라 사람의 물건을 비교하는 저자거리의 해학이 기

---

8 郁達夫, 「導言」, 『中國新文學大系 · 散文二集』, 郁達夫 編選(良友圖書公司, 1935), 14쪽.

9 루쉰(魯迅) 저, 『무덤』, 홍석표 역(선학사, 2003년 수정판), 290쪽 참조.

록되어 있다. 예를 들어 금나라 사람은 화살을 가지고 있는데 송나라에는 무엇이 있는가라고 묻는다. 그러자 "쇄자갑(갑옷 속에 받쳐 입는 작은 미늘로 엮어 만든 옷—인용자)이 있다"라고 답한다. 또 금나라에는 넷째 태자가 있는데 송나라에는 어떤 사람이 있는가라고 묻는다. 그러자 "악소보(岳少保, 악비岳飛를 가리킴—인용자)가 있다"라고 답한다. 마지막에 이르러 금나라 사람은 낭아봉(狼牙棒. 무수한 못 끝이 밖으로 나오게 박아 긴 자루를 단, 사람의 머리를 때리는 무기의 일종—인용자)이 있는데, 송나라에는 무엇이 있는가라고 묻는다. 그러자 "두개골이 있다!"라고 답한다.

송나라 이후로 우리는 결국 두개골만 있었을 뿐이고, 지금은 또 '민기(民氣)'라는 것을 발견하였는데, 더욱 허황하고 어렴풋하다.

하지만 실력을 토대로 하지 않는 민기는 결과적으로 바깥에서 구할 필요 없는 고유한 두개골로서 스스로 자랑으로 여길 수 있을 뿐이다. 말하자면 자포자기를 승리로 간주하는 것이다.[10]

루쉰은 실력을 토대로 하지 않고 '민기'만을 앞세우는 중국인의 국민성을 매우 신랄하게 풍자하고 있다. 이렇게 루쉰의 잡문은 중국의 어두운 현실을 폭로하거나 중국인의 국민성을 풍자하고 비판하는 중요한 무기였다. 루쉰에게 잡문은 중국의 현실과 국민성을 해부해 그 병폐를 들추어내는 주요한 문학 양식의 하나였으니, 이른바 '소리 없는 중국'의 침묵을 깨뜨리는 가장 유력한 수단이었다. 루쉰은 『신청년』의 '수감록'에 발표한 27편의 글을 모아 『열풍(熱風)』(1925)이라는 제목으로 처음 잡문집을 출판했고, 그 후 각종 잡지에 발표한 글을 모아 『무덤(墳)』(1927)·『화개집(華蓋集)』(1926)·『화개집속편(華蓋集續編)』(1927)·『이이집(而已集)』(1928)·『삼한집(三閑集)』(1932) 등의 잡문집을 출판했다.

---

10 루쉰(魯迅) 저, 『화개집·화개집속편』, 홍석표 역(선학사, 2005), 120쪽 참조.

잡문 창작은 1930년대에 더욱 확대되었다. 중국좌익작가연맹의 간행물, 예컨대 『맹아(萌芽)』·『전초(前哨)』·『북두(北斗)』·『십자가두(十字街頭)』·『문학(文學)』 등에 많은 잡문이 실렸다. 루쉰도 『신보(申報)』의 '자유담(自由談)' 칼럼 등에 지속적으로 잡문을 발표했다. 1930년대에 씌어진 루쉰의 잡문은 『이심집(二心集)』(1932)·『위자유서(僞自由書)』(1933)·『남강북조집(南腔北調集)』(1934)·『준풍월담(准風月談)』(1934)·『화변문학(花邊文學)』(1936)·『차개정잡문(且介亭雜文)』(1937)·『차개정잡문이집(且介亭雜文二集)』(1937)·『차개정잡문말편(且介亭雜文末編)』(1937) 등에 수록되어 출판되었다.

제2절 미문의 소품문

전통 중국에서 시문(詩文)은 시가와 산문을 통칭하는 말로서 문학의 중심이었다. 시문의 한 갈래인 문언의 산문은 아름다움을 표현하는 데 문학성이 뛰어난 성과를 거두었다. 그래서 백화문으로 문언의 산문에 필적하는 아름다운 산문을 창작할 수 있는가 하는 것은 신문학을 수립하는 데 매우 중요한 과제 중의 하나였다. 후스(胡適)는 백화 산문의 발전을 이렇게 설명했다.

> 백화 산문은 꽤 진보했다. 장편 의론문(議論文)의 진보는 대단히 명백하므로 논할 필요도 없다. 이 몇 년 동안 산문 영역에서 가장 주목할 만한 발전은 바로 저우쭤런 등이 제창한 '소품 산문(小品散文)'이다. 이들 소품은 평담한 이야기이지만 깊이 있는 의미를 담고 있다. 때로는 매우 투박한 듯하지만 실은 오히려 익살맞다. 이러한 작품의 성공은 '미문(美文)에는 백화를 사용할 수 없다'는 그런 미신을 철저하게 타파했다.[11]

후스의 설명처럼 소품 산문의 미문(美文)이 지어짐으로써 백화 산문의 예술성을 입증할 수 있게 되었다.

소품(小品)은 원래 불교의 '대품(大品)'에 대비해서 사용되었는데, 개인적인 감흥의 개성적인 표현이 성행했던 명대(明代) 말기에 이르러 '소품문'이 성립되었다. 위다푸는 "길이가 좀 긴 것을 산문이라 하고, 좀 짧은 것을 소품이라 한다"라고 정의를 내리기도 했거니와, 소품문은 산문의 일종으로서 길이가 짧고 특정한 형식에 얽매이지 않으며 때에 따라 느낀 감상을 자유롭게 쓴 수필의 일종이다. 신문학 작가들은 바로 이러한 짧고 자유로운 형식의 개성적인 소품문을 통해 백화로 미문을 지을 수 있음을 구체적으로 입증해 보였다. 백화로 미문을 지을 수 있다는 것은 백화문의 성공을 의미하는 동시에 백화 산문이 현대문학의 주요 갈래의 하나로 정착되었음을 의미한다.

저우쭤런은 소품 산문은 '개인 문학의 첨단'이요, '언지(言志)의 산문'이며, 그 특징은 서사 · 설리 · 서정의 요소를 모으고 자신의 성정(性情)에 스며들게 해서 적당한 수법으로 조리해낸 것이라고 했는데, 이러한 소품 산문이 바로 미문이다. 1921년 5월 저우쭤런은 「미문(美文)」이라는 글을 통해 미문의 필요성을 강조했다.

> 외국 문학에는 이른바 논문(에세이를 가리킴－인용자)이라는 것이 있는데, 그것은 대략 두 가지로 나눌 수 있다. 하나는 비평적인 것이요 학술적인 것이다. 둘은 기술(記述)적인 것이요 예술적인 것이며, 또한 미문이라고도 부른다. 이것은 또 서사와 서정으로 나눌 수 있지만, 이 둘이 뒤섞이는 경우도 많다. …… 중국 고문에서의 서(序) · 기(記) · 설(說) 등은 미문의 일종이라고 말할 수 있다.

---

11 胡適, 『五十年來中國之文學』, 『胡適文存二集』, 『胡適文集(3)』(北京大學出版社, 1998), 263쪽.

그러나 현대의 국어문학에서는 아직 이런 종류의 문장을 보지 못했는데, 신문학을 하는 사람들은 왜 시도하지 않는 것일까?[12]

이러한 저우쭤런의 주장에 힘입어 드디어 예술적인 미문의 산문이 지어지기 시작했다. 초기에 미문의 산문을 지은 대표적인 작가로는 저우쭤런과 빙신(冰心), 주쯔칭(朱自淸) 등을 들 수 있다.

1920년대에 소품 산문의 발전에 크게 기여한 문학 잡지도 주목할 필요가 있는데, 가장 대표적인 잡지로 『어사(語絲)』를 들 수 있다. 『어사』는 1924년 11월 17일 베이징에서 창간되었으며, 루쉰과 저우쭤런이 중심이 되고 첸쉬안퉁, 류반눙, 위핑보(兪平伯), 쑨푸위안(孫伏園), 펑원빙(馮文炳), 린위탕(林語堂) 등이 참가했다. 저우쭤런은 발간사에서 『어사』의 창간 취지를 이렇게 밝혔다.

> 우리가 하려는 것은 단지 중국의 생활과 사상계의 혼탁하고 정체된 분위기를 좀 깨뜨리고자 하는 것뿐이다. …… 우리들이 이 주간지를 통해 하려는 주장은 자유로운 사상과 독립적인 판단과 아름다운 생활을 제창하는 것이다. …… 주간지에 실리는 글은 대체로 간단한 감상과 비평이 위주가 될 것이지만 문예 창작 및 문학 · 미술과 일반 사상에 관한 소개와 연구도 채용하며, 학자들의 도움을 얻을 때에는 학술상의 중요한 논문도 발표하려 한다.[13]

이러한 취지로 창간된 『어사』는 1930년 3월 종간될 때까지 소품문의 전문지로 불릴 만큼 많은 소품 산문을 게재했으니 중국 현대 산문의 발전

---

12 周作人, 「美文」(『談虎集』), 『周作人散文』 第二集, 張明高 · 范橋 編(中國廣播電視出版社, 1992), 151쪽.

13 周作人, 「發刊辭」, 『語絲』 第一期(中國現代文學史資料叢書(乙種), 上海文藝出版社, 1982).

에 크게 기여했다.

저우쭤런(周作人, 1885-1967)은 문학 비평이나 시사적인 글도 많이 썼지만 소품문을 주로 쓴 대표적인 산문 작가이다. 그의 창작 활동은 주로 산문에 집중되어 있었다. 저우쭤런의 초기 산문은 대체로 반봉건적 색채가 강해 복고적인 사상 경향을 비판하는 내용이 위주였지만, 점차 소품문 창작에 두각을 나타내어 고향과 베이징의 일상생활 및 민속에 관한 내용의 글을 많이 써서 큰 성과를 거두었다. 고향에 관한 것으로는 「고향의 나물(故鄕的野菜)」·「거적배(烏篷船)」·「마름열매(菱角)」 등이 있으며, 고향 생활을 회고한 것으로는 「여름밤의 꿈(夏夜夢)」·「그리운 옛날(懷舊)」 등이 있다. 베이징에 관한 것으로는 「베이징의 다식(北京的茶食)」·「새소리(鳥聲)」가 있다. 그 외에 차 이야기, 술 이야기, 귀신 이야기, 새 이야기에 관한 것도 있으니, 「차 마시기(喝茶)」·「술 이야기(談酒)」·「궂은비(苦雨)」 등이 그것이다. 이들 소품문은 대부분 지식과 취미를 담고 있으며, 담백하고 우아하고 청신한 필치와 온화하고 완만한 묘사로써 한적한 정취를 사소한 제재에 기탁해 세세하게 생활의 모습을 그려냈다.[14]

예술적인 면에서 저우쭤런은 부드럽고 담백한 풍격의 산문을 개척했는데, 그의 글은 매우 소박하고 평이하며 수식을 가하지 않은 특징을 가지고 있다. 작가의 주관적인 정서가 평담하고 평온한 분위기 속에서 잘 드러난다. 쯔잉(子榮)에게 보내는 편지 형식으로 된 「거적배」를 보자.

> 소선(小船)은 정말 일엽편주야. 자네가 배 바닥자리에 앉으면 글쎄 자네 머리꼭지에서 뜸까지 겨우 두세 치의 간격이 남을 걸세. 두 손을 벌리면 양쪽 뱃전에 닿고도 남을 걸세. 배에 앉았노라면 수면에 앉아 있는 거나 다를 바 없네. 배가 밭두렁으로 다가서면 밭두렁의 흙이 당장 자네 코앞에 닿을 걸세. 더구나

14 黃修己, 『中國現代文學發展史』(中國青年出版社, 1994), 179-180쪽 참조.

풍랑을 만나 자칫 잘못하면 배가 뒤집힐 위험도 있거든. 하지만 꽤 홍취도 있어. 물고을에 사는 재미라고나 할까. 그렇지만 굳이 그것을 탈 필요는 없네. 그래도 삼도선(三道船)은 타야 괜찮을 걸세.

여보게, 거적배를 타거든 서두르지 말게. 전차를 탔을 때처럼 성큼 목적지에 닿는 게 아니야. 고을을 벗어나서 겨우 삼사십 리를 가고 오는데도 하루가 걸리거든(하긴 우리 그곳의 이수里數는 짧아서 1리가 3분의 1마일이니까). 그러니까 배에 올랐거든 산수에 노닌다고 생각하고 사방의 자연을 감상하게나. 어디서나 보이는 산, 언덕 옆으로 자란 오구목, 강가의 붉은 여뀌와 하얀 쑥, 어가(漁家)와 여러 모양의 다리들을 구경하게나. 노곤하면 배 안에 누워서 수필을 꺼내 읽거나 녹차를 한 잔 우려 마셔도 좋아.[15]

작가는 고향의 '거적배' 타는 정취를 담담한 필치로 아름답게 묘사하고 있다. 시사적이고 비평적인 잡문과 달리 한적한 분위기를 느낄 수 있는 아름다운 산문이다. 이처럼 저우쭤런은 담백하고 한적한 미문의 창작에 두각을 나타냈다.

저우쭤런은 1925년 산문집 『비오는 날의 책(雨天的書)』을 펴내면서 자신의 심경을 이렇게 표현했다.

나는 요즘 글을 쓸 때 평담하고 자연스러운 경지를 대단히 동경한다. 그러나 고대 혹은 외국 문학에서는 이런 종류의 작품이 있지만 스스로는 아직 그런 글을 지을 수 있을 날을 꿈에도 생각할 수 없다. 왜냐하면 기질과 경지는 연령과 관계가 있어 억지로 할 수 없으므로 조급한 성미를 가진 나 같은 사람이 중국의 이 시대에 태어나서 실로 조용하고 침착하게 평화스럽고 담백한 글을 지을 수

15 周作人, 「烏篷船」, 『中國新文學大系 · 散文二集』, 163쪽; 허세욱 편역, 『한 움큼 황허 물』(학고재, 2002), 31쪽 번역문 참조.

있기를 기대하기 어렵기 때문이다. 나는 단지 나의 심경이 더 이상 투박해지거나 황폐해지지 않기를 희망하고 기도할 뿐이다. 이것이 나의 큰 바람이다.[16]

평담하고 자연스러운 경지를 동경하고 평화스럽고 담백한 글을 지으려는 작가의 지향이 잘 드러나 있다. 5·4운동 전후에 『신청년』에서 시작된 잡문은 의론적 산문으로서 주로 사상혁명에 기여하는 것이었지만, 저우쭤런은 오히려 정치적인 색깔을 희석시키고 서정적인 소품을 창작함으로써 미문이라는 새로운 산문 영역을 개척했다. 저우쭤런은 1920년대에 『나의 정원(自己的園地)』·『비 오는 날의 책(雨天的書)』·『택사집(澤瀉集)』·『담용집(談龍集)』·『담호집(談虎集)』 등의 산문집을 출판했으며, 1930년대에도 지속적으로 산문 창작에 공을 들여 『고다수필(苦茶隨筆)』·『과두집(瓜豆集)』 등 여러 편의 산문집을 출판했다.

저우쭤런 이외에 미문의 서정 산문을 지은 대표적인 작가로는 빙신과 주쯔칭이 있다. 빙신(冰心, 1900-1999)은 '문제소설'과 소시(小詩) 창작에도 이름을 남겼지만 산문 창작에 가장 큰 업적을 이룩했다. 그녀의 원명은 셰완잉(謝婉瑩)이며, 푸젠(福建) 창러(長樂) 사람이다. 어릴 때 아버지를 따라 옌타이(烟台)를 거쳐 나중에 베이징으로 이사했다. 1914년에는 베이징베이만여자중학(北京貝滿女子中學)에 들어갔고, 1918년에는 셰허여자대학(協和女子大學)에 진학해 의학을 공부하다가 문학으로 전공을 바꾸었다. 1921년에 문학연구회에 참가했으며, 1923년에는 미국 웨슬리여자대학에서 영문학을 공부했다. 유학 시기에 그녀는 「어린 독자에게(寄小讀者)」 등의 산문을 써서 국내에 발표해 이름을 널리 알렸다. 1926년 귀국해 옌징대학(燕京大學)과 칭화대학(淸華大學) 및 베이징여자문리학원(北京女子文理學院)에서 교편을 잡았다.

16 周作人, 「『雨天的書』 自序二」, 『周作人散文』 第二集, 10쪽.

빙신은 5·4운동 시기에는 '보고 들은 여러 가지 문제들을 소설 형식으로 써낸' '문제소설'을 창작했으나, 1921년 1월 문학연구회의 기관지 『소설월보』에 「웃음(笑)」을 발표함으로써 산문 창작의 전환점을 마련했다. 「웃음」은 신성하고 아름다운 '웃음'을 통해 이상적인 사랑을 표현하고 있다.

빗소리가 차차 멈추고 커튼 뒤로 맑은 빛이 은은하게 스며들었다. 창을 밀고 내다보았다. 아! 시원한 구름이 흩어지고 나뭇잎에 아롱아롱 매달린 물방울마다 달빛이 굴절되어, 수천 마리의 반딧불처럼 반짝거렸다. 오랜 장마 끝에 모처럼 불 밝힌 외로운 등불이 이렇게 아름다운 한 폭의 그림을 만들 줄이야.

창에 기대어 한참을 서 있었다. 한기가 살짝 스며들었다. 뒤로 몸을 돌리자 갑자기 눈이 부셨다. 방 안의 모든 것들이 어둠에 잠겼는데, 그윽한 불빛 한 줄기가 벽에 걸린 천사의 그림을 다소곳이 비추고 있었다. 백의의 천사는 꽃을 안고 날개를 편 채 나를 향해 살며시 웃고 있었다.

"저 웃는 얼굴을 어디선가 본 듯한데, 언제였을까……."

나도 모르게 창가에 앉아 생각에 잠겼다.

꽁꽁 닫혔던 장막이 조금씩 열리며 샘솟듯 5년 전 그 인상이 떠올랐다. 그것은 멀리 뻗은 옛길이었다. 나귀를 타고 가는 그 길은 여전히 진흙으로 미끄러웠다. 밭고랑에 물이 졸졸 흐르고, 마을 가까이에 자란 푸른 나무들이 축축한 안개에 뒤덮여 있었다. 활 모양의 초승달은 나무 끝에 달려 있었다. 길 한쪽으로 지나가는데, 언뜻 보기에 길가에 어린아이가 새하얀 뭉치를 안고 있는 것 같았다. 나귀가 지나쳤으므로 무심코 돌아보았다. 어린아이는 꽃을 안고 맨발로 나를 향해 살며시 웃고 있었다.

"저 웃는 얼굴도 어디선가 본 듯한데……."

곰곰이 생각해 보았다.

또 하나 마음의 장막이 나타나서 조금씩 열리며 샘솟듯 10년 전 그 인상이 떠올랐다. 초가집 처마 아래로 빗물이 옷자락에 똑똑 떨어졌다. 섬돌 가에 물

거품이 둥둥 떠올랐다. 대문 밖의 보리밭 두렁과 포도 받침대가 한층 선연하게 연두색으로 갈아입었다. 이윽고 비가 갰다. 서둘러 언덕을 내려갔다. 맞은편으로 달이 바다 위로 솟아올랐다. 그냥 스쳐 지나가버린 일이 갑자기 기억났다. 걸음을 멈추고 뒤를 돌아보았다. 초가집의 할머니가 문에 기대어 꽃을 안고 나를 향해 살며시 웃고 있었다.

이토록 따뜻한 표정들이 마치 아지랑이처럼 한들거리며 한데 합쳐져서 하나로 매듭을 짓고 있었다.

이때 마음은 선계에 오른 듯 고향에 돌아온 듯 맑고 차분해졌다. 눈앞에 떠오른 세 가지 웃는 얼굴은 사랑의 조화 속에 하나가 되었다. 아무것도 차별되지 않았다.[17]

비가 갠 뒤 '외로운 등불'의 달빛에 비쳐 반짝이는, 나뭇잎에 맺힌 물방울의 아름다움을 감상하고, 그 달빛이 방 안에 걸린 그림을 비추자 살포시 드러난 그림 속 천사의 웃는 얼굴이 이전에 경험한 어린아이의 웃는 얼굴과 할머니의 웃는 얼굴을 연상시킨다. 작가는 천사의 웃음과 어린아이, 할머니의 웃음이 모두 사랑의 웃음이라는 점에서 동일하다는 사실을 깨닫는다. 작가는 이 세 가지 웃음이 사랑의 조화 속에서 차별 없는 진정한 사랑임을 발견하게 되는데, 인간에 대한 진정한 사랑의 의미를 되새기게 한다. '사랑'을 주제로 한 「웃음」은 빙신의 대표작의 하나로서 그녀의 산문이 지닌 특징을 잘 보여준다.

빙신의 또 다른 대표작으로서 주목할 것은 『어린 독자에게』이다. 이 작품은 지고지순한 사랑으로서의 모성애와 맑고 깨끗한 동심을 표현한 아름다운 산문이다. 그중에서 「통신 10(通訊十)」은 가장 아름다운 산문으로

---

17 冰心, 「笑」, 『冰心』(三聯書店香港分店 · 人民文學出版社, 1986), 134-135쪽; 허세욱 편역, 『한 움큼 황허 물』, 162-163쪽 번역문 참조.

평가되는데, 첫머리는 이렇게 시작한다.

> 친애하는 어린 친구에게. 나는 늘 어머니 옆에 가까이 앉아 어머니의 옷자락을 잡아당기며 나의 어린 시절 이야기를 들려주기를 애원했어요. 어머니는 골똘히 생각하고 웃음을 머금으며 나지막이 이렇게 말했어요. "석 달밖에 지나지 않았을 게야. 병이 잦았지. 약그릇을 들고 오는 사람의 발자국 소리를 듣고는 이미 눈치채고 무서워서 울기 시작했지. 많은 사람들이 침상 앞에 둘러서 있는데 애걸하는 눈빛으로 다른 사람은 바라보지 않고 오직 나를 향하고 있었으니 이미 사람들 속에서 네 엄마를 알아보는 것 같았어!" 이때 눈물이 이미 우리 두 사람의 눈가를 촉촉이 적셨어요.[18]

이처럼 순수한 동심을 품고 모성애와 같은 완전한 사랑을 표현한 것이 빙신 산문의 특징이다. 빙신은 박애 정신을 일관되게 추구했다. 그녀의 산문은 항상 사랑을 주제로 하고 있으며, 모성애 · 동심 · 하느님에 대한 사랑을 아름다운 필치로 표현했다. 그녀는 사람과 사람 사이의 사랑, 사람과 만물, 사람과 우주 사이의 사랑을 추구했다.

위다푸는 빙신을 "산문의 청려함, 문자의 전아함, 사상의 순결함 면에서 중국의 유일무이한 작가"라고 평한 바 있는데,[19] 보통 빙신의 산문 문체를 '빙신체(冰心體)'라 부른다. '빙신체'는 청려하고 부드러운 빙신의 독특한 문체를 가리키며, 그녀의 초기 산문집 『어린 독자에게』 · 『지난 일(往事)』 · 『산중잡기(山中雜記)』 등에 잘 구현되어 있다. 빙신의 산문은 애수 · 완약 · 처량 · 온정이 은은히 흐르는 풍격을 지니고 있으며, 문자는 아름답고 부드럽다. 그녀는 질박함과 자연스러움을 추구하는 동시에 고문

---

18 冰心, 「寄小讀者 · 通訊十」, 『冰心選集』 第二集(四川人民出版社, 1984), 32-33쪽.
19 郁達夫, 「導言」, 『中國新文學大系 · 散文二集』, 16쪽 참조.

을 깨끗이 다듬어 표현력을 강화하는 데 도움이 되는 어휘를 골라 사용했다. 그리하여 그녀의 글은 우아하면서도 농염하지 않고 부드러우면서도 가식이 없고 청담하면서도 무미건조하지 않고 자연스러우면서도 정련되어 있다는 평가를 받는다.[20]

주쯔칭(朱自淸, 1898-1948)은 처음에는 신시를 창작하기도 했지만 산문 창작으로 전향해 중국 현대문학사에서 대표적인 산문 작가가 되었다. 주쯔칭은 장쑤성(江蘇省) 둥하이(東海) 사람이며, 원명이 주쯔칭이고 호가 스추(實秋)이다. 조부와 아버지가 모두 하급 관리를 지냈으며, 어려서부터 사대부 가정의 전통 교육을 받았다. 1916년 베이징대학 예과에 입학해 공부했고, 1917년에는 가정 형편이 어려워지자 세속에 물들지 않으려는 생각에서 이름을 쯔칭(自淸)으로 고쳤다고 한다. 대학 시절부터 신시를 짓기 시작했으며, 신조사(新潮社)와 문학연구회에 참가했다. 그의 장편시「훼멸(毁滅)」은 당시 영향력이 컸던 작품이다. 1925년 칭화대학 중문과 교수로 재직하게 되면서 산문 창작으로 전향했고, 동시에 중국 고전문학을 연구했다. 대표적인 산문 작품으로는「노 젓는 소리 들리고 등불 그림자 드리운 친화이강(槳聲燈影裏的秦淮河)」·「뒷모습(背影)」·「달밤의 연못(河塘月色)」 등이 있고, 대표적인 작품집으로는 시문집『종적(踪迹)』과 산문집『뒷모습(背影)』이 있다.

주쯔칭의 산문은 서경(敍景)과 서정(抒情)이 잘 융합되어 부드럽고 섬세하며, 의경이 우아하고 청신하고 언어가 소박하고 친근하다. 주쯔칭은 아버지에 대한 그리움을 비애 섞인 어조로 잘 표현한「뒷모습」으로 우리에게 널리 알려져 있거니와 서정성이 뛰어난 산문도 많이 창작했다. 그렇지만 주쯔칭은 경치의 묘사 면에서 뛰어난 예술적 성취를 이룩했다. 백화문으로 아름다운 자연 경치를 묘사한 것이 주쯔칭 산문의 가장 두드러진 특

20 黃修己,『中國現代文學發展史』, 187쪽 참조.

징인데, 그의 산문은 자연 경치의 아름다움을 감탄으로 표현하지 않고 구체적이고 세밀하게 그 아름다움의 자태를 그려냈다. 주쯔칭의 경치 묘사는 고대의 같은 경향의 산문에 비해 전혀 손색이 없으며 그 섬세하고 절실한 면에서는 더욱 뛰어난 것으로 평가된다. "주쯔칭의 서정문이 등장하고서야 비로소 '백화로는 아름다운 글을 지을 수 없다'는 미신이 타파된 듯하였다"[21]라는 평가도 있듯이 주쯔칭의 산문은 백화문으로 진정한 미의식을 구현한 아름다운 문장이다.

1925년 7월에 씌어진, 베이징 칭화원(清華園)의 달밤의 연못을 묘사한 「달밤의 연못」을 보자.

꾸불꾸불한 연못 위를 가득히 뒤덮은 것은 무성하게 자란 잎사귀. 수면을 뚫고 고고하게 솟은 잎사귀는 무희(舞姬)의 치마. 층층이 포개진 잎사귀 사이로 드문드문 수를 놓은 하얀 꽃송이가 교태롭게 피어 있기도 하고 부끄러운 듯이 꽃봉우리를 틔우고 있기도 하다. 한 알 한 알 명주(明珠)일까, 파란 하늘의 별들일까, 욕실에서 방금 나오는 미인일까? 산들바람이 스치자 은은히 전해 오는 맑은 향기는 마치 아득하고 높은 누각에서 아련히 들려오는 노랫소리 같다. 이때 잎사귀와 꽃에도 한 가닥 떨림이 일고, 그것은 번개처럼 삽시간에 연못 저쪽으로 번져 간다. 잎사귀가 어깨를 나란히 하여 빽빽하게 달라붙어 있어서, 짙푸른 물결이 일어난 듯하다. 잎사귀 아래로 은은히 흐르는 물은 잎사귀에 가려서 어떤 빛깔인지 볼 수 없지만, 잎사귀는 오히려 풍치를 더해 준다.

달빛은 흐르는 물처럼 고요히 연잎과 연꽃에 쏟아지고 있다. 엷디엷은 파란 안개가 연못에서 피어오른다. 잎사귀와 꽃은 마치 우유에다 멱 감은 듯 보얗

21 陳思和 저, 『20세기 중국현대문학의 이해』, 박재우 감수 · 한국외대 중국현대문학연구회 역(청년사, 1995), 85쪽.

고, 가벼운 면사(綿絲)로 가린 꿈처럼 몽롱하다.[22]

작가는 "마음이 자못 고요하지 않아" 달밤을 배회하지만 달빛에 비친 연못에 이르러 아름다운 풍광을 발견하고 마음의 안정을 찾는데, 부드럽고 섬세한 묘사로 달빛에 비친 연못의 풍광을 그려내고 있다. 주쯔칭은 이 작품을 통해 백화문으로도 자연의 풍광을 아름답게 묘사할 수 있음을 구체적으로 입증해 보인 것이다.

주쯔칭의 경치에 대한 아름다운 묘사는 자연에 대한 세밀한 관찰이 이루어질 때 가능하다. 예를 들어 「봄(春)」에서 주쯔칭은 이렇게 표현한다.

> 비는 늘 내리는 것으로 한번 내리기 시작하면 2, 3일 계속해서 내린다. 그렇다고 짜증내지 마라. 가만히 보면 그것은 쇠털처럼, 자수바늘처럼, 혹은 가는 실처럼 촘촘하게 뿌려지고 있지 않은가. 인가의 지붕 위에는 옅은 안개가 자욱하게 서려 있다. 나뭇잎은 더욱 푸른 빛깔을 띠고, 새싹도 그대의 눈을 부시게 할 정도로 푸르다.[23]

비에 대한 이 같은 정감 있는 묘사는 독자에게 일상적인 것을 새롭게 보도록 이끈다. 비를 보지 않은 사람은 없겠지만 이처럼 세밀하게 비를 표현한 경우는 드물 것이다. 전체적으로 볼 때, 주쯔칭의 산문은 약자에 대한 동정이 은근히 배어나기도 하지만 자연과 인정의 융합, 그리고 음악과 색상의 섬세한 묘사에 뛰어나서 중국 전통 산문의 우수한 미감을 되살렸다는 평가를 받았다. 주쯔칭은 바로 백화문으로 미문을 창조할 수 있다는 사실을 구체적으로 입증해 보인 뛰어난 산문 작가이다.

---

22 朱自淸, 「荷塘月色」, 『朱自淸』(三聯書店香港分店 · 人民文學出版社, 1986), 71-72쪽; 허세욱 편역, 『한 움큼 황허 물』, 122쪽 번역문 참조.

23 주자청 저, 『아버지의 뒷모습』, 박하정 역(태학사, 2000), 200-201쪽 번역문 참조.

제3절 다양한 서정 산문

1920년대 중반 이후 산문 창작은 다원화 경향이 뚜렷해졌다. 저우쭤런은 미문 의식을 더욱 강화하는 한편 예술의 독립을 주장하면서 자기표현을 중심에 두는 '언지(言志)'의 산문을 기치로 내걸었다. 1928년에 이르러 혁명문학이 제창되면서 장광츠(蔣光慈)와 첸싱춘(錢杏邨)으로부터 공격을 받기 시작한 저우쭤런은 더 극단적으로 두문불출하며 독서에 매진하고 오로지 '화초충어(花草蟲魚)'에 대해서만 글을 썼다. 1930년대에 이르러 린위탕은 '유머'와 '한적'을 내세우며 저우쭤런의 입장을 지지하고, 잡지 『논어(論語)』·『인간세(人間世)』·『우주풍(宇宙風)』 등을 진지로 삼아 소품문을 전문적으로 창작했다. 보통 이들을 '논어파(論語派)'라고 부른다. 이와 달리 루쉰을 대표로 하는 좌익 작가들은 오히려 계급론을 이념적 기반으로 삼아 산문(잡문)을 전투적인 무기로 삼고자 했다. 산문은 자신의 관점을 신속하고 직접적으로 표현할 수 있어 계급론을 선전하고 사회 문제를 공격할 수 있는 훌륭한 무기가 될 수 있었다. 이들은 잡지 『태백(太白)』·『신어림(新語林)』·『잡문(雜文)』 등을 진지로 삼아 논어파와 대치했다. 그리하여 1930년대에는 산문의 분화가 더욱 가속화되어 창작 경향의 다원화가 확립되었을 뿐만 아니라 많은 성과가 이루어졌다. 루쉰의 잡문 창작이 더욱 왕성해졌고, 린위탕의 창작 성과도 괄목할 만했다. 다양한 작가들에 의해 서정 산문도 지속적으로 지어졌다.

린위탕(林語堂, 1895-1976)은 푸젠성(福建省) 룽시현(龍溪縣) 사람이다. 1912년 상하이의 세인트존스대학에 입학했고, 1916년 졸업 후 칭화대학에서 영어를 가르쳤다. 1919년 가을 미국으로 건너가 하버드대학 문학과에서 공부했다. 1922년에 하버드대학에서 석사학위를 받았으며, 그해 독일로 건너가 라이프치히대학에서 비교언어학을 전공했다. 1923년 박사학위를 받은 후 귀국해 베이징대학 교수가 되었으며, 베이징여자사범대학

교무장 겸 영문과 주임을 맡기도 했다. 린위탕은 1924년 이후 잡지 『어사(語絲)』의 주요 기고자 중의 한 사람으로 활동하며 많은 산문을 창작했다. 1932년에는 반월간 『논어』를 주편(主編)하는 한편 1934년에는 『인간세』를 창간하고 1935년에는 『우주풍』을 창간해 "자아를 중심으로 삼고 한적(閑適)을 격조(格調)로 삼는" 소품문을 창작할 것을 제창했다. 대표적인 산문집으로는 『전불집(剪拂集)』(1928)·『대황집(大荒集)』(1934) 등이 있다.

린위탕이 제기한 산문의 이론적 주장은 '유머(幽默)', '성령(性靈)', '한적(閑適)'으로 요약할 수 있다. '유머'는 작가가 냉정하고 초월적인 방관자의 입장에 서서, 사회의 부패와 국민의 고통에 대해 비분과 불만의 사상적 정서를 지니고, 장중함과 해학을 겸비한 청담하고 자연스러운 문장 격조로 사회와 인생을 두루 이야기한다는 것이다. 린위탕은 '초탈'로부터 '유머'가 생성되며, 이 '유머'는 풍자가 아니라 '온후한 것'이어야 하고, '한적한 유머'는 '노할 줄 모르고 오직 웃을 줄만 안다'라고 강조했다. 또한 그는 '성령'의 자유로운 서술을 중시해 '성령은 바로 자아'라고 주장하기도 했다.[24] 그가 소품문은 자아를 중심으로 해야 한다고 말한 것은 바로 이 때문이다.

린위탕의 산문 중에서 그의 장기인 '유머'와 '한적'을 맛볼 수 있는 작품을 예로 들어보자. 먼저 「중국인의 총명(中國人之聰明)」을 살펴보기로 한다.

> 총명하다는 것은 바보의 반대어이다. 정반챠오(鄭板橋)는 "바보가 되기도 어렵고 총명하기도 어렵지만 총명하다가 다시 바보로 되기는 더욱 어렵다"고 했는데, 이것은 그야말로 총명한 말이며 중국 사람으로서의 정미(精微)한 처세 철학을 지니고 있는 것이다. 속담에 "약바른 고양이가 밤눈이 어둡다"는 말이 있

24 黃修己, 『中國現代文學發展史』, 411-412쪽 참조.

고 천메이궁(陳眉公)은 "만족을 알아야 아침까지 단잠을 잘 수 있고 허송세월하는 사람이 고이 늙어 죽는다"고 했는데, 이것은 아주 총명한 말이다. 그러므로 중국에서는 총명과 바보가 하나로 복합(復合)되어야 하고, 총명의 용도는 바보노릇 하는 데 필요한 것이며, 그 밖에는 별로 사용할 만한 데가 없다. …… 총명과 바보의 합일론(合一論)은 극히 총명한 주장이다. 이것은 우리나라에만 있는 것이고 서양에는 없는 것이다. 이렇게 바보를 숭배하는 주의가 바로 도가의 사상이며 노자와 장자에서 발원된 것이다. 노자와 장자는 고금천하(古今天下)에 훌륭한 총명인이었으며, 도덕경(道德經) 오천어(五千語)는 세계에서도 총명한 철학인 것이다. 하지만 총명이 여기에 이르면 노회한 철학에 가까워져서 세상일에 먼저 나서지 않을 것이다. 그러면 영원히 무너뜨릴 수 없을 것이니 그것이 노회한 철학임은 의심할 바 없다. 중국 사람들의 총명이 너무나 절정에 치달아서 도리어 총명의 해를 입게 되었고, 그래서 물러나 우졸(愚拙)을 보수하며 자체 보전을 꾀하게 되었으며, 또 총명이 절정으로 되었기 때문에 모든 것을 간파할 수 있게 되고, 하는 것과 하지 않는 것은 별로 다름이 없을 것이니 하여도 별 수 없는 것을 하지 않고서 나의 생명을 돌봄만 하라로 알게 되었다. 이렇게 되니 중국 문명은 동(動)으로부터 정(靜)으로 넘어가게 되고, 물러남(退)과 지킴(守), 안분(安分)과 지족(知足)을 주로 하게 되었고, 지속만을 중히 여기고 진취를 중히 여기지 않으며, 화양(和讓)을 중히 여기고 전쟁을 중히 여기지 않는 문명으로 되어버렸다. …… 오직 내가 걱정하는 것은 중국 사람들이 총명해서 바보노릇은 잘하지만 도리어 그러한 총명 때문에 일을 그르치는 것이 아닌가 하는 것이다.[25]

다음으로 「나의 금연(我的戒烟)」을 보자.

25 林語堂 저, 『林語堂 隨筆集』, 盧台俊 역(青山文化社, 1974), 253-255쪽. 번역문을 참조해 수정했음.

토론이 무르익자 실내는 뭉게뭉게 피어오르는 담배 연기의 짙은 향기와 환상이 뒤섞이고 있었다. 시인 H군이 가운데 자리에서 그 의자에 비스듬히 누워 연기로 동그라미를 만들어 한 고리 두 고리 공중으로 피워올릴 때 시상(詩想)도 둥글둥글 상승하는 듯했다. 금연을 한 나 혼자만 그 즐거움을 모른 채 밖으로 추방당한 느낌이었다. 그럴수록 나의 금연은 의미를 잃고 말았다. 그때서야 나의 혼미를 확인할 수 있었다. 당초 금연을 결심했던 그 어떤 이유도 찾아낼 수 없었다.

이로부터 나의 양심은 시시각각 불안함을 느꼈다. 나는 본시 생각하는 사람, 사색의 계기는 감흥의 포착이거늘 흡연하지 않는 사람의 영혼이 어떻게 감흥을 영접하겠는가? 어느 날 오후, 나는 한 외국 숙녀를 방문하게 되었다. 그녀는 마침 탁자에 앉아 한 손은 담배를 들고 한 손은 무릎에 올린 채 약간 옆으로 갸우뚱하고 있었는데 자못 운치가 있어 보였다. 각성의 때가 온 것이다. 그녀는 담배 케이스를 나에게 내밀었다. 나는 슬며시 숨을 죽였다. 담배 케이스에서 담배 한 개비를 꺼내들었다. 이로부터 나는 다시 도를 얻은 것이다.

—『논어』, 1932. 12.[26]

루쉰이 세상을 떠난 후 린위탕은 루쉰을 이렇게 회고한 바 있다.

루쉰과 나는 두 번 서로를 얻었고, 두 번 멀어졌다. 그 두 가지는 모두 자연스러웠다. 루쉰과 나 사이에 무슨 높낮이가 있어서가 아니었다. 나는 줄곧 루쉰을 존경했다. 루쉰이 나를 생각해줄 때는 서로를 안다는 사실이 좋았고, 루쉰이 나를 버렸을 때도 나는 후회나 원망 같은 것은 하지 않았다. 헤어지고 만남에 있어서 절대 개인적 감정은 존재하지 않았다.[27]

26 허세욱 편역, 『한 움큼 황허 물』, 71-72쪽.

27 林語堂, 「悼魯迅」, 『宇宙風』 第32期(1937. 1. 1).

이 회고를 통해 우리는 루쉰과 서로 만나기도 하고 대립하기도 한 린위탕의 창작 경향을 어느 정도 짐작할 수 있다. '유머'와 '한적'을 통해 인생을 묘사하는 산문을 창작한 린위탕은 '유머'가 '풍자'와 통할 수 있기에 루쉰과 만날 수 있었지만 '한적'이 현실에 적극적으로 개입하는 투창과 비수의 잡문과 어울릴 수 없기에 루쉰과 대립적인 입장에 놓일 수밖에 없었다.

1936년 린위탕은 중국을 떠나 미국으로 갔으며, 그곳에서도 영어로 많은 작품을 발표했다. 미국에서 출간한 산문집으로는 『우리나라와 우리 백성(吾國與吾民)』·『생활의 예술(生活的藝術)』·『바람소리와 학 울음소리(風聲鶴唳)』 등이 있으며, 장편소설로는 『베이징의 연기와 구름(京華烟雲)』이 있다. 『베이징의 연기와 구름』은 1900년에 일어난 의화단 사건부터 1937년 중일전쟁 발발까지를 배경으로 해서 베이징의 몇몇 가정에서 일어난 인생의 고락을 묘사했는데, 당시 큰 반향을 불러일으켜 여러 나라에 번역되었고 노벨문학상 후보에 오르기도 했다. 그는 1966년 이후부터 타이완(臺灣)에 정착해 생활했다.

1930년대 서정 산문의 창작은 허치팡(何其芳, 1912-1977)이 두드러진다. 허치팡은 쓰촨성(四川省) 완현(萬縣) 사람이다. 1929년 상하이 중국공학(中國公學) 예과에 입학한 뒤 신시에 심취해 시를 발표하기도 했다. 얼마 후 그는 칭화대학 외국어문학과에 입학했으나 다시 베이징대학 철학과에 들어가 1935년에 졸업했다. 이 시기에 허칭팡은 사람들과 교류를 완전히 끊고 폐쇄적인 생활을 했는데, 그는 단지 "문학하는 세 친구, 즉 볜즈린(卞之琳), 리광톈(李廣田), 주치샤(朱企霞)와 조금 왕래했을 뿐"이라고 회고한 바 있다. 허치팡은 바로 이러한 적막과 고독 속에서 대학 2학년부터 4학년까지 산문집 『화몽록(畵夢錄)』(1936년에 출판)을 완성했다. 『화몽록』은 1930년대에 씌어진 아름다운 산문의 으뜸으로 꼽히는데, 이 책은 출판된 이듬해에 차오위(曹禺)의 극작품 『일출(日出)』, 루펀(蘆焚, 즉 스퉈師陀)의 단편소설집 『곡(谷)』과 함께 『대공보(大公報)』의 문예상을 받았다. 허치팡은 『화몽록』 이외에 『각의집(刻意集)』(1938)·『환향잡기(還鄕雜記)』(1939) 등의 산문집을 출판했다.

허치팡은 "매 편의 산문은 마땅히 하나의 독립적인 창작이어야지 미완성의 소설이거나 단시(短詩)의 확대여서는 안 된다"[28]라고 말한 적이 있는데, 『화몽록』의 작품은 바로 이를 증명하는 서정 산문이다. 그는 경물(景物)에 의탁하고 서사로 서정을 표현하는 방법 이외에 상상을 운용하고 다양한 이미지를 선택하는 등 상징적인 방법을 통해 감정을 전달하는 산문을 많이 썼다. 이는 그가 현대파 시인의 한 사람으로서 문학 창작을 시작했기 때문에 현대파의 창작 방법이 서정 산문에 스며든 결과라고 할 수 있다. 『화몽록』에 실려 있는 「비 오기 전(雨前)」을 예로 들어보자.

…… 요즘 며칠째 내리쬔 봄볕이 버들가지마다 가는 눈을 틔웠건만 버드나무는 여전히 먼지를 둘러쓴 채 초췌한 모습이었다. 한번쯤 봄비에 시원하게 씻겼으면 했다. 땅은 갈라지고 대지나 나무 뿌리는 말라 가는데 비 소식은 저만큼 가물가물했다.

나는 때로 고향의 천둥소리와 빗소리를 그리워한다. 그 우르르 쾅쾅 기운찬 박동 소리가 이 골짜기에서 저 골짜기로 울려 퍼지는 것은 마치 봄날의 싹이 동토를 뚫느라 진동하고 경악하면서 불쑥 머리를 내미는 것과 같았다. 그리고 부슬부슬 내리는 가랑비 소리는 따뜻한 손길로 싹을 어루만지다가 가지와 잎을 무럭무럭 키우고 끝내 붉은 꽃을 피웠다. 이러한 그리움은 향수처럼 칭칭 나를 감싸 우울하게 했다. 내 마음속의 기후 또한 북방처럼 가물었다. 한 방울 뜨거운 눈물이 내 말라빠진 눈에 괴면 찌뿌드드하게 음랭한 하늘이 좀처럼 비를 뿌리지 않는 것과 같았다. ……

머리를 들어 하늘을 본다. 하늘에 잿빛 안개의 장막이 나직이 드리워지면서

28 何其芳,「我和散文」,『還鄕雜記』,『何其芳全集(1)』(河北人民出版社, 2000), 238-239쪽.

차가운 부스러기가 내 얼굴에 떨어진다. 멀리서 날아온 한 마리 새매가 우중충한 날씨에 노한 듯 두 날개를 활짝 펴고 하늘에서부터 찌르듯 낙하하다가 하마터면 하천 건너편 구릉에 부딪힐 뻔했다. 또 한 번 두 날개를 북 치듯이 맹렬한 소리를 내며 하늘로 치솟았다. 그토록 널찍한 날개는 너무나 경이로웠다. 새매의 두 겨드랑이 사이에서 희끗희끗한 깃털이 보였다.

잇달아 새매의 힘찬 울음소리가 웅장한 마음의 울부짖음처럼, 어둠 속에서 짝을 찾는 절규처럼 들렸다. 그래도 비는 내리지 않았다.

—1933년 봄 베이징에서[29]

이 작품은 가뭄을 묘사하면서 무미건조한 삶을 함께 표현하고 있다. 작가는 땅이 거북 등처럼 갈라지고 버들가지도 바싹 타오르는 가뭄 속에서 새매까지도 하늘에 대한 분노로 울부짖는다고 하여 비를 기다리는 간절한 마음을 표현했다. 결미에서 "그래도 비는 내리지 않았다"라는 말로 끝을 맺음으로써 비를 기다리는 마음을 더욱 강렬하게 표현하고 있다.

허치팡은 예술적인 산문을 창작하는 데 주력했으나, 사상적인 내용이 단일화되고 조탁이 지나치거나 형용이 과다한 결과를 초래하기도 했다. 『환향잡기』는 귀향해서 보고 들은 것과 추억 등을 묘사했는데, 이 작품에 이르러 그의 붓은 현실로 향하게 되었으며 감정도 굵어지고 언어도 명랑하고 질박해졌다. 『화몽록』의 작품이 주로 고독 속의 독백을 담고 있다면 『환향잡기』는 인간의 불행을 하소연하는 내용을 담고 있다.

허치팡과 달리 리광톈(李廣田, 1906-1968)은 주로 인간에 대한 기록을 담은 산문을 창작했다. 그는 산둥성(山東省) 쩌우핑현(鄒平縣) 출신이며, 농민 가정에서 태어나 어려서부터 집안이 가난했다. 1931년 베이징대학 외국

29 何其芳, 「雨前」, 『中國新文學大系 · 散文二集 1927-1937』, 上海文藝出版社 編(上海文藝出版社, 1987), 325-326쪽; 허세욱 편역, 『한 움큼 황허 물』, 220-222쪽 번역문 참조.

어과에 입학했는데 베이징대학 재학 시기가 그의 산문 창작의 황금기였다. 이 시기에 그는 볜즈린, 허치팡과 교류하면서 자신들의 시작(詩作)을 『한원집(漢園集)』이라는 제목으로 출판하기도 했다. 리광톈의 대표적인 산문집인 『화랑집(畵廊集)』과 『은호집(銀狐集)』은 바로 베이징대학 재학 시절에 완성된 것이다.

리광톈의 산문은 특유의 농민 의식을 담고 있는데, 그는 『화랑집』의 「머리말(題記)」에서 스스로를 '시골 사람'이라고 표현했다.

> 나는 시골 사람으로서 시골을 사랑하고 시골에 사는 사람들을 사랑한다. 현재는 비록 대도시에서 몇 년간 생활하고 있지만 나는 여전히 시골 사람처럼 생활하고 생각하고 있다. 가령 나의 작품이 아직 그런 시골 분위기를 벗어버리지 못하고 있다면, 그야 당연한 일일 것이다.[30]

이처럼 '시골 분위기'를 담고 있는 것이 리광톈 산문의 두드러진 특징인데, 리광톈은 농민의 입장에서 시골 사람과 시골에서의 사건을 묘사했다. 그래서 리광톈의 작품에 등장하는 인물에는 항상 운명의 비참함과 고통, 그리고 운명에 대한 저항이 스며 있으며, 그의 작품은 소박하고 우울한 인생 풍경을 보여준다. 특히 리광톈은 주관적 정서를 인물 묘사에 기탁하는 수법이 뛰어났으니, 이후 동일한 유형의 산문에 큰 영향을 끼쳤다.

그렇지만 리광톈의 산문 중에는 시골 생활을 마치 풍속화처럼 형상화한 작품도 있다. 세모에 집안 대청소를 끝낸 시골 사람들이 일종의 '화랑'이라 할 마을 묘당에 모여 연화(年畵)를 구입하는 장면을 묘사한 「화랑(畵廊)」은 시골의 풍속화를 보는 듯하다.

---

30 李廣田, 「畵廊集 · 題記」, 『李廣田散文』 第一集(中國廣播電視出版社, 1994), 123쪽.

거기 그림들은 시골 사람들 구미에 맞았다. 그림들을 만지작거리고 고르며, 그림 속에 담긴 이야기를 나누면서 조심조심 흥정도 벌였다. 얼룩덜룩한 옷을 입은 꼬마들은 아프도록 고개를 쳐들고 그것들을 구경하느라 얼을 뺐다. 그중에도 「넉넉한 농가(有餘圖)」나 「연밥 아홉 개(蓮生九子)」 등을 유독 좋아했다. 긴 장죽을 문 영감들은 그 모양새가 달랐다. 날씨가 추워서인지 작은 화로를 품듯 장죽을 빨아 몸을 덥혔는데 담뱃대에선 꼬불꼬불 푸른 연기가 피어올랐다. 영감들이 좋아하는 그림은 따로 있었다. 「장수하는 노인(老壽星)」이나 「가족사진(全家福)」·「오곡풍년(五穀豊登)」·「신선의 대국(仙人對棋)」 등을 좋아했다. 그들은 그림을 보면서 이야기꽃을 피웠다. 옛날 산에서 나무하던 젊은이가 바위 위에 앉아 두 노인네가 바둑 두는 걸 구경하다가, 나무해서 집으로 갈 일을 까맣게 잊었단다. 그러다가 한 판이 끝나고서야 꿈에서 깬 듯 하산을 재촉했지만, 글쎄 올라왔던 길을 잃고 산을 헤매다가 나뭇잎이 지고 나뭇잎이 푸르길 수십 번 되풀이할 만큼 세월이 흘러 버렸다는 얘기다. 영감들은 이야기를 끝내고 벽에 걸린 연화를 보면서 쯧쯧 하고 탄식했다. …… 사람들은 서로 밀치거나 떠들지 않았다. 조용하고 느긋했다. 누구든 그 물결 속에 잠기면 평안했다. 그렇게 해가 솟았고 그렇게 해가 저물었다. 장날에 모인 사람들이 이곳 옛날 묘당에서 그 잔잔한 웃음과 함께 연화를 샀다.[31]

이후 1940년대의 서정 산문으로는 량스추(梁實秋)의 『아사소품(雅舍小品)』, 첸중수(錢鍾書)의 『인생의 주변에서 쓰다(寫在人生邊上)』, 왕랴오이(王了一)의 『용충병조재쇄어(龍蟲幷雕齋瑣語)』 등이 주목할 만하다. 량스추는 『아사소품』에서 저우쭤런의 산문처럼 생활 속에서 쉽게 접할 수 있는 일상적인 일과 사물을 소재로 택해 인생의 철리와 삶의 다양한 모습을 이야

31 李廣田, 「畵廊」, 『李廣田散文』 第一集, 15쪽; 허세욱 편역, 『한 움큼 황허 물』, 197-198쪽 번역문 참조.

기했는데, 문인의 지적인 분위기를 느낄 수 있는 산문집이다. 『인생의 주변에서 쓰다』는 첸중수가 칭화대학을 졸업하고 영국과 프랑스 등지에서 유학하며 섭렵한 동서고금의 해박한 지식이 행간에 배어나는 전형적인 문인 풍격의 산문집이다. 왕랴오이는 언어학자로 잘 알려진 왕리(王力)이며, 『용충병조재쇄어』는 그가 1940년대 중반, 시난연합대학(西南聯合大學) 교수로서 쿤밍(昆明)에서 생활할 때 쓴 것으로 역시 문인 풍격이 농후한 산문집이다.

제4절 보고문학의 발달

1930년대에는 '보고문학(Reportage)'이라는 새로운 산문 양식이 발달했다. 1930년대 초 중국좌익작가연맹의 집행위원회에서는 「무산계급문학운동의 새로운 정세 및 우리의 임무(無産階級文學運動新的情勢及我們的任務)」와 「중국 무산계급 혁명문학의 새로운 임무(中國無産階級革命文學的新任務)」라는 두 개의 결의문을 통과시키고 작가들에게 "공장으로, 농촌으로, 전선으로, 사회 하층으로 내려가서…… 우리의 보고문학(Reportage)을 창조하자!"라고 호소했다. 보고문학의 창작은 바로 이때부터 시작되었다. 보고문학은 문학적 수법으로 사회적 · 정치적 문제를 신속하게 보도해 대중 독자들에게 알려주는 데 목적이 있었다. 보고문학은 서사성에 치중하는 산문의 일종으로서 일반적인 소품문과 비교할 때 글 쓰는 원리는 크게 다르지 않다. 다만 양자는 제재를 처리하는 방식에서 구별된다. 소품문은 작가와 직접 관련된 생활을 비교적 많이 묘사한다. 설령 자신이 겪은 생활이 중요한 사회적 사건이라 할지라도 작가는 그저 자신의 경험을 중점적으로 묘사한다. 그에 비해 보고문학은 중대한 사회적 의의를 가진 생활 제재를 객관적으로 묘사하기에 힘쓴다. 그래서 보고문학은 정치적 변혁운동이 긴박하고 항일운동이 치열하게 전개되었던 1930년대에 주요한 산문 양식의 하나로 자리 잡았다.

보고문학 창작은 일본 침략이 본격화되기 시작한 1931년의 9·18만주사변과 1932년의 1·28상하이사변 이후 크게 고조되었다. 아잉(阿英)은 1·28상하이사변을 묘사한 통신 보고 가운데 28편의 작품을 묶어 『상하이사변과 보고문학(上海事變與報告文學)』이라는 제목으로 작품집을 출판했는데, 좋은 본보기이다. 1936년에는 많은 간행물에서 보고문학 작품을 본격적으로 게재해 보고문학의 풍성한 수확을 가져왔다. 당시 보고문학을 게재한 주요 간행물로는 『광명(光明)』·『중류(中流)』·『문학계(文學界)』 등이 있다. 『광명』에는 샤옌(夏衍)의 「포신공(包身工)」(노예노동자), 훙선(洪深)의 「천당 속의 지옥(天堂裏的地獄)」 등이 실렸고, 『중류』에는 화사(華沙)의 「풋나기(生手)」, 쑹즈더(宋之的)의 「1936년 타이위안의 봄(一九三六年春在太原)」 등이 실렸다.

1936년 마오둔(茅盾)은 보고문학집으로 『중국의 하루(中國的一日)』를 편집했다. 마오둔은 고리키가 편집한 『세계의 하루』의 체재를 모방해, 1936년 5월 21일 하루 동안의 생활 기록이나 사회적 견문을 보내달라고 하면서 많은 독자와 작자들로부터 원고를 공개 모집했다. 그들에게 이 하루에 있었던 일상생활이나 중요한 사건에 대해 사실적으로 기술해줄 것을 요구함으로써 이러한 횡단면을 통해 당시 사회생활의 전모를 반영해내고자 했다.[32] 마오둔은 『중국의 하루』의 편집 과정을 설명하면서 "추악과 성결(聖潔), 광명과 암흑이 교차하는 '횡단면'에서 우리는 낙관을 보았고, 희망을 보았고, 인민 대중의 각성을 보았다"[33]라고 했다. 이처럼 보고문학은 당시 중국 사회의 복잡한 면모를 광범하게 반영하고 있었다.

---

32 林非 저, 『중국현대산문사』, 김혜준 역(고려원, 1993), 228쪽 참조.

33 茅盾, 「關于編輯『中國的一日』的經過」, 『茅盾全集(21)』(人民文學出版社, 1991), 176쪽.

샤옌의 「포신공」은 1930년대에 창작된 대표적인 보고문학 작품이다. 샤옌(夏衍, 1900-1995)은 본명이 선나이시(沈乃熙)이고 자가 돤셴(端先)이며, 저장성(浙江省) 항저우(杭州) 사람이다. 현대 극작가, 산문 작가로 '좌련'의 지도자 중의 한 사람이었다. 샤옌은 주로 화극 극본을 많이 썼는데, 주요 작품으로는 『사이진화(賽金花)』·『추진전(秋瑾傳)』·『상하이의 처마 밑(上海屋檐下)』·『파시즘 세균(法西斯細菌)』·『시련(考驗)』·『심방(心防)』 등이 있다. 그의 대표적인 보고문학 작품인 「포신공」은 1936년 6월 『광명』 창간호에 발표되었다. 작가는 현지 조사를 통해 상하이의 일본 방직공장에서 일하는 반(半)노예 상태의 여공들의 비참한 생활상을 진실하게 기록해 자본계급 및 일본 제국주의의 압박과 착취를 폭로했다. 「포신공」의 일부를 보자.

매일 아침 햇살이 비추기 시작할 때면 시멘트 길 위와 골목에서는 벌써 이들 맨발의 시골 아가씨들로 꽉 들어찬다. 그들 중에 어떤 이는 수돗가에서 물을 긷고, 어떤 이는 이가 빠진 나무 빗으로 머리카락에 달라붙은 솜털을 빗어 내리고, 어떤 이는 두 사람씩 짝을 지어 멜대로 찰랑거리는 오줌통을 메고 고함지르며 사람들 옆을 스쳐 지나간다. 대공(帶工: 반노예 상태의 노동자를 '포신공包身工'이라 하는데, 이 중에서 예속 정도가 심한 노동자를 '포반包飯'이라 부르고 그 정도가 약한 노동자를 '대공帶工'이라 불렀음—인용자)의 주인 또는 일꾼이 겹겹이 접은 명부를 들고 해이한 자세로 정문 입구—기차역 개찰구와 같은 나무 울타리 앞에 서 있다. 아래층의 그 깔개와 해진 이불 따위를 정돈한 뒤 저녁에 벽에 거꾸로 걸어둔 두 개의 널빤지 탁자를 내려놓았다. 수십 개의 주발과 대나무 젓가락 한 뭉치를 탁자 위에 아무렇게나 놓고, 죽 끓이는 당번이 풀처럼 묽은 죽이 담긴 양철통 하나를 널빤지 탁자 중앙에 놓았다. 그들의 공동 식사는 죽 두 끼, 밥 한 끼인데, 아침과 저녁은 죽을 먹고 점심의 밥은 주인을 돕는 일꾼이 공장 안으로 그들에게 들여보낸다. 이른바 죽이란 시골 사람들이 돼지에게 먹이는 콩비지에다 싸라기와 누룽지 등을 약간 섞어 끓인 것이다. 죽의 반찬은? 있을 리 만무하다. 몇몇 '인자한' 주인이 채소 시장에 가서 채소 이파리라도 조금 긁어 와서 소금에 절이면 그야말로 그들에게 모처럼의 멋진 반찬이 된다.

단지 두 개의 널빤지 걸상만 있다. 사실 널빤지 걸상이 좀 더 있다고 하더라도 이 집은 30명이 동시에 죽을 먹을 공간이 없다. 그들은 벌집 속의 벌처럼 서로 다투어 한 주발씩 담아서는 머리를 기울여 주발 바깥 둘레에 홍건하게 묻은 죽을 핥는다. 그런 다음 흩어져서 쪼그려 앉거나 통로와 문 입구에 선다. 죽을 더 먹을 기회는 특수한 날, 즉 주인과 주인마님의 생일 혹은 월급을 지급하는 날 이외에는 보통 거의 없다. 바닥을 닦거나 오줌통을 쏟는 일이 당번인 사람은 한 그릇도 먹을 수 없을 때가 있다. 양철통이 비어 첫 그릇을 담을 차례도 오지 못한 사람들이 여전히 빈 주발을 들고 있으면, 주인마님이 양철통을 솥으로 가져가서 누룽지와 남은 죽을 긁어 담고, 다시 수돗가에 가서 차가운 물을 조금 부어 넣고는 머리를 빗었던 그녀의 미끈거리는 손으로 휘저어 김이 모락모락 나는 채로 이들 염가의 '기계'들 앞에 내놓는다.[34]

먹을 것도 제대로 먹지 못하고 일에만 매달려야 하는 여공들의 비참한 생활상을 담담하고 사실적으로 묘사하고 있다. 이 작품은 시간 순서대로 여공의 하루 노동 생활을 매우 생동적으로 묘사했는데, 숙소와 식사 및 열악한 작업 조건 등을 생생하게 묘사해 '포신공'제도의 야만적이고 잔혹한 참상을 폭로했다. 더욱이 '루차이방(蘆柴棒)'이라는 여공의 비참한 죽음을 묘사함으로써 정신적 · 육체적으로 '포신공'에 대한 비인간적 대우를 고발했다. 이 작품은 작가가 직접 현지 조사를 거쳐 여공들의 참상을 진실하게 묘사해 설득력을 얻고 있어 보고문학 발전의 이정표로 평가된다.

마오둔이 높이 평가했던, 쑹즈더의 「1936년 타이위안의 봄」도 주목할

34 李掖平 主編, 『現代中國文學作品導讀』(山東畵報出版社, 2002), 313-314쪽.

만한 작품이다. 쑹즈더(宋之的, 1914-1956)는 본명이 쑹루자오(宋汝昭)이며, 허난성(河南省) 펑현(豊縣) 사람이다. 그는 주로 화극(話劇) 극본을 창작했으며, 대표작으로는 『안개 낀 충칭(霧重慶)』·『원숭이 무리(群猴)』·『평화를 보위하라(保衛和平)』 등이 있다. 그의 「1936년 타이위안의 봄」은 보고문학의 명작으로 일컬어진다. 이 작품은 신랄한 풍자의 수법으로 산시성(山西省) 타이위안(太原)에서 행해진 공포 분위기의 반공 통치를 폭로했는데, 두려움에 떠는 백성들의 비참한 생활상을 핍진하게 묘사했다. 작가는 봄의 타이위안을 그리고 있지만 도시에는 봄기운이 전혀 없다.

'신문 편집'

['본보 특종 뉴스': 어제 도시로부터 30리 떨어진 서산(西山)의 토굴 안에서 큰 참극이 발생했다. 최근 유언비어가 퍼져 모두 두려움에 떨었는데, 서산의 주민들이 비적의 난을 당할까 봐 모두 한 토굴로 피신했다. 그 토굴은 오랫동안 수리하지 않아 갑자기 무너졌고 그 자리에서 백성 7명이 압사하고 11명이 다쳤으니, 대단한 참상이었다.]

'유언비어가 퍼져 모두 두려움에 떨었다'라는 이 말은 실로 타이위안 시를 가장 진실되게 묘사한 것이며, 신문에는 매일 사람 마음에 거슬리는 뉴스를 싣지 않는다고는 하지만 사람 입을 통해 기괴한, 대부분 공포스러운 소식이 전해졌다. 이러한 때에 아니나 다를까 정타이(正太) 정류장에는 사람들로 넘쳐나 돈 있는 사람들이 줄줄이 성(省)을 떠났다.

……

그러나 도시에서 요 며칠간의 공포 분위기가 오히려 진정 사람들에게 죽음의 냄새를 맡게 했다. 소문이 불길처럼 번져서 사람들은 전부 서로서로 경계하며 몸을 숨겼다.

어제 6시에 계엄령이 내려졌다. 길거리에는 행인이 끊겼을 뿐만 아니라 한 무리 군경이 출동했다. 비행장에서 사건이 터졌으며 총을 휴대한 10여 명의 정탐원이 붙잡혔다고 한다.

이 소식은 도시 전체를 전율케 했으며, 태양조차도 낮빛이 달라진 것 같았다.

다행히도 나의 요리사는 하루 동안 밖을 나가지 않고 적막한 주방에서 '미인의 보금자리에 내가 없네'라는 노래를 불렀다. 그렇지 않았다면 그는 아마도 발길 따라 호숫가로 가서 그의 일등 양민증(好人證, 당시 국민당 정부가 타이위안시 거주민에게 통제를 위해 배포한 신분증의 일종-인용자)을 자랑했을 것이다.[35]

이 글은 반공 통치하에 놓인 백성들의 비참한 생활상을 그리고 있을 뿐만 아니라 '나의 요리사' 형상을 통해 은연중에 민중의 우매함과 노예근성도 비판적으로 묘사하고 있다.

그 밖에 비교적 큰 반향을 불러일으킨 보고문학 작품으로는 쩌우타오펀(鄒韜奮, 1895-1944)의 『평종기어(萍踪寄語)』·『평종억어(萍踪憶語)』, 판창장(范長江, 1909-1970)의 『산베이 기행(陝北之行)』 등이 있다.

35 李掖平 主編, 『現代中國文學作品導讀』, 318쪽.

제10장

서양 현대극의 수용과 희극 창작의 성숙

제1절 과도적인 '문명신희'의 출현

중국에서는 보통 극양식(劇樣式)을 통칭해 '희극(戲劇)'이라 하며, 또 전통극을 '희곡(戲曲)'이라 하고 서양에서 수입된 현대극을 '화극(話劇)'이라 하여 구분한다. 중국에서는 일찍부터 극양식이 발달했다. 고대에는 노래와 춤을 위주로 한 가무극의 일종인 설창(說唱) · 골계희(滑稽戲)가 있었고, 송대에는 잡극(雜劇)이 등장해 본격적인 극양식으로 자리 잡았다. 잡극은 원대에 이르러 절정기를 맞아 크게 발전했고, 명대에는 전기(傳奇)의 형식으로 그 흐름이 이어졌다. 또한 청대에는 각 지역마다 독특한 음악 · 노래 및 동작을 가진 지방희(地方戲)들이 생겨나서 크게 성행했는데, 그중에서 오늘날까지도 널리 공연되고 있는 것이 바로 경극(京劇)과 곤곡(昆曲)이다. 20세기에 들어 수입된 서양의 현대 화극은 전통극에 익숙한 관객들에게 이질적인 장르로서 낯설게 느껴졌지만 중국 토양에 정착되면서 현대 극양식으로 자리 잡아 크게 발전했다.

19세기 말 전통 희극, 특히 경극은 민간으로부터 궁중으로 들어간 뒤 그 원래의 생명력을 잃고 점차 오락적 요소가 강화되어 당시 시대적 변화를 이끌어갈 예술 양식으로 기능하지 못했다. 서양 세력의 침략에 대응해 사회 개혁이 절실히 요구되던 20세기 초에 이르러 중국인들은 전통 희극의 폐단에 주목하게 되었다. 그리하여 새로운 사상을 선전하고 새로운 생활과 인물을 반영할 수 있고, 일정한 격식과 속박에서 벗어날 수 있는 사실적인 언어와 동작을 수단으로 하는 신극(新劇)의 출현을 요구하게 되었다. 이러한 요구에 부응해 나타난 것이 바로 '문명신희(文明新戲)'이다. 문명신희는 약칭해 문명희(文明戲)라고도 불렀는데, '구희(舊戲)'와 구별하기 위해 새로운 형식의 희극이라는 의미에서 '신희(新戲)'라고 했고, 진보적이고 선진적이라는 의미에서 '문명'이라는 말을 덧붙였다. 이 명칭은 광고에서 진보적인 새로운 희극임을 선전하기 위해 처음 사용되었으나 점차 사회적으로 유행하게 되었다.[1] 중국에서 희극은 매우 독특한 전통 양식을 유지하며 크게 성행하고 있었으므로 새로운 서양식의 연극이 도입되는 데는 많은 어려움이 뒤따랐다. 문명신희도 우여곡절을 겪으며 출현했다.

문명신희의 기원은 우선 19세기 말 상하이의 학생 연극으로 거슬러 올라갈 수 있다. 최초의 학생 연극은 어느 교회의 주일학교에서 시작되었다. 1899년 상하이 세인트 존스 서원(聖約翰書院)의 학생들이 매년 성탄절에 영어 연극을 공연하는 관례에 따라 그해 성탄절 밤에도 자기들이 편집하고 연출한 '시사신극(時事新劇)'을 공연한 것이다. 그 뒤 난양공학(南洋公學) 학생들도 연극을 공연했고, 1907년에는 왕중셴(王仲賢)과 주솽윈(朱雙雲) 등이 조직한 개명연극회(開明演劇會)의 공연이 성공적으로 이루어졌다.

1 歐陽予倩, 「談文明戲」, 『中國話劇運動五十年史料集(1907-1957)』, 中國話劇運動五十年史料集編輯委員會 編(中國戲劇出版社, 1985), 49쪽 참조.

청년 학생들은 희극 경시와 배우 천시라는 전통적인 편견을 깨뜨리고 열정적으로 '유신', '구국', '백성 계몽'을 위해서 분장하고 무대에 등장했는데, 이것이 문명신희의 선구라고 할 수 있다.[2]

그러나 최초의 문명신희는 일본 유학생들에 의해 공연되었다. 1906년 말 당시 일본에서 성행하던 신파극(新派劇)의 영향을 받은 몇몇 유학생들이 일본 도쿄에서 춘류사(春柳社)를 조직한 것이 그 발단이었다. 쩡샤오구(曾孝谷)와 리수퉁(李叔同)이 발기인이었고, 곧이어 어우양위첸(歐陽予倩), 루징뤄(陸鏡若)가 가세해 춘류사는 크게 활기를 띠었다. 이들은 현대 문명의 요구에 부응해 중국 전통 희곡과는 다른 새로운 희극 형식을 추구했는데, 서양의 것을 차용해 언어와 동작(가무가 아님)을 주요 표현 수단으로 삼았다. 당시에는 이를 '문명신희'라고 불렀다. 중국 현대화 극예술에 대한 자각적인 탐구와 창조는 바로 이 춘류사로부터 시작되었다고 할 수 있다.[3] 춘류사를 조직한 유학생들은 1907년 먼저 프랑스의 극작가 뒤마의 「동백꽃 아가씨(茶花女, *La Traviata*)」를 공연했고, 이어서 린수(林紓)와 웨이이(魏易)가 함께 번역한 소설을 다시 개편해 대형극 「흑인 노예의 호소(黑奴吁天錄)」(원작은 미국의 여류 작가 스토 부인의 『톰 아저씨의 오두막*Uncle Tom's Cabin*』)를 공연했다. 「흑인 노예의 호소」는 민족 압박에 대한 반항이라는 내용과 큰 규모를 갖춘 화극(話劇)으로서 일본 유학생들과 당시 일본에 체류하던 혁명 인사들의 열렬한 호응을 얻었고 일본의 희극계로부터도 격찬을 받았다고 한다. 이것이 중국인에 의해 공연된 최초의 현대적 화극이며, 이전의 학생 연극과는 성격이 크게 다른, 정식의 문명신희였다. 춘류사 회원들은 1910년 신해혁명이 일어나자 귀국해 '춘류극장(春柳劇場)'의 명의로 공연을 계속하면서 중국 내 문명신희의 보급에 크게 기여했다.

---

2 陳白塵 · 董健 주편(主編), 『중국 현대 희극사』, 韓相德 역(한국문화사, 1996), 31-32쪽 참조.

3 錢理群 · 溫儒敏 · 吳福輝, 『中國現代文學三十年』(北京大學出版社, 2001), 163-164쪽 참조.

춘류사의 일본 공연에 자극을 받아 중국 내에서도 극단이 탄생했다. 1908년 상하이에서 춘양사(春陽社)와 진화단(進化團)이 조직된 것이다. 왕중성(王鍾聲)이 이끌던 춘양사는 춘류사의 신극 활동에 호응한다는 뜻에서 역시 「흑인 노예의 호소」를 공연했다. 이 공연은 외국인이 만든 극장에서 서양의 화극 배경과 조명 및 의상으로 깔끔하게 분막(分幕) 처리함으로써 중국 관객들의 심금을 울렸고 희극이 화극 형식으로 발전하는 데 크게 기여했다.[4] 진화단은 1910년 상하이에서 런텐즈(任天知)에 의해 창립되었으며, 당시 무르익고 있던 혁명을 내용으로 삼았기 때문에 관객으로부터 크게 호응을 얻었다. 이렇게 1910년부터 3년간은 상하이를 중심으로 신극 활동이 공전의 성황을 이루었고 각 지역에서도 신극 단체들이 우후죽순처럼 출현해 연극 활동이 대단히 왕성하게 전개되었다.

그런데 1914년 이후 위안스카이(袁世凱)의 전횡으로 신해혁명이 실질적으로 실패로 돌아가자 문명신희도 쇠퇴의 길에 들어선다. '2차 혁명' 실패 이후 정치 정세가 더욱 악화되자 각지의 신극 활동이 크게 위축되었다. 더구나 1914년에 춘류사를 이끌던 루징뤄가 사망하고 유일하게 화극예술을 고집하던 춘류사가 1915년 운영난으로 해산되자 문명신희는 쇠퇴하게 되었다. 많은 신극 예술인들이 상하이에 모여 전문 단체를 만들고 출로를 모색하는 과정에서 연극의 방침이 바뀌어 상업적인 목적이 대두하고 도시민의 취미에 영합하는 경향이 강화되었다. 이 시기에 문명신희의 극단은 서른 개에 이르고 배우만 해도 천여 명에 이르렀다고 한다. 하지만 비교적 영향력을 발휘한 극단은 여섯 개로 압축할 수 있으니, 1912년에 설립된 개명사(開明社), 1913년에 설립된 신민사(新民社)·민명사(民鳴社)·계민사(啓民社), 1914년에 설립된 민흥사(民興社)·춘양극장(春陽劇場) 등이 그것이다.

---

4 陳白塵·董健 주편, 『중국 현대 희극사』, 35쪽 참조.

문명신희가 쇠퇴하게 된 것은 정치적인 탄압뿐만 아니라 그 자체의 폐단도 적지 않았기 때문이다. 문명신희 극단들은 진보된 내용과 새로운 형식으로 관중을 끌기는 했으나, 화극예술에 대한 지식이 부족했으며 심지어 구극(舊劇)의 배우들이 문명신희 무대에 서게 되어 점차 배우와 관중 양자에게 모두 익숙했던 구극의 표현 방법을 그대로 끌어다 쓰게 되었다.[5] 또한 예술적 진지함보다는 상업적 흥행에 치중하다 보니, '막표(幕表)'라고 해서 극본 없이 단지 극정(劇情)의 줄거리만 가지고 분막(分幕)을 하고 배역을 정했으며, 어떤 때는 연습도 하지 않은 채 연기자들이 상투적인 대사로 무대에서 즉흥적으로 연극을 공연했다. 화극의 탄생 이래 주도적인 지위를 차지했던 희극의 사회 교화적 기능이 점차 엷어지면서 오락성과 표현성이 두드러졌고, 제재도 세속의 생활을 지향하게 되었으며, 감상 취미면에서도 더욱 자각적으로 시민 계층의 심미적 취향에 가까워졌다.[6] 따라서 1907년 일본에서 시작한 문명신희의 시대는 1918년 문학혁명운동이 본격화되면서 종말을 고하게 된다. 비록 문명신희는 중국의 현대 화극이 탄생하는 과정에 나타난 과도적 형태로서 예술적인 미숙함을 드러냈으나 훗날 5·4문학혁명 이후 진정한 현대 화극이 형성되는 데 기반을 다져놓았다는 점에 그 의의가 있다.

제2절 '아마추어극'운동과 '국극'운동

5·4문학혁명 이후 중국의 희극 개량은 이전의 문명신희의 기초 위에서 진행되었다. 1917년부터 1918년 사이에 첸쉬안퉁(錢玄同), 류반눙(劉

---

5 吳秀卿, 「1920年代 戲劇運動 小考」, 『中國現代文學』 第2號, 103쪽 참조.

6 錢理群·溫儒敏·吳福輝, 『中國現代文學三十年』, 165쪽 참조.

半農), 푸쓰녠(傅斯年), 후스(胡適), 저우쭤런(周作人) 등은 『신청년(新青年)』에 글을 발표해 희극 개혁을 주장했다. 이들은 문학 개혁뿐만 아니라 희극 개혁에도 박차를 가해 봉건 문화의 상징인 구극(舊劇)과 타락한 문명신희가 넘쳐나는 상황을 극복하고자 했다. 특히 사상혁명이라는 궁극적 목표를 달성하는 데 희극 장르는 매우 유용한 수단으로 인식되었으므로 그들은 신극(新劇)의 확립이 무엇보다 중요하다고 판단했다. 그리하여 서양의 현대극을 소개하는 데 주력해 입센, 오스카 와일드, 버나드 쇼 등의 극작품을 적극적으로 소개했다. 1917년 3월부터 1919년 3월까지 『신청년』에는 거의 매호마다 희극 문제를 토론하는 글이 실렸다. 특히 1918년 6월 『신청년』에서는 '입센 특집호'를 기획해 반봉건과 개성 해방에 기여할 입센의 문학 정신을 소개하는 한편 신극의 확립을 위해 노력했고, 1918년 10월호에는 '희극 개량 특집호'를 내기도 했다. '입센 특집호'에는 뤄자룬(羅家倫)과 후스가 함께 번역한 입센의 극작품 『인형의 집(傀儡家庭)』을 위시해 『국민의 적(國民公敵)』·『로즈메르 저택(小愛友夫)』 등의 작품이 실렸고, 후스의 논문 「입센주의(易卜生主義)」와 위안전잉(袁振英)의 「입센전(易卜生傳)」 등의 글이 실렸다. 신문학 운동자들은 이를 통해 '개성 해방 사상'과 '현실 생활 문제'에 대한 관심을 촉진시키는 한편 전통 구극을 '놀이'와 '잡기'라고 비판하고 희극의 진지한 사회적 의의와 문학적 가치를 강조했다. 후스는 마침내 중국 최초의 화극 극본이라 할 「종신대사(終身大事)」를 써서 1919년 3월 『신청년』에 발표하니, 화극 창작의 새로운 전기가 마련되었다.

하지만 새로운 화극이 무대 공연을 통해 중국에 뿌리내리기 위해서는 진통을 겪어야 했다. 번역·소개된 서양의 희극 작품은 전통적인 심미적 습관으로 인해 중국인들에게 곧바로 수용되기는 어려웠다. 전통 구극이 대다수 무대와 관중을 차지하고 있었으며, 문명신희 역시 사양길로 들어섰다고는 하나 여전히 상업적인 우세를 떨치고 있었다. 이러한 문제를 해결하기 위해 드디어 신극 진영은 '아마추어극(愛美劇)'운동을 일으켰다.

'아마추어(愛美)'란 영어 'amateur'를 음역한 것으로 '아마추어극'은 비직업적인 희극을 가리킨다. 이 '아마추어극'운동의 구호는 유럽의 '자유극장운동'으로부터 영향을 받았다. 19세기 말 20세기 초 유럽 극작가들은 희극의 상업화 경향에 불만을 가지고 영리를 목적으로 하지 않고 희극의 예술성을 높이고 희극의 사회적 작용을 중시하는 운동을 전개했다.[7] 1921년 천다베이(陳大悲)는 『신보부간(晨報副刊)』에 「아마추어적인 희극(愛美的戲劇)」이라는 장문의 글을 발표해 '아마추어극'의 필요성을 역설하고 '아마추어극'운동을 제창했다. '아마추어극'운동이 제창되자 신극 진영이 즉각적인 반응을 보여 비직업적인 화극 단체와 희극 연구 간행물이 속속 나타났다. 북방에서는 베이징을 중심으로 남방에서는 상하이를 중심으로 해서 전국 각지에서 아마추어 화극 단체가 우후죽순처럼 생겨났다. 이 중에서 가장 중요한 단체로는 상하이의 민중희극사(民衆戲劇社)와 희극협사(戲劇協社)를 들 수 있다. 이 두 단체에 의해 중국의 신극운동은 본격적인 궤도에 오르게 되었는데, 민중희극사는 이론 면에서 1920년대 희극운동을 이끌었고 희극협사는 공연 실천 면에서 크게 공헌했다.

민중희극사는 왕중셴(汪仲賢)이 먼저 제의하고 천다베이 및 신문학계의 선옌빙(沈雁冰, 마오둔茅盾), 정전둬(鄭振鐸), 슝포시(熊佛西) 등이 연합해 1921년 9월에 설립되었다. 이들은 동시에 중국 최초의 전문적인 희극 잡지인 월간 『희극(戲劇)』을 창간했다. 그리고 「민중희극사선언(民衆戲劇社宣言)」에서 "연극 보기를 심심풀이로 여기던 시대는 이제 지나갔다. 극장은 현대 사회에서 중요한 지위를 차지하고 있으며 사회 전진을 촉진하는 하나의 수레바퀴요 사회의 병근(病根)을 찾아내는 X 광선이다"[8]라고 선언

---

7 程光煒 · 吳曉東 · 孔慶東 · 郜元寶 · 劉勇 主編, 『中國現代文學史』(中國人民大學出版社, 2001), 133쪽 참조.

8 「民衆戲劇社宣言」, 『戲劇』 第1卷 第1期.

했다. 또 "자유극장은 예술적인 희극을 통해 인류의 고상한 이상을 표현하려는 것이며, 영리적인 극장의 오락주의적인 희극과 한바탕 충돌이 있었다"라고 하여 '예술상의 공리주의'를 주장하고 '사실적인 사회극'을 제창했다.[9] 또한 '민중의 희극'을 제창하고 '민중'에 응한다는 방침을 확립했으며, 그리하여 "일종의 고상하고 통속적인 희극을 창조할 것"을 제기했다. 이렇게 볼 때 민중희극사는 비직업적인 아마추어 극단으로서 사회 문제를 다룬 서민적 작품을 공연함으로써 희극을 개조하고 사회를 개조하려고 했다. 1922년 겨울에는 베이징에서 런이희극전문학교(人藝戲劇專門學校)를 설립하고 전문적인 연극인의 양성에도 힘을 기울였다. 그러나 학교 운영이 어려워져 1924년 겨울까지 간신히 견디다가 문을 닫았지만, 이 학교는 영리적인 직업 극단의 흥행주의를 막고 아마추어 극단의 미숙한 무대 활동을 보완해 공연 수준을 향상시키는 데 크게 기여했다.

민중희극사는 사명(社名)이 시사하듯이 19세기 말 20세기 초 서양에서 일어난 자유극장운동과 민중극장운동을 동시에 수용했다고 볼 수 있다. 유럽에서 귀족층의 오락을 위한 상업적인 목적의 극이 대두하자 극계(劇界)에 새로운 활력을 불어넣었던 자유극장운동은 점차 반(反)현실주의적 · 퇴폐적 경향으로 흐르게 되었고, 이러한 위기에서 벗어나기 위해 로맹 롤랑이 내세운 것이 바로 민중극장운동이다. 민중희극사가 자유극장운동과 민중극장운동을 결합했다는 것은 서양의 근대극 확립의 노력을 집약적으로 반영하고 있음을 의미한다. 자유극장의 지향은 생활의 진실을 반영하며 예술적으로 고양된 연극을 추구함을 의미하고, 민중극장의 지향은 일부 귀족과 지식 계층의 범위에서 이제 민중의 범위로 그 대상이 확대되고 있음을 의미한다.[10] 어쨌든 민중희극사는 『희극』을 통해 현대극

9 蒲伯英, 「戲劇要如何適應國情」, 『戲劇』 第1卷 第4期(1921. 8).

10 吳秀卿, 「1920年代 戲劇運動 小考」, 『中國現代文學』 第2號, 108쪽 참조.

에 대한 이론과 기술을 소개 · 연구했고, 또한 '아마추어극'의 창작과 보급에도 크게 기여했다.

희극협사는 1921년 겨울에 설립되어 중국 현대 화극 단체 중에서 가장 오래 지속되었으며, 현대 화극의 발전에 크게 공헌한 단체이다. 이 단체는 원래 잉윈웨이(應雲衛), 구젠천(谷劍塵) 등이 상하이중화직업학교(上海中華職業學校)의 연극 단체를 모태로 하여 설립했다. 1922년 이후 어우양위첸, 왕중셴, 쉬반메이(徐半梅), 훙선(洪深) 등이 가입함으로써 더욱 역량을 갖추게 되었으며, 1933년 해산될 때까지 12년간 지속되었다. 그 기간 동안 모두 16차례 공연을 가졌는데, 구젠천의 「고군(孤軍)」, 천다베이의 「영웅과 미인(英雄與美人)」, 어우양위첸의 「드센 여인(潑婦)」·「집에 돌아와서(回家以後)」, 왕중셴의 「훌륭한 아들(好兒子)」, 영국 극작가 오스카 와일드의 「윈더미어 경(卿) 부인의 부채*Lady Windermere's Fan*」를 각색한 훙선의 「젊은 마님의 부채(少奶奶的扇子)」, 입센의 「인형의 집(傀儡家庭)」, 셰익스피어의 「베니스 상인(威尼斯商人)」 등의 공연은 관중으로부터 열렬한 찬사를 받았다.

이와 같이 상하이 희극협사의 성공은 전적으로 훙선의 연출과 지도, 감독에 힘입은 바가 크다. 1922년 훙선은 미국 유학에서 연극의 이론과 실제를 함께 익히고 돌아와, 인재가 부족하고 서양 연극의 진보된 기술이 필요하던 때에 자신의 능력을 십분 발휘할 수 있었다. 훙선은 "희극이 연출하는 것은 인간의 일이며, 희극의 소재는 바로 인생이다. 다른 예술(예를 들어 그림과 음악)에 비해 희극은 더욱 인생을 분명하고도 충분하게 묘사하는 예술이다. …… 무릇 일체의 가치 있는 희극은 모두 시대성이 풍부한 것이다. 바꾸어 말하면, 희극은 반드시 시대의 결정(結晶)이요 시대의 상황과 환경에 의해 만들어지는 것이다"[11]라고 했다. 이렇게 훙선은 인생을

11 洪深, 「導言」, 『洪深戲曲集』(現代書局, 1933), 65쪽. "戲劇所搬演的都是人事, 戲劇的取

묘사하고 시대성을 반영하는 희극을 주장했는데, 이를 통해 희극협사의 방향을 어느 정도 짐작할 수 있다. 희극협사는 홍선의 뛰어난 연출을 비롯해 왕중셴과 잉윈웨이, 구젠천 등의 열정적인 연기, 무대장치 · 조명 등 기술의 진보가 종합되어 성공할 수 있었고, 마침내 중국 현대 화극은 무대예술로서의 기초가 확립되었다. 그러나 1927년 이후 '아마추어극'운동이 점차 시들해지면서 화극 이론과 창작, 기술과 예술 모든 면에서 침체기를 맞이한다.

또한 이 시기에 주목할 것은 '국극(國劇)'운동의 흐름도 있었다는 점이다. 1925년 5월 원이둬(聞一多)와 위상위안(余上沅), 자오타이머우(趙太侔) 등은 미국에서 귀국해 때마침 베이징미술전문학교(北京美術專門學校)의 부활 소식을 듣고, 희극 · 음악 두 전공을 더해 예술전문학교(藝術專門學校)를 세웠다. 그리고 1926년 6월에는 자오타이머우와 위상위안이 쉬즈모(徐志摩)의 후원을 받아 베이징 『신보(晨報)』의 부간으로 희극 전문지 『극간(劇刊)』을 창간했다. 이들은 희극 전문학교의 설립과 정기 간행물의 발간 등 현대 희극운동을 전개할 수 있는 좋은 여건을 갖추자 서양의 현대극과 중국 구극의 장점을 조화시키려는 이른바 '국극'운동을 전개했다. 위상위안은 『국극운동(國劇運動)』이라는 책을 펴내며 그 서문에서 예술을 이용해 인심(人心)을 바로잡고 생활을 개선하려는 '입센주의'식 희극 개혁의 문제점을 지적했다.

> 예술과 인생의 원인 결과가 도치되었다. 그들은 인심(人心)의 깊은 곳을 탐구하고 생활의 원동력을 표현한다는 것을 모르고, 오히려 예술을 이용해 인심을 바로잡고 생활을 개선하고자 하니 결과적으로 생활이 더욱 복잡해지고

材, 就是人生. 同別的藝術(如圖畵音樂)相比較, 戲劇更是明顯地充分地描寫人生的藝術了. …… 凡一切有價値的戲劇, 都是富于時代性的. 換言之, 戲劇必是一個時代的結晶, 爲一個時代的情形環境所造成."

희극은 더욱 번잡해지고 말았다.[12]

이들은 순수예술을 지향하고 있던 쉬즈모와 원이둬, 량스추(梁實秋) 등의 신월사(新月社)와 밀접한 관계를 가지고 있었기에, 사상 개혁의 수단으로 진행된 희극운동을 예술운동으로 진행할 것을 제시했다. 따라서 '국극' 운동은 오락성에 목적을 둔 순수예술적 경향의 전통 구극을 새롭게 조명하고 그것을 이용해 새로운 '중국 신극'을 확립하려는 것이었다.

간접적이기는 하지만, 이러한 국극운동의 정신은 계승되어 전통 구극의 현대적 차용으로 이어졌다. 톈한(田漢)은 신가극(新歌劇)은 구가극(舊歌劇)을 기초로 해야 한다는 인식을 가지고 있었으며, 이러한 영향을 받은 어우양위첸은 「형가(荊軻)」·「반금련(潘金蓮)」의 경극 형식에 분막제(分幕制)를 도입하기도 했다. 또 리진후이(黎錦暉)는 「포도선녀(葡萄仙女)」·「가랑비(毛毛雨)」 등의 작품에 여러 가지 민가와 소조(小調) 및 화고희(花鼓戲) 형식을 도입하기도 했다. 구극 형식의 차용은 1930년대에 이르러 문예 대중화 논쟁이 진행되면서 심화되어 구형식을 응용한 신가극의 창작으로 이어졌다.

제3절 화극 창작과 좌익 화극운동

현대문학에서 희극 극본의 창작은 다른 문학 양식에 비해 상대적으로 늦게 시작되었다고 할 수 있다. 서양에서 도입된 화극 양식이 낯설었을 뿐만 아니라 신극운동을 전개하는 사람들은 극본도 쓰고 공연도 해야 했으

12 余上沅 編, 「序」, 『國劇運動』(新月書店, 1927), 3쪽. "藝術人生因果倒置. 他們不知道探討人心的深邃, 表現生活的原力, 却要利用藝術去糾正人心, 改善生活. 結果是生活愈變愈複雜, 戲劇愈變愈繁瑣."

므로 그만큼 부담이 컸기 때문이다. '화극'이라는 명칭만 해도 그것이 일반화되기까지 오랜 시간이 필요했으니, 1928년에 와서 홍선(洪深)의 건의에 의해 비로소 공인을 받을 수 있었다.[13]

초기 화극운동에서는 이렇다 할 창작극이 없어 주로 번역극이 중심이었다. 그러나 『신청년』의 희극개량운동에 힘입어 입센의 「인형의 집」을 모방한 후스의 「종신대사(終身大事)」가 1919년에 나옴으로써 창작극이 출현하게 되었다. 「종신대사」는 혼인의 자유를 주제로 한 것인데, 톈 마님(田太太)과 점쟁이(算命先生)의 대화로 시작된다.

> 톈 마님: 당신 말을 저는 잘 알아듣지 못하겠어요. 당신은 이번 혼사가 잘 어울린다고 생각하세요?
>
> 점쟁이: 톈 마님, 저는 점괘에 따라 솔직히 말하는 사람입니다. 점을 치는 우리는 모두 점괘에 따라 솔직히 말하지요. 마님도 알다시피…….
>
> 톈 마님: 점괘에 따라 솔직히 말하면 어떻다는 거예요?
>
> 점쟁이: 이번 혼사는 해서는 안 됩니다. 당신네 아가씨를 이 남자에게 시집보내면 장래에 틀림없이 좋지 않은 결과가 있을 겁니다.[14]

이 작품은 여주인공 톈야메이(田亞梅)가 혼인의 자유를 위해 부모의 간섭에서 벗어나 과감하게 자신이 사랑하는 애인을 따라나선다는 내용이다. 당시 입센주의의 영향으로 인해 비교적 주목받은 작품이다.

1920년대에 이르러 민중희극사와 희극협사가 이론과 공연 실천 면에서 활발한 활동을 전개함으로써 화극이 점차 자리를 잡고 극본 창작도 활기를 띠었다. 이는 화극이 중국에 뿌리내리려면 중국의 정서를 바탕으로

---

13 黃修己, 『中國現代文學發展史』(中國青年出版社, 1994), 189쪽 참조.

14 胡適, 「終身大事」, 『中國新文學大系 · 戲劇集』, 洪深 編選(良友圖書公司, 1935), 1쪽.

중국 현실을 반영한 창작극이 필요하다는 자각에서 비롯되었다. 1919년부터 1929년까지 창작되거나 개편된 화극 극본은 발표와 출판된 것을 포함해 400여 작품에 이른다. 1920년대의 창작 화극은 우선 자유연애와 여성 해방 등 반봉건 및 개성 해방을 주제로 한 것이 가장 많았고 영향력도 컸다. 후스의 「종신대사」를 비롯해, 어우양위첸의 「드센 여인」, 궈모뤄(郭沫若)의 「탁문군(卓文君)」, 위상위안의 「병변(兵變)」, 장원톈(張聞天)의 「청춘의 꿈(青春的夢)」 등이 이에 해당한다. 톈한의 「호랑이 잡은 밤(獲虎之夜)」, 딩시린(丁西林)의 「나나니벌(一只馬蜂)」 등은 사상 내용뿐만 아니라 예술성도 뛰어나 당시 사회적으로 크게 영향을 끼쳤다. 또한 역사 이야기나 신화 · 전설 또는 고전문학 작품에서 소재를 취한 극본들도 동일한 주제를 담았는데, 궈모뤄의 「탁문군」과 「왕소군(王昭君)」, 어우양위첸의 「반금련」, 왕두칭(王獨淸)의 「양귀비의 죽음(楊貴妃之死)」 등이 이에 해당한다.

반봉건 사상을 담으면서 현실 사회의 병폐를 형상화한 작품도 있다. 예컨대, 천다베이의 「유란 여사(幽蘭女士)」, 슝포시의 「청춘의 비애(青春的悲哀)」, 리젠우(李健吾)의 「또 다른 무리(另外一群)」, 왕중셴의 「훌륭한 아들(好兒子)」, 구젠천의 「찬밥(冷飯)」 등이 그것이다. 군벌 · 관료 · 매판 세력으로부터 압박받는 하층민의 고난과 각성 그리고 반항을 다룬 작품도 있다. 어우양위첸의 「인력거꾼의 가정(車夫之家)」, 톈한의 「명배우의 죽음(名優之死)」, 딩시린의 「압박(壓迫)」 등이 그것이다. 게다가 제국주의 열강의 중국 침략에 맞서 반제(反帝) 애국주의 주제를 담은 화극도 많이 창작되었다. 궈모뤄의 「산앵도꽃(棠棣之花)」, 천다베이의 「애국 반역자(愛國賊)」 등은 강렬한 반제 애국주의 사상을 표현한 작품이다. 특히 1925년 '5 · 30' 사건 이후 제국주의 침략에 대한 저항이 본격화되어 애국과 반제의 주제가 더욱 강화되었다. 궈모뤄의 역사극 「섭앵(聶嫈)」, 톈한의 「황화강(黃花崗)」, 슝포시의 「한 조각 애국심(一片愛國心)」 등은 그러한 주제를 담고 있는 작품이다.

1920년대 말에 현대 화극에 새로운 돌파구를 마련한 희극 단체로 톈한이 설립하고 주도한 남국사(南國社)도 빼놓을 수 없다. 톈한은 1926년에 남국전영극사(南國電影劇社)를 설립했으며, 1927년에는 사립 상하이예술대학(上海藝術大學)의 교장이 되었다. 그는 남국전영극사를 개조해서 문학·희극·영화·미술·음악 등을 모두 포괄하는 남국사를 설립하고 '재야(在野)' 예술운동을 전개했다. 남국사는 주로 톈한의 작품을 공연했는데, 톈한의 작품은 대체로 구사회의 암울함에 대한 저주, 인도·자유·개성해방에 대한 칭송, 그리고 국민혁명의 실패 후 지식 청년들의 고민과 밝은 미래에 대한 강렬한 추구 등을 표현했다. 남국사에서 공연한 작품을 예로 들면, 「아버지의 귀환(父歸)」(기쿠치 칸菊池寬 작, 톈한 역)·「미완성의 걸작(未完成之傑作)」(필립 스테판 작, 쑨스이孫師毅 역) 및 단막 희극 「생의 의지(生之意志)」·「화가와 누이(畵家與妹妹)」, 단막 비극 「강촌 소경(江村小景)」·「쑤저우 야화(蘇州夜話)」·「명배우의 죽음(名優之死)」 등이 있다.

1930년대에 이르면 중국 문단에 좌익 문예사조가 유행하고 일본이 1931년 9·18만주사변과 1932년 1·28상하이사변을 일으켜 중국 침략을 본격화하자 희극계에서도 이전과 다른 새로운 움직임을 보이기 시작했다. 진보적 성향의 문학청년들은 사회의 격변기에 "대중을 격동시키고 대중을 조직화하는 데 가장 직접적이고 가장 유력한 것은 바로 희극이다"라고 인식했으며, "그들은 희극으로 그들 자신을 격동시키고자 했고, 또 희극을 이용해 그들이 가지고 있는 불평과 요구를 드러내고자 했다."[15] 이러한 상황에서 혁명 정세의 요구에 부응하기 위해 희극계에서는 무산계급 희극운동을 전개해나갔다. 1929년 6월에는 상하이 예술극사(藝術劇社)

15 鄭伯奇, 「中國戱劇運動的進路」(『藝術』 第1卷 第1期, 1930.3), 『中國文學史史料全編 現代卷 9 鄭伯奇研究資料』, 王延晞·王利 編(知識産權出版社, 2009), 225쪽.

가 설립되어 샤옌(夏衍)이 책임을 맡았다. 예술극사는 월간 『예술(藝術)』과 『사륜(沙侖)』, 그리고 『희극논문집(戲劇論文集)』을 편집·출판해 '프롤레타리아 희극'을 선전했다. 특히 정보치(鄭伯奇)와 예선(葉沈)은 희극의 계급성과 시대성을 강조했다. 정보치는 "희극도 다른 예술과 마찬가지로 진보적인 계급의 입장에 서지 않으면 전혀 발전의 가능성이 없다. 만약 투쟁을 교묘하게 피해 시대의 선봉에 서지 못하면 그런 예술은 반드시 몰락하게 될 것이고, 낙후한 계급을 따르게 되면 그런 예술은 반드시 반동으로 흐르게 될 것이다. …… 구체적으로 말해 프롤레타리아는 지금 역사적 사명을 가진 유일한 계급이다. 모든 예술은 프롤레타리아예술이 되어야 한다"[16] 라고 했다. 이렇게 예술극사가 계급성을 전면에 내세우자 중국 희극계에는 '무산계급 희극'이 주류를 차지하게 된다.

이러한 희극운동은 희극계의 연합을 촉진시켰는데, 1930년 3월 희극협사(戲劇協社)·남국사(南國社)·마둥사(摩登社)·신유극사(辛酉劇社)·예술극사(藝術劇社)·극예사(劇藝社) 등이 연합해 '상하이희극운동연합회(上海戲劇運動聯合會)'를 결성시켰다. 8월에는 정식으로 '중국좌익극단연맹(中國左翼劇團聯盟)'이 결성되었고, 1931년에는 개인 명의로 '중국좌익희극가연맹'(中國左翼戲劇家聯盟, 이하 '극련'으로 줄임)을 구성해 톈한, 류바오뤄(劉保羅), 자오밍이(趙銘彝) 등이 책임을 맡았다. '극련'은 전국에 많은 분맹(分盟)을 가지고 있었으니, 1930년 말에 난퉁(南通)분맹을 필두로 1932년에는 베이핑(北平)분맹·한커우(漢口)분맹이 결성되었고, 이후 광저우(廣州)분맹·난징(南京)분맹·항저우극련소조(杭州劇聯小組) 등이 결성되었다.

초기의 무산계급 희극운동은 중국의 희극 발전을 촉진하는 역할도 했지만, 예술성 면에서 수준 미달의 작품을 생산하는 결과를 초래하기도 했

---

16 鄭伯奇, 「中國戲劇運動的進路」(『藝術』 第1卷 第1期, 1930.3), 『中國文學史史料全編 現代卷 9 鄭伯奇研究資料』, 232쪽.

다. 창작은 예술성을 고려하지 않은 채 정치적인 선전에 치중하다 보니 개념화 · 공식화의 병폐를 드러내어 내용이 정치화되고 형식이 엉성해졌다. 그러나 1935년 이후에 이러한 한계는 점차 극복된다. 1935년 '극련'은 사회적으로 영향력 있는 진보적 성향의 연극인들과 연결해 상하이여업극인협회(上海餘業劇人協會)라는 극단을 조직해서 이전의 예술성이 부족한 병폐를 극복하는 데 주력했다. 희극의 예술성 추구가 창작 · 연출 · 이론 연구에 반영됨으로써 훌륭한 작품이 많이 생산되었다. 차오위(曹禺)의 『뇌우(雷雨)』(1934) · 『일출(日出)』(1936), 리졘우의 『이건 봄에 불과해(這不過是春天)』(1934), 톈한의 『회춘곡(回春之曲)』(1935), 샤옌의 『상하이의 처마 밑(上海屋檐下)』(1937) 등 예술 방면에서 비교적 성숙한 극작품들이 바로 이 시기에 나왔다. 이는 중국 화극예술이 이제 성숙기로 접어들었음을 뜻한다. 성숙기에 접어든 표징으로서, 첫째, 좌익 극작가와 진보적 극작가들이 모여 우수한 극작가군을 형성했다는 점, 둘째, 연출 · 공연예술의 수준이 현저하게 높아졌다는 점, 셋째, 이론 연구와 소개에 풍성한 성과가 있었다는 점을 지적할 수 있다.

제4절 톈한(田漢)과 「명배우의 죽음」

톈한(田漢, 1898-1968)은 자가 서우창(壽昌)이며 후난성(湖南省) 창사(長沙) 출신이다. 어려서부터 창사 지역의 상극(湘劇) · 화고(花鼓) · 인형극 · 그림자극 등 전통극을 접했으며, 14세 때에는 희곡 습작으로 「신교자(新教子)」 · 「한양혈(漢陽血)」을 발표하기도 했다. 18세 때인 1916년 외삼촌의 도움으로 일본에 유학, 일본의 신극운동에 자극을 받아 희극에 대해 본격적으로 연구하기 시작했다. 24세 때 귀국한 이후 평생 희극인으로서의 삶을 살았는데, 1920년에 처녀작 「바이올린과 장미(環娥琳與薔薇)」(4막극)를 완성한 이래 현대 화극(話劇) 63편, 전통극 27편, 가극 2편을 썼다. 그 밖에 전통극의 개혁 문제, 배우의 태도 문제 등을 논한 많은 글을 발표했으며, 영화인으로서 남국전영극사(南國電影劇社)를 이끌면서 초기 중국 영화의 발전에 크게 기여했다.

톈한은 「바이올린과 장미」를 창작한 이후 1922년에는 단막극 「카페의 하룻밤(咖啡店之一夜)」을 완성했다. 「카페의 하룻밤」은 카페에서 하룻저녁 동안 일어난 작은 사건을 다룬 것인데, 부잣집 도련님 리첸칭(李乾卿)과 언약을 했으나 버림받게 된 카페의 여종업원 바이츄잉(白秋英)이 극의 중심 인물이다. 이 작품은 금전을 중시하고 사랑을 경시하는 풍조를 비판하고 여주인공의 불행한 운명을 동정하는 내용으로 되어 있다. 톈한은 또 「호랑이 잡은 밤(獲虎之夜)」·「구정훙의 죽음(顧正紅之死)」·「황화강(黃花崗)」 등 일련의 화극을 연속적으로 창작해 봉건적 혼인제도를 비판하고, 개성 해방, 반제국주의, 애국 사상의 주제를 다루었다. 단막극 「호랑이 잡은 밤」은 신해혁명 이후 후난(湖南)의 어느 산골 마을을 배경으로 새로운 시대가 도래했음에도 불구하고 떠돌이 황다사(黃大傻, 황 얼간이)와 부농인 웨이푸성(魏福生)의 딸 롄구(蓮姑, 롄 아가씨)가 서로 사랑하지만 신분 차이를 극복하지 못하는 사랑의 비극을 그렸다. 톈한은 1933년에 이 작품을 다음과 같이 설명한 바 있다.

> 이 작품은 주제 면에서 혼인과 계급이라는 사회 문제를 건드리고 있는데, 한 떠돌이가 부농의 딸을 사랑하게 된 것은 당시에는 필연적으로 비극을 낳을 수밖에 없었다. 현재 우리가 다소 불만스럽게 생각하는 것은 이 떠돌이가 그렇게 자살해버리고 롄 아가씨가 그렇게 아버지의 권위 아래서 이리저리 뒤척이며 구슬피 울 뿐 어떤 밝은 빛도 암시하지 못한 점이다.[17]

---

17 田漢, 「『田漢戲曲集』 第二集自序」, 『田漢全集(16)』(花山文藝出版社, 2000), 336쪽.

이 시기 톈한의 작품은 유미주의적 경향을 띠면서 우울하고 감상적인 분위기가 농후하다.

1928년을 전후해 톈한은 '남국사(南國社)'와 '남국예술학원(南國藝術學院)'에 참가하면서 주간지 『남국(南國)』을 맡고 대형 공연을 주도했는데, 이 시기에 그는 연출을 위해 많은 극본을 창작했다. 그중에서 뛰어난 것으로는 「강촌소경(江春小景)」(1928) · 「쑤저우 야화(蘇州夜話)」(1928) · 「호수의 비극(湖上的悲劇)」(1928) · 「명배우의 죽음(名優之死)」(1929) · 「남쪽으로의 귀환(南歸)」(1929) 등이 있다. 이 작품들은 모두 '낭만 서정극'에 속하는데, 우울하고 감상적인 톈한의 전기(前期) 창작의 특징을 잘 보여주며 어두운 현실에 대한 불만과 비판을 담고 있다.

톈한의 작품은 낭만주의적 색채가 뚜렷한데, 그의 처녀작 「바이올린과 장미」는 예술과 사랑을 상징적으로 극화한 것으로 대고(大鼓) 예인(藝人)인 류취(柳翠)와 피아노 교사 친신팡(秦信芳)의 사랑 이야기를 그렸다. 친신팡은 음악을 사랑해 일본에서 유학하고 돌아온 후 피아노 교사가 된다. 그는 바이올린을 백장미와 함께 류취에게 선물로 준다. 그런데 리젠루이(李簡瑞)라는 인물도 류취를 마음에 두고 쫓아다닌다. 류취는 친신팡의 출국 경비를 마련하기 위해 기꺼이 리젠루이의 셋째 첩이 된다. 리젠루이는 류취와 친신팡 두 사람의 두터운 사랑과 예술의 집착에 동정하는 마음이 생겨 그들을 돕기로 결심하고 그들에게 큰돈을 줌으로써 그들의 애정과 예술 활동을 보장해준다. 이러한 줄거리는 사랑과 예술을 이상화한 것으로 작가의 이상적인 정서를 구현하고 있다. 이 극본은 성공작은 아니지만, 톈한의 전기 창작의 기본 틀이 형성되었음을 보여준다. 당시 톈한이 추구하고자 한 이상은 바로 예술과 사랑이었다. 이 두 가지 이상은 톈한의 초기 작품의 중심 주제가 되었고, 그 후의 극작품 「쑤저우 야화」 · 「명배우의 죽음」도 이 주제에서 크게 벗어나지 않는다.

1929년에 완성된 「명배우의 죽음」(3막극)은 톈한의 가장 우수한 작품으로 꼽힌다. 이 작품은 경극계(京劇界)의 원로 배우인 류홍성(劉鴻聲)이라는 실존 인물을 극화한 것이다. 류홍성은 작품에서는 류전성(劉振聲)으로 등장하는데, 그는 연극의 도덕성과 품위를 중시해 예술 사업을 자신의 생명보다 소중하게 여긴다. 그는 성심성의껏 여제자 류펑셴(劉鳳仙)을 가르쳤지만, 류펑셴은 부패한 사회를 이겨내지 못하고 건달인 지방 유지 양대인(楊大爺)의 유혹에 빠져 점차 타락한다. 류펑셴의 타락은 류전성의 이상을 파괴하는 것이었고, 이에 류전성은 분발해 양대인으로 대표되는 구세력에 필사적으로 대항하고 최후에는 양대인에 대한 분노를 이기지 못하고 무대 위에서 죽음을 맞이한다.

류펑셴: (운다.) 선생님, 선생님! 낫기만 하시면 선생님이 절 어떻게 하시든 그대로 따를게요! 사부님…….

[류전성이 약간 눈을 떠 여러 사람들을 바라보다 류펑셴을 보더니 자신도 모르게 눈물을 흘린다.]

줘바오쿠이(左寶奎) · 허징밍(何景明): 됐어요, 됐어.

사람들: 됐어, 됐어. 정신이 돌아왔어.

[경리가 다시 달려온다. 몰려와 구경하는 사람들이 더 많아진다. "어떻게 됐어?" "어때?" "괜찮아, 됐어."]

양대인: (살그머니 다가와 류전성을 보더니, 의기양양하게) 류사부, 안녕하쇼. 날 알아보겠소?

류전성: 내 너를 안다. 우리 배우들은 널 용서할 수 없다! (필사적으로 주먹을 들어 치려 하지만 이미 심장이 약해져 버티지 못하고 쓰러진다.)

[샤오위란(蕭鬱蘭)이 격분해 양대인에게 다가가서는 멱살을 잡는다.]

양대인: 샤오 양, 장난 마시오.

샤오위란: 누가 당신이랑 장난한대. 이런 날건달! 파렴치한! (빰을 한 대 때린다.)

군중: 때려라, 때려!

양대인: 어째, 네가 감히 사람을 쳐. 이 창부 같으니! 경찰서로 가자!

(샤오위란과 서로 움켜잡고 함께 퇴장한다.)

줘바오쿠이: 사부, 사부, 좀 어떠세요? 허선생이 의술을 아시니 어서 와서 맥 좀 짚어 보세요!

[허징밍이 류전성의 손목을 잡고는 계속 말이 없다.]

허징밍: (잠시 긴장 속에 침묵하다가는 갑자기 소리친다.) 전성! 설마 일대의 명배우가 이렇게 끝장나는 건 아니겠지요?

줘바오쿠이: 사부, 사부! 평생 무대 위에서 살아왔다고 설마 무대 위에서 죽으려는 건 아니죠? 눈을 감다니요, 우린 저 귀신 같은 놈들하고 아직 안 끝났어요!

류펑셴: (양심이 발동해 울기 시작한다.) 선생님! 깨어나시기만 하면 무슨 일이든 선생님을 따를게요. 사부님 말씀 꼭 들을게요. 사부님, 설마, 저한테 참회의 기회도 한번 안 주시려고요? 사부님![18]

이 명배우의 죽음은 마침내 많은 연극인들의 각성을 불러일으켰고, 류펑셴에게도 깊은 참회를 가져왔다. 톈한은 훗날 이 작품에 대해 이렇게 평가했다.

예술에 충실한 한 배우가 어떻게 당시의 사악한 세력과 투쟁하지 않을 수 없었는지를 담아낸 것이다. 양대인이라는 인물로 표현된 이 사악한 세력은 일체의 아름다운 것들을 완전히 부패시키지 않으면 그만두지 않는데, 이것이 바로 '류(劉) 사부'가 절대로 용인할 수 없는 것이었다. 무대 위에서 쓰러지기 이

18 田漢, 『田漢全集(1)』, 356-357쪽; 하경심 · 신진호 공역, 『田漢 희곡선』(學古房, 2006), 174-175쪽.

전의 그의 끝없는 분노는 당시 인민들의 억눌린 감정을 대표했다. 이 때문에 이 극은 당시에 어느 정도 사람들에게 영향을 끼쳤다.[19]

「명배우의 죽음」은 당시 톈한에게 사상과 예술의 측면에서 어떤 전환점을 가져다주었다. 이 작품은 지식인의 개성 해방, 개인 항쟁의 주제를 뛰어넘어 사회 모순을 좀 더 날카롭게 부각시켰으며, 감상적이고 신비적인 색채를 지닌 초기 극본에 비해 좀 더 객관적인 묘사에 충실함으로써 진전된 모습을 보여주었다. 또한 이 작품은 예술 무대와 생활 무대를 교묘하게 융합시켜 배우가 배우의 역할로 연기하고 연극 중에 연극이 있는 독특한 효과를 통해 강한 예술적 감화력을 발휘했다.

1930년대에 톈한은 개인 생애와 희극 활동 양면에서 큰 변화를 맞이한다. 1930년에 그는 남국사를 이끌고 좌련(左聯)에 가입했으며, 1932년에는 중국공산당에 가입했다. 그리고 그간의 낭만적이고 감상적인 색채에서 벗어나 사회 모순을 폭로하고 제국주의·봉건주의·관료주의 등을 비판하는 경향으로 나아갔다. 이 시기에 그는 「장맛비(梅雨)」·「난종(亂鐘)」·「회춘곡(回春之曲)」 등의 극본을 창작해 애국주의 감정을 더욱 선명하게 표현했으며, 계급 모순과 민족 모순을 드러내어 문단과 사회에 강렬한 반향을 불러일으켰다. 중일전쟁이 발발해 항일(抗日)이 시작된 이후에는 열정적으로 민족 해방에 매진해서 「노구교(蘆溝橋)」 등과 같은 항일 구국을 선전하는 극본을 창작했다. 중일전쟁이 끝난 후에도 톈한은 「여인행(麗人行)」(1947)을 창작해 일본 제국주의 침략 시기에 '고도(孤島)'라고 불린 상하이를 배경으로, 온갖 억압에 시달리는 여공인 류진메이(劉金妹), 목숨을 걸고 항전에 임하는 리신췬(李新群), 투사의 아내이지만 편안한 삶에 대한 욕구를 떨쳐버리지 못하는 량뤄잉(梁若英), 이 세 여인의 파란 많은 삶

19 田漢, 「關于「名優之死」: 答北京人民藝術劇院」(1957.8.6), 『田漢全集(1)』, 373-374쪽.

을 그렸다. 류진메이는 일본군에게 능욕을 당하고 건달의 행패에 괴롭힘을 당하지만 가족들의 생활을 책임지기 위해 분투하는 인물로 그려지는데, '반식민지 중국 여성'의 강인성을 대변해준다.

1949년 중화인민공화국이 성립된 이후 톈한은 중화전국희극공작자협회 주석, 중국희극가협회 주석과 같은 주요 직책을 맡는 등 중국 희극계를 대표하는 인물이 되었다. 그는 지속적으로 창작에 몰두해 『관한경(關漢卿)』·『문성공주(文成公主)』·『백사전(白蛇傳)』·『사요환(謝瑤環)』 등을 완성했다. 그렇지만 문화대혁명 때 『사요환』이 독초(毒草)로 비판받으면서 그는 '반역자'라는 누명을 쓰고 투옥되었으며, 1968년에 결국 감옥에서 죽음을 맞이했다. 톈한은 화극뿐만 아니라 일생 동안 10여 편의 영화 대본도 썼으며, 네얼(聶耳)이 곡을 붙여 중국의 국가(國歌)가 된 「의용군진행곡(義勇軍進行曲)」의 가사를 쓰기도 했다.

제5절 차오위(曹禺)와 『뇌우』

차오위(曹禺, 1910-1996)는 중국 현대 희극 발전에 가장 크게 공헌한 극작가이다. 그는 불타는 격정을 가진 탁월한 비극 작가로 칭송된다. 차오위는 본명이 완자바오(萬家寶), 자가 샤오스(小石)이며, 1910년 톈진(天津)의 어느 몰락한 봉건 관료 집안에서 태어났다. 차오위의 아버지는 신해혁명 후 지방 벼슬을 했으나 얼마 후 실의하여 집으로 돌아왔고, 어머니도 그를 낳은 지 사흘 만에 산욕으로 세상을 떠나 그는 고독하고 우울한 집안 분위기에서 자랐다. 이러한 가정환경이 훗날 그의 창작에 큰 영향을 끼쳤던 것으로 보인다.

차오위는 어려서부터 경극과 곤곡 등 많은 지방희를 관람했고 문명신희 등도 즐겨 감상했다. 1922년에 난카이중학(南開中學)에 입학해 학교 연극반 활동에 적극적으로 참여했고, 소설 · 시 · 잡문 등을 발표하기도 했다. 1925년에는 난카이신극단(南開新劇團)에 가입해 본격적으로 연극 활동을 시작했으며, 이때부터 딩시린(丁西林)의 「압박(壓迫)」, 입센의 「인형의 집」 등의 공연에서 배역을 맡고, 대본의 개편과 공연에도 적극적으로 참가했다. 1928년에 난카이대학(南開大學) 정치학과에 입학했다가 이듬해에 칭화대학(淸華大學) 서양문학과에 다시 들어갔다. 그는 이 시기에 서양의 고전 희극과 현대 극작을 공부하고 그리스 3대 비극과 셰익스피어, 오닐, 하웁트만 등의 극본을 즐겨 읽고 연구했다. 1933년 졸업하기 직전에 처녀작인 다막극 극본 『뇌우(雷雨)』를 완성했으며, 계속해서 『일출(日出)』(1936) · 『원야(原野)』(1937)를 발표했다. 이 작품들은 큰 성공을 거두어 중국 현대 희극의 성숙을 알리는 표징이 되었으며, 문단에서의 그의 지위를 확고하게 다져주었다.

차오위의 창작 생활의 첫 번째 단계는 『뇌우』의 창작으로부터 『일출』 · 『원야』의 창작까지의 시기이다. 이 시기 그의 희극 창작은 주로 반봉건과 개성 해방의 주제를 다루었다. 『뇌우』는 1934년 7월 『문학계간(文學季刊)』에 발표되었으나 처음에는 크게 주목을 받지 못했는데, 1935년 4월 도쿄의 칸다 히토츠바시(神田一橋) 강당에서 중국인 일본 유학생 조직인 중화화극동호회(中華話劇同好會)에 의해 처음 공연된 이후 큰 반향을 불러일으키게 되었다.[20] 『일출』은 1936년 6월부터 9월까지 『문계월간(文季月刊)』에 연재되었으며, 곧이어 11월에는 문화생활출판사에서 단행본으로 출판되었다. 이 작품은 바진(巴金)으로부터 "「아Q정전」 · 『한밤중』과 마찬가지로 중국 신문학운동 중에 거둔 가장 훌륭한 수확이다"[21]라는 평가를 받았으며, 1937년 『대공보(大公報)』의 문예상을 수상하기도 했다. 『원야』는 『일출』이 초연된 뒤 2개월 만인 1937년 4월부터 8월까지 광저

---

20 潘克明, 『曹禺硏究五十年』(天津敎育出版社, 1989), 1쪽 참조.

21 巴金, 「雄壯的景象」, 『大公報』(1937. 1. 1).

우(廣州)에서 출판되던 『문총(文叢)』 잡지에 연재되었다. 이 작품은 미국 작가 유진 오닐로부터 영향을 받았는데, 대화나 줄거리보다 소리와 분위기 등으로 사건과 장면을 묘사하거나 인물의 표정을 통해 작품의 의미를 드러내는 표현주의 기법을 사용하고 있다.

차오위는 1936년 난징의 국립극전(國立劇專)에서 교편을 잡았고, 항일전쟁이 발발한 후 국립극전을 따라 충칭(重慶)으로 갔다가 뒤에는 다시 쓰촨성(四川省) 장안(江安)으로 갔다. 이때부터 그의 두 번째 창작 단계가 시작된다. 1938년에는 쑹즈더(宋之的)와 함께 합작해 개편한 항전극 극본 『흑자이십팔(黑字二十八)』을, 1939년에는 『태변(蛻變)』을, 1940년에는 『베이징인(北京人)』을 창작했다. 1942년 차오위는 국립극전을 떠나 충칭으로 가서 중앙청년극사, 중국영화제작공사에서 연극과 영화의 편집 및 감독을 맡았으며, 바진의 소설 『가(家)』를 개편하기도 했다. 그는 또 『로미오와 줄리엣(柔蜜歐與幽麗葉)』을 번역했고, 뒤이어 프랑스 작품 『홍색 빌로드의 외투(紅法蘭絨外套)』와 『매혹적인 모래(迷眼的砂子)』를 개작해 각각 단막극 「생각 중(正在想)」과 「도금(鍍金)」을 만들었다.

1946년에 차오위는 라오서(老舍)와 함께 미국 국무원의 요청으로 미국으로 가서 강의를 했으며, 이듬해 귀국한 후 상하이의 문화영화공사(文華映畫公司)에서 편집과 감독을 맡았다. 1948년에는 영화 대본 『화창한 봄날(艶陽天)』을 발표했다. 이 시기의 극작품은 주로 항일 애국지사를 칭송하고 민족의 패류(悖類)를 규탄했으며, 사람들에게 항전의 열정을 고취하고 지속적으로 반봉건의 주제를 심화시켜나갔다. 『흑자이십팔』은 항전에 뜻을 둔 애국 청년들이 일본의 첩자 및 민족 반역자들과 투쟁하는 모습을 그린 작품이다. 4막극 『태변』에서는 "중국 민족이 항전 중에서 구태를 벗어 버리고 새롭게 변화하자는 기상"을 반영하고 있다.[22] 「생각 중」은 익살극

---

22 陳白塵·董健 주편, 『중국 현대 희극사』, 293쪽 참조.

이며, 「도금」은 유머가 넘친다. 이 시기 차오위의 항전극은 그 특유의 예술적 매력이 다소 결핍되어 있다는 평을 듣기도 했지만, 『베이징인』과 『가』에 이르러서는 그 본래의 예술적 특색을 되찾은 것으로 평가된다.

항일전쟁이 끝난 후 차오위는 중앙희극학원 부원장, 베이징인민예술극원 원장, 중국희극가협회 주석 등을 맡았다. 그의 세 번째 창작 단계는 1954년 『맑은 날(明朗的天)』을 창작하고, 1961년 메이첸(梅阡), 위스즈(于是之) 등과 합작해 『담검편(膽劍篇)』을 창작하고, 1978년 『왕소군(王昭君)』 등을 창작한 시기이다.

차오위는 반봉건과 개성 해방의 주제 면에서, 비극예술의 표현 면에서 중국 현대 극작가 가운데 가장 뛰어난 문학적 성취를 이룬 작가이다. 차오위의 극작품 중에서는 '차오위 삼부곡'이라 불리는 『뇌우』·『일출』·『원야』가 가장 두드러진다. 『뇌우』는 저우(周)씨와 루(魯)씨 두 집안 사이의 대립을 갈등의 축으로 해서 상층 사회 가정의 죄악과 불행한 하층 사람들의 고통을 반영하고 있다. 특히 근친상간의 비극을 통해 한 가족의 비참한 운명을 묘사함으로써 중국의 봉건 가족제도 및 그 윤리 도덕이 낳은 폐해를 극명하게 표현했다. 『일출』은 주인공 천바이루(陳白露)의 처지와 그를 둘러싼 일군의 인물들을 통해 황금만능의 사회적 죄악을 폭로했다. 특히 비천하고 열악한 인물과 장소를 무대에 올림으로써 사회적 불평등과 모순을 치열한 갈등 구조 속에서 표현하고 있다는 점이 두드러진 특징이다. 『원야』는 주인공이 자신을 불구자로 만들고 집안을 파멸로 몰고 간 원수에게 복수를 감행하지만, 결국 스스로 복수의 화신이 되었음을 깨닫는 내용으로 되어 있다. 이 작품은 차오위의 장기이기도 한 도시 생활을 묘사한 작품과 달리 농촌 지역에서 발생한 복수 사건을 다루었는데, 핍박받는 농민의 처지와 그들의 반항을 주제로 삼았다. 이 세 극작품을 통해 차오위는 독특한 예술 풍격과 비극을 다루는 예술 재능을 십분 발휘해, 인물의 내면세계를 심도 있게 묘사했고 극적 갈등을 탁월하게 형상화했다. 차오위의 희극 창작은 리얼리즘적 예술 풍격에 모더니즘적 예술 경향을 구현했다는 평가를 받고 있는데, 인물 형상이 선명하고 생동적이고 극적 장면이 긴장을 주며, 모순 충돌이 첨예하고 격렬해 중국 현대 희극사에서는 경전으로[23] 받아들여지고 있다.

특히 4막극인 『뇌우』는 저우씨와 루씨 두 집안 8명의 인물 관계를 통해 30년간에 걸친 가정과 사회의 복잡다단한 사건과 갈등을 하루라는 짧은 시간과 응접실이라는 좁은 공간 속에 집중시켜 묘사하고 있다. 차오위는 제한된 시간과 공간 속에 인물과 사건을 매우 유기적으로 구성함으로써 당시 중국 사회와 가정의 폐해를 폭로하고 그 희생자들의 비참한 운명을 그려냈다. 제1막에서는 54세의 저우푸위안(周樸園)과 35세의 부인 저우판이(周繁漪) 간의 모순·갈등이 묘사된다. 제2막에서는 과거에 저우푸위안에 의해 큰아들은 두고 갓난아기와 함께 버림받은 루스핑(魯侍萍)이 등장, 제1막의 모순·갈등을 심화시키면서 30년 전의 과거를 극적 상황으로 재현함으로써, 피해자와 가해자 상호 비극의 근원에 역사성을 부여하고 있다. 제3막은 극적 갈등이 더욱 발전해 등장인물들의 대사와 동작이 격렬해진다. 복잡하게 뒤얽힌 애정관계도 해결의 실마리를 찾지 못한 채 돌이킬 수 없는 막다른 길로 향하게 된다. 이 모든 갈등관계가 직접적이든 간접적이든 비극의 근원인 저우푸위안과 연계되어 있다. 마지막으로 제4막에서는 모순과 갈등이 가일층 첨예화되어 저우판이는 저우푸위안으로부터 받은 모멸감에다 이성으로서의 애정관계로 발전된 적이 있는 전처의 아들 저우핑(周萍)의 질책에 반항해 보복을 결심한다. 그녀의 보복은 극을 절정으로 이끌어 연이은 비극적 종말, 즉 자녀들의 자살을 초래한다.[24]

다음은 제2막에 나오는 저우푸위안의 부인 저우판이와 저우푸위안의

---

23 王衛國·宋寶珍·張耀杰, 『中國話劇史』(文化藝術出版社, 1998), 79쪽 참조.

24 신홍철, 「부침하는 근·현대사의 인물들」, 『中國現代文學全集 18』, 김종현·오수경 역(中央日報社, 1989), 228쪽 참조.

전처의 아들 저우핑의 대화 장면이다.

저우판이: (벌컥 화를 내며) 아버님, 아버님. 아버지란 말 좀 그만 둬! 체통? 너도 체통을 따지는 거야? (차갑게 웃으며) 나는 이런 체통의 가정에서 이미 십팔 년을 살았어. 저우씨 집안에서 일어난 죄악이란 죄악은 내가 다 들었고 다 보았고 내가 저질러 보기도 했었지. 그러나 나는 언제까지나 너의 저우씨 집안의 사람이 아니었어. 그러니 내가 저지른 일은 내 스스로가 책임을 져야지. 나는 너희 조부나 숙부 그리고 그 잘난 아버지가 남몰래 끔찍한 일들을 수없이 저질러 놓고도 다른 사람에게 화를 덮어씌우고, 겉으로는 그래도 도덕군자요 자선가요 사회의 훌륭한 인물이나 되는 것처럼 그렇게 하지는 않아.

저우핑: 물론 대가정이다 보면 좋지 못한 사람도 있을 수 있겠죠. 하지만 우리들 중에선 나만 빼면…….

저우판이: 전부 꼭 같아. 네 아버지가 가장 위선자야. 그 전에도 양갓집의 한 아가씨를 유혹했었지.

……

저우판이: 너의 아버지는 나에게 미안한 짓을 한 거야. 같은 수법으로 나를 속여 데리고 왔고, 나는 달아날 수가 없어서 충(沖)이를 낳게 되었지. 십여 년 동안 조금 전과 같은 횡포가 나를 서서히 돌 같은 산송장으로 만들어 버린 거야. 그런데 너가 갑자기 시골에서 올라와 나를 어머니인데도 어머니 같지도 않고 정부이면서도 정부 같지도 않은 길로 유인했었잖아. 바로 너가 말이다!

……

저우핑: 그럼 이제는 아셨겠군요! 당신에게 미안함에 대해서는 이미 자세하게 말했잖아요, 이런 부자연스러운 관계가 싫다고. 거듭 말하지만, 전 싫어요. 저의 책임은 제가 지고 당시의 제 잘못을 인정합니다. 하지만 제가 그

런 잘못을 저지르게 한 당신도 전혀 책임이 없을 수 없잖소? 당신은 제가 알기에 가장 총명하고 사람을 가장 잘 이해해 줄 수 있는 여자이기 때문에 결국은 저를 용서해 주리라 믿어요. 나의 태도가 세상을 아무렇게나 살아간다고 저를 욕해도 좋고 무책임하다고 해도 좋으니, 제발 이번 이 이야기로 끝을 냈으면 좋겠어요. (식당 문 쪽으로 걸어간다.)

저우판이: (무거운 어투로) 잠깐. (저우핑이 선다.) 방금 내가 한 말이 너에게 부탁하고 있는 것이 아니라는 걸 알아줬으면 좋겠어. 내가 바라는 것은 너가 진심으로 옛날에 우리들이 이 방에서 한 말, (잠시 멈춤, 괴로워하며) 수없이 수없이 많았던 말들을 잘 한번 생각해 달라는 거야. 한 여인이 두 대(代)에 걸쳐 모욕을 당할 수는 없다는 걸 알아야 돼. 잘 생각해보라고.

저우핑: 저도 이제까지 깊이 생각해 봤어요. 요즘 저의 고통에 대해 당신도 잘 알리라 생각합니다. 그럼, 전 가겠어요.[25]

『뇌우』는 구성상의 탁월함과 더불어 인물의 전형화에도 뛰어난 예술성을 보여주고 있는데, 등장인물 하나하나에 복잡 다양하면서도 뚜렷한 개성을 부여함으로써 인물을 생동적으로 묘사하는 데 성공하고 있다. 차오위는 『뇌우』 서문에서 "『뇌우』가 드러내고 있는 것은 결코 인과응보가 아니며, 내가 느낀 천지 사이의 '잔인함'이다"라고 말하고, "『뇌우』에서 우주는 바로 일종의 잔혹한 우물과 같은데, 그 속에 떨어지면 아무리 외쳐도 이 어두운 수렁을 벗어나기 어렵다"라고 설명했다.[26] 차오위는 사실적인 인물과 언어를 통해 늪과 같이 헤어날 수 없는, 모순과 갈등이 가득한 절망적인 환경 속에서 몸부림치는 인물들의 비극을 그려내고 있다.

---

25 曹禺, 『雷雨』, 『曹禺精選集』(北京燕山出版社, 2006), 40-41쪽; 조우 작, 『雷雨』, 한상덕 역(한국문화사, 1996), 77-81쪽. 번역문을 참조해 수정했음.

26 曹禺, 「『雷雨』序」(文化生活出版社, 1936年 1月 初版), 『曹禺精選集』, 110쪽, 111쪽.

제11장

원앙호접파 소설과 통속문학의 유행

제1절 원앙호접파 소설

아잉(阿英)은 『만청소설사(晚清小說史)』에서 만청소설의 특징을 네 가지로 설명하면서 그중 네 번째 특징으로 다음을 제시했다.

> 남녀 간의 애정 문제를 묘사한 소설은 사회로부터 중시 받지 못했고, 심지어 출판 상인들조차도 인쇄하려 들지 않았다. 잡지 『신소설(新小說)』·『수상소설(繡像小說)』에 실린 작품은 사회와 연관되지 않은 것이 거의 없었다. 그러다가 우젠런(吳趼人)이 '사정소설(寫情小說)'을 창작하자 이런 작품들이 다시 고개를 들기 시작했고, 후에 원앙호접파(鴛鴦蝴蝶派) 소설이 등장하는 앞길을 열어주었다.[1]

---

1 阿英, 『晚清小說史』(東方出版社, 1996), 5쪽.

아잉이 설명한 이성 간의 애정을 묘사한 '사정소설'은 1910년대에 통속소설로서 크게 유행했는데, 그중에서도 원앙호접파 소설이 두드러진다. 당시에는 복고 풍조가 일면서 변문(駢文)과 전고(典故)를 사용한 시·부(賦)·소설들이 다시 성행하고 벼슬길이 막힌 일부 전통 지식인들이 생활 수단으로 구형식의 소설을 쓰면서 이른바 원앙호접파 소설이 유행하게 되었다.

1918년 즈시(志希)는 「오늘날 중국의 소설계(今日中國之小說界)」라는 글에서 당시에 유행한 중국 소설을 세 가지로 나누어 설명했다. '흑막파(黑幕派)' 소설, '진부한 사륙파(四六派)' 소설, '필기파(筆記派)' 소설이 그것이다. '흑막파' 소설은 이전의 『얼해화(孽海花)』의 계통을 잇는 것으로 관료의 부패상을 폭로하거나 음모에 관한 소설을 가리키고, '진부한 사륙파' 소설은 사륙변려체를 사용한 선정적인 소설을 가리키며, '필기파' 소설은 이전의 『요재지이(聊齋誌異)』·『열미초당필기(閱微草堂筆記)』·『지북우담(池北偶談)』과 비슷한 것으로 기이한 이야기를 다룬 소설을 가리킨다.

여기서 '진부한 사륙파' 소설은 원앙호접파 소설과 관련이 있는데, 즈시는 그 특징을 이렇게 설명했다.

> 한 작품 속에서 "놀라 날아오르는 기러기처럼 아름답고, 승천하는 용처럼 아름답다(翩若驚鴻宛若游龍)", "얼굴은 연꽃이요 눈썹은 버드나무요(芙蓉其面楊柳其眉)"라는 구절이 얼마나 반복되는지 알 수 없을 정도이니 정말 부끄럽기 그지없다. 작품 구조 또한 천편일률적이다. 대략 처음에는 그야말로 멋진 젊은이와 예쁜 여자의 만남으로 시작된다. 한번 만난 후, 드디어 헤어지기 못내 아쉬워하는 사이가 되어 몰래 혼약을 한다. 사랑이 최고조에 이르렀을 때 갑자기 두 사람은 헤어지게 된다. 만약 작자가 염정소설(艷情小說)을 쓰는 것이라면 그들을 억지로 결합시킨다. 반면 작자가 애정소설(哀情小說)을 쓰는 것이라면 그들을 영원히 헤어지게 하고, 한 사람은 어느 한 곳에서 죽으면서 향염시(香艷

詩) 몇 구절과 연애편지 몇 통을 끼고 있다. 그리하여 자칭 풍류재자(風流才子)라 여긴다.[2]

즈시는 당시 유행하던 통속소설의 사회적 폐해를 지적해 교육부 당국의 주의(注意)와 청년 학생들의 반성을 촉구하기도 했는데, 이 글은 원앙호접파 소설의 특징을 비판적으로 설명한 것이다. 구문학을 반대하고 신문학을 수립하려 했던 당시의 시대 조류 속에서 즈시는 구문학의 범주에 드는 '진부한 사륙파' 소설을 일괄 부정하는 태도를 보였던 것이다.

원앙호접파 소설은 20세기 초 상하이에서 싹트기 시작해 1914년에 주간지 『토요일(禮拜六)』·『미어(眉語)』가 창간된 이후 크게 유행했는데, 보통 5·4시기 신문학에 상대되는 통속적인 유행 소설이라는 의미를 지니고 있었다. '원앙호접파'라는 명칭은, 작품이 주로 사랑 이야기를 서술하고 있어 그 내용이 "생사를 같이하는 서른여섯 원앙새, 가련한 한 쌍의 나비(三十六鴛鴦同命鳥, 一雙蝴蝶可憐蟲)"의 범위에서 벗어나지 않는다는 데서 유래했다. 1930년대에 루쉰(魯迅)은 원앙호접파 소설을 회고하면서 "그때에 새로운 재자(才子)+가인(佳人)소설이 또 유행하기 시작했다. 그런데 가인은 이제 양가(良家)의 여자로서 재자와 서로 애틋한 사랑을 나누며 한 쌍의 나비나 원앙새처럼 서로 떨어지지 않고 버드나무 그늘 밑이나 꽃밭에서 지냈다"[3]라고 했다. 원래 '원앙호접파'의 범위는 매우 제한적이었다. 그것은 변문이나 문언으로 쓰어진 남녀 애정을 다룬 언정소설(言情小說)을 의미하는 것이었고, 주로 비극적인 애정소설(哀情小說)이 중심이었다. 나중에는 그 개념이 더욱 확대되어 『토요일』에 발표된 작품들을 포함해 민국 초기 이래 5·4시기 신문학의 범주에 들지 않는 소설들이 모두 포함되

---

2 志希, 「今日中國之小說界」(『新潮』 第1卷 第1號), 『中國新文學大系·文學論爭集』(良友圖書公司, 1935), 350-351쪽.

3 魯迅, 「上海文藝之一瞥」, 『二心集』, 『魯迅全集(4)』(人民文學出版社, 1981), 294쪽.

기에 이르렀다.

'원앙호접파'가 유파로서 의식된 것은 그에 상대되는 5·4시기 신문학이 있었기 때문이다. 신문학은 서양 문학을 모범으로 삼아 전통소설의 서사 방식을 버리고 과학과 휴머니즘을 받아들여 전통 백화소설과는 전혀 다른 새로운 심미 형태를 표현하고자 했다. 그에 비해 원앙호접파 소설은 서양 문학을 차용하더라도 '기법'의 차원에 머물렀고, 서사 방식 면에서 기본적으로 전통소설을 답습하고 심미 취향과 사상 면에서도 대체로 전통을 벗어나지 않았다. 원앙호접파 소설이 출현해 성행할 수 있었던 것은 민국 초기에 도시가 성장해 도시 시민을 독자 대상으로 하는 소설 잡지들이 융성했기 때문이다. 소설 잡지는 1909년 리한추(李涵秋) 주편의 『소설시보(小說時報)』(1909-1922)를 필두로 1940년대까지 이어져 100여 종에 이르렀다고 한다.[4] 유명한 것을 예로 들면, 『소설월보』(1914-1916)·『토요일』(1914-1916, 1921-1923)·『소설대관(小說大觀)』(1915-1921)·『붉은 장미(紅玫瑰)』(1922-1924)·『자라란(紫羅蘭)』(1925-1930)·『만상(萬象)』(1941-1945) 등이 있다. 이들은 대부분 상하이에서 발간되었는데, 상하이는 근대 이래 중국에서 가장 발달한 도시로서 가장 광범한 시민 계층을 확보하고 있었기 때문에 원앙호접파의 발상지가 될 수 있었다.

원앙호접파 작가들은 대체로 쑤저우(蘇州)·항저우(杭州)·양저우(揚州) 등 장난(江南) 출신으로 주로 상하이에서 활동했으며, 장난의 재자(才子) 기질을 중시하는 지식인이었다. 그들은 대체로 과거시험에 떨어진 문인들로서 중국의 전통적인 도덕관념에 젖어 있었다. 또한 그들은 남사(南社)와 관계가 깊었다. 청 말 지식인들은 반청(反淸)의 기치하에 단체를 결성했는데, 그중에서 가장 유명한 것이 남사이다. 남사는 주로 문인들로 구성된 문학 단체로서 1909년 첫 번째 모임을 시작으로 1936년까지 이어져

---

4 楊聯芬, 『中國現代小說導論』(四川大學出版社, 2004), 72쪽 참조.

27년간 활동했으며 회원이 1천여 명에 달했다고 한다. 회원들의 신분은 상당히 잡다했으나 원앙호접파 작가들은 대부분 남사의 회원이었다. 바오톈샤오(包天笑), 예샤오펑(葉小鳳), 주위안추(朱鴛雛), 류톄렁(劉鐵冷), 쉬즈옌(許指嚴), 궁사오친(貢少芹), 쑤만수(蘇曼殊), 천뎨셴(陳蝶仙), 판옌챠오(范烟橋), 저우서우쥐안(周瘦鵑), 야오민아이(姚民哀), 후지천(胡寄塵), 쉬전야(徐枕亞), 우솽러(吳雙熱), 자오사오광(趙苕狂) 등은 모두 남사의 중심인물이었으며, 원앙호접파의 주요 작가이기도 했다.

원앙호접파 소설은 오락성과 상업성을 추구한 데서 신문학계로부터 강한 비판을 받았다. 실제 원앙호접파 작가들은 창작 의도 면에서 그러한 비판을 받을 소지를 안고 있었다. 「'토요일' 출판여담('禮拜六'出版贅言)」에서는 유희의 관점에서 원앙호접파의 창작 의도를 이렇게 밝혔다.

> 어떤 사람들은 "토요일 오후에는 즐거운 일이 많으니 사람들이 극장에 가서 노래를 듣거나, 아니면 술집에 가서 취하거나, 기루에 가서 웃음을 사려고 할 것이지, 어찌 따분하게 그대의 소설을 사서 읽겠느냐?"고 묻는다. 나는 그렇지 않다고 말한다. "웃음을 사려면 돈을 써야 하고, 취하려면 건강에 지장을 주고, 음악을 들으면 시끄럽다. 또 웃음을 사고, 술에 취하고, 음악을 듣는 즐거움은 순식간에 사라져 다음날까지 지속될 수 없다. 소설을 읽으면, 적은 돈으로 새롭고 신기한 소설 수십 권과 바꿀 수 있으며, 놀다가 지치면 서재로 돌아와 등불의 심지를 돋우고 다시 책을 읽을 수 있다. …… 소설 한 권만 있으면 만 가지 시름을 잊을 수 있고 피곤했던 일주일이 이날에야 편안하고 한가로우니 어찌 즐겁지 않겠는가!"[5]

게다가 잡지 『토요일』은 "차라리 젊은 첩을 취하지 않을지언정 『토요

5 「"禮拜六"出版贅言」, 『鴛鴦蝴蝶派硏究資料』 上卷, 魏紹昌 編(上海文藝出版社, 1984), 183쪽.

일』을 보지 않을 수 없다"라고 광고까지 했다. 이에 대해 예사오쥔(葉紹鈞)은 "어떤 유희적인 일이라 할지라도 이처럼 저속하지는 않을 것이다. 유희도 고상하고 진지해져야 한다! 만약 이 두 구절의 광고를 쓴 사람이 사회적으로 용인된다면 유사한 문구들이 매주 잡지에 실릴 것이다. 그렇게 되면 문학의 장래가 아득하고 염려스럽다"(「侮辱人們的人」)라고 질타했다. 그렇지만 원앙호접파 소설은 전통적인 통속소설과 다른 나름대로 발전한 면모를 가지고 있었다. 루쉰은 원앙호접파 소설을 새로운 '재자+가인소설'로 보아 통속소설의 범주에서 비평했지만, "그러나 때로는 엄한 부친 때문에, 또는 박명(薄命)으로 인해 마침내 우연히 비극적 결말을 맺고 더 이상 남녀가 신선이 되지는 않았다—이것은 실로 대단한 진보라고 하지 않을 수 없다"[6]라고 평가했다. 루쉰은 일부 원앙호접파 소설이 전통소설과 달리 비극적 결말로 구성되어 있어 크게 진보한 측면이 있다고 보았다.

제2절 통속문학의 확대

민국 초기에 크게 성행하던 원앙호접파 소설은 얼마 후 그 위세가 약화되었다. 신문학계로부터 심한 공격을 받으면서 통속문학이 크게 위축되었기 때문이다. 1916-1917년에 원앙호접파의 대표적인 간행물들이 줄줄이 정간되었다. 『토요일』은 1916년 9월 29일 100기로 정간되었고, 『중화소설계(中華小說界)』·『민권보(民權報)』·『미어』·『소설시보』·『부녀시보(婦女時報)』·『여흥(餘興)』·『소설해(小說海)』·『춘생(春生)』 등 유명한 잡지가 연이어 정간되었다. 이에 통속문학 작가들은 자기반성을 거쳐 예술 풍격을 새롭게 조정하고 창작 실적을 통해 통속문학의 생명력을 드러

6 魯迅, 「上海文藝之一瞥」, 『二心集』, 『魯迅全集(4)』, 294쪽.

내고자 했다. 몇 년 동안의 침체기를 거친 후 통속소설은 1920년대 초 다시 부활의 계기를 마련해 문학 시장, 문학 조직, 문학 창작 면에서 신문학과 맞설 수 있는 세력으로 성장했다. 5년 동안 정간되었던 『토요일』이 1921년 3월 19일에 복간되면서 통속문학은 다시 활기를 되찾았다.

『토요일』이 복간되자 다른 통속문학 간행물도 속속 생겨났다. 1921년에서 1926년 사이에 창간된 유명한 잡지로는 『소한월간(消閑月刊)』·『유희세계(游戱世界)』·『반월(半月)』·『예배화(禮拜花)』·『골계신보(滑稽新報)』·『쾌활(快活)』·『성기(星期)』·『자란화편(紫蘭花片)』·『홍(紅)』·『심성(心聲)』·『소설일보(小說日報)』·『소설세계(小說世界)』·『성광(星光)』·『정탐세계(偵探世界)』·『사회의 꽃(社會之花)』·『소설순보(小說旬報)』·『종성(鐘聲)』·『금강찬보(金剛鑽報)』·『붉은 장미(紅玫瑰)』·『자라란(紫羅蘭)』 등이 있다. 통계에 따르면 1917년부터 1926년까지 10년 동안 창간된 통속문학 간행물이 60여 종에 이른다고 하니,[7] 매년 평균 6종이 생겨난 셈이다.

통속문학 작가들도 신문학 작가들에 버금가는 세력을 구축해 신문학 진영의 문학 단체인 문학연구회나 창조사와 전혀 다른 경향의 새로운 문학 단체를 구성했다. 1921년 상하이에서 청사(青社)가 설립되었고, 1922년 쑤저우(蘇州)에서는 성사(星社)가 설립되었다. 청사의 주요 성원은 바오톈샤오, 저우서우쥐안, 허하이밍(何海鳴) 등이고, 주간지 『장청(長青)』을 펴냈다. 이 단체의 수명은 길지 않아 5기의 잡지를 내고 정간한 뒤 성원들은 대부분 성사로 옮겨갔다. 성사는 음력 7월 7일에 쑤저우의 류위안(留園)에서 성립되었는데, 음력 7월 7일은 견우와 직녀가 만난다는 '칠석(七夕)'이므로 성사(星社)라는 이름을 붙이게 되었다고 한다. 성사의 초기 발기인은 판옌챠오(范烟橋), 구밍다오(顧明道), 야오겅쿠이(姚賡夔) 등 9명이었고 나중

7 周曉明 · 王又平 主編, 『現代中國文學史』(湖北教育出版社, 2004), 347쪽 참조.

에 36명으로 확대되었으며, 다시 상하이의 문인들이 잇달아 가입해 105명으로 늘어났다. 성사는 소형 신문 『성(星)』을 펴냈다. 이 신문은 35기가 나온 이후 『성보(星報)』라는 이름으로 바뀌어 70기까지 나왔다. 청사와 성사는 활동 방식이나 작품의 풍격 면에서 '원앙호접파'의 연속으로 간주할 수 있다. 다만 한때 활기를 띠었지만 시대의 변화로 인해 역량을 크게 발휘하지는 못했다.

1920년대에 신문학이 여론 면에서 주류의 지위를 차지하고 있었으나 통속문학은 도시의 일반 시민 독자층에게 깊이 파고들었다. 신문학이 주로 지식인을 독자층으로 확보하고 있었다면, 통속문학은 도시 시민을 공고한 독자층으로 확보하고 있었다. 통속문학이 매체의 여론 형성 면에서 열세에 놓여 있었다고 하지만 독자 확보 면에서 경쟁에 뒤지지 않고 신문학에 맞설 수 있었다. 특히 통속문학은 신문학이 우수한 장편소설을 내놓지 못한 취약한 상황에서 시민 독자들이 여전히 좋아하던 전통적인 장회소설(章回小說)을 이용해 사회 언정소설 · 무협소설 · 탐정소설 등을 내놓음으로써 어느 정도 선기(先機)를 잡았고 중국의 초기 영화 열기와 화보(畵報) 열기를 계기로 유리한 고지를 차지하게 되었다.

1920년대에 원앙호접파의 언정소설이 다시 유행하고 많은 작품이 희극 · 영화 · 곡예(曲藝)의 문예 형식으로 개편되어 크게 성황을 이루게 된 것은 바로 이러한 배경에서 가능했다. 하지만 동일한 작품이나 모방작들이 범람하자 대중 독자들은 점차 싫증을 느끼고 새로운 통속문학 양식을 요구하게 되었다. 이에 탐정소설과 무협소설이 출현해 대중 독자들을 사로잡았으니, 1920년대에 본격적으로 등장한 탐정소설과 무협소설은 새로운 유행을 선도하면서 10여 년간 지속되었다. 1930년대에 이르러 탐정소설과 무협소설의 열기가 점차 식어가자 독자들의 새로운 요구에 직면한 통속문학은 독자들을 만족시키기 위해 '무협(武俠)'에 '언정(言情)'을 더하거나 '사회(社會)'에 '언정'을 더하는 방식으로 대응해나갔다.

중국식 탐정소설의 창작은 서양의 탐정소설을 수입해 차용함으로써 가능하게 되었다. 청 말 민 초에 번역 열기가 고조되었을 때 탐정소설의 번역이 대다수를 차지했다. 아잉(阿英)은 『만청소설사(晩清小說史)』에서 "당시 번역가 중에서 탐정소설과 관계가 없는 사람은 전혀 없었다고 말할 수 있다. 만약 당시 번역소설이 1,000종이라고 한다면 탐정소설의 번역이 500종 이상을 차지했다"[8]라고 했으니 당시의 상황을 짐작할 수 있다. 그런데 중국의 탐정소설가들은 중국의 실제 사회와 독자의 심미적 습관에 착안해 서양의 탐정소설을 개작했는데, 작품 속의 내용과 인물을 가능한 한 중국화하고 사건의 처리 과정과 관련된 도덕 · 법률 등의 문제도 가능한 한 중국 사회의 전통과 독자의 감상에 부합하도록 만들었다. 그리하여 독자들은 탐정소설을 즐겨 읽었고, 서상(書商)은 돈을 벌기 위해 탐정소설을 대량으로 찍어냈다. 작가들 역시 경쟁적으로 탐정소설을 모방 · 창작해 탐정소설의 열기를 더욱 고조시켰다.

1920년대의 탐정소설은 저우서우쥐안이 주편한 『반월(半月)』 및 그 속간(續刊)인 『자라란(紫羅蘭)』 속의 「정탐지우(偵探之友)」에 실리기 시작했다. 『반월』은 1921년 9월에 창간되어 1925년 11월에 정간되었으며, 『자라란』은 1925년 12월에 창간되어 1930년 6월에 정간되었다. 이들 잡지에는 번역 탐정소설 이외에 중국 작가의 창작 탐정소설도 대량으로 실렸는데, 장우정(張無錚)의 『쉬창윈 신탐안(徐常雲新探案)』 시리즈 소설, 왕톈헌(王天恨)의 『캉부선 신탐안(康卜森新探案)』 시리즈 소설, 야오겅쿠이(姚賡夔)의 『바오얼원 신탐안(鮑爾文新探案)』 시리즈 소설, 주이(朱猣)의 『양즈팡 신탐안(楊芷芳新探案)』 시리즈 소설, 우커저우(吳克洲)의 『동방 아르센 루팡 신탐안(東方亞森羅苹新探案)』 시리즈 소설 등이 그것이다. 그 밖에 청샤오칭(程小青)과 쑨랴오홍(孫了紅), 루단안(陸澹安) 등도 탐정소설 작가로서 이

---

8 阿英, 『晩清小說史』, 217쪽.

잡지에서 두각을 나타냈다.

대동서국(大東書局)에서 출판된 『반월』과 『자라란』이 탐정소설로 큰 이익을 얻게 되자 경쟁하듯이 세계서국(世界書局)에서도 반월간 『정탐세계(偵探世界)』를 내놓았다. 『정탐세계』는 옌두허(嚴獨鶴)와 루단안, 청샤오칭 및 스지췬(施濟群)이 편집을 담당했고, 제13기에 이르러서는 루단안이 물러나고 자오사오쾅(趙苕狂)이 새로 들어왔다. 이 잡지는 1923년 6월에 창간되어 1924년 5월에 정간되었는데, 무협소설을 싣기도 했지만 탐정소설 위주로 많은 창작소설을 실었다. 청샤오칭의 『원해파(怨海波)』, 루단안의 『한밤의 종소리(夜半鐘聲)』, 쑨랴오훙의 『꼭두각시 극(傀儡劇)』, 자오사오쾅의 『기괴한 고함소리(奇怪的呼聲)』, 위톈펀(兪天憤)의 『유일한 의문점(唯一的疑點)』 등이 그것이다. 이 밖에 쉬줘다이(徐卓呆)와 장비우(張碧梧), 후지천(胡寄塵), 허푸자이(何朴齋) 등도 모두 이 간행물에 작품을 발표했다.

무협소설은 중국 통속문학 중에서 연원이 가장 오래되고 왕성하게 발전해 가장 많은 독자를 확보했다. 중국의 현대 무협소설은 1920년대 초에 시작되었으니, 1921년 핑진야(平襟亞)가 편집한 월간 『무협세계(武俠世界)』가 창간되고 이듬해에 바오톈샤오가 편집한 주간 『성기(星期)』에서 '무협호(武俠號)'가 나왔다. 특히 1923년에 핑장부샤오성(平江不肖生)의 무협소설 『강호기협전(江湖奇俠傳)』이 『홍(紅)』 잡지(나중에 『붉은 장미(紅玫瑰)』라는 이름으로 바뀜)에 연재되면서 중국 문단에 무협소설 창작 붐을 일으켰다. 핑장부샤오성(1890-1957)은 본명이 샹카이란(向愷然)이고 후난(湖南) 핑장(平江) 사람이다. 『강호기협전』의 줄거리는 후난의 핑장과 류양(瀏陽) 두 현(縣)의 경계 지역 주민들 사이에 수로와 육로의 교통 요충지인 자오자핑(趙家坪)의 귀속을 두고 쟁탈이 벌어져 무력 투쟁이 일어나고 곤륜(崑崙)과 공동(崆峒) 두 파의 검객들 사이의 대결로 이어진다는 내용이다. 이 작품은 『홍』 잡지에 연재된 뒤 단행본으로 출판되어 전국적으로 유행했고, 더욱이 상하이 명성(明星)영화사가 1928년에 이 작품의 제73회에서 제81회까지의 이야기를 「불타는 홍련사(火燒紅蓮寺)」라는 영화로 제작해 상영하자 관중들로부터 대단한 호평을 받았다. 마오둔(茅盾)은 이 영화에 대한 관중들의 열광을 이렇게 묘사한 바 있다.

> 「불타는 홍련사」가 소시민 계층에 끼친 마력이 얼마나 큰지는 이 영화를 상영하는 극장에 가보면 바로 알 수 있다. 소리 지르고 손뼉 치면서 극장 안은 처음부터 끝까지 열광의 도가니 속에 빠지고, 영화 속의 검협이 칼을 날렵하게 휘두르며 싸울 때면 관객들의 환호성은 마치 전투를 방불케 한다. …… 그들에게 있어서 영화는 더 이상 연극이 아니라 진실이었다.[9]

『강호기협전』과 「불타는 홍련사」의 성공으로 무협소설과 무협영화가 더욱 성황을 이루었다. 무협영화는 「불타는 홍련사」가 나온 이후 3년 남짓한 기간 동안 무려 250여 편이나 만들어졌다고 한다. 핑장부샤오성의 또 다른 작품으로는 『근대협의영웅전(近代俠義英雄傳)』이 유명하다. 『근대협의영웅전』은 1923년부터 1924년까지 『정탐세계』에 연재되었는데, 도합 84회로 구성되었다. 이 작품은 황당무계한 내용보다 사실적인 내용을 중시했으며, 청 말의 대협(大俠) 왕우(王五)와 훠위안자(霍元甲)의 경력을 중심으로 중국의 무술 유파와 연원을 체계적으로 서술했다. 특히 왕우, 훠위안자, 자오위탕(趙玉堂), 산시라오둥(山西老董), 눙진쑨(農勁蓀), 쑨루탕(孫祿堂), 양루찬(楊露蟬) 등 중국의 근현대 무술 대가들의 사적을 서술했는데, 중서문화 충돌을 반영해 서양 세력에 저항하는 '무술구국(武術救國)'의 의도를 깔고 있었다.

보통 무협소설은 톈진 · 베이징의 북방 도시를 중심으로 하는 북파(北派)의 무협소설과 상하이를 중심으로 하는 남파(南派)의 무협소설로 나뉜

9 沈雁冰, 「封建的小市民文藝」, 『東方雜誌』 第33卷 第3號.

다. 남파의 작품으로는 샹카이란의 『강호기협전(江湖奇俠傳)』·『강호대협전(江湖大俠傳)』·『강호이인전(江湖異人傳)』·『근대협의영웅전(近代俠義英雄傳)』, 원궁즈(文公直)의 『벽혈단심(碧血丹心)』, 야오민아이(姚民哀)의 『사해군용기(四海群龍記)』·『약모산왕(箬帽山王)』, 구밍다오의 『황강여협(荒江女俠)』 등이 유명하다. 북파의 작품으로는 자오환팅(趙煥亭)의 『기협정충전정속집(奇俠精忠傳正續集)』·『대협은일관질사(大俠殷一官軼事)』, 왕두루(王度廬)의 『학경곤륜(鶴驚昆侖)』·『보검금채(寶劍金釵)』·『검기주광(劍氣珠光)』·『와호장룡(臥虎藏龍)』·『철기은병(鐵騎銀瓶)』, 궁바이위(宮白羽)의 『십이금전표(十二金錢鏢)』, 주전무(朱貞木)의 『칠살비(七殺碑)』, 정정인(鄭證因)의 『응조왕(鷹爪王)』, 리서우민(李壽民, 還珠樓主)의 『촉산검협전(蜀山劍俠傳)』 등이 유명하다.

제3절 쉬전야(徐枕亞)의 『옥리혼』

원앙호접파 소설 중에서 매우 뛰어난 작품으로는 먼저 쉬전야의 『옥리혼(玉梨魂)』을 들 수 있다. 이 소설은 최근 『아주주간(亞洲周刊)』이 선정한 20세기 중국의 100대 문학 작품에 들었는데, 아직까지도 중국 독자들로부터 사랑을 받고 있다. 『옥리혼』은 1912년 『민권보(民權報)』 부간에 연재되었고, 1913년에 단행본으로 출판된 이후 십수 차례의 재판 끝에 수십만 권이 팔릴 정도로 독자들로부터 크게 환영을 받았다. 이 소설은 화극(話劇)으로 개편되기도 했고 무성영화로 제작되기도 했는데, 중국 현대 통속소설의 서막을 연 가장 대표적인 작품이다. 특히 작가의 개인적인 체험을 바탕으로 창작되었기 때문에 독자들의 심금을 울릴 수 있었다.

쉬전야(徐枕亞, 1889-1937)는 장쑤성(江蘇省) 창수(常熟) 출신이며, 원명이 쉬줴(徐覺)이다. 쉬전야는 1904년 창수 위난사범학교(虞南師范學校)를 졸업한 후 처음 이곳의 소학교 교사를 맡았다. 1909-1911년에 그는 우시(無錫) 홍산(鴻山) 기슭의 시창진(西倉鎭)의 훙시소학당(鴻西小學堂)에서 교편을 잡았는데, 마침 쉬전야가 가르치는 반에 유명한 서예가인 차이인팅(蔡蔭庭)의 손자 멍쩡(夢增)이 공부하고 있었다. 이를 계기로 쉬전야는 차이인팅의 집에 묵으면서 그 집의 가정교사가 되어 멍쩡을 특별 지도했다. 차이씨 집안에는 멍쩡의 어머니이자 과부 며느리 천페이펀(陳佩芬)이 있었다. 쉬전야와 천페이펀은 서로 애모하다가 뜨거운 사랑으로 발전해 몰래 서신을 주고받고 시사(詩詞)로 화답했다. 당시에는 남녀 간의 왕래가 엄격하게 제한되어 있었으나 그들 사이에는 여덟 살 난 멍쩡이 있어 편지를 나르는 파랑새 역할을 맡아주었다. 그렇지만 봉건 예교(禮敎)의 속박으로 인해 그들은 사랑의 결실을 맺을 수 없었다. 천페이펀은 명예와 절개를 지키고 멍쩡의 앞날을 생각해 사마상여(司馬相如)와 탁문군(卓文君)의 예를 따르지 않았다. 고민 끝에 천페이펀은 여러 가지 방도를 생각하다 마침내 쉬전야의 애정에 보답하기 위해 차이인팅의 손녀 차이루이주(蔡蕊珠)와 인연을 맺게 해주었다.[10]

그러나 쉬전야는 천페이펀에 대한 연정을 잊을 수 없었고, 1920년대에 상하이에서 신문을 편집하고 서점을 열 때에도 여전히 천페이펀의 확대 사진을 자신의 방에 걸어두었다고 한다. 1912년 쉬전야는 『민권보』에 들어가 신문 편집을 맡았고 이 신문의 부간에 자신의 사랑 이야기를 바탕으로 소설을 연재하고 이듬해 단행본으로 출간하니 이것이 바로 『옥리혼』이다. 당시 그의 나이는 23세에 불과했다.

『옥리혼』은 전체 30장으로 구성되어 있으며, 중국 최초로 '과부의 연애'를 소재로 창작된 장편소설이다. 줄거리는 일반적인 통속소설처럼 재자가인의 사랑 이야기이다. 젊은 수재 허멍샤(何夢霞)가 먼 친척뻘인 추이가(崔家)에서 학동인 펑랑(鵬郞)을 가르치면서 묵게 되는 것으로부터 이야기

10 范伯群, 『(揷圖本)中國現代通俗文學史』(北京大學出版社, 2007), 141쪽 참조.

는 시작된다. 평랑의 어머니이자 과부인 바이리잉(白梨影)은 용모가 단정하고 고결하며 고운 마음씨를 지닌 여인이었다. 멍샤와 리냥(梨娘, 바이리잉을 가리킴)은 결국 서로 사모하는 사이가 되어 편지를 주고받으며 뜨거운 사랑을 키워나간다. 하지만 두 사람의 마음속에는 예교의 걸림돌이 놓여 있어 남몰래 사랑하면서 눈물을 흘릴 뿐이다. 다음은 『옥리혼』 제10장의 첫 부분이다. 문체를 감상할 수 있도록 원문도 함께 인용한다.

> 겉보기에는 아무렇지도 않은 것 같지만 마음속으로는 떨쳐버리기가 어려웠다. 그리워하는 마음에 사로잡혀 있으니 어찌 근심을 이기겠는가. 리냥(梨娘)은 시를 받아본 후 즉시 편지를 써서 멍샤(夢霞)에게 회답해 이렇게 말했다.
>
> "내가 오면 그대는 없고 그대가 있으면 내가 또 오지 않는군요. 시 한 구절을 남겨두니 별 생각 없이 쓴 것이라 그대는 개의치 마소서. 감정을 어찌할 수 없어서 작은 사진을 남겨놓으니, 의심받기 쉬움(瓜李之嫌)도 마다하지 않고 아름다운 보답(瓊瑤之報)도 바라지 않아요. 아마 리잉(梨影)이 그대를 지기(知己)로 여기고 그대 역시 리잉을 버리지 않으니 동병상련이겠지요. 그렇지만 스스로 삶을 자문해보니 더 이상 그대를 만날 수 없을 것 같아요. 옥을 가꾸었으나 인연이 없고 구슬을 돌려주며 눈물을 흘리니, 감히 그대에게 부담을 줄 수 없고 감히 그대를 그르치게 할 수 없나이다. 부평초는 이리저리 떠돌아다니는데, 만나고 헤어짐에 일정한 규칙이 있겠습니까. 지금 두터운 담이 가로놓여 있어 마치 까마득히 만 리나 떨어진 듯해 한 번의 만남은 천금(千金)으로도 사기 어렵군요. 다른 날 그대가 먼 길에서 돌아오면 첩은 깊은 규방에 있을 것이니, 더욱이 어찌 하광(霞光)을 다시 접하고 시몽(詩夢)을 다시 이루겠어요? 진실로 한때 사랑하는 깊은 정을 깃들여 그대에게 이 물건을 드리니, 후일에 이별의 기념으로 간직하소서."
>
> 멍샤는 이 편지를 읽고 마치 몽둥이로 머리를 얻어맞은 듯 마치 꿈을 깨우는 종소리를 들은 듯했다. 그 정은 열기가 최고조에 이르렀다가 저도 모르게

점차 뜨거운 데서 따스해지고 서늘해지고 차가워지고, 차가워졌다가는 죽어 버리는 것이었다. 앞이 캄캄하고 넋이 나간 듯이 얼굴을 가리고 우는데, 눈물이 마치 꿴 구슬처럼 주룩주룩 흘러내렸다. 한참 만에 탄식하며 말했다.

"만나도 서로 가까이 지낼 수 없으니 차라리 만나지 않은 것만 못하구나. 인연이 없다고 말한다면 어찌 까닭 없이 우연히 만날 수 있었겠는가? 인연이 있다고 말한다면 어찌 이토록 일이 어긋날 수 있겠는가? 정의 잘못이요 운명의 재앙이요 죄악의 깊음이로다. 그렇지 않다면 조물주가 사람을 가지고 이다지도 학대할 수 있겠는가! 망망한 인해(人海) 가운데 이런 지음(知音)을 어디서 다시 구할 수 있으며, 이 영락한 여생이 무엇이 아까워서 옥처럼 아름다운 정(琅琊之情)으로 죽지 않으리!"

이에 즉각 시 두 구를 써서 리냥에게 회답했다. 시는 "저승에서 결실을 맺어 쇠처럼 견고하길 바라며, 나는 외롭게 혼자 살면서 이생을 마치고자 맹세하나이다"라는 구절이었다. 리냥이 이를 읽고 마음이 크게 불안해 다시 답신을 보내어 달래었다. 곡진한 표현으로 정성스런 뜻을 다하고 한 글자 한 글자 모두 폐부에서 흘러나와 한 폭의 편지를 완성하니 아리따운 여인의 마음 마디마디 찢어진 것이었다. 요 며칠 동안 비밀 서신이 오가느라 더욱 바빴으나, 벽사창(碧紗窓, 푸른 비단 커튼을 드리운 창—인용자) 밖에는, 매향총(埋香冢, 아리따운 여인이 묻힌 무덤을 비유하나 여기서는 리냥의 거처를 가리킴—인용자) 앞에는 슬프고 애처로워 눈물이 비 오듯 흐르고 수심이 구름처럼 뒤덮었으니, 귀에 들리는 소리는 모두 간장을 찢어놓고 눈에 보이는 경치는 모두 마음을 아프게 했다. 이 암흑의 슬픈 지경에 다시는 한 가닥 밝은 햇빛이 없을 것 같았다. ……

그렇지만 리냥은 진실로 방탕한 여인이 아니요 멍샤 역시 경박한 사내가 아니어서 사랑(情)에서 출발해 예의(禮義)에서 멈추지 않을 수 없었으니 깊은 정에 흠뻑 빠지고자 하나 좋은 꿈은 이루어지기 어렵구나. 마침내 서로 사랑하는 두 사람은 내세의 춘풍에 기탁하길 바라면서 열 장의 검은 격자 편지지에 가슴 속에 가득 찬 원망의 피를 절절히 써내니 그 재주는 존경스러우나 그 처지는 정말로 슬프도다. 멍샤의 맹세는 진심에서 우러났고 리냥은 거듭 단호하게 달래었으니, 멍샤는 더 고통스러웠다. 멍샤는 리냥의 편지를 받고 더더욱 말하지 않을 수 없어 속내를 털어놓고 눈물과 피를 적시면서 최후의 맹세의 편지를 썼다.

眼前無恙, 心上難抛; 一着思量, 曷勝惆悵. 梨娘得詩後, 卽作書復夢霞, 有曰: "我來, 君不在, 君若在, 我亦不來. 留詩一句, 出自无心, 君勿介意. 至以小影相遺, 實出於情之不得已, 致不避瓜李之嫌, 亦不望瓊瑤之報. 盖梨影以君爲知己, 君亦不棄梨影, 引爲同病. 然自問此生, 恐不能再見君子, 種玉無緣, 還珠有淚, 不敢負君, 亦不敢誤君. 浮萍斷梗, 聚散何常, 此日重墻間隔, 幾同萬里迢遙, 一面之緣, 千金難買. 異日君歸遠道, 妾處深閨, 更何從再接霞光, 重圓詩夢迢贈君此物, 固以寄一時愛戀之深情, 卽以留後日訣別之紀念." 夢霞讀此書, 如受當頭之棒, 如聞警夢之鐘. 其情正在熱度最高之時, 不覺漸漸由熱而溫, 而凉, 而冷, 冷且死, 黯然魂銷, 掩面而泣, 淚簌簌下如貫珠, 良久嘆曰: "相見不相親, 何如不相見. 說是無緣, 何以無端邂逅? 說是有緣, 何以顚倒若斯? 情之誤耶, 命之厄耶, 孽之深耶, 造化弄人抑何其虐耶! 茫茫人海中, 似此知音, 何可再得, 亦何惜此淪落之餘生, 不爲琅琊之情死耶!" 因立揮二絶答梨娘, 詩中有"來生愿果堅如鐵, 我誓孤栖過此生"之句. 梨娘讀之, 心大不安, 復答書勸慰, 委曲陳詞, 情至義盡, 字字從肺腑流出, 一幅書成, 芳心寸斷矣. 此數日中密緘往還, 倍形忙碌, 而碧紗窗外, 埋香冢前, 淚雨凄迷, 愁雲籠罩, 觸耳皆斷腸之聲, 擧目盡傷心之景. 此黑暗之愁城中, 幾不復有一絲天日之光矣. …… 無如梨娘固非蕩之婦, 夢霞亦非輕薄兒, 發乎情, 不能不止乎禮義, 深情欲醉, 而好夢難圓, 遂致雙生紅豆, 愿托再世春風, 十幅烏絲, 痛寫一腔憤血, 其才雖可敬, 而其遇亦可哀矣. 夢霞之誓, 出自眞誠, 梨娘多一言勸慰, 卽夢霞增一分痛苦. 夢霞得梨娘之書, 更不能已於言, 乃披肝瀝膽, 濡淚和血, 作最後之誓書.[11]

---

11 徐枕亞, 『玉梨魂』, 『中國近代文學大系 · 小說集 6』, 吳組緗 · 端木蕻良 · 時萌 主編(上海

이 대목은 멍샤와 리냥의 애틋한 사랑을 잘 보여주고 있다. 멍샤와 리냥이 사마상여와 탁문군의 행동을 본받지 못했던 것은 두 사람이 "사랑에서 출발해 예의에서 멈추지 않을 수 없었기" 때문이다. 리냥은 애정과 예교 사이에서 끊임없이 갈등하다가 어쩔 수 없이 멍샤의 사랑을 떨쳐버리기 위해 신식 교육을 받은 추이윈자(崔筠佳)를 그에게 소개해준다. 마침내 멍샤는 추이윈자와의 혼약을 받아들이고 리냥은 이루지 못한 사랑 때문에 자살하고 만다. 추이윈자 역시 자초지종을 알게 되면서 우울하게 지내다가 병을 얻어 죽는다. 결국 멍샤는 리냥의 유언에 따라 일본으로 건너가서 신학문을 배운 후 고국에 돌아와 신해혁명에 참가하고 우창(武昌)의 전쟁터에서 전사한다. 이때 멍샤는 리냥과 주고받은 시편들을 가슴에 품고 순국함으로써 이룰 수 없는 사랑을 완성한다. 쉬전야는 자신의 체험을 바탕으로 했지만, 바이리잉이 이루지 못한 사랑 때문에 자살한다든지, 추이윈자가 자초지종을 알고 우울하게 지내다가 죽는다든지, 허멍샤가 신해혁명 때 순국한다든지 하는 내용을 허구적으로 더해 비극성을 더욱 강화시켰다.

『옥리혼』은 비극적인 애정소설(哀情小說)이면서 어휘와 문장이 아름다워 당시 많은 독자들을 사로잡았다. 경치 묘사나 사건 서술에 우아하고 아름다운 사륙변문(四六騈文)의 문체를 사용하고 있으며, '천추한사(千秋恨史)'라는 칭찬을 받았을 정도로 슬픈 정서가 넘친다. 『옥리혼』이 당시 대중적인 인기를 누릴 수 있었던 원인으로는 다음 몇 가지를 지적할 수 있다.[12] 첫째, 『옥리혼』은 변문(騈文)으로 씌어진 소설로서 린수(林紓)식의 고문이나 량치차오(梁啓超)식의 신문체(新文體), 전통 백화문과 5·4시기의 서양화된 문체와 다른 것이었다. 『옥리혼』으로부터 시작된 변문소설은

書店, 1991), 485-487쪽.

12 程光煒·吳曉東·孔慶東·郜元寶·劉勇 主編, 『中國現代文學史』(中國人民大學出版社, 2001), 245-246쪽 참조.

하나의 유행을 형성해 그 후 통속소설에 많은 영향을 끼쳤다. 둘째, 『옥리혼』은 세 주인공이 모두 죽음을 맞이하는 비극적인 결말을 가지고 있다. 중국의 전통적인 재자가인 소설이 대부분 해피엔딩으로 끝나는 것과 달리 『옥리혼』은 비극으로 끝나고 있어 전통적인 해피엔딩과 다른 미학적 가능성을 보여주었다. 셋째, 『옥리혼』은 매우 정교하게 사건을 서술하고 있다. 이는 사물을 이용해 인물의 심리를 부각시키는 서양 소설의 방법을 빌려 쓴 데다 변문 자체의 풍부한 정취와 상징적 특징 때문이다.

『옥리혼』은 문체나 형식뿐만 아니라 내용 면에서도 주목을 끈다. 당시 유행하던 『옥리혼』에 대한 저우쭤런(周作人)의 비평은 경청할 만하다.

> 근래에 유행한 『옥리혼』은 비록 문장이 낯간지럽고 원앙호접파의 비조(鼻祖)이지만, 서술 내용은 하나의 문제라고 할 수 있다. …… 다수의 여자가 한 남자를 사모하는 것은 본래 처리하기 아주 어려운 문제이지만, 중국에서는 하나로 묶어 전부 한 사람에게 결합시켜주어도 미담이 될 수 있다. 만약 '과부가 홀아비를 만나 그에게 시집가려' 한다면 이것은 절대 안 될 일이다. 이러한 도덕은 진정 극히 드문 일이라 할 수 있다. 중국에서는 많은 사람들이 이러한 사실에 대해 일종의 신묘(神妙)한 태도를 가지고 있다. 사람들은 『옥리혼』에 나오는 불행한 인물들을 애석해하지만 이러한 불행을 만들어내는 현존 사회가 잘못되었다고 여기지 않는다. 사랑에서 출발해 예의에서 멈추고 마침내 죽음에 이르러서야 충분히 그들 사회의 영광이 되고 그들에게 감탄할 만한 이야깃거리를 제공하게 된다. 이것은 비인정(非人情)적인 고통의 완상(玩賞)이라 부를 수 있다. 고정애정소설(苦情哀情小說)을 짓는 사람들은 매번 이러한 태도를 가지고 있으며, 『옥리혼』 저자의 원래 의도가 무엇인지 알지 못하고 있다.[13]

13 周作人, 「中國小說里的男女問題」, 『每周評論』(1919. 2. 2).

이렇게 본다면 『옥리혼』은 욕망을 억제하고 혼인의 자유를 억압하는 봉건 예교를 비판하려는 의도를 가지고 있었다고 할 수 있다. 즉 과부의 연애를 지지함으로써 은연중에 혼인의 자유를 드러낸 셈이다. 다만 리냥이 '예의에서 멈추어' 이루지 못한 사랑 때문에 자살하고 만다는 결말은 당시 사회가 완전한 개성 해방에 이르지 못한 과도기적인 특징을 가지고 있었음을 보여준다.

중국의 전통소설은 대부분 얽힌 관계가 해소되는 해피엔딩적 구성을 가진다. 이러한 양식은 중국인에게 매우 익숙해 신문학이 수립된 후인 1920-1930년대에 이르기까지도 지속되었다. 당시의 주요 독자층은 일반 소시민으로서 그들은 대체로 '소일거리' 문학을 요구했고 전통적인 '해피엔딩'의 결말을 선호했다. 그렇지만 『옥리혼』은 비극적인 결말로 끝나고 사륙변문의 문체를 사용함으로써 형식과 구성 및 표현 방식 면에서 이전의 통속소설보다 한 단계 발전한 면모를 보여주어 대단한 인기를 누릴 수 있었다. 진지하고 뜨거운 사랑과 상투적인 설교가 불협화음을 이루고 있다는 비평도 있지만,[14] 『옥리혼』의 정당한 평가를 위해서는 대중적 인기뿐만 아니라 그 문학적 성취에도 주목해야 할 것이다.

제4절 장헌수이(張恨水)의 『울고 웃는 인연』

장헌수이(張恨水, 1895-1967)도 중국 현대 통속소설의 대표 작가이다. 장헌수이는 장시성(江西省) 광신(廣信)에서 하급 관리의 가정에서 태어났다. 원명이 장신위안(張心遠)이고 1914년부터 헌수이(恨水)라는 필명을 사용했다. 그는 50여 년의 창작 생활 동안 100편 이상의 중·장편소설을

14 袁進, 『中國文學的近代變革』(廣西師范大學出版社, 2006), 334쪽 참조.

창작했으며, 전통 형식과 오락성을 유지하면서도 자각과 개혁을 통해 현대적인 장회체소설 형식을 만들어내어 현대 통속문학의 대가로 평가받는다.[15]

장헌수이는 『춘명외사(春明外史)』와 『금분세가(金粉世家)』를 연재하면서 유명해지기 시작했다. 『춘명외사』는 1924년 4월 16일부터 1929년 1월 24일까지 『세계만보(世界晩報)』에 연재되었고, 『금분세가』는 1927년 2월 14일부터 1932년 5월 22일까지 『세계일보(世界日報)』에 연재되었다. 이들 작품이 발표되자 신문학계에서는 5 · 4운동 이후 장회체소설이 아직도 인기를 끌고 있는 기현상이라 했고 원앙호접파의 여독이라 했다. 그렇지만 『춘명외사』는 인물의 성격과 심리 묘사에 뛰어나고 서양 소설 기법을 모방했으며, 특히 사회를 폭로하고 인물의 비극적 운명을 묘사하는 데 치중해 일반적인 '흑막소설', '무협소설', '재자가인소설'의 수준을 뛰어넘어 장회체소설의 가치를 크게 높였다.[16] 『금분세가』는 인물 개성의 섬세한 묘사와 치밀한 구성 면에서 뛰어나 『옥리혼』 이후 『홍루몽』에 비견되는 언정소설(言情小說)로 평가되기도 한다.[17] 『춘명외사』는 장헌수이의 이름을 처음 알린 작품이며, 『금분세가』는 장헌수이의 대표작으로서 100여 편에 이르는 그의 소설 중에서 정점에 있는 작품이다. 그렇지만 장헌수이의 이름을 가장 널리 알려준 작품으로는 아무래도 『울고 웃는 인연(啼笑因緣)』을 들어야 할 것이다.

1930년대 들어 신문학계는 서사를 위주로 하는 장편소설 창작에서 많은 수확을 거두었으니, 마오둔(茅盾)과 라오서(老舍), 바진(巴金)의 장편소설이 두드러진다. 통속소설 역시 그 영향을 받아서 서사를 중시하는 방향으로 나아갔으며, 장헌수이의 『울고 웃는 인연』이 가장 대표적인 작품이

15 錢理群 · 溫儒敏 · 吳福輝, 『中國現代文學三十年』(北京大學出版社, 2001), 339쪽 참조.
16 孔慶東, 『超越雅俗』(北京大學出版社, 1998), 44쪽 참조.
17 楊義, 『中國現代小說史』 第三卷(人民文學出版社, 1993), 718쪽 참조.

다. 『울고 웃는 인연』은 장헌수이의 명성을—당시 장헌수이는 베이징에 있었고, 이 작품도 베이징을 배경으로 하고 있음—전국적으로 널리 알렸는데, 1930년 상하이의 『신문보(新聞報)』의 「쾌활림(快活林)」에 작품이 연재(총 22회)되면서 상하이뿐만 아니라 전국적으로 영향을 끼쳤다. 옌두허(嚴獨鶴)가 『울고 웃는 인연』의 서문에서 "일시에 문단에 '울고 웃는 인연의 붐(啼笑因緣迷)'이라는 구호를 낳았다"(「啼笑因緣 · 序」)라고 언급한 데서도 확인이 된다.

이 작품은 판자수(樊家樹)를 중심으로 세 여인과의 연애 사건을 서술하면서 그 사이에 관서우펑(關壽峰), 관슈구(關秀姑) 부녀의 무협 이야기를 삽입하고 있다. 대학 진학을 위해 항저우(杭州)에서 베이징으로 온 주인공 판자수를 둘러싸고, 북을 치며 노래하는 곡예의 일종인 대고서(大鼓書)를 노래하는 선펑시(沈鳳喜), 고관의 딸이며 화려하고 서양 분위기를 풍기는 허리나(何麗娜), 협객의 딸 관슈구(關秀姑) 등 세 여인이 펼치는 애정 이야기이다. 관슈구는 판자수를 짝사랑하고, 허리나는 판자수에게 적극적으로 구애하지만, 판자수는 선펑시를 좋아한다. 판자수는 갑작스러운 어머니의 병환으로 항저우로 돌아간 뒤 3개월이 지나도 돌아오지 않고, 그 사이 선펑시는 군벌 세력인 류더주(劉德柱) 장군에게 억류되었다가 돈 때문에 판자수를 배반하고 그의 첩이 된다. 첩이 된 선펑시는 류 장군의 폭력에 의해 심신이 허약해져 결국 정신병원에 보내지고, 류 장군은 관슈구와 그녀 아버지의 계획에 의해 살해된다. 판자수와 선펑시는 재회하게 되지만, 그녀는 죄책감으로 인해 울기만 하다가 정신을 잃고 의사의 진단에 따라 다시 정신병원에 보내진다. 결국 판자수는 관슈구의 도움으로 어느 별장에서 허리나와 재회함으로써 이야기는 끝을 맺는다.

다음은 제17회의 첫 부분으로 판자수가 류더주 장군의 첩이 된 선펑시와 재회하는 장면이다. 문체를 감상할 수 있도록 원문도 함께 인용한다.

각설하고, 자수(家樹)는 평시(鳳喜)를 보고는 그녀가 여전히 이전처럼 감정이 깊을 것이라 생각하고 그녀더러 같은 길을 함께 가자고 말했다. 평시는 이 말을 듣고는 자기도 모르게 깜짝 놀라며 이렇게 말했다. "나리, 이 무슨 말씀이십니까? 이처럼 부정한 저 같은 사람을 당신은 그래도 원하시나이까?" 자수도 이렇게 말했다. "당신은 무슨 말을 그렇게 하나요?" 평시가 말했다. "일이 이렇게 되어버렸으니 아무 말도 할 필요가 없어요. 저의 운명이 나쁘다는 것을 탓할 뿐이에요. 저는 대고서(大鼓書)를 노래하는 아이였으니 제 마음대로 할 수는 없어요. 세력 있는 사람들이 원하는 대로 할 수밖에 없어요. 판(樊) 나리 당신 같은 분이 좋은 혼처 하나 구하지 못할까 봐 걱정인가요? 저를 내버려두세요. 그러나 당신이 저에게 베풀어주신 은혜는 결코 잊을 수 없으니 당연히 당신에게 보답하겠어요." 자수가 말을 가로채며 이렇게 말했다. "어떻다는 거요? 당신은 이제부터 나와 헤어지려는 건가요? 당신 뜻을 알겠어요. 류(劉) 씨라는 작자가 당신을 빼앗아 갔으니 이걸 부끄럽게 여겨 나에게 시집오는 것을 미안하게 생각하는 것이지요. 사실은 대수롭지 않은 일이에요. 예전에는 여자가 다른 사람에게 몸을 잃게 되면, 원했든 강제로 당했든 상관없이 흰 천이 검게 물든 것과 같이 다시는 흰 천이 될 수 없었지요. 그러나 지금의 시대에는 그렇게 말하지 않아요. 남편이 자기 아내를 정말 사랑하고 아내가 그의 남편을 정말 사랑하면 신체적으로 모욕을 좀 당했다고 하더라도 서로의 애정에는 조금도 영향을 미치지 않아요. 우리의 애정은 모두 정신적인 데 있으며 형식적인 데 있지 않기 때문에 정신적으로 동일하기만 하면……." 자수가 이렇게 수다스럽게 계속 말하자 평시는 오히려 고개를 떨구고 자신의 하얀 헝겊 신발 끝을 바라보면서 돌 의자 앞에 어지럽게 난 풀을 발로 차고 있었다. 의미인즉, 이런 말들이 모두 분명하게 들리지 않은 것 같았다.

자수는 이런 모습을 보자 매우 다급해져서 손을 뻗어 그녀의 팔을 잡고 가볍게 두 번 흔들면서 이렇게 물었다. "평시, 왜 그래요? 당신의 마음속에는 무언가 말 못할 고초라도 있나요?" 평시의 머리는 더욱 낮게 떨구어졌고, 한참 만에 한마디 말했다. "당신에게 미안해요." 자수는 그녀의 손을 놓고 밀짚모자를 벗어 부채처럼 몇 번 좌우로 흔들면서 이렇게 말했다. "이렇게 말하니, 당신은 나와 합칠 수 없다고 결심한 건가요? 좋아요. 나도 당신에게 강요하지 않겠어요. 그러면 류 씨라는 작자가 그대를 어떻게 대할까요? 영원히 마음이 변하지 않을 수 있을까요?" 펑시는 여전히 고개 떨군 채 두 번 가로저었다. 자수가 말했다. "당신은 그 사람이 변심하지 않을 것이라고 믿고 마냥 기다릴 수 없을 뿐더러, 후에 그가 정말로 변심한다면 그 사람은 세력이 있고 당신은 세력이 없을 테니 어떻게 하겠어요? 당신은 아무래도 나를 따라가는 것이 좋겠어요. 세상을 사는 데는 부귀도 필요하고 애정도 필요해요. 당신은 매우 총명한 사람이니 설마 이 점을 모르지는 않겠지요? 게다가 우리 집안은 비록 충분한 돈을 가진 것은 아니지만, 솔직히 말하면 2, 3만 원의 재산은 가지고 있어요. 나는 또 형제들도 없으니 이만한 돈만 있으면 우리가 한평생 살아가는 데 부족하겠어요?" 펑시는 본래 고개를 들었으나 자수가 이렇게 한바탕 이야기를 늘어놓자 또 고개를 아래로 떨구었다. 자수는 말했다. "당신 말 좀 해보세요! 나는 당신이 나와 함께 가기를 바라고 있어요. 절반은 나 자신의 사심 때문이고 절반은 당신을 구하기 위한 것이에요."

却說家樹見着鳳喜, 以爲她還象從前一樣, 很有感情, 所以說要她一路同去. 鳳喜聽到這話, 不由得嚇了嚇, 便道: "大爺, 你這是什麽話? 難道我這樣敗柳殘花的人, 你還愿意嗎?" 家樹也道: "你這是什麽話?" 鳳喜道: "事到如今, 什麽話都不用說了. 只怪我命不好, 做了一個唱大鼓書的孩子, 所以自己不能作主. 有勢力的要怎麽辦, 我就怎麽辦. 象你樊大爺, 還愁討不到一頭好親事嗎? 把我丢了吧. 可是你待我的好處, 我也決不能忘了, 我自然要報答你."家樹搶着道: 怎麽樣? 你就從此和我分手了嗎? 我知道, 你的意思說, 以爲讓姓劉的把你搶去了, 這是一件可耻的事情, 不好意思再嫁我, 其實是不要緊的. 在從前, 女子失身於人, 無論是愿意, 或者被强迫的, 就象一塊白布染黑了一樣, 不能再算白布的: 可是現在的年頭兒, 不是那樣說, 只要丈夫眞愛他的嬖子, 妻子眞愛他丈夫, 身體上受了一點侮辱, 却與彼此的愛情, 一點沒有關系. 因爲我們的愛情, 都是在精神上, 不是在形式上, 只要精神上是一樣的, ……" 家樹這樣絮絮叨叨的向下說着, 鳳喜却是低着頭看着自己白布鞋尖, 去踢那石凳前的亂草. 看那意思, 這些話, 似乎都沒有聽得淸楚.

家樹一見這樣, 很着急, 伸手携着她一只胳膊, 微微的搖撼了兩下, 因問道: "鳳喜, 怎麽樣, 你心裏還有什麽說不出來的苦處嗎?" 鳳喜的頭, 益發的低着了, 半晌, 說了一句道: "我對不起你."家樹放了她的手, 拿了草帽子當着扇子搖了幾搖道: "這樣說, 你是決計不能和我相合了! 也罷, 我也不勉强你. 那姓劉的待你怎麽樣, 能永不變心嗎?" 鳳喜仍舊低着頭, 却搖了兩搖. 家樹道: "你旣然保不住他不會變心, 設若將來他眞變了心, 他是有勢力的, 你是沒有勢力的, 那怎樣辦? 你還不如跟着我走吧. 人生在世, 富貴固然是要的, 愛情也是要的. 你是個很聰明的人, 難道這一點, 你還看不出來? 而况且我家裏雖不是十分有錢, 不瞞你說, 兩三萬塊錢的家財, 那是有的. 我又沒有三兄四弟, 有了這些個錢, 還不夠養活我們一輩子的嗎?" 鳳喜本來將頭抬起來了, 家樹說上這一大串, 她又把頭低將下去了. 家樹道: "你不要不作聲呀! 你要知道, 我望你跟着我走, 雖然一半是自己的私心, 一半也是救你."

자수가 류 장군의 첩이 된 평시에게 자기 아내가 되어주기를 설득하는 장면이다. 이 대목은 남녀관계에 있어 전통적인 도덕관념과 현대적인 도덕관념 사이의 충돌을 보여주고 있는데, 독자로 하여금 은연중에 현대적 도덕관념에 빠져들게 한다. 특히 평시의 내면 심리를 외부 동작을 통해 보여주는 표현 방법은 매우 흥미롭고 독특하다.

『울고 웃는 인연』은 흥미롭고 기이한 줄거리로 많은 독자들을 사로잡았는데, 당시의 일반적인 통속소설과 다른 특징을 가지고 있었다. 이 작품은 애정 이야기와 무협, 사회 문제를 하나로 녹여 여러 가지 흥미를 자아내고, 상하이 · 쑤저우 · 항저우 등 남방을 배경으로 하던 당시의 통속소설과 달리 베이징을 배경으로 하고 있어 신선한 느낌을 더해주었다.[18] 『울고 웃는 인연』은 통속문학의 분위기를 가졌지만 시민 독자들이 받아들이기에 신선해 작가가 살아 있는 동안 20여 판이 인쇄되고 십수만 권이 팔리는[19] 베스트셀러에 올랐다.

독자들의 뜨거운 반응과 달리 신문학계, 특히 좌익 문단에서는 장헌수이의 소설이 장회체 형식인 데다 남녀 간 애정을 다루고 있어 원앙호접파의 부활이라고 신랄하게 비판했다. 첸싱춘(錢杏邨)은 장헌수이를 "봉건 잔여 세력과 일부 소시민 계층에게 환영받는 작가"라고 혹평했다.[20] 신문학계의 일방적인 비판에 대해 장헌수이도 "5 · 4운동 이후 신문학계는 신문예 · 신형식이 아닌 글이라면 일체 부정했다. 또한 장회소설의 경우 그것의 자초지종이나 내용이 어떠한지를 따지지 않고 당시에는 모두 '원앙호접파'라고 지칭했다"[21]라고 불만을 표시한 바 있다. 사실 장헌수이는 중국의 전통소설을 계승했고, 독자가 원하는 작품을 쓰면서도 독자의 취미에만 영합하지 않고 인생을 서술하고자 애썼다. 당시 마오둔도 장헌수이의 소설이 기교 면에서 훌륭하다고 여겼으며 장회소설의 개량적인 글쓰기 방법을 긍정적으로 평가하기도 했다.[22] 양이(楊義)는 『중국현대소설사(中國現代小說史)』에서 장헌수이의 문학적 성취가 빛을 발할 수 있었던 원인을 이렇게 설명했다.

---

18 范伯群, 『(插圖本)中國現代通俗文學史』, 452쪽 참조.

19 錢理群 · 溫儒敏 · 吳福輝, 『中國現代文學三十年』, 341쪽 참조.

20 錢杏邨, 「上海事變與鴛鴦蝴蝶派文藝」(1932. 5), 『鴛鴦蝴蝶派研究資料』 上卷, 魏紹昌 編, 76쪽.

21 張恨水, 「寫作生涯回憶」, 『寫作生涯回憶』 散文集 · 第六十二卷(張恨水全集)(北岳文藝出版社, 1993), 36쪽.

22 張恨水, 「一段旅途回憶: 追記在茅盾先生五十壽辰之日」, 『鴛鴦蝴蝶派研究資料』 上卷, 221쪽 참조.

장헌수이가 대문필가로서 장회소설의 집대성자가 된 것은, 그가 단일한 소설 묘사 방식, 즉 원앙호접파의 언정소설 방식에 구애받지 않고 묘사 내용 면에서 하층 사회와 상층 사회를 다양하게 다루었으며, 표현 형식 면에서도 각종 소설 기법을 고루 이용하는 가운데 풍부하고 복잡한 예술적 변조(變調)를 낳을 수 있었기 때문이다.[23]

양이의 설명은 장회소설의 집대성자로서 장헌수이의 소설이 긍정적으로 평가받을 수 있는 근거를 충분히 제시하고 있다.

장헌수이는 '국난소설(國難小說)'의 창작으로도 이름을 얻었다. 이른바 국난소설이란 상하이 통속문학 작가가 1932년 1·28상하이사변 이후 애국 열정으로 쓴, 그들의 상상 속의 항일전쟁과 관련된 장면을 반영한 작품을 가리킨다. 첸싱춘의 설명에 따르면, 1·28상하이사변 이후 몇 개월 사이에 상하이를 중심으로 하는 통속문학 작가 중에서 "그들의 총아인 『울고 웃는 인연』의 작자 장헌수이부터 그들의 노대가(老大家)인 청잔루(程瞻廬)는 물론이거니와 쉬줘다이(徐卓呆)에 이르기까지 대부분이 동원되어 각기 크고 작은 신문에 '국난소설'을 지었다"[24]고 한다. 1·28상하이사변 이후 망국의 위기에 직면해 원앙호접파의 분위기에 심취했던 통속문학 작가들도 현실의 절박한 위기를 의식하지 않을 수 없었다. 원앙호접파의 작품을 주로 게재하던 잡지 『붉은 장미』가 위기 상황에 직면해 전향을 선언한 것이 중요한 계기가 되었다.

오랑캐가 나라를 교란해 나라가 말이 아닌 이때에, 우리는 두실(斗室)에 앉아서 아프지도 가렵지도 않은 미지근한 몇 마디 말이나 하고, 사람들에게 소

23 楊義, 『中國現代小說史』 第三卷, 722쪽.

24 錢杏邨, 「上海事變與鴛鴦蝴蝶派文藝」(1932. 5), 『鴛鴦蝴蝶派研究資料』 上卷, 76쪽.

일거리를 제공하는 것으로 비치는 잡지를 편집하고 있으면, 이는 너무나 양심 없는 일일 것이다. 이치대로 말하자면, 우리는 마땅히 붓을 던지고 종군해야 한다![25]

『붉은 장미』의 전향은 시대적 사명을 자각한 통속문학 작가들의 의식의 변화를 상징한다.

장헌수이는 '국난소설'을 가장 적극적으로 지었고, 작품 수도 가장 많았다. 1931년 9·18만주사변은 중국 전역에 큰 충격을 주었으니, 이 시기를 전후해 장헌수이의 창작 경향도 크게 달라졌다. 그는 대단한 애국 열정으로 외세의 침입에 맞서 민족의 분발을 촉구하는 주제의 작품을 많이 썼다. 이러한 주제를 담은 그의 작품집 『만궁집(彎弓集)』은 제목을 '활을 당겨 해를 쏘다(彎弓射日)'라는 말에서 취했다고 하며, 단편소설·극본·시사(詩詞)·산문을 함께 수록하고 있다. 그는 이 작품집의 「자서」에서 "나는 소설 짓는 것을 업으로 삼고 있는 사람이며, 국난 때문에 소설 짓는 것을 멈출 필요가 없다는 것을 잘 알고 있다. 더욱이 그러는 가운데 다소나마 민기(民氣)를 촉구하는 역할을 할 수 있다면 약간은 자위할 수 있을 것이다. 소설을 짓는 사람은 공연히 사람들에게 차를 마신 뒤, 술을 마신 뒤의 소일거리를 제공하는 것만은 아니다"[26]라고 했다. 장헌수이는 『만궁집』을 창작하는 동시에 신문에 연재하고 있던 『만성풍우(滿城風雨)』와 『태평화(太平花)』의 구조를 개편해 외적의 침입에 항거하는 내용을 덧붙였다. 1933년에는 동북군(東北軍)에서 중대장을 맡았던 한 학생이 제공한 자료를 바탕으로 장편소설 『동북 4중대장(東北四連長)』(일명 『양유청청(楊柳青青)』)을 썼다. 또한 1936년 초여름에는 두 편의 신작 『고각성중(鼓角聲中)』

---

25 趙苕狂, 「花前小語」(『紅玫瑰』 1931, 第二十一期), 『上海文學通史』 下册, 邱明正 主編(復旦大學出版社, 2005), 837쪽 재인용.

26 邱明正 主編, 『上海文學通史』 下册, 837쪽 재인용.

과 『중원호협전(中原豪俠傳)』을 『난징인보(南京人報)』에 동시에 발표했다. 전자는 중국인들에게 일본 침략자의 위협을 깨우쳐주는 내용이고, 후자는 중국인의 민족의식을 일깨우는 내용이다. 이 밖에 백성들의 참상을 고발하고 사회 모순을 폭로한 작품으로는 『제비의 귀환(燕歸來)』·『소서천(小西天)』·『예술의 궁전(藝術之宮)』 등이 있다. 『수호신전(水滸新傳)』은 상하이 '고도(孤島)' 시기[27]에 『신문보(新聞報)』에 연재되었는데, 역사 제재를 다루면서 항전(抗戰)의 주제를 표현한 작품이다.

장헌수이는 『울고 웃는 인연』이 크게 성공한 뒤 『제비의 귀환』·『소서천』·『만성풍우』·『흐르는 물 같은 세월(似水流年)』·『태평화』·『동북 4중대장』·『현대 청년(現代青年)』·『이러한 강산(如此江山)』·『중원호협전』·『고각성중』·『밤은 깊어(夜深沉)』 등 많은 작품을 창작해 시대를 반영하는 한편 다양한 형식을 실험했다. 장헌수이는 중국 현대 통속소설의 새로운 길을 개척한 명실상부한 통속문학의 대가로 불린다.

제5절 통속문학의 가치

주지하는 바와 같이, 중국의 전통 사대부들은 소설과 희곡을 경시했다. 그 원인은 두 가지로 요약할 수 있다. 하나는 언어 형식 면에서 '고아하지 않기' 때문이었고, 다른 하나는 '재도(載道)'와 '언지(言志)'의 유가적 문학관에 위배되기 때문이었다. 이렇게 전통적으로 경시되어온 소설과 희곡은 만청 시기에 이르면 이전과 달리 크게 중시되었다. 특히 량치차오(梁啓超)의 소설계혁명의 제창에 힘입어 소설의 사회적 효용이 크게 강조되면서

27 1937년 11월 일본군에 의해 상하이가 점령된 후 그곳의 조계(租界) 지역은 1941년 12월 일본이 진주만을 공격하면서 조계 지역에 들어오기 전까지 포위된 채 특수한 지역으로 남아 있었는데, 이 시기의 상하이를 '고도(孤島)' 상하이라고 부른다.

많은 작가들이 적극적으로 소설 창작에 뛰어들었다.

그런데 만청 시기의 소설 창작은 사회적 효용이 지나치게 강조되어 정치적 도구화의 경향이 두드러졌다. 이에 왕궈웨이(王國維)는 문학의 정치적 도구화 경향을 비판했다. 그는 1905년 문학 자체의 가치를 중시해 "최근 몇 년 동안의 문학을 보면, 문학 자체의 가치를 중시하지 않고 오로지 정치 교육의 수단으로 보고 있어 철학과 다름이 없다"[28]라고 했다. 왕궈웨이가 문학 자체의 가치를 중시한 것은 그가 서양 근대 미학, 특히 독일의 칸트와 쇼펜하우어의 미학 사상으로부터 영향을 받았기 때문이다. 그는 미의 순수한 가치를 확신했다.

> 미의 성질은 한마디로 표현해 애완(愛玩)할 수는 있으나 이용할 수는 없는 것이다. 비록 사물의 미란 때에 따라 우리들이 이용할 수 있지만, 인간이 미를 바라볼 때 결코 그 이용 가치를 따져서는 안 된다. 그 성질이 이와 같으므로 그 가치는 영원히 미 자체에 있으며, 그 외 다른 데 있는 것이 아니다.[29]

왕궈웨이는 미의 본질적 가치에 주목함으로써 순문학적 입장을 견지해 문학의 정치적 도구화에 반대했던 것이다.

한편 인간의 '정(情)'을 중시하는 경향도 뚜렷해졌다. 우젠런(吳趼人)은 1906년 소설 『한해(恨海)』를 써서 두 쌍의 청춘 남녀의 사랑을 비극적으로 묘사했는데, 이 소설의 제1회 첫머리에서 자신의 이야기는 "사정소설(寫情小說)이라 부를 수 있다"라고 공개적으로 밝혔다. 그는 여기서 "인간에게 정(情)이 있음은 나면서부터 타고난 것이다. 세상 물정을 알기 전에 정

28 王國維, 「論近年之學術界」, 『王國維文集』 第三卷(中國文史出版社, 1997), 38쪽.

29 王國維, 「古雅之在美學上之價值」, 『王國維文集』 第三卷, 31쪽. "美之性質, 一言以蔽之, 曰: 可愛玩而不可利用者是已. 雖物之美者, 有時亦足供吾人利用, 但人之視爲美時, 決不計及其可利用之點. 其性質如是, 故其價値永存於美之自身, 而不存乎其外."

이 있었다"[30]라고 하여 인간의 내재적 정감 세계를 크게 중시했다. 그래서 우젠런은 서양 소설의 심리 묘사와 내면 독백의 기교를 차용해 젊은 여인의 내면의 모순적 심리를 표현하는 데 주력하기도 했다.

이와 같이 민국 이후 원앙호접파 소설이 유행하게 된 데에는 문학 자체의 가치와 인간의 정감 세계에 대한 긍정이 촉매 작용을 했다. 이에 통속문학은 독자적인 영역을 확보해 신문학과 평행적으로 발전해나갈 수 있었다. 마오둔이 기존의 통속문학 잡지인 『소설월보』를 개편해 문학연구회의 기관지로 삼았을 때, 상무인서관(商務印書館)은 『소설세계』를 발행해 이전에 『소설월보』에 작품을 발표하던 통속문학 작가들이 작품을 계속 발표할 수 있도록 했다. 또한 『신보(申報)』의 『자유담(自由談)』 부간이 리례원(黎烈文)의 편집에 의해 신문학 작가들의 발표 공간이 되자 『신보』의 부간으로서 『춘추(春秋)』를 펴내고 그것을 저우서우쥐안(周瘦鵑)에게 맡겨 주관하도록 했다. 통속문학 잡지가 신문학 잡지와 나란히 발행되었다는 것은 통속문학이 신문학과 평행적으로 존재하고 있었음을 의미한다.

일반적으로 통속소설이란 많은 사람들에게 읽힐 수 있도록 흥미 위주로 창작된 소설을 가리킨다. 오락 본위의 통속적인 소재를 다루고 주제나 인물의 성격 묘사보다는 사건의 전개를 중시하는 일종의 대중소설로서 순수문학과 구별된다. 순수소설은 사실 · 주제 · 문학적 장치들을 예술적, 사실적으로 이용하며, 소설 기법과 내용의 상호 관련 부분이나 작품의 주제에 대한 분석과 해석이 요구된다. 이에 비해 통속소설은 인간의 문제를 탐구하고 묘사하지만 순수소설만큼 면밀한 주의력이나 분석을 요하지 않는다. 또한 인물 · 상황 · 주제 · 예술적 장치 등이 도식화 · 유형화되어 있어 형이상학적 질서나 도덕적 진지함과 차이가 있으며 그 시대의 삶의 본

30 吳趼人, 『恨海』, 『中國近代文學大系 · 小說集 6』, 249쪽. "人之有情, 系與生俱來. 未解人事之前, 便有了情."

질을 인식하지 못한다. 예를 들면 소재 면에서는 연애 · 섹스 · 전쟁 · 폭력 · 출세 · 전설 등에 치우쳐 독자들의 관능을 자극하며, 주인공은 근대인의 내면적 갈등이 배제된 선과 악의 이분법적 논리에 따라 행동한다. 그 밖에 시대 풍속의 변화에 많은 영향을 받으며 오락을 위주로 하는 경향이 있어 예술성은 희박하다. 사실 통속소설은 본격소설에 대립되는 개념이지만 본격소설과 엄격한 구분은 없으며 대체로 비평가들에 의해 판명된다. 대개 작가의 관점과 기법이 진부한 것일 때, 즉 작가가 세계의 허위를 꿰뚫어볼 안목을 가지지 못하고 상투적인 언어와 기법에 머물러 있을 때 통속소설로 판명된다.

이렇게 볼 때, 통속소설은 작가가 그 시대의 삶의 본질을 인식하지 못한 채 상투적인 언어 · 기법 · 소재를 이용해 오락을 목적으로 만든 문학임을 알 수 있다. 그래서 통속소설은 일반적으로 순수문학이나 본격소설에 비해 저급하고 예술성이 부족한 작품으로 평가된다. 민국 초기부터 성행한 원앙호접파 소설 및 이후의 탐정소설과 무협소설 등은 대체로 이러한 통속소설의 범주에 속한다. 그렇지만 이들은 단순히 부정적인 의미의 통속소설 범주에서만 평가할 수 없는 나름의 특징과 예술성을 갖추고 있다. 중국 고전소설 중의 지괴(志怪) · 전기(傳奇) · 화본(話本) · 강사(講史) · 신마(神魔) · 인정(人情) · 풍자(諷刺) · 협사(狹邪) · 협의(俠義) · 견책(譴責) 등의 소설 갈래를 계승해 새로운 탐색을 시도한 점, 주로 대도시의 시민 생활을 반영해 도시민들에게 소일거리를 제공한 점 등[31]은 긍정적으로 평가할 수 있다.

문학은 나름대로의 내적 발전 단계를 거치며 변화의 추이를 가지고 있지만 그 흐름 속에서 끊임없이 문화 · 사회 · 정치 등 다양한 외부 환경으로부터 영향을 받는다. 특히 특정 시기에는 단순히 영향을 받는 것으로 그

31 范伯群 主編,「緒論」,『中國近現代通俗文學史』上卷(江蘇教育出版社, 2000), 7쪽 참조.

치지 않고 시대적 요구에 부응할 것을 강요받기도 한다. 1923년 마오둔이 "문학은 사람의 마음을 격려하는 적극성이 있다. 더욱이 우리의 이 시대에 문학이 민중을 각성시켜 그들에게 힘을 부여하는 중대한 책임을 감당할 수 있기를 우리는 희망한다"[32]라고 한 것은 문학의 시대적 책임을 강조하기 위한 것이었다. 이렇게 시대적 요구에 부응하는 문학을 강조할 때 그에 위배되는 문학은 비판의 대상이 된다. 원앙호접파의 통속소설에 대한 신문학 진영의 비판은 바로 이러한 맥락에서 이루어졌다. 그런데 문학은 시대적 요구에 부응하면서도 독자성을 지니므로 중국의 전통소설 형식을 계승하면서 새로운 서양 기법을 차용한 중국 현대 통속소설은 중국 소설사의 맥락에서 보면 긍정적으로 평가될 수 있다. 더욱이 소일거리 · 재미 · 오락 면에서 당시 대중들의 정서적 욕구를 만족시킬 수 있었고 예술적으로도 높은 수준에 도달한 일부 통속문학 작가와 작품은 정당한 평가를 받아 마땅하다.

32 茅盾, 「"大變革時期"何時來呢?」, 『茅盾選集』 第五卷 · 文論(四川文藝出版社, 1985), 84쪽.

제12장

전쟁 시기 문단과 작가들의 문학적 대응

제1절 항일전쟁과 문단 상황

일본은 1937년 7월 7일 베이징 근교에서 노구교(蘆溝橋) 사건을 일으켜 중국에 대한 전면 침공을 개시했다. 이로써 중일전쟁(中日戰爭)이 시작되었다. 중일전쟁의 발발로부터 1945년 일본 침략군이 패퇴하고, 국공내전(國共內戰)을 거쳐 공산당의 승리로 1949년 10월 1일 중화인민공화국이 성립되기까지 장장 12년 동안 중국은 전쟁의 소용돌이에 빠져들었다.

일본군의 전면 침공이 시작되자 해안의 주요 도시들이 함락되고 교통과 상업이 일시적으로 마비되고 전쟁의 전망이 불투명해지면서 문예 활동과 출판계는 일시적으로 침체 상태에 빠졌다. 주요 문예 잡지들이 정간되었고 문예 서적의 출판이 어려워졌으며, 작가들도 작품을 발표할 기회를 잃게 되었다. 그동안 문예 활동의 중심지였던 상하이와 베이징을 비롯한 주요 도시들이 연이어 함락되면서 문인들은 전선으로, 또는 후방의 내

륙 도시로, 또는 점령 지역 내의 항일 근거지인 농촌으로 대거 이동했다. 일본군의 전면 침공으로 야기된 이러한 민족적 위기 앞에서 중국인들은 국민당과 공산당 간의 공방을 종식하고 단결해 항일 구국에 매진할 것을 요구했다. 일본이 1937년 7월 28일 베이징을 함락하고 8월 13일 상하이를 공격하자 사태를 관망하고 있던 장제스 국민당 정부는 마침내 9월 23일 공산당과 제2차 국공합작(國共合作)을 정식으로 선언하게 된다. 이로써 '일치항일(一致抗日)'의 정치적 상황이 마련되어 문단 역시 통일적인 항일 운동을 추진할 수 있게 되었다.

중일전쟁의 발발로 중국의 많은 문인들은 정치적 열정을 가지고 항일 구국 투쟁에 뛰어들었으니, 가장 먼저 반응을 보인 것은 상하이 희극계(戲劇界)였다. 샤옌(夏衍)과 장민(章泯), 위링(于伶), 추이웨이(崔巍), 쑹즈더(宋之的), 아잉(阿英), 장겅(張庚), 정보치(鄭伯奇), 링허(凌鶴), 사이커(塞克) 등 16인의 작가들은 항전(抗戰)을 소재로 한 첫 번째 희극 「노구교를 지켜라(保衛蘆溝橋)」 3막극의 극본을 집단 창작하여 중일전쟁이 발발한 후 1개월 만에 상하이에서 공연해 공전의 성황을 이루었다. 12월에는 우한(武漢, 당시에는 한커우漢口였음)에서 중화전국희극계항적협회(中華全國戲劇界抗敵協會)가 창립되어 최초로 전국적인 규모의 항일 문예 조직이 갖추어졌다. 또한 제2차 국공합작이 성립된 이후 1938년 3월 27일에는 마침내 우한에서 중화전국문예계항적협회(中華全國文藝界抗敵協會, 이하 '문협文協'이라고 줄임)가 창립되었다. 500여 명의 작가가 창립 대회에 참석했고 사오리쯔(邵力子)가 의장을 맡았다. 이 대회에서 궈모뤄(郭沫若), 샤옌, 후펑(胡風), 톈한(田漢), 딩링(丁玲), 라오서(老舍), 바진(巴金), 주쯔칭(朱自清), 위다푸(郁達夫), 후추위안(胡秋原), 천시잉(陳西瀅), 장헌수이(張恨水) 등 45명의 이사가 선출되었고, 그중에는 국민당 측의 장다오판(張道藩), 왕핑링(王平陵) 등도 포함되어 있었다. 문협은 "문장을 농촌으로, 문장을 전선으로(文章下鄉, 文章入伍)"라는 구호를 제기하고 '작가전지방문단(作家戰地訪問團)'을 조직해 작가들에게 전선과 민간에 깊이 파고들어 가 항전의 현실을 묘사하게 함으로써 중국인의 항전에 대한 결연한 의지를 고무시켰다. 문협은 회지로 1938년 5월 『항전문예(抗戰文藝)』를 창간했는데, 이 잡지는 1946년까지 발간되어 항전 시기 최장기 간행물이 되었다. 문협은 1939년부터 1940년까지 가장 활발한 활동을 전개했다. 충칭(重慶)·청두(成都)·구이린(桂林)·쿤밍(昆明)·구이양(貴陽)·옌안(延安)·진둥난(晋東南)·상하이(上海)·광저우(廣州)·홍콩(香港) 등 많은 지방에서 문협의 분회가 생겼고, 각지의 문협은 각종 연출 활동을 펼치고 항일 선전을 전개했으며 창작 좌담회를 열고 문예 대중화를 제창했다.[1]

1937년부터 1945년까지 간행된 문예 잡지는 다양해 『항전문예』를 비롯해서 『문예진지(文藝陣地)』·『청년문예(靑年文藝)』·『칠월(七月)』·『희망(希望)』·『군중(群衆)』·『문예전선(文藝戰線)』 등이 발행되었다. 이러한 문예 잡지를 통해 전쟁 중에도 높이 평가할 만한 문예 작품이 많이 생산되었다. 시 작품으로는 펑즈(馮至)의 『14행집(十四行集)』, 다이왕수(戴望舒)의 『재난의 세월(災難的歲月)』, 아이칭(艾靑)의 『북방(北方)』·『횃불(火把)』 등이 있고, 소설 작품으로는 선충원(沈從文)의 『장하(長河)』, 바진의 『추운 밤(寒夜)』, 첸중수(錢鍾書)의 『포위된 성(圍城)』, 라오서의 『사세동당(四世同堂)』 등이, 산문 작품으로는 리광톈(李廣田)의 『관목집(灌木集)』, 펑즈의 『산수(山水)』, 량스추(梁實秋)의 『아사소품(雅舍小品)』 등이 있다. 문학 비평서로는 주쯔칭의 『신시 잡화(新詩雜話)』, 아이칭의 『시론(詩論)』, 주광첸(朱光潛)의 『문학론(談文學)』 등이 있고, 희곡 작품으로는 리젠우(李健吾)의 『노란 꽃(黃花)』, 우쭈광(吳祖光)의 『눈보라 치는 밤에 돌아오는 사람(風雪夜歸人)』 등이 있다. 이 시기에는 문예 논쟁과 토론도 빈번하게 일어났다. '항전무관론(抗戰無關論)'에 관한 논쟁, '폭로와 풍자'에 관한 논쟁, '전국책(戰國

1 黃修己, 『中國現代文學發展史』(中國靑年出版社, 1994), 440-441쪽 참조.

策)'파의 '민족주의 문학'에 관한 논쟁, '현실주의와 주관' 논쟁, '민족형식'에 관한 토론, '옌안 문예강화(延安文藝講話)'에 대한 토론 등이 이루어졌다.

일반적으로 전쟁 시기의 중국은 정치 상황에 따라 세 지역으로 나누어진다. 국민당이 통치하던 '국민당 통치 지역'과 공산당이 통치하던 '공산당 통치 지역', 일본 침략군이 점령한 '일본 점령 지역'이 그것이다. 각 지역의 문학은 모두 전쟁의 영향을 받았으나 이 세 지역의 사회제도와 정치 문화 배경이 서로 달라 문학적 양상 또한 크게 달랐다. '국민당 통치 지역'은 중국에서 가장 넓은 지역을 차지하고 있었고 작가들도 가장 많았으며, 또한 다양한 유파가 있어 문학사조와 창작이 비교적 활성화되었다. '공산당 통치 지역'에서는 문학의 민족화 · 대중화의 경향이 뚜렷했으며 '5 · 4운동' 이래 신문학의 독자 주체가 주로 시민과 지식인이었던 것과 달리 농민이 독자 주체로 부상했다. '일본 점령 지역'인 동북(東北) 지역과 상하이 지역은 일제 치하의 극히 어려운 환경에 처해 있어 작가들은 지하 활동을 하거나 우회적인 방법으로 어두운 현실을 묘사했다. 상하이의 일부 작가들은 도시민의 생활과 가치를 묘사하기도 했다. 이 지역 작가들의 작품은 대체로 감상적이고 암울한 색채를 띠고 있었다.

제2절 문예 논쟁과 토론

문예 논쟁은 항일전쟁이 시작되기 이전부터 중국좌익작가연맹의 내부에서도 일어났는데, 이른바 '두 개의 구호' 논쟁이 그것이다. 1936년 3월 중국좌익작가연맹이 해산되고 동년 6월에 '중국문예가협회'가 성립되면서 협회는 '국방문학(國防文學)'이라는 구호를 제기했다. 이에 반발해 루쉰이 참여한 '중국문예공작자협회'는 '민족혁명전쟁 중의 대중문학(大衆文學)'이라는 구호를 제기했다. 이 '두 개의 구호'는 이론적 배경과 강조점이 서로 달랐지만 실질적으로는 문학의 항일통일전선을 지향하는 것이었다. 그렇기 때문에 이 논쟁은 문학 입장의 차이에서 촉발되었다기보다 중국 공산당 지도하의 좌익 작가와 루쉰 사이의 감정 대립에서 촉발된 측면이 더 강하다. 이 논쟁의 핵심 인물은 저우양(周揚)과 후펑(胡風)이었다. 당시 코민테른의 지시를 받아들인 저우양은 공산당의 문예 정책을 담당하고 있었으므로 소련 문학의 경험을 빌려 '국방문학' 구호를 제기했다. 그는 "국방문학운동은 바로 각종 계층, 각종 파벌의 작가들에게 호소해 모두 민족의 통일전선에 서게 하고 민족혁명과 관련된 예술 작품을 제작하도록 공동 노력하는 것이다"[2]라고 했다. 이러한 주장에 맞서 루쉰의 제자였던 후펑은 '민족혁명전쟁 중의 대중문학'이라는 새로운 구호를 제기해 문학이 민족혁명전쟁에 기여해야 함은 당연하지만 좀 더 유연하게 "5 · 4의 혁명문학 전통을 계승하고 9 · 18 이후의 창작 성과를 종합해" '현실 생활의 요구'에 충실할 것을 제안했다.[3] 후펑의 대응은 저우양 등이 내세운 '국방문학' 구호가 문단을 교조적으로 단일화하려는 책략임을 비판한 것인데, 루쉰의 생각을 반영한 것이었다. 루쉰은 포용적인 자세로 "나는 항일전선에 있어서는 어떠한 항일의 역량이라도 환영해야 하며, 동시에 문학에 있어서는 작가가 새로운 의견을 제기해 토론하는 것을 허용해야 하고, '남달리 기발한 생각을 표방하더라도' 결코 두려워할 필요가 없다고 생각한다"[4]라고 하여 '국방문학'을 주장하는 것이 분파주의적 태도의 산물임을 지적했다. 그러나 일본 침략이 노골화되어 구국의 과제가 급박해지고 루

---

2 周揚, 「關于國防文學」(『文學界』 創刊號, 1936. 6. 5), 『文學運動史料選』 第三冊, 北京大學 · 北京師范大學 · 北京師范學院 中文系中國現代文學硏究室 主編(上海教育出版社, 1979), 290쪽.

3 胡風, 「人民大衆向文學要求什麽?」(『文學叢報』 第三期, 1936. 5. 31), 『文學運動史料選』 第三冊, 285쪽 참조.

4 魯迅, 「答徐懋庸幷關于抗日統一戰線問題」, 『且介亭雜文末編』, 『魯迅全集(6)』(人民文學出版社, 1981), 532쪽.

쉰이 1936년 10월 지병으로 사망함에 따라 '민족혁명전쟁 중의 대중문학'의 주장은 풀이 꺾일 수밖에 없었다.

항일전쟁 시기의 문학 논쟁은 순수한 문학 범주에서 진행되기도 했지만 대체로 문학과 정치의 관계 속에서 이루어졌다. 문학과 혁명, 문학과 시대, 문학과 정치의 관계에 대한 이전의 논쟁과 토론은 주로 이론적인 측면에서 진행되었으나 전쟁이라는 특수한 환경 속에서 그러한 문제들은 이제 실제적이고 구체적인 문제로 눈앞에 다가왔다. 그 첫 번째 논쟁이 '항전무관론(抗戰無關論)'에 관한 것이다. 1938년 12월 1일 량스추는 『중앙일보(中央日報)』의 부간 『평명(平明)』에 실은 「편자의 말(編者的話)」에서 '예술을 위한 예술'의 관점을 다시 제기했다.

> 우리는 항전과 관련된 제재를 가장 환영하지만 항전과 무관한 제재라도 진실하고 유창(流暢)하다면 상관없으며, 억지로 항전을 끌어들일 필요는 없다. 공허한 '항전팔고(抗戰八股)'는 누구에게도 이익이 되지 않는다.[5]

량스추는 항일전쟁에 관한 작품뿐만 아니라 진실이 담긴 작품이라면 적극적으로 받아들여야 한다는 입장을 취했다. 이에 맞서 뤄쑨(羅蓀)은 「'항전과 무관하다'('與抗戰無關')」라는 글을 발표해 중화민족이 생사존망의 위기에 처해 있고 항일전쟁이 중국 전역에 걸쳐 영향을 미치고 있어 눈을 감고 보이지 않는 척하더라도 그것은 불가능한 일이라고 지적했다. 그는 "현실에 충실하고자 하는 작가들은 마땅히 '진실'을 잊어서는 안 되며 그럴 수도 없지만, 오늘날 중국에서 진실에 충실하고자 하는 작가가 '항전과 무관한 제재'를 찾는다는 것은…… 그야말로 쉽지 않은 일이다"[6]라고 하

5 梁實秋, 「編者的話」(『中央日報』 副刊 『平明』, 1938. 12. 1), 『文學運動史料選』 第四册, 243쪽.

6 羅蓀, 「"與抗戰無關"」(『大公報』, 1938. 12. 5), 『中國現代文學資料與硏究(上)』, 李春雨 ·

여 량스추의 순문학적 관점을 논박했다. 쑹즈더(宋之的)와 바런(巴人) 등도 량스추를 비판하는 글을 속속 발표했다. 사실 량스추는 문학이 영원한 인성(人性)을 표현해야 한다고 보았는데, 「'항전과 무관하다'」라는 글을 발표해 문학의 제재가 항전과 무관해야 한다는 점을 널리 알리려는 것이 아니라 어떤 제재든지 전부 항전과 결부시키려는, 형식적인 '항전팔고'를 비판하기 위한 것이었다고 스스로 해명했다.[7]

이 무렵 선충원은 「일반 또는 특수(一般或特殊)」(1939)라는 글을 발표해 "'일체의 글은 모두 선전이다'라는 것은 마치 '일체의 글은 모두 도(道)를 싣는다'라는 것과 같으며, 작가들 사이에 이 말이 유행하면서부터 많은 사람들이 '선전'이라는 두 글자만 기억하고 있는 것 같다"[8]라고 '표어 구어'가 성행하는 문단의 문제점을 지적했다. 또한 작가의 창작이 '정치 효과'에까지 미치면 문학의 타락을 가져오며, 항전에 봉사하는 문학 작품은 예술성이 떨어져 '일반화'로 흐르기 쉬우므로 '특수한' 창조로서의 문학을 구현하기 어렵다고 보았다. 그는 또 「문학운동의 재건(文學運動的重造)」이라는 글을 발표해 문학이 '타락'한 두 가지 원인으로 상업성과 정치성을 지적하고, 문학을 "'상업계(商場)'와 '관계(官場)'로부터 해방시켜 다시 '학술'의 한 부문으로 만들어야 한다"라고 주장했다.[9] 선충원은 문학의 순수성을 지키려는 신념을 일관되게 유지해 문학의 정치화 또는 문학의 선전 도구화를 부정했던 것이다. 그렇지만 당시에는 많은 사람들로부터 비판과 공격을 받지 않을 수 없었으니, 뤄쑨과 장톈이(張天翼), 궈모뤄 등은 선충원이 문학과 선전, 문학과 정치의 관계를 곡해하고 있다고 비판했다.

楊志 編著(北京師范大學出版社, 2008), 387쪽.

7 梁實秋, 「"與抗戰無關"」(『中央日報』, 1938. 12. 6), 『中國現代文學資料與研究(上)』, 388쪽 참조.

8 沈從文, 「一般或特殊」(『今日評論』, 1939. 1. 22), 『文學運動史料選』 第四册, 254쪽.

9 沈從文, 「文學運動的重造」(『文藝先鋒』, 1942. 10. 25), 『文學運動史料選』 第四册, 288-289쪽 참조.

장톈이는 선충원의 주장을 예술지상주의라고 비판하면서 "지금 우리는 자각적으로 우리의 작품을 항전에 봉사하게 해야 한다. 말하자면 반드시 전쟁터의 영웅을 묘사해야 한다. 그렇지 않고 앞에서 언급한 예술지상주의자들의 말대로 한다면 항전은 오로지 군인들만의 일로 여기게 될 것이다"[10]라고 지적했다. 궈모뤄도 작가의 정치 참여를 반대한 선충원의 견해에 대해 "'작가가 정치에 따르는 것(作家從政)'에 대해 우리도 반대할 수 있다. 그렇지만 어떻게 '따르고(從)' 있는지, 그리고 '따르고' 있는 것이 어떤 '정치(政)'인지를 보아야 한다"라고 말하면서 "항전 기간에 작가가 자신의 문필 활동으로써 대중을 동원하고 실제적인 사업에 노력하는 것을 두고 '정치에 따르는 것'이라 하여 마음대로 성토한다면, 이것이야말로 일종의 곡해요 일종의 중상이다"[11]라고 지적했다. 이에 맞서 주광첸은 「유행 문학의 세 가지 병폐(流行文學三弊)」·「문학상의 저급한 취미(文學上的低級趣味)」라는 글을 발표해 문예의 선전 도구화에 반대하면서 문학과 현실은 일정한 거리가 필요하다는 '거리 미학설(距離美學說)'을 제기해 작가들이 예술 자체에 좀 더 매진할 것을 주문했다. 이 논쟁은 승패에 관계없이 팽팽하게 진행되었으나 1949년 사회주의 중국이 성립되면서 수그러들었다.

사실 초기의 항전 문예는 순수 애국주의운동에서 시작되었으나 '문예대중화'를 주장하던 좌익 작가들에 의해 점차 문학의 정치적 도구화가 뚜렷해졌다. 이러한 문학의 정치화를 우려한 량스추, 선충원, 주광첸 등은 문학의 순수성을 앞세워 항전 문예의 구호화·선전화의 병폐를 지적한 것이다. 따라서 '항전무관론' 논쟁은 좌우 이념의 대립을 배경으로 하고 있지만, 기본적으로 '문학과 정치의 관계를 어떻게 설정할 것인가'의 문제

---

10 張天翼, 「論"無關"抗戰的題材」(『文學月報』, 1940. 6. 15), 『文學運動史料選』 第四册, 265쪽.

11 郭沫若, 「新文藝的使命: 紀念文協五周年」(『新華日報』, 1943. 3. 27), 『文學運動史料選』 第四册, 311쪽.

에서 촉발되었다. 문학과 정치의 관계는 중국 현대문학사를 이해하는 데 매우 중요한 개념 중의 하나이다. 문학과 정치의 관계는 반드시 시대 상황 속에서 이해하고 판단해야 한다. 문학이 예술성을 버리고 오로지 정치성만 추구한다면 문학의 존립이 위태로워질 것이며, 시대의 정치 상황을 무시하고 오로지 예술성만 추구한다면 문학의 사회적 의의를 부정하게 될 것이다. 문학의 예술성 추구와 시대적 작용은 팽팽한 긴장관계에 놓여 있어 어느 하나라도 소홀히 다루거나 배척할 수 없다. 따라서 항전 시기에 문학과 정치의 관계를 이해할 때는 전쟁이라는 특수한 시대 상황을 먼저 고려해야 하겠지만, 그렇다고 문학이 예술성을 포기하면 문학으로 성립할 수 없으므로 예술성도 놓칠 수는 없을 것이다.

1938년부터 1939년 사이에 일어난 '폭로와 풍자'에 관한 논쟁, 1940년 전후에 일어난 전국책(戰國策)파의 '민족주의 문학'에 관한 논쟁도 주목할 만하다. 1938년 장톈이는 단편소설 「화웨이 선생(華威先生)」을 발표해 '항전을 지도한다'는 명목으로 허위에 가득 찬 관료인 '화웨이 선생'이라는 인물을 신랄하게 풍자했다. 이 소설은 일본에서 번역되면서 중국 내에 파란을 몰고 와 결국 '폭로와 풍자' 논쟁을 일으켰다. 어떤 이는 항전 진영의 암흑과 추태를 폭로하는 것은 적에게 이로울 뿐이라고 해서 '폭로와 풍자'를 비판했고, 어떤 이는 문학이 항전을 반영할 때 구사회와 민족성 개조 문제도 함께 다루어야 한다고 생각해 그것을 긍정했다. 이 논쟁은 대체로 '폭로와 풍자'의 문학적 가치를 인정하는 방향으로 매듭이 지어졌다.

'폭로와 풍자'에 관한 논쟁에 이어 전국책파가 주창한 '민족주의 문학'에 관한 논쟁도 일어났다. 1940년 4월 시난연합대학(西南聯合大學)의 천취안(陳銓), 린퉁지(林同濟), 레이하이쭝(雷海宗), 허린(賀麟) 등은 쿤밍에서 반월간 『전국책(戰國策)』을 창간하고 전쟁이라는 비상시국에 대응해 '국가지상, 민족지상'을 주장하면서 '강력한 정치'와 '영웅 숭배'를 고취했다. 이들은 1941년 12월에 충칭의 『대공보(大公報)』의 부간 『전국(戰國)』을 창간해 그들의 입지를 넓혔고, 1943년 7월에는 『민족문학(民族文學)』이라는 월간지를 창간해 민족주의운동을 전개했다. 전국책파는 지식인과 대학교수로 구성되어 관방의 입장을 대변하고 있었다. 1942년 장다오판(張道藩)은 「우리에게 필요한 문예 정책(我們所需要的文藝政策)」을 발표하고 당국의 문예 정책을 반영해 문학이 '민족의식'과 '민족주의'를 담아낼 것을 주장했다.[12] 그렇지만 이러한 주장은 당연히 문예계로부터 큰 반발을 샀다. 량스추는 자유주의 문예의 입장에서 문예 정책이란 문예가들을 속박하려는 의도를 가지고 있다고 하면서 문예 정책 자체를 반대했고, 선충원은 문학은 정치적 목적을 위한 수단이나 상품이 아니라 인성(人性)을 표현하는 것으로서 사회를 개조하고 군중을 교육하는 목적을 가지고 있다고 했다. 항전 문예 진영에서도 민족주의 문예 정책을 파시즘적 문예 정책이라고 맹렬하게 공격했다. 국민당 정부가 공개적으로 이러한 문예 정책을 내세운 것은 옌안(延安)에서 제기된 마오쩌둥(毛澤東)의 '옌안 문예강화'에 대항하기 위한 것이었다.

문예의 '민족화' · '대중화'를 뚜렷하게 표방한 것도 항전 시기 중국 문예의 두드러진 특징 중 하나이다. '문협'이 성립된 후 "문장을 농촌으로, 문장을 전선으로"라는 구호가 제기되면서 문예의 통속화와 대중화가 크게 진전되었다. 문예 대중화는 1920-1930년대부터 지속적으로 제기되어왔는데, 항전 시기에는 민족화의 흐름 속에서 '민족형식'에 관한 토론으로 표면화되었다. 1938년 공산당 통치 지역에서는 화극의 민족화에 관한 토론이 있었고, 국민당 통치 지역에서는 거이훙(葛一虹)과 샹린빙(向林冰) 사이에 '낡은 부대에 새 술을 담을 수 있는가'라는 문제로 토론이 전개되었다. 더욱이 마오쩌둥은 1938년 공산당 6차 6중전회(中全會)에서 행한 「민

12 程光煒 · 吳曉東 · 孔慶東 · 郜元寶 · 劉勇 主編, 『中國現代文學史』(中國人民大學出版社, 2001), 264쪽 참조.

족전쟁 중에 중국공산당의 지위(中國共産黨在民族戰爭中的地位)」라는 보고에서 '민족형식'의 과제를 제기했다. 마오쩌둥은 여기서 '국제주의적 내용과 민족형식'을 결합해 "신선하고 활발하며, 중국 백성들이 즐겨 보고 들을 수 있는 중국 작풍과 중국 기개"를 창조해야 한다고 강조했다. 그리하여 1939년 옌안 등의 근거지에서는 민족형식에 관한 학습과 토론이 진행되었고, 그것이 국민당 통치 지역으로 확대되어 1939년부터 1941년까지 민족형식에 관한 토론이 활발하게 전개되었다.

민족형식에 관한 토론은 세 가지 측면에서 진행되었다. 민족형식과 생활 원천의 관계 문제, 현대 중국 문학이 외국의 영향을 수용하고 민족 전통을 계승한 데 대해 어떻게 정확하게 평가할 것인가 하는 문제, 민족형식과 민간형식의 관계 문제 등이 그것이다. 우선 토론의 초점은 민족형식의 원천을 어떻게 이해하고 민족형식과 구형식의 관계를 어떻게 설정할 것인가 하는 데 있었다. 1940년 3월 샹린빙은 「'민족형식'의 중심 원천을 논함(論'民族形式'的中心源泉)」이라는 글에서 '민간형식'을 전면적으로 긍정하면서 그것을 '민족형식의 중심 원천'이라고 주장했으며, 동시에 외국 문학을 차용한 5 · 4 신문학의 경험을 일괄 부정했다. 그는 민족형식의 창조라는 명목으로 5 · 4시기 이래 신문학의 실천을 전면 부정하고, 단순히 대중화를 통속화로 이해해 민족형식을 민간형식과 동일한 것으로 보았다. 이렇게 편향된 관점은 큰 반대에 부딪쳤으니, 거이훙은 「민족 유산과 인류 유산(民族遺産與人類遺産)」 · 「민족형식의 중심 원천은 이른바 '민간형식'에 있는가?(民族形式的中心源泉是在所謂'民間形式'嗎?)」 등의 글을 통해 샹린빙의 관점을 비판했다. 그런데 거이훙은 민간의 구형식을 완전히 부정해 봉건 '몰락 문화'로 배척하고 5 · 4 신문학을 전면 긍정하는 또 다른 편향을 드러내기도 했다.

그 후 토론은 '중심 원천'이라는 문제에 얽매이지 않고 민족형식의 기초와 내용에 관한 이론 문제 및 창작 실천에 관심을 두게 되었다. 궈모뤄와 후펑은 민족형식의 기초와 내용은 '현실 생활'이라고 강조했고, 마오둔은 "올바른 민족형식이란 분명 현대 중국 인민 대중의 생활에 뿌리를 내리고 중국의 인민 대중에게 익숙하고 친숙한 예술 형식을 가리킨다"[13]라고 지적했다. '민족형식'에 관한 토론은 1941년 1월 안후이성(安徽省) 완난(皖南)에서 국민군과 공산군의 대규모 충돌로 국공합작이 결렬된 완난(皖南)사변을 계기로 더 이상 진척되지 못했다. 국민당 정부가 국민당 통치 지역 내의 공산당원과 좌익 문인의 활동을 통제했기 때문이다. 어쨌든 이 토론은 민족의 '형식' 문제에 치중해 '내용'의 문제를 소홀히 한 측면이 있었지만, 문학 창작의 민족화 · 대중화에 크게 기여했다.

제3절 역사극의 왕성한 창작

일본군의 전면 침공으로 발발한 중일전쟁으로 인해 계층과 유파를 불문하고 중국의 모든 세력은 항일 구국에 동참했다. 우선 1937년 7월 28일 상하이의 극작가와 연극인들은 상하이희극계구망협회(上海戲劇界救亡協會)를 조직하고 곧이어 13개 구망연극대(救亡演劇隊)를 편성, 전국 각지에 파견해 항일 구국의 선전에 나섰다. 그리고 상하이와 난징이 함락되자 항전희극운동의 중심이 우한으로 옮겨졌고, 전국 각지에서 몰려든 희극계 인사들은 희극운동을 조직적으로 전개하기 위해 그해 12월에 중화전국희극계항적협회(이하 '극협'이라 줄임)를 결성했다. 여기에는 수십 개의 희극 단체가 포함되었고, 전국의 수많은 희극계 인사들이 참가했다. 곧이어 전국의 각 주요 도시에는 '극협'의 분회가 성립되어 항일 구국을 위한 활발

13 茅盾, 「抗戰期間中國文藝運動的發展」, 『茅盾文藝雜論集』 下集(上海文藝出版社, 1981), 897쪽.

한 창작과 공연 활동이 전개되었다. 항일전쟁 시기에 희극은 가장 대표적인 문예 양식으로서 그 어느 시기보다 왕성한 창작이 이루어졌다. 1920년대 희극이 주로 사상 해방과 개성 해방을 주제로 했고 1930년대 희극이 계급 투쟁과 사회혁명을 주제로 했다면, 이 시기의 희극은 이전의 성과를 계승하면서도 주로 구국과 민족 해방을 주제로 삼았다.

이 시기 희극 창작은 민족적 특색이 두드러졌는데, 민족형식 논쟁의 영향을 받아 희극의 현대화와 더불어 민족 특색이 더욱 강화되었다. 과거의 신극은 서양극의 모방이나 기법의 답습에 치우쳐 있었으나 1940년 이후부터는 서양극과 중국 전통극의 장점을 융합시키려는 노력이 진행되어 마침내 중국 현대극의 독자적 이론과 기법이 정립되기 시작했다.[14] 민간문학과 고전 희곡의 예술적 특징을 적극적으로 계승해 중국인의 기호에 맞는 새로운 희극이 창조되었기 때문이다. 이 시기 희극 양식은 두 가지 경향이 두드러졌으니, 역사극과 풍자 희극의 창작이 활기를 띠었다.

역사극은 1920-1930년대에도 궈모뤄의 「탁문군(卓文君)」, 왕두칭(王獨淸)의 「양귀비의 죽음(楊貴妃之死)」 등이 나옴으로써 어느 정도 창작 성과를 거두었으나 항일전쟁 시기에 가장 왕성한 창작이 이루어져 작품 수도 많을 뿐 아니라 질적 수준도 높고 영향력도 대단히 컸다. 궈모뤄는 "상하이가 적의 통치하에 있었던 당시로는 암흑의 현실을 가장 잘 반영할 수 있었던 것은 역사극이었고, 후방에서는 검열 등을 피하려는 이유로 역사극이 많이 나왔다"[15]라고 지적했는데, 역사극이 많이 창작된 것은 당시의 시대 상황과 관련이 있었다. 또한 민족정신이 크게 고양되자 극작가들은 전통 미학에서 예술 기교를 찾고자 했을 뿐 아니라 과거 역사에서 정신적 고무를 받고자 했기 때문이기도 하다. 역사극의 왕성한 창작은 당시 민족화

14 金時俊, 『中國現代文學史』(지식산업사, 1994), 406쪽 참조.

15 郭沫若, 「郭沫若講歷史劇」, 『文匯報』(1946. 6).

의 경향과 밀접하게 관련되어 있었다.

역사극 작가들은 대부분 사회가 동요하고 전쟁이 격렬했던 역사 가운데서 소재를 취해 항일을 고취하려고 했다. 작가들은 옛것을 빌려 현재를 비유하고 옛것을 통해 지금을 풍자하고자 했다. 이 시기에 역사극의 가장 탁월한 극작가는 궈모뤄였다. 그는 1941년 말부터 1943년 초까지 『산앵도꽃(棠棣之花)』·『굴원(屈原)』·『호부(虎符)』·『고점리(高漸離)』·『공작담(孔雀膽)』·『남관초(南冠草)』 등 6부의 역사극을 창작했다. 궈모뤄의 역사극 창작으로 말미암아 중국의 역사극 창작은 최고조에 이르렀다고 할 수 있다. 이들 역사극은 침략에 저항하고 매국 투항을 비판하고 전제 폭정을 폭로하고 굴종과 변절을 반대하고 애국애민을 찬양하고 단결을 주장하고 절개를 선양하는 주제를 담고 있다. 이 중에서 『굴원』은 궈모뤄 역사극의 대표작으로 꼽힌다. 궈모뤄의 작품 이외에 이 시기 유명한 역사극으로는 양한성(陽翰笙)의 『리슈청의 죽음(李秀成之死)』·『천국춘추(天國春秋)』·『무궁화의 노래(槿花之歌)』, 어우양위첸(歐陽予倩)의 『충왕 리슈청(忠王李秀成)』, 천바이천(陳白塵)의 『대도하(大渡河)』, 아잉(阿英)의 『벽혈화(碧血花)』, 위링(于伶)의 『대명영열전(大明英烈傳)』, 톈한(田漢)의 『조선풍운(朝鮮風雲)』 등이 있다.

양한성의 극작품 중에서 『무궁화의 노래』(1944)는 조선인을 형상화한 작품이다. 이 작품은 작가가 '북벌(北伐)' 시기에 알게 된 한 조선인 독립운동가의 경력을 근거로 해서 썼다고 하며, 3·1독립운동의 역사적 사건을 배경으로 조선인의 반일(反日) 애국 투쟁을 묘사했다. 최씨 가문의 모자의 정, 형제의 우의, 부부의 사랑이 작품 전체를 관통하면서 아들의 독립운동을 지지하는 '어머니'의 각성 과정이 작품의 중심을 이룬다. 자식을 사랑하는 마음에서 나라를 사랑하는 마음으로 승화되어가는 어머니의 각성 과정은 나라 사랑이 가족 사랑을 초월하고 있음을 의미한다. "이전에는 오직 내 자식들만 사랑할 줄 알았는데, 이제는 그들을 사랑하던 그 마음으로 고난받는 조선인들을 사랑해야겠어요!"라는 어머니의 말은 장엄하고 숭고한 조선인 '어머니'의 형상을 돋보이게 한다. 작가는 이 작품을 통해 조선인의 애국주의 정신을 선양하는 한편 항일전쟁 시기에 중국인들의 투쟁 의지를 고취시키려는 의도를 가지고 있었다.

조선을 제재로 한 또 다른 역사극, 톈한의 『조선풍운』도 주목할 만하다. 이 작품은 1948년 상하이에서 씌어져 1950년 『인민희극(人民戲劇)』에 발표되었다. 전체 13장(場)으로 구성되어 있고 리홍장(李鴻章), 이하응(李昰應, 홍선대원군), 이토 히로부미(伊藤博文), 위안스카이(袁世凱), 김옥균(金玉均), 박영효(朴咏孝), 이희(李熙, 고종황제), 민비(閔妃, 명성황후) 등 64명의 인물이 등장하는데, 1882년부터 4년간 조선을 배경으로 한 역사적 사건을 다루고 있다. 또한 조선의 묘사에만 그치지 않고 조선과 관련된 청국 · 일본 · 월남 등을 둘러싼 당시의 아시아 정세를 반영하고 있다. 작가는 여러 역사적 사건의 서술을 통해 조선의 운명과 청국의 부패 · 무능을 폭로하고 일본에 대한 적개심을 드러냈다. 그리고 조선의 운명을 조선의 민가를 통해 상징적으로 묘사했다.

> 금 술통에 맛 좋은 술/ 천만인의 피요,/ 옥그릇에 맛 좋은 안주/ 백성들의 살이요,/ 촛농이 떨어질 때 백성의 눈물도 떨어지니,/ 노랫소리 높은 곳에 원망의 소리 높아라./ 금강산, 금강산/ 금강산 저 높은 곳에 임금의 향기 날리고;/ 금강산, 금강산/ 금강산 아래엔 눈물이 파도처럼 흐르네./ 백성들은 헐벗고 굶주리고 새들은 둥지 잃었는데,/ 경우궁(景祐宮)엔 금 문짝 두르고,/ 아리따운 여인들이 춤을 추네./ 금강산, 금강산/ 금강산 저 높은 곳엔 임금의 향기 날리네.[16]

16 田漢, 『朝鮮風雲』, 『田漢全集(6)』(花山文藝出版社, 2000), 6쪽, 50쪽. "金樽美酒/ 千萬人的血,/ 玉碗佳肴/ 老百姓的膏,/ 燭淚落時民淚落,/ 歌聲高處怨聲高./ 金剛山, 金剛山/ 金剛山上御香飄;/ 金剛山, 金剛山/ 金剛山下淚如潮./ 人無衣食鳥無巢,/ 景祐宮中回金扇,/ 舞纖腰./ 金剛山, 金剛山/ 金剛山上御香飄."

또한 작품 결미에서 수만 명의 동학당 신도들이 청원하러 궁궐로 모여들고 있음을 묘사한 대목은 매우 의미심장하다.

> 신하(侍臣): 두 분 전하, 그들이 점점 더 많이 모여들고 있사온데, 만약 그들을 승인하지 않으시면 아마도 큰일이 생길 것입니다. 들어보소서. (궁 밖의 시위자들이 노래 부르고 있다.)[17]

작가는 조선에서 혁명의 기운이 무르익고 있음을 여운으로 남기고 있어 조선 민중의 각성과 그 힘을 암시적으로 드러냈다.

앞서 언급했듯이 항일전쟁 시기에는 역사극 이외에도 다양한 희극(戲劇)이 창작되었다. 이 시기의 극작품은 미학 양식 면에서 비극(悲劇)·희극(喜劇)·정극(正劇) 등 다양하게 발전했지만 희극이 가장 독특한 지위를 차지했다. 특히 항전 후기 및 국공내전 기간에 풍자시와 풍자극이 성행해 작가들은 풍자와 폭로로써 당시 현실을 비판했다. 1920년대 말 1930년대 초에 창작된 희극은 대체로 비극적인 내용이 많았으나 민족정신과 애국주의가 고양되던 항일전쟁 시기에는 감상적이고 슬픈 정서에서 벗어나서 희극적인 요소가 강화되었다. 천바이천(陳白塵)의 『승관도(升官圖)』·『소변 금지(禁止小便)』, 우쭈광(吳組光)의 『착귀전(捉鬼傳)』, 쑹즈더(宋之的)의 『안개 낀 충칭(霧重慶)』·『원숭이 무리(群猴)』, 위안쥔(袁俊)의 『미국 대통령호(美國總統號)』, 취바이인(瞿白音)의 『남하열전(南下列車)』 등이 대표적이다. 이 외에 딩시린(丁西林), 라오서, 훙선(洪深), 장쥔샹(張駿祥), 선푸(沈浮), 리젠우(李健吾), 양장(楊絳), 그리고 공산당 통치 지역의 후커(胡可) 등도 희극 창작에 좋은 성과를 거두었다.

---

17 田漢, 『朝鮮風雲』, 『田漢全集(6)』, 100쪽.

제4절 칠월시파와 아이칭(艾青)

1930년대 초 중국 시단은 1920년대 말의 상징파와 신월파를 계승한 '현대파' 및 1932년 상하이에서 새로 발족한 '중국시가회(中國詩歌會)'의 두 갈래가 중심이었다. 중국시가회는 1932년 9월 『신시가(新詩歌)』를 발간하기 시작하면서 1937년 중일전쟁이 발발할 때까지 좌익 문학의 중심 역할을 담당했다. 무무톈(穆木天)과 썬바오(森堡), 양싸오(楊騷), 푸펑(蒲風), 인푸(殷夫), 커중핑((柯仲平) 등이 참가했으며, 이들은 현실적이고 정치 투쟁적인 시를 지었고 시의 대중화에 힘썼다. 현대파는 상징과 이미지를 중시하면서 시의 예술성을 추구했고, 중국시가회는 현실을 반영한 정치 서정시 창작에 치중했는데, 이 두 갈래는 중국 시단의 기본 틀을 구성하면서 1930년대 후반까지 유지되었다.

그런데 1937년 후펑(胡風, 1902-1985)이 순간(旬刊) 『칠월(七月)』을 창간하면서 새로운 시인들이 모여들었다. 이 잡지에 참가한 후펑과 아이칭, 톈젠(田間), 쩌우훠판(鄒獲范), 루리(魯黎) 등은 항일과 현실을 적극적으로 반영하면서도 주관 서정과 예술성을 동시에 중시하는 시를 썼다. 당시 『칠월』에 참가했던 시인들을 '칠월파' 시인이라고 불렀는데, 후펑은 1942년 구이린(桂林)에서 칠월파 시인들의 작품을 엮어 '칠월시총(七月詩叢)'으로 출판했다. 칠월파는 대부분 국민당 통치 지역을 무대로 삼았고 일부는 공산당 통치 지역의 서북 지역을 무대로 삼기도 했다. 1937년부터 참여한 시인으로는 아이칭, 톈젠, 쩌우훠판, 루리, 아룽(阿壟) 등이 있고, 후기에 참여한 신인(新人)으로는 뤼위안(綠原), 뉴한(牛漢) 등이 있다.

칠월파는 일본의 전면적인 중국 침략의 발단이 된 1937년의 7·7 노구교(蘆溝橋) 사건이 계기가 되어 형성되었던 만큼 처음부터 항일전쟁과 밀접하게 관련되어 있었다. 칠월파는 항일전쟁이라는 급박한 정치 상황에서 '전쟁'과 '민중'을 인식의 근간으로 삼았다. 또한 후펑이 내세운 '주관 전투 정신' 이론에 영향을 받아 인간의 주체 정신을 매우 중시했다. 이른바 '주관 전투 정신'이란 객관적인 대상, 즉 현실을 포용하되 주관 정신으로 그것을 수용하고 그것을 연소시키는 작용을 뜻하며, 객관적인 현실에 대한 주관적 서정을 중시하는 경향을 가리킨다. 후펑은 생활은 문예 창작의 원천이라고 생각해 "문예는 실제 생활로부터 생산되어 나온 것"이라고 했지만, 창작 과정에서 작가의 감정 · 요구 · 이상과 같은 '주관 정신'의 작용을 중시해 "문예는 결코 생활의 복사가 아니며 문예 작품이 표현하는 것은 반드시 작가가 생활로부터 추출해내어 작가의 주관 활동과 화학 작용을 일으킨 이후의 결과여야 한다"라고 했다.[18] 작가는 끊임없이 주관적 전투 정신으로 자아를 확장하는 것을 예술 창작의 원천으로 삼아야 한다는 것이었다. 또한 그는 문예의 계몽운동은 일정한 한도 내에서 살아 있는 현실을 반영해야 진실한 교육적 효과를 얻을 수 있다고 보고 선전과 예술을 동시에 중시할 것을 주장했다.[19] 후펑의 이론에 따라 칠월파 시인들은 대체로 주관 정신을 중시하고 선전과 예술을 동시에 중시하는 경향성을 보였다.

칠월시파(七月詩派)는 항일 투쟁 정신을 고취시키는 한편 고난에 처한 중국을 예술적으로 형상화하고자 했다. 루리는 「진흙(泥土)」에서 존귀한 개인이 희생당할지라도 비장한 마음으로 항일전쟁에 참여할 것을 스스로 이렇게 다짐했다.

> 늘 스스로를 진주로 여겼기에
> 때때로 파묻히는 고통을 두려워했지

18 胡風, 『文學與生活』, 『胡風評論集(上)』(人民文學出版社, 1984), 269쪽, 300쪽 참조.

19 후펑의 '주관 전투 정신'은 1945년 1월 이후 좌익 작가 내부의 논쟁을 불러와 정치적 가치와 사상 비평을 중시하는 일파로부터 비판을 받았다. 결국 후펑은 '주관 전투 정신' 때문에 1954년 7월 당 중앙에 「30만 언서(三十萬言書)」를 제출해야 했으며, 이로 인해서 반대파에 의해 1955년 5월 '우파 반동'으로 몰려 투옥, 숙청되었다.

이젠 스스로를 진흙으로 여겨
대중들에게 밟혀 큰 길이 되리라.[20]

아이칭은 그의 대표작의 하나인 「중국 땅에 눈은 내리고(雪落在中國的土地上)」에서 "혹한이 중국을 꽁꽁 묶어놓았네"라고 하며 중국을 눈 내리는 혹한의 현실로 묘사했다.

중국 땅 위로 눈이 내리고,
혹한이 중국을 꽁꽁 묶어놓았네……

눈 내리는 밤 강물을 따라
작은 기름 등불 하나 서서히 움직이는데,
저 낡은 나룻배 속에
가물가물 등불에, 머리를 떨군 채
앉아 있는 이 누구인가?

—아, 그대
산발한 머리에 때 낀 얼굴의 젊은 아낙네,
혹시
그대의 집
—그 행복하고 따스하던 보금자리—은
포악한 적들에게
불태워진 게 아닌가?

---

20 "老是把自己當作珍珠/ 就時時怕被埋沒的痛苦/ 把自己當作泥土吧/ 讓衆人把我踩作一條大路."

혹시

이 같은 밤에,

남자의 보호를 잃고,

죽음의 공포 속에서

벌써 적의 칼날에 희롱을 당한 건 아닌가?

雪落在中國的土地上,

寒冷在封鎖着中國呀……

沿着雪夜的河流,

一盞小油燈在徐緩地移行,

那破爛的烏篷船裏

映着燈光, 垂着頭

坐着的是誰呀?

—啊, 你

蓬髮垢面的少婦,

是不是

你的家

—那幸福與溫暖的巢穴—

已被暴戾的敵人

燒毁了麽?

是不是

他像這樣的夜間,

失去了男人的保護,

在死亡的恐怖里

你已經受盡敵人刺刀的戲弄?

칠월파 시인 중에서 아이칭과 루리, 톈란(天蘭) 등은 공산당 통치 지역인 옌안으로 갔으며, 뤼위안, 뉴한 등은 서남 지역에 잔류해 국민당 정부에 저항하는 정치시(政治詩)를 썼다. 옌안으로 간 시인들은 대체로 그곳의 이상을 노래하는 서정적인 시를 지었는데, 루리는 「연하 산가(延河散歌)」의 '산(山)'이라는 연에서 옌안을 등대에 비유했다.

나는 인생의 검은 바다로부터 온 사람

여기 와서, 등대를 보았네

我是一個從人生的黑海裏來的

來到這裏, 着見了燈塔

아이칭은 "정치시는 시인의 어떤 사건에 대한 선언이다. 그것은 시인이 더 많은 사람들이 그 사건을 이해하도록 의도적으로 선동하려는 일종의 호소요, 기만자에 대한 일종의 폭로요, 기만당한 자에 대한 일종의 경계이다"[21]라고 했는데, 강렬한 정서로 현실을 폭로하고 비판하던 시가 바로 정치시이다. 뤼위안의 장편시 「복수의 철학(復仇的哲學)」(1946)은 정치시의 특징을 잘 보여준다. 뤼위안은 이 시에서 타오르는 분노의 감정을 쏟아내며 국민당 정부에 대한 저항을 이렇게 노래했다.

21 艾青, 「詩論」(1938-1939), 『中國現代詩論』 上編, 楊匡漢 · 劉福春 編(花城出版社, 1991), 338쪽.

나라를 믿지 마
교활한 공복(公僕)도 믿지 마
이 같은 비극을
연출한 무대는 없었다, 중국
불길이 하늘 위로 치솟는 중국을 제외하고

태워버리자, 중국을!
폭군의
저 고리대금의 장부만
남겨놓아
우리 손으로 그를
청산하리라!

不要依賴國家
不要依賴狡猾的公僕
沒有舞臺演過
這樣的悲劇, 除了
烈火衝霄的中國

燒吧, 中國!
只留下
暴君的
那本高利貸的帳簿
讓我們給他
清算!

칠월시파는 시의 예술 형식 면에서 '자유체'를 지향했다. 아이칭은 1950년 개명서점(開明書店)에서 출판한 『아이칭선집(艾青選集)』의 「자서」에서 "나는 여러 가지 시체(詩體)를 실험했는데, 이른바 '백화시체(白話詩體)'를 가장 많이 채용해 나 자신이 느낀 세계를 구속받지 않고 표현하고자 노력했다"라고 했다. 아이칭과 마찬가지로 칠월파 시인들은 전시라는 특수한 환경에서 시대의 감정적 수요에 호응해 자유체 시를 주로 창작했다. 그렇다고 그들이 시의 격률을 완전히 무시한 것은 아니었다. 오히려 그들은 5·4시기의 자유시와 격률시, 그리고 다이왕수(戴望舒)를 중심으로 한 현대파 시의 감정 형식의 융합을 추구했다. 이는 외래 시의 영향을 받은 신시(新詩)가 모방 단계를 거쳐 새로운 창조의 시기로 들어섰음을 의미한다. 아이칭과 톈젠 등은 의식적으로 외래 시의 영향에서 벗어나 '중국화'된 새로운 시의 형식을 만들어냈다. 아이칭은 당시에 "최근 중국 신시의 주류는 형식이 자유롭고 소박한 언어에 분명한 리듬과 서로 비슷한 운각(韻脚)을 덧붙이고, 내용 면에서는 현실적인 것을 긴밀하고 깊이 있게 관찰해 모든 개인의 병약한 탄식과 세계에 대한 창백한 응시를 세차게 흔들어놓았다"(『詩論』)고 했는데, 내용과 형식의 조화로운 관계가 바로 칠월시파의 형식적 특징의 하나이다. 그래서 칠월시파는 현대파의 이미지즘이나 '중국시가회'의 구호적인 정치 서정을 잘 융합한 것으로 평가되며, 1940년대에 이르러서는 혁명적인 사회 투쟁을 노래한 서북 지역의 진차지파(晋察冀派)와 주지적인 현대주의를 지향한 서남 지역의 구엽파(九葉派)의 중간에 위치한 것으로 평가된다. 그들의 작품에는 전쟁이 있으면서도 사랑이 있고 비판이 격렬하면서도 주관을 버리지 않았고, 직설적이면서도 서정적인 이미지의 조합을 포기하지 않았다. 진차지파처럼 현실을 적극적으로 반영했을 뿐만 아니라 구엽파처럼 예술성을 적극적으로 추구했다. 칠월시파는 시의 현실성과 시의 예술성을 성공적으로 결합시켰는데, 아이칭과 톈젠이 대표적인 시인이다. 특히 아이칭은 중국 신시사(新詩史)

에서 최고봉으로 일컬어진다.

아이칭(艾青, 1910-1996)은 1910년 3월 27일 저장성(浙江省) 진화현(金華縣)에서 태어났으며, 본명이 장하이청(蔣海澄)이다. 지주 집안 출신이었지만 그의 명이 부모를 해친다는 점괘가 나오자 5년 동안 다옌허(大堰河)라고 하는 가난한 농촌 여인의 집에서 키워졌고, 나중에 집으로 돌아온 후에도 부모를 아저씨, 아주머니라 부르며 자랐다. 아이칭을 키운 다옌허는 다예허(大葉荷) 마을의 농촌 여인으로서 지명 다예허의 해음자(諧音字)에서 이름을 따온 것으로 알려져 있다. 가난한 농촌 여인의 젖을 먹고 자란 아이칭이기에 그는 나중에 농촌에 뿌리를 둔 시인이 될 수 있었다.

아이칭은 1928년 여름, 중학을 졸업하고 시후예술원(西湖藝術院)의 회화과에 입학했고, 그곳 스승의 권유로 한 학기도 마치기 전에 그림 공부를 하기 위해서 프랑스로 유학을 떠났다. 그러나 부모의 도움을 받지 못해 경제적인 어려움으로 반유랑자 생활을 하면서 프랑스 상징주의에 심취해 자유로운 3년을 보냈다. 1932년에 귀국해 그해 5월 상하이에서 중국좌익작가연맹에 가입했고, '춘지화회(春地畵會)'를 조직해 활동했다. 7월 12일 저녁 프랑스 조계의 형사가 그 화회(畵會)를 급습하는 바람에 아이칭은 12명의 미술 청년들과 함께 체포되었다. 체포된 뒤 아이칭은 '삼민주의'에 어긋나는 주의를 선전했다는 죄명으로 6년 징역을 선고받고 복역하면서 그림에서 시로 전향했다. 아이칭의 출세작 「다옌허: 나의 유모(大堰河: 我的保姆)」는 바로 1933년 옥중에서 씌어진 작품이다. 1936년 그가 출판한 첫 번째 시집의 제목 역시 『다옌허(大堰河)』였다. 「다옌허: 나의 유모」의 일부를 보자.

다옌허는, 눈물을 머금고 갔습니다!
사십몇 년 세상살이의 모욕과 함께,
셀 수 없는 노예의 슬픈 고통과 함께,

4원짜리 관과 몇 묶음 볏짚과 함께,
몇 척 사방의 관을 묻은 땅과 함께,
한 움큼 지전 사른 재와 함께,
다옌허, 그녀는 눈물을 머금고 갔습니다.

大堰河, 含淚的去了!
同着四十幾年的人世生活的凌侮,
同着數不盡的奴隸的凄苦,
同着四塊錢的棺材和幾束稻草,
同着幾尺長方的埋棺材的土地,
同着一手把的紙錢的灰,
大堰河, 她含淚的去了.

이 시는 다옌허라는 한 농촌 여인의 형상을 창조해냈다. 그녀는 선량하고 근면하며, 삶의 작은 소망을 품고서 갖가지 고통을 견디면서 자신을 희생하고 남의 아이를 양육했고, 그러다가 빈곤과 고독 속에서 세상을 떠났다. '다옌허'는 중국 현대문학사에서 가장 중요한 농촌 여인의 전형적인 형상으로 평가되고 있다. 황슈지(黃修己)는 이 시의 예술적 특징을 다음과 같이 평가했다.

이 자유체 시의 언어 자체는 그다지 음악성을 띠고 있지 않으며 오히려 질박하고 거칠다. 그러나 감정은 진지함으로 가득 차 있고 예술적으로는 나열적 서술 방법을 사용하여 부단히 반복하는 시구로 일련의 형상을 배열하여 강렬한 생활 분위기와 짙고 감상적인 감정 분위기로써 심금을 울리는 효과를 거두고 있다.[22]

22 黃修己, 『中國現代文學發展史』, 455쪽 참조.

이러한 예술적인 특색은 아이칭 시의 기본 골격이 되어 그의 후기 시에까지 관통한다.

1937년부터 1940년까지 아이칭은 열정적으로 시를 창작해 가장 풍성한 수확을 거두었다. 이 시기 아이칭의 시는 대부분 강렬한 애국주의, 우국우민의 정서, 민족 부흥의 신념을 주제로 삼았다. 이 시기에 지은 시들은 대부분 『북방(北方)』·『광야(曠野)』·『그는 두 번째에 죽었네(他死在第二次)』·『향촌에 바치는 시(獻給鄕村的詩)』·『여명의 통지(黎明的通知)』 등의 시집에 수록되었다. 이 외에도 아이칭은 장편 서사시 「태양을 향하여(向太陽)」·「횃불(火把)」 등을 썼다. 1940년에 펑쉐펑(馮雪峰)은 시인 아이칭을 이렇게 평가했다.

> 그의 시의 겉모습은 물론 대단히 지식인적이지만 그 본질과 역량은 오히려 농촌 청년적인 진지함, 깊이 그리고 사랑의 고집 위에 세워져 있으며, 아이칭은 땅(대지)에 깊이 뿌리를 내리고 있다. 아이칭이 시인이 된 것은 다른 원인 때문이 아니라 분명 땅(대지)의 수난, 농촌의 불안, 농민 대중의 전투와 고통 등의 원인 때문이다.[23]

아이칭은 땅(대지)의 시인이라고 불릴 정도로 중국의 농촌을 배경으로 해서 주로 농민의 고난과 농민에 대한 사랑을 노래했다.

1937년 중일전쟁이 발발하자 아이칭은 끓어오르는 열정으로 애국주의적인 시를 많이 썼다. 그는 "이 민족해방전쟁에 대해 시인은 마땅히 가장 진지한 사랑과 가장 장대한 창작의 열정을 발휘해야 한다. 그렇게 하기 위해 우리는 마땅히 깊이 없는 절규와 무기력한 절규에 대해 부끄러워해야 한다"[24]

---

23 馮雪峰, 「論兩個詩人及詩的精神和形式」, 『中國現代詩論』 上編, 379쪽.

24 艾青, 「詩論」(1938-1939), 『中國現代詩論』 上編, 353쪽.

라고 말한 바대로 실천했다. 아이칭은 「나는 이 땅을 사랑한다(我愛這土地)」라는 시에서 '땅'을 이렇게 노래했다.

내가 한 마리 새라면,
나도 목이 쉬도록 노래 불러야지:
폭풍우 몰아치는 이 땅,
영원히 용솟음치는 우리의 비분의 이 강물,
쉬지 않고 불어대는 격노의 이 바람,
그리고 숲 사이로 비치는 저 비할 데 없이 온유한 여명을……
―그런 다음 내 죽어서,
깃털까지도 땅 속에서 썩으리.

왜 나의 눈엔 늘 눈물이 고이는가?
내가 이 땅을 깊이 사랑하기 때문이리라……

假如我是一只鳥,
我也應該用嘶啞的喉嚨歌唱:
這被暴風雨所打擊着的土地,
這永遠洶涌着我們的悲憤的河流,
這無止息地吹刮着的激怒的風,
和那來自林間的無比溫柔的黎明……
―然後我死了,
連羽毛也腐爛在土地裏面……

爲什麽我的眼裏常含淚水?
因爲我對這土地愛得深沈……

이 시에서 "왜 나의 눈엔 늘 눈물이 고이는가?/ 내가 이 땅을 깊이 사랑하기 때문이리라……"라는 두 구는 사람들의 입에 회자되었던 시구이다. 땅에 대한 깊은 애정을 통해 조국에 대한 사랑을 표현했는데, 간결하면서도 소박하다. 눈물은 땅에 대한 애정으로부터 발원하는바, 땅의 수난이 곧 눈물의 원천이다. 시인의 감정과 땅의 운명이 완전히 하나로 융합되어 있다. 아이칭은 이 시에서 그의 독특한 '땅'의 이미지를 빚어냈는데 땅, 즉 조국에 대한 깊은 사랑을 응집해 뼈에 사무치는 애국주의 정서를 표현하고 있다.

아이칭의 애국주의 시는 전란(戰亂)과 우국우민에 대한 비가(悲歌)의 특징을 지니고 있기도 하다. 시인은 1937년에 쓴 「죽음의 땅(死地)」에서 이렇게 읊었다.

> 대지는 이미 죽었다!/ ―누워 있는 저 넓은 황야는/ 그의 시체// 그는 절망 속에 죽어가며,/ 마지막 순간까지/ 말라붙은 눈을 부릅뜨고/ 빗방울이 떨어지나/ 먼 하늘을 쳐다보았다……/ (중략) / 죽은 대지에서/ 죽은 대지에로/ 저 휘몰아치는, 휘몰아치는/ 돌개바람이 무엇을 갈망하는지 그대여 아는가?// 나는 말한다/ 누군가 저 굶주림에 불 지핀다면……

이 시는 쓰촨(四川) 지방의 지독한 가뭄을 소재로 해서 씌어진 작품인데, 그곳을 죽음의 땅으로 묘사하고 있다. 이 시의 결미에서 시인은 죽음의 땅에 누군가가 분노의 불을 지펴 중국을 밝게 비춰주기를 바란다. 항일 투쟁의 관점에서 보면 이는 항일 투쟁의 불길이 타오르기를 호소하는 내용으로 볼 수도 있다.

아이칭은 민족 부흥을 위한 광명을 노래하기도 했다. 1938년에 지은 장편시 「태양을 향하여(向太陽)」는 광명을 상징하는 태양을 노래한 작품이다.

동녘에 솟아오르는 태양은/ 우리의 머리 위를/ 오랫동안 수그린 채 쳐들지 못했던/ 우리의 머리 위를 비추며/ 우리의 도시와 마을을/ 오랫동안 부정한 권력에 눌려 살던/ 우리의 도시와 마을을 비추며/ 우리의 들과 강과 산을/ 오래 전부터 괴로운 넋이 맴돌던/ 우리의 들과 강과 산을 비춘다……

이 시는 희망의 메시지로 당시 수많은 청년들을 고무시켜주었는데, 명랑 · 간결 · 소박 · 단순 · 청신 · 함축성을 띠고 있는 아이칭의 시풍이 잘 드러난다. 이 시는 아이칭의 지위를 확고하게 다져준 작품이다.

아이칭은 공산당의 신사군과 국민군의 충돌로 일어난 완난(皖南)사변을 계기로 1941년 3월 옌안으로 갔다. 그는 옌안에 도착해 1942년 '옌안 문예강화'에 참가했으며, 그 후 마오쩌둥(毛澤東)의 문예 노선에 따라 그의 시풍(詩風)도 일변했다. 이 시기에 그는 주로 시와 정치의 결합을 중시했고, 시 속에서 대중 생활의 맥박을 노래할 수 있어야 한다고 주장했다. 중화인민공화국이 수립된 이후 아이칭은 1957년의 반우파(反右派) 투쟁 때 비판을 받고 1958년부터 1978년까지 무려 20년 동안 헤이룽장(黑龍江) · 신장(新疆) 등지에서 노동을 했다. 1978년에야 비로소 복권되어 다시 창작 활동을 시작할 수 있었다. 시인이 평생 동안 출판한 시집으로는 『다옌허』(1936) · 『북방』(1939) · 『태양을 향하여』(1940) · 『여명의 통지』(1943) 이외에 『돌아온 노래(歸來的歌)』(1980) · 『설련(雪蓮)』(1983) 등이 있다.

아이칭 외에도 주요 칠월파 시인으로는 톈젠을 들 수 있다. 톈젠(田間, 1916-1985)은 본명이 퉁톈젠(童天鑑)이며 안후이성(安徽省) 우웨이현(無爲縣) 사람이다. 상하이 광화대학(光華大學)을 졸업했으며, 1933년에 중국좌익작가연맹에 가입했다. 그는 1933년부터 시작(詩作)을 발표하기 시작했는데, 초기에는 '중국시가회'의 영향을 받았다. 시집으로는 1935년에 『미명집(未名集)』을 출판했고, 1936년에 『중국목가(中國牧歌)』와 『중국 농촌 이야기(中國農村的故事)』를 출판했다. 1937년 일본에 갔다가 중일전쟁이 발발하자 즉시 귀국했고, 산시성(山西省) 린펀(臨汾)에서 팔로군(八路軍) 시베이전지복무단(西北戰地服務團)의 기자로 참가했다. 1938년 봄 옌안으로 가서 커중핑(柯仲平) 등과 함께 가두시(街頭詩)운동을 전개하는 한편, 많은 가두시를 창작했다. 톈젠은 시베이전지복무단의 일원으로 항일 선전 활동을 전개하면서 쓴 시들을 모아 『흙먼지 속을 달리는 투사들에게 바침(呈在大風沙裏奔走的崗衛們)』이라는 시집을 출판했다.

그의 대표작은 1937년 12월에 쓴 장편시 「전투자에게(給戰鬪者)」이다. 이 시는 1938년 1월 출판된 『칠월』 제6기에 발표되었으며, 현대의 가장 뛰어난 정치 서정시의 하나로 평가된다. 「전투자에게」의 제1장은 이렇게 시작한다.

> 등불이 없고
> 열기가 없는 저녁에,
> 우리의 적이
> 들이닥쳤다,
> 우리의
> 손으로부터,
> 우리의
> 품으로부터,
> 죄 없는 동료들을,
> 강포(强暴)의 울타리 안으로 가두었다.
> 그들은 몸에
> 상처를
> 드러내고,
> 그들은 마음속으로
> 복수를

부르짖으며,

그들은 부들부들 떤다,

다롄(大連)의, 만저우(滿洲)의

야영장에서,

술 마시고

고기 먹은

잔인한 야수는,

그 놈의 칼로써,

장난을 친다—

황폐한

생명을,

굶주린

피를……

在沒有燈光

沒有熱氣的晚上,

我們底敵人

來了,

從我們的

手裏,

從我們的

懷抱裏,

把無罪的伙伴,

關進强暴底柵欄.

他們身上

裸露着

傷恨,

他們心頭

呼吸着

仇恨,

他們顫抖,

在大連, 在滿洲的

野營裏,

讓喝了酒的

吃了肉的

殘忍的野獸,

用它底刀,

嬉戲着—

荒蕪的

生命,

飢餓的

血……

시인의 회고에 따르면, "1937년 하반기에 북상해 옌안으로 갈 준비를 하면서 상하이로부터 우한에 이르렀는데, 우한의 어느 작은 여관에 묵으면서 하룻밤 사이에 단숨에 「전투자에게」라는 장편시를 지었다"(『시간(詩刊)』 1981년 1월호)고 한다. 시인은 야수 같은 일본 침략자가 동포를 잔인하게 탄압하고 '황폐한 생명'과 '굶주린 피'를 가지고 '장난을 치는' 죄상을 폭로한다. 그리하여 "우리는/ 반드시/ 싸워야 한다,/ 어제는 나약했고, 비참했고, 몸부림쳤던/ 4억 5천만아!// 투쟁/ 아니면 죽음을……"(제5장)[25]이라

25 "我們/ 必須/ 戰爭了,/ 昨天是懦弱的, 是慘呼的, 是掙扎的/ 四萬萬五千萬呵!// 鬪爭/ 或者

고 외친다. 시인은 짧은 시구와 빠른 리듬의 시행(詩行)을 사용해 사람들에게 침략자와 싸울 것을 호소하는 강렬한 애국 사상을 표현했다. 이 시는 항전(抗戰)의 희망이 민중에게 달려 있으므로 민중의 힘을 노래하고, 침략에 대항하는 전사의 모습을 그려냈다. 톈젠의 대표적인 시집 역시 『전투자에게(給戰鬪者)』(1943)라는 제목으로 출판되었다.

원이둬(聞一多)로부터 '시대의 고수(鼓手)'라는 평을 듣기도 했던(「時代的鼓手: 讀田間的詩」, 1943. 11) 톈젠은 1943년 이후 토지개혁운동에도 참가했으며 1945년에는 계급 모순을 다룬 장편 서사시 「간차전(赶車傳)」을 창작했다. 1949년 이후에는 신시의 민족화·대중화에 힘써 다양한 형식을 실험했는데, 대체로 시어는 질박하고 정서는 격앙되어 있었다. 시집으로는 『마두금가집(馬頭琴歌集)』(1958)·『청명(淸明)』(1978) 등을 출판했다.

제5절 펑즈(馮至) 그리고 구엽파 시인

1940년대에 중국 신시 발전에 크게 기여한 시인으로 펑즈 또한 크게 주목할 만하다. 그는 1930년대에 루쉰으로부터 '중국의 가장 걸출한 서정시인'이라는 평가를 받기도 했으며,[26] 1942년에 출판된 시집 『14행집(十四行集)』으로 이름을 크게 떨쳤다.

펑즈(馮至, 1905-1993)는 1905년 9월 허베이성(河北省) 줘현(涿縣)에서 태어났으며, 본명이 청즈(承植)이고 자는 쥔페이(君培)이다. 그는 1921년 베이징대학 예과에 입학했고, 1927년 여름에 베이징대학 독문학과를 졸업했다. 1923년에 천초사(淺草社)에 참가하면서 문학 활동을 시작했으며,

---

死……"(第五章)

26 魯迅, 「『中國新文學大系』小說二集序」, 『且介亭雜文二集』, 『魯迅全集(6)』, 243쪽 참조.

1925년 친구들과 침종사(沈鐘社)를 설립해 많은 시문을 창작했다. 그는 이 시기에 창작한 작품을 토대로 1927년 첫 번째 시집 『어제의 노래(昨日之歌)』를 출판했고, 곧이어 『북방 여행과 기타(北游及其他)』(1929)를 출판했다. 펑즈는 또 1930년에 독일로 유학을 떠나 문학과 철학을 공부했으며, 1935년 6월에 박사학위를 받고 귀국한 후 상하이의 퉁지대학(同濟大學)에서 강의했다. 1937년 중일전쟁이 발발한 후 여러 곳을 전전하다가 1939년부터 1946년까지 쿤밍(昆明)의 시난연합대학(西南聯合大學)[27]에서 교수로 재직했다. 이때 쓴 시를 엮어 1942년 5월 세 번째 시집인 『14행집』을 출판했다. 나중에 베이징대학 교수를 역임했으며, 1964년 이후부터 중국사회과학원 외국문학연구소 소장을 맡았다. 사회주의 중국이 성립된 이후 1958년에 『서교집(西郊集)』을 출판했고, 이듬해에 『십년시초(十年詩抄)』라는 제목으로 수정본을 출판했다.

펑즈의 주요 시집으로는 『어제의 노래』·『북방 여행과 기타』·『14행집』을 들 수 있다. 『어제의 노래』에는 낭만 서정적 작품 위주의 52수가 실려 있고, 『북방 여행과 기타』에는 낭만 서정적 작품과 철리(哲理)적 작품이 혼합되어 29수가 실려 있으며, 『14행집』에는 철리적 작품 위주의 14행시 27수가 실려 있다. 1940년대를 경과하면서 중국 신시는 대체로 자유체가 중심이었지만 시인들은 다양한 예술 경향을 적극적으로 받아들였다. 자유체 시라 하더라도 이전의 격률시파의 원이둬, 쉬즈모 등이 추구한 예술적 탐색을 적극적으로 받아들였다. 무엇보다 펑즈의 『14행집』은 외래 격률시 형식을 차용한 성공적인 작품이었다. 펑즈는 독일 유학 시기에 독일의 시인 라이너 마리아 릴케의 '14행시'에 매료되었는데, 그것의 중국

27 1937년 여름 베이징(北京) 지역이 함락된 이후 남하한 베이징대학(北京大學)·칭화대학(清華大學)·난카이대학(南開大學)이 연합해 우선 후난(湖南) 창사(長沙)에서 '국립창사임시대학(國立長沙臨時大學)'을 열었고, 다시 윈난(雲南) 쿤밍(昆明)으로 옮겨 '국립시난연합대학(國立西南聯合大學)'을 만들었다. 이를 줄여 '시난연대(西南聯大)'라고도 한다.

화를 시도했다. 그는 『14행집』을 통해 서양의 '14행시' 형식을 중국에 도입함으로써 서정시의 새로운 경지를 개척했고, 이로써 신시 창작에 크게 이바지했다. 이 시집은 시인이 1940년 겨울부터 1941년 가을까지 시난연합대학에 재직할 무렵에 쓴 것으로, 인간과 자연과 생활에 대한 시인의 깊은 사색과 깨달음을 표현한 것이다. 민감한 감각으로 일상 속의 오묘한 철리를 음미하는 펑즈 시의 특징을 잘 구현하고 있는 시집으로 평가된다. 펑즈는 『14행집』의 시들을 창작하게 된 배경을 이렇게 설명한 바 있다.

어떤 체험이 있으면 영원히 나의 뇌 속에서 재현하고, 어떤 인물이 있으면 나는 부단히 그들로부터 양분을 흡수하고, 어떤 자연 현상이 있으면 그것들은 나에게 수많은 계시를 준다. 내가 어떻게 그들에게 감사를 표하지 않을 수 있겠는가? 이러한 생각 때문에, 그래서 역사상의 불후의 인물로부터 무명의 시골 아이와 농촌 아낙네에 이르기까지, 아득한 천고(千古)의 이름난 도시로부터 산비탈 위의 날벌레와 작은 풀에 이르기까지, 한 개인의 작은 생활로부터 수많은 사람들의 공동의 운명에 이르기까지 모든 것이 나의 생명과 깊은 관련을 맺었고, 모든 사물에 대해 나는 한 수의 시를 썼다.[28]

『14행집』 27수 중 여덟 번째 시 「어느 옛날의 몽상(一個舊日的夢想)」을 예로 들어보자.

어느 옛날의 몽상이었지,
눈앞의 인간 세상이 너무나 번잡하여,
붕새에 의지해 비상하여
고요한 별과 이야기 나누고 싶었지.

---

28 馮至, 「十四行集 · 序」, 『馮至全集(1)』(河北教育出版社, 1999), 214쪽.

천년의 꿈은 노인처럼
가장 멋진 자손을 기대하면서－
지금 누군가가 별을 향해 날아가지만,
인간 세상의 번잡함을 잊을 수 없다네.

그들은 항상, 어떻게 운행하는지,
어떻게 떨어지는지를 배워서
별의 질서를 인간 세상에 잘 짜 넣으려고,

빛처럼 하늘가에 몸을 내던진다.
지금 그 옛꿈은 변하여
저 산수 아득한 곳의 한 조각 운석이 된다.

是一個舊日的夢想,
眼前的人世太紛雜,
想依附着鵬鳥飛翔
去和寧靜的星辰談話.

千年的夢象個老人
期待着最好的兒孫－
如今有人飛向星辰,
却忘不了人世的紛紜.

他們常常爲了學習
怎樣運行, 怎樣降落,
好把星秩序排在人間,

便光一般投身空際.

如今那舊夢却化作

遠水荒山的隕石一片.

주쯔칭(朱自淸)은 펑즈의 『14행집』을 높이 평가해 "이 시집은 중국에서 14행시의 기초를 세워놓았고 이 시체에 대해 여태껏 회의하던 사람들에게 그것이 중국 시 속에 살아갈 수 있음을 믿게 해주었다고 말할 수 있다"[29]라고 했다. 주쯔칭은 '14행시'를 창조적 모방을 통해 중국화할 수 있는 시의 한 형식으로 이해했는데, 펑즈의 작품에서 그 가능성을 발견했다.

1940년대 후기에 상하이에서 『시창조(詩創造)』와 『중국신시(中國新詩)』라는 두 개의 시 전문지가 나타났다. 여러 시인들이 이 시 전문지에 1930년대 이후 쇠퇴한 현대파의 시를 잇는 작품을 발표했다. 이들 중 아홉 명의 시인이 1981년 자신들의 1940년대 작품을 모아서 『구엽집(九葉集)』이라는 제목의 시집을 출판했는데, 이들을 구엽파 시인이라 부른다. 『구엽집』에는 1980년 1월에 쓴 시인 위안커자(袁可嘉)의 「서(序)」가 들어 있으며, 그 첫 단락에서 『구엽집』 출판의 의의를 이렇게 설명했다.

이 시집은 20세기 40년대(주로 1945-1949년)에 국민당 통치 지역에서 활동한 아홉 명의 젊은 시인들의 작품 선집이다. 30여 년을 격하여 왜 80년대의 중국에서 새롭게 간행해 세상에 내놓으려 하는가? 이것은 이들 작품이 40년대 중국의 부분적인 역사의 충실한 기록이기 때문이다.[30]

이 아홉 명의 시인을 구체적으로 열거하면 신디(辛笛), 천징룽(陳敬容),

29 朱自淸, 「詩的形式」, 『新詩雜話』, 『朱自淸全集』 第二卷(江蘇教育出版社, 1996), 398쪽.

30 辛笛 · 袁可嘉 · 穆旦 等, 「序」, 『九葉集』(江蘇人民出版社, 1981), 3쪽 참조.

두윈셰(杜運燮), 항웨허(杭約赫), 정민(鄭敏), 탕치(唐祈), 탕스(唐湜), 위안커자, 무단(穆旦)이다. 『구엽집』에 작품이 실린 아홉 명의 시인들은 위안커자가 「서」에서 지적한 바와 같이 당시의 중국 역사를 충실하게 기록했기 때문에 독자들로부터 크게 환영을 받았고, 독자들은 이들을 '구엽시인'이라 불렀다. 또 이들은 현대주의적 경향을 띠고 있어 다이왕수(戴望舒)와 리진파(李金髮), 스저춘(施蟄存) 등 1930년대의 '현대파' 시인들과 구분해 '40년대 현대시파'라고 부르기도 하며, 시 전문지 『중국신시』를 중심으로 활동했으므로 '중국신시파'라고 부르기도 한다.

항일전쟁이 끝나고 국공내전이 발발해 중국이 새로운 정치 국면으로 접어들자 구엽시인들은 중국의 청년 지식인으로서 정의감과 애국심을 발휘해 현실과의 연관을 더욱 중시하게 되었고, 현대주의와 중국의 급박한 현실 모순을 결합하는 방향으로 시 창작을 시도했다. 이들은 『중국신시』를 중심으로 활동하면서 『중국신시』가 창간된 1948년 6월부터 1년 사이에 『시간과 깃발(時間與旗)』 · 『여명 악대(黎明樂隊)』 · 『수확기(收穫期)』 · 『생명을 심판받다(生命被審判)』 · 『최초의 꿀(最初的蜜)』 등 다섯 권의 시집을 출판했다. 『구엽집』의 「서」에 따르면,[31] 구엽시인은 시대에 대한 자신의 관찰과 느낌에 충실하고 각자 자기 마음속의 시예(詩藝)에 충실하고 견실한 노력을 통해서 신시의 예술을 위해 새로운 길을 개척했다. 당시의 일부 시들과 비교해 그들의 시는 비교적 함축적이고 내심(內心)의 발굴을 중시했으며, 이전의 신월파 · 현대파와 비교해 그들은 시야를 넓히고 현실 생활에 접근하고자 했고, 개인의 느낌에 충실하면서도 인민의 정감과 밀접하게 관계를 맺으려고 노력했다. 예술 면에서 그들은 지성과 감성을 융합하려고 노력했고, 상징과 연상을 운용하는 데 주의하고, 환상과 현실이 상호 침투하도록 하고, 사상 · 감정을 활발한 상상과 참신한 이미지에 기

31 辛笛 · 袁可嘉 · 穆旦 等, 「序」, 『九葉集』, 16쪽 참조.

탁함으로써 이를 통해 시의 깊이와 밀도, 강인성과 탄력성을 강화하려고 노력했다.

그런데 사회주의 중국이 성립된 이후 구엽시인은 차례로 시단에서 모습을 감추었다. 그들은 1950년대에 이르러 '자유주의 문예 사상' 계열로 분류되면서 편견이나 무관심 속에서 실락(失落)했거나 갑자기 들이닥친 정치 폭풍에 의해 무너졌다.[32] 그 후 주요 문학사 책이나 신시사(新詩史)를 평가한 권위 있는 글과 작품 선집에서도 그들은 모두 제외되었다. 그러나 문화대혁명의 종식과 더불어 찾아온 봄기운에 힘입어 구엽시인은 『구엽집』을 출간하는 동시에 각기 새로운 열의를 가지고 다시 시 창작에 뛰어들었다.

대표적인 구엽파 시인으로는 무단(穆旦, 1918-1977)을 들 수 있다. 무단은 원명이 차량정(査良錚)이고 1918년 톈진(天津)에서 태어났다. 16세 때 첫 작품 「유랑인(流浪人)」을 학교 간행물에 발표해 조숙하다는 말을 듣기도 했다. 1935년 17세 때 칭화대학(清華大學) 외국어문학과에 입학했고, 중일전쟁이 발발한 후 1938년에 쿤밍의 시난연합대학(西南聯合大學) 외국어문학과에서 공부했다. 이때 무단은 서양의 모더니즘 시에 흥미를 가져 영국의 시인 엘리엇과 오든, 예이츠의 시를 좋아했고 그들로부터 많은 영향을 받았다. 1942년 5월부터 9월까지 중국 원정군에 가입해 항일을 위한 미얀마 전투에 참가했으며, 곧이어 인도로 철수했다가 다시 쿤밍으로 돌아왔다. 이때의 경험이 그의 생활 태도와 시 풍격에 큰 변화를 가져왔다고 한다. 무단은 1948년 미국으로 유학을 떠나, 시카고대학 영문학과에 입학했고 1951년에는 석사학위를 받았다. 1953년 미국이 공산주의 중국으로의 귀국을 허가하지 않았지만, 결국 그는 부인과 함께 선전(深圳)을 경유해 귀국했다. 귀국 후 난카이대학(南開大學)에서 교수로 재직했으며, '문화대혁명' 기간 동안에는 수난을 당했다. 대표적인 시집으로는 『탐험대(探險

32 洪子誠 · 劉登翰 저, 『중국당대신시사』, 洪昔杓 역(신아사, 2000), 75쪽 참조.

隊)』(1945)·『무단시집(穆旦詩集) 1939-1945』(1947)·『깃발(旗)』(1948) 등이 있다.

무단은 현대적인 느낌이 풍부한 언어와 이미지를 사용해 자신의 독자적인 역사적 경험을 반영한 시들을 많이 창작했다. 일반적으로 리진파와 원이둬 등이 시가 형식의 실험을 통해 현대성을 추구했고 다이왕수와 볜즈린(卞之琳) 등이 중국의 전통적인 이미지를 되살려 현대주의 시의 발전된 면모를 보여주었으나 '상징파의 형식, 고전파의 내용'의 틀을 벗어나지 못했다고 한다면, 무단은 좀 더 '자각적인 현대주의자'로 평가된다. 그의 대표작으로는 「혹한의 섣달 밤에(在寒冷的臘月的夜裏)」(1941)·「찬미(贊美)」(1941)·「시 8수(詩八首)」(1942)·「봄(春)」(1942)·「삼림의 홀림(森林之魅)」(1945) 등이 있다. 「혹한의 섣달 밤에」는 아이칭의 「중국 땅에 눈은 내리고」의 영향을 받은 시로 전쟁 시기 북방 중국 농민들의 어려운 생활을 묘사해 차가운 중국 현실을 형상화했는데, 우국우민의 정서가 두드러진다. 「찬미」는 시인의 조국에 대한 찬가이지만, 중국 민족의 고난을 묘사하고 있어 무거운 고통이 뒤따르는 찬가이다. 「시 8수」는 여덟 수로 구성된 애정시 모음으로서 애정에 대한 시인의 체험을 서술하고 있으며, 영(靈)과 육(肉), 감정과 이성 사이의 대립 통일의 상황을 묘사하고 있다. 「봄」은 봄의 발랄한 생기를 서술하면서 '스무 살' 청춘의 육체가 불타고 있지만 그와 동시에 '돌아갈 곳 없는' 미혹(迷惑)의 상황을 서술하고 있다. 「삼림의 홀림」은 '삼림(森林)'과 '인간(人)'의 대화로 구성된 시극(詩劇) 형식이며, 시인이 미얀마 전투에 참가했다가 기적적으로 살아난 경험을 바탕으로 당시 죽어간 동료들을 위해 쓴 시이다. 이 시는 단순한 추도의 의미를 넘어 삶과 죽음에 대한 철학적 의미를 탐색하고 있어 중국 현대시사에서 전쟁과 죽음에 직면해 생명과 영원성을 노래한 대표작으로 불린다.

무단의 대학 동기인 왕쭤량(王佐良)은 무단의 시를 평가하면서 "무단을 논하자면 그가 모더니즘으로부터 배운 가장 중요한 것은 사물을 깊이 있게 그리고 복잡하게 보라는 점이다"[33]라고 말한 바 있다. 무단의 시를 이해하기 위해서는 표면을 뚫고 들어가 그 깊이와 복잡성을 읽어낼 수 있어야 한다.

예컨대, 영과 육의 충돌을 담고 있는 현대적 감각의 애정시 「시 8수」를 보자. 이 시에는 자아분열과 자연주의적 연애관이 관통하고 있다. 시인은 처음부터 "아, 이 타오르고 있는 것은 성숙의 세월에 지나지 않는다(唉, 那燃燒着的不過是成熟年代)"(제1수)라고 말한다. 사랑은 자연의 놀이로서 의식적인 너와 나의 일이 아니라 무의식적이고 반의식적인 너와 나의 일이라는 점을 암시한다.

> 물이 산과 돌 사이를 흘러 너와 나를 침적시켜놓았지만,
> 우리는 성장한다, 죽음의 자궁 속에서,
> 무수한 가능성 중에서 하나의 변형된 생명은
> 영원히 그 자신을 완성할 수 없다.[34]

이는 생명의 역사를 보여주는바, 생명은 시작도 끝도 없다. '물이 산과 돌 사이를 흐르는 것'은 자연 현상이지만, 우리는 이 때문에 '죽음'의 신비 속에서 다시 태어나며 생명은 영원히 변형된다. 하지만 자아의 이상을 완성할 최종적인 임무도 없다. 자연은 끊임없이 우리로 하여금 신진대사가 일어나게 하고, "우리로 하여금 풍부하게 하면서도 위험하게 만든다(使我們豐富而且危險)"(제2수). 그리하여 우리는 자기의 사랑을 영원히 확정할 수 없다. 무단의 「깃발(旗)」이라는 시에서 '깃발'은 이렇게 묘사된다.

---

33 王佐良, 「談穆旦的詩」, 『讀書』(1995. 4), 141-142쪽.

34 "水流山石間沈澱下你我,/ 而我們成長, 在死底子宮里,/ 在無數的可能里一個變形的生命/ 永遠不能完成他自己."(第2首)

우리는 모두 아래에 있고, 너는 고공(高空)에서 펄럭인다,
바람은 너의 몸, 너는 태양과 동행하고,
늘 속세 밖으로 날아가려 하나, 지면으로 잡아당겨진다.

그것은 하늘에 씌어진 말, 모두가 알고,
간단명료하고, 넓고 형체가 없으며,
그것은 오늘 살아 있는 영웅들의 유혼(游魂).

네 자그마한 몸은 전쟁의 동력,
전쟁이 지난 후, 너만이 유일한 완전무결,
우리는 재가 되고, 영광은 너로 인해 보존된다.

지나친 책임으로 인해, 우리는 때론 망연(茫然)하고,
자본가와 지주는 너를 끌어들여 변명하며,
너를 이용해서 군중의 평화를 얻는다.

그것은 모두의 마음, 그러나 모두보다 총명하고,
새벽을 이끌고 와서, 어두운 밤을 따라 수고하니,
너는 언제나 자유의 기쁨을 말한다.

사방의 폭풍은, 네가 가장 먼저 느끼고,
최대 다수의 방향, 너로 인해 승리가 확정되니,
우리는 너를 애모한다, 지금은 인민에 속해 있는 너를.

我們都在下面, 你在高空飄揚,
風是你的身體, 你和太陽同行,

常想飛出物外, 却爲地面拉緊.

是寫在天上的話, 大家都認識,
又簡單明確, 又博大無形,
是英雄們的游魂活在今日.

你渺小的身體是戰爭的動力,
戰爭過後, 而你是唯一的完整,
我們化成灰, 光榮由你留存.

太肯負責任, 我們有時茫然,
資本家和地主拉你來解釋,
用你來取得衆人的和平.

是大家的心, 可是比大家聰明,
帶着淸晨來, 隨黑夜而受苦,
你最會說出自由的歡欣.

四方的風暴, 由你最先感受,
是大家的方向, 因你而勝利固定,
我們愛慕你, 如今屬於人民.

무단의 시어는 간단하면서도 평범하지 않은 배합과 형상성을 띠고 있다. 예컨대, 앞서 인용한 「시 8수」의 "물이 산과 돌 사이를 흘러 너와 나를 침적시켜놓았지만"도 그렇거니와 「출발(出發)」의 "너는 우리에게 풍부함을 준다, 풍부함의 고통도 함께(你給我們豊富, 和豊富的痛苦)"나, 「광야에서(在曠野上)」의 "나는 나의 잘못된 어린 시절을 목 졸라 죽였다(我縊死了我的錯誤的童年)" 등과 같은 시구는 읽어서 금방 이해할 수 있는 것이 아니다. 이 시구들은 생각의 결과를 표현한 것이 아니라 생각의 과정을 표현한 것이기 때문에 이해하기 어렵지만,[35] 의미를 더욱 깊고 풍부하게 만들어준다.

무단은 현재성에 기반해 시적 '현대성'의 창조에 투철했던 시인으로서 자기 내면에 깃들어 있는 지식인으로서의 자아를 포기하지 않았다. 그러면서도 그는 당대 현실에 대한 관심과 비판의 끈을 놓지 않았으니, 그의 자아는 언제나 외부 현실과의 관계 속에서 자신의 가치와 깊이를 확인한다. 무단에게 이른바 '현대성'의 추구란 근본적으로는 '주체의 자유'에 대한 추구이다. 그것은 결코 전통과 현대의 이원대립 속에 있지 않으며 또한 완전히 인간과 시대 환경의 부조화에 의해 초래되는 것도 아니다. 그것 자체는 긴장과 모순, 사회 비판과 자기반성으로 가득 차 있다. 같은 구엽시인이기도 한 탕스가 「무단론(穆旦論)」의 결론 부분에서 언급한 무단에 대한 다음과 같은 평가는 1948년 당시의 시대 상황 속에서 의미심장한 일면을 포함하고 있다.

> 그는 온 몸과 마음으로써 자아를 껴안았고, 또한 이 때문에 역사의 호흡을 껴안았고, 비장한 '산하 빚어내기(山河交鑄)'를 껴안았으니, 이것은 바로 진보라고 자처하지만 사실은 허위적이고 심지어 인민의 저속한 취미를 발양한 저들 '인민시인(人民詩人)'과 강렬한 대비가 될 수 있다. 그가 표현한 것은 뿌리 없이 허황된 개념이 아니라 오히려 그의 전인격이며, 부르주아의 진보 정신이요 경건한 선각자의 풍모와 깊이 있는 사상가의 능력이다.[36]

35 程光煒 · 吳曉東 · 孔慶東 · 郜元寶 · 劉勇 主編, 『中國現代文學史』, 332쪽 참조.

36 唐湜, 「穆旦論」(『中國新詩』 第三 · 四集, 1948), 『"九葉詩人"評論資料選』, 王聖思 選編(華東師范大學出版社, 1984), 354쪽.

구엽파 중에서 나이가 가장 많은 시인인 신디(辛笛, 1912-2004)는 1912년 톈진에서 태어났으며, 원명이 왕신디(王馨迪)이다. 그는 어려서부터 당시(唐詩), 특히 이백(李白)과 두보(杜甫)의 시를 즐겨 읽었고, 이상은(李商隱), 강기(姜夔) 등의 전통적인 상징시도 대단히 좋아했다. 1931년 칭화대학의 외국어문학과에 입학해 1935년에 졸업했다. 이 시기에 신디는 칭화대학에서 발간하던 『칭화주간(清華周刊)』 문예란의 편집을 맡았고, 또 『문학계간(文學季刊)』·『수성(水星)』 등의 간행물에 시작(詩作)을 발표했다. 그는 대학을 졸업한 뒤 베이징에서 1년간 중학교 교사로 지냈으며, 곧이어 영국의 에든버러로 가 영문학을 공부했다. 이때 엘리엇, 무어 등의 시인들과 만나 자주 왕래했고, 또한 서양 자본주의 사회의 '황원(荒原)'의 모습을 직접 눈으로 목격했다고 한다. 귀국 후 상하이 지난대학(暨南大學)에서 잠시 교편을 잡았으나 태평양전쟁의 발발로 대학이 휴교하자 은행에 들어가 근무하기도 했다. 중일전쟁이 끝난 뒤 신디는 『시창조(詩創造)』와 『중국신시(中國新詩)』의 창간과 더불어 왕성한 창작 활동을 재개했다. 출판한 시집으로는 『수장집(手掌集)』(1948)·『신디 시고(辛笛詩稿)』(1983)·『인상·화속(印象·花束)』(1986) 등이 있다.

신디는 『신디 시고』의 「자서(自序)」에서, 시를 처음 쓰기 시작하던 1930년대의 자신에 대해 "항상 외침과 애수 사이에서 방황했고 당시 현실에 대해 대단히 불만이었지만 또 반항할 힘이 없었고 탐색하면서도 방황했다"라고 했다. 이 시기 신디의 작품에는 늘 애수가 서려 있다. 맹인 악사의 슬픈 인생을 그린 「현의 꿈(弦夢)」, 이별을 아쉬워하는 시인의 모습을 '초췌한 술잔'으로 비유한 「밤 이별(夜別)」 등이 그러하다. 그러나 1940년대에 이르러 신디의 시풍은 일변해 현실 참여 정신을 강하게 드러내게 된다. 시인은 「뻐꾸기(布谷)」에서 개인의 애정을 대변하는 것에서 인민의 고난을 대변하는 것으로 바뀐 뻐꾸기 소리의 상징적 의미의 변화를 통해 자신의 시적 관심의 변화를 표현했다. 그리하여 "쓰레기의 오색 빛깔 바다", "도시의 썩은 냄새와 죽음"의 현실을 실감하는[37] 시인에게 풍경은 이제 풍경이 아니라 암담한 현실로 다가온다. 「풍경(風景)」(1948)이라는 시를 보자.

열차는 중국의 늑골 위를 누르며 지나고
마디마디 사회 문제를 이어가는데
나란히 띠집과 들판의 무덤이 자리하고 있어
삶은 종점까지의 거리가 이렇게 가깝다
여름의 땅은 푸르러 풍요로우며 자연스럽고
병사의 새 복장은 누렇게 바래 비참하다
늘 한번 지나가고 싶었던 이곳은
생소하다 할 수 없이 오히려 흔한 암담함이다
야윈 밭갈이 소와 더욱 야윈 사람은
모두 병들어, 풍경이 아니다!

列車軋在中國的肋骨上
一節接着一節社會問題
比鄰而居的是茅屋和田野間的墳
生活距離終點這樣近
夏天的土地綠得豐饒自然
兵士的新裝黃得舊褪凄慘
慣愛想一路來行過的地方
說不出生疏却是一般的黯淡
瘦的耕牛和更瘦的人
都是病, 不是風景!

---

37 辛笛, 「寂寞所自來」, 『九葉集』, 22쪽 참조.

시인은 상하이에서 항저우(杭州)로 가는 열차에 몸을 싣고 달리는데, 양쪽 철로를 잇는 가로목 위를 지나가는 열차를 "중국의 늑골 위를 누르며 지나고 마디마디 사회 문제를 이어가는" 것으로 표현해 사회 문제의 심각성과 중첩성을 상징적인 기법으로 처리했다. 철로 주변의 풍광은 전원적인 풍광이 아니라 암담한 사회 문제를 드러내는 풍광이므로 그것은 "풍경이 아니다." 시인은 철로 주변의 풍광, 즉 '띠집', '무덤', 누렇게 바랜 '병사의 새 복장', '야윈 밭갈이 소', '야윈 사람'을 통해 "삶은 종점까지의 거리가 이렇게 가깝다"고 느끼며 암담한 사회 현실을 고발하고 있다. 이 시기의 신디는 초기의 감상(感傷)으로부터 벗어나서 현실의 사회 문제와 적극적으로 마주하고, 그러면서도 단순히 격정의 폭발로 그치지 않고 적절한 냉정과 절제를 보여주고 있다.

신디는 대체로 상징적이고 인상주의적인 기법을 사용해 산뜻한 이미지 처리와 깊은 함축미를 드러내는 데 뛰어났다. 또한 사회 현실에 대한 관심과 조국에 대한 깊은 애정을 웅대한 규모나 영웅적인 감회를 통해 표현하지 않고 일상적이고 소박한 사건이나 느낌을 통해 표현하는 데 탁월했다. 신디와 아이칭을 비교한 다음의 분석은 신디 시의 특징을 매우 선명하게 보여준다.

> 아이칭은 그리스에서 바이런이 했던 것과 같이 인민을 위해 분투하고 피를 흘렸지만, 신디는 눈물로써 영혼으로써 인민의 상처를 어루만지고 상처 자리에 피를 멎게 했다. 아이칭은 칼을 뽑아 서로 돕는 협객처럼 정의를 위해 발언했지만, 신디는 자애로운 어머니처럼 살을 에는 고통이 있었다.[38]

38 姚啓榮, 「『手掌集』論」, 『"九葉詩人"評論資料選』, 217-218쪽 재인용.

제13장

'경파'·'해파' 문학과 선충원, 장아이링, 첸중수의 소설

제1절 '경파' 문학과 '해파' 문학

1933년 9월 선충원(沈從文)이 톈진(天津)의 『대공보(大公報)』의 『문예부간(文藝副刊)』 편집을 맡은 뒤, 10월 18일 『문예부간』에 「문학자의 태도(文學者的態度)」라는 글을 발표했다. 선충원은 이 글에서 성실함과 진지함을 결여한 당시 문인들의 태도를 비판했는데, 이것이 발단이 되어 1933년 겨울부터 1934년 봄까지 규모는 작지만 주목할 만한 문학 논쟁이 일어났다. 이른바 '경파·해파(京派·海派)'에 관한 논쟁이 바로 그것이다. 원래 '경파'·'해파'라는 말은 지역의 문화적 특색을 반영해 경극이나 회화와 같은 예술 영역에서 사용되었으나 나중에 문단에도 적용되었다. 대체로 '경파'는 베이징(北京) 중심의 작가군을 가리키고, '해파'는 상하이(上海) 중심의 작가군을 가리킨다.

논쟁의 발단이 된 「문학자의 태도」라는 글에서 선충원은 위대한 작품의 생산은 작가의 총명이나 자만, 유명세 등에 달려 있는 것이 아니라 작가의 성실성에 달려 있다고 강조했다. 그래서 그는 성실함과 진지함을 결여한 문인을 두고 "이런 사람들은 상하이에서는 서점, 신문사, 정부기관의 잡지에서 기생하고 있고, 베이징에서는 대학, 중학 및 각종 교육기관에 기생하고 있다. 이런 사람들은 비록 고상한 척하지만 실제로는 저속하기 짝이 없다"[1]라고 비평했다. 여기서 선충원은 상하이 문인과 베이징 문인을 포괄적으로 비판하고 있지만 실제로는 홍미주의와 건달기에 물들어 있다고 판단한 상하이 문인들을 겨냥한 것이었다. 선충원은 예의 글 이전에도 상하이의 상업적 경쟁에 대해 우려를 표명한 적이 있었다. 그는 1927년 이후 중국 신문학이 베이징에서 상하이로 옮겨간 뒤 "일체의 취미에 영합해 중국의 새로운 문학이 얼마 전까지의 저급한 취미의 '해파 문학'과 뒤섞이는 기회가 많아졌고, 이 때문에 창작 방향과 창작 태도에 대단히 큰 영향을 끼치고 있다. 이러한 뒤섞임의 결과로서 창작 정신이 점차 타락하게 되었다"[2]라고 했다. 선충원은 상하이 출판계의 상업 경쟁으로 인해 문학 정신이 타락하고 있다고 판단해 강한 거부감을 느끼고 있었다. 그는 문학의 상업화뿐만 아니라 문학의 정치화에 대해서도 강한 거부감을 느끼고 있었는데, 상하이의 문학이 상업과 인연을 맺어 '상품의 일종'으로 떨어지고 있을 뿐만 아니라 정치와 뗄 수 없는 관계를 맺어 조야(朝野)에서 '정책 도구의 일부'로 떨어지고 있다[3]고 지적했다. 선충원이 성실함과 진지함을 결여한 상하이 문인들을 겨냥해 비판적 태도를 표명하게 된 데에는 바로 이러한 배경이 있었다.

선충원의 비평에 대해, 상하이에서 활동하던 쑤원(蘇汶, 즉 두헝杜衡)은

1 沈從文,「文學者的態度」,『沈從文文集』第十二卷(花城出版社, 1992), 154쪽.

2 沈從文,「論中國現代創作小說」,『沈從文文集』第十一卷, 162쪽.

3 沈從文,「新的文學運動與新的文學觀」,『沈從文選集』第五卷(四川人民出版社, 1983), 98쪽 참조.

1933년 12월 잡지 『현대(現代)』에 「상하이에 있는 문인(文人在上海)」이라는 글을 발표해 반박했다. 쑤원은 '해파 문인'의 함의는 다양하다고 전제하고, 악의적으로 볼 때 "돈을 좋아하고 상업화되어 작품이 졸렬하고 인격이 천박하다는 의미를 담고 있다"고 볼 수 있지만, '상하이 기질(上海氣)'의 의미를 내포하는 것이라면 도시 문화의 한 특징이므로 긍정되어야 한다고 주장했다.

> 아마 이른바 '상하이 기질'이란 단지 '도시 기질(都市氣)'의 별칭으로 여기는 사람도 있을 것이다. 그렇다면 기계 문화가 신속하게 전파되면, 얼마 지나지 않아 이러한 분위기는 그것을 가장 싫어하는 사람들이 살고 있는 곳까지 영향을 미칠 것이라고 나는 믿는다.[4]

쑤원은 도시화는 피할 수 없는 현상이므로 도시화를 반영하는 문학의 변화 역시 적극적으로 수용해야 한다고 보았다. 쑤원의 대응에 맞서 선충원은 다시 「'해파'를 논함(論"海派")」과 「해파에 관하여(關于海派)」라는 글을 써서 비판의 대상인 '해파(海派)'의 개념을 좀 더 분명하게 제시했다. 그는 우선 마오둔(茅盾), 예사오쥔(葉紹鈞), 루쉰(魯迅) 및 여타의 문학 창작과 잡지 편집에 종사하는 문인들을 해파에서 제외하고 '명인 재정(名人才情)'과 '상업 경매(商業競賣)'의 상호 결합이 곧 해파를 의미한다고 설명했다. 그는 좀 더 부연해 "기회를 틈타 이익을 챙기거나(投機取巧)" "기회주의적인 태도를 취하는(見風轉舵)" 문인들을 의미하는 것이라고 했다.[5] 선충원은 '도덕적으로나 문화적으로' '나쁜 기풍'의 상하이 문단을 해파라는 개념으로 비평하고자 했는데, '명인 재정'과 '상업 경매'를 해파 문학의 특징으로

---

4 蘇汶, 「文人在上海」, 『沈從文評說八十年』, 王珞 編(中國華僑出版社, 2004), 228-229쪽 참조.

5 沈從文, 「論"海派"」, 『沈從文文集』 第十二卷, 158쪽 참조.

제시함으로써 진지하고 건전한 문학 창작을 위해 그러한 문학자의 태도는 시정되어야 한다고 보았다. 1930년대 상하이 문단은 매우 복잡한 양상을 띠고 있었다. 좌익 문학이 주류를 이루고 있었으나, 원앙호접파 문학이 여전히 잔존하고 있었고, 많은 작가들이 홍미 위주의 연애를 제재로 이성간의 심리를 묘사하고 있었다. 선충원의 비판은 문학의 정치성을 추구한 좌익 문학을 우회적으로 겨냥한 점도 있었지만, 해파라는 개념을 좀 더 분명하게 제시함으로써 상업주의적인 흥미 위주의 작품을 생산하는 문인들을 겨냥한 것이었다.

루쉰도 이러한 논쟁에 개입해 제3의 관점에서 경파와 해파의 특징을 모두 비판적으로 개괄했다.

> 베이징은 명청(明淸)의 제도(帝都)이고 상하이는 각 국의 조계(租界)이며, 제도에는 관(官)이 많고 조계에는 상(商)이 많다. 그래서 문인들이 베이징에 거주하면 관(官)에 가깝고 상하이에 있으면 상(商)에 가까운데, 관에 가까우면 관에게 이름을 얻게 해주고 상에 가까우면 상에게 이득을 가져다주어 스스로는 그것에 의지해 입에 풀칠을 한다. 요컨대 '경파'는 관의 어용(幇閑)이요 '해파'는 상의 원조(幇忙)일 뿐이다.[6]

루쉰은 경파와 해파의 지역적 특징을 '관리의 많음(多官)'과 '상인의 많음(多商)'으로 개괄하고 그 차이에도 불구하고 '어용(幇閑)'과 '원조(幇忙)', 즉 '그것에 의지해 입에 풀칠한다'('돕다幇'라는 점이 동일함)는 점에서 본질적으로 유사하다고 보았다. 당시 좌익 문학 진영에 속해 있던 그의 눈에 비친 경파와 해파는 표면적으로는 구별되지만 본질적으로 큰 차이가 없었다. 그러

6 魯迅, 「"京派"與"海派"」, 『花邊文學』, 『魯迅全集(5)』(人民文學出版社, 1981), 432쪽. "'京派'是官的幇閑, '海派'則是商的幇忙而已."

나 루쉰은 경파 문학을 부분적으로 긍정해 다음과 같은 기대를 표현했다.

> 베이핑(北平, 당시에는 베이징을 이렇게 불렀음—인용자)은 어쨌든 고물(古物)이 있고 고서(古書)가 있고 고도(古都)의 인민이 있다. 베이핑의 학자문인들은 대체로 강사 또는 교수의 본업을 가지고 있어 논리, 연구 또는 창작의 환경이 실로 '해파'에 비해 월등하니 나는 학술상, 문예상의 대저작을 볼 수 있을 것으로 희망한다.[7]

차오쥐런(曹聚仁)도 논쟁에 가담해, 경파와 해파의 문화적 특색을 이렇게 구분했다.

> 경파는 고전적이라고 말해도 무방하며, 해파는 낭만적이라고 해도 무방하다. 경파는 대갓집 규수(大家閨秀)와 같고, 해파는 모던걸(摩登女郎)과 같다. …… 만약 대갓집 규수가 모던걸이 교태를 부리는 것을 비웃을 수 있다면, 모던걸도 역시 대갓집 규수는 시대의 낙오자라고 도리어 비웃을 수 있을 것이다.[8]

차오쥐런 역시 좌익 문학의 관점에서 경파와 해파의 특징을 비판적으로 개괄했는데, 대갓집 규수와 모던걸의 비유는 매우 단순하기는 하지만 경파와 해파의 문학적 특징을 어느 정도 적절히 드러냈다고 할 수 있다.

전체적으로 볼 때, 경파는 성실함과 진지함을 중시하고 문학의 순수성을 지키려던 베이징 문인들의 문화적 특색을 반영하고, 해파는 유행에 민감하고 상업화 경향이 뚜렷하며 도시적이고 현대적인 감각을 추구하던 상하이 문인들의 문화적 특색을 반영하고 있다. 그렇기에 경파·해파의

---

7 魯迅, 「"京派"與"海派"」, 『花邊文學』, 『魯迅全集(5)』, 433쪽.

8 楊義, 『京派海派綜論』(中國社會科學出版社, 2003), 55쪽 재인용.

개념은 원래 지역적 함의를 담고 있지만 동시에 문화적 · 심미적 함의도 분명하게 포함하고 있다. 그런 만큼 경파 · 해파의 논쟁은 당시 주류 문학임을 자처하던 좌익 문학 이외에 다양한 문학적 경향이 혼재해 있던 중국 문단의 다원적 양상을 반영하고 있는 것이다.

경파 작가들은 1920년대 말부터 1930년대에 이르기까지 베이징을 중심으로 톈진 · 칭다오(青島) · 지난(濟南) 등 북방 도시에서 활동했다. 이들은 대체로 대학교수나 대학생의 신분이었으며 주로 학문을 탐구하는 사람들이었다. 대표 작가로는 선충원, 페이밍(廢名), 주광첸(朱光潛), 링수번(凌叔本), 샤오첸(蕭乾), 리젠우(李健吾), 루펀(蘆焚), 린후이인(林徽因), 볜즈린(卞之琳), 허치팡(何其芳), 리광톈(李廣田), 린겅(林庚) 등을 들 수 있다. 이들의 문학은 정치의식이 옅어지고 예술적 독립 의식이 강했던 당시 북방 문화의 산물이라고 할 수 있는데, 그 이론적 선구자는 저우쭤런(周作人)과 주광첸이었다. 저우쭤런은 5 · 4신문학운동 시기에 '인간의 문학'을 제창했지만, 그 후 예술적 은일(隱逸)을 추구해 예술의 독립성, 인성의 표현, 관용을 주장하고 점차 정치로부터 벗어나서 순문학의 길을 걸었다. 주광첸은 '예술적 거리'를 유지할 것을 주장해 심미 심리학적 측면에서 경파 문학의 이론적 기초를 제공했다.

> 예술의 이상(理想)은 적당한 거리를 가져야 한다. 너무 멀지 않아야 보는 사람이 절실한 경험으로써 작품을 검증할 수 있으며, 너무 가깝지 않아야 보는 사람이 실제 인생에 대응하는 태도로써 그것에 대응하지 않을 수 있다. 단지 그것을 한 폭의 그림으로 삼아 눈앞에 펼쳐 감상하며…… 순수 미감의 태도로써 그것을 상대할 수 있는 것이다.[9]

9 朱光潛, 「從"距離說"辯護中國藝術」, 『朱光潛全集』 第三卷(安徽教育出版社, 1987), 380-381쪽.

주광첸은 문학이 현실로부터 일정한 거리를 유지해야 한다고 보아 작가들에게 '예술적 거리'를 유지할 것을 요구했다. 저우쭤런과 주광첸의 이론적 주장에 힘입어 선충원과 샤오첸, 리젠우 등은 '조화(和諧)', '합당(恰當)', '순수(純粹)', '완미(完美)', '원만(圓融)'을 작품 평가의 척도로 삼았다.[10] 더욱이 대부분 향촌 출신이었던 그들은 향촌으로부터 순박한 인정미와 풍속미, 아름답고 안온한 자연미를 발견했다. 그래서 대중을 선동하려는 정치 지향적 문학을 반대하고 상업적이고 실용적인 해파 문학도 경시했다.

해파 작가들은 상하이 지역의 특수한 문화 현상, 즉 상업화와 도시화의 현상과 떼어서 생각하기는 어렵다. 그들은 대체로 1920년대 말부터 1940년대 말까지 혁명과 구국을 부르짖던 좌익 문학가와, 자아를 추구하고 예술적 자유를 신봉하던 경파 작가들 사이에 위치하고 있었다.[11] 해파 작가로는 스저춘(施蟄存), 류나어우(劉吶鷗), 무스잉(穆時英), 두헝(杜衡), 헤이잉(黑嬰), 허진(禾金), 장커뱌오(章克標), 쩡진커(曾今可), 쉬쉬(徐訏), 장아이링(張愛玲), 쑤칭(蘇青), 스지메이(施濟美), 탄웨이한(譚惟翰), 린웨이인(林徽音), 황전샤(黃震遐), 위치에(予且) 등을 들 수 있다. 이 중에서 신감각파 작가인 스저춘과 류나어우, 무스잉 등은 1930년대에 활동한 대표 작가이고, 장아이링과 쑤칭, 위치에 등은 1940년대에 활동한 대표 작가이다. 양이(楊義)는 그의 『중국현대소설사』에서 "'경파' 문학은 도덕적으로 문화적으로 건강과 순정을 중시했고, 상하이 현대파는 도시풍의 기계문명을 중시했다. 만약 전체를 개괄해도 무방하다면, 하나는 향토 목가적 문화에 속하고 하나는 도시 기계 문화에 속한다"[12]라고 했다. 그렇다면 1930년대의 해파 문학의 특징은 현대파로 활동한 스저춘, 류나어우, 무스잉 등 신감

10 楊義, 『中國現代小說史』 第二卷(人民文學出版社, 1993), 598쪽.

11 李今, 『海派小說與現代都市文化』(安徽教育出版社, 2000), 5쪽 참조.

12 楊義, 『中國現代小說史』 第二卷, 589쪽.

각파 작가들의 현대주의 소설에서 전형적으로 발견된다. 신감각파 작가들은, 직관에 의지해 사물을 표현하려고 했던 1920년대 일본의 신감각파의 영향을 받아 의식적으로 서양 현대주의 사조를 추구했다. 그래서 그들은 의식류와 심리 분석의 방법으로 병태적인 도시 생활을 표현하고자 했으며, 화려하고 사치스러운 환경 속에서 인간과 인간 사이의 냉랭함, 사람들 마음속의 적막과 권태, 그리고 타락의 심리를 작품의 주된 소재로 삼았다. 그들의 작품 속에는 무희 · 월급쟁이 · 투기꾼 · 자본가 · 정객 · 유랑자 등 다양한 인간 형상들이 등장한다. 뿐만 아니라 화려한 무도장에서 한적한 별장에 이르기까지 갖가지 현대 도시 생활의 단면들이 묘사되어 있다.[13]

류나어우(劉吶鷗, 1900-1939)는 1930년에 단편소설집 『도시 풍경선(都市風景線)』을 출판했다. 그는 이 작품집에서 주로 도시의 부패와 타락한 생활을 폭로하고 성(性)의 갈등과 삼각관계를 묘사했다. 무스잉(穆時英, 1912-1940)은 단편소설집 『백금 여체의 조소(白金女體的塑像)』 · 『공묘(公墓)』 · 『성처녀의 감정(性處女的感情)』을 출판했다. 그는 주로 대도시 생활을 묘사하고 무녀(舞女)에 대해 동정을 표시하고, 상업적인 대도시를 풍자했다. 스저춘(施蟄存, 1905-2003)은 신감각파 소설 창작에서 가장 두각을 나타냈으며, 작품집으로는 『장군의 머리(將軍底頭)』 · 『장맛비 내리는 저녁(梅雨之夕)』 · 『착한 여인의 품행(善女人的行品)』 등이 있다. 『장군의 머리』는 애욕(愛慾)과 종족 · 군기(軍紀) 사이에서 갈등하는 주인공의 내면적 충돌을 묘사한 것이고, 『장맛비 내리는 저녁』은 청년 또는 중년 남자가 '리비도'에 의해 스스로도 어찌할 수 없는 충동 속에서 다양한 방식으로 성욕의 쾌감과 만족을 추구하는 내용이다. 주지하는 바와 같이, 루쉰의 소설은 중국인의 열등한 국민성을 폭로했고, 위다푸(郁達夫)의 소설은 낭만

13 黃修己, 『中國現代文學發展史』(中國青年出版社, 1994), 423쪽 참조.

적 서정으로 약소민족의 정신적 고독과 생명의지의 억압을 표현했으며, 마오둔의 소설은 1930년대 중국 대도시의 경제 상황을 분석했고, 선충원의 소설은 샹시(湘西) 지역 향촌의 아름다운 모습과 그곳 사람들의 순박한 인성을 묘사했다. 이와 달리 스저춘과 류나어우, 무스잉 등은 주관적 감각과 인상에 의거해 현대 도시 생활의 전형적인 장면을 재현했고, 성(性) 심리 또는 변태 심리의 측면에서 인간의 행위 동기를 분석하고 인간 정신의 비이성적 영역을 표현했다. 따라서 현대 도시문명을 반영하고 있는 신감각파 소설의 특징을 고려할 때 해파 문학의 개념은 선충원이 비판한 '상인 기질'의 특징에서 출발하지만 쑤원이 해명한 '도시 기질'의 특징으로 확장되고 있는 것이다.

특기할 것은, 최근 중국에서 해파 문학이 새로운 의미를 부여받고 있다는 점이다. 해파 문학은 '상인 기질' 또는 '도시 기질'이라는 부정적인 개념으로 치부되지 않고 오히려 중국 도시 문화의 여러 가지 현상을 설명하는 유용한 개념으로 활용되고 있다. 이는 과거의 문화 현상에 대한 인식을 바탕으로 오늘날 도시화와 근대화에 의해 야기된 사회와 문화, 가치관 그리고 인생관 등 일련의 변화를 설명하려는 일종의 문화적 전략이라고 할 수 있다.

제2절 선충원(沈從文)과 향토소설

1930년대 중국 문단은 중국좌익작가연맹의 작가들이 중심이 되어 무산계급 문학의 기치 아래 문예대중화운동을 전개하는 한편 문학을 통해 정치 · 사회 투쟁을 전개해나가고 있었다. 이러한 문학운동과 상반되게 문학의 사회성이나 계급성을 배제한 채 자연과 어우러진 향촌 사람들의 삶과 그들의 아름다운 심성을 그리며 1930년대 소설의 새로운 지평을 열어나간 작가가 있었으니, 그가 바로 선충원이다.

선충원(沈從文, 1902-1988)은 1902년 소수민족이 거주하는 후난성(湖南省) 펑황현(鳳凰縣), 이른바 샹시(湘西) 지역에서 태어났다. 그는 본명이 선웨환(沈岳煥)이며, 묘족(苗族)의 피가 흐르는 소수민족 출신이었다. 선충원은 작품 소재를 대부분 자신의 고향에서 취해 당시 다른 작가들이 쓴 적이 없는 샹시 지역의 풍속과 인정을 풍속화처럼 그려낸 것으로 유명하다. 선충원의 작품은 전원 목가적 정서가 넘치고 낭만주의적 색채를 띠고 있다. 소설은 제재가 다양하고 사회생활의 단면을 광범하게 반영하고 있는데 군대, 하층민, 도시의 상류 사회와 지식 계층, 그리고 향촌 소수민족의 생활을 그렸다. 그의 작품에는 자본가에서부터 사공 · 수병 · 어민 · 사냥꾼 · 목공 · 석공에 이르기까지, 관료 · 군벌로부터 기녀 · 무당 · 백정에 이르기까지 다양한 인물들이 등장한다. 선충원의 작품 중에서 작가의 고향인 샹시 지역의 향촌을 배경으로 그곳 소수민족 사람들의 아름다운 인성과 순박한 인정미를 그린 소설이 가장 두드러진다. 단편소설로는 「비 내린 후(雨後)」 · 「호랑나비(鳳子)」 · 「잣나무(柏子)」 · 「돌로 만든 배(石子船)」 · 「남편(丈夫)」 · 「소(牛)」 · 「샤오샤오(蕭蕭)」 등이 잘 알려져 있다. 단편소설집으로는 『밀감(蜜柑)』 · 『용주(龍朱)』 · 『팔준도(八駿圖)』 · 『흑풍집(黑風集)』 등 20여 종이 있고, 중 · 장편소설로는 『옛꿈(舊夢)』 · 『아헤이의 작은 이야기(阿黑小史)』 · 『변성(邊城)』 · 『장하(長河)』 등 10여 종이 있다. 이 중에서 『변성』(1934)과 『장하』(1935)는 향촌의 아름다운 풍속과 인정미를 그린 선충원의 대표작이다.

선충원은 집착에 가까울 정도로 자신의 고향인 샹시 지역 소수민족의 문화 공간을 문학적 상상력의 원천으로 삼아 원시 생명력의 고귀한 가치를 표현하고자 했다. 근대 도시 공간에서 창작 활동을 시작한 선충원이 그려내고 있는 소수민족의 문화 공간과 그곳의 원시 생명력은 도시 문화와 향촌 문화의 대립 구도에서 항상 배제되어왔던 향촌 문화의 '타자성'을 복원하려는 것이었다. '타자성'의 복원이란 도시 문화의 시각에서 보면 항상 낙후·우매함으로 표상되어온 향촌 문화와 소수민족 문화를 순수·건강·열정 등으로 표상함으로써 '타자'의 원시 생명력에 정당한 가치를 부여하는 것이다. 선충원은 향촌 문화의 원시 생명력을 복원함으로써 근대 도시 문화의 한계를 극복할 수 있는 대안을 제시하고자 했다. 그래서 선충원은 당시 누구도 피할 수 없었던 근대화와 항일(抗日)의 과제, 즉 계몽과 구국의 추세 속에서 탈정치화 또는 비정치화의 길을 걷게 된다.

선충원의 문학적 상상력의 공간적 배경은 '샹시 세계(湘西世界)'라는 말로 표현되는 그의 고향 마을이다. 선충원은 그의 고향인 샹시 세계의 경험을 이렇게 표현한 적이 있다.

> 나는 펑황현(鳳凰縣)에서 나고 자랐고, 열네 살 이후에는 위아래 천 리나 되는 위안수이(沅水) 유역의 각 지방에서 대략 5, 6년 살았으며, 나의 '젊은 시절 인생 교육'은 이 물에서 졸업한 것이나 마찬가지이다. 나의 샹시(湘西)에 대한 인식은 당연히 인간사(人事) 방면에 비교적 편중되어 있었으니 이 지역 대지에서 살아가는 노유귀천(老幼貴賤), 생사애락(生死哀樂)의 각종 상황은 본성에 가까운 것이어서 비교적 많이 주의했고 또 비교적 익숙했다.[14]

'샹시 세계'는 선충원이 창조한 전원 목가적이고 낭만적인 공간인바, 샹시 세계에 대한 상상의 원동력은 바로 샹시 세계를 지탱하는 그곳 사람들의 순박하고 아름다운 자연적 인성이다. 이러한 인성을 지닌 주인공은 작가가 설정한 이상적인 인물로서 작품 속에서 장엄하고 건강하고 아름다우며 경건하고 정성스럽게 표현된다. 선충원에게 붙여진 이른바 '시골 사람(鄉下人)'이라는 별명은 바로 여기서 유래한다.

---

14 沈從文, 『湘西』, 『沈從文文集』 第九卷, 332쪽.

선충원이 태어난 샹시 지역은 원래 원시적 또는 반(半)원시적 사회 상태에서 벗어나지 못한 지역이었다. 특히 묘족이 거주하고 있는 지역은 '합관(合款)'이라는 사회 조직으로 구성되어 있는 일종의 씨족 공동체와 부락 연맹의 성격을 띠고 있었으며, 일종의 원시적 자유민(自由民) 경제 체제를 유지하고 있었다. 이러한 상황은 옹정(擁正) 연간에 청(淸) 정부가 샹시 지역에서 실시한 이른바 '개토귀류'(改土歸流, 소수민족 지역에는 원래 토관土官이 있었는데, 이를 대신해서 중앙 정부가 일정한 임기의 유관流官을 파견해 소수민족 지역을 직접 관할하려 한 정책) 이전까지 지속되었다. '개토귀류'의 실시로 샹시 지역에서 봉건제가 확립된 것은 불과 200여 년 전이었다. 그 뒤 샹시 지역은 청 정부가 폭력으로 정복한 이래 소수민족이 끊임없이 반항한 역사적 공간이 되었다. 한족이 지속적으로 샹시 지역으로 이주해옴에 따라 그곳 고유의 문화와 생활 방식은 큰 변화를 겪었다. 이러한 변화는 한족과 소수민족 두 종류의 문화 형태의 융화와 교류를 촉진했지만, 두 세기 동안 한족의 폭정과 이 폭정으로 인해 유발된 반항은 이 지역을 피로 붉게 물들일 정도로 한족·묘족 두 민족 간의 학살과 반학살, 압박과 착취에 대한 저항 등 잔혹한 투쟁이 끊이지 않았다. 특히 묘족 여인이었던 선충원의 친조모가 소수민족이라는 이유로 팔려가는 비극적 운명은 샹시 묘족의 역사적 운명을 상징적으로 보여준다.

한족과 소수민족의 피를 동시에 물려받은 선충원은 이러한 역사적 환경에서 출생해 20년간 살았으니, 샹시 지역의 변천사와 묘족의 험난한 역사적 운명은 그에게 무의식적인 영향을 끼쳤을 뿐만 아니라 샹시 지역에 대한 명확한 역사의식을 심어주었다. 선충원이 『충원 자전(從文自傳)』·『샹시 기행(湘行散記)』·『샹시(湘西)』 등에서 샹시 지역의 역사적 변천에 관한 서술에 많은 분량을 할애하고 있는 것도 분명 이와 관련이 있다. 선충원은 자신의 혈관에 묘족의 피가 흐르고 있음과 현재 자신의 처지를 이렇게 진술한 바 있다.

혈관 속에 당신들 민족의 건강한 혈액이 흐르고 있는 나, 27년의 생명, 그 절반은 도시 생활로 삼켜버려졌고 도덕이라는 이름 아래 허위와 비겁함으로 변한 대독(大毒)에 중독되었으며, 고귀하다고 할 만한 모든 성격, 예컨대 그 열정, 용감, 성실은 진작에 완전히 소실되어버려서 더 이상 당신들 일족(一族)으로부터 나왔다고 할 자격이 없습니다. 당신들이 나에게 준 성실, 용감, 열정, 혈액 속 유전은 지금에 이르러, 예전에 실증되었던 특성과 기능을 이미 남김없이 잃어버렸으며, 생의 영광은 이미 당신들을 따라 죽어버렸습니다.[15]

이와 같이 선충원은 묘족의 민족적 특징으로부터 물려받은 '열정, 용감, 성실'과 같은 고귀한 성격이 '도시 생활'의 근대 문명과 '도덕'이라는 인위적인 금지율(禁止律)에 의해 질식되고 상실되었음을 간파하고 있었다. 따라서 선충원의 문학적 과업은 '열정, 용감, 성실'과 같은 소수민족 문화의 '고귀한 성격'을 복원함으로써 '생의 영광'을 되살리는 작업임을 짐작할 수 있다.

선충원은 자기창작의 내재적 기질과 소수민족 문화 전통과의 혈연적 관계를 분명하게 인식하고 있었다. 그는 자신의 작품에 담겨 있는 '향토서정시'적 분위기와 일종의 '담담한 고독 비애'의 풍격을 자신의 생득적 특성으로 파악한 바 있다. 소수민족의 입장에서 현실 세계를 파악하려는 태도는 선충원이 중국 현대문학사에서 독특한 존재로 자리 잡는 데 중요한 역할을 했으며, 그의 작가 의식을 구성하는 핵심적인 부분이었다.

선충원의 소설은 크게 향촌을 제재로 한 작품과 도시를 제재로 한 작품으로 나눌 수 있다. 그의 문학 세계의 두 축을 구성하고 있는 이른바 '향토소설'과 '도시소설'은 단순히 제재의 차이를 넘어서, 현대 중국의 향촌과

---

15 沈從文, 「寫在'龍朱'一文之前」, 『龍朱』, 『沈從文全集』 第五卷(北岳文藝出版社, 2002), 323쪽.

도시, 그리고 그 공간에서 살아가는 시골 사람과 도시인에 대한 작가의 근본적으로 다른 관점을 명확하게 담아내고 있다. 문학을 통해 현대인의 정신을 재건하려는 목적을 가지고 생명에 대한 탐색과 현대인의 생존 출로를 제시하려 했던 선충원에게 향촌과 도시, 시골 사람과 도시인은 20여 년간 그의 창작 활동에서 가장 중요한 문학적 대상이었다. 농촌과 농민을 계몽의 대상으로 간주했던 계몽주의적 관점과 달리, 선충원은 전통 문명과 근대 물질문명이 복잡하게 뒤얽혀 있는 도시라는 공간을 병약한 군체(群體)로 파악하고 그 공간에서 살아가는 도시인들의 인성의 상실을 간파했다. 그래서 그는 향촌 하층 민중의 우매함에 대해 우려를 표시하고 있음에도 불구하고 도시와 도시인의 부정성을 극복하고 현대인의 정신을 재건할 수 있는 대안으로 여전히 순박한 인성과 강인한 생명력을 유지하고 있는 향촌 세계와 그 세계에서 살아가는 시골 사람들의 건강성에 주목했던 것이다.

제3절 『변성』, 향촌의 아름다운 인성과 풍속

『변성(邊城)』은 1934년 1월에서 4월까지 11차례에 걸쳐 『국문주보(國聞周報)』에 발표된 선충원의 대표적 장편소설이다. 선충원은 원래 위안수이(沅水)를 배경으로 '십성기(十城記)'를 창작할 계획이었으나, 그 첫 번째 『변성』을 완성한 이후 나머지 아홉 성(城)은 쓰지 않았다. 『변성』은 후난성 서쪽에 위치한 샹시 지역의 다동(茶峒)이라는 마을을 배경으로 사공 노인의 외손녀 취취(翠翠)와 마을의 부두 책임자인 순순(順順)의 두 아들, 톈바오(天保)와 눠쑹(儺送)이 펼치는 애틋한 사랑 이야기와 그곳 사람들의 순박하고 아름다운 인성을 그리고 있다. 이 소설은 비극적인 이야기인 듯하지만 취취와 눠쑹의 사랑 이야기를 빌려 다동 마을의 인정미, 사람들의 애정, 자연 풍경 등을 아름답게 형상화한 작품이다. 『변성』은 제목처럼 오염되지 않은 원시적인 자연미가 넘치는 향촌을 배경으로 그곳의 아름다운 자연환경과 그곳 사람들의 순박하고 아름다운 마음씨를 이상적으로 묘사하고 있다.

『변성』의 내용을 살펴보면 다음과 같다. 어느 변경의 작은 산촌 마을 다동에는 나이 일흔을 넘긴 노인과 외손녀 취취가 맑고 투명한 강가의 나루터에서 오가는 사람들을 실어나르며 살고 있었다. 사공 노인과 취취는 아무런 욕심 없이 서로 의지하며 평화롭게 살아갔는데, 누렁이조차도 사람 마음을 잘 이해해 배가 언덕에 닿을 때면 밧줄을 물고 얼른 돌계단으로 뛰어 올라갔다. 이 나루터를 건너 언덕을 넘어서면 다동 읍내가 나오는데, 이곳은 두 성의 교통 요지여서 온갖 사람들이 모여들었다. 이곳 부두를 관리하는 순순은 공평무사해 사람들로부터 존경을 받는 인물이었다. 순순에게는 두 아들이 있었으니, 첫째 아들 톈바오는 호방하고 활달하고 믿음직스러웠고, 둘째 아들 눠쑹은 총명하고 다정하고 이목이 수려했다. 취취는 사공 노인의 외동딸이 그곳에 주둔하던 한 군인과 불륜관계로 낳은 아이였다. 군인과의 불륜을 용납하지 않는 지방 풍습 때문에 군인은 독약을 마시고 자살했고, 어머니도 취취를 낳은 후 강물에 뛰어들어 자살했다. 그러나 티없이 맑게 성장한 취취는 순순의 둘째 아들 눠쑹을 좋아하고, 눠쑹 또한 취취를 사랑한다. 공교롭게도 순순의 큰아들 톈바오 역시 취취를 좋아해 두 형제는 사랑의 경쟁에 빠진다. 두 형제는 노래를 불러 취취가 그들 중 하나를 선택하도록 한다. 그러나 톈바오는 취취의 사랑이 동생 눠쑹에게 향해 있음을 알고 배를 몰고 떠나고, 항해 도중 사고를 당해 익사한다. 이 사건으로 눠쑹은 크게 상심하지만 취취에 대한 사랑에는 변함이 없다. 불의의 재난을 당한 순순은 이로 인해 사공 노인을 오해하고 둘째 아들 눠쑹을 자위단장(王團總) 왕 씨의 딸과 결혼시키려 한다. 이 사실을 알게 된 사공 노인은 고민하다가 뇌우가 몰아치던 날 밤에 세상을 떠나고,

눠쑹도 아버지의 결정에 불만을 품고 집을 나가버린다. 결국 취취는 홀로 남은 채 눠쑹을 기다린다. 작품은 여운을 남기며 이렇게 끝을 맺는다.

> 그는 어쩌면 영원히 돌아오지 않을지도 몰라. 아니 '내일' 당장 돌아올지도 몰라.

이러한 줄거리를 가진 『변성』은 비극적인 애정소설인 듯하지만, 사공 노인과 취취의 순박한 삶을 중심으로 다동 사람들의 인정미, 그들의 자연 친화적이고 공동체적인 삶과 그 삶의 아름다움을 풍속화처럼 그려내고 있다. 선충원은 『변성』의 창작 동기에 대해 이렇게 말한 적이 있다.

> 내가 표현하고자 한 것은 본래 일종의 '인생의 형식', 일종의 '아름답고 건강하고 자연스러우면서도 인성에 어긋나지 않는 인생 형식'이었다. 내 생각은 독자를 도원(桃源)으로 여행하게 하는 데 있는 것이 아니라, 도원의 상류 칠백 리 길 유수이(酉水) 유역의 작은 고을의 몇몇 평범한 사람들이 보통의 사건으로 인해 한데 연루되었을 때 각자 갖게 되는 애락(哀樂)을 빌려 인류의 '사랑'이란 말에 꼭 알맞은 설명을 한 번 해보고자 하는 것이었다.[16]

작가의 말에 근거할 때, 이 작품은 단순히 한 소녀의 비극적인 사랑이나 비극적인 인생을 그리고자 한 것이 아니라 그 사건을 둘러싼 사람들의 아름다운 인성을 그리고자 했음을 알 수 있다.

'변성'은 도시문명과 거리가 먼 원시적 자연미를 떠올리게 한다. 선충원은 "나는 시골 사람이며 어느 곳을 가더라도 습관적으로 나만의 자와 저울을 가지고 있어 보편적인 사회와는 언제나 어울리지 않는다. 내 운명에

---

16 沈從文, 「『從文小說習作選』代序」, 『沈從文文集』 第十一卷, 45쪽.

닥치는 모든 사물들에 대해 나는 나 자신의 치수와 척도를 갖고 있어 그것으로써 생명의 가치와 의의를 실증(實證)한다. 나는 당신들이 '사회'라는 이름으로 제정한 그런 것을 사용하지 않으며, 일반적인 표준, 특히 사상가들이 인성을 왜곡하고 좀먹기 위해 정해놓은 위선적이고 어리석은 짓을 혐오한다"[17]라고 했다. 선충원은 '사회'라는 이름으로 표현되는 현대 도시문명이 인간의 자연적·원시적 본성을 잃게 해 인간 사회를 황폐화시키고 있다고 보고 그것을 부정했다. '변성'은 바로 도시문명의 부정성을 극복할 수 있는 대안적 공간으로 제시되고 있는 것이다. 『변성』의 공간적 배경으로 제시된 다동이 아름다운 이상향으로 그려지고 있는 것은 바로 이 때문이다. 『변성』의 제2장에서 다동은 이렇게 묘사된다.

그 강물은 역사적으로 유명한 유수이(酉水)이며 새 이름으로는 바이허(白河)라고 한다. 바이허는 천저우(辰州)에 이르러 위안수이(沅水)로 흘러든 후 약간 혼탁해지는데, 이는 산의 샘물이 흘러나오기 때문이다. 물길을 거슬러 올라가면 세 길(丈)이나 다섯 길 되는 깊은 연못(潭)이 있는데 모두 맑고 투명해 바닥이 보인다. 깊은 연못 속에 햇빛이 비치면 강바닥의 작은 흰 돌과 꽃무늬 차돌들이 모두 또렷하게 보인다. 물고기가 물속에서 노니는 것이 마치 공기 속을 떠다니는 것 같다. 강 양쪽으로는 높은 산이 많고 산에는 종이를 만들 수 있는 세죽(細竹)이 많아 일 년 내내 짙은 비취색을 띠고 사람의 눈을 압박한다. 강 가까이에 있는 집들은 대부분 복사꽃과 살구꽃 속에 있으며, 봄에 약간만 주의를 기울여 살펴보면 복사꽃이 있는 곳엔 반드시 인가가 있고 인가가 있는 곳엔 반드시 술을 살 수 있다. 여름이면 햇빛에 말리는 눈부신 자색 무늬의 옷가지들이 마치 펄럭이는 깃발처럼 인가가 있음을 알려준다. 가을이나 겨울이 되면 깎아지른 절벽 위나 물가에 있는 집들이 눈에 뚜렷이 들어온다. 황토색 진흙 담

17 沈從文, 「水雲」, 『沈從文文集』 第十卷, 266쪽.

이나 새까만 기와는 영원히 가지런히 놓여 있고 또한 사방의 주위 환경과 극히 잘 어울려 첫눈에도 사람들에게 대단히 유쾌한 인상을 안겨준다. 시가나 그림에 대해 약간의 흥미라도 있는 나그네라면 이 작은 강에서 조그마한 배를 타고 웅크리고 앉아서 30일을 여행한다 해도 전혀 싫증을 느끼지 않을 것이다. 여기는 곳곳에서 기적을 발견할 수 있고, 자연의 대담함과 정교함으로 인해 어느 곳, 어느 순간도 사람의 정신을 빼앗지 않은 데가 없기 때문이다.

자연과 인가가 한데 어우러진 다동의 아름다운 배경은 도원경(桃源境)을 연상시킨다. 이러한 아름다운 환경 속에서 살아가는 다동 사람들의 인성은 순수하고 순박하다. 취취는 이렇게 묘사된다.

취취는 바람과 햇볕 속에서 자랐기 때문에 피부가 새까맣게 그을렸고 푸른 산과 푸른 물만을 바라보고 자라서 눈동자가 수정처럼 맑았다. 자연이 그녀를 키우고 교육한 것이다.

자연 친화적인 취취의 순수한 아름다움이 형상적으로 잘 드러나고 있다. 사공 노인은 이렇게 묘사된다.

이 사공이 바로 백탑(白塔) 아래 사는 그 노인이다. 그의 나이 일흔이 되었으니 스무 살 때부터 시작해서 오십 년이나 이 작은 강가를 지키고 살면서 배로 얼마나 많은 사람들을 건네주었는지 모른다. 이젠 나이가 많아서 쉬어야 할 때이지만 하늘이 그것을 허락하지 않으니 언제까지라도 이런 생활을 그만두지 않을 것만 같다. 그는 여태껏 자기가 하는 일이 스스로에게 어떤 의미가 있는지를 생각해본 적이 없다. 그저 묵묵히 충실하게 그렇게 살아갈 뿐이다.

사공은 강을 건너는 사람들에게 일체의 요금을 받지 않고, 돈을 지불하면 오히려 화를 낸다. 행여 돈을 주는 이가 있다면, 그는 연초나 찻잎 등을 사두었다가 손님이 관심을 보이면 조금씩 주기도 한다. 돈을 건네는 손님에게 "누가 이 돈을 쓰겠수? 나는 쌀도 서 말이나 있고 돈도 칠백 전이나 있으니 내 쓸 건 충분하우"라고 대꾸한다. 이렇듯 사공 노인은 자신의 일을 그저 운명으로 여기며 그 일로 인해 부자가 될 생각은 없다. 그는 죽는 날까지 마을 사람들이 강을 건널 때마다 자기의 역할을 다하면 그만이다. 사공 노인은 순박한 자연적 인성의 소유자인 것이다. 톈바오와 눠쑹 역시 지혜와 용기를 겸비한 이상적인 인격으로 묘사된다.

> 교육의 결과로 두 사람은 모두 호랑이와 같이 굳세다. 그렇지만 또 처음 보는 사람들에게 온화하고, 교만하거나 나태하지 않고, 부화(浮華)하지 않고, 세력에 의지해 사람을 능멸하지 않는다.

이 외에도 작품에 등장하는 많은 사람들, 예컨대 마병(馬兵) 양(楊) 씨, 나루터를 건너는 승객, 상인, 수병 등 모두가 한결같이 성실하고 순박하고 선량하다. 심지어 기녀들조차도 순박한 인정미를 가지고 있다.

> 변방의 풍속이 순박해 기녀라 하더라도 언제까지나 그렇게 온후하다. …… 이들은 의리를 중시하고 이익을 가벼이 여기며 또한 자신의 언약을 굳게 지킨다.

이처럼 다동 사람들의 인성은 자연과 혼연일체가 되어 순박하고 아름답기 그지없다. 당시 비평가 리젠우(李健吾)는 『변성』을 다음과 같이 평가했다.

> 섬세하지만 전혀 자질구레하지 않고, 진실하지만 전혀 교훈적이지 않고, 우

아하지만 전혀 뽐내지 않고, 아름답지만 전혀 꾸미지 않았다. 이것은 대단한 그 무엇이 아니지만, 천고에 마모되지 않는 주옥이다.[18]

요컨대, 『변성』은 사공 노인과 취취의 삶을 둘러싸고 펼쳐지는 다동 사람들의 아름다운 인성을 그곳의 아름다운 자연환경과 더불어 마치 한 폭의 풍속화처럼 그려내고 있는 것이다.

제4절 장아이링(張愛玲)과 도시 '전기(傳奇)'소설

샤즈칭(夏志淸)은 『중국현대소설사*A History of Modern Chinese Fiction*』(1961년 미국 예일대학출판사에서 출간)에서 장아이링을 "오늘날 중국의 가장 우수하고 가장 중요한 작가"[19]라고 평가해 루쉰, 마오둔, 라오서, 바진, 선충원 등과 동일한 비중으로 취급한 바 있는데, 장아이링은 오늘날 현대 중국의 가장 중요한 작가의 한 사람으로 재조명받고 있다.

장아이링(張愛玲, 1920-1995)은 1920년 가을 상하이에서 태어났으며, 톈진으로 이사했다가 여덟 살 때 다시 상하이로 돌아왔다. 장아이링의 조부는 청 말 진사에 합격한 장페이룬(張佩綸)이다. 그는 청일전쟁에서 패배한 뒤 이에 대한 책임을 지고 관계(官界)에서 물러난 리훙장(李鴻章)의 휘하에서 일한 적이 있으며, 리훙장의 딸과 결혼했다. 장아이링의 부친 장팅중(張廷重)은 집안의 통제를 받았으나 1922년 톈진에서 취직하면서 독립해 자동차를 갖는 등 호화롭고 방탕한 생활을 즐겼다. 장아이링은 유모의 품

---

18 李健吾, 「邊城」, 『咀華集』(花城出版社, 1984), 58쪽. "細致, 然而絶不瑣碎; 眞實, 然而絶不教訓; 風韻, 然而絶不弄姿; 美麗, 然而絶不做作. 這不是一個大東西, 然而這是一顆千古不磨的珠玉."

19 夏志淸, 『中國現代小說史』(復旦大學出版社, 2005), 254쪽.

에서 부유하게 자랐지만, 네 살 때인 1924년 어머니가 프랑스로 유학을 떠나면서 아버지에게 남겨졌다. 어머니는 명목상 미술을 공부한다는 것이었으나 실제로는 사랑이 없는 가정과 애정이 없는 남편에 대한 실망 때문에 가정을 떠났던 것이다. 부친에게 맡겨진 장아이링은 새로 들어온 부친의 애인으로부터 귀여움을 받았다. 부친의 애인은 자주 가는 나이트클럽에 어린 장아이링을 데려갔으며, 장아이링은 그곳에서 맛있는 음식을 먹고 놀며 잠을 잤다. 그녀의 집은 늘 연회와 도박과 무도회와 음악회로 시끌벅적했고, 아편을 피우는 연기가 집 안을 뒤덮었다고 한다.

장아이링이 초등학교에 입학하기 직전에 잠시 귀국한 어머니는 부친과 이혼하고 다시 프랑스로 출국했다. 그 뒤 부친은 장아이링이 중학교에 진학할 무렵 위안스카이(袁世凱) 휘하에서 외교부 장관과 총리를 맡았던 쑨바오치(孫寶琦)의 딸과 재혼했다. 아편을 피우던 새엄마는 장아이링에게 큰 고통을 안겨주었는데, 그녀는 결혼하면서 상당한 양의 헌 옷을 가져왔고 그 옷들을 장아이링에게 입혔으며 당시 상하이 귀족학교인 성 마리아 학교를 다니던 장아이링은 그로 인해 옷에 대한 집착을 갖게 되었다고 한다. 동생 장쯔징(張子靜)의 회고에 따르면, 친척들과 항저우(杭州)로 놀러 갔다가 이튿날 우연히 신문에 실린 영화 「바람(風)」의 개봉을 알리는 광고를 본 장아이링은 곧바로 상하이로 돌아와 그 영화를 연거푸 두 번이나 보았다고 한다. 그녀는 영화관을 나서면서 동생에게 "영화를 보지 못했으면 내 마음은 정말 견디기 어려웠을 거야!"라는 말도 잊지 않았는데,[20] 장아이링의 영화에 대한 집착을 엿볼 수 있는 대목이다. 또한 장아이링은 "우유가 눋거나 성냥이 검게 탔을 때 그 탄내를 맡으면 나는 배고픔을 느낀다"[21]

---

20 張子靜, 「我的姊姊張愛玲」, 『張愛玲評說六十年』, 子通 · 亦清 主編(中國華僑出版社, 2001), 3쪽 참조.

21 張愛玲, 「談音樂」, 『張愛玲典藏全集(3)』(散文卷: 1939-1947年 作品)(哈爾濱出版社, 2003), 141쪽. "牛奶燒糊了, 火柴燒黑了, 那焦香我聞見了就覺得餓."

라고 표현했는데, 감각이 특이하고 예민했던 것 같다.

1936년 프랑스에서 다시 귀국한 어머니는 미국인과 동거했으며, 경제 사정이 어려워지자 갖고 있던 골동품을 팔아 생활했다고 한다. 아버지로부터 반년간 감금되기도 했던 장아이링은 18세(1938) 때 결국 가출해 어머니와 함께 살게 되었다. 유학을 생각한 장아이링은 노력 끝에 런던대학에 입학할 자격을 얻었으나 전쟁으로 인해 영국으로 갈 수 없게 되었는데 마침 어머니가 싱가포르로 이주하게 되자 홍콩의 홍콩대학으로 진학했다. 그곳에서 영국 유학을 생각했으나 1941년 12월에 일본이 홍콩을 함락하는 바람에 그 꿈도 좌절되고 말았다.

1942년 상하이로 돌아온 장아이링은 18세 연상인 고모 장마오위안(張茂淵)과 함께 생활했다. 세인트존스(聖約翰)대학의 보습반(補習班)에 진학한 장아이링은 학교 수업에도 만족하지 못했지만 경제적인 어려움이 가중되면서 2개월 만에 학업을 중단하고 생활을 위해 글을 썼다. 그녀는 1943년 「침향설: 첫 번째 향로(沈香屑: 第一爐香)」를 발표하면서 작가로서의 생애를 시작했다. 이 소설은 상하이에서 홍콩으로 유학 온 여학생이, 이전에 집안과 다투고 홍콩으로 와서 대부호의 첩이 된 고모와 함께 지내면서 그녀도 홍콩의 분위기에 휩싸이게 되는 내용으로 장아이링의 처지와 많이 닮아 있다. 여기서 장아이링은 도덕적인 비판이나 남성에 대한 비판이 아니라 서양 문화가 어떻게 중국의 전통적인 여성의 정절관을 변질시키고 여성들로 하여금 스스로 유혹에 빠져들게 하는가를 문화적으로 분석하고자 했다. 그 후 장아이링의 소설은 대부분 전통적인 대가족제도 아래에서의 인간관계와 남녀 간의 애정 및 결혼 문제를 중심으로 한 비극적인 삶을 묘사했다.

당시 장아이링의 애인은 그녀보다 15세나 많은 유부남 후란청(胡蘭成)이었다. 후란청은 1939년 왕징웨이(王精衛)의 발탁으로 일본 괴뢰 정부 선전부의 정무부(政務部) 부부장(副部長)을 지냈던 인물이다. 1944년 후란청은 장아이링의 단편소설 「봉쇄(封鎖)」를 흥미롭게 읽고 여류 작가 쑤칭(蘇青)에게 부탁해 주소를 알아내어 그녀의 집에 찾아가서 메모를 남겼다. 다음날 장아이링은 메모를 받아보고 크게 감동해 후란청을 찾아가서 5시간 동안 이야기를 나눈 뒤 결국 두 사람의 관계는 특별해졌다. 당시 일반인들은 장아이링과 후란청의 결합에 대해 의구심을 가졌으나 장아이링은 오로지 자신의 감정에 따른 것이었다. 그 후 후란청은 우한(武漢)에서 다른 여자와 다시 동거했고, 1945년 일본이 항복한 뒤에는 매국노라는 비판을 받자 원저우(溫州)로 피신했다. 원저우로 찾아간 장아이링은 그곳에서 20여 일간 그와의 만남을 지속하다가 결국 상하이로 돌아왔고, 1947년에는 완전히 결별했다.

1949년 새롭게 성립된 사회주의 중국에 적응할 수 없었던 장아이링은 중단했던 홍콩에서의 학업을 계속한다는 구실로 1952년 홍콩으로 망명했고, 1955년에는 다시 미국으로 건너갔다. 장아이링은 1956년 65세의 미국 작가 페르디난드 레이어(Ferdinand Reyher, 1891-1967)와 결혼했다. 그녀는 생활이 곤란해지자 종종 홍콩으로 가서 영화 대본을 쓰기도 했고, 그녀가 좋아하던 『홍루몽』을 연구하기도 했다. 또한 1966년에는 가족 문제를 다룬 『반생연(半生緣)』을 발표했다. 1961년부터 중풍을 앓아온 남편이 1967년에 세상을 떠나자 그 후 장아이링은 타이완(臺灣)에서 『홍루몽』을 연구한 글을 출판하거나 타이완의 신문과 잡지에 간간이 글을 발표하기도 했다. 1970년대부터 그녀는 거의 모든 사람과의 접촉을 끊었다. 1992년에 타이베이(臺北)의 황관(皇冠)출판사에서 『장아이링전집(張愛玲全集)』이 출판되고 중국의 안후이문예(安徽文藝)출판사에서 『장아이링문집(張愛玲文集)』이, 화산문예(花山文藝)출판사에서 『장아이링평전(張愛玲評傳)』이 출판되었으나 작가와의 만남은 이루어지지 않았다고 한다. 결국 장아이링은 1995년 9월 로스앤젤레스에서 75세의 나이로 생을 마감했다. 장아이링의 주검은 사망 후 며칠이 지나서야 발견되었는데, 그녀의 거실에는 아무런 장식도 없이 화장대 하나와 조그만 서가가 하나 있었고, 벽의 한 면 전체가 유리창이었다고 한다.

장아이링은 "나는 도시의 소리를 듣기 좋아한다. …… 나는 전차 소리를 들어야만 잠이 든다"[22]라고 했듯이 도시를 사랑했다. 도시에 대한 선입관을 갖고 있던 농촌 출신의 청년 문인들과 달리 그녀는 도시에서 태어나 도시에서 자란 순수한 도시인이었기 때문에 도시의 영혼을 주로 그렸다. 장아이링은 계몽자와 설명자로서의 작가의 권위를 인정하지 않았다. 이는 봉건성을 극복하고 근대성을 지향하려는 계몽주의적 전망을 그녀가 부정하고 있었음을 의미한다. "내가 쓴 이야기 속에는 주인공이 '완벽한 인물(完人)'인 경우는 없다"[23]라고 했듯이 장아이링 소설 속의 인물들은 이상적인 가치를 추구하거나 절대적인 이념을 요구하지 않는다. 그래서 그녀의 소설은 중국 고전소설의 서정적 전통과 통속문학의 표현 방식을 적극적으로 계승하고 서양의 모더니즘에서 보이는 인간의 정욕과 허무 의식을 나름대로 수용한다. 정체성 혼란을 극복하는 방안의 하나로 정욕을 제시하지만, 정욕 역시 이성적으로 제어할 수 없는 것이기에 그 혼란은 쉽게 극복할 수 없다. 그렇기 때문에 그녀는 생의 허무를 한층 더 고조시킨다.

장아이링의 소설은 주로 사람들의 일상생활, 특히 자질구레한 가정 내의 평범한 생활을 묘사한다. 등장인물들은 대부분 겉모습은 고귀하지만 속으로는 저속하기 그지없는 평범하고 세속적인 사람들이다. 명문 가문 출신이든 대가정의 규수이든, 서양에 유학한 박사이든 사회의 명사이든, 등장인물들은 한결같이 신분과 지위에 관계없이 저속하고 무미건조한 세계에서 자질구레한 일상과 실제적인 이해(利害)관계에 얽혀 있다. 장아이링의 소설은 바로 이러한 세속적인 인물들과 그들의 일상생활을 의미

---

22 張愛玲, 「公寓生活記趣」, 『流言』(張愛玲全集)(北京出版社出版集團 · 北京十月文藝出版社, 2009), 24쪽.

23 張愛玲, 「到底是上海人」, 『流言』(張愛玲全集), 5쪽.

심장한 언어로 그려냄으로써 역사와 인성에 대한 깊은 통찰을 보여준다. 그래서 장아이링의 소설은 '아(雅)'와 '속(俗)'을 겸비하고 있다는 평가를 듣는다.

장아이링은 1943년 통속문학 잡지 『자라란(紫羅蘭)』에 첫 소설 「침향설: 첫 번째 향로」를 발표하면서－습작소설로는 1932년에 발표한 「불행한 그녀(不幸的她)」가 있음－작가로 데뷔했다. 또 그해에 「재스민 차(茉莉香片)」와 「경성지련(傾城之戀)」을 잡지 『만상(萬象)』에 발표했다. 1944년에는 「붉은 장미 흰 장미(紅玫瑰與白玫瑰)」를 발표했고, 소설집 『전기(傳奇)』를 출판했다. 1950년에는 장편소설 『십팔춘(十八春)』을 상하이의 『역보(亦報)』에 연재했으며, 홍콩에 머물던 1953년에는 영어로 『앙가(秧歌)』를 썼고, 1954년에는 중국어로 『적지지련(赤地之戀)』을 썼다. 『앙가』는 이제 막 성립한 사회주의 중국에서 농촌의 사회적 변화를 묘사한 작품이며, 『적지지련』은 중국의 토지개혁운동과 농촌의 정치 생활을 회의적인 태도로 묘사한 작품이다. 흥미로운 것은 『앙가』와 『적지지련』이 모두 한국전쟁을 소재로 다루고 있다는 점이다. 『앙가』에는 한국전쟁 참전 지원병에게 지급될 군화를 만드는 데 농촌의 한 마을이 총동원되는 이야기가 서술되어 있고, 『적지지련』에서는 주인공 류취안(劉荃)이 한국전쟁 지원병으로 참전한 이야기가 작품의 결미인 제11장 전체를 구성하고 있다.

단편소설집 『전기』에 수록된 「침향설: 첫 번째 향로」·「경성지련」·「붉은 장미 흰 장미」·「황금 족쇄(金鎖記)」·「봉쇄」 등은 장아이링의 대표작이다. 장아이링이 항일전쟁 시기와 국공내전 시기를 거쳤음에도 그녀의 소설 속 주인공들은 전쟁이나 민족과 직접적인 관계가 없다. 장아이링의 소설은 대부분 대도시 상하이의 봉건 가정을 배경으로 연애와 혼인을 둘러싼 남녀 문제를 다루고 있다. 그렇기 때문에 그녀의 소설은 1949년 이후에는 중국에서 완전히 사라졌고, 1980년대 이후에야 다시 부활하게 된다.

제5절 『전기』, 일상 속의 욕망과 삶의 황량함

장아이링은 왕성하게 창작 활동을 펼치고 있던 1944년 12월에 쓴 「나의 문장(自己的文章)」이라는 글에서 자신의 창작 경향을 이렇게 밝혔다.

> 나는 비장함(悲壯)을 좋아하지만 처량함을 더욱 좋아한다. 장렬함은 힘만 있고 아름다움은 없어 마치 인성(人性)을 결여하고 있는 듯하다. 비극은 붉은색과 녹색의 배색처럼 일종의 강렬한 대조이다. 그러나 그것의 자극성(刺激性)은 계발성(啓發性)보다 크다. 처량함이 깊고 오랜 뒷맛이 있는 까닭은 바로 그것이 파의 녹색에 복사꽃의 붉음이 배색된 것처럼 일종의 엇섞인 대조이기 때문이다. 나는 엇섞인 대조의 묘사법을 좋아한다. 왜냐하면 그것이 비교적 사실에 가깝기 때문이다.[24]

그래서 그녀는 "나의 작품은 구파(舊派)의 사람이 보면 그래도 가뿐하다고 느끼겠지만 편안함이 부족하다고 싫어할 것이다. 신파(新派)의 사람이 보면 다소 재미있다고 느끼겠지만 엄숙함이 부족하다고 싫어할 것이다. …… 나는 엇섞인 대조의 묘사법을 사용하므로 선과 악, 영(靈)과 육(肉)이 단호하게 충돌하는 그런 고전적인 묘사법을 좋아하지 않으며, 그래서 나의 작품은 때로는 주제가 분명하지 않다"[25]라고 설명했다. 장아이링의 소설은 엇섞인 대조의 묘사법을 사용해 사회와 인생에 대한 어떤 본질적인 통찰을 보여준다. 중편소설 「붉은 장미 흰 장미」의 도입부는 이러한 장아

---

24 張愛玲, 「自己的文章」, 『張愛玲典藏全集(3)』, 14쪽. "我是喜歡悲壯, 更喜歡蒼凉. 壯烈只有力, 沒有美, 似乎缺少人性. 悲劇則如大紅大綠的配色, 是一種强烈的對照. 但它的刺激性還是大于啓發性. 蒼凉之所以有更深長的回味, 就因爲它像葱綠配桃紅, 是一種參差的對照. 我喜歡參差的對照的寫法, 因爲它是較近事實的."

25 張愛玲, 「自己的文章」, 『張愛玲典藏全集(3)』, 17쪽.

이링 소설의 특징을 잘 예시해준다.

> 전바오(振保)의 생명 속에는 두 여자가 있다. 그의 말에 따르면, 하나는 그의 흰 장미이고 하나는 그의 붉은 장미이다. 하나는 순결한(聖潔) 아내이고 하나는 뜨거운(熱烈) 정부(情婦)이다—보통 사람들은 늘 절 · 렬(節烈)이라는 두 개의 글자를 이렇게 구분해 말해왔다.
>
> 아마도 남자들은 모두 이러한 두 여자를 가져본 적이 있을 것이다. 최소한 둘은 말이다. 붉은 장미를 아내로 맞이해 오랜 시간이 지나면, 붉은 것은 벽 위에 칠해진 모기 핏자국으로 변하고, 흰 것은 오히려 '침대 앞을 비추는 환한 달빛'이 된다. 흰 장미를 아내로 맞이하면, 흰 것은 옷 위에 달라붙은 밥풀이 되며, 붉은 것은 오히려 가슴에 새겨진 진홍색 반점이 된다.[26]

위의 글에서 볼 수 있듯이 장아이링은 대조의 묘사법을 사용해 사람들의 허영심과 욕망을 묘사하고 그 진실을 드러냄으로써 피할 수 없는 삶의 황량함을 형상화하고 있다. 장아이링은 산문 「재난에서 살아남은 이야기(燼餘錄)」에서 인생에 대한 고독하고 처량한 심경을 다음과 같이 표현하기도 했다.

> 시대의 기차는 쿵쾅쿵쾅 앞을 향해 나아가고 있다. 차 안에서 보이는, 스쳐 지나가고 있는 것은 아마도 몇몇 익숙한 거리에 지나지 않지만, 하늘 가득한 불빛 속에서 스스로도 몹시 놀라워할 것이다. 그런데 애석하게도 우리는 언뜻

---

26 張愛玲, 「紅玫瑰與白玫瑰」, 『傳奇』 上册, 張愛玲 著 · 陳子善 選編(經濟日報出版社, 2003), 29쪽. "振保的生命里有兩個女人, 他說的一個是他的白玫瑰, 一個是他的紅玫瑰. 一個是聖潔的妻, 一個是熱烈的情婦—普通人向來是這樣把節烈兩個字分開來講的. 也許每一個男子全都有過這樣的兩個女人, 至少兩個. 娶了紅玫瑰, 久而久之, 紅的變了墻上的一抹蚊子血, 白的還是'床前明月光'; 娶了白玫瑰, 白的便是衣服上沾的一粒飯黏子, 紅的却是心口上一顆朱砂痣."

소설집 『전기』의 증정본 표지

지나가버린 상점의 쇼윈도에서 자신의 그림자를 바삐 찾고 있을 뿐이다. 우리는 창백하고 보잘것없는 자기 얼굴을, 이기심과 공허, 전혀 부끄러움 모르는 미련함을 발견할 뿐이다. 어느 누구라도 마찬가지이며, 우리 각자는 다 고독한 사람이다.[27]

장아이링의 작품집 『전기(傳奇)』의 표지 그림은 장아이링 소설의 주제를 상징적으로 보여주고 있다. 왼쪽의 그림은 1946년 상하이 산하도서공사(山河圖書公司)에서 출판한 증정본(增訂本) 『전기』의 표지 그림이다. 표지는 장아이링의 친구인 옌잉(炎櫻)이 디자인한 것인데, 장아이링은 이 그림을 다음과 같이 설명했다.

만청(晩淸)의 유행복 차림을 한 여인의 그림을 사용했는데, 한 여인이 유유(幽幽)하게 그곳에서 골패놀이를 하고 옆에는 유모가 아이를 안고 앉아 있는 그림이며, 마치 저녁 식사 후의 일상생활의 한 단면인 듯하다. 그러나 난간 바깥으로 비례가 맞지 않는 사람 모습이 유령처럼 불쑥 나타나 있는데, 그것은 현대인이며 대단한 호기심으로 안을 자세하게 들여다보고 있다. 만약 이 그림

---

27 張愛玲, 「燼餘錄」, 『張愛玲典藏全集(3)』, 34쪽. "時代的車轟轟地往前開. 我們坐在車上, 經過的也許不過是幾條熟悉的街衢, 可是在漫天的火光中也自驚心動魄. 就可惜我們只顧忙着在一瞥卽逝的店鋪的櫥窗裏找尋我們自己的影子—我們只看見自己的臉, 蒼白, 渺小; 我們的自私與空虛, 我們恬不知耻的愚蠢—誰都像我們一樣, 然而我們每一個人都是孤獨的."

이 사람들에게 불안한 느낌을 주는 데가 있다면 그것이 바로 내가 만들어내고자 한 분위기이다.[28]

그림은 청 말(淸末) 구식 가정의 실내장식을 배경으로 해서 청대 전통 복장을 한 여인이 혼자서 골패놀이를 하고 그 옆에 유모가 아이를 안고 있는 한가로운 생활 정경이다. 여기에 선묘(線描) 형식으로 그려져 이목구비가 없는 텅 빈 얼굴의 유령 같은 한 여인이 창문틀에 팔을 괴고 방 안을 자세히 들여다보고 있다. 머리 모양으로 보아 이 여인은 현대 도시 여인임을 짐작할 수 있다. 집 안은 고급스러운 탁자 위에 찻잔이 놓여 있고 여인이 골패놀이를 하며 한가한 시간을 보내고 있는 우아하고 따스한 공간이다. 이 그림은 다음과 같이 읽을 수 있다. 첫째, 삶의 황량함을 지닌 현대 도시 여인이 방 안의 한가롭고 따스한 생활 정경을 동경하고 있다. 둘째, 전통 여인의 모습은 겉으로 한가롭고 우아해 보이지만 그 속에 감추어진 욕망의 비애와 삶의 황량함을 현대 도시 여인이 꿰뚫어보고 있다. 셋째, 현대 도시 여인은 창문 밖에서 방 안을 엿보는 것이 아니라 상반신을 창문 안으로 들이밀고 방 안으로 들어와 있는데, 이는 방 안과 창밖, 즉 전통과 현대의 두 공간이 이원대립적으로 존재하는 것이 아니라 양자가 공존하고 있음을 보여준다. 이러한 의미로 읽을 때, 이 표지 그림은 장아이링 소설의 주제 의식을 매우 상징적으로 반영하고 있다. 장아이링 소설은 고전적인 전통 세계에 대한 지향이 은연중에 스며 있고, 일상 속에서 살아가는 사람들의 욕망과 삶의 황량함을 통찰해 드러내면서, 전통과 현대가 공존하고 있는 현실의 곤경을 표현하고 있다고 할 수 있다.

중편소설 「황금 족쇄(金鎖記)」는 장아이링의 대표작 중 하나이다. 이 소설은 발표 당시에 비평가 푸레이(傅雷)로부터 "의심의 여지없이 장(張) 여

28 張愛玲, 「有幾句話同讀者說」, 『張愛玲評說六十年』, 120쪽.

사의 현재까지의 가장 완벽한 작품이며, 「광인일기」 속의 어떤 이야기 맛을 풍긴다. 적어도 우리 문단에서 가장 아름다운 수확 중의 하나이다"[29]라는 평가를 받기도 했으며, 1960년대 초 샤즈칭으로부터 "예부터 지금까지 중국에서 가장 위대한 중편소설"[30]이라는 평가를 받기도 했다. 「황금 족쇄」는 달의 묘사로 시작한다.

> 30년 전 상하이, 어느 달 밝은 저녁…… 우리는 미처 30년 전의 달을 보지 못했을 수도 있다. 젊은이가 생각하는 30년 전의 달은 틀림없이 동전만 한 크기의 불그스레한 달무리이며, 타운헌(朶雲軒, 1930-1940년대 상하이의 문방용품 상표—인용자) 편지지 위에 떨어진 한 방울 빛바래고 얼룩진 눈물자국과 같다. 노인이 기억하고 있는 30년 전의 달은 유쾌한 것이어서 눈앞에 있는 달보다 훨씬 더 크고, 둥글고, 환하다. 그렇지만 30년의 간극을 가진 고난의 길을 되돌아보면 제아무리 좋은 달빛이라도 다소 처량한 느낌을 지울 수는 없을 것이다.[31]

'30년의 간극을 가진 고난의 길'과 '처량한 달빛'의 이미지로 시작하는 이 소설에서 주인공 차오치챠오(曹七巧)는 황금의 피해자이다. 그녀는 금전 때문에 자신의 청춘, 애정 그리고 정상적인 생활을 희생당했으며, 살아있는 시체 같은 남편의 옆을 억지로 지켜야만 했다. 황금은 무거운 족쇄처럼 그녀를 질식시켰다. 그녀는 청춘·애정·인생의 대가를 치르고 황금을 얻었지만, 이미 인성이 뒤틀린 상태가 되어버렸다. 더욱이 외로움으로

29 傅雷(迅雨), 「論張愛玲的小說」(『萬象』, 1944), 『張愛玲評說六十年』, 62쪽.

30 夏志清, 『中國現代小說史』, 261쪽.

31 張愛玲, 「紅玫瑰與白玫瑰」, 『傳奇』 上册, 84쪽. "三十年前的上海, 一個有月亮的晚上…… 我們也許沒赶上看見三十年前的月亮. 年輕的人想着三十年前的月亮該是銅錢大的一個紅黃的濕暈, 像朶雲軒信箋上落了一滴淚珠, 陳舊而迷糊. 老年人回憶中的三十年前的月亮是歡愉的, 比眼前的月亮大, 圓, 白; 然而隔着三十年的辛苦路望回看, 再好的月色也不免帶点凄涼."

인해 미친 사람처럼 광기를 발산한다. 그녀는 과거에 자신이 받았던 모든 것들을 자녀들에게 되돌려준다. 아들의 결혼 생활을 방해하고 딸의 혼사를 깨뜨린다. 황금에 의해 뒤틀린 이러한 여성의 편협한 음모의 심리는 황금과 보복 사이에서 반복적으로 충돌하면서 온몸을 상처투성이로 만든다. 차오치챠오의 행위는 언뜻 보기에 정욕(情慾)에 의한 것이라고 생각할 수도 있겠지만 정욕의 배후에는 더욱 냉혹한 황금이 자리하고 있다. 작품의 결미에서 죽어가는 차오치챠오는 이렇게 묘사된다.

> 치챠오는 자는 듯 마는 듯 아편을 피울 때 쓰는 침대에 모로 누워 있었다. 30여 년간 그녀는 황금의 족쇄를 차고 있었다. 그녀는 그 묵직한 족쇄로 몇 사람을 죽였고, 죽지 않은 사람도 반은 송장이었다. 그녀는 자신의 아들과 딸이 자신을 미치도록 증오하고 있음을 안다. 그녀의 시집 식구들도 그녀를 증오하며 그녀의 친정 식구들도 그녀를 증오하고 있다. …… 치챠오는 머리 밑에 둔 연잎무늬로 테를 두른 작은 쿠션으로 얼굴을 한 번 문질렀다. 저쪽에 흐르고 있는 눈물까지 닦기는 귀찮았다. 뺨에 걸려 있다가 저절로 말라갔다.

차오치챠오의 삶은 여성의 삶 중에서 가장 황량한 삶이다. 그녀는 피해를 입은 노예라고 할 수 있지만 동시에 다른 노예를 박해하는 노예주가 된다. 작가는 오랫동안 지속해왔고 앞으로도 이어질 여인의 이러한 이중적 역할을 암시적으로 드러내면서 의미심장한 구절로 소설을 끝맺는다.

> 30년 전의 달은 진작에 졌고 30년 전의 사람도 역시 죽었지만, 30년 전의 이야기는 아직도 끝나지 않았다—끝나지 않을 것이다.

단편소설 「봉쇄(封鎖)」는 현대 도시인의 궤도 이탈 욕망의 분출과 원 궤도로의 회귀를 다루고 있는 작품이다. 상하이의 공습 경보에 의해 도시가 봉쇄되자 전차의 진행이 멈추면서 이야기는 시작된다. 분주하고 기계적인 일상이 멈춘 가운데 전차 안에서 유부남인 은행 회계사 뤼쭝전(呂宗楨)과 노처녀인 대학강사 우추이위안(吳翠遠)의 우연한 만남이 이루어진다. 그들은 모두 현실과 생활의 중압감에 피곤과 권태를 느끼는 인물로 봉쇄로 인해 전차가 궤도 진행을 멈추자 자신의 생활 궤도로부터 벗어나서 일상과 전혀 다른 경험을 시도한다. 쭝전이 전차 안에서 자신에게 닥친 상황을 일시 모면하기 위해 추이위안에게 다가감으로써 그들은 자신들만의 또 다른 세계를 만들어낸다. 그들은 이전의 삶의 방식을 부정하면서 그들의 잠재된 욕망을 폭발시킨다. 처음에는 장난기 섞인 대화를 던졌던 쭝전은 잠시 후 욕망에 이끌려 진지하게 이혼을 결심하고 추이위안은 사랑의 감정에 북받쳐 우아하지 않은 눈물을 흘린다. 하지만 봉쇄 해제의 종소리가 울리면서 단절되었던 시간과 공간은 다시 일상으로 돌아가고, 쭝전은 추이위안의 기대를 저버리고 원래의 타인으로 되돌아간다. 그들의 만남은 백일몽처럼 아주 짧은 순간의 꿈으로 끝난다. 이 소설의 결미는, 방 이쪽에서 저쪽으로 기어가다가 전등이 켜지자 바닥에 엎드려 전혀 움직이지 않고, 잠시 뒤 전등이 꺼지자 다시 자기 보금자리로 기어가버리는 오각충(五穀蟲) 벌레를 묘사하고 있는데, 뤼쭝전의 행위를 절묘하게 상징하고 있다. 당시 일본 점령 지역이었던 상하이에는 수시로 봉쇄령이 내려지곤 했는데, 소설은 실제의 봉쇄 현실을 계기로 전차 안의 시공간을 일상적인 시공간과 전혀 다른 가상의 시공간으로 만든다. 이러한 일상과 단절된 가상의 시공간에서 주인공들은 일탈을 추구한다. 주인공들의 일시적인 일탈 행위는 전통적인 가족 질서와 개인의 욕망 구조 사이에 대립과 긴장을 빚어낸다.

장아이링은 문자와 이미지의 운용이 매우 원숙해 그녀의 작품은 풍부한 표현력을 획득하고 있다. 「봉쇄」에서 전차가 멈추자 무료해진 전차 안의 사람들은 모두 '생각은 고통스러운 일'이므로 나름대로 시간을 보낼 방도를 생각한다. 이때 전차 안의 한 노인은 이렇게 묘사된다.

> 뤼쭝전과 마주 앉은 한 노인은 반질거리고 매끄러운 호두 두 알을 손바닥에서 꾸르륵 꾸르륵 비비며 가벼운 동작으로 박자를 맞추어 생각을 대신했다. 그는 대머리로 불그스레한 피부색에 얼굴 전체에 기름기가 흐르고 주름이 잡혀 있었는데, 머리는 흡사 호두와 같았다. 그의 뇌는 호두 속알처럼 달콤하고 촉촉한 것 같지만, 그러나 그다지 큰 의미는 없다.[32]

'그다지 큰 의미는 없는' 노인을 이렇게 묘사함으로써 장아이링은 도시인의 무료함과 황량한 일상을 기이한 형상적 이미지로 전달해주고 있다.

1944년 비평가 푸레이는 당시 상하이에서 발행되던 잡지 『만상(萬象)』에 장아이링의 소설을 비평하는 글을 발표했다. 이 글에서 그는 장아이링 소설이 주로 연애와 혼인 문제를 중심으로 남녀 주인공들이 받게 되는 악몽의 고통을 묘사하고 있다고 말하고 그 특징을 이렇게 설명했다.

> 악몽 속은 장맛비가 연일 내리는 가을이며, 축축하고 암울하고 더럽고 숨 막히는 썩은 분위기로 마치 환자가 임종을 맞이하는 방 같다. 번뇌스럽고, 초조하고, 몸부림치고, 전혀 결과가 없고, 악몽이 한없고, 도망갈 곳조차 없다. 자질구레한 일의 시달림, 생사의 고난은 여기서 다만 무의미한 낭비일 뿐이다. 청춘, 열정, 환상, 희망은 모두 몸 둘 곳이 없다.[33]

장아이링의 소설은 전통과 현대가 병존하는 현실의 곤경과 그 속에서 살아가는 사람들의 욕망의 비애와 삶의 황량함을 보여준다. 미국의 중국

---

32 張愛玲, 「封鎖」, 『傳奇』 下册, 264쪽.

33 傅雷(迅雨), 「論張愛玲的小說」(『萬象』, 1944), 『張愛玲評說六十年』, 65쪽.

현대문학 연구자 리어우판(李歐梵)의 장아이링에 대한 평가는 매우 의미심장하다.

20세기 중국의 웅대하고 장렬한 유토피아 심리는 마침내 몇 단계의 비장한 집체적 경험을 거쳐 '황량함'으로 되돌아갔다. 20세기가 막바지에 이른 시점에서 일반인들은 여전히 어찌할 바를 모르고 있으며, 그리하여 또 21세기는 중국 민족의 것이 될 것이라는 아름다운 꿈을 꾸기 시작했다. 유독 장아이링만이 개방적으로 볼 수 있어서 '역사의 큰 물줄기'를 믿지 않고 오히려 일상생활의 작은 인물 세계로부터 일종의 '신전기(新傳奇)'를 창조했다. 시대는 '그림자처럼 침몰해갈' 것이지만 장아이링의 소설예술은 오히려 신화처럼 대대로 해협 양안(兩岸, 중국 대륙과 타이완을 가리킴-인용자)의 작자와 독자들의 편애, 해석, 모방, 비평 그리고 재발견을 거쳐 영원히 썩지 않을 것이다.[34]

제6절 첸중수(錢鍾書)와 『포위된 성』

1940년대 상하이에서 활동한 작가 중에서 장아이링 이외에 주목할 만한 또 다른 중요한 작가가 있으니, 그가 바로 첸중수이다. 첸중수(錢鍾書, 1910-1998)는 장쑤성(江蘇省) 우시(無錫)에서 태어났으며, 자가 모춘(默存)이고 필명을 중수쥔(中書君)으로 사용한 바 있다. 그의 부친 첸지보(錢基博)는 중국 고전에 대한 해박한 지식을 가졌고, 『현대 중국문학사(現代中國文學史)』·『중국문학사(中國文學史)』 등의 저서를 남긴 학자였다. 첸중수는 어려서부터 부친의 영향으로 고문의 기초를 견실하게 다질 수 있었다. 그는 1929년 칭화대학(淸華大學) 외국어문학과에 입학해 서양 문학을 공부

34 李歐梵, 「從日常生活中創造傳奇」, 『傳奇』, 9쪽.

했고, 1932년부터 『칭화주간(清華周刊)』·『대공보(大公報)』·『신월(新月)』 등에 글을 발표하기 시작했다. 대학 시절에 발표한 글로 인해 칭화대학에서 가장 특출한 천재로 칭찬을 받기도 했다. 1933년 칭화대학을 졸업한 첸중수는 상하이 광화대학(光華大學)에서 2년간 영어를 가르쳤고, 1935년에는 양장(楊絳)과 결혼한 뒤 함께 영국으로 유학을 떠나 옥스퍼드대학에서 공부했다. 1937년 그곳에서 「18·19세기 영국 문학 속의 중국」이라는 졸업 논문으로 문학 학사학위를 받았으며, 그해에 프랑스 파리로 가서 1년간 프랑스 문학을 공부했다. 첸중수는 1938년 가을 당시 칭화대학 문과대학 학장인 펑유란(馮友蘭)의 제의로 칭화대학 외국어문학과 교수로 초빙을 받고 귀국해 쿤밍(昆明)으로 가서 시난연합대학(西南聯合大學)에 부임했다. 함께 귀국한 부인은 홍콩에서 갈라져 곧바로 상하이로 갔다.[35] 항일전쟁 시기에 칭화대학은 시난연합대학에 통합되어 있었는데, 그는 거기서 '유럽문예부흥', '당대문학(當代文學)', '대학영어' 등의 과목을 맡아 가르쳤다.

1939년 여름 가족을 방문하기 위해 상하이로 간 첸중수는 부친으로부터 지병이 있어 보살핌이 필요하니 후난으로 와달라는 편지와 전보를 받았다. 결국 그는 쿤밍으로 돌아가지 않고 그해 11월 상하이를 떠나 고생 끝에 부친이 국문과 주임으로 재직하고 있던 후난의 란톈국립사범대학(藍田國立師范大學)으로 갔고, 그곳에서 영문과 주임교수를 맡았다. 이때 겪었던 여행 경험은 그의 장편소설 『포위된 성(圍城)』의 일부 제재가 되기도 했다. 1941년 여름 첸중수는 가족을 방문하기 위해 다시 상하이에 가게 되는데, 마침 일본의 진주만 공격과 상하이 점령으로 인해 고도(孤島)가 된 상하이를 떠날 수 없었다. 상하이에 머물게 된 첸중수는 1941년 연

35 楊絳, 「記錢鍾書與『圍城』」(附錄), 『圍城』, 錢鍾書 著(生活·讀書·新知 三聯書店, 2006), 380쪽 참조.

말에 『인생의 주변에서 쓰다(寫在人生邊上)』라는 산문집을 출판했고, 1942년에는 전통적인 시 비평 방식으로 중국 시인의 풍격 등을 연구한 『담예록(談藝錄)』을 문언으로 썼다. 또한 단편소설을 창작해 『사람 · 짐승 · 귀신(人 · 獸 · 鬼)』을 완성했다. 단편소설집 『사람 · 짐승 · 귀신』에는 「하느님의 꿈(上帝之夢)」 · 「고양이(猫)」 · 「영감(靈感)」 · 「기념(紀念)」 등 4편의 작품이 수록되어 있으며, 작품은 주로 지식인의 허영심 · 공허감 · 연약함 · 진부함 등을 풍자하는 내용이다. 첸중수는 이 작품을 통해 지식인의 정신적 특질을 풍자하는 데 그치지 않고 그러한 특질로부터 벗어날 수 없는 인간의 현실적 곤경을 표현하고자 했다. 첸중수는 또 1944년부터 쓰기 시작해 1946년에 완성한, 그의 대표작인 장편소설 『포위된 성』을 1946년 2월부터 『문예부흥(文藝復興)』에 연재했다. 『포위된 성』은 1947년에 단행본으로 출판되었으며, 여러 차례 인쇄를 거듭하는 베스트셀러에 오르기도 했다.

1949년 여름 베이징으로 이사한 첸중수는 모교인 칭화대학 외국어문학과 교수를 맡게 되었고, 사회주의 중국이 성립된 뒤 1952년부터는 중국사회과학원의 문학연구소로 옮겨 연구원으로 근무했다. 이곳에서 그는 오랫동안 중국 고전을 연구해 『송시선주(宋詩選注)』 · 『관추편(管錐編)』 등을 완성했다. 대체로 첸중수는 초연한 자세로 주변부에 머물러 있었으므로, 인생을 깊이 관조할 수 있었고 독립적인 정신과 인격을 유지할 수 있었다.

첸중수가 남긴 소설 작품은 많지 않지만 지식인에 대한 풍자와 심리 묘사가 뛰어나 높이 평가되어왔다. 첸중수의 대표작 『포위된 성』에는 유학생, 대학 교수, 학자, 시인 등 많은 지식인이 등장하며, 이들은 모두 이해관계로 말미암아 위선적이고 저속한 인물로 그려진다. 이 소설은 항일전쟁 시기를 역사적 배경으로 하고 있으나 전쟁과 무관하며 정치 · 경제적인 문제와도 무관하다. 작가는 오로지 일상적으로 존재하는 지식인의 허영심을 풍자하는 데 주력했다. 첸중수는 『포위된 성』에 대해 스스로 만족스럽지 못해서 대폭적으로 고치고 싶었다고 했지만, 샤즈칭은 『중국현대소설사』에서 이 소설을 다음과 같이 평가했다.

> 『포위된 성』은 중국 현대문학 중에서 가장 재미있고 심혈을 기울여 쓴 소설로 가장 위대한 작품이라 할 수 있다. 풍자문학으로서 그것은 『유림외사(儒林外史)』와 같은 유명한 중국 고전소설을 떠올리게 한다. 그러나 『포위된 성』은 통일된 구조와 더 풍부한 희극성(喜劇性)을 지니고 있다는 점에서 『유림외사』보다 더 뛰어나다.[36]

『포위된 성』이 '신유림외사(新儒林外史)'라고 일컬어지는 것은 지식인의 심리 묘사를 통해 그들의 여러 가지 추악한 면을 풍자하는 데 탁월한 예술적 효과를 발휘하고 있기 때문이다.

소설의 제목 '포위된 성(圍城)'은 추상적이고 은유적인 의미를 담고 있는데, 소설 속에 나오는 인물들의 대화를 통해 그 의미를 유추해볼 수 있다. 등장인물인 추선밍(褚愼明)은 루소가 인용한 영국의 옛 격언을 빌려 결혼을 이렇게 비유한다.

> 결혼은 마치 금칠한 새장과 같아서 새장 바깥의 새는 안으로 들어가 살고 싶어 하고 새장 안의 새는 바깥으로 날아가고 싶어 합니다. 그래서 결합했으나 헤어지고 헤어졌으나 결합하니 종국이 없지요.[37]

이에 쑤원완(蘇文紈) 아가씨는 어느 프랑스인의 말을 빌려 결혼을 '포위된 성'으로 비유해 "성 바깥 사람들은 안으로 들어오고 싶어 하며 성안 사

---

36 夏志淸, 『中國現代小說史』, 282쪽.

37 錢鍾書, 『圍城』(人民文學出版社, 1980), 96쪽.

람들은 바깥으로 달아나고 싶어 합니다"라고 부연한다.[38] 이 대화는 『포위된 성』의 상징적 의미를 간결하게 설명해주고 있는데, '포위된 성'의 이미지가 인생의 상황에 대한 은유임을 짐작할 수 있다. 그것은 다름 아닌 벗어날 수 없는 인생의 비관주의적 곤경을 의미한다. 또한 작가는 『포위된 성』을 출판할 때 쓴 짧은 서문에서 "이 책에서 나는 현대 중국의 어느 한 부분의 사회, 어느 한 종류의 인물을 묘사하고자 했다. 이런 종류의 사람을 묘사할 때 나는 그들이 인류, 즉 털이 없고 두 다리로 걷는 동물의 기본적인 본성을 갖추고 있는 인류라는 것을 잊지 않았다"[39]라고 했다. 따라서 『포위된 성』은 중국의 구체적인 사회와 인물을 묘사하고 있지만 그것은 인류 전체로 확대되어 세태와 인생에 대한 보편적인 풍자를 담아내고 있는 것이다.

『포위된 성』은 장난(江南) 어느 작은 현(縣)의 지방 유지의 아들인 팡훙젠(方鴻漸)의 생활을 중심으로 이야기가 전개되는데, 작가는 주인공 팡훙젠의 형상을 빌려 인생에 대한 공허감과 맹목성이라는 주제를 표현하고 있다. 예컨대, 팡훙젠은 탕샤오푸(唐曉芙)와의 연애가 실패하자 처음으로 인생의 쓴맛을 경험하고, 그의 마음속은 공허와 감상(感傷)으로 가득 차게 된다.

마음속은 마치 어두운 감옥에 갇힌 수감자가 성냥 한 개비를 찾아 그어 밝혔다가 성냥이 꺼져버리는 것과 같았다. 눈앞의 흐릿하던 일체가 또다시 암흑 속으로 미끄러져 갔다. 비유컨대, 밤에 두 척의 배가 서로 마주 보며 스쳐 지나가는데, 한 사람이 이쪽 배에서 맞은편 배 선창의 등불 아래에 있는, 꿈에서도 잊지 못하던 얼굴을 언뜻 보았으나 소리쳐 부르지도 못하고 서로가 벌써

38 錢鍾書, 『圍城』, 96쪽.
39 錢鍾書, 「序」, 『圍城』, 4쪽.

멀리 헤어져 버린 것이다. 이 찰나의 접근은 오히려 이별의 아득한 아쉬움인 것이다.[40]

이처럼 『포위된 성』은 팡훙젠이라는 인물의 생활과 운명을 통해 작가의 인생에 대한 어쩔 수 없는 허망함을 표현하고 있다. 당시 일반적인 문학 언어의 대중화 경향과는 달리 의미가 무궁하고 변화무쌍한 문학 언어를 사용함으로써 인간의 풍부한 감각과 언어의 풍부한 표현력을 되살리고 있다는 점도 첸중수 소설의 중요한 특징 중의 하나이다. 『포위된 성』이 유머와 풍자에 뛰어난 것도 작가의 독특하고 풍부한 언어 사용에 힘입은 바 크다.

40 錢鍾書, 『圍城』, 144쪽.

제14장

문예 정풍운동과 사회주의 이념의 문학적 구현

제1절 문예 정풍운동의 전개

중일전쟁이 발발한 이후 국공합작의 재개와 일본군의 상하이 점령으로 인해 지식인·청년들이 대거 옌안(延安)으로 향하던 1937년 11월 무렵부터, 옌안의 문예계는 항전의 독려와 공산주의의 선전을 위한 문예 활동을 본격적으로 전개하기 시작했다. 마오쩌둥(毛澤東)은 선전 선동의 효과 면에서 문예의 중요성을 깨닫고 당의 이름으로 1939년 12월 '지식인을 대량 흡수하자(大量吸收知識分子)'라는 결정을 발표해 산간닝(陝甘寧) 변구(邊區) 정부가 지식인을 존중하고 자유로운 학술·창작 활동을 장려한다는 것을 알렸다. 당 중앙의 기관지 『해방일보(解放日報)』도 「과학예술 인재를 환영한다(歡迎科學藝術人才)」·「문예운동 전개에 노력하자(努力展開文藝運動)」 등의 사설을 속속 발표해 때마침 국민당 통치 지역의 정책에 불만을 품고 있던 지식인·청년들을 옌안과 각 근거지로 불러들였다. 이렇게 옌안으로 찾아온 지식인 · 청년들은 2-6개월의 단기 교육을 받고 '문장을 농촌으로, 문장을 전선으로(文章下鄕, 文章入伍)'라는 구호에 따라 노동자 · 농민 · 병사의 교육을 위해 각지로 파견되었다. 물론 초기에는 노동자 · 농민 · 병사에 대한 막연한 호기심으로 그들은 적극적으로 각지의 활동에 참여했으나 1940년 중반부터 정국이 불안해지고 경제 사정이 악화되면서 상황은 달라졌다.

1939년 무렵 공산당이 세력을 확장하는 과정에서 국민군과 충돌을 빚자, 협약을 위반했다는 이유를 들어 국민당 정부는 1941년 1월에 일어난 완난(皖南)사변을 계기로 공산군을 공격하기 시작했다. 게다가 제2차 세계대전이 발발한 1941년 말에는 그때까지 전략적인 요충지의 점령에만 몰두하고 있던 일본 제국주의까지도 공산당의 활동 근거지에 대한 대규모 공세를 취하기 시작했다. 이에 공산당은 전력의 손실뿐만 아니라 엄청난 권력 구조의 변화를 겪었다. 더욱이 일제(日帝)와 국민군이 거의 모든 보급선을 차단한 데다가 한파까지 몰아닥치는 바람에 근거지는 극도의 경제적 곤란에 봉착했다. 이러한 상황에서 항일의 열정을 품고 달려왔던 많은 지식인 · 청년들이 흥분을 가라앉히고 차츰 냉정을 되찾았을 때, 그들의 눈에 비친 농촌은 여전히 더럽고 우매하고 어두운 것들이 판을 치고 있었다. "현실 생활이 그들의 이상에 비해 너무나 뒤떨어져 있었기에 그들은 멈춰 서서 실망을 느끼지 않을 수 없었다."[1] 지식인 · 청년들은 새로운 환경 속에서 노 · 농 · 병 및 간부들과 갈등을 일으켰고, 그 와중에 전해진 1941년 4월 13일의 일소(日蘇)중립우호협정 소식은 위기의식과 경제공황에 빠져 있던 그들에게 더욱 허탈감을 안겨주었다. 애초의 열정은 식어버리고 공산당과 그들의 근거지에 대한 불만이 공공연히 고개를 들기 시작

1 周揚, 「文學與生活漫談」(『解放日報』 1941.7.17-19), 『抗日戰爭時期延安及各抗日民主根據地文學運動資料(上)』, 劉增杰 · 趙明 · 王文金 · 王介平 · 王欽韶 編(山西人民出版社, 1983), 85쪽.

했다. 특히 옌안의 어두운 면을 폭로하고 사회제도의 모순을 고발하는 등 문예가들의 비판적 태도는 절박한 위기에 직면해 대대적인 화합을 요구하는 공산당의 입장과 상치되는 것이었다. 결국 공산당은 '정풍운동(整風運動)'을 통해 문제를 해결하려고 시도했다.

중국공산당은 1941년 7월 1일 「당성 증강에 관한 결정(關於增强黨性的決定)」을 공포해 당내에 만연한 자유주의, 분파주의를 비판하고 당 중앙을 중심으로 단결해줄 것을 호소했다. 또 8월 1일에는 「중국공산당의 조사연구에 관한 결정(中共關於調査研究的決定)」을 공포해 해당분자들의 주관주의적 행위의 시정을 촉구했다. 그러나 당시 옌안에서 발생했던 문제들은 결코 일회적인 조치로써 해결될 수 있는 것이 아니었다. 오히려 옌안의 상황에 대해 불만을 가진 지식인, 작가들이 잡문(雜文) 형식을 통해 그 불만을 토로했다. 당시 『해방일보』의 주편을 맡고 있던 딩링(丁玲)은 1941년 10월 23일 「우리는 잡문이 필요하다(我們需要雜文)」라는 글을 발표해 "문장은 명예를 위한 것이 아니라 진리를 위한 것이"[2]라 하여 옌안의 출세주의 작가들을 비판하는 한편, 『곡우(穀雨)』 11월호에는 「병원에서(在醫院中)」라는 단편소설을 발표해 근거지 간부들의 태만한 자세를 풍자했다. 이 뒤를 이어 마자(馬加)는 『해방일보』의 부간 『문예(文藝)』에 애인과 혁명 노간부 사이에서 고민하는 여성 혁명가의 곤혹을 다룬 소설 「간격(間隔)」을 발표했고, 허치팡(何其芳)도 「탄식 3장(歎息三章)」·「단시 6장(短詩六章)」 등의 시를 통해 옌안의 사회적 모순과 갈등의 감정을 진지하게 토로했다.

이러한 상황에서 이듬해 2월 1일 마오쩌둥은 중앙당교(中央黨校)의 개교식에서 「학풍, 당풍, 문풍을 정돈하자(整頓學風黨風文風)」라는 글을 발표해 정식으로 당내 '정풍운동'을 일으켰다. 당 중앙은 이 제의에 호응해 2월 21일과 3월 7일 두 차례에 걸쳐서 간부 2,000여 명을 소집, 정풍운동의 취

---

2 丁玲, 「我們需要雜文」, 『抗日戰爭時期延安及各抗日民主根據地文學運動資料(上)』, 98쪽.

지와 필요성을 재차 주지시키고 학습 방향을 설명했다. 2월 8일에는 정풍 운동에도 불구하고 당에 대한 불평불만을 계속하던 문예계에 대해 마오쩌둥은 다시 「당팔고를 반대한다(反對黨八股)」라는 글을 발표해 문예계의 자성을 촉구했다. 이 같은 당의 움직임에 반발이라도 하듯 딩링은 3월 9일에 「삼팔절 유감(三八節有感)」이라는 잡문을 써서 당 상층부의 사치와 향락을 지적했고, 뤄펑(羅烽)도 「그래도 잡문의 시대(還是雜文的時代)」라는 글을 써서 옌안의 부정적인 모습들을 고발하면서 "어두움을 깨뜨리고 갈 길을 지시해주는 단검으로서"[3] 잡문은 씌어져야 한다고 말하고, '루쉰(魯迅) 필법'의 부활을 촉구했다. 아이칭(艾青)도 「작가를 이해하고 작가를 존중하라(了解作家, 尊重作家)」라는 글을 통해 작가에게 부스럼을 꽃송이로, 종기를 꽃봉오리로 써주기를 바라서는 안 되며 "수술해야 하는 병이 생겼는데 메스 대는 것을 두려워해서는 안 된다"[4]고 역설했다.

그런데 당내 숙청운동의 직접적인 도화선이 된 것은 왕스웨이(王實味)[5]의 「들백합화(野百合花)」라는 글이었다. 이 글에서 왕스웨이는 민주 사회를 구가한다는 옌안 근거지에서 "입는 것은 세 가지로 나뉘고, 먹는 것은 다섯 등급으로 나뉘며", 전쟁의 긴박한 상황 속에서도 일부 몰지각한 상

3 羅烽, 「還是雜文的時代」, 『抗日戰爭時期延安及各抗日民主根據地文學運動資料(上)』, 119쪽.

4 艾青, 「了解作家, 尊重作家」, 『抗日戰爭時期延安及各抗日民主根據地文學運動資料(上)』, 98쪽.

5 왕스웨이(王實味, 1906-1947)의 본명은 왕쓰웨이(王思禕)이고 허난(河南) 출생이다. 왕스웨이는 1920년에 허난 구미유학예비학교 영문과에 입학했으나 3학년 때 중퇴하고 허난성 우체국 직원으로 근무했으며, 1924년 베이징대학 영문과에 입학했지만 다시 3학년 때 중퇴했다. 1926년에 공산당에 입당했고, 1930년에 소련에 유학해 공산주의 이론을 학습했다. 1942년 당시 마르크스레닌주의에 관한 서적과 『트로츠키 자서전』 등을 번역하면서 문예 활동에 종사했고, 『중국문화(中國文化)』의 편집에도 관여했다. 1940년의 민족형식 논쟁에 참가해 문예 이론으로 크게 이름을 떨친 경험이 있어 젊은 청년들의 지지를 받았다.

층부 인사들은 "옥당춘을 노래하고 금련보로 춤을 춘다"[6]라고 하면서 당 간부들을 신랄하게 비판했다. 또 「정치가 · 예술가(政治家 · 藝術家)」라는 글을 발표해, 정치가는 사회제도의 개혁에 중점을 두고 있고 예술가는 인간의 영혼 개조에 중점을 두고 있지만, 결국 이 양자는 고하도 없고 우열도 없는 상호 보완적인 관계에 있어야 한다고 지적했다.[7] 왕스웨이의 주장은 어디까지나 마오쩌둥이 제창한 정풍운동의 정신과 취지에 충실하게 부응하려는 취지에서 행해진 것이지, 어떤 개인적인 또는 당파적인 사욕으로 반대파를 공격하기 위해서 행해진 것은 아니었다. 그는 다시 3월 18일에 중앙선전부의 부부장 뤄마이(羅邁)가 정풍 동원 대회를 소집하자, 정풍운동이 민주적이고 자유롭게 이루어져야 한다는 취지의 발언을 했다.[8] 왕스웨이의 발의에 따라서 나붙기 시작한 비판적인 대자보를 직접 읽은 마오쩌둥은 「들백합화」가 "지도자에 대한 적의가 충만하며 일반 동지들의 궐기의 정서를 자극하고 있다"고 하여 왕스웨이의 근신을 요구했다.[9] 그러나 왕스웨이는 끝까지 굴복하지 않았고, 위기에 봉착한 마오쩌둥은 정풍운동을 좀 더 적극적으로 추진해나갈 필요성을 느꼈다. 먼저 딩링을 『해방일보』의 주편에서 전격 해임하고, 곧이어 왕스웨이의 「들백합화」와 대자보 「화살과 과녁(矢與的)」을 공격하기 시작했다. 이에 『해방일보』 등에는 마오쩌둥의 의도에 부합되는 정풍운동에 관한 기사들로 완전히 채워졌고, 당내에서도 대대적으로 마르크스레닌주의와 마오쩌둥 사상의 학습에 돌입했으며, 일부 해당분자들을 겨냥한 자아비판과 정신개조운동이 이어졌다.

---

6 王實味, 「野白合花」, 『抗日戰爭時期延安及各抗日民主根據地文學運動資料(上)』, 347쪽, 341쪽. "衣分三色, 食分五等……." "歌囀玉堂春, 舞回金蓮步……."

7 王實味, 「政治家 · 藝術家」, 『抗日戰爭時期延安及各抗日民主根據地文學運動資料(上)』, 348-349쪽 참조.

8 陳永發, 『延安的陰影』(中央研究院近代史研究所, 1990), 40쪽 참조.

9 陳永發, 『延安的陰影』, 41쪽 참조.

제2절 문예 좌담회의 강화

문예계의 정풍운동은 순조롭게 진행되지 않았다. 당에 대한 저항 역시 의외로 완강하고 지속적이었다. 샤오쥔(蕭軍)은 4월 8일자 『해방일보』에 「동지의 사랑과 인내를 논함(論同志之"愛"與"耐")」이라는 글을 발표해 중립적인 입장에서 "동지와 동지 사이에 설득하고, 교육하고, 이해하는 인내"가 필요하다고 말하면서 "피와 철의 시련을 겪던 중 우연히 나약해져서 혁명의 존엄에 다소 손실을 입힌"[10] 왕스웨이에 대해 관용을 베풀어줄 것을 요청하기도 했다. 이때 마오쩌둥은 문예가들에게 일련의 조치를 취하는 한편 문예 좌담회를 개최해 문예계의 정풍을 지속하고자 했다.

정풍운동이 당의 의도대로 이루어지지 않고 오히려 문예계의 반발이 거세어지자, 당 중앙은 이를 교조주의적인 반당 행위로 규정짓고 정풍운동에 박차를 가하게 된다. 1942년 공산당은 드디어 정풍운동의 전개와 동시에 문예 정풍운동을 추진했다. 이 문예 정풍운동의 목적은 문예 활동이 중국혁명에 더욱 훌륭하게 봉사할 수 있도록 여건을 조성하는 데 있었다. 1942년 봄, 마오쩌둥은 직접 일부 작가들을 방문해 담소를 나누고 의견을 수렴했으며, 5월에는 중앙선전부 부장인 허카이펑(何凱豊)과 연명(連名)으로 문예가들을 초빙해 좌담회를 개최했다. 이 문예 좌담회의 결과로 마오쩌둥은 당시 문예계가 나아가야 할 네 가지 방침을 구체적으로 제시했다. 이를 소개하면 다음과 같다.

첫째, 우리의 문예는 어떤 사람을 위할 것인가? 수많은 노동 인민을 위해 봉사해야 한다. 인민 대중이란 무엇인가? 가장 광대한 인민은 전체 인구의 90% 이상을 점하고 있는 노동자 · 농민 · 병사, 그리고 도시

10 肖軍(蕭軍), 「論同志之"愛"與"耐"」, 『抗日戰爭時期延安及各抗日民主根據地文學運動資料(上)』, 122- 123쪽.

의 소자산계급이다.

둘째, 어떻게 봉사할 것인가? 우리의 문예가 이미 기본적으로 노동자·농민·병사를 위하는 것인 이상, 그렇다면 이른바 보급(普及) 또한 노동자·농민·병사에게 보급하는 것이고, 이른바 제고(提高) 또한 노동자·농민·병사부터 제고하는 것이다. 중국의 혁명적 문학가·예술가, 발전성이 있는 문학가·예술가는 반드시 군중 속에 들어가야 하고 반드시 장기적으로, 무조건적으로, 전심전력으로 노동자·농민·병사의 군중 속에 들어가야 하고 불같이 뜨거운 투쟁 속으로 들어가야 하며, 유일하고 가장 광대하고 가장 풍부한 원천(源泉) 속으로 들어가 모든 사람, 모든 계급, 모든 군중, 모든 생동하는 생활 형식과 투쟁 형식, 모든 문학과 예술의 원시 재료를 관찰하고 체험하고 연구하고 분석한 후에야 창작 과정으로 들어갈 수 있는 것이다.

셋째, 문예계의 통일전선 문제이다. 혁명의 사상 투쟁과 예술 투쟁은 반드시 정치 투쟁에 복종해야 한다. 왜냐하면 오직 정치를 거쳐야만 계급과 군중이 필요로 하는 것이 비로소 집중적으로 표현될 수 있기 때문이다.

넷째, 문예 비평의 표준 문제이다. 문예 비평에는 두 개의 표준이 있다. 하나는 정치 표준이고 하나는 예술 표준이다. 정치 표준에 의해 말하자면 모든 항일과 단결에 이로운 것, 군중을 한마음 한뜻이 되게 고무하는 것, 후퇴를 반대하는 것, 진보를 촉진하는 것은 모두가 좋다. …… 우리는 추상적 절대 불변의 정치 표준을 부인할 뿐만 아니라 또한 추상적 절대 불변의 예술 표준도 부인한다. 각 계급 사회 속의 각 계급은 모두 다른 정치 표준과 다른 예술 표준을 가지고 있다. 그러나 어떤 계급 사회 속의 어떤 계급도 반드시 정치 표준을 첫째 자리에 두고 예술 표준은 다음 자리에 둔다.[11]

---

11 毛澤東, 「在延安文藝座談會上的講話」, 『文學運動史料選』 第四册, 北京大學·北京師范大學·北京師范學院 中文系中國現代文學研究室 主編(上海教育出版社, 1979), 524-538쪽 참조.

이상을 종합하면, 마오쩌둥은 문예는 노동자 · 농민 · 병사를 위해 봉사해야 한다는 점, 작가는 노동자 · 농민 · 병사 속으로 들어가 자기개조를 해야 한다는 점, 문예는 혁명 사업을 위한 계급 투쟁의 도구가 되어야 한다는 점, 문예 비평은 정치성을 우위에 두고 예술성은 그 다음에 두어야 한다는 점을 천명한 것이다.

문예 좌담회를 통해 문예계가 나아가야 할 방침이 마련되자 문예가들은 정풍의 문건을 학습하고 자아비판을 진행하게 되었다. 딩링의 자아비판을 시작으로 대대적인 지식인 · 작가에 대한 비판, 자아비판, 고발 대회가 개최되었다. 자신의 과오를 끝까지 인정하지 않았던 왕스웨이는 저우양(周揚)에 의해 예술과 정치를 분리시키고 대립시키려 했다는 비판을 받고 숙청되었다. 왕스웨이가 숙청된 후 산간닝(陜甘寧) 변구에서는 당의 정책과 근거지의 부정적인 측면을 비판하는 글들은 자취를 감추었고, 마오쩌둥은 학습위원회 주석이 되어 당풍학습(黨風學習)을 지도하는 데 앞장섰다. 그 결과 산간닝 변구에서 시작된 당풍학습은 1943년에는 다른 근거지인 진지루위(晋冀魯豫) 지구까지 파급되었다.

문예 정풍운동 이후로 공산당 근거지의 문예계는 노동자 · 농민 · 병사를 위한 문예를 창작하는 데 노력을 기울였다. 1943년 옌안에서는 앙가운동(秧歌運動)을 중심으로 하는 대중 문예의 조류가 나타났다. 작가들도 노동자 · 농민 · 병사 속으로 뛰어들기 시작했다. 감조감식운동(減租減息運動, 항일전쟁 시기에 소작료와 이자를 인하하려는 운동), 토지개혁운동 등의 사회개혁 과정을 소재로 한 소설들이 창작되었다. 자오수리(趙樹理)의 『샤오얼헤이의 결혼(小二黑結婚)』, 딩링(丁玲)의 『태양은 쌍간허에 비추고(太陽照在桑乾河上)』, 저우리보(周立波)의 『폭풍취우(暴風驟雨)』 등의 작품에는 노동자 · 농민 · 병사가 중심인물로 등장했고, 「양산으로 쫓겨가다(逼上梁山)」 · 「백모녀(白毛女)」 등의 연극에서도 노농 대중의 목소리가 커지게 되었다. 어떤 작가들은 새로운 의식을 가진 농민의 성장이나 각성의 이야기를 다루기도 했고, 어떤 작가들은 전장에서 혁혁한 공을 세우며 종횡무진 활동하는 영웅의 이야기를 다루기도 했다. 또한 '문예강화(文藝講話)'의 정신에 따라서 노동 대중의 구어를 많이 사용하고 민간 문예의 학습에 노력하는 한편, 과감하게 전통 문예의 장점들을 도입했다.

문예 정풍운동 이후 근거지의 문예 활동 중에서는 연극운동이 크게 발전해 전통극의 개혁, 연극에서의 노농병의 역할 부각, 새로운 민족 가극의 창작 등에 많은 노력을 기울였다. 1945년 4월에 공연된 「백모녀」는 민족 신가극의 창조 과정에서 중요한 이정표가 되었다. 이 공연의 성공으로 유사한 형태의 대형 앙가극(秧歌劇)들이 속속 창작되어 공연되었다. 이와 함께 전통극의 개편 작업도 함께 진행되었다. 『수호전』의 이야기를 바탕으로 1943년 집체 창작된 경극(京劇) 「양산으로 쫓겨가다」는 좋은 본보기이다. 전통극에서는 린충(林沖)이라는 인물이 주인공이 되어 인민 대중을 이끌고 정부에 저항하는 세력으로 독립하는 것으로 묘사되었지만, 여기서는 오히려 인민 대중의 계도를 받아 이들을 따라 궐기하는 것으로 개편됨으로써 극중에서 인민 대중의 혁명적 각성, 역할 등이 상당히 부각되었다.

그런데 '문예강화'는 일정한 성과를 가져왔음에도 불구하고 시간이 지나면서 점차 작가들을 지나치게 정치에 종속시켜 창작의 경직화를 초래하게 된다. '문예강화'는 1940년대 옌안의 특수한 정치적 상황에서 나온 문예 원칙이었지만 1949년 중화인민공화국이 성립된 이후에도 중국 전체의 문예 원칙으로 확정되면서 그 폐해는 더욱 커졌다. 특히 문화대혁명 시기에 그것은 '사인방(四人幇)'의 문예 정책으로 악용되어 거의 모든 작가들이 비판받고 절필하게 되는 근거가 되었다. '사인방'(장칭江青, 야오원위안姚文元, 왕훙원王洪文, 장춘챠오張春橋를 가리킴)은 문예 창작 원칙으로 '3돌출원칙'을 제시했는데, 모든 인물 가운데 긍정 인물을 돌출시키고, 긍정 인물 가운데 영웅 인물을 돌출시키고, 영웅 인물 가운데 주요한 영웅 인물을 돌출시켜야 한다는 것이었다. 이는 필연적으로 판에 박은 문예를 양산할 수

밖에 없었다. '문예강화'의 내용은 1979년 5월 말경에 열린 중화전국문학예술계연합회(中華全國文學藝術界聯合會)의 한 확대 회의에서 그 효력을 마감하기까지 중국의 기본적인 문예 원칙으로 군림했다. 이 회의에서 사회주의 현대화의 정신에 입각해 새로운 문예의 방향을 설정하면서 '문예강화'의 중심 명제인 "문예는 정치에 종속되고 노·농·병을 위해 봉사해야 한다"라는 말이 빠지고, 대신 "문예는 인민을 위해 봉사하고 4개 현대화(농업, 공업, 국방, 과학기술의 현대화－인용자)의 건설을 위해 봉사한다"라는 말이 새롭게 채택되었다. 마오쩌둥 사후 그의 문예 정책 전반을 비판하고자 했던 이 자리에서 문예계는 그동안 중국의 문예 정책의 골간이 되었던 '문예강화'를 사실상 폐기한 것이다.

제3절 자오수리(趙樹理)와 딩링(丁玲)의 소설

1942년 옌안에서 마오쩌둥이 주도한 문예 정풍운동의 진행과 문예강화의 발표로 공산당 통치 지역에서는 무산계급 혁명문학, 노농병을 위한 문학이 생산되기 시작했다. '옌안 문예강화'의 정신을 소설 창작에 반영한 대표적인 작가로는 먼저 자오수리를 들 수 있다. 자오수리(趙樹理, 1906-1970)는 산시성(山西省) 친수이현(沁水縣) 사람이다. 그는 농민 가정에서 태어났으며, 1925년에 창즈(長治) 제4사범학교(第4師范學校)에 입학했으나 4·12정변 이후 공산당의 탄압이 강화되자 1928년에 중퇴하고 고향으로 돌아왔다. 그해 말에 친수이현의 소학교 교사가 되었으며, 1929년 봄 모함을 받아 공산당 혐의자로 체포되었다가 1930년에 석방되었다. 그 후 자오수리는 고향을 떠나 타이위안(太原)으로 가서 6년여 세월을 방랑 생활로 보냈다. 타이위안에서 그는 온갖 직업에 종사하며 전전했는데, 설서인(說書人), 마술사, 단역 배우, 도장장이, 그림쟁이 등 닥치는 대로 일을 했으며, 통속소설을 쓰기도 했다. 이때의 경험이 바탕이 되어 농민의 언어에 익숙하게 된 그는 나중에 농민을 제재로 한 소설에 탁월한 능력을 발휘해 문예 대중화에 크게 기여하게 된다. 1943년 5월에 발표된 단편소설 『샤오얼헤이의 결혼(小二黑結婚)』은 자오수리의 이름을 널리 알리는 계기가 되었으며, 동년 10월에 발표된 중편소설 『리유차이 쾌판 이야기(李有才板話)』도 그의 명성을 더해주었다.

『샤오얼헤이의 결혼』은 전체 12장으로 구성되어 있으며 각 장마다 제목이 붙어 있다. 이 작품은 어느 농촌 마을을 배경으로 각각 도교적 점술에 빠진 아버지와 무당인 어머니를 둔 젊은 남녀가 부모들의 봉건적 관습에 대항하고 자신들을 괴롭히는 마을 불량배에 맞서 싸워 혼인의 자유를 쟁취한다는 줄거리를 가지고 있다. 얼주거(二諸葛)와 싼셴구(三仙姑)는 전통적인 생활과 사고에 젖은 봉건적 인물이며, 얼주거의 아들 샤오얼헤이(小二黑)와 싼셴구의 딸 샤오친(小芹)은 서로 사랑하는 사이이다. 그런데 얼주거는 '사주팔자가 맞지 않다'고 하여 아들 샤오얼헤이의 연애를 반대하고 싼셴구는 샤오얼헤이를 마음에 품고 있어 딸 샤오친의 연애를 방해한다. 또 샤오친을 좋아하던 마을 불량배 진왕(金旺)과 그의 집안 동생 싱왕(興旺)도 샤오얼헤이와 샤오친을 갈라놓으려 한다. 그렇지만 결국 공산당 간부가 나서서 진왕 형제를 몰아내고 부모를 설득시켜 샤오얼헤이와 샤오친을 성공적으로 결합해준다. 다음은 마지막 12장 '끝은 어떻게 되었나?'의 일부이다.

> 두 명의 신선에게도 변화가 있었다. 싼셴구는 …… 30년 동안 잔재주를 부렸던 그 점칠 때 쓰던 탁자도 살그머니 치워버리기로 했다. …… 얼주거는 마누라까지 자신의 음양술을 믿지 않는 걸 보자, 이제는 남 앞에 가서 그것을 자랑하기가 창피해졌다. 샤오친과 샤오얼헤이는 각기 자기 집에 돌아와서는 어른들의 성질이 조금 변한 것을 보자, 이 틈을 이용해 잘 이야기해달라고 이웃

사람들에게 부탁했다. 그러자 두 명의 신선도 물 흐르는 대로 배 띄우듯 순순히 그들의 결혼에 동의했다.

작가는 이 작품을 통해 얼주거와 싼센구로 대표되는, 봉건적 미신 사상에 빠져 있는 기형적 인물을 형상화함으로써 농촌의 낙후성과 혼인제도의 폐해를 비판적으로 폭로하고 있으며, 공산당 간부의 지도로 농민들이 봉건 세력에 대항해 승리를 거두는 과정을 묘사함으로써 공산당의 역할을 부각시키고 있다. 특히 이 작품은 지식수준이 낮은 노동자나 농민에게도 친근감을 주는 고사체(故事體)의 서술 기법을 사용하고 있으며, 농민들의 밝은 생활상을 유머러스하게 표현하고 있어 주목된다.

자오수리는 중국 농민의 변화를 최초로 문학을 통해 성공적으로 형상화한 작가로 평가받았는데, 중국의 농민은 그의 소설에 의해 비로소 진실하고 자세하고 소박하게 묘사될 수 있었다. 자오수리는 농민의 언어를 사용해 농민의 생활을 생동적으로 묘사함으로써 농민문학의 새로운 이정표를 세웠다고 할 수 있다. 『샤오얼헤이의 결혼』·『리유차이 쾌판 이야기』 이외에 장편소설 『리자좡의 변천(李家莊的變遷)』(1945)도 자오수리의 대표작이다. 『리유차이 쾌판 이야기』는 농촌의 '감조감식운동'을 묘사해 농촌의 계급 투쟁의 면모를 간결하게 표현한 작품이고, 『리자좡의 변천』은 신해혁명부터 항일전쟁의 승리에 이르기까지 20여 년의 기간 동안 농촌 마을이 변천하는 모습을 통해 중국 농민의 각성과 해방을 형상화한 작품이다.

'문예강화'의 정신을 소설 창작에 반영한 또 다른 주요 작가는 딩링(丁玲, 1904-1986)이다. 1948년에 발표된 『태양은 쌍간허에 비추고(太陽照在桑乾河上)』는 옌안 시기의 그녀의 대표작이다. 『태양은 쌍간허에 비추고』는 전체 58장으로 되어 있는 장편소설이며, 화베이(華北) 쌍간허(桑乾河) 지구의 줘루현(涿鹿縣) 원추안툰(溫泉屯)에서 1개월 동안 진행된 토지개혁운동의 과정을 소설화한 작품이다. 이 소설은 농촌 변혁을 사실적으로 묘사해 독자들로부터 큰 호응을 얻었는데, 사회주의리얼리즘의 걸작으로 높이 평가받았다. 딩링은 직접 토지개혁단에 참가해 농촌 토지 개혁의 전개 과정을 지켜보면서 자신의 경험과 관찰을 바탕으로 이 소설을 창작했다. 그래서 이 소설은 사회주의 이념에 근거한 목적의식이 분명하면서도 예술적 가치를 무시할 수 없는 작품이다.

소설의 내용을 살펴보면 다음과 같다. 원추안툰이라는 마을에는 8명의 지주가 있었으나 공산당이 점령한 후 4명이 투쟁 중에 숙청되었거나 다른 지방으로 도주했다. 원추안툰의 지부서기인 장위민(張裕民)과 농회주임인 청런(程仁)이 구에 가서 토지 개혁에 관한 소책자를 가져와 토지 개혁을 모색한 끝에 토지 개혁 작업조를 마을에 파견해줄 것을 구에 요청한다. 그러자 토지 개혁 조원인 원차이(文采), 양량(楊亮), 후리궁(胡立功)이 원추안툰으로 옴으로써 마을은 새로운 국면을 맞이한다. 마을은 불안과 설렘으로 온통 술렁대는데, 시세에 밝은 악덕 지주 첸원구이(錢文貴)는 자신의 지위와 재산을 지키기 위해 동분서주한다. 그는 아들은 팔로군에 참여시키고 딸은 치안위원 장정뎬(張正典)에게 시집보낸다. 뿐만 아니라 자기 질녀인 헤이니(黑妮)를 농회주임 청런과 연애하게 하는 등 여러 가지 계략을 꾸며 원추안툰의 토지 개혁 투쟁을 복잡하고 미묘하게 만든다. 첸원구이는 자신에게 의존하고 있는 사람들을 이용해 곳곳에서 유언비어를 퍼뜨려 사람들을 현혹시키고 간부들을 매수해 자기편으로 끌어들인다. 그 바람에 토지개혁조는 다른 지주는 모두 청산했으나 악덕 지주 첸원구이의 청산에는 어려움을 겪는다. 그러나 현의 선전부장인 장핀(章品)이 원추안툰으로 와서 첸원구이와의 투쟁을 결정함으로써 사태는 급진전된다. 청런은 헤이니를 사랑하지만 지주의 질녀이므로 자신의 지위에 영향을 미칠까 걱정해 그녀를 멀리한다. 그렇지만 헤이니 역시 첸원구이로 인해 고통당하는 처지임을 깨닫고 그녀를 숙부로부터 구해내기 위해 첸원구이를 공격하고 군중의 분노를 부추긴다. 결국 악덕 지주 첸원구이가 타도되자 원추안툰의 농민은 토지의 진정한 주인이 되고 토지개혁조는 원추안툰을 떠난다.

이처럼 이 작품은 농민이 공산당의 지도하에 단결해 토지개혁운동을 벌이면서 지주계급을 몰아낸다는 내용으로 되어 있다. 일반적인 사회주의리얼리즘 소설에서 흔히 볼 수 있는 것처럼 이 작품에서도 대립과 타도가 사건 전개의 중요한 요소이다. 공산당과 농민을 중심으로 하는 혁명파와 지주를 중심으로 하는 반혁명파의 두 세력이 서로 투쟁을 벌이다가 혁명파의 세력이 반혁명파의 세력을 타도하고 승리를 거둔다는 것이 작품의 서사 구조를 이룬다. 그러나 이 작품은 시종일관 농민들과 악덕 지주 사이의 갈등과 대립만을 그리고 있는 것은 아니다. 농민과 지주계급 사이의 갈등과 대립이 중심이지만 그와 동시에 각 계층의 여러 인물들이 겪는 다양한 갈등과 대립을 비교적 세밀하게 묘사하고 있다. 예를 들어 토지 개혁을 옹호하고 이를 추진하는 혁명파의 인물이라 하더라도 이들은 지주와의 투쟁에 찬성하지만 인식의 차이로 인해 투쟁 방법 면에서 이견을 드러내며 갈등을 빚는다. 타도 대상인 지주들도 합심해 토지 개혁의 도전을 막아내는 것이 아니라 자기만 살기 위한 계략을 세우다가 모두 첸원구이의 계책에 휘말리고 만다. 개인의 이기심으로 말미암아 적극적으로 투쟁하지 못할 뿐만 아니라 경우에 따라서는 개인적인 이익 때문에 서로 충돌하기도 한다. 이 작품의 또 다른 특징은 농민이 계급적으로 각성해가는 과정을 보여주고 있다는 점이다. 즉 이 작품은 토지개혁운동의 어려움을 일깨워주고, 그에 대한 진지한 고민과 반성의 기회를 제공해준다. 토지개혁운동이 진행되는 중간에 장핀이라는 당 간부가 마을로 새로 들어오면서 토지개혁운동은 성공하게 되는데, 농민들은 장핀의 도움으로 그동안의 문제점을 인식, 반성하고 새롭게 투쟁을 시작해 마침내 첸원구이와 그 일당을 타도하게 된다. 장핀은 농민들에게 최종적인 각성을 불러온 인물이다.

딩링은 이 작품에 대해 다음과 같이 말한 바 있다.

내가 농민과 농촌 투쟁을 중심으로 삼아 장편소설을 창작한 것은 이것이 처음이다. 나는 농촌 생활에 대해 든든한 기초를 가진 것도 아니었고 소설 속 인물도 나와 깊은 관계가 있는 것도 아니었다. 단지 나는 그들과 함께 생활하고 함께 투쟁하고 그들을 사랑하고 그 생활을 사랑했기에 그들을 진실되게 글에 담아서 내 책의 독자들에게 남겨주고 싶었다.[12]

딩링은 이 작품에서 다양한 성격의 인물들을 등장시켜 투쟁을 통해 각성하고 발전해가는 인물들을 그려내고자 했다. 이 소설의 청런은 농회주임을 맡고 있는 비교적 일찍 각성한 인물이다. 물론 그는 지주계급에 대해 깊은 원한을 가지고 있지만 악덕 지주 첸원구이의 질녀와 나누었던 애정 때문에 투쟁에 선뜻 나서지 못한다. 하지만 그 후 당의 교육을 받고 사상투쟁을 거친 뒤 그는 다시 투쟁의 대열에 참여한다. 토지개혁운동과 사회주의 건설을 위해 인민들이 어떻게 나아가야 하는지 그 방향을 제시해주고 있는 것이다. 또한 영웅적인 인물이 등장한다는 것도 이 작품의 한 특징이다. 토지개혁운동의 한계가 드러날 즈음 장핀이 등장해 원추안툰의 실정을 살피고 당원 대회를 개최하는 등 적극적인 노력으로 마을 간부, 공작대원들을 끌어들여 결국 토지개혁운동을 성공으로 이끈다. 작가는 영웅적인 인물인 장핀의 전형적인 행동을 통해 당 지도자의 지도가 없었다면 원추안툰의 토지 개혁 투쟁이 승리할 수 없었음을 보여주고 있다.

딩링의 이 소설은 마오쩌둥의 '옌안 문예강화' 정신을 문학적으로 구현한 성공적인 작품으로 평가받았는데, 1951년에는 스탈린문예상 시상에서 2등상을 받았고 그 전후로 20종에 가까운 외국어로 번역되기도 했다.[13] 악덕 지주의 농민 착취를 폭로하고 그들을 타도한다는 내용을 묘사함으로

12 丁玲, 「『太陽照在桑乾河上』重印前言」, 『丁玲論創作』(上海文藝出版社, 1985), 19쪽.

13 丁玲, 「自述」, 『丁玲論創作』, 127쪽 참조.

써 이 소설은 당시 사회주의 이념의 구현에 크게 이바지했다. 더욱이 사회주의 이념의 구현이라는 문학의 사회적 기능에만 충실한 것이 아니라 다양한 계층과 부류 인물들의 심리를 매우 치밀하게 묘사해 그들의 형상을 생동적으로 그렸다는 점에서도 주목할 만하다. 하지만 작품의 서사 방식이 농민과 지주의 계급적 대립 구조에 지나치게 구속되어 도식적이라는 평가도 받았으니, 이는 사회주의리얼리즘 소설의 일반적인 한계라고 할 수 있다.

토지개혁운동을 묘사한 소설로 저우리보(周立波, 1908-1979)의 『폭풍취우(暴風驟雨)』도 주목할 만한 작품이다. 저우리보는 1930년대에 저우양(周揚)의 도움으로 좌련(左聯)에 가입했고, 1946년 11월에 토지 개혁 위원으로 동북 지역에 파견되어 직접 토지 개혁에 참가했다. 작가는 바로 이 토지개혁운동에 참가한 경험을 바탕으로 1948년 『폭풍취우』를 썼다. 이 소설은 하얼빈(哈爾濱) 부근의 위안마오툰(元茂屯) 마을의 지주와 토비를 몰아내는 과정을 통해 토지 개혁의 어려움을 묘사했는데, 당시 동북 지역 농촌의 모습을 진실하게 재현하고 있다. 스탈린문예상을 받기도 한 이 작품은 주로 동북 지역 농민의 구어를 사용했다는 데 특징이 있다.

제4절 신가극「백모녀」와 보고문학

중국 전통 희곡은 고도의 종합예술로서 문학 · 무용 · 무술 · 음악 등을 아우르는 독특한 체계를 갖춘 가극의 일종이다. 이러한 중국 가극은 현대에 이르러 서양의 화극 · 가극 · 발레의 영향으로 새로운 발전을 이루게 되었다. 5 · 4시기에 유입된 서양의 가극으로부터 자극을 받은 중국 가극은 초기의 실험 단계를 거쳤다. 1920년대 리진후이(黎錦暉)는「참새와 어린이(麻雀與小孩)」,「포도 선녀(葡萄仙子)」 등 아이들을 위한 가무극을 썼고, 추왕상(邱望湘)과 선쭈이랴오(沈醉了)도 공동으로 「빵(麵包)」과 「백조(天鵝)」라는 가극을 썼다. 1930년대의 가극으로는 톈한(田漢)과 녜얼(聶耳)이 공동으로 창작한 「양쯔강의 폭풍우(揚子江暴風雨)」, 리보자오(李伯釗)와 상위(尙隅) 등이 공동으로 창작한 「농촌곡(農村曲)」 등이 있다. 그러나 이들은 대부분 실험적인 가극으로서 예술성이 부족해 중국 토양에 제대로 뿌리를 내리지 못했다.

중국 신가극 발생의 직접적인 토대가 된 것은 신앙가(新秧歌)운동이다. 앙가(秧歌)는 원래 중국 북방의 농촌에서 유행하던 민간예술로서 무용을 위주로 징과 북으로 반주하며 때로는 고사(故事)를 연출하기도 한다. 활발한 형식과 대중화된 곡조를 지닌 앙가는 농민들로부터 크게 환영을 받았는데, 옌안의 문예정풍 이후 산간닝(陝甘寧) 변구의 노농병을 위한 문예운동은 앙가 형식으로 편성된 가무극단의 신앙가극(新秧歌劇)을 낳았다. 그동안 '화극의 민족화' 논의에 힘입어 전통 민간예술을 흡수한 노천 연극으로서 '광장화극(廣場話劇)'이 활발하게 전개되어왔는데, 이러한 대중적인 공연예술이 기반이 되어 공산당의 정책과 시대적 요청에 부응해 신앙가극이 적극적으로 모색되었다. 신앙가극은 연출이 간단해 신속하게 현실 생활을 반영할 수 있었으며, 설창(說唱)을 결합시켜 노래와 춤을 곁들임으로써 형식이 생동적이고 표현력이 풍부해 단시일에 큰 호응을 얻게 되었다.

당시 옌안에는 수십 개의 앙가대(秧歌隊)가 생겨났으며, 상연한 극만도 150여 편에 달했다고 한다. 그중에서 왕다화(王大化)와 리보(李波), 루유(路由), 안보(安波)가 공동으로 창작한 「오누이의 황무지 개간(兄妹開荒)」이 대표작이다. 이 작품은 남녀의 애정을 묘사한 구앙가(舊秧歌)의 낡은 내용을 버리고 혁명 환경 속에서 자라난 농촌의 신청년 형상을 만들어냈고, 근거지 인민들이 생산촉진운동이 진행되는 가운데 힘써 노동하는 모습을 표현했다. 누이가 밥을 가지고 밭에 나갔는데 오빠가 잠을 자고 있어 매우 불쾌했지만, 오빠가 장난으로 자는 체했다는 사실을 알고 오해를 푼 후 오누이가 함께 황무지를 개간해나간다는 내용이다. 극중의 오누이는 소박하고 순결하며 천진스럽고 익살스럽다. 이 작품은 특히 산베이(陝北) 지역 사람들에게 익숙한 민간 곡조를 채용해 그곳의 민족적 특색과 향토적 분위기를 지니고 있으며, 낙관적이고 명랑하며 생동적이고 활발한 면모를 보여준다. 이 외에도 짜오위안 문공단(棗園文工團)이 창작한 「동원하라(動員起來)」, 마커(馬可)의 「부부가 글을 깨우치다(夫妻識字)」 등 많은 작품이 있으며, 대체로 민간 문예의 형식을 발굴 · 개조하고 발전시켜 이후 신가극의 탄생에 토대를 닦아놓았다. 안보(安波)는 "우리가 중국 신가극의 탄생을 갈망하고 있을지라도 서양 가극에 주의를 기울이기보다는 중국에서 이미 정형화된 구극에 주의를 기울여야 하며, 그것은 우리에게 많은 계시를 줄 수 있을 것이다"(「由魯藝的秧歌劇創作談到秧歌的前途」)라고 했는데, 신가극의 탄생이 전통적인 민간 형식에 기대고 있었음을 짐작할 수 있다.

중국 신가극의 탄생을 알리는 작품은 바로 1945년 4월 옌안에서 상연된 「백모녀(白毛女)」이다. 「백모녀」는 허징즈(賀敬之)와 딩이(丁毅)가 집필하고, 마커와 장루(張魯) 등이 작곡한 것인데, 원래는 6막이었으나 뒤에 5막으로 바뀌었다. 이 작품은 집체 창작된 것으로 중국 농촌 사회의 계급 모순과 계급 대립의 심각성을 형상화했다. 악덕 지주 황스런(黃世仁)은 소작인 양바이라오(楊白勞)의 딸 시얼(喜兒)을 탐내다 뜻대로 되지 않자, 양바이라오에게 차용금과 소작료를 독촉하며 기일 내에 갚지 못하면 딸을 내놓겠다는 문서에 강제로 도장을 찍게 한다. 그런데 기일 내에 돈을 갚을 길이 없는 양바이라오는 집에 돌아와서 고민하다가 자살하고 만다. 결국 시얼은 황스런에게 끌려가서 그의 노리개가 된다. 얼마 후 황스런은 새로 여자를 맞이하고는 시얼을 팔아버리려고 한다. 이 소식을 전해 들은 시얼은 밤중에 몰래 도망쳐서 산속에 숨는다. 그녀는 3년 동안 낮에는 동굴 속에 숨어 있고 밤에는 굴에서 나와 먹을 것을 구하는데, 햇빛을 못 보고 소금기를 전혀 섭취하지 못해 머리가 백발로 변한다. 시얼은 어느 날 밤에 먹을 것을 구하기 위해 몰래 마을로 내려왔다가 마을 사람들에게 발각된다. 마을 사람들은 놀라 그녀를 잡으려고 하나 그녀는 산속으로 도망치고, 이때부터 마을에는 산속에 백발의 선녀가 산다는 소문이 퍼진다. 이 무렵에 팔로군이 이 마을에 진격해와서 악덕 지주 황스런을 체포하고 마을을 해방시킨다. 팔로군은 백발 선녀가 있다는 소문을 듣고는 산속을 수색하다가 동굴 속에서 시얼을 발견해 마을에 데려오니, 마을 사람들은 그제야 백발 선녀가 시얼이었음을 알게 되고, 시얼은 자유의 몸으로 다시 인간 세상에 나오게 된다.[14]

이러한 내용을 가진 「백모녀」는 몇백 년 동안 허베이성(河北省) 일대, 즉 진차지(晋察冀) 변구 지역에 전해지던 '백모선녀(白毛仙女)'라는 민간 설화에 근거한 것이다. 따라서 민간 설화의 내용을 바탕으로 "구사회가 사람을 귀신으로 만들고, 신사회는 귀신을 사람으로 변하게 한다"는 의미심장한 주제를 담아 지주의 압박하에 고통받는 농민들의 비참한 운명을 표현했다. 「백모녀」는 인물의 성격 묘사와 줄거리 전개에 적합하게 민간의 곡조를 창조적으로 선택 · 개조 · 발전시키고 전통 희곡과 서양 가극의 경험을 흡수해 희극 · 음악 · 무용이 종합된 중국 가극의 새로운 길을 열어놓았다. 그래서 「백모녀」는 민족화된 형식과 대중화된 예술 표현이 결합된 중국 신가극의 획기적인 작품으로 평가된다.

「백모녀」의 성공으로 신가극이 많이 창작되었다. 그중에서 비교적 영향력이 컸던 작품으로는 루안장징(阮章競), 뤄쭝셴(羅宗賢), 황칭허(黃慶和)의 「츠예허(赤葉河)」, 푸둬(傅鐸), 아이스티(艾實惕), 샤오류(小流)의 「왕슈루안(王秀鸞)」, 웨이펑(魏風), 류롄츠(劉蓮池), 량한광(梁寒光), 가오제윈(高介雲)의 「류후란(劉胡蘭)」 등이 있다.

보고문학의 창작에도 많은 성과가 있었다. 보고문학 창작은 조직적으

---

14 金時俊, 『中國現代文學史』(지식산업사, 1994), 417쪽 참조.

로 진행되었는데, 집체 창작 활동으로서 노동자 · 농민 · 병사 · 학생 등이 참여했을 뿐만 아니라 직업적인 작가 역시 활발하게 참여했다. 이들은 주로 공산당 통치 지역 인민이 공산당의 지도 아래 영웅적으로 투쟁하는 모습과 공산당 통치 지역의 새로운 사회생활을 묘사했다. 그래서 작품은 '혁명 역사'의 기록이라는 평가를 받는다. 저우리보(周立波)와 류바이위(劉白羽), 저우얼푸(周而復), 화산(華山), 황강(黃鋼) 등이 창작 면에서 두드러진 성과를 거두었다. 이들의 보고문학은 각기 개성이 있으면서도 공통된 예술적 특징을 가지고 있었다. 작가 대부분이 사건을 직접 경험한 사람들이기 때문에 인물과 사건을 뜨거운 감정으로 묘사할 수 있었고 비교적 질박한 언어를 사용하면서도 생동적으로 묘사할 수 있었다.

1944년 9월 2일 옌안의 『해방일보(解放日報)』에 실린 류바이위의 「일과 휴식(工作與休息)」이라는 작품은 변구의 생활상을 잘 묘사하고 있다.

> 변구(邊區)에서는 최근 2년 동안 황금빛 곡식의 멋진 수확을 거두었는데, 변구 전체가 움직이고 활약한 결과이다. 현재 변구 농민들은 기뻐하며 '집집마다 여유 식량이 있다네'라고 말한다. 양식이 농민의 집 안에 저장되어 있으니, 이것이 바로 풍요로움의 표지이다. 이는 많은 노력을 들여 일을 하고 생산을 조직함으로써 얻게 된 것이다. 왜냐하면 변구에서 일하는 사람들 사이에는 중요한 신념이 하나 있기 때문이다. 예컨대, 교육 사업 면에서는 "먼저 군중들로부터 9할을 배우고 그런 다음 1할을 가르친다"라는 신념이 있다. 예컨대, 경제 사업 면에서는 "9할의 힘을 바쳐 백성들을 도와 그들 구국의 개인 식량(救國私糧)을 해결하고, 그런 다음 남은 1할의 정력을 바쳐 구국의 국가 식량(救國公糧)을 해결할 수 있다"라는 신념이 있다.[15]

15 劉白羽, 「工作與休息」, 『延安文藝作品精編』(散文 · 報告文學卷), 黎辛 主編(浙江文藝出版社, 1992), 404쪽.

이 작품은 이해하기 쉬운 구어체로 되어 있으며, 근면하게 일하고 풍성한 수확을 거둔 변구 농민들의 즐거운 생활상을 묘사하고 있다. 하지만 과장된 필치의 흔적과 낙관주의적 정서를 발견하기는 어렵지 않다.

저우리보의 보고문학집으로는 『진차지 변구 인상기(晋察冀邊區印象記)』(1938)·『전지일기(戰地日記)』(1938)·『남하기(南下記)』(1948) 등이 있다. 앞의 두 작품집은 일본 침략군에게 타격을 준 영웅적인 전투 이야기를 많이 싣고 있고, 『남하기』는 왕전(王震) 장군의 인솔 부대가 1944년에 남하한 작전 과정을 기록하고 있다. 류바이위의 보고문학집으로는 『옌안 생활(延安生活)』(1944)·『동북으로의 귀향(還行東北)』(1946)·『역사의 폭풍우(歷史的暴風雨)』(1949) 등이 있다. 『옌안 생활』은 산간닝(陝甘寧) 변구의 보통 사람들의 생활과 그들의 정신세계의 변모를 서술하는 데 치중하고 있으며, 뒤의 두 작품집은 국민당 정부가 동북 지역에서 저지른 죄악을 폭로하고 있다. 저우얼푸의 보고문학집으로는 『진차지 행(晋察冀行)』(1945)·『동북횡단면(東北橫斷面)』(1946)·『쑹화강의 풍운(松花江上的風雲)』(1946) 등이 있다. 『진차지 행』은 진차지(晋察冀) 변구의 실정에 관한 보도이고, 뒤의 두 작품집은 국공내전 시기의 동북 지역에 관한 기록이다. 「동굴진지전(窯洞陣地戰)」(1944)을 쓴 화산의 보고문학 작품도 독특한 특징을 가지고 있는데, 그의 작품은 향토색이 짙으며 낙관주의 정신이 넘친다. 「카메라 앞의 왕징웨이(開麥拉前的汪精衛)」(1939)를 쓴 황강의 보고문학 작품은 생동적인 형상과 격정이 충만한 정론(政論)을 상호 결합하는 방면에 주목할 만한 성과를 거두었다.

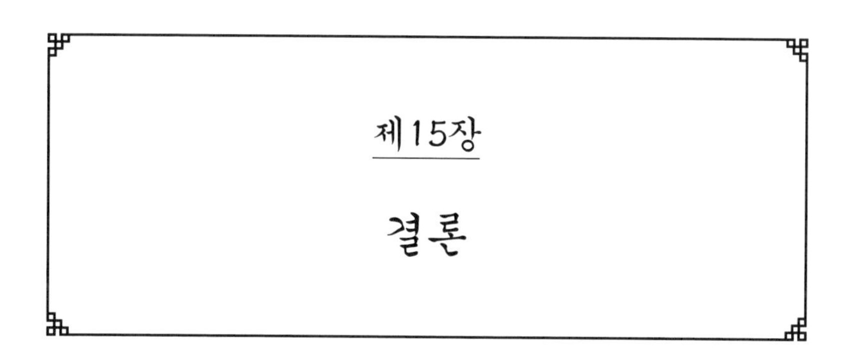

제15장 결론

서양의 '모던(modern)' 개념은 보통 우리나라에서는 '근대' 또는 '현대'라는 말로 번역하고 중국에서는 주로 '현대(現代)'라는 말로 번역하는데, 시간 개념과 가치 개념을 함께 포함한다. 그래서 20세기 이후의 중국 문학을 가리키는 중국 현대문학은 시간 개념 이외에 가치 개념도 내포하고 있다. '현대'의 가치 개념은 인식 주체의 관점에서 보면, 매우 중요한 특질을 드러낸다. '현대' 이전에는 신(神)이나 도(道), 또는 도의 체현자로서 성현(聖賢)이 인식의 주체로 등장하지만, '현대'에 들어서면 실재하는 개별 인간이 인식의 주체가 된다. 실재하는 개별 인간이 인식의 주체가 됨으로써 인간의 이성이 강조되고 인성과 개성의 자유가 추구된다. 가치 개념으로서의 현대문학이란 바로 이러한 인식론적 주체의 변화를 이념적으로 구현하고 있는 문학이 된다. 물론 '포스트모던' 상황에서는 개별 인간의 인식 주체도 다른 실재하는 개별 인간, 즉 타자의 인식 주체를 존중해야 하는 전제에서 구현될 것이다.

따라서 중국 현대문학이란 단순히 시간적인 구분에 따른 문학사 범주로만 이해되지 않으며, 그 속에는 인식 주체의 변화라는 매우 중요한 가치 개념이 포함되어 있다. 현대문학이 전통문학과 다른 장르상의 변화와 창작 방법상의 변화를 수반하는 것은 바로 이 때문이다. 1917년의 문학혁명을 거치면서 정형화된 고전시의 형식이 타파되어 백화신시(白話新詩)가 탄생하고 백화문학이 주류를 차지하게 되는 것도 인식 주체의 변화에서 기인한다. 소설 장르가 문학의 중심이 되어 스토리를 중시하는 사건 중심의 전통소설이 플롯을 중시하는 인물 중심의 현대소설로 바뀌게 되는 것도 인식 주체의 변화에서 기인한다.

지금까지 이 책은 이러한 현대문학의 가치 개념을 중시하면서 19세기 말부터 1949년 사회주의 중국이 성립하기까지의 문학 현상과 작가 · 작품에 대해 다루었다. 19세기 말부터 시작된, 청 말(淸末)의 과도기적 문학 개혁, 5 · 4신문화운동 시기의 문학혁명, 신문학의 탄생과 발전, 다양한 문학 경향의 출현과 분화, 항일전쟁 시기의 구국(救國)문학, 순문학과 통속문학, 사회주의 문학의 대두 등 중국 현대문학의 문학적 현상과 사적 흐름을 주제와 장르 중심으로 서술했다. 중국 베이징(北京)에는 근대 이후 중국의 주요 작가를 소개하고 사진 · 도서 · 유품 등을 전시해놓은 '중국현대문학관(中國現代文學館)'이라는 곳이 있다. 이곳은 쉼표, 즉 '，'를 로고로 사용하고 있는데, 어쩌면 이 '쉼표' 로고가 중국 현대문학의 의미를 가장 상징적으로 표현해주고 있는지도 모른다. 전통으로부터의 단절처럼 보이지만 끊어지지 않고 이어지는 것, 그것이 바로 중국 현대문학의 자기정체성인 것이다.

중국공산당은 1949년 1월 중국 통일이 가시화되자 사회주의 중국의 공식적인 출범에 앞서 그해 7월 제1차 중화전국문학예술공작자대표대회(中華全國文學藝術工作者代表大會)를 열었다. 이 대회에서 총리 저우언라이(周恩來)는 중국공산당 중앙정치국을 대표해 정치 보고를 했했다. 그는 "제1

차 대혁명(국공합작으로 국민혁명군이 베이징의 군벌 정부를 타도하기 위해 시도한 북벌전쟁을 가리키며, 그 과정에서 장제스蔣介石는 1927년 4 · 12정변을 일으켜 국민당 내 좌파 세력을 몰아냈음—인용자)이 실패한 이래 점차적으로 두 지역으로 분리된 문예 종사자가 오늘 함께 모인 것"을 축하한다고 언급하면서 700여 명이 참여한 대단결 대회임을 강조했다.[1] 이 대회에서 궈모뤄(郭沫若)는 총주석에, 마오둔(茅盾)과 저우양(周揚)은 부주석에 선출되어 각각 보고를 했으며, 이 보고는 사회주의 중국이 성립된 이후의 중국 문예의 방향을 제시하는 것이었다.

저우양은 보고에서 "마오(毛) 주석의 '옌안 문예 좌담회에서의 강화'는 신중국 문예의 방향을 규정했고, 해방구 문예 종사자는 이 방향을 자각적이고 굳세게 실천했으며 스스로의 모든 경험으로써 이 방향이 완전히 정확하다는 것을 증명했다"[2]라고 했다. 그는 "해방구의 문예가 진정으로 새로운 인민의 문예"라고 말함으로써 이후 사회주의 중국의 문예의 방향을 명확하게 표시한 것이다. 궈모뤄는 보고에서 문학혁명 이후 30년 동안의 신문예운동을 '통일전선의 문예운동'으로 개괄했으며, 항일전쟁이 끝난 후 인민해방전쟁(1946년부터 시작된 국공내전을 가리킴)이 진행된 3년 동안을 운동의 주류 면에서 더욱 중요한 발전과 성과가 있었다고 평가했다. 그러면서 그는 "1942년의 옌안 문예 좌담회 이래 이론 면에서, 실천 면에서 모두 5 · 4 이래 해결하지 못했던 문제를 해결하게 되었으며, 문학예술이 비로소 진정으로 광대한 인민 군중과 결합하게 되었고, 비로소 진정으로 노동자 · 농민 · 병사를 위해 복무하게 되었으며, 내용으로부터 형식에 이

---

1 周恩來, 「在中華全國文學藝術工作者代表大會上的政治報告」, 『文學運動史料選』 第五册, 北京大學 · 北京師范大學 · 北京師范學院 中文系中國現代文學研究室 主編(上海教育出版社, 1979), 640-641쪽 참조.

2 周揚, 「新的人民的文藝: 在中華全國文學藝術工作者代表大會上關于解放區文藝運動的報告」, 『文學運動史料選』 第五册, 684쪽.

르기까지 모두 크나큰 변화를 가져왔다"[3]라고 언급했다. 저우양과 궈모뤄의 보고는 중국공산당 통치 지구의 문예 실천 경험을 계승하면서 마오쩌둥(毛澤東)의 '옌안 문예강화(延安文藝講話)'의 원칙을 사회주의 중국 문예의 새 방향으로 확정하는 것이었다.

저우언라이는 보고에서 '700여 명이 참여한 대단결 대회'라는 표현을 사용했지만, 『변성(邊城)』의 작가 선충원(沈從文), '거리미학설(距離美學說)'을 주장했던 경파(京派)의 비평가 주광첸(朱光潛), 상하이에서 명성을 얻고 있던 『전기(傳奇)』의 작가 장아이링(張愛玲) 등은 이 대회에 참가하지 못했다. 의도적인 배제를 통해 사회주의 중국의 문예는 단일한 방향으로 나아갔던 것이다. 사회주의 문학 건설이라는 큰 희망을 품고 있었으나 오히려 문예의 정치적 종속화가 강화되는 순간이었다. 그 폐해는 1966년부터 시작된 문화대혁명 기간 동안의 문예 정책에서 가장 두드러지게 나타났다. 10년간의 문화대혁명이 종식되고 1980년대에 이르러 중국 정부가 개혁개방 정책을 실시함에 따라 중국 문예는 다시 다원적 양상을 회복하게 된다. 중국 정부의 '현대화' 정책에 호응해 문예계는 인간의 이성과 주체성을 강조하고 서양의 다양한 문학사조를 수용함으로써 문예의 다양성을 새롭게 추구하게 된 것이다. 1980년대 중국의 문화 현상은 '5·4신문화운동 시기'를 방불케 한다고 해서 그 시기를 '신계몽의 시대'라고 부르는 것은 바로 이 때문이다.

저우쭤런(周作人)은 1932년에 펴낸 『중국 신문학의 원류(中國新文學的源流)』에서 "나누어지면 반드시 합쳐지고, 합쳐지면 반드시 나누어진다(分而必合, 合而必分)"라는 문학사 전개의 나선형적 발전 모델을 제시한 바 있다. 그는 '언지(言志, 자기의 뜻을 말한다는 의미로 문학의 개성적 표현을 가리킴)'의

3 郭沫若, 「爲建設中國的人民的文藝而奮鬪: 在中華全國文學藝術工作者代表大會上的總報告」, 『文學運動史料選』 第五册, 657쪽.

관점에서 중국 문학사를 이해하면서 '명대(明代) 공안파(公安派)의 문학 → 청대(淸代) 문학 → 5 · 4문학'으로 이어지는 과정을 '발달 → 억압 → 발달'의 방식으로 이해했다. 어쩌면 20세기 중국 문학의 사적 전개는 작가와 독자의 주체성이라는 관점에서 바라볼 때 저우쭤런이 제시한 나선형적 발전 모델을 따르고 있는지도 모른다.

| 참고문헌 |

1. 문학사류

金時俊,『中國現代文學史』, 지식산업사, 1994.
阿英 저,『中國近代小說史』, 全寅初 역, 정음사, 1987.
林非 저,『중국현대산문사』, 김혜준 역, 고려원, 1993.
陳白塵 · 董健 주편,『중국 현대 희극사』, 韓相德 역, 한국문화사, 1996.
陳思和 저,『20세기 중국현대문학의 이해』, 박재우 감수 · 한국외대 중국현대문학연구회 역, 청년사, 1995.
한국 중국현대문학학회,『중국 현대문학과의 만남』, 동녘, 2006.
洪子誠 · 劉登翰 저,『중국당대신시사』, 洪昔杓 역, 신아사, 2000.
黃修己 저,『中國現代文學發展史』, 高大中國語文學硏究會 역, 범우사, 1991.

孔慶東,『超越雅俗』, 北京大學出版社, 1998.
郭延禮,『中國近代文學發展史』 第一～三卷, 山東教育出版社, 1995.
_____,『近代西學與中國文學』, 百花洲文藝出版社, 2000.
邱明正 主編,『上海文學通史』 上 · 下册, 復旦大學出版社, 2005.
譚楚良,『中國現代派文學史論』, 學林出版社, 1997.
范培松,『中國現代散文史』, 江蘇教育出版社, 1993.
范伯群,『(揷圖本)中國現代通俗文學史』, 北京大學出版社, 2007.
_____ 主編,『中國近現代通俗文學史』 上 · 下卷, 江蘇教育出版社, 2000.

孫玉石,『中國現代主義詩潮史論』, 北京大學出版社, 1999.
沈用大,『中國新詩史』, 福建人民出版社, 2006.
阿英,『晩淸小說史』, 東方出版社, 1996.
楊聯芬,『中國現代小說導論』, 四川大學出版社, 2004.
楊義,『中國現代小說史』 第一~三卷, 人民文學出版社, 1993.
吳中杰,『中國現代文藝思潮史』, 復旦大學出版社, 1996.
溫儒敏,『新文學現實主義的流變』, 北京大學出版社, 1988.
王衛國・宋寶珍・張耀杰,『中國話劇史』, 文化藝術出版社, 1998.
袁進,『中國文學的近代變革』, 廣西師范大學出版社, 2006.
任訪秋 主編,『中國近代文學史』, 河南大學出版社, 1988.
錢理群・溫儒敏・吳福輝,『中國現代文學三十年』(修訂本), 北京大學出版社, 2001.
程光煒・吳曉東・孔慶東・郜元寶・劉勇 主編,『中國現代文學史』, 中國人民大學出版社, 2001.
朱光燦,『中國現代詩歌史』, 山東大學出版社, 2000.
周曉明・王又平 主編,『現代中國文學史』, 湖北教育出版社, 2004.
陳思和,『中國新文學整體觀』, 上海文藝出版社, 1987.
夏志淸,『中國現代小說史』, 復旦大學出版社, 2005.
許道明,『揷圖本中國新文學史』, 上海古籍出版社, 2005.
黃修己,『中國現代文學發展史』, 中國靑年出版社, 1994.

2. 문집류 및 작품집

김시준 역,『루쉰(魯迅)소설전집』, 서울대학교출판부, 1996.
김종현・오수경 역,『中國現代文學全集 18』, 中央日報社, 1989.
魯迅 저,『노신선집』 1-4권, 李哲俊 외 역, 여강출판사, 1994.
루쉰(魯迅) 저,『아Q정전』, 홍석표 역, 선학사, 2003.

_____, 『무덤』, 홍석표 역, 선학사, 2003 수정판.
_____, 『화개집 · 화개집속편』, 홍석표 역, 선학사, 2005.
林語堂 저, 『林語堂 隨筆集』, 盧台俊 역, 青山文化社, 1974.
조우 작, 『雷雨』, 한상덕 역, 한국문화사, 1996.
주자청 저, 『아버지의 뒷모습』, 박하정 역, 태학사, 2000.
하경심 · 신진호 공역, 『田漢 희곡선』, 學古房, 2006.
허세욱 편역, 『한 움큼 황허 물』, 학고재, 2002.
허세욱 · 김시준 · 유중하 · 성민엽 편집, 『中國現代文學全集』(전20권), 中央日報社, 1989.
홍석표, 『辛笛詩選』, 문이재, 2005.

姜義華 主編, 『胡適學術文集 · 新文學運動』, 中華書局, 1993.
郭沫若, 『郭沫若專集』, 四川人民出版社, 1984.
_____, 『郭沫若全集』(文學編) 第十五卷, 人民文學出版社, 1990.
_____, 『郭沫若選集』 第一～四卷, 人民文學出版社, 1997.
瞿秋白, 『瞿秋白文集』(文學編) 第一卷, 人民文學出版社, 1985.
盧今 · 范橋 編, 『郁達夫散文(下)』, 中國廣播電視出版社, 1992.
老舍, 『老舍全集』 第1-16卷, 人民文學出版社, 1999.
魯迅, 『魯迅全集』 第1-20卷, 人民文學出版社, 1973.
_____, 『魯迅全集』 第1-16卷, 人民文學出版社, 1981.
_____ 編選, 『中國新文學大系 · 小說二集』, 良友圖書公司, 1935.
臺靜農, 『地之子 · 建塔者』, 人民文學出版社, 1984.
黎辛 主編, 『延安文藝作品精編』 散文 · 報告文學卷, 浙江文藝出版社, 1992.
茅盾, 『茅盾論創作』, 上海文藝出版社, 1980.
_____, 『茅盾論中國現代作家作品』, 北京大學出版社, 1980.
_____, 『茅盾文藝雜論集』 下集, 上海文藝出版社, 1981.
_____, 『茅盾選集』 第五卷 · 文論, 四川文藝出版社, 1985.
_____, 『茅盾選集 · 文論』, 四川文藝出版社, 1985.

_____, 『茅盾全集(21)』, 人民文學出版社, 1991.
_____ 編選, 『中國新文學大系 · 小說一集』, 良友圖書公司, 1935.
毛澤東, 『毛澤東選集』 第二卷, 人民出版社, 1991.
『文學硏究會小說選』 上 · 下, 人民文學出版社, 1991.
卞之琳, 『卞之琳文集』 上卷, 安徽教育出版社, 2002.
北京大學 · 北京師范大學 · 北京師范學院 中文系中國現代文學硏究室 主編, 『文學運動史料選』 第一～五册, 上海教育出版社, 1979.
冰心, 『冰心選集』 第二集, 四川人民出版社, 1984.
_____, 『冰心』, 三聯書店香港分店 · 人民文學出版社, 1986.
上海文藝出版社 編, 『中國新文學大系 · 散文二集 1927-1937』, 上海文藝出版社, 1987.
孫伏園 · 許欽文 等, 『魯迅先生二三事』, 河北教育出版社, 2001.
辛笛 · 袁可嘉 · 穆旦 等, 『九葉集』, 江蘇人民出版社, 1981.
沈從文, 『沈從文選集』 第五卷, 四川人民出版社, 1983.
_____, 『沈從文文集』 第一～十二卷, 花城出版社, 1992.
_____, 『沈從文全集』 第一～十七卷, 北岳文藝出版社, 2002.
阿英 編選, 『中國新文學大系 · 史料索引』, 良友圖書公司, 1936.
梁啓超, 『戊戌政變記』, 江蘇廣陵古籍刻印社, 1990.
_____, 『梁啓超文選』 上 · 中 · 下, 中國廣播電視出版社, 1992.
_____, 『飮冰室文集』 第一～六集, 雲南教育出版社, 2001.
_____, 『飮冰室合集』(集外文) 上册, 夏曉虹 輯, 北京大學出版社, 2005.
楊匡漢 · 劉福春 編, 『中國現代詩論』 上 · 下編, 花城出版社, 1991.
嚴家炎 編, 『二十世紀中國小說理論資料』 第二卷(1917-1927), 北京大學出版社, 1997.
余上沅 編, 『國劇運動』(影印本), 新月書店, 1927.
吳組緗 · 端木蕻良 · 時萌 主編, 『中國近代文學大系 · 小說集 6』, 上海書店, 1991.
王國維, 『王國維文集』 第一～四卷, 中國文史出版社, 1997.
王延晞 · 王利 編, 『中國文學史史料全編 現代卷 9 鄭伯奇硏究資料』, 知識産權出版社, 2009.
牛仰山・孫鴻霓 編,『嚴復硏究資料』, 海峽文藝出版社, 1990.
郁達夫 編選,『中國新文學大系・散文二集』, 良友圖書公司, 1935.
魏紹昌 編,『鴛鴦蝴蝶派硏究資料』上卷, 上海文藝出版社, 1984.
劉增杰・趙明・王文金・王介平・王欽韶 編,『抗日戰爭時期延安及各抗日民主根據地文學運動資料』上・中・下, 山西人民出版社, 1983.
李健吾,『咀華集』, 花城出版社, 1984.
李廣田,『李廣田散文』第一集, 中國廣播電視出版社, 1994.
李大釗,『李大釗全集』第三卷, 河北敎育出版社, 1999.
李方 編,『穆旦詩全編』, 中國文學出版社, 1996.
李掖平 主編,『現代中國 文學作品導讀』, 山東畵報出版社, 2002.
張明高・范橋 編,『周作人散文』第一～四集, 中國廣播電視出版社, 1992.
張愛玲 著,『傳奇』, 陳子善 選編, 經濟日報出版社, 2003.
_____,『傳奇』上・下册, 經濟日報出版社, 2003.
_____,『張愛玲典藏全集』第1-14卷, 哈爾濱出版社, 2003.
_____,『流言』(張愛玲全集), 北京出版社出版集團・北京十月文藝出版社, 2009.
張恨水,『寫作生涯回憶』(散文集) 第六十二卷(張恨水全集), 北岳文藝出版社, 1993.
錢谷融・吳宏聰 主編,『中國現代文學作品選讀』上・下册, 華東師范大學出版社, 1987.
錢鍾書,『圍城』, 人民文學出版社, 1980.
_____,『人・獸・鬼』, 生活・讀書・新知 三聯書店, 2006.
錢仲聯 編著,『近代詩鈔』壹・貳・參, 江蘇古籍出版社, 1993.
田漢,『田漢全集』(1・6・16), 花山文藝出版社, 2000.
田漢・宗白華・郭沫若,『三葉集』, 上海書店出版社, 1982.
錢杏邨(阿英),『阿英全集(二)』, 安徽敎育出版社, 2003.
丁玲,『丁玲論創作』, 上海文藝出版社, 1985.
鄭振鐸 編選,『中國新文學大系・文學論爭集』, 良友圖書公司, 1935.

曹禺,『曹禺精選集』, 北京燕山出版社, 2006.
朱光潛,『朱光潛全集』第三卷, 安徽教育出版社, 1987.
朱自淸,『朱自淸』, 三聯書店香港分店・人民文學出版社, 1986.
_____,『朱自淸全集』第一～十二卷, 江蘇教育出版社, 1996.
周作人,『關于魯迅』, 止庵 編, 新疆人民出版社, 1998.
_____ 編選,『中國新文學大系・散文一集』, 良友圖書公司, 1935.
_____,『中國新文學大系・詩集』, 良友圖書公司, 1935.
中國社會科學院 文學硏究所現代文學硏究室 編,『中國現代短篇小說選 1918-1949』第一～七卷, 人民文學出版社, 1980.
中國現代文學史資料叢書(乙種),『語絲』(影印本), 上海文藝出版社, 1982.
中國話劇運動五十年史料集編輯委員會 編,『中國話劇運動五十年史料集(1907-1957)』, 中國戲劇出版社, 1985.
陳獨秀,『陳獨秀著作選』第一～四卷, 上海人民出版社, 1993.
陳子善 主編,『中國現代文學史參考資料 第五輯: 新月派文學作品專輯』(影印本) 第1-10册, 上海書店, 1992.
陳平原・夏曉虹 編,『二十世紀中國小說理論資料』第一卷, 北京大學出版社, 1989.
巴金,『巴金論創作』, 上海文藝出版社, 1983.
_____,『巴金全集(18)』, 人民文學出版社, 1993.
馮乃超文集編輯委員會 編,『馮乃超文集』下卷, 中山大學出版社, 1991.
馮至,『馮至全集(1)』, 河北教育出版社, 1999.
何其芳,『何其芳全集(1)』, 河北人民出版社, 2000.
許杰 主編,『中國現代文學史參考資料 第六輯: 文學硏究會作品專輯』第1-10册(影印本), 上海書店, 1993.
許壽裳,『我所認識的魯迅』, 人民文學出版社, 1978.
胡明 編注,『胡適詩存』, 人民文學出版社, 1989.
胡適,『四十自述』,『胡適自傳』, 曹伯言 選編, 黃山書社, 1986.
_____,『胡適文集』第1-12卷, 北京大學出版社, 1998.

_____ 編選,『中國新文學大系・建設理論集』, 良友圖書公司, 1935.
胡風,『胡風評論集』 上・中・下, 人民文學出版社, 1984.
洪深,『洪深戲曲集』, 現代書局, 1933.
_____ 編選,『中國新文學大系・戲劇集』, 良友圖書公司, 1935.

3. 단행본 및 기타

오생근・이성원・홍정선 편,『문예사조의 새로운 이해』, 문학과지성사, 1996.
吳秀卿,「1920年代 戲劇運動 小考」,『中國現代文學』 第2號, 1988.
鄭聖恩,「중국 30년대『漢園集』의 傳統意識과 現代性」,『中國現代文學』 第20號, 2001.
『韓國現代小說理論資料集』 제22권, 韓國學術振興院, 1985.
홍석표,『천상에서 심연을 보다: 루쉰(魯迅)의 문학과 정신』, 선학사, 2005.
_____,『현대중국, 단절과 연속』, 선학사, 2005.
_____,『중국의 근대적 문학의식 탄생』, 선학사, 2007.

郭沫若,「郭沫若講歷史劇」,『文匯報』, 1946. 6.
_____,「中國文化之傳統精神」,『創造週報』 第2號.
郭志剛 主編,『二十世紀中國文學期刊與思潮(1897-1949)』, 百花洲文藝出版社, 2006.
茅盾,「關于"文學研究會"」,『現代』 第3卷 第1期.
_____,「抗戰期間中國文藝運動的發展」,『中蘇文化』 第8卷 第3・4期 合刊(1941).
「民衆戲劇社宣言」,『戲劇』 第1卷 第1期(1921. 5).
潘克明,『曹禺研究五十年』, 天津教育出版社, 1989.
裵效維 主編,『近代文學研究』, 北京出版社, 2003.
卞之琳,「新詩與西方詩」,『詩探索』 第4期(1981).
費正淸[美] 編,『劍橋中華民國史 1912-1949年』 上卷, 中國社會科學出版社, 1994.

申彦俊,「中國의 大文豪 魯迅訪問記」,『新東亞』, 1934. 4.
沈雁冰(茅盾),「文學與人及中國古來對于文學者身份的認識」,『小說月報』 第2卷 第1號.
_____,「封建的小市民文藝」,『東方雜誌』 第33卷 第3號.
_____,「社會背景與創作」,『小說月報』 第12卷 第7號.
梁啓超,『淸代學術槪論』, 東方出版社, 1996.
楊義,『京派海派綜論』, 中國社會科學出版社, 2003.
郁達夫,「我承認是“失敗”了」,『晨報副鐫』, 1924. 12. 26.
余樹森,『中國現當代散文硏究』, 北京大學出版社, 1993.
吳芳吉,「再論吾人眼中之新舊文學觀」,『學衡』 21期.
王國維,『宋元戱曲史』, 東方出版社, 1996.
王珞 編,『沈從文評說八十年』, 中國華僑出版社, 2004.
王聖思 選編,『“九葉詩人”評論資料選』, 華東師范大學出版社, 1984.
王佐良,「談穆旦的詩」,『讀書』, 1995. 4.
熊月之,『西學東漸與晩淸社會』, 上海人民出版社, 1994.
李歐梵 著,『上海摩登: 一種新都市文化在中國 1930-1945』, 毛尖 譯, 北京大學出版社, 2002.
李今,『海派小說與現代都市文化』, 安徽敎育出版社, 2000.
李澤厚,『論嚴腹與嚴譯名著』, 商務印書館, 1982.
_____,『中國近代思想史論』, 安徽文藝出版社, 1994.
易峻,「評文學革命與文學專制」,『學衡』 79期.
李春雨・楊志 編著,『中國現代文學資料與硏究』 上卷, 北京師范大學出版社, 2008.
林語堂,「悼魯迅」,『宇宙風』 第32期(1937. 1. 1).
子通・亦淸 主編,『張愛玲評說六十年』, 中國華僑出版社, 2001.
林紓,「通信」,『新靑年』 第3卷 第3期.
章炳麟,『國學槪述』, 北京大學出版社, 2009.
錢鍾書,『圍城』, 生活・讀書・新知 三聯書店, 2006.

錢玄同,「通信」,『新青年』 第3卷 第1期.

鄭振鐸,『中國文學論集』 上册, 港青出版社, 1979.

周作人,「中國小說里的男女問題」,『每周評論』, 1919. 2. 2.

中國社會科學院近代文學研究組 編,『中國近代文學研究集』, 中國文聯出版公司, 1988.

陳思和,『中國現當代文學名篇十五講』, 北京大學出版社, 2003.

陳思和 · 李存光 主編,『生命的開花: 巴金研究集刊卷』, 文匯出版社, 2005.

陳永發,『延安的陰影』, 中央研究院近代史研究所, 1990.

陳太勝,『象徵主義與中國現代詩學』, 北京大學出版社, 2005.

湯哲聲,『中國現代通俗小說思辨錄』, 北京大學出版社, 2008.

巴金,「雄壯的景象」,『大公報』, 1937. 1. 1.

蒲伯英,「戲劇要如何適應國情」,『戲劇』 第1卷 第4期(1921. 8).

胡先驌,「文學之標準」,『學衡』 31期.

| 찾아보기 |

1. 인명

2. 작품 및 작품집

3. 신문 및 잡지

4. 기타

중국현대문학사 (개정판)

펴낸날 초판 1쇄 2009년 6월 26일
개정판 1쇄 2015년 6월 8일
지은이 홍석표
펴낸이 김훈순
펴낸곳 이화여자대학교출판부
주소 서울특별시 서대문구 이화여대길 52(우 03760)
등록 1954년 7월 6일 제9-61호
전화 02) 3277-2965(편집), 02) 362-6076(마케팅)
팩스 02) 312-4312
전자우편 press@ewha.ac.kr
홈페이지 www.ewhapress.com
책임편집 김미정
디자인 정혜진
찍은곳 네오프린텍

ISBN 979-11-85909-29-5 93820

값 31,000원

* 잘못된 책은 바꾸어 드립니다.

이 도서의 국립중앙도서관 출판예정도서목록(CIP)은 서지정보유통지원시스템 홈페이지(http://seoji.nl.go.kr)와 국가자료공동목록시스템(http://www.nl.go.kr/kolisnet)에서 이용하실 수 있습니다. (CIP제어번호 : CIP2015013197)